KB112637

이응수 金笠詩集 小考

이응수 金笠詩集 小考

발행일	2021년 11월 23일		
지은이	김립		
엮은이	이응수		
평역	문세화		
펴낸이	손형국		
펴낸곳	(주)북랩		
편집인	선일영	편집	정두철, 배진용, 김현아, 박준, 장하영
디자인	이현수, 한수희, 김윤주, 허지혜, 안유경	제작	박기성, 황동현, 구성우, 권태련
마케팅	김회란, 박진관		
출판등록	2004. 12. 1(제2012-000051호)		
주소	서울특별시 금천구 가산디지털 1로 168, 우림라이온스밸리 B동 B113~114호, C동 B101호		
홈페이지	www.book.co.kr		
전화번호	(02)2026-5777	팩스	(02)2026-5747
ISBN	979-11-6836-022-8 03810 (종이책)		979-11-6836-023-5 05810 (전자책)

(주)북랩 성공출판의 파트너
북랩 홈페이지와 패밀리 사이트에서 다양한 출판 솔루션을 만나 보세요!
홈페이지 book.co.kr • 블로그 blog.naver.com/essaybook • 출판문의 book@book.co.kr

작가 연락처 문의 ▶ ask.book.co.kr
작가 연락처는 개인정보이므로 북랩에서 알려드릴 수 없습니다.

이응수 金笠詩集 小考

김립 지음 / 이응수 엮음 / 문세화 평역

북랩 bookLab

四脚松盤粥一器
天光雲影共徘徊
主人莫道無顔色
吾愛靑山倒水來

네 다리 솔 소반에 멀건 죽 한 그릇
하늘빛 구름 그림자 함께 어울려 아른거리네.
주인장은 도리가 아니라 조금도 미안해 마오.
나는 청산이 거꾸로 비친 물을 좋아한다오.

책머리에

시(詩)는 삶 속에서 경험하는 것들에 대한 미적 감흥, 고뇌, 울분, 한(恨) 등을 더 이상 참지 못하고 자신도 어쩔 수 없이 토해낼 수밖에 없는 시인(詩人)들의 마지막 절규이다. 시인은 가슴속 깊은 곳에서 활화산의 붉은 용암처럼 솟구쳐 오르는 울분과 한을 시라는 간결하고 절제된 언어와 글의 형식으로 표출하는 것이다. 시인은 이렇게 표출되는 시에 대해 그의 시심(詩心)을 오히려 왜곡하거나 변질시킬 수 있는 위험성이 있어 부연 설명하거나 해명하지 않으며, 의식이 있는 한 마지막 순간까지 시를 읊는다. 조선 6대 왕 단종(端宗)이 세조에 의해 교살되기 전 목메어 읊은 자규시(子規詩)가 그랬고, 성삼문의 절명시(絶命詩)가 그러하였으며, 일제강점기에 수많은 저항시인들이 그러했다. 「빼앗긴 들에도 봄은 오는가」의 이상화가 그랬고, 「님의 침묵」의 한용운 시인이 그러했다. 이육사, 윤동주를 포함해 많은 저항시인들이 광복을 보지 못하고 눈을 감았지만 그들의 시들은 우리 마음속에 영원히 남아서, 잊혀져 가는 우리의 민족의식과 긍지 그리고 역사관을 회복시켜준다.

'죽장(竹杖)에 삿갓 쓰고 방랑 삼천리 흰 구름 뜬 고개 넘어가는 객(客)이 누구냐…' 천재시인 「김삿갓」 노래 가사이다. '난고 김병연'이 누군지는 몰라도 '김삿갓' 모르는 사람은 없다. '김병연(金炳淵)'이라는 세도가문(勢道家門) 안동김씨(安東金氏)의 본명(本名)이 엄연히 있는데도, 설화 속 '김삿갓'이란 인물의 복수성(複數性) 때문인지, 아니면 오랜 세월 그렇게 구전(口傳)되어 내려오다 보니 '김삿갓'이란 호칭이 저절로 고유명사처럼 되어

버린 것인지 모르지만, 여하튼 우리는 그를 김병연이라 부르지 않고, 김삿갓이라는 보통명사로 흔히 부른다. 조선 후기 19세기 초반 봉건사회의 몰락과 유교 윤리적 가치의 퇴폐로 나라의 삼정(三政)이 극도로 문란해지고 구석구석 썩을 대로 썩어 매관매직, 가뭄, 기근, 농민반란, 도적들로 세상살이가 흉흉할 때, 죽장에 삿갓 쓴 김삿갓이라는 천재시인이 출현한다.

조선조 500년 역사에 천재는 많았다. 매월당(梅月堂) 김시습, 연암(燕巖) 박지원, 율곡(栗谷) 이이 등 둘째가라면 서러워할 천재들은 많았지만, 詩에 관한 한 필자는 난고(蘭皐) 김삿갓을 조선조 제일의 시인이었다고 평가하고 싶다. 시인 김삿갓은 조선 왕조의 전통적 통치이념인 유교의 인의예지(仁義禮智)와 충효(忠孝) 사상에 얽매이지 않고, 속세(俗世)를 떠돌면서도 탈속(脫俗)한 대승(大乘)적 삶을 살며, 가진 자와 힘 있는 자에게 빌붙어 주눅 든 현학적(衒學的) 선비들과 그들의 '공자왈 맹자왈' 식의 고리타분한 고답적(高踏的) 학문을 비웃으며, 한학자(漢學者)이면서 한시(漢詩)형식마저 파괴해버린 혁명적·창조적 '저항시인'이었기 때문이다. 14~16세기 유럽의 문예부흥(Renaissance) 때와 같이 봉건적 사회지배와 탄압으로 드러내지 못했던 인간의 이성과 감정 등 정신적 內面 세계를 김삿갓은 시라는 형식으로 토혈(吐血)하듯 표출하였다. 김삿갓보다 2세기 정도 앞선 시대에 살았던 천재 문호 셰익스피어의 글에는 비극과 유머가 있으며 풍자와 역설이 있다. 그러나 국가의 통치이념으로 여겼던 조선의 성리학(性理學)에 비극과 유머가 있었다는 얘기는 못 들어봤다. 비극과 유머, 풍자와 역설이 없는 글이나 문장은 인간 사고의 지평을 넓히는 데 한계가 있다. 15세기 초 明나라 때 이미 중국에서조차 폐기처분이 된 비현실적이고 효율성이 없는 性理學 논리를 신봉해 온 조선의 선비들은 君子이론을 빙자해 사농공상(士農工商) 분업이론을 왜곡 날조해 철저한 계급사회를 만들어놓고 그들만의 '공자왈 맹자왈' 세상을 향유하였다. 그런 세상에서 유랑걸식(流浪乞食)하며 비극과 유머로 전통적 보수 사회를 신랄하게 글로 풍자·조롱한 김삿갓은 조선의 문예부흥 선구자라 할 수 있다.

설화(說話)나 민담(民譚)은 오랜 세월 전해 내려오면서 우리의 삶과 문화 속에 깊숙이 스며들어 고증(考證)자료가 충분한 역사적 사건보다 오히려 더 민중에게 친숙하게 여겨지며 사회·문화·예술적으로도 그 파급효과 가 지대한 경우가 많이 있다. 우리는 김삿갓의 '죽장에 삿갓 쓰고' 노래 를 부르고 들으면서, 그의 삶이나 집안 내력을 세세히 연관 짓지는 않는 다. 세도가문(勢道家門) 안동김씨(安東金氏) 가문의 병연(炳淵)이 다섯 살 나 이에 갑자기 황해도 곡산(谷山)에 사는 외거노비(外居奴婢) 집으로 형과 함 께 야반도주(夜半逃走)하면서 그 이유를 몰랐다손 치더라도 '죽장에 삿갓 쓰고' 노래를 즐기는 데는 전혀 문제가 되지 않는다. 세상 사람들의 눈 을 피해 한양에서 황해도 곡산, 경기도 여주, 가평, 강원도 평창, 영월 등 으로 부모님과 형제들과 도망 다니다, 그의 나이 20세 되던 어느 봄날 강원도 영월의 동헌(東軒)에서 열린 백일장(白日場)에서 논술문제의 시제(試 題)였던 '論鄭嘉山忠節死 嘆金益淳罪通于天(논정가산충절사 탄김익순죄통우천, 정가산의 충절한 죽음을 추모하고 김익순의 죄가 하늘에 이를 만큼 큼을 탄하라)'에서 김익순(金益淳)이 그의 조부였으며 대역죄인(大逆罪人)이었다는 사실을 모 르는 상태에서 조부를 신랄하게 비판하는 시를 거침없이 운필(運筆)해낸 덕분에 장원(壯元)이 되었다는 것이 설화를 형성하는 중론(衆論)이다. 설 화(說話)나 민담(民譚)처럼 사실(史實)이나 고증(考證)자료가 존재하지 않는 경우 오랜 세월 구전되어 내려오면서 내용이 와전(訛傳)되는 경우가 더러 있을 수밖에 없다. 오랜 세월 흐르는 동안 호사가(好事家)나 얘기꾼들이 구전(口傳) 내용을 더 흥미롭고 재미있게 하려고 그들의 주관적 해석으로 색깔을 덧붙이거나 지울 수도 있다. 그러한 구전 이야기의 불확실성에도 불구하고 설화(說話)나 민담(民譚)이 오랜 세월 끊임없이 이어지는 이유는 간단하다. "사랑하는 이유가 무엇이냐?"라는 질문에 대한 답변을 언어로 정확하게 설명하거나 표현할 수 없어도 사랑은 계속되지 않는가? 천재시인(天才詩人) 김병연이 자신의 고뇌와 한(恨)을 희작시(戲作詩) 또는 파격시(破格詩)의 형식으로 당시 부패했던 선비사회와 봉건체제를 비판했고, 때로는 조롱하듯 때로는 토혈(吐血)하듯 절규하며 시를 읊었으며, 170여 년이 지난 오늘까지도 구비(口碑)문학 장르의 형태로 우리에게 구전되어 내려오는 그의 주옥같은 시들을 감상하며 웃고 울 수 있다는 그 사실 하나만으로 구비 설화(說話)나 민담(民譚)의 불확실성에 관한 논의는 무의미하게 되며, 민중의 사랑을 받기 위한 필요충분조건을 이미 만족시켰다고 판단한다.

김병연의 문학적·예술적 천재성(天才性)이 유전적으로 주어졌는지, 아니면 폐족가문(廢族家門)의 자손으로 가문의 반가(班家) 환원을 희구(希求)하며 보낸 그의 처절한 삶에 기인하는지, 혹은 단지 자신의 신분 상승만을 위해서 절치부심 면학을 게을리하지 않은 결과의 부산물인지 알 수는 없다. 병연이 어린 시절 사람들 눈을 피해 황해도, 경기도, 강원도 등으로 가족과 도망 다니며 살아갈 때는 폐서인(廢庶人) 신분이니 경제적으로도 궁핍해 서당(書堂) 출입도 힘들었을 것이다. 양반집 규수로 안동김씨 가문에 시집왔다가 시아버지의 대역죄로 졸지에 상민(常民) 신분으로 추락한 김병연의 모친 함평 이씨(咸平 李氏)의 가슴은 피멍으로 얼룩졌을 것이다. 남편마저 화병으로 세상을 떠난 후, 가문의 반가(班家) 복귀를 위해 남은 유일한 희망은 아들의 장원급제였을 것이다. 조선 시대 후기에 입신양명(立身揚名)하고 출세하여 가문의 명성을 높이는 유일한 방법은 과거급제였을 것이다. 가문의 명예회복을 위한 아들 병연의 학문적 성취를 돕기 위해 삯바느질, 날품팔이, 화전(火田) 농사 등 물불 가리지 않고 뒷받침했을 것이다. 안동김씨 세도가문에 시집와서 졸지에 남편과 시아버지를 모두 떠나보내고, 가문은 멸족(滅族)은 면했지만 폐족(廢族) 신분으로 추락한 마당에 병연의 모친은 아들이 장원급제하여 가문을 회복시키는 것만이 그녀의 마지막 비원(悲願)이었을 것이다. 병연이 그런 모친의 비원마저 외면한 채 유랑걸식하며 떠도니, 쉰 살 지천명(知天命) 넘은 나이의 그녀는 이미 하늘의 뜻을 알았을 것이다. '며느리 하나 잘못 들이면 집안 망한다'라고 했나? 시댁 식구 잡아먹은 며느리로 안동김씨 가문의 귀신도 될 수 없다 여긴 백발의 그녀는 고개를 숙여 눈물 흘리며 친정으로 돌아갈 수밖에 없었을 것이다. 김삿갓은 무슨 피치 못할 절박한 이유가 있어 30여 년 긴 세월을 유랑하며 조부, 부친, 모친에 대한 효(孝)마저 외면하며 살다가 객사(客死)할 수밖에 없었을까?

『김립시집(金笠詩集)』 초판과 증보판(1939, 1941)을 편역(編譯)하면서 필자의 주관적(主觀的) 견해와 유추로 나름대로 감상문처럼 덧붙인 말을 '첨언(添言)'이라는 형식으로 끼워 넣었다. 첨언 글에 덧붙인 필자의 주관적 견해에 이견(異見)이 있을 수도 있겠지만, 설화 속의 인물이 자신을 '김삿갓'이라고 일컬은 적도 없는데 우리는 그를 김삿갓이라는 천재시인 페르소나(persona)로 인식하며 오랜 세월 그의 작품을 사랑하고 이해해 왔듯이, 필자의 주관적 견해에도 독자 여러분의 너그러운 이해가 있길 바랄 뿐이다.

2021년 立冬 어느 날
一華 文世和

차례

제2부 金笠詩集 편역

1장 / 들어가며

2장 / 乞食 篇(걸식 편)

3장 / 人物 篇(인물 편)

4장 / 詠物 篇 - 其一(영물 편 - 1)

5장 / 詠物 篇 - 其二(영물 편 - 2)

6장 / 動物 篇(동물 편)

7장 / 山川樓亭 編(산천루정 편)

제1부

김병연,
김삿갓이 되다

김삿갓(김립)에 대하여

1. 김삿갓 설화의 발단에 대하여

김삿갓 설화를 이해하기 위해서는 먼저 19세기 초 조선 후기의 사회상을 알아보고, 김삿갓을 폐족 신분으로 추락시킨 그의 친조부 김익순(金益淳)과 그를 대역죄인이 되게 한 홍경래(洪景來)에 관한 얘기부터 언급함이 옳을 듯하다. 당시 삼정(三政)[1]의 문란과 지배층의 횡포로 인한 사회·경제의 구조적 모순이 얼마나 극심했는지는 힘없는 백성들이 고통스러워하는 모습을 보고 다산(茶山) 정약용(丁若鏞, 1762~1836)이 한탄하며 읊은 시 한 수를 읽어보면 이해할 수 있다.

> 노전마을 젊은 아낙네 하염없는 통곡 소리,
> 관아 문을 향해 슬피 울며 하늘에 호소하네.
> 전쟁에 간 지아비가 못 돌아올 수 있어도,
> 남자가 양물을 잘랐다는 건 들어본 일이 없다네.
> 시아비 상복 막 벗고, 애 낳고 배냇물도 마르지 않았는데,
> 삼대가 다 군보(軍保)에 실리다니.
> (중략)
> 칼을 갈아 방에 들자 자리에는 피가 가득,
> 애 낳은 죄로 액운까지 당한 것을 한탄하네.
> (후략)

– 茶山 丁若鏞, 「哀絶陽(애절양, 양물을 자르며 슬퍼하다)」 중

---

1) 삼정(三政): 조선 시대 국가의 재정을 다스리는 세 분야(田政, 軍政, 還政 - 국가 보유 米穀의 대여제도).

蘆田少婦哭聲長 哭向懸門呼穹蒼
노 전 소 부 곡 성 장　곡 향 현 문 호 궁 창

夫征不復尙可有 自古未聞男絶陽
부 정 불 복 상 가 유　자 고 미 문 남 절 양

舅喪已縞兒未澡 三代名簽在軍保
구 상 이 호 아 미 조　삼 대 명 첨 재 군 보

(中略)

磨刀入房血滿席 自恨生兒遭窘厄
마 도 입 방 혈 만 석　자 한 생 아 조 군 액

(後略)

주해

蘆田(노전) 정약용이 18년간 유배되어 살았던 전라도 강진(康津)의 고을 이름. 懸門(현문) 관아 또는 세도가 집의 대문. 穹蒼(궁창) 높고 푸른 하늘. 絶陽(절양) 생식기를 자름. 舅(구) 시아비. 縞(호) 희다, 명주. 澡(조) 씻다. 兒未澡(아미조) 애를 낳고 탯줄도 아직 못 씻어 애 낳은 지 얼마 안 되었다는 의미. 名簽(명첨) 이름. 軍保(군보) 군대에 안 가는 대신 쌀이나 벼를 세금으로 내도록 한 제도. 遭(조) ~을 당하다, 만나다. 窘(군) 난감하다, 가난하다. 窘厄(군액) 황당한 재앙, 난감한 액운.

　강진(康津) 고을 노전(蘆田)에 사는 백성이 아이를 낳은 지 사흘 만에 관아의 군역(軍役) 장부에 오르고, 못 바친 군포(軍布) 대신 소를 빼앗아 가니 그 백성이 칼을 뽑아 자기 양물을 스스로 베면서 말하기를 "내가 이 물건 때문에 액운을 받는다"고 하였다. 그 아내가 피가 아직 뚝뚝 떨어지는 양물을 가지고 관아의 문에 나아가 하소연한다. 다산 정약용이 이를 듣고 읊은 한시(漢詩)로 조선 후기 백성이 과도한 군정으로 인한 고통을 못 견뎌 성기를 자른 것을 보고 슬퍼하며 지은 시라고 한다. 지배계층과 양반 자제들은 군역에서 빠지고 세금도 내지 않으면서, 가뭄, 홍수,

기아, 질병으로 고통받고 있던 가난하고 힘없는 농민들에겐 죽은 사람에게까지 세금을 부과하고(백골징포, 白骨徵布), 어린애도 군적에 올려 군포를 징수하는(황구첨정, 黃口簽丁) 등 농민의 울분과 원한이 극심했다. 조선 태조 이후 400년간 정치적·사회적·경제적으로 차별대우를 받아 오던 평안도 지역의 지역 지배층과 농민·상인들에게 홍경래의 농민반란 봉기는 호의적으로 받아질 수는 없었더라도 부정적일 수는 없었다.

'평서대원수는 급히 격문을 띄우노니 관서의 부로자제(父老子弟)와 공사천민(公私賤民)들은 모두 이 격문을 들으라. 무릇 관서는 성인 기자의 옛 터요, 단군 시조의 옛 근거지로, 의관이 뚜렷하고 문물이 아울러 발달한 곳이다…(중략)…그러나 조정에서는 관서를 썩은 흙이나 다름없이 버렸다. 심지어 권세 있는 집의 노비들도 서토(西土) 사람을 보면 반드시 평안도 놈(平漢, 평한)이라 일컫는다. 서토에 있는 자가 어찌 억울하고 원통치 않은 자 있겠는가?…(중략)…지금 임금이 나이가 어려 권세 있는 간신배가 그 세력을 날로 떨치고, 김조순(金祖淳)·박종경(朴宗慶)의 무리가 국가의 권력을 제멋대로 하니, 어진 하늘이 재앙을 내린다…(중략)…이제 격문을 띄워 먼저 여러 고을의 군후에게 알리노니, 절대로 동요하지 말고 성문을 활짝 열어 우리 군대를 맞이하라. 만약 어리석게 항거하는 자가 있으면 철기 5천으로 남김없이 밟아 무찌르리니, 마땅히 속히 명을 받들어 거행함이 가하리라.'

원문 〈참고: 稗林(패림) 卷10, 純祖記事, 辛未 12月 21日〉

平西大元帥, 爲急, 急馳檄事. 我關西, 父老子弟, 公私賤, 或聽此檄. 盖關西, 箕聖故城, 檀君蒼窟, 衣冠及濟, 文物 炳烺…(中略)…朝廷之等棄西土, 不異於棄土. 甚至於, 權門奴婢, 見西人則, 必曰, 平漢其爲西人者, 豈不冤抑哉…(中略)…見今冲王在上, 權奸日熾. 如金祖淳, 朴宗慶輩, 專弄國, 柄仁 天降災…(中略)…玆以檄文, 先 諭列府君侯, 切勿撓動, 洞開城門, 以迎我師. 若有蠢爾抗拒者, 當以鐵騎, 五天, 蹙之無遺矣. 須速請命擧行宜當者.

1811년(純祖 11) 12월에 평안도 일대에서 일어난 농민반란을 일으킨 홍경래(1780~1812)의 격문(檄文) 내용이다. 홍경래가 사마시(司馬試)[2]에 실패한 후 급제한 자를 보니 모두 실력도 안 되는 천학(淺學)의 귀족 자제들이었다. 평안도와 함경도 사람들은 조정의 부당한 서북(西北)지역[3] 차별 정책으로 중앙 관직에 진출할 기회가 제한되었고, 평안도는 지하자원도 풍부하고 청나라와의 무역으로 상권이 발달하였지만, 서울 상권 보호를 위해 조정은 평안도 상권을 규제하고 억압하였다. 1802년 딸이 純祖의 비(순원왕후, 純元王后)가 되자 영안부원군(永安府院君)에 봉해진 김조순(金祖淳, 김삿갓의 친조부 金益淳의 從班 어른)은 안동김씨 세도 정권의 중심에 서서 권력을 독점하며 중앙 정부 재정을 보충하기 위해 환곡 이자 등을 상납하게 하여 평안도 지방 경제는 완전히 무너지고 純祖 11년에는 흉년까지 드니 이에 분노한 홍경래가 자신을 평서대원수(平西大元帥)라 칭하며 봉기하기 전에 띄운 격문(檄文)이다. 서북지역은 이성계가 함경도 출신이니 조선 초기에는 대접을 받았으나, 7대 世祖가 권력을 잡으면서 이 지역 차별이 심해져 이징옥, 이시애의 난 등 반란이 이어져 온 지역이다. 홍경래는 조정의 농민 수탈과 지역 차별에 불만을 품고 봉기하여 반란 초기에는 청천강 이북 지역을 거의 장악하였으나, 반란군 내부의 분란, 한양에서의 반란 실패 등으로 반란 5개월 만인 1812년 5월에 홍경래는 그가 봉기한 평안도 가산(嘉山)의 다복동(多福洞) 근처 정주성(定州城)에서 총상으로

---

2) 사마시(司馬試): 생원(生員)시와 진사(進士)시를 합하여 부를 때 사마시(司馬試) 또는 소과(小科)라고 하였음. 사마시는 3년마다 정기적으로 시행하는 식년시(式年試)와 국가에 큰 경사가 있을 때 축하하기 위하여 실시하는 증광시(增廣試)로 구분되었음.

3) 서북(西北)지역: 평안도, 함경도, 황해도 지역.

전사하며 난은 평정된다. 그의 목은 참수(斬首)⁴⁾되고 시신은 능지처사(陵遲處死)⁵⁾된다(순조실록 12년 계해 4월 21일). 이때 병연(김삿갓)의 나이는 다섯 살이었다. 비록 홍경래의 대규모 농민반란은 실패하였지만, 이때부터 농민계층은 조정의 부정적 지배 이데올로기와 평등사상에 눈을 뜨게 되며, 지배계층에 대한 저항의식도 표출하게 되었다. 부패한 봉건체제와 불평등한 반상(班常) 신분 계급 등 유교의 가치 질서 파괴, 양반 계층의 몰락도 앞당기게 되었다. 그러면 반란군 홍경래에게 항복하여 대역죄인이 된 김삿갓의 친조부 김익순(金益淳)은 어떻게 되었을까?

"추국(推鞫)⁶⁾하였다. 모반죄인(謀叛罪人) 김익순(金益淳)이 복주(伏誅)⁷⁾ 되었다. 처음에 관서(關西)의 도신(道臣)⁸⁾이 김익순이 적에게 항복하여 첩문(帖文)⁹⁾을 받은 죄를 조사하고 또 함거(檻車)¹⁰⁾로 압상(押上)하였는데, 이때 이르러 추국을 했다. 결안(結案)에 이르기를 '적병이 처음 일어났을 때 방어하는 계책을 본받지 않은 채 흉적의 선봉이 채 도착하기도 전에 먼저 항서(降書)를 보냈고, 군관(軍官)의 가짜 첩문을 태연히 받았으며, 인과(印顆)와 부신(符信)¹¹⁾을 명령대로 싸 보냈습니다. 그리고 날뛰는 마음을 품고 만나기를 청하여 공손히 문안 인사를 나누고, 대청에 올라가 술잔을 주고받았으며, 말미를 받고 돈과 쌀을 받았으니, 나라를 배신하고 적을 따르는 일을 하지 않음이 없었습니다. 또 죽음을 면할 계책을 내어 적의

---

4) 참수(斬首): 목을 베어 죽임.
5) 능지처사(凌遲處死): 고대 중국의 사형 방법의 하나로, 산 채로 살을 회 뜨는 형벌. 한국에서는 능지처참(陵遲處斬)이라고도 불렀으며, 사형 중에서도 반역 등 일급의 중죄인에게 실시한 가장 무거운 형벌.
6) 추국(推鞫): 조선 시대 의금부에서 임금의 명령에 따라 중죄인을 심문하던 일.
7) 복주(伏誅): 죄를 인정하고 형벌을 순순히 받아 죽음.
8) 도신(道臣): 觀察使(관찰사)의 이칭.
9) 첩문(帖文): 수령에게 받은 문서.
10) 함거(檻車): 죄인을 호송하는 수레.
11) 인과(印顆)와 부신(符信): 인장, 손도장과 증표(證票).

수급(首級)을 사서 수기(手記)를 꾸며주었으니, 흉악하고 패려(悖戾)12)한 뱃속이 남김없이 드러났습니다. 모반 대역임을 지만(遲晚)13)합니다.'"

원문 〈참고: 朝鮮王朝實錄, 太白山史庫本, 15冊 15卷 27章 B面, 국가기록원 역사기록관〉

謀叛罪人益淳伏誅. 始, 關西道臣査盤益淳降賊受帖之罪, 且檻車押上, 至是設推鞫結案: '當賊兵初起之時, 罔效捍禦之策, 凶鋒未到, 先送降書, 軍官僞帖, 恬然領受, 印顆符信, 惟令賷送, 懷刺請謁, 恪修問安, 陞廳而接酒盃, 受暇而領錢米, 背國從賊之事, 無所不爲. 又生免死之計, 買賊首級, 成給手記, 凶肚悖腸, 畢露無餘. 謀叛大逆, 遲晚.' 正法.

주해

伏誅(복주) 죄를 인정하고 형벌을 받음. 捍(한) 막다. 恬然(염연) 거리낌이 없이 태연하다. 賷(재) 가져오다.

김병연의 친조부 김익순이 관서지방 반란군 홍경래에게 항복하고 반란군을 위해 싸우라는 임명장인 첩문(帖文)까지 받은 대역죄를 늦게나마 인정하며 주살의 형벌을 순순히 받고 죽겠다는 조선왕조실록의 순조 12년 1812년 3월 9일 의금부 추국 기록이다. 김삿갓 설화가 있으려면 홍경래의 난, 또는 안동김씨 세도 정치판을 연 그의 종반(從班)14) 어른 김조순까지 올라갈 수도 있겠지만 일단 친조부 김익순의 참수에 따른 가문

---

12) 패려(悖戾): 죄가 도리에 어긋남.

13) 지만(遲晚): "너무 오래 속여 미안하다"라며 형벌을 달게 받겠다는 죄인의 자백과 승복.

14) 종반(從班): 임금 가까이 보필하는 벼슬을 말함.

의 폐족지화(廢族之禍)가 설화의 발단이라 보는 것이 학계나 문학계의 일반적 견해이다.

실록에서는 김익순이 자신의 대역모반죄를 스스로 인정하고 순순히 처형을 받겠노라 했으니, 의금부의 김익순 추국 판결문과 그의 참수는 법에 어긋남이 없다고 기록하고 있다. 그러나 실록은 어차피 승자(勝者)의 눈치를 보며 기록한 사관(史官)의 주관적 견해로, 반란군 진압 후 조정 관료들의 체제 안정과 정체성 유지에 관한 욕구를 만족시키기 위해, 영웅과 역적 행위를 과장해 기록할 수도 있었다. 중국 남송 시대 충신 악비(岳飛)와 비견할 수 있다는 가산 군수 정시(鄭蓍)가 죽음으로서 충절을 지켰던 게 아니라, 과도한 군포 징수, 환곡 고리대금업, 매관매직 등 부정이나 일삼는 탐관오리로 반란군이 아닌 고을의 핍박받는 농민들에 의해 맞아 죽은 것은 아닐까? 함흥(咸興) 중군(中軍)으로부터 선천방어사(宣川防禦使)로 전관(轉官)했는데, 전관한 지 삼 개월 만에 반란군의 공격을 받은 김익순은 관군의 최후 승리를 위해 작전상 일시 반란군에 투항했다가 관군으로 복귀한 지략가이며 충신일 수도 있지 않은가? 아니면 김병연의 조부 김익순이 다산 정약용의 예언처럼, 썩고 병든 조정과 세상을 당장 개혁하지 않으면 나라가 망한다는 절박감으로 개벽천지를 위해 반란을 일으킨 의적(義賊) 홍경래 편에 섰다면 대역죄인이 아니라 殉國志士(순국지사)일 수도 있지 않은가? 여하튼 당시 안동김씨의 세도정치하에 있는 조정은 김씨 가문 전체로 파급이 있기 전에 급히 안동김씨 김익순을 반역죄(反逆罪)로 희생양을 만들지 않았나 하는 의문도 든다. 안동김씨는 고종 때 대원군이 권력을 쥐기까지 순조, 헌종, 철종 시대에 이르기까지 약 60년간에 걸쳐 왕권을 압도하는 이른바 세도정치를 펼쳤다. 그로 인해 전정(田政), 군정(軍政), 환곡(還穀)의 삼정(三政)[15]이 극도로 문란해지고 유교적 관료정치의 기틀도 완전히 무너져 민란과 반란이 끊이지 않

---

15) 삼정(三政): 조선 시대 국가의 재정을 다스리는 세 분야(田政, 軍政, 還政 - 국가 보유 米穀의 대여제도).

던 시기인 1812년에 세도가문 안동김씨인 김삿갓의 친조부인 무신(武臣) 선천부사 김익순이 처형되었다. 친조부 김익순의 처형으로 말미암은 폐족(廢族) 신분으로의 추락에 대한 울분과 원망 때문인지 김삿갓이 22세에 집 떠나 떠돈 36년간 걸식유랑 초반에는 선천이 소재한 관서지방을 떠돌았으며 시를 지었다. 이때 희작시(戲作詩)로 세상을 풍자하고 조롱할 마음이 있었을 리 만무하다. 주로 과시체(科試體)인 공영시(功令詩) 형태로 글을 쓴 사실을 감안하면 그때만 해도 과거를 통한 입신양명과 가문의 회복에 대한 꿈을 버리지는 않은 듯하다. 함경도를 유랑할 때만 해도 전낭(錢囊)속 엽전은 두둑해 기생들과 사랑도 나눌 수 있었고, 한양에서 온 선비가 품위 있게 공영시도 잘 읊었으니 시골 토호(土豪)나 양반자제들이 외면할 리도 없었다. 그러나 남의 집 사랑방에 유숙하며 신세 지는 것도 한두 번이지, 자주 반복하면 외면하게 되는 것이 인지상정이고, 돈 떨어지면 아무리 시문(詩文)이 능하고 잘생겼어도 상류층 풍류 기생들이 술과 몸을 바칠 리 있겠나? 이제 아무도 반기지 않는 함경도를 떠나 그는 남쪽으로 발길을 돌려 조부의 대역모반죄의 불씨가 된 홍경래를 자신의 가문을 폐족시킨 장본인이라 생각하며 저주와 원한 가득한 심정으로 홍경래가 처음 군사를 일으킨 평안도 가산 다복동(多福洞)에 들른다. 당시 상황에 관한 얘기를 듣고 지역 민심은 오히려 홍경래의 난에 대한 평가가 호의적이라는 사실에 심적 충격을 크게 받는다. 홍경래를 도적(盜賊)이 아닌 의적(義賊)으로까지 일컫는 지역 민심과 호의적 평가를 접하며 홍경래는 원망의 대상이 될 수 없다는 사실을 깨닫는다. 안동김씨의 세도정치로 인한 권력독점과 세금 수탈의 최대 피해자는 가난한 농민들이며 그의 조부 김익순이야말로 임금에 대한 충(忠)을 저버리고 도적에게 투항했으니 그의 가문이 역적의 집안이 된 것은 마땅하다고 생각했고, 그 원죄는 도적 홍경래에게 있다고 판단했는데, 이제 홍경래를 향한 그의 저주와 울분은 명분을 잃게 되며 대역죄인 친조부 김익순도 가문의 폐족지화(廢族之禍)와 자신의 걸식유랑을 초래한 원죄로부터 멀어진다.

과거와 현실을 냉철히 판단한 김립은 결심한다. 어차피 과거(科擧)를 통한 출세나 반가(班家) 복귀를 바라는 허황된 꿈은 이제는 깨끗이 잊어버리자고. 그의 허영과 품위 있는 선비로서의 모습은 사라지고, 걸식유랑 천재시인으로 불리는 김삿갓의 설화는 아마 이때부터 시작된 듯하다.

2. 난고(蘭皐) 김병연(金炳淵)에 대하여

　김병연(金炳淵, 1807~1863)의 본관은 안동(安東), 자는 성심(性深)이며, 경기도 양주 출생이다(추정). 별호는 김사립(金莎笠), 김대립(金簦笠), 난고(蘭皐) 등이 있지만, 대동기문(大東奇聞)에 김립(金笠)이라는 호칭이 처음 언급되면서부터 김삿갓이라는 우리말 이름으로 구전되어 알려지게 되었다. 이명(而鳴), 김난(金鑾), 지상(芷裳), 김초모(金草帽) 등의 호도 김삿갓의 별호로 언급되기도 하지만 실제 김병연의 별호인지에 대해서는 논란이 있다. 병연이 다섯 살 때 평안북도 선천부사로 있던 친조부 김익순(金益淳)이 홍경래의 반란군에 투항한 죄로 순조(純祖) 12년 1812년에 참수당한다. 병연은 폐족(廢族) 가문의 자손으로 조상을 욕되게 한 천하의 불효자인 자신을 수치스럽게 여겨 평생 삿갓으로 얼굴을 가리고 전국을 걸식유랑하며 당시 부패·퇴락한 세상을 개탄하는 수많은 희작시(戱作詩)를 조롱과 해학을 섞어 읊은 풍자시인이자 자연주의 방랑시인이다. 평생 자신의 본명인 김병연(金炳淵)이라는 이름을 쓰길 원치 않았으며, 우리가 그를 김삿갓이라는 이름으로 흔히 부르게 된 것도 1926년 강효석의 야사집(野史集) 대동기문(大東奇聞) 헌종(憲宗) 篇에 '김립(金笠, 김삿갓)'이란 호칭이 언급되면서부터였다.

　'병연(炳淵)은 스스로 자신을 천지간 죄인(罪人)이라 부르며, 감히 하늘을 바라볼 수 없다며 늘 삿갓을 썼다. 그리하여 세상 사람들은 그를 김삿갓(金笠)이라 부르게 되었다.'

炳淵, 自以謂天地間罪人, 嘗載笠不堪仰見天日故, 世以金
笠, 稱焉

구전 내용에 따르면 김병연이 나이 20세 때 영월 백일장(白日場)에서 김
익순이 자기 자신의 친조부임을 모르는 상황에서 친조부에 대한 저주성
비판 글을 써서 장원이 된다. 조선 시대 백일장은 관리임용과는 무관하
게 주로 과거(科擧)시험 지망생, 지방 유생(儒生), 낙방 후 재응시를 원하는
자들의 학업 장려를 위해서 시행된 시재(詩才) 평가 논술시험이었지만, 시
험문제인 시제방(試題榜)을 내걸고, 응시자들이 답안지 시권(試卷)을 작성
제출하는 방식은 과거시험과 유사했으며 일종의 과거 예비시험이기도
했다. 과거제도로 관리를 등용하기 시작한 것은 고려 네 번째 왕 광종
(光宗)이 건국에 도움을 준 토호(土豪) 세력을 견제하고 왕권을 강화하기
위해 958년에 중국에서 귀화한 쌍기(雙冀)의 건의에 따라 처음 실행되었
다. 조상의 음덕(蔭德)이나 세력이 있으면 과거를 거치지 않고 등과시켰던
음서제(蔭敍制)와 같은 폐단은 조선 시대까지 이어졌으며 조선 후기 김삿
갓의 시대에 이르러서는 과거나 백일장 시험은 그 절차와 과정이 부패할
대로 부패해 논술 문제인 시제(詩題)의 사전 매매, 대리시험 등으로 과장
(科場)은 한마디로 난장판이었다고 한다. 김삿갓같이 힘없고 연줄 없는
몰락 양반이나 시골 선비들이 등과(登科)할 수 있는 가능성은 거의 없었
다고 봐도 좋을 듯싶다. 난고(蘭皐) 김병연(金炳淵)이 집을 떠나 30여 년
긴 세월을 유랑하다 객사할 수밖에 없었던 그 이유를 어디서부터 찾아
야 할까? 23대 순조(純祖) 왕에게 딸을 보내 순원왕후(純元王后)로 만든 후
안동김씨 세도정치의 기틀을 마련한 영안부원군 김조순(金祖淳)이 김삿
갓의 친조부 김익순(金益淳)의 가문 종반(從班) 어른이었으며, 김조순의 세
도가문의 폭정으로 인한 정치와 경제의 파탄, 과거시험의 평안도 지역
차별 등에 불만을 품어 반란을 일으킨 홍경래에게 김삿갓 조부 김익순

이 투항하고 도운 반역죄로 참수당하였고, 그 결과로 김병연 가문이 몰락하게 되었으니, 김조순 또한 김병연의 '김삿갓'이란 기구한 삶을 초래한 원죄에서 벗어날 수는 없다. 난고(蘭皐)라는 호는 김삿갓이 임종 직전 자신의 일생을 회고하며 남긴 '난고 평생시(蘭皐平生詩)'때문인지 그의 아호(雅號)로 불린다.

3. 김삿갓이라 불리는 인물의
복수성(複數性)에 대하여

삿갓(笠, 립)은 예로부터 우리나라뿐만 아니라 여러 나라에서 썼다. 중국에서는 죽립(竹笠), 일본에서는 스게가사(菅笠), 베트남에서는 논라(Non la)라는 이름으로 햇볕으로부터 주로 얼굴을 가리기 위해 대나무나 갈대를 엮어 만든 일종의 차양모(遮陽帽)였다. 우리나라에서는 눈비가 몸에 스며들지 못하게 하는 비옷인 도롱이(蓑, 사)와 함께 묶어 사립(蓑笠, 도롱이와 삿갓)이란 용어를 사용했지만, 중국 당나라 시대 때 이미 사용된 명칭이다. 당송시팔대가(唐宋詩八大家) 중 한 명으로 지방으로 좌천된 후 자연을 유람하며 봉건체제의 모순을 조롱·비판하는 시를 읊은 자연시인(自然詩人)이었던 당(唐)나라 문관 유종원(柳宗元, 773~819)의 「강설(江雪)」이라는 시의 구절에서도 '삿갓'이란 단어가 언급된다(柳宗元의「江雪」 중에서, 孤舟蓑笠翁 獨釣寒江雪, 고주사립옹 독조한강설, 쓸쓸한 조각배에 도롱이 삿갓 쓴 노인네 눈발 날리는 차디찬 강물에 홀로 낚싯대 드리우네). 조선 시대 숭유억불(崇儒抑佛) 정책으로 불교는 산속 은둔(隱遁) 종교가 되었으며 얼굴을 드러내기 꺼렸던 승려들, 농부, 유랑과객 선비들도 흔히 썼으며, 부모상(喪)을 당하면 유교의 윤리적 관례로 자식은 불효자로 여겼기 때문에 삼 년 동안 얼굴을 가리기 위해서도 썼다. 조선 시대 말기인 19세기는 봉건체제의 몰락으로 삼정(三政)이 극도로 문란했으며 노비도 돈만 주면 면천(免賤)되니 반상(班常)구별도 힘을 잃어 몰락한 양반은 증가하고, 매관매직(賣官賣職), 과도한 부역과 세금징수, 홍수, 가뭄, 기아(飢餓), 반란 등으로 망국(亡國)의 길로 이미 들어서고 있었다. 실학자 이익(李瀷)은 그의 문답집인 성호사설(星湖僿說)에서 임거정(林巨正), 홍길동(洪吉童), 장길산(張吉山)을 조선의 3대 도적이라 언급한다. 그들의 이름이 조선실록(朝鮮實錄)에도 언급되니 그들은 역사적으로 모두 실존 인물들이다. 도적이나 의적이 창궐하는 이유는 간단하다. 예외는 있겠지만 대부분 배고픔, 과도한 부역, 세금징수, 특정 지역에 대한 차별대우 등으로 백성들이 살기가 힘드니 개벽천지라도 바랄 수밖에 없었다. 이들 3대 도적이 꿈꿨던 개벽천지의 꿈은 이루어지지 못하고 끝났지만, 그들 사후에도 개벽천지에 기대는 민심을 반영하듯 제2, 제3의 카피캣(copy cat)들은 생몰(生沒)을 거듭했다. 그나마 학문이라도 어느 정도 익힌 시골 선비들이 입신양명하여 관료로서 중앙진출할 수 있는 유일한 통로인 과거시험 또한 그 절차와 과정이 썩을 대로 썩어, 대리시험과 논술 문제인 시제(詩題)의 사전 매매 등으로 과장(科場)은 한마디로 엉망이었다고 한다. 힘없고 연줄 없는 시골 선비들과 몰락 양반들이 서울로 대거 몰려와 서울 인구 20만 명일 때 과거 응시자 수가 15만 명[16]이었던 때도 있었다 한다. 성균관이 있는 명륜동 주변이나, 가난으로 여윈 얼굴에 곰방대 쪽쪽 빨며 해진 망건에 나막신 신고 의젓이 팔자걸음으로 거닐던 딸깍발이 샌님들이 모여 살던 남산골 한옥마을 일대는 아마도 지금의 고시촌이나 학원가보다 더했을 것이다. 나름대로 학문적 재능은 뛰어났어도, 자신과 가문의 숨기고 싶은 내력, 힘 있는 관료들로부터의 도움 부재, 경제적 이유 등 나름대로 피치 못할 사연을 갖고 할 수 없이 김병연처럼 벼슬길을 포기하고 시를 읊으며 여생을 보낸 유랑시객(流浪詩客)이 많았을 것이다.

우리가 흔히 김삿갓이라 일컫는 사람이 김병연을 지칭하는지, 아니면 당시 나름대로 사연이 있어 김병연과 같은 삶을 보낸 김씨 성을 가진 다른 사람들 모두를 포함하는지에 대한 논란이 많다. 김병연이라는 본명을 쓰지 않고 어째서 3인칭 보통명사 김 아무개 식으로 '김삿갓'이라 부

---

16) 『김삿갓연구』 22쪽, 정대구, 문학아카데미, 1990.

르는 걸까? 김병연이 22세 나이에 출가하여 유랑하면서 그에게 붙여진 호칭은 다양하다. 김립(金笠…大東奇聞, 大東詩選), 김사립(金莎笠…黃綠此集), 김대립, 이명, 김난, 지상(金簔笠, 而鳴, 金鑾, 芷裳…海藏集), 김초모(金草帽…荷亭集) 등 여럿이 있지만, 이들 호칭 모두가 김병연을 지칭한다고 볼 것인가, 아니면 그 시대에 살았던 김씨 성을 가진 모든 유랑과객을 일컬어 김삿갓이라는 보통명사로 불렀던 것으로 볼 것인가? 가짜 김삿갓으로 밝혀진 함경도의 한삼택은 빼더라도, 김병현(金秉鉉) 또는 김병현(金秉玄)도 김삿갓이라는 보통명사에 수용되는 건가? 여규형(呂圭亨)이 그의 하정집(荷亭集)에서 글솜씨를 비하하며 언급한 김초모(金草帽, 풀초로 만든 모자를 쓴 金씨)도 삿갓을 썼으니 자신을 '김삿갓'이라 불렀다고 문제될 것이 있는가? 오랜 세월 흘러도 그의 본명 김병연을 쓰지 않고 군이 '김삿갓'이란 복수의 김씨를 지칭할 수 있는 보통명사로 부른 것은 아마도 그런 이유에서일 것이다.

신석우의 해장집에서 김삿갓이 20대 초반에 명문가 선비인 안응수의 문객으로 머물다 김삿갓이 광주 향품(鄕品)이란 사실이 알려지자 이태 만에 그는 떠났다고 20년 전 일을 회상하며 기술한다. 명문세가에 빌붙어 중앙 관직을 도모하다 당시 완고한 봉건적 신분 차별에 지레 겁을 먹고 떠났다는 얘기이다. 그런데 우리가 알고 있는 김삿갓이라는 설화 속 인물은 향품(鄕品)이란 벼슬을 했다고 가정하면 얘기가 잘 안 풀린다. 향품(鄕品) 또는 품관(品官)이란 직급은 조선 시대 지방의 풍속과 질서를 바로잡기 위해 설치해 운영했던 유향소(留鄕所)[17] 관리로 좌수나 별감을 의미하기도 한다. 서울 중앙 관료의 입장에서 보면 당시 완고한 유교적 신분 계급이 확실히 구별되는 시기에 시골의 낮은 관직 향품이 이미 등과하여 진사(進士)인 안복경이나 문신인 신석우의 아우 신석희와는 급(級)이 다르니, 더불어 시문(詩文)을 나눌 수는 없다는 신석우의 언급에 이해도

---

17) 유향소(留鄕所): 고려와 조선 시대 때 지방 수령(守令)을 보좌했던 자문기관. 향청(鄕廳)과 동일.

간다. 김삿갓의 신분이 향품(鄕品)이라 밝혀졌고 직급은 낮지만, 그래도 관직이 아닌가? 그런데 녹차집에서는 김삿갓은 과거시험 본 적이 없다고 한 걸 보면 애초 벼슬에는 관심이 없었던 듯하다.

'술 마시는 걸 즐기며, 해학적(諧謔的)인 것을 무척 좋아하며 시(詩) 또한 잘 지었는데, 술 좀 취하면 가끔 대성통곡(大聲痛哭)하더라. 평생 과거(科擧)시험 보는 일이 없으니, 이 사람을 어찌 기인(奇人)이 아니라 할 수 있겠는가?'

원문 〈참고: 황오(黃五)의 황녹차집(黃綠此集)〉

好飮酒, 喜狂謔, 善爲詩 酒酣 往往欲大哭之, 平生不作擧子業 蓋畸人也

또 해장집에서는 김삿갓이 과장(科場)을 들락날락했으며 어떤 때는 수십 편, 어떤 때는 한 편도 안 쓰고 나왔다 한다.

'과거시험장을 자주 들락날락했으며 어떤 때는 과체시 수십 편을 썼고 어떤 때는 한 편도 안 쓰고 나왔다.'

원문 〈참고: 신석우(申錫愚)의 해장집(海藏集)〉

常遊場屋 惑作詩數十篇 或不作一篇而出

김삿갓이 과장(科場)에 자주 가서 논술 답안지인 시권(試券)을 작성·제출했다면 최소한 소과(小科) 정도에는 등과(登科)하여 생원(生員)이나 진사(進士) 정도는 돼야 하지 않았겠는가? 해장집(海藏集)에서 이명(而鳴) 혹은 김난(金鑾) 이라고 언급되는 사람이 김삿갓으로 보기에도 뭔가 앞뒤가 맞지 않는다. 해장집 기록 어디에도 그를 김삿갓으로 부르게 된 '삿갓' 얘기를 찾아볼 수 없다. 그래서인지 김삿갓에 관한 얘기를 할 때 해장집의 향품(鄕品) 얘기는 대부분 꺼내지 않거나, 이문열(李文烈)의 장편소설 『시인(詩人)』에서처럼 김삿갓이 자신의 가문 내력을 숨기기 위해 얼떨결에 광주의 향품이라고 둘러댄 것이라며 설화의 구성 자체의 변화를 시도했다. 또 『시인(詩人)』에서는 당시 조정의 권력을 쥐락펴락하던 세도정치의 장본인이었던 김조순(金祖淳)이 임금을 가까이하는 종반(從班) 어른이었음을 상기하며 김삿갓이 신분 상승과 가문의 영광을 되찾기 위해 김조순을 찾지만, 김조순은 오히려 김삿갓이 안복경 같은 명문 집에 식객으로 빌붙어 살며 안동김씨 가문에 먹칠이나 하고 다닌다며 면박을 주고 쫓아내는 식으로 설화를 재구성한다. 이상 기술한 대로 '김삿갓'이 한 사람을 지칭하는지, 아니면 '김삿갓'이라는 사람들 가운데 김병연(金炳淵)이 수용된 건지 확언하기는 힘들다. 다만 '김삿갓'이 단수 보통명사이건 복수이건 그가 술값 정도 마련하기 위해 대리시험 봐주려고 과장(科場)을 드나들었다고 생각하고 넘어가는 게 설화(說話)를 대하는 자세일지도 모른다.

4. 김삿갓과 유사한 삶을 살았던
조선과 외국의 시인들

(1) 임제(林悌)

백호(白湖) 임제(林悌, 1549~1587)는 조선 선조(宣祖)때 문신이며 시인이었다. 젊어서는 기녀(妓女)들과 음풍농월(吟風弄月)로 세월을 흥청망청 지내다가 그의 나이 23세 때 어머니를 여의면서 글공부에 전념해 일찍이 그의 나이 28세 때 문과 급제하여 여러 관직을 지냈다. 그러나 당시 東人·西人으로 나뉜 붕당(朋黨)정치 암투에 환멸을 느껴 관직을 버리고 명산을 찾아다니며 시를 읊었다. 김삿갓과 마찬가지로 유랑하며 여생을 보내다 그의 나이 39세 되던 해 세상을 떠났다. "제왕(帝王)도 없는 못난 나라에서 태어나 죽는다고 뭐가 아쉽냐? 아쉬울 게 하나도 없으니 곡(哭)도 하지 마라!"라는 유언을 자식들에게 남겨 임금에 충성하고 부모에게 효도를 중시했던 당시 봉건적 유교 체제의 정서에 어긋난 사람이었다는 비판도 있지만, 술, 시문, 여자, 피리 등 풍류 낭만 시인으로 짧은 인생을 살다 간 임제는 어쩌면 270년 훗날 김립의 유랑인생 'Role Model'이 되었을 수도 있다는 생각이 든다. 임제는 관직에 있을 때나 홀로 유랑할 때나 가는 곳마다 일화(逸話)를 남겼다. 황진이 무덤을 찾아가 미인박명(美人薄命)과 인생무상(人生無常)을 한탄하며 애도(哀悼) 시조를 읊었다.

청초(青草) 우거진 골에 자난다 누엇난다.
홍안(紅顏)을 어듸 두고 백골(白骨)만 무첫나니.
잔(盞) 잡아 권(勸)하리 업스니 그를 슬허하노라.

푸른 풀 우거진 산골짜기 무덤 속에 자고 있느냐, 누워 있느냐?

젊고 아름다운 얼굴을 어디에 두고 백골만 묻혀 있느냐?

술잔을 잡고 권할 사람이 없으니 그것을 슬퍼하노라.

또 어떤 때는 신의주 어떤 토호(土豪)의 환갑잔치에 초라한 행색으로 나타나 술과 음식을 구걸하며 시도 읊었다.

彼坐老人不似人
피 좌 노 인 불 사 인

疑是天上降眞仙
의 시 천 상 강 진 선

저기 앉은 노인 사람 같지 않구나

혹시 하늘에서 내려온 진짜 신선일지도 모르지.

남의 환갑연(還甲宴) 잔치에 가서 술과 밥을 얻어먹기 위해 축하한답시고 아들들이 부르는 운(韻)을 따라 임제가 읊기를 "저기 앉은 저 노인(還甲宴의 主人公)은 사람 같지 않다(彼坐老人不似人)"라고 읊는다. 그랬더니 그의 자식들이 화가 나서 "사람 같지 않으면 무엇이란 말이냐? 그럼 짐승 같단 말이냐?"라며 질타했다. 이에 임제는 "하늘에서 내려온 진짜 신선인가 하노라(疑是天上降眞仙)!"라며 읊으니 자식들이 진짜 신선(神仙)이라는 최상의 존칭(尊稱)에 노기(怒氣)를 완전히 풀고 극진히 대접했다는 내용인데 『김립시집(金笠詩集)』 초판과 증보판에서는 「환갑연(還甲宴)」이라는 시제(詩題)로 이 시를 김립의 시로 수록하였다. 여기서 「환갑연」이라는 시가 누구의 작품인가 분별하려는 노력은 의미가 없다. 임제의 이 시 또한 구전되어 내려온 설화(說話)이기 때문이다. 독도가 국제적으로 아직 승인된 우리 영토는 아니지만, 현재 우리가 점유·관리·통제하며 실효 지배(實效支配)를 하고 있으니, 최소한 암묵적 인정은 받고 있지 않나? 실효 지배를 오랜 세월 하면 할수록 침략국의 강자(强者) 논리는 그만큼 힘을 잃게 된다. 김립의 시에 관한 서적들이 대부분 이 시를 수록하고 있으니 같은 의미에서 「환갑연(還甲宴)」이라는 시가 실제로 임제의 작품이라 하더라도 김립의 시로 당분간 남을 수밖에 없을 듯하다. 임제와 김립의 설화는 각각 그대로 전해지길 바랄 뿐이다.

(2) 김시습(金時習)

매월당(梅月堂) 김시습(金時習, 1435~1493)은 조선 초기 문인이며 학자였다. 생육신(生六臣) 중 한 사람으로, 수양대군(首陽大君)이 1453년 단종(端宗)으로부터 계유정난(癸酉靖難)으로 왕위 찬탈을 하자 21세 나이의 김시습은 통곡 끝에 불만을 품고 설잠(雪岑)이라는 법명(法名)으로 출가하여 승려가 되었다. 단종 복위 운동을 도모하다 발각되어 수양대군에 의해 한강 노들강변 새남터에서 마지막 가는 길에 술 한 잔 들고 절명시(絶命詩)를 읊은 후 거열형(車裂刑)으로 처형된 성삼문(成三問)의 시신(屍身) 일부를 매월당 김시습이 수습하여 강 건너 노량진에 묻어주었다. 매월당 김시습은 君主가 그릇된 판단으로 不義를 저지를 때 목숨까지 버리며 절개를 지킨 충신 성삼문의 忠節을 후세에 전한 의인(義人)이었다. 다섯 살 때 이미 중용(中庸)과 대학(大學)에 통달했고, 12세 나이에 백일장(白日場)에서 급제하는 등 신동(神童)으로 소문이 자자하여 집현전 학자 최치운(崔致雲)은 그의 이름을 논어(論語)의 학이편(學而篇)에 나오는 '시습(時習)'으로 지어주었다 한다. 시습이 다섯 살 때 그의 문학적 천재성을 듣고 세종이 그가 크면 등용시켜주겠다는 언약도 주었지만, 세종(世宗)과 병약했던 문종(文宗)마저 일찍 승하하고 세조가 즉위하자 임금에 향한 충(忠)을 배반한 썩어빠진 수양대군의 조정을 위해 살 수는 없다며 머리 깎고 출가한 것이다. 스스로 자신을 '몽사노(夢死老, 꿈꾸다 죽을 노인)'라 부르며 김립처럼 관서, 관동, 호남, 영남 등 전국을 떠돌았다.

가인박명(佳人薄命)이라 했는가? 김립처럼 문학적·철학적 천재성은 있었지만, 어린 나이에 부모를 잃고 수양대군의 왕위 찬탈로 비분강개하다 출셋길도 막히니 "때에 맞지 않는 세상에 잘못 태어났구나!"라 한탄하며 광기(狂氣)어린 기구한 삶을 살다 간 김립과 같은 천재시인(天才詩人)이었다. 그는 경주(慶州)의 남산 금오봉(金鰲峰)에 있는 용장사(茸長寺)에서 스님으로 수도하며 우리나라 최초의 한문(漢文) 소설 「금오신화(金鰲新話)」를 썼다. 세조의 책사로 유명한 칠삭둥이 한명회(韓明澮)의 시를 고쳐 지어 한명회를 비웃고 조롱하는 시를 쓰기도 했다.

青春扶社稷 白首臥江湖
청 춘 부 사 직 백 수 와 강 호

- 한명회

젊을 때는 나라에 충성하고 늙어서는 강호에 묻히겠노라.

青春亡社稷 白首汚江湖
청 춘 망 사 직 백 수 오 강 호

- 김시습

젊을 때는 나라를 망치더니 늙어서는 강호마저 더럽히는구나.

주해

扶(부) 돕다, 떠받치다. 社稷(사직) 토지신(土地神)과 곡식신(穀食神)에게 옛날 임금이 나라가 무사하길 바라며 제사를 지내냈기 때문에 나라 혹은 조정의 의미를 갖게 되었음.

김시습은 유교(儒敎)의 경전(經典)과 문장(文章)에 뛰어났지만, 결코 완고한 유림(儒林)의 길을 걷지는 않았다. 또 김시습은 성리학이나 불교의 윤회나 기복신앙 등을 비판했으며, "도교(道敎)는 체(體)는 있어도 용(用)은 없다"라 주장하며, 그 어느 이론이나 종교에 얽매이지 않았다. 모두 부정했다기보다는, 심지어 불가사의한 괴담까지 아우르며 살다 간 초현실주의 시인이었다. 세상을 교화시키고 바로잡을 수 있다면 어떠한 종교나 이론, 심지어는 귀신 얘기까지 아우를 수 있다며 단편소설 「금오신화」를 썼다. 「금오신화」 소설을 통해 에둘러 세조를 비판하며, 무기력한 자신을 저주하며 울분을 토해내며 살다 객사한 김시습 또한 김립의 'Role Model'이 아니었나 하는 생각이 든다.

(3) 박지원(朴趾源)

연암(燕巖) 박지원(朴趾源, 1737~1805)은 김삿갓과 같은 시대의 인물로 세도가문 노론 명문가 출신이다. 그의 기행문 『열하일기(熱河日記)』가 문체반정(文體反正)[18]의 비판 핵심서적이 될 정도로 正朝 집권 당시 이단적 문장가로 낙인찍혔다. 평생 과거시험을 통한 입신양명의 길을 포기하고 글벗과 술벗을 가까이하며 시문(詩文)을 즐긴 조선 최고의 지성인 가운데 한 사람이었다. 연암이 20세 무렵 쓴 한문 단편소설 「방경각외전(放璚閣外傳)」의 머리글을 보면 다음과 같이 부패·퇴락한 선비사회를 신랄하게 비판한다.

世降衰季 崇飾虛僞
세 강 쇠 계 숭 식 허 위

詩發含珠 愿賊亂紫
시 발 함 주 원 적 난 자

세상이 망해 가는 시절로 기우니 가식을 숭상하고 위선으로 허망하네

시를 읊으면서 도굴질이나 하니, 그것이 향원이고 사문난적이며 사이비다.

---

18) 문체반정(文體反正): 조선 정조(正朝)가 연암 박지원의 『열하일기(熱河日記)』와 같이 실용주의 개혁적 문장들을 패관소품이라 규정하여 배척하고, 기존 중국의 고문(古文)들을 모범으로 삼기 위해 일으킨 사건.

虛(허) 비다, 헛되다. 珠(주) 구슬, 진주. 含珠(함주) 무덤을 도굴하여 죽은 사람의 입에 물린 구슬을 훔치는 타락한 선비(莊子, 外物篇). 愿(원) 빌다, 바라다. 鄕愿(향원) 속과 겉이 다른 사이비 선비(孔子, 子路篇). 亂紫(난자) 자주색(紫)은 정색(正色)인 붉은색(朱)도 아니면서 사이비(似而非)와 부정(不正)의 색으로 아악(雅樂)을 혼란시키고 나라를 전복한다는 의미(論語, 陽貨 18章).

중국 역사상 최후의 漢족 왕조인 明나라가 1644년 淸에 의해 이미 멸망한 후에도 조선은 한동안 淸나라는 오랑캐 나라라며 淸의 연호(年號) 쓰기를 거부하며 明의 연호에 집착했다. 중국은 조선을 일본, 만주족 나라와 함께 동쪽의 오랑캐 나라, 동이(東夷)라 일컫는데도 말이다. 조선은 淸의 앞서가던 실용주의 기술, 과학, 북학(北學)을 거부하며, 변화와 개방을 시도했던 수많은 개혁주의 인물들을 처참하게 제거하거나 배척했다. 허균과 그의 누이 허난설헌, 소현세자와 그의 정비 강씨, 다산 등을 포함해 변화와 개혁을 통해 나라를 구하고자 했던 모든 인물은 반개혁적 체제에 의해 능지처참되거나, 사사(賜死), 유배당했다. 조선의 무능한 왕정과 부패한 양반들은 그들만의 권력 보전을 위해 17세기 급변하는 국제정세를 애써 외면하고 이미 사라진 明나라에 대한 고루한 집착과 충성심을 버리지 못했다. 경기도 가평에 조종암(朝宗巖)이란 바위에 새겨놓은 암각문(巖刻文)이 있다. 가평(加平)의 옛 지명 이름은 조종(朝宗)이며, '朝宗'의 의미는 '종속국(朝鮮)의 군주가 明나라 마지막 황제 의종(毅宗)을 알현하다'라는 의미이다. 조종암(朝宗巖)의 암각 바위 아래에 흐르는 강 이름은 조종천(朝宗川)이다. 지금이라도 이름을 바꿔야 하지 않을까? 明나라 멸망 후 160년이 지난 純祖 때까지 존재하지도 않는 明나라 마지막 황제 의종(毅宗)의 기일(忌日)에 조선 땅에서 제사를 지냈다 하니 통탄할 노릇이다. 언젠가 조종암(朝宗巖)에 들렀더니 아직도 누군가 제향(祭享)하는지 향로에는 향이 꽂혀 있어 마음이 착잡했다. 조종암(朝宗巖)에는 다음과 같은 글이 새겨져 있다.

思無邪
사 무 사

생각함에 사특함이 없어라.

※ 論語의 爲政편에 나오는 글로 明나라 마지막 황제 의종(毅宗)의 어필로 바위에 새겼다 함.
여기서 '사(邪)'는 明나라 이외의 모든 나라는 사특하다는 의미임.

萬折必東 再造藩邦
만 절 필 동 재 조 번 방

수없이 침략당해 쓰러져도 변방 신하국(조선)을 계속 일으켜 세워주네.

충청북도 괴산군 화양계곡에 만동묘(萬東廟)라는 사당이 있다. 이 사당
도 明나라의 마지막 황제인 의종(毅宗)에게 제사드리기 위해 세운 사당이
라 한다. 明나라 의종의 친필 휘호, '비례부동(非禮不動, 禮가 아니면 움직이지
말라)'을 전해받은 송시열(宋時烈, 1607~1689)에 의해 그 글씨를 화양동의 암
벽에 새기고 그곳에 환장암(煥章庵)을 세워 후학들을 가르쳤다 한다. 조
종암(朝宗巖) 바위에 암각된 '사무사(思無邪)'의 의미처럼 '明나라에게만 禮
를 갖추어 절대 복종하고, 淸나라는 오랑캐 나라로 禮로 받들 나라가 아
니니 상대하지 말라'라는 뜻으로 해석할 수도 있다. 조선은 淸에 의해 이
미 멸망한 明나라 마지막 황제 의종에게 받들어야 할 禮가 무엇이 그리
많아 조선팔도 곳곳에 사당을 지어 제사를 지내야만 했었나? 송시열은
明나라 의종 붕어 시 고명대신(顧命大臣)이라도 되었단 말인가? 만동묘(萬
東廟)라는 이름도 조종암(朝宗巖)에 새겨진 宣祖의 어필 '만절필동(萬折必東)'
의 첫 글자와 끝 글자를 취해 지은 것이라고 한다. 이런 글을 자주 접하
다 보면 비굴한 심정에 속이 끓고 환장할 지경에 이를 때도 있다. 여하
튼 1907년 조선 의병을 진압하던 일본군에 의해 환장암(煥章庵)은 불타
없어졌다고 한다.

힘없고 비굴했던 조선의 성리학적 지배체제의 굴욕적 참모습을 있는

그대로 보는 듯하다. 이러한 굴욕적 시대 상황에서 북학(北學) 실학과 천재 문장가 연암은 어떤 삶을 살았을까? 어려서부터 불면증과 우울증으로 시달리던 연암은 종로 거리를 헤매다 글벗, 술벗, 음악벗을 사귀게 된다. 분뇨 장수, 자신이 곧 신선이 될 거라고 주장하는 도사, 건달 등 하층민 부류들과의 대화 속에서 연암은 당시 시대 상황적 모순과 부패를 뼛속 깊이 느끼며 썩어빠진 양반특권 사회의 위선과 모순에 환멸을 느낀다. 1780년(正祖 4년) 연암이 44세 되던 해 친척 도움으로 淸나라 건륭황제의 칠순 잔치(만수절, 萬壽節)에 축하객 사절단의 일원으로 열하(熱河)를 다녀오며 6개월간 淸나라에서 보고 느낀 바를 기행문 형식으로 남겼다(熱河日記). 『熱河日記』에는 떠돌이 거지, 몰락한 선비, 농부 등 이름 없는 하층민과 나눈 대화 내용이 수록되어 있다. 淸나라를 오랑캐라고 무시하던 당시 조정과 선비들의 우물 안 개구리처럼 꽉 막힌 시대 思潮를 비판하고, 북벌(北伐) 대신 실사구시(實事求是)의 북학(北學)으로 시대를 앞서가던 당시 淸의 문명을 이제는 받아들여야 한다고 주장했다. 개혁적이고 실사구시(實事求是)를 추구하는『熱河日記』는 禁書가 되고 문체반정의 비판 핵심서적이 되었다. 형식과 틀에 얽매이지 않는 연암의 반(反)성리학적 문체는 고답적 선비들에게 받아들여질 리 만무했다. 연암의『熱河日記』가 불순한 反古文體로 쓰였다며 正祖는 연암에게 자아비판과 사상 검증 형식의 자송문(自訟文)을 쓰라 하였다. 연암은 자송문(自訟文)을 쓸 수 없다고 거부하고 소신을 굽히지 않고 낙향한 후 67세에 중풍을 앓다 쓸쓸히 삶을 내려놓는다. 연암은 김삿갓처럼 훌륭한 가문 출신이었지만 부와 명예를 따르지 않고 평생 사회 하부계층 사람들의 말에 귀를 기울이며 위선과 허위로 가득 찬 선비사회를 통렬히 비판한 글을 남겼다. 풍자와 골계[19]로 역설적 교훈을 주는 그의 한문 단편소설인「허생전(許生傳)」과「양반전(兩班傳)」은 김삿갓의 풍자 戲作詩와 맥을 같이하며 다른 점

---

19) 골계(滑稽): 익살스러워 웃음을 자아내는 가운데 어떤 교훈을 주는 말이나 행동.

이 있다면 소설과 시라는 점뿐이다.

(4) 허난설헌(許蘭雪軒)

조선조 500년 동안 천재 女流詩人 한 사람을 뽑으라면 서슴지 않고 허난설헌(1563~1589)을 들겠다. 한글『홍길동전』을 저술한 허균(許筠)의 친누이다. 화담 서경덕(花潭 徐敬德)의 문하에서 수학했던 초당 허엽(草堂 許曄)은 진보적이고 자유분방한 家風으로 조선 시대의 엄격한 서얼 차별의 時代思潮조차 무시하고 딸 허초희(許楚姬)를 서얼 출신 文人 이달(李達)에게 시문을 배우게 했다. 왕비조차 이름을 쓸 수 없고 본관 姓씨만 부여했던 여인들의 암울한 시대에 허엽은 딸에게 '楚姬'와 '蘭雪軒'이라는 名號를 당당히 내려주고, 아들 허봉, 허균과 동등한 수준의 학문과 인격도야(人格陶冶)의 기회를 베풀었으니 참으로 시대를 앞서갔던 진보적 선비였다. 허난설헌은 이미 여덟 살 때「백옥루상량문(白玉樓上樑文)」이라는 道教의 神仙세계 궁전의 상량문을 지어 당시 최고의 학자 유성룡(懲毖錄의 저자)과 박지원(熱河日記의 저자)으로부터 극찬을 받았으며, 유성룡은 허균에게 허난설헌의 작품은 잘 보관해야 할 국보급 보물이라 했으며, 허균도 그의 누이의 詩才는 배워서 이룬 게 아니라 이태백에게서 그대로 물려받은 재능이라 했다. 허난설헌 死後 1592년 임진왜란 때 허엽 가문에 홀로 남은 허균이 수창외교(酬唱外交)[20]의 大家로 明나라 使臣과 자주 만났는데, 明나라 사신 오명제가 천재시인 허균에게 당신같이 훌륭한 자의 조선 詩를 얻고 싶다 해 기억을 더듬어 누이 허난설헌의 시를 필사해 전해주었다. 오명제는 북경으로 돌아가 허난설헌의 시를 포함한『조선시선(朝鮮詩選)』이란 詩集을 발간했으며(현재 북경 중국국가도서관 소장), 이 詩集은 당

---

20) 수창외교(酬唱外交): 시와 문장을 주고받으며 하는 외교. 조선 시대 정인지, 신숙주, 허균 등이 大家. 明나라 사신과의 수창외교는 조선의 문화적 자존심이 걸린 문학적 역량의 국가 간 대결이었다.

시 중국에서 베스트셀러가 되었다. 최초의 한류 문화 수출의 장본인이 바로 허난설헌이며 지금도 그녀의 시집을 북경대 조선어학과에서 교재로 채택하고 있다고 한다. 이렇듯 그녀의 작품은 중국에서 크게 호평받은 후 조선으로 역수입되지만, 망할 놈의 조선 성리학 지배세력은 끝까지 그녀의 작품을 인정하지 않았다. 허난설헌은 여인이 詩文을 쓰는 것조차 불경스럽다 여겼던 조선의 불공평한 유교 관습을 비판하며 남존여비, 불평등, 왜곡된 사회질서, 저항정신의 글을 남겼다. 누각에서 기생이나 끼고 술 마시며 즐기는 양반들을 보고, '동가세염화(東家勢炎火, 양반들 세도가 불처럼 번지는데) 북린빈무의(北隣貧無衣, 가난한 백성들은 헐벗고 굶주리네)…'라며 부패한 선비사회를 허난설헌은 통렬히 비판했다. 前生에 지은 원망스러운 업보(業報)로 조선 땅에 여성으로 태어났다며 자신의 처지를 스스로 원망하며, 울분과 한을 드러내지 못하고 오로지 골방 안에서 규방시나 읊는 자신의 처지를 한탄했다. 세종의 朱子혼례법에 따라 안동김씨 김성립(金誠立)과 혼인하여 시집살이하면서 불운이 한꺼번에 닥쳤다. 관찰사였던 부친 허엽이 심장마비로 죽고 두 어린아이마저 전염병으로 세상을 떠났다. 그녀를 평생 아껴주던 오빠 허봉마저 客死하니 허난설헌은 삶의 의욕을 완전히 잃고, 자신이 쓴 모든 詩를 가슴에 품고 떠나겠다며 그녀의 모든 작품을 불태우라는 유언을 남기고 1589년 세상과 死別한다.

碧海浸瑤海 靑鸞倚彩鸞
벽 해 침 요 해　청 난 의 채 난

芙蓉三九朶 紅墮月霜寒
부 용 삼 구 타　홍 타 월 상 한

푸른 바닷물이 옥구슬 바다에 스며들고 푸른 난새는 고운 빛 난새와 어울렸구나.
부용 꽃 스물일곱 송이 휘늘어지다 붉게 떨어지니 달빛 서리 위에 차갑기만 하구나.

瑤(요) 아름다운 옥(돌). 倚(의) 의지하다, 인연하다. 朶(타) 가지에서 휘늘어진 꽃송이. 墮(타) 떨어지다.

부인에 대해 문학적 시기심이 많고 무능한 난봉꾼이었던 남편과 부부 금실이 좋을 리 없었으니 시어머니에게도 타박받으며 시집살이한 지 몇 년 안 되어, 사랑하는 부친과 오빠, 아이들마저 모두 여의니 그녀의 천재적 시재(詩才)는 존재의 의미를 완전히 상실했다. 세상과의 死別을 예견한 그녀의 시와 같이 붉은 부용 꽃 스물일곱 송이가 지듯 허난설헌은 스물일곱 꽃다운 나이에 곡(哭)해 줄 자식도 남기지 않은 채 세상을 떠났다. 광해군의 신임을 얻던 허균이 반란을 계획했다는 이이첨의 모함으로 억울하게 능지처참까지 당한 동생 허균보다 친누이 허난설헌이 먼저 세상을 떠나 차라리 위안이 된다. 허난설헌의 「부용 꽃 스물일곱 송이」 시를 읽다 보면 김삿갓이 37년간 걸식유랑하다 전라도 화순 땅 객지에서 삶을 내려놓기 전 읊은 「蘭皐平生詩(난고평생시)」가 생각난다. 비효율적이고 시대 역행적이라 明나라 초기에 중국에서조차 이미 버린 朱子의 낡아빠진 性理學 통치이념을 그대로 답습하며 변화나 개혁에 관한 고민이나 시도가 전혀 없었던 조선조 중후기 말세를 살았던 두 천재시인은 恨 맺힌 인생을 마감할 수밖에 없었을 것이다. 君臣과 양반세력이 국가를 자기네 곳간 정도로 여기며 벼슬 팔아 백성을 수탈하던 시대에 지식인 노릇하는 게 무슨 의미가 있었겠는가? 개혁과 변화를 외면하고 망국의 길로 들어서는 나라에서 칼 대신 붓을 든 지식인이 할 수 있는 마지막 책무는 죽음이라 여기며 그들은 말없이 떠나갔으리라. 그들에게 죄가 있었다면 썩고 병든 조정과 권문세가의 횡포로 나라로 볼 수도 없었던 조선 땅에서 여자로, 남자로 태어난 죄밖에 없었을 것이다. 신분철폐, 자유평등, 성리학 비판 등 당시 부패한 지배계급을 비판하며 사회질서를 바로 세우려 했던 천재들을 역사 속 폐허 속에 그대로 묻어버리며 잊고 사는 듯해서 이따금 傷念에 젖는다.

(5) 윌리엄 워즈워스(William Wordsworth)

영국의 계관시인[21] 워즈워스(1770~1850)는 삶의 대부분을 명산대천이 아닌 호숫가에서 보내 '호수 시인'으로 불린다. 프랑스와 독일 등 여러 곳을 유랑하였지만, 영국의 호수 지방 코커머스(Cockermouth) 호숫가에서 태어나 생의 마감도 호숫가에서 한다. 어려서 부모를 여의어 외로운 삶속에서도 자연과 더불어 살다 떠난 시인이라는 점이 조선팔도 명산을 유랑한 천재시인 김삿갓과 닮았다. 이응수도 그의 『김립시집(金笠詩集)』 초판에서 김삿갓을 워즈워스에 못지않은 예리한 관찰과 착상으로 간결하게 금강산 경관을 묘사한 자연주의(自然主義) 시인이라 언급했다.

月白雪白天地白 山深夜深客愁深
월 백 설 백 천 지 백　산 심 야 심 객 수 심

飛來片片三春蝶 踏去聲聲五月蛙
비 래 편 편 삼 춘 접　답 거 성 성 오 월 와

松松栢栢岩岩廻 水水山山處處奇
송 송 백 백 암 암 회　수 수 산 산 처 처 기

달도 희고 눈도 희고 온 세상이 하얀데, 산은 깊고 밤도 깊으니 나그네의 시름만 깊어 가는구나.

휘날리는 눈송이는 춘삼월 나비 같고, 눈 밟고 가니 오뉴월 개구리 개굴개굴 우는 듯하구나.

소나무 숲 잣나무 숲을 지나 바위와 바위를 돌고 도니, 물과 물 산과 산 가는 곳마다 奇異하구나.

---

21) 계관시인(桂冠詩人): 영국 왕실 소속 시인으로서 왕실의 경조사 등에 시를 짓고 읊는 일을 함.

시를 큰 소리로 한번 읽어보자! '편편(片片)', '성성(聲聲)', '송송백백암암(松松栢栢岩岩)', '수수산산처처(水水山山處處)' 반복되는 글자도 재미있고, 박자도 맞고 마치 노래를 부르는 듯하다. 금강산의 설경(雪景)과 정처 없는 나그네의 수심(愁心)을 이렇게 간결명료한 언어로 우리 마음속에 깊이 와닿게 묘사할 수 있을까? 난해한 문자로 장황하게 설명하지 않고 소나무 두 그루와 잣나무 두 그루로 명산 금강산의 전체 풍경을 묘사하다니! 금강산에는 많은 나무가 있겠지만 왜 하필 소나무(松)와 잣나무(栢)를 택했을까? 명산(名山)을 시서화(詩書畵)로 옮길 때 우리나라 옛 문인들은 흔히 소나무와 잣나무를 택했다.

歲寒然後 知松柏之後凋
세 한 연 후 지 송 백 지 후 조

겨울 추위가 닥친 후에야 비로소 알았네, 소나무와 잣나무는 시들지 않는다는 것을.

주해

凋(조) 시들다, 슬퍼하다.

논어(論語)에 나오는 구절이며, 추사(秋史) 김정희(金正喜)는 엄동설한에도 시들지 않는 소나무와 잣나무를 세한도(歲寒圖)에 그려 넣어 억울하게 누명을 쓰고 제주도 귀양살이를 하면서도 자신의 선비정신과 절개를 굽히지 않음을 표현했으며, 안중근 의사도 여순 감옥에서 일제의 탄압에도 굴하지 않고 조국을 향한 애국심은 변하지 않는다며 같은 문장의 휘호를 남겼다. 세월이 흘러도 변치 않는 상록(常綠)의 소나무와 잣나무는 어떤 어려운 고난에도 굽히지 않는 절개와 신념을 의미하는 우리나라 대표적 나무로 김삿갓을 포함해 많은 문인의 시서화(詩書畵) 작품의 소재가 되었다. '백(栢)'자를 측백나무로 옮겨도 번역상 문제될 건 없다. 그러나 상록수 측백나무는 집 울타리 혹은 정원 관상용 나무로 보아 왔고, 잣나무의 학명이 'Pinus koraiensis(korean pine)'로 '한국 소나무'로 되어 있어서 그런지 '백(栢)'자는 잣나무로 번역하는 것이 옳을 듯하다. 소나무와 잣나무를 읊지는 않았지만, 호숫가에서 태어나 호숫가에서 살다 떠난 워즈워스는 김삿갓과 같은 자연주의 시인이었다. 1961년 미국의 영화배우 워렌 비티와 나탈리 우드가 열연한 영화를 탄생시킨 워즈워스의 시 「초원의 빛(Splendor in the Grass)」 또한 그가 김삿갓처럼 자연과 더불어 자연 속에서 살다 간 자연주의 시인이었음을 말해준다.

What though the radiance which was once so bright
Be now for ever taken from my sight
Though nothing can bring back the hour
Of splendor in the grass, of glory in the flower
We will grieve not, rather find
Strength in what remains behind

- 윌리엄 워즈워스, 「초원의 빛(Splendor in the Grass)」 중

한때는 그렇게 찬란하게 빛났건만
이제는 속절없이 사라져
다시는 돌아올 수 없는
초원의 빛이여, 꽃의 영광이여
우리는 슬퍼하지 않으리
오히려 강한 힘으로 살아남으리

(6) 마츠오 바쇼(松尾芭蕉)

하이쿠(俳句)는 일본 정형시의 일종으로 행마다 5·7·5음으로 모두 17음으로 이루어진 시를 말한다. 하이쿠를 문학적 장르로 완성 시킨 사람은 일본 에도막부(江戶幕府) 초기 마츠오 바쇼(松尾芭蕉, 1644~1694)다. 본명은 무네후사(宗房)이지만 필명 파초(芭蕉)를 즐겨 썼다. 시(詩)를 사랑했고, 속세를 초월한 방랑시인이라는 점에서 김삿갓과 유사하다. 마츠오 바쇼는 하급 무사(武士) 집안에서 태어나 어려서 무사의 길을 걸었지만, 그 당시는 도쿠가와 이에야스(德川家康)가 일본 전국시대를 평정하고 쇼군(將軍)에 의한 세습적 군사독재체제인 막부(幕府)시대를 열어 혼란이 진정된 때라 싸울 일도 없고 무사들이 딱히 할 일이 없었다. 무사들은 흔히 한자와 한문에 능했으며 단칼에 승부를 내는 기질 때문인지 짧은 시를 읊는 시인으로 변신했다. 마츠오 바쇼는 그중 한 사람으로 무사의 길을 버리고 시인의 길을 택한다. 조선의 하급계층 위항시인(委巷詩人)[22]들처럼 에도시대에도 상인이나 일반 백성들을 지칭하는 조닌(町人)[23]들이 문학의 꽃을 피우기 시작하였다. 그는 41세 때부터 고난의 유랑생활을 하다가 51세 때 오사카에서 객사할 때까지 2천 편에 이르는 하이쿠를 남겼다. 짚신 신고 대나무 삿갓을 쓰고 일본 전국을 유랑하며 자연을 읊다 객사한 그는 국경을 초월해 김립과 무척 유사한 삶을 살다 간 걸식유랑시인(乞食放浪詩人)이었으며 자연시인(自然詩人)이었다. 다른 점을 굳이 들라면 그는 술을 멀리했으며 여자를 멀리했다는 점이다. 자연을 시재(詩材)로 한 하이쿠(俳句) 두 편을 소개한다.

---

22) 위항시인(委巷詩人): 조선 시대 후기 1850년경 양반 사대부들의 전유물이던 귀족문화 한문학(漢文學) 활동에 중인(中人)과 서얼(庶孽), 상인, 천민과 같은 하급계층의 백성들도 참여하며, 한시(漢詩)를 짓고 시집(詩集)도 만들고 시회(詩會)도 열며 그들의 예술 활동과 신분 상승을 추구했다.

23) 조닌(町人): 16~17세기 일본 에도막부(江戶幕府) 시대 때 도시에 거주하던 장인, 상인 계층을 지칭. 조(町)는 '도시'를 의미.

松のことは松に習え、竹のことは竹に習え.

まつのことはまつにならえ、たけのことはたけにならえ.

소나무에 관해서는 소나무에게 배우고, 대나무에 관해서는 대나무에게 배우라.

소나무와 대나무를 알려면 모든 선입관을 버리고 오로지 그 물건과 하나가 되어야 한다는 경구로 일본 소학교 학습교재에 자주 등장한다. 자연을 알려면 주관적·객관적 견해로는 한계가 있으니, 자연 그 자체에 몰입이 되어 자연과 하나가 되어야 한다는 의미이다. 이백(李白)이 월하독작(月下獨酌)하며 '一斗合自然(일두합자연, 술 한 말 마시니 자연과 하나가 되도다)'이라고 읊었듯이 소나무를 대하며 주(主)와 객(客)을 분리하지 말고 하나가 되라는 의미이다.

古池や蛙飛び込む水の音.

ふるいけや かわずとびこむ みずのおと.

오래된 연못에 개구리가 물에 뛰어드는 소리.

주해

蛙(와) 개구리. や: 句의 매듭을 짓는 글자, 기레지(切れ字), 漢詩의 어조사에 해당.

정적이 깃든 고요한 연못가에 개구리 한 마리가 울지도 않고 있다가, 어디선가 느닷없이 정적을 깨뜨리는, '퐁당' 하는 작은 물소리를 내며 물속으로 들어간다. 의식(意識)을 깨뜨리는 찰나의 순간이었지만 우주는 다시 정적 속으로 돌아간다. "산은 산이요, 물은 물이로다"라는 성철(性徹)

스님[24]의 법어(法語) 같기도 하고, 불교 간화선(看話禪)[25] 수행 화두(話頭)[26]의 근본인 "시심마(是甚麼)"[27]또는 경상도 사투리 "이뭐꼬"와 같기도 하다. 하이쿠(俳句)에는 제목을 붙이지 않는다. 아무런 설명이 없이 연못, 개구리, 물이라는 자연적 시 소재가 연출하는 우주 속으로 시인 마츠오 바쇼 자신이 들어간다고 볼 수 있다. 걸식유랑 직전 4년간 오두막에서 은둔 생활할 때 파초를 너무 사랑해 그의 필명을 파초(芭蕉)로 작명했고 그의 오두막도 파초암(芭蕉庵)이라 불렀다. 김삿갓도 파초를 좋아해 「금강산」과 「즉경(卽景)」 등 여러 작품에서 파초를 시의 소재로 삼았다.

酒到空壺生肺喝 詩猶餘債上眉愁
주 도 공 호 생 폐 갈 　 시 유 여 채 상 미 수

與君分手芭蕉雨 應相歸家一夢幽
여 군 분 수 파 초 우 　 응 상 귀 가 일 몽 유

- 金剛山(금강산) 중

　호리병술은 다 마셔 빈 병만 남았으니 목만 마른데, 시상(詩想)은 자꾸 떠올라 양미간만 찡그리네.

　그대 손 놓고 헤어지니 파초에 비 내리고, 집에 돌아가도 너의 그 아름다운 모습 꿈속에서도 아련히 떠오르리라.

---

24)　성철(性徹) 스님(1912~1993): 대한민국 선종(禪宗)을 대표하는 승려.
25)　간화선(看話禪): 화두(話頭)를 바라보는 불교의 참선 수행 방법.
26)　화두(話頭): 말이 떠오르기 전에 이미 존재하는 자신의 마음을 찾아내는 불교의 참선 수행 방법.
27)　시심마(是甚麼): "이뭐꼬?"라는 뜻으로, 참선 수행의 화두(話頭) 중 가장 유명. 중국 당나라 임제종(臨濟宗)에서 처음 썼음.

(7) 서하객(徐霞客)

중국 명(明)나라 말기 때 문인이자 여행가였던 서하객(徐霞客, 1587~1641)의 본명은 서홍조(徐弘祖)이며, 하객(霞客, 노을 나그네)은 그의 별호이다. 그가 남긴 유람 기록인 『서하객유기(徐霞客遊記)』는 중국의 명산대천은 물론 당시 사회상을 훌륭하게 표현했다고 평가를 받는 여행 기록이다. 그의 높은 학문적 수준을 바탕으로 과거를 통한 입신양명을 위해 사서삼경에 매달리던 그의 나이 17세 때(1603년), 집안 노비들의 반란으로 김병연(金炳淵)의 부친 김안근(金安根)처럼 서하객의 부친도 화병으로 세상을 떠났다. 부친을 잃은 슬픔과 나라가 정치적으로 붕괴해 가는 가운데 몰락 가문의 자손으로 벼슬길을 포기할 수밖에 없었다. 그가 21세 되던 1613년부터 30여 년간 중국 전역을 유람하다 54세 되던 해인 1640년에 두 발마저 못 쓰게 되어 길고 험난한 여정을 끝내는 그의 일생이 마치 김삿갓의 30여 년 유랑 일생을 보는 듯하다. 서하객도 김삿갓처럼 모친과 부인을 홀로 남겨둔 채 집을 떠나 태산(泰山), 황산(黃山), 여산(廬山), 숭산(嵩山), 오대산(五臺山) 등 명산을 두루 유람하며 『서하객유기(徐霞客遊記)』를 남겼으니 조선반도를 세 번 돌며 대동여지도(大東輿地圖)를 완성한 조선 후기의 지리학자이며 실학자였던 김정호(金正浩)와 김삿갓 김병연(金炳淵)의 삶을 동시에 보는 듯하다. 『서하객유기(徐霞客遊記)』는 명(明) 말기 후금(後金)의 침공, 농민반란, 이자성(李自成)의 난 등 명청(明淸) 왕조 교체 시기에 봉건 체제의 몰락으로 정치적·사회적으로 모든 것이 불투명했던 시기에 전통적 유교 이념이나 도교 철학에 따르지 않고, 서하객 자신의 실존적 현실 감각과 의식을 갖고 세상을 바라보며 떠돌며 남긴 작품이다. 유람하면서 김삿갓이 그랬듯이 백성들의 생활상과 고통에 관한 글도 남겼다. 조선 시대 팔도를 유랑하던 선비들도 금강산 같은 기암절벽과 봉우리가 아름다운 명산을 유람할 때 그들의 걸출한 문학적 표현으로 시를 읊는 것은 일종의 필수조건이며 관례였다. 서하객은 황산(黃山)을 다녀온 후 수려한 경관을 다음과 같이 한마디로 극찬했다.

五岳[28]歸來 不看山 黃山歸來 不看岳
오 악　귀 래 불 간 산 황 산 귀 래 불 간 악

오악에 다녀오면 다른 산들이 보이지 않고, 황산에 다녀오면 오악이 보이지 않는다.

　황산은 중국 제일의 명산이지만 당나라 때까지 알려지지 않아 중국 고대 황제들이 산신령을 모시고 제사를 지내오던 오악에는 포함되지 않았다. 운해(雲海), 기암절벽, 기송(奇松) 등 그 아름다움이 천하제일이라는 서하객의 위 한마디 극찬으로 수많은 시인묵객(詩人墨客)이 찾는 명소가 되었다. 우리나라도 중국 오행사상(五行思想)의 영향으로 금강산, 묘향산, 지리산, 백두산, 삼각산 등을 오악이라 일컫는다. 그 가운데 금강산은 계절에 따라 봄에는 금강산(金剛山), 여름에는 봉래산(蓬萊山), 가을에는 풍악산(楓嶽山), 겨울에는 개골산(皆骨山)이라고도 불렀으며, 중국 북송(北宋) 시대 때 시인이며 문장가였던 소식(蘇軾)이 "고려국에 태어나서 금강산을 한번 보는 것이 소원이다"라 할 정도로 아름답기로 유명해 시서화(詩書畵)에 많이 묘사되었다. 세종실록지리지(世宗實錄地理志)에 소식(蘇軾)이 금강산을 예찬한 글이 있다.

願生高麗國 一見金剛山
원 생 고 려 국 일 견 금 강 산

我向靑山去 綠水爾來何
아 향 청 산 거 녹 수 이 래 하

---

28)　五岳, 五嶽(오악): 중국의 전국시대 이후 오행사상(五行思想)의 영향을 받아 산악신앙의 성지로 여겨져 온 오대 명산. 태산(泰山), 화산(華山), 형산(衡山), 항산(恒山), 숭산(嵩山)

고려국에 태어나 금강산 구경 한번 했으면 원이 없겠네.

나는 지금 푸른 산을 찾아가는데 초록빛 계곡물아, 너는 왜 따라오느냐?

서하객이 황산의 수려함을 극찬했듯이 김삿갓 또한 금강산에 자주 오르며 산수(山水)의 아름다운 경관을 읊었다.

萬二千峰歷歷遊 春風獨上衆樓隅
만 이 천 봉 역 역 유　춘 풍 독 상 중 루 우

照臨日月圓如鏡 覆載乾坤小似舟
조 임 일 월 원 여 경　부 재 건 곤 소 사 주

東壓大洋三島近 北撑高沃六鰲浮
동 압 대 양 삼 도 근　북 탱 고 옥 육 오 부

不知無極何年闢 太古山形白老頭
부 지 무 극 하 년 벽　태 고 산 형 백 로 두

일만이천 봉 하나하나 꼼꼼히 보다 봄바람에 실려, 홀로 여기저기 떠다니다 누각까지 올랐네.

내리비치는 해와 달 둥근 것이 마치 거울 같고, 하늘을 덮고 땅을 떠받치고 있는 조각배와 같구나.

동쪽을 바라보니 활짝 펴진 너른 바다에 삼신산이 마치 섬 세 개처럼 손닿을 듯 가깝고, 북쪽을 바라보니 크고 미끈한 자라 여섯 마리가 높이 올라 떠 버티고 있구나.

세상이 언제 개벽천지하였는지는 알 길은 없고, 세월이 흘러 산의 형상이 이제는 늙어 백발이 되었구나.

몰락해 가는 중국 명나라와 조선 왕조의 혼란한 시대 속에서 벼슬길 버리고 출가하여 30여 년 떠돌다 황산과 금강산에 오르며 노래한 두 천재 유랑과객(流浪過客) 시인의 모습이 오버랩되어 한 인물처럼 떠오른다.

5. 김삿갓의 방랑 전후 시대적 상황

김삿갓이 태어나 유랑하며 생을 마감하게 되는 시기인 1807년부터 1863년까지 약 60년간은 조선 왕조 400년간 누적되어 온 잘못된 성리학적 반상(班常) 계급사회와 지역 차별, 정치적·학문적·지역적 붕당(朋黨) 권력투쟁, 외척에 의한 세도정치 등 정치적·사회적 부패가 극심해 나라가 걷잡을 수 없을 정도로 빠른 속도로 몰락하고 침몰하는 시대였다. 조선 23대 순조 때부터 헌종·철종에 이르기까지 순조와 철종 때는 안동김씨, 헌종 때는 풍양조씨 외척에 의한 섭정과 세도정치에 의해 오랜 세월 유지해 오던 봉건사회의 질서가 완전히 붕괴된 상태였다. 왕권 찬탈에 협조하거나 옹호해온 훈구파(勳舊派)와 왕도정치의 명분을 중시한 사림파(士林派)의 치열한 싸움에 실사구시(實事求是)를 강조하는 실학파(實學派)가 생기고, 왕권과 제사 등이 필요치 않다는 종교적 이론을 가진 천주교의 유입으로 정치적·학문적·종교적 대립이 치열해 붕당·분파 투쟁이 극에 달했다. 그로 인한 왕권과 봉건 정치의 총체적 몰락, 실학사상, 그리고 성리학 절대 권력에 대한 천주교의 부정으로 유교의 윤리적 가치와 질서는 붕괴되고, 세도정치의 부정부패, 기근, 가뭄, 도적, 체제전복을 위한 민중봉기 등으로 조선은 이미 망국(亡國)의 길로 들어서고 있었다.

거의 모든 조선 왕조에서 이어졌던 훈구파와 사림파의 대립은 이 기간에 그 폐해가 극에 달한다. 아버지 성종의 묘지문(墓誌文)을 보다 우연히 어머니 폐비 윤씨에 대한 억울한 죽음을 알게 된 폭군 연산군에 의해 사림파가 피의 숙청을 당하고, 장희빈의 아들 경종이 죽자 천민 출신 무수리 숙빈 최씨의 아들로 왕이 된 21대 영조(英祖) 또한 자기 아들 사도세자를 뒤주에 가두어 죽게 한 후 사도세자의 아들 이선이 왕(正祖)이 되자 훈구파 세력이 숙청당할까 봐 노심초사한다. 다행히 성군 22대 정조(正祖)는 붕당 투쟁을 피하고 탕평책으로 체제 안정을 위해 폭군 연산군과 달리 아버지를 죽인 영조의 훈구파 세력을 품에 안는다. 그러나 그것도 잠시, 정조가 죽고 그의 아들 23대 순조(純祖)가 11세에 즉위하니 영조의 계비였던 대왕대비 정순왕후(貞純王后) 김씨가 수렴청정을 하면서 외척에 의한 세도정치가 향후 60년간 철종 때까지 펼쳐진다. 영조를 보필했던 노론 훈구파 김창집의 후손 김조순이 딸을 순조의 순원왕후(純元王后)로 만들면서 안동김씨 가문이 무소불위 권력을 휘두르며 천주교까지 박해한다. 서양의 학문인 서학(西學)이 유입되면서 들어온 천주교는 조상을 모시는 제사를 부정하고 왕권 대신 신권(神權)을 옹호하며 전통적 통치이념인 성리학 이론에 반한다는 이유에서였다. 천주교 신자였던 실학자 다산(茶山) 정약용(丁若鏞)은 천주교 박해에 연루되어 18년간 유배 생활을 하며『목민심서(牧民心書)』와『경세유표(經世遺表)』등을 집필하여 당시 체제를 비판하며 경제를 살리고 군사력을 키우기 위하여 지금 당장 개혁하지 않으면 나라가 망한다고 강변했지만, 중앙 관청에서 지방 수령, 아전, 목민관에 이르기까지 총체적으로 부패하여 아무도 다산의 예고를 귀담아듣지 않았으니, 다산 사후 70여 년 후인 1910년 그의 예언대로 조선의 대한제국은 치욕적인 한일병합조약(韓日併合條約)으로 일본의 식민지가 되고 나라는 망한다.

'털 하나, 머리카락 하나까지 뭐 하나 병들지 않은 것이 없구나. 지금 당장 개혁하지 않는다면 반드시 나라를 망하게 할 것이니 이 어찌 충신 지사들이 팔짱이나 끼고 쳐다만 보고 있을 수 있겠는가?'

원문 〈참고: 經世遺表, 序文, 丁若鏞〉

一毛一髮無非病耳 及今不改必亡國而 後己斯豈忠臣志士
일 모 일 발 무 비 병 이 급 금 불 개 필 망 국 이 후 기 사 기 충 신 지 사

所能袖手而傍觀者哉?
소 능 수 수 이 방 관 자 재

　다산은 그의 저서 목민심서에서도 공직자에게 일갈한다. "나랏돈을 내 돈같이 소중히 여기고 아껴 쓰라(視公如私, 시공여사)!" 공직자들이 공금을 마음대로 쓰고 매관매직, 세금 수탈 등으로 백성을 힘들게 하면서 자기 배만 채우려 든다면 나라는 곧 망하게 된다는 얘기이다. 다산과 같은 지식인들의 이러한 호소가 백성들의 신음 소리에 파묻혀 안 들렸을까? 순조 11년에는 평안도 일대 관서지방에서 고려 말 승려 묘청(妙淸)의 난 실패로 西京(평양) 천도가 실패한 후부터 400여 년 이상 쌓여 온 관서지방 지역 차별에 대한 불만을 품고 홍경래가 난을 일으키고, 철종 13년에는 충청도·전라도·경상도에서도 민중봉기가 끊이질 않았다. 몰락한 사대부들이나 선비들에게 새로운 삶의 터전을 찾는 지침서 역할도 했다는 『택리지(擇里志)』라는 인문지리서가 전해진다. 조선 19대 숙종 때 실학자 이중환(李重煥)이 저술한 이 서책에서조차 함경도·평안도·전라도 등 특정 지역에 대해 지형 혹은 인심 등을 혹평하며 선비들의 삶의 터전으로 적합지 않다고 기술할 정도로 당시 지역 차별은 심각했다. 고려 4대 광종(光宗) 때부터 오랜 세월 시행되어 오던 과거제도의 운영 또한 극도로 부패하고 문란하게 되어 명문세가의 자손이 아니거나, 평안도·전라도 등 차별대우를 받는 지역의 가난한 선비들은 과거 등과(科擧 登科)는 꿈도 꿀 수 없을 정도로 가능성이 없게 되니, 학문적 재능은 뛰어났지만 가난했던 당시 지식인들은 입신양명을 위해 유일하게 남은 길인 과거시험을 포기하고 궁핍한 삶을 면하기 위해 다른 삶의 터전이나 방식을 찾을 수밖에 없었다. 자고로 선비가 관직이나 벼슬에 오르지 못하면 속세를 떠나 강가나 산속에 은둔하며 시와 낚시로 세월을 보냈는데, 당시 상황은 농민반란과 도적 때문에 그것도 여의치 못했을 것이다. 살기 위해 남은 길은 과거 응시자들을 위한 매문매필(賣文賣筆)이나 시골 서당(書堂)

의 훈장질이고, 혹은 유랑걸식, 과객질뿐이었다. 말이 좋아 훈장이고 과객이었지 밥술 얻어먹기 위한 비렁뱅이 구걸 행위에 지나지 않았다. 이러한 시대적 상황 속에서 김삿갓과 같은 유랑과객(流浪過客)의 삶을 살다 간 수많은 인물은 조선팔도 곳곳에 실제로 존재했다.

　김삿갓을 유랑과객으로 살게 했던 그 원죄(原罪)를 그의 조부 김익순의 대역모반죄에 결부시킨다면 그 죄는 결국 홍경래의 난에 기인한다. 그런데 홍경래의 난은 안동김씨 김조순의 세도정치의 관서지역 차별에 기인하지 않는다고 할 수도 없으니, 동시대 몰락양반의 자손인 홍경래와 김병연은 대면한 적은 없지만 서로 물고 물리는 참으로 기구한 인연을 갖고 태어나, 한 많은 인생을 살다 둘 다 꿈을 이루지 못하고 세상을 떠났다. 홍경래가 '西北人勿爲重用(서북인물위중용, 관서지방 사람들은 주요 관직에 등용하지 말라)'이라는 이조의 뿌리 깊은 관서지역 차별 정책으로 인해 오랜 세월 중앙으로부터 소외된 것에 격분하여 일으킨 지방 지배층과 사대부의 반란이지 진정한 의미의 농민혁명이나 민중봉기는 아니라는 평가도 있지만, 홍경래는 기존 봉건시대의 몰락과 변화를 앞당긴 인물이 되었고, 김삿갓은 부패하고 부조리한 사회와 세상을 비판하며 새로운 서민문학의 지평을 열어준 인물로 평가할 수 있다. 신석우가 그의 해장집에서 '선비가 세상에 이름을 드높이는 길은 다양하다'라고 언급했듯이(士之播名 於世 固非一道, 사지파명어세 고비일도), 김삿갓은 정체된 조선 후기 성리학적 문학 형식과 질서의 틀에서 벗어나 20세기 초 한국의 신문학 시대로 가는 길을 열어준 선구자로 평가됨에 부족함이 있을 수 없다.

6. 김삿갓 설화의 구성과 전개

    설화(說話)나 민담(民譚)은 그 내용의 시나리오나 작품 구성 자체를 누가 했는지 알 수 없다. 다만 오랜 세월 지나며 얘기꾼들에 의해 와전·왜곡되고 흥미를 더해 가며 변해 갈 뿐이다. 그때그때 시대적 상황에 맞춰서, 지역 문화에 따라서, 심지어는 얘기꾼들의 주관적 견해에 따라서 그 내용이 변할 수밖에 없다. 김삿갓 설화는 김삿갓의 조부 김익순이 대역죄인(大逆罪人)인 데서 비롯되지만, 벼슬길도 포기하고 울분과 한탄으로 팔도 유랑하게 된 결정적 계기는 그가 장원(壯元)이 되었다는 영월의 백일장(白日場)의 시제(試題)였다고 볼 수 있다. '論鄭嘉山忠節死 嘆金益淳[29] 罪通于天, 논정가산충절사 탄김익순죄통·우천 - 죽음으로 충절을 지킨 가산 군수 정시(鄭蓍)에 대해서 논(論)하고, 하늘까지 이르는 큰 죄를 지은 김익순(金益淳)을 탄핵하라.' 김병연(金柄淵)은 "세록지신(世祿之臣) 대대로 녹(祿)을 받고 살아온 너 김익순(金益淳)에게 가로되(日爾世臣金益淳, 왈니세신김익순)"라고 신랄한 비판과 조롱으로 탄핵 글을 거침없이 운필(運筆)해 써 내려가다 답안지 끝에 가서는 "너는 임금을 저버린 날 조상마저 버렸으니, 한 번 죽어선 너무 가볍고 만 번은 죽어야 마땅하다(忘君是日又忘親 一死猶輕萬死宜)"라고까지 하며 저주를 퍼붓는다. 당시 스무 살이었던 김병연은 김익순이 그의 조부인지 몰랐다는 얘기이다. 만약 알고 그랬다면 조부(祖父)를 부관참시하여 두 번 죽이는 패륜을 범한 셈이다. 이러한 설화의 주제·배경·인물에 관한 설정을 원로작가 이문열(李文烈)은 그의

---

29) 金益淳(김익순): 안동김씨 가문인 김병연(金柄淵)의 祖父. 홍경래의 난 때 宣川府使였지만 반란군에 항복하고 모반에 협조한 반역죄로 참수(斬首)됨. 1908년 고종(高宗)때 내각총리대신이며 을사늑약(乙巳勒約)으로 을사오적(乙巳五賊)중 한 사람이 된 이완용(李完用)의 건의로 죄적(罪籍)에서 삭제되어 명예회복됨.

저서 『시인(詩人), 1991』에서 합리적인 플롯(plot)이라 보지 않고 전혀 다른 관점에서 설화를 재구성한다. 김병연(金炳淵)은 조부(祖父)의 반역으로 폐족(廢族)이 되었다는 사실을 이미 알고 있었고, 알면서도 조부와의 인연의 끈을 영원히 끊기 위해 조부를 신랄하게 탄핵했다는 것이다. 그렇게 하는 것이 오히려 원죄(原罪)로부터 해방되고 신분 상승을 위한 지름길이라 판단했다고 플롯을 재구성한다. 필자 견해로는 훨씬 더 객관적으로 합리적인 재구성이었다. 어차피 폐족(廢族) 자손 신분인데 웬만한 방식으로는 입신양명이나 가문의 영광을 되돌리기는 불가능하다고 판단하고 극약처방으로 조부의 이름에 침을 뱉는 탄핵시를 썼다는 것이다. 조선시대의 엄격한 유교적 윤리 가치 기준인 충효(忠孝)사상을 인정하면서도, 조상에 대한 효(孝)를 버리고서라도 왕과 나라를 위한 충(忠)을 향한 벼슬길을 구하면, 조부의 원죄(原罪)로부터의 면죄부(免罪符)를 얻을 수 있지 않을까 판단해서 저주와 원한투성이의 글로 조부를 탄핵한다. 그러한 그의 판단이 그릇되었다는 사실을 알게 되는 데는 오랜 시간이 걸리지 않았다. 조부는 충(忠)을 버리고 손자인 자신은 효(孝)를 버리게 되었다는 이중적 심적 갈등에 시달리다 결국 그의 나이 22세 때 이 땅에 천재시인(天才詩人) 김삿갓이 등장하게 되는, 그의 36년 길고 긴 걸식유랑의 첫발을 내딛게 되는 것이다.

김익순 탄핵시를 김병연이 썼는지, 아니면 관서(關西)지방에 노진(魯禛)이라는 시인이 썼는지 알 수는 없다. 만약 김병연이 썼다면 조부의 반역 사실을 알고 썼는지, 모르고 썼는지, 어느 쪽이 진실일까 하는 질문은 철없는 질문일지도 모른다. 같은 이야기를 들어도 인간의 해석과 생각은 사람마다 서로 완전히 다를 수 있다는 구로사와 아키라(黑澤明)의 명화 「라쇼몽(羅生門)」[30]이 생각난다. 나 자신의 현실(現實)만이 진실(眞實)이라

---

30) 라쇼몽(羅生門, 나생문): 구로사와 아키라(黑澤明, 1910~1998) 감독의 작품으로 1951년 베네치아 국제 영화제 황금사자상 수상작. 부부가 산길을 가다 남편이 도적에게 살해되고 부인은 겁탈당한다. 부인, 도적, 현장을 목격했다는 나무꾼, 죽은 남편의 혼백을 불러와 진술하는 무당, 모두 관청에 불려와 살인 사건을 진술하는데 서로 기억과 생각이 다르다. 인간은 주관적 견해로 기억하며 진술하니 진실은 영원히 알 수 없다는 줄거리이다.

여기지만 사람들은 각각 현실과 진실 사이에서 서로 다른 기억과 생각으로 사건을 해석하기 때문에 현실은 영원히 진실에 다다를 수 없다고 그는 영화를 통해 주장한다. 원본과 검증된 고증자료가 존재하지 않는 설화(說話)와 민담(民譚)도 이와 같지 않을까? 필자의 주관적(主觀的) 견해이니 이견(異見)이 있을 수 있겠다. 독자 나름대로 해석이 있길 바란다.

김삿갓 설화는 구전설화로만 전해 오다 그가 죽은 지 50여 년이 지난 후에야 대동시선(1917), 대동기문(1926), 녹차집(1926), 해장집(1932) 등에 수록된 그의 한시를 적극적으로 발굴하려는 시도가 나타난다. 이 시기는 일제강점기 때였으며 천도교 잡지 「개벽(開闢)」의 문예부에서 김삿갓 작품의 체계적 수집을 시작하였으나 1926년 일제의 조선어 말살 정책으로 「개벽(開闢)」이 폐간된다. 이응수(李應洙)[31]가 「개벽」으로부터 김삿갓의 자료를 받아 『김립시집』 초판(1939)과 증보판(1941, 1943)을 발간했다. 이응수는 해방 후 월북했다. 1942년 조선어학회 사건으로 33명의 한글 교육자들이 독립운동을 조장한다는 이유로 체포되어 고문당한다. 당시 일본에서 활동하던 김소운(金素雲)이 한국의 『조선시집』을 번역해 1940년에 『젖빛 구름(乳色の雲)』이란 제목으로 일본에서 출판한 것을 시작으로 당시 일본 문단을 대표하는 많은 시인과 지식인들이 김삿갓 시에 관해 연구한다. 일본에서 제일 먼저 김삿갓을 언급한 사토 하루오(佐藤春夫)는 김소운의 『젖빛 구름』에 대해 '멸절해 가는 언어를 가지고 부른 마지막 노래'라 평했다(박상도, 일본내의 김삿갓 문학에 대한 평가양상, 동양학 제47집, 단국대 동양학연구소, 2010). 당시 조선일보와 동아일보 등 조선어 언론조차 일제에 의해 폐간된 상황이었으니 '멸절해 가는 언어'라는 사토 하루오의 표현이 틀린 건 아니지만, 어딘가 정복자의 조롱 섞인 표현인 듯하여 비하감마저 든다. 사토 하루오는 김삿갓을 평가하며 조선 시심(詩心)의 상징이라

---

31) 이응수(1909~1964): 함경남도 고원군 출생. 경성제국대학 법문학과를 졸업. 해방 후 월북. 학적부의 성명은 일본명 대공응수(大空應洙)로 되어 있음.
    『풍자시 김삿갓』 간행(평양 국립출판사, 1956)

언급하였지만, 일본어로 번역된 김삿갓의 작품을 연구한 그가 얼마나 조선의 시심(詩心)을 이해했는지는 미지수다. 한국 고유의 민족 정서와 한이 깃든 글의 의미가 외국어로 백 퍼센트 전달될 수는 없기 때문이다. 조선 봉건체제가 몰락하고 유교적 윤리의 가치 기준이 파괴된 시기에 한시 전문가이면서 한시의 형식을 파괴하며 세상을 조롱하고 비판한 천재 시인이었던 김삿갓이 남긴 주옥같은 노래들이 일제의 조선어 말살 정책을 겪으면서도 연연히 지금까지 김삿갓 설화(說話)로 전해 오는 것이다. 김삿갓 작품의 원본이나 고증자료를 찾기 힘든 가운데 1939년 이응수가 『김립시집』 초판을 내면서부터 김삿갓에 관한 본격적인 자료발굴과 학계의 연구가 시도되었다. 김삿갓이 37년간 기나긴 방랑을 멈추고 운명한 곳은 전라남도 화순군 동복면에 살던 안참봉의 집 사랑채라고 전하는 사람도 있고, 구암마을에 있던 동몽교관(童蒙教官)[32] 정치업(丁致業)의 5세 손 정시룡(丁時龍) 선비의 집 사랑채였다는 말도 있다. 정시룡은 1863년 김삿갓이 운명하자 장례를 치러주고 김삿갓의 무연고 시신을 집 뒷동산에 볏짚 울타리 초분(草墳)에 임시로 모셨다는 口傳도 있다. 여기서 영월의 향토사학자 故 정암(靜巖) 박영국(朴泳國, 1917~1994) 선생과 문학박사 정대구 교수의 헌신과 공로를 언급하지 않을 수 없다. 초분의 김삿갓 유해는 3년 후 김삿갓과 장수 황씨 사이에서 태어난 둘째 아들 익균이 아버지의 유해를 전라도 화순에서 영월까지 메고 와 영월 와석리 노루목에 반장하였고 그 묘소가 1982년 10월에 박영국 선생에 의해 발견되었다 한다. 영월의 향토사학자이면서 '박삿갓'이라고 불릴 정도로 김삿갓 연구에 열정적이었던 박영국 선생은 개인 재산(私財)을 털어 가며 김삿갓 자료발굴, 김삿갓 시비(詩碑)와 문학관 건립, 김삿갓 유적보존회 설립 등 김삿갓 추모사업을 위해 헌신하였다. 박영국 선생께서는 김삿갓 일화와 시에 관한 자료를 전국적으로 수집한 후 '시선 김삿갓 난고 선생 130주기

---

32) 동몽교관(童蒙教官): 조선 전기 각 지방 私學 기관에서 학동들을 가르치던 선비.

기념사업'의 일환으로 1993년 총 3권 각 550쪽 분량의『김삿갓 문학 전집』의 발간을 준비하였으나 애석하게도 뜻을 이루지 못한 채 1994년 별세하였다. 강원도 영월 김삿갓면 와석리 노루목에 있는 '난고 김삿갓 문학관' 전시실에는 그때 발간되지 못한 박영국 선생의 원고가 지금도 외로이 남아 있다.

정대구 교수는 평생 교육자로 살면서 김삿갓 고증자료 발굴과 연구에 진력(盡力)하였으며 평생 수집하고 발굴한 고증자료 200여 권의 소중한 자료를 김삿갓 유적보존회에 기증하였다. 그 자료들은 현재 영월 김삿갓면 와석리의 김삿갓문학관에 전시되어 있다. 정대구 교수는 조선 중·후기에서 20세기 초 개화기에 이르기까지 김삿갓의 문학사적 공헌이 지대(至大)함을 인식하고 한국에서 그의 문학사적 위상을 다음과 같이 도표로 분류·수렴하였다.

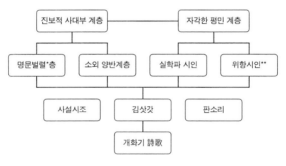

[김삿갓의 문학사적 위상]

* 벌렬(閥閱): 나라에 공이 많고 벼슬 경력이 많음. 또는 그런 집안.

** 위항시인(委巷詩人): 조선 시대 후기 1850년경 양반 사대부들의 전유물이던 귀족문화 漢文學 활동에 중인(中人)과 서얼(庶孼), 상인, 천민과 같은 하급계층의 백성들도 漢文學 활동에 참여하며, 漢詩를 짓고 詩集도 만들고 詩會도 열며 그들의 예술 활동과 신분 상승을 추구했다.

<참고>

○ 김삿갓문학관, 『김삿갓시연구』, 정대구, 숭실대학교 대학원, 국어국문학과 박사학위 논
  문, 1989.
○ 『김삿갓연구』 pp. 195~196, 정대구, 문학아카데미, 1990.

앞의 도표에서 보듯이 김삿갓은 양반 출신이면서도 양반 행세를 못 한 신분이었지만 사대부 양반 계층과 평민 위항시인 계층의 특성을 모두 지닌 문학사적 위상을 갖추었다고 평가된다. 김삿갓은 우리말 문학관을 내세운 김만중(1637~1692), 파격과 풍자로 세월을 읊은 임제(1549~1587), 실사구시(實事求是)의 북학(北學)과 실학(實學)을 표방한 박지원(1737~1805), 정약용(1762~1836), 그 외에도 19세기 수많은 위항시인과 평민시인의 문학관을 걸식유랑을 통한 실존적 체험으로 모두 함께 아울렀으며, 사설의 문학성과 우리 고유의 전통 음악성이 잘 드러난 판소리 「춘향가」도 김삿갓의 언월풍월 희작시(戱作詩)의 산물이라 평가할 수밖에 없다.

2장

김립시집 소고

1. 들어가기 전에

　1939년 일제강점기 때 이응수(李應洙)가 김삿갓에 관한 자료들을 수집해 처음으로 발간한『김립시집』초판을 내놓은 이후 김삿갓에 관한 연구와 평가는 끊임없이 이어져 왔으며 김삿갓이 남긴 한시(漢詩)들을 소재로 발간된 소설, 번역, 평가, 연구 논문 등 자료는 그 수효를 셀 수 없을 정도로 많다. 김삿갓에 관한 자료는 그가 세상을 떠난 1863년 이후 전국 각지 서당, 한학자 등 수많은 개인 소장가들에 의해 보관되어 오다가, 1926년 천도교 잡지「개벽」에 의해 체계적 수집이 처음으로 시도되었으나 일제의 탄압으로「개벽」이 폐간되면서 그 작업이 일시 중단되었다. 그 이후 이응수가 수집을 계속해 오다가『김립시집』초판과 증보판을 각각 1939, 1941년에 간행하고 광복 이후 어떤 이유에서인지 월북한다. 그 이후 그는 나름대로 김삿갓 한시를 집대성한『풍자시 김삿갓』을 1956년 북한에서 집필·발간하고 1964년에 작고하였다. 이응수 이후 남쪽에서도 박오양, 백길순, 김일호, 김용제, 박대헌, 정대구 등 수많은 한학자, 학계, 작가들이 자료발굴을 해왔으며, 김삿갓의 삶과 문학에 관한 연구와 번역을 계속해 오는 과정에서 많은 오자(誤字), 오류(誤謬), 시작인(詩作人) 김삿갓의 진위(眞僞)여부 등 많은 논의가 있었다. 원본이 아닌 판본, 그것도 대부분 초서(草書)체로 흘려쓴 한시(漢詩)를 번역하는 것 자체가 어렵고, 더욱이 170여 년간 구전(口傳)되어 내려오는 과정에서 시문과 한자가 잘못 인용되거나 와전되어 사용되었을 수도 있다. 고려 말 권문세가의 부패와 횡포로 백성들이 힘들어할 때 "국지불국(國之不國, 이건 나라도 아니다)!"라는 말이 유행했다 한다. 김삿갓이 걸식유랑(乞食流浪)했던 조선 후기야말로 "이것도 나라냐?"라는 불만도 부족할 정도로 삼정(三政)의 문란으로 인한 부패, 가뭄, 홍수 등 재해(災害), 도적질, 부역(賦役), 가렴주구(苛斂誅求), 반란(叛亂) 등으로 이미 나라의 통치능력은 완전히 상실된 시기였다. 참봉 정도 벼슬은 돈만 주면 살 수 있었고, 봉건체제 붕괴와 왕권 대신 권세가문이 활개를 치던 이 시기에는 김삿갓처럼 학문은 뛰어나도 벼슬길이 막힌 사대부 양반자제들이 무수히 많아 훌륭한 작품들을 많이 남겼다. 그러니 김삿갓이 여러 명이라는 주장은 설득력이 있다. 위작(僞作)[33] 활동을 하며 김삿갓처럼 명성을 얻고자 한 선비도 많았을 것이다. 따라서 김삿갓 시들에 관한 원작자(原作者) 진위 시비 논란은 있을 수밖에 없다. 이응수는 그의 마지막 저서『풍자시인 김삿갓』에서 김립 문학의 부정적 결함을 언급한다. 김립이 평민사상과 봉건체제에 대한 저항을 풍자·폭로·해학으로 풀어내며 당시 억압받던 인민들의 목소리를 대변하긴 했지만, 전체적으로 고통받는 인민을 위한 적극적 투쟁이나 혁명정신이 없었다는 것이다. 이건 동의하기 힘든 평가이다. 1800년대 초반 조선 시대는 봉건사회의 신분 계급과 유교적 관습이나 윤리적 가치가 무너져 가고 있었고, 세도정치와 섭정으로 지배계급의 횡포도 극심했지만, 문필가나 시인이 400년 이상 유지되어 온 조선 왕조 체제나 지배계층을 공식적으로 비판하거나 조롱하면 정치적·사회적으로 배척되거나 처벌받는 시대였다. 비판의식이나 진보적 사상을 표출하는 글을 개인적으로 쓸 수는 있었겠지만, 어디까지나 개인 혼자의 생각이나 감정을 표출하는 수준에 그쳐야지, 왕정이나 지배자 퇴진을 위한 민중혁명이나 촛불혁명 같은 생각이나 행동은 상상조차 할 수도 없고 또 가능하지도 않은 시대적 상황이었다. 오히려 김립의 희작시(戲作詩)와 풍자시(諷刺詩)가 봉건적 사회질서를 무너뜨리고 집권세력을 비판한 괘씸죄나 필화(筆禍) 사건 주범으로 의금부에 잡혀가지 않은 것만도 천만다행이다. 문필가에 의한 정치적 혁명이 가능하지도 않은 시대적 상황에서 김삿갓에게는 혁

---

33) 위작(僞作): 남의 작품을 흉내 내어 비슷하게 만든 작품.

명정신이 없었다고 평가했으니, 이응수는 보완적 결론을 맺어야 했다. "김립의 결점은 김립 문학이 가지는 긍정적 측면들을 결코 감쇠 또는 손상하지 않는다"라고 애써 김립 문학을 옹호한다. 월북 이전에 그가 내놓은 편저에서는 볼 수 없는 어휘와 결론이다. 김립문학 자료의 체계적 수집과 편역의 선구자이며 대가인 이응수 선생의 판단을 군이 비판하고 싶지는 않지만, 체제의 눈치를 보며 내린 결론이라는 생각을 지울 수가 없다. 아무래도 사회주의 인민공화국 체제하에서의 불가피한 결론이라 볼 수밖에 없다.

오자(誤字)와 식자(植字) 오류를 정정함으로 인해 시의 원래 의미가 훼손될 수 있다는 점을 고려하면 차라리 한 자 한 자 따라가며 축자(逐字) 번역해 가며 정정 번역하느니보다 차라리 오자와 오류를 있는 그대로 안고 가는 게 낫지 않을까 하는 생각마저 든다. 이응수의 『김립시집』이후 점점 잊혀져 가는 옛 조상들의 삶과 문학의 올바른 한문 자료를 우리 후손들에게 전해주기 위한 선진(先進) 한학자(漢學者)와 학계의 부단한 노력에 늘 감사드린다. 『김립시집』에 포함된 오자(誤字)나 작자(作者)의 진위(眞僞) 여부에 관한 평가나 수정은 학계의 논문이나 한학자들의 수많은 편역(編譯)과 평가에서 이미 충분히 다루어졌으므로, 필자가 참고한 문헌들을 대조·평가해 가며 필자가 필요하다고 판단하는 부분만을 수정하여 번역하였다. 한자(漢字)는 뜻글자이므로 표의(表意)적, 회의(會意)적 특성상 사람들이 어떻게 해석하느냐에 따라 자의적(恣意的) 해석이 불가피하다. 자의적(恣意的) 해석을 하면서 세련되지 못하더라도 시의 본래 의미를 훼손하지 않기 위해 글자 하나하나 그대로 번역하는 축자(逐字) 해석도 병행하였다. 『김립시집』의 서문인 자서(自序) 부기(附記)에서 이응수가 '중학생 정도면 충분히 읽을 수 있도록 쉽게 해석해 달라'는 주문에 응했듯이 한학자나 전문가적 시각에서가 아니라, 한문을 좋아하고 배우기를 원하는 사람들에게 이 책의 번역과 보충설명인 덧붙이는 말

'첨언(添言)'이 『김립시집』, 그리고 점점 멀어져 가고 잊혀져 가는 우리 선조들의 삶과 문학을 이해하는 데 조금이라도 보탬이 되기를 바라는 마음이다.

2. 일러두기

① 김병연(金炳淵) 호칭: 김병연의 삶과 문학에 관해 서술하는 문헌마다 그에 관한 호칭은 김립(金笠), 김사립(金莎笠), 김대립(金簪笠), 동해상인(東海上人), 이명(而鳴), 난고(蘭皐), 김난(金鑾), 지상(芷裳), 김삿갓 등 다양하다. 본 소고(小考)에서는 연보(年譜)나 참고자료에서의 인용 등 필요한 경우를 제외하고 가능하면 김립(金笠)과 김삿갓을 위주로 호칭하였다. 출가 이전인 22세 때까지는 병연 혹은 김병연이라 호칭하였다.

② 기타 인명(人名)에 대한 호칭: 이름 그대로 호칭하였으며, 씨(氏) 이외의 존칭은 가능하면 생략하였다.

③ 자서(自序)와 약보(略譜)를 포함해 번역이 안 된 한문은 모두 추가로 번역하였다.

④ 초판에는 실렸지만 증보판과 최종판인 『풍자시인 김삿갓』에서 삭제된 시는 다루지 않았다. 이응수의 시 해설문 '대의(大意)'는 가능하면 원문 그대로 옮겼으며, 한글 고어체나 한문 등 독자가 이해하기 힘들다고 판단되는 부분은 알기 쉽게 번역하고 수정하였다(예: 갓가운 → 가까운, 단엿다 → 다녔다, 이리하야 → 이리하여).

⑤ 한시(漢詩)에 포함된 모든 오자(誤字)와 식자(植字) 오류의 정정(訂定)은 여러 한학자, 전문가들의 편역(編譯)과 평역(評譯) 자료를 참고하였다.

한자의 표의적(表意的) 특성상 서로 다른 해석이 가능한 점을 감안해 분명히 잘못되었다고 판단되는 부분을 제외하고는 가능하면 수정하지 않았다.

⑥ 이응수의 '대의(大意)' 기술 아래 필자(筆者)의 보충설명을 덧붙이는 말 '첨언(添言)'을 추가하였다.

⑦ 페이지 하단에 본문 내용 중 주해(註解)가 필요한 경우를 위해 각주(脚註)를 달았으며, 필요한 경우 동일한 각주(脚註)를 중복해 실었다. 각주(脚註) 설명을 동일 페이지 하단에 수록하기 힘든 경우 다음 페이지에 수록하였다.

⑧ 한시 또는 본문 내용의 한자들은 간주(間註)를 '주해'라는 항목으로 달았다.

⑨ 난해하거나 잘 쓰지 않는 한자는 괄호 안에 한글 음과 漢字音 또는 訓을 함께 병기하였다. 쉬운 한자의 경우 音訓을 생략하였다.
※ 한글(漢字음, 의미) 혹은 漢字(한글음, 의미)로 병기

⑩ 김립 자료를 수집하여 연구·분석하는 과정에서 타인의 저작물 내용을 인용한 부분은 그 출처를 최대한 밝혀 명시하려고 노력하였지만, 필자의 부주의로 그 출처를 정확히 명시하지 못한 부분이 있다면 원작자에게 심심한 용서와 이해를 구하며 그러한 부분은 증보판 출판 시 인용 출처를 추가할 것을 약속드린다.

3. 김병연(金炳淵) 연보(年譜)

연도	김병연 나이	연혁
1807 (순조 7년)	1세	신라 말 호족이며 고려 개국공신인 안동김씨 시조 김선평의 후손인 김안근과 함평 이씨 사이에 차남으로 3월 13일 한양 혹은 양주시 회암동에서 출생(추정).
1811 (순조 11년)	5세	12월 14일 홍경래의 난 발발. 친조부 김익순의 반란군 투항.
1812 (순조 12년)	6세	3월 9일 친조부 김익순 대역죄로 참형당함. 5월 29일 홍경래 총상으로 사망한 후 능지처사됨. 김병연과 형 김병하가 황해도 곡산(谷山)의 외거노비 김성수의 집으로 피신.
1814 (순조 14년)	8세	김병연이 부모와 합류(경기도 가평).
1815 (순조 15년)	9세	아버지 김안근이 화병으로 별세(추정).
1816 (순조 16년)	10세	김병연·김병하 형제, 모친 함평 이씨와 강원도 영월로 이주.
1826 (순조 26년)	20세	장수 황씨와 혼인.
1828 (순조 28년)	22세	맏아들 학균을 낳음. 한양 안경복의 문객으로 있으며 신석우·신석희 형제와 교류.
1829 (순조 29년)	23세	형 병하가 25세로 요절(추정).
1829 (순조 29년)	23세	모친 함평 이씨 사망.
1830 (순조 30년)	24세	장남 학균을 형에게 입양. 차남 익균 출생. 출가.
1831 (순조 31년)	25세	금강산 유랑.
1835 (헌종 1년)	29세	기생 가련(可憐)과 동거(추정).

연도	김병연 나이	연혁
1838 (헌종 4년)	32세	부인 장수 황씨 사망. 경주 최씨 후처로 혼인.
1840~1844	34~38세	함경도, 평안도, 황해도 구월산 등 관서지방 유랑.
1845~1848	39~42세	홍경래가 軍을 일으킨 평안도 가산 다복동(多福洞) 방문 후 자신이 김익순 손자임을 밝히고 홍경래에 대한 원한을 거둠.
1845 (헌종 11년)	39세	한양 우전 정현덕 집에서 『녹차집(김사립전)』의 저자 황오와 만남.
1852 (철종 3년)	46세	낙봉 이상우가 용인에서의 김병연 얘기를 청량사 詩會에서 『해장집(海藏集, 記金簦笠事)』의 저자 신석우에게 전함.
1853 (철종 4년)	47세	안동에서 훈장을 함.
1856 (철종 7년)	50세	경주 최씨 후처로부터 3남 영규(英圭) 출생.
1858~1862	52~56세	금강산, 강원도, 충청도, 전라도 유랑.
1863 (철종 13년)	57세	3월 29일, 전라남도 화순군 동북면 구암리 정시룡의 집 사랑채에서 운명. 시신은 정시룡이 집 뒷동산에 초분(草墳)(추정). 3년 후 차남 익균이 영월군 하동면 와석리 노루목으로 반장함.

4. 소고(小考)에 부쳐

"죽장(竹杖)에 삿갓 쓰고 방랑 삼천리 흰 구름 뜬 고개 넘어가는 객(客)이 누구냐…" 「김삿갓」 노래 가사이다. 그 옛날 학창 시절 우리는 김삿갓을 역사적 실존 인물이 아닌 그저 소설 속 얘깃거리로 생각했고, 어른이되어서는 막걸리 술안주에 젓가락 장단 노래 속 인물 정도로 생각하고술 한잔하면 으레 이 노래를 부르곤 했다. 그가 조선팔도 걸식유랑(乞食流浪)하다 전남 화순 땅에서 객사(客死)한 지 170여 년이 지난 지금에 와서는 애석하게도 주위에서 흔히 들을 수 없는 노래가 되었다. 이렇게 김삿갓은 우리 기억에서 점점 사라져 가고 있다.

김병연(金炳淵)은 장동김씨(壯洞金氏)[34] 세도가문(勢道家門) 출신이었으나,본인도 몰랐던 할아버지의 반역죄(反逆罪)로 인해 졸지에 천륜(天倫)을 저버린 천하의 불효자가 되어 그의 나이 22세 때부터 57세에 객사(客死)할때까지 삿갓 하나 쓰고 걸식유랑(乞食放浪)하며 주옥(珠玉)같은 공령시(功令詩), 희작시(戲作詩), 파자시(破字詩)들을 남겼다. 그는 「영립(詠笠)」이란 詩에서 자신의 평생 동반자 '삿갓'의 의미를 다음과 같이 읊는다.

浮浮我笠等虛舟 一着平生四十秋
부 부 아 립 등 허 주 　 일 착 평 생 사 십 추

俗子依冠皆外飾 滿天風雨獨無愁
속 자 의 관 개 외 식 　 만 천 풍 우 독 무 수

---

34) 壯洞金氏(장동김씨): 壯洞은 종로구 청운동·효자동 일대에 있던 마을로 권문세족(權門勢族)이었던 신 안동김씨(新 安東金氏). 시조는 신라인이며 고려 개국공신인 김선평(金宣平).

정처 없이 떠도는 내 삿갓은 빈 배와 같아, 한번 쓰니 사십 평생 쓰게 되네.

속세의 사람들은 모두 겉치장으로 의관을 걸치지만, 하늘 가득 비바람 몰아쳐도 난 아무 걱정 없네.

폐족(廢族)이었던 그가 남긴 사회비판적(社會批判的) 풍자시(諷刺詩)들은 승자(勝者)들의 기록인 조선 정사(正史)에는 언급될 수 없었으며, 야사(野史) 서적 몇 군데에서 언급되거나 입으로 전해 오며 문학 장르상 구비문학(口碑文學) 정도로 격하되어 전해 왔다. 김삿갓에 관한 자료수집과 평역(評譯)은 그가 죽은 지 76년 되어서야 일제강점기 때인 소화(昭和) 14년(1939년)과 16년(1941년)에 이응수(李應洙)라는 사람이 『김립시집(金笠詩集)』 초판(初版)과 증보판(增補版)을 저술하면서 처음 시도되었다. 그가 해방 후 월북(越北)하면서 박오양(朴午陽)을 비롯한 많은 남쪽 사람들이 해설집, 소설, 논문 형식으로 김삿갓을 나름대로 논평(論評)하고 그의 명시(名詩)들을 재평가하였으며, 아울러 이응수(李應洙)의 『김립시집(金笠詩集)』에 기록된 오자(誤字)와 오류(誤謬), 일부 김삿갓 시들의 진짜 작가가 누구인지를 밝히고 있지만, 그래도 김삿갓이 당(唐)나라의 이백(李白)이나 두보(杜甫)에 비견(比肩)할 만한 시선(詩仙)이었다는 점에서는 이견(異見)이 없는 듯하다. 김삿갓의 첫 시집인 이응수(李應洙, 1909~1964)의 『김립시집』 초판을 읽으며 한문(漢文)과 역사(歷史) 비전문가인 필자가 평역(評譯)을 시도한다는 자체가 가당치도 않겠지만, 나름대로 한시(漢詩)를 감상하면서 김삿갓의 자조적(自嘲的)이면서도 낙천적(樂天的)인 해학(諧謔)과 풍자(諷刺), 사회 비판, 무소유(無所有) 등 무한하고 해박한 지식을 배우고 또 그러한 것들을 관심 있는 독자들과 함께 나누고자 함이 본 소고(小考) 집필 목적이다. 이응수(李應洙)가 일제강점기 때 경성제대(京城帝大)를 졸업한 후 전국 각지를 돌며 김립 작품의 자료를 수집해 1939년에 최초로 발간한 『김립시집』을 연구한다는 것은 큰 의미가 있다. 그러나 현재 이응수의 『김립시집』 초판을 다시 간행하는 출판사도 없고 고서점을 통해 파손되지 않은 깨끗한 판본(版本)을 구하기도 어렵다. 『김립시집』 저자 이응수는 해방 후 월북하여 『풍자시인 김삿갓(평양 국립출판사 출판, 1956년)』이라는 책을 김삿갓 연구 결정판으로 집대성하고 1964년에 작고하였다. 『풍자시인 김삿갓』 원본은 구하지 못했고 그 책을 모태로 남한에서 처음으로 2000년에 실천문학사에서 『김삿갓 풍자시 전집』이란 제목의 책을 출간하였다. 본 소고(小考) 집필을 위해 황녹차집(黃綠此集), 大東詩選(대동시선), 大東奇聞(대동기문), 海東詩選(해동시선) 등 몇 권의 참고문헌들을 수집하여 김립이 남긴 시들을 어느 정도 모았지만, 그의 삶이나 인생역정에 관한 기술을 남긴 자료는 많지 않았다. 2020년 연말 경기도 파주에 있는 고서(古書) 개인 소장가를 통해 『김립시집(金笠詩集)』 초판(初版)과 증보판(增補版) 판본(版本) 고서(古書) 한 권씩을 구해놓고 보니 그 책들은 세월의 나이를 이기지 못하고 그 흔한 싸구려 페이퍼백 표지조차 없이 떨어져 나가고 없었으며, 페이지를 넘기니 마치 겨울 낙엽처럼 축축하고 부서질까 두려워, 타임머신을 타고 조선 시대로 돌아가, 규장각 포쇄별감(奎章閣 曝曬別監)[35]이라도 된 듯 낡고 오래된 시집들을 며칠이나 조심스레 바람에 쐬고 햇볕에 말리는 어려움도 있었다. 1939년 『김립시집』 초판 발간 당시 이응수가 수집하여 참고한 자료는 대동기문(大東奇聞), 대동시선(大東詩選), 황녹차집(黃綠此集) 세 권뿐이었으나, 1941년 증보판에서는 해동시선(海東詩選)과 해장집(海藏集)을 추가하여 총 다섯 권에 관해 기술한다. 대동시선(大東詩選)에서는 김립의 시 「촉석루(矗石樓)」와 「영립(詠笠)」 두 수가 인용되어 있고, 해동시선(海東詩選) 증보판에서는 김립시집 초판의 「入金剛(입금강)」이 「山寺戲作(산사희작)」이라는 시제(詩題)로 한 수만 인용되어 있다. 「촉석루(矗石樓)」는 김립 작품이 아닌 조희룡(趙熙龍) 작품으로 인용된다. 단편적 기록이지만 김립이라는 불세출의 시인에 관한 인물평이나 그의 삶과 문학에 대한 고전적 평가를 보려면 아직까지는 대동기문(大東奇聞), 황녹차

---

35) 포쇄별감(奎章閣 曝曬別監): 조선 시대 역사를 편찬하는 춘추관(春秋館) 소속 직책으로 장마철 습기와 곰팡이를 제거하기 위해 史庫에서 책들을 꺼내 햇볕에 말리고 바람에 쏘이는 일을 담당.

집(黃緣此集), 해장집(海藏集) 세 권에 의존해야 하는 실정이다. 원본도 없고 판본조차 구하기 힘들었던 일제강점기 시절에 이응수가 최초로『김립시집(金笠詩集)』을 저술한 업적은 크게 평가받아야 마땅할 것이다. 일제의 패망 후 남북한 이념대립이 극심했던 경성대학 재학시절 때부터 우리나라 역사와 문학에 열정을 쏟으며 체계적인 김립 연구를 최초로 시도한 이응수가 무슨 연유로 월북했는지는 알려진 바 없다. 그 이유가 어떻든 이응수가 해방 후 월북하여 1956년에 평양에서 마지막으로 발간한 김립 작품 편역(編譯) 결정판인『풍자시인 김삿갓』에서 그는 김립에 대한 부정적 평가도 언급한다. 그는 김립(金笠)이 평민사상을 갖고 해학과 풍자로 기존 문학 형식을 파괴한, 우리 문학사에 중요한 작가로 인정하면서도 북한 체제에 대한 눈치를 안 볼 수 없어 그랬는지 김립은 적극적인 투쟁이나 혁명정신이 없었다든지, 비록 봉건체제와 양반체제에 억압받는 인민들의 목소리를 반영·대변하였다지만 피압박 대중을 위해 어떤 대책이나 개혁안을 제시하지 못하였다는 부정적 요소도 언급했다. 인민의 해방을 위한 투쟁이나 혁명정신이 없는 김립의 부정적 결함은 전체 인민들의 목소리를 대변하는 긍정적 측면을 손상하지 않는다고 애써 결론을 맺는다. 월북 전 집필한『김립시집』초판과 증보판에서는 볼 수 없는 말이다. 전통적 유교 통치이념이 지배했던 조선의 봉건체제하에서 촛불혁명의 불을 댕기는 투쟁정신이 없었다는 얘기인가? 대한민국에서도 1958년「사상계」 8월호에 게재된 '생각하는 백성이라야 산다'라는 글 하나로 대한민국 체제부정 글이라며 구속되었던 함석헌의 필화(筆禍)사건을 상기하면, 당시 북한 체제하에서 이응수의 그러한 김립 비판도 십분 이해는 가지만 전적으로 동의하기는 어렵다. 맨 앞에서 적을 향해 말 달리는 전쟁의 장수는 적의 화살에 제일 먼저 노출되므로 많은 화살을 먼저 맞게 된다. 이응수와 같은 선구자도 마찬가지로 많은 비난과 공격을 받을 수 있다. 그러나 이응수라는 선구자가 없었다면 우리가 김삿갓이 누구인지 알 수나 있었을까? 전국을 돌며 개인 소장가와 고서점에서 김립 자료수집과 연구에 몰두했으며 월북해 북한 체제하에서도 그 작업을 계속하며 일생을 바친 故 이응수 선생에게 머리 숙여 감사드린다. 여하 튼 이응수가 1964년 세상을 떠나기 전 남긴 최후의 작품『풍자시인 김삿갓』은 반세기 긴 세월이 흘러 2000년이 되어서야 실천문학사에서『正本 김삿갓 풍자시인 전집』이란 이름으로 내용을 그대로 옮겨 발간하게 되어 남쪽의 우리도 볼 수 있게 되었다.

필자가 굳이 오자와 오류가 많은『김립시집(金笠詩集)』초판과 증보판에 대해 다시 평역을 시도하는 목적은 간단하다. 서문에 해당하는 자서(自序)와 본문에서 한글 고어체와 현토(懸吐)[36] 없이는 풀이가 어려운 한문 (漢文) 그대로 기술되거나 중국 역사나 한시가 해석 없이 인용된 부분이 많아 독자들이 시집(詩集)의 내용에 쉽게 다가가 해득하기 어려울 거라 판단되어, 보충 번역과 추가 설명(註解)을 넣어 그 해득을 조금이라도 돕 고자 하는 것이『김립시집 소고(金笠詩集 小考)』집필의 목적이다.『김립시 집(金笠詩集)』원전 연구는 양동식씨의 문학석사학위 논문인「金笠詩集 원 전연구(순천대학교 대학원, 2004)」등에 의해 이미 심도 있게 다루어져, 초판 (1939), 증보판(1941), 최종판(1956) 세 권의 내용 중 오자와 탈자로 인한 오 역 등은 그에 대한 검토와 논의로 의문이 어느 정도 해소되었다고 생각 한다. 그가 결론에서 언급했듯이 김삿갓이 피난처였던 황해도 곡산, 그 의 고향 강원도 양주와 22세 때 출가하기 전 가족과 함께 살았던 강원 도 영월에서의 그의 작품을 볼 수가 없다. 따라서 그 지역에서의 자료발 굴은 계속되어야 하고, 김립시집 연구는 현재진행형으로 네 번째『김립 시집(金笠詩集)』발간을 제안한다는 그의 결론에 전적으로 동의한다. 독자 의 양해(諒解)와 협조(協助)를 구하고 싶은 점 하나는 필자가 한문(漢文)과 문학(文學)을 체계적으로 공부해보지 못한 천학(淺學)의 비전문가임을 스

---

36) 현토(懸吐): 한문 구절 끝에 한글로 토를 달아 이해를 쉽게 해줌.

스로 인정하며, 그런 연유로 본 소고(小考)가 사소한 오류(誤謬)와 사실과 다른 오역(誤譯)을 포함할 수도 있다는 점이 걱정된다는 점이다. 그런 부분에 관해서는 차후 추가·수정이 필요할 수도 있으니 이 글을 읽는 지식인들의 관대한 이해와 조언(助言)을 기대해본다.『김립시집(金笠詩集)』의 모든 내용은 자서(自序)부터 전편 총 128수의 시를 읽기 쉽게 보충설명과 함께 쉽게 풀어 번역하였으며, 각 페이지 하단에 도움이 될 만한 주해(註解)도 달았다. 전편 128수는 걸식편 12수, 인물편 24수, 영물1·2편 33수, 동물편 10수, 산천누정(山川樓亭)편 24수, 잡편 25수로 분류되어 수록되어 있다. 후편과 부록에 수록된 40수는 과시체(科試體) 형식의 공영시(功令詩)들로 중국 경서(經書), 역사(歷史), 한시(漢詩) 등에 관한 깊고 넓은 지식이 요구되므로 그 부분에 대한 필자의 학문적 관련 지식이 허락할 때 증보판에 포함하고자 한다.

5. 머리말(頭序)

김병연(金炳淵, 1807~1863)이 20세 되던 1846년(헌종 12년), 강원도 영월(寧越)의 동헌(東軒)이었던 관풍헌(觀風軒)[37]에서 시행된 향시(鄕試)[38] 혹은 백일장(白日場)대회의 시제(詩題)는 이러하다.

論鄭嘉山忠節死 嘆金益淳[39]罪通于天
논 정 가 산 충 절 사   탄 김 익 순   죄 통 우 천

죽음으로 충절을 지킨 가산 군수 정시(鄭蓍)에 대해서 논(論)하고,
하늘까지 이르는 큰 죄를 지은 김익순(金益淳)을 탄핵하라.

김병연(金炳淵)은 '세록지신(世祿之臣) 대대로 녹(祿)을 받고 살아온 너 김익순(金益淳)에게 가로되(日爾世臣金益淳, 왈니세신김익순)'라고, 할아버지를 '너'라고 부르며 신랄한 비판과 조롱으로 과체시(科體詩) 탄핵 글을 거침없이 운필(運筆)해 써 내려간다. '너는 임금을 저버린 날 조상마저 버렸으니, 한번 죽어선 너무 가볍고 만 번은 죽어야 마땅하다(忘君是日又忘親 一死猶輕萬死宜, 망군시일우망친 일사유경만사의).' 향시(鄕試)인지 백일장(白日場)인지는

---

37) 관풍헌(觀風軒): 조선 6대 왕 단종(端宗, 1441~1457)이 세조(世祖)에 의해 왕위를 찬탈당하고 강원도 영월 청령포(淸泠浦)로 유배되었다가 물이 범람해 이곳으로 옮긴 후 어린 나이 17세에 사사(賜死)됨.

38) 향시(鄕試): 과거 1차 시험(初試)으로 지방 각 道에서 실시. 백일장(白日場)은 과거시험이 아닌 유생(儒生)들의 학업을 권장하기 위한 시문(詩文) 글짓기대회. 金炳淵이 치른 시험이 鄕試인지, 白日場인지 考證할 수 없음.

39) 金益淳(김익순): 安東 金氏 金炳淵의 祖父. 홍경래의 난 때 선천부사(宣川府使)였지만 반란군에 항복(降伏)하고 모반(謀反)에 협조한 반역죄로 참수(斬首)됨. 1908년 고종 때 내각총리대신(內閣總理大臣)이며 을사늑약(乙巳勒約)으로 을사오적(乙巳五賊) 중 하나가 된 이완용(李完用)의 건의로 죄적(罪籍)에서 삭제되어 명예회복됨.

확실치 않지만, 여하튼 김병연(金柄淵)이 장원(壯元)이 되었다는 것이 통설(通說)로 되어 있으나, 고증(考證)할 수 있는 자료가 없으니 그 진위(眞僞)를 알 방법이 없다. '萬事分已定(만사분이정)이거늘 浮生空自忙(부생공자망)이니라.' 명심보감(明心寶鑑, 順命篇)[40]에 있는 글이다. 세상만사 모두 분수가 이미 정해져 있는데, 덧없는 인생 부질없이 스스로 바쁘게 살 필요가 있냐는 의미이다. 김립도 한탄조로 '萬事皆有定 浮世空自忙(만사개유정 부세공자망)'이라고 읊었다. 세상만사는 운명(運命)까지 이미 정해져 있는데 덧없는 인생 공명(功名)을 얻겠다고 어차피 안 되는 걸 괜히 쓸데없이 공부만 하며 살아온 게 허망하다는 의미이다. 이응수는 김립이 백일장에서 조부 김익순의 손자로 폐족이라서 장원급제가 취소되었기 때문에 한탄하며 읊은 시라 하는데 이응수의 견해를 그대로 받아들이기에는 어려움이 있다. 조부(祖父)인 선천부사(宣川府使) 김익순(金益淳)의 반역죄(反逆罪)로 폐족(廢族)이 된 가문(家門)으로 아버지와 할아버지의 이름을 아무리 비밀로 했다 하더라도, 경서(經書)와 시문(詩文)에 통달(通達)할 만치 영특한 김병연(金炳淵)이 20세 되도록 아버지와 할아버지 이름도 몰랐을까? 그의 모친 함평 이씨(咸平 李氏)가 아무리 함구했다 해도 그 당시 세도정치로 권력을 휘두르던 안동김씨(安東金氏) 가문(家門)이 아니었던가? 폐족(廢族)의 자손(子孫)이 어떻게 과거(科擧)시험에 응시(應試)할 수 있었으며, 또 응시(應試)가 만에 하나 가능했다손 치더라도, 아버지, 할아버지(父, 祖父)의 이름을 명기(明記)해야 하는 과거시험 절차와 관례상 이해하기는 어렵다. 고려 말 김부식(金富軾) 개경파의 득세로 묘청(妙淸)의 서경(西京, 평양성) 천도론이 무산된 이래 조선 후기에 이르기까지 관서(關西)지방(평양을 포함한 평안도와 함경남도 지역) 출신은 과거시험 응시에도 제한을 받고 태조 이성계 때부터 천대와 멸시를 받아왔다. 김병연이 20세 되기 전 한때 관서(關西) 땅에서 유랑(流浪)하며 필명(筆名)을 날리자, 시기심 많은 그 지역 사대

---

40) 명심보감(明心寶鑑): 고려 시대 충렬왕 때 추적(秋適)이 1305년에 중국 고전에서 선현들의 금언(金言)·명구(名句)를 엮어서 저작한, 경세(經世)를 위한 수양서이자 제세(濟世)에 필요한 교훈서.

부 선비들이 많았는데 그중 관서지방의 노진(魯稹)이란 자가 김병연의 명성을 시기해 김병연의 뿌리(祖父 金益淳)부터 비방하여 관서지방에서 김병연을 쫓아내기 위해 탄핵시(彈劾詩)를 써서 유포시켰다는 아래와 같은 기록이 野史集 대동기문(大東奇聞)[41]헌종(憲宗) 篇에 기록되어 있다.

'김병연(金炳淵)은 안동(安東)사람이며 그의 祖父 김익순(金益淳)은 선천부사(宣川府使)로서 순조(純祖) 임신(壬申)년에 관서(關西) 도적 홍경래(洪景來)에게 항복하여 복주(伏誅)하였기 때문에 그의 가문(家門)은 폐족(廢族)이 되고, 병연(炳淵)은 자신을 천지간 죄인(罪人)이라 부르며 감히 하늘을 바라볼 수 없다며 늘 삿갓을 썼다. 그리하여 세상 사람들은 그를 김삿갓(金笠)이라 부르게 되었다. 공령시(功令詩)를 잘 지어 세상에 명성이 자자했다. 관서(關西)에 노진(魯稹)이라는 사람이 있었는데 그 역시 공령시(功令詩)를 잘 지었어도 김삿갓에게는 못 미처 김삿갓을 관서(關西)지방에서 쫓아내기 위해 김익순(金益淳)을 조롱하는 시를 지어 퍼뜨려 세상에 자기 이름을 알렸는데…'

원문 〈참고: 대동기문(大東奇文) 헌종(憲宗) 篇〉

金炳淵, 安東人, 其祖益淳, 以宣川府使, 純祖壬申, 降於西賊洪景來, 遂伏誅,

其家因爲廢族, 炳淵, 自以謂天地間罪人, 嘗戴笠不堪仰見天日故, 世以金笠, 稱焉,

善功令詩, 鳴於世, 嘗遊於關西, 關西, 有魯積者, 亦善功令詩, 不及於金笠,

意欲逐之, 作造金益淳詩, 名於世…

---

41) 大東奇文(대동기문): 1926년 강효석(姜斅錫) 편찬, 漢陽書院 刊行.

김립(金笠)은 이 시를 보고 큰 술잔에 술을 마시며 맑은 목소리로 읊은 후 "그놈 詩 한번 잘 지었네!"하며 피를 토하고 다시는 그곳 관서(關西)지방 땅은 밟지 않았다(金笠見詩 引一大白朗吟曰眞善作也 因嘔血不踏關西也). 여하튼 김병연(金柄淵)은 제주도를 포함한 조선팔도 모든 곳을 유랑했지만, 이 일이 있고 난 뒤 다시는 관서지방에 가지 않았다 한다. 대동기문(大東奇文)의 위와 같은 기록을 고려할 때 노진(魯禛)이 유포시킨 김익순(金益淳) 탄핵시(彈劾詩)가 병연이 영월(寧越) 동헌(東軒)이었던 관풍헌(觀風軒)에서 있은 백일장에서의 시제(詩題)였다는 통념(通念)을 그대로 받아들이기엔 문제가 있으며, 또 황오(黃五)도 김병연은 평생 과거시험을 보지 않았다고 그의 녹차집(綠此集) 김사립전(金莎笠傳)에서 그렇게 기술하고 있지 않은가? 천재(天才) 김병연은 아마도 祖父 김익순(金益淳)이 반역죄로 처형당한 사실, 그의 가문(家門)이 폐족(廢族) 되었다는 사실, 폐족의 자손은 과거시험을 볼 수 없다는 사실을 이미 알고 있지 않았을까? 따라서 그의 학문에 대한 열정과 천재성을 과거시험이나 벼슬을 통해 드러내지 못하고, 조선 후기 부패한 봉건체제를 통렬하게 비판하고 풍자하며 자신의 울분을 여한(餘恨) 없이 분출하였던 게 아닐까? 어느 게 사실인지 그 진위(眞僞)는 고증(考證)할 방법이 없다. 김병연(金炳淵)에 앞서 그가 태어나기 27년 전 평안도(平安道) 용강(龍岡)에서 출생하여 서른두 살 나이에 개벽천지(開闢天地)의 큰 뜻을 품고 농민반란을 일으켜 한때 관군으로부터 살수(薩水) 청천강(靑川江) 북쪽 지역을 모두 빼앗았던 홍경래(洪景來, 1780~1812)에 관해 언급(言及)하지 않을 수 없다. 조선 후기 23대 순조(純祖) 이후 1800년부터 조선이 폐국되는 1897년에 이르기까지 조선은 그야말로 '이것도 나라냐?'라는 표현도 과분할 정도로 삼정(三政)[42]이 극도로 문란(紊亂)해지고, 가뭄, 홍수, 매관매직, 도적질, 부역(賦役), 가렴주구(苛斂誅求), 반란(叛亂) 등으로 이미 나라의 통치능력을 완전히 잃었다. 홍경래(洪景來)의 난

---

42) 삼정(三政): 조선 국가 재정을 다스리는 세 분야. 전곡(田政), 군정(軍政), 환정(還政) 등 농지관리, 군사, 국가 보유 곡식의 대여 등에 관한 제도.

(1811~1812) 당시 세가(勢家)였던 안동김씨(安東金氏)이며 평안도 선천부사(平安道 宣川府使)였던 김병연(金炳淵)의 祖父 김익순(金益淳)은 홍경래(洪景來) 반란군에게 항복(降伏)한 후 1812년에 모반대역죄(謀叛大逆罪)로 참수(斬首)되었다. 그의 아들 김안근(金安根)은 불세출의 천재 방랑시인 김병연(金炳淵)을 낳고 2년 후 화병(火病)으로 죽는다. 홍경래(洪景來) 반란군을 진압한 순조(純祖)는 김익순(金益淳)을 참수(斬首)한 후 그를 죄적(罪籍)에 올리고, 그의 가문을 멸족(滅族)이 아닌 폐족(廢族)으로 처벌하여 일가친족(一家親族) 목숨만은 살려준다. 아마도 김익순(金益淳)이 당시 안동김씨(安東金氏) 세도가문(勢道家門) 출신이었기 때문일 것이다. 그 후 김병연(金炳淵)의 모친 함평(咸平) 李氏는 자식들이 폐족(廢族)의 자식으로 천대와 멸시를 받고 사는 게 싫어 가솔(家率)들을 이끌고 아무도 모르는 강원도 영월(江原道 寧越) 외지로 옮겨 숨어 살았으며, 병연(炳淵)이 영월(寧越) 동헌(東軒)이었던 관풍헌(觀風軒)에서 열린 향시(鄕試)인지 백일장(白日場)에서 장원(壯元)이 되자 그가 그렇게 조롱하고 탄(嘆)한 그 만고의 역적(逆賊)이 "바로 너의 할아버지(祖父)"라고 병연(炳淵)의 모친 함평 이씨(咸平 李氏)가 얘기해준다고 설화는 전한다. 경서(經書)는 물론 과거시험에 필수인 과시체 형식의 공영시(功令詩)[43]에도 이미 통달(通達)한 병연(炳淵)은 그 이후 과거급제를 향한 꿈을 버리고, 몰락한 양반으로 천륜(天倫)에 침까지 뱉은 불효자(不孝子)로 스스로 하늘을 바라볼 수 없다며 삿갓으로 얼굴을 가리고, 죽장 하나 벗 삼아, 관서(關西)를 제외한 조선팔도(朝鮮八道) 모든 지방을 걸식유랑(乞食流浪)하다 그의 나이 57세 되던 해(1863) 그의 모친 함평 이씨의 외가와 가까운 전라도 화순 무등산(無等山) 근처에서 나옹선사(懶翁禪師)의 게송대로 '물처럼 바람처럼 살다 떠난다(如水如風而終我, 여수여풍이종아)'고 설화는 전한다. 주유천하 방랑시인(周遊天下 放浪詩人)의 시신(屍身)은 차남 익균(翼均)이 1866년경 강원도 영월군 와석리(江原道 寧越郡 臥石里) 깊은 산

---

43) 공영시(功令詩): 과거시험 볼 때 쓰는 시체(時體) 또는 그런 시체로 쓴 詩. 과체시(科體詩)와 같은 의미.

속 계곡으로 모셔와 반장(返葬)[44]하였다고 전한다(추정). 반장하기 전 전라도 화순에 김삿갓의 묘에 관한 기록은 없고, 익균이 무거운 관을 매고 어떻게 강원도 영월까지 갔는지도 선뜻 이해가 안 간다. 불교 신자가 아닌 선비의 시신을 화장한 후 유골함을 갖고 갔을 리도 없고, 혹시 김삿갓의 별세(別世) 장소가 화순이 아니라 가족을 마지막으로 떠나온 영월이 아니었을까? 여하튼 김삿갓의 별세 장소는 화순으로 전하고 있다.

김립이 남긴 시 가운데 김립의 인생관(人生觀)을 가장 잘 이해할 수 있다고 생각되는 그의 과체시(科體詩) 두 수를 책머리에 옮긴다. 하나는 그가 세상을 떠나기 전 자신의 인생을 뒤돌아보며 마지막으로 남긴 시「蘭皐平生詩(난고평생시)」이고, 다른 하나는 김립이 세도가문(勢道家門) 安東金氏 후손임에도 불구하고 조선팔도 걸식유랑(乞食流浪)을 하다 객사(客死)하게 된 그 원죄(原罪)의 단초인 그의 조부(祖父)를 탄핵하는 백일장 시제(詩題)「論鄭嘉山忠節死 嘆金益淳罪通于天(논정가산충절사 탄김익순죄통우천)」에 관한 시이다.

---

44) 반장(返葬): 객사(客死)한 사람의 시신(屍身)을 고향으로 모셔와 장사(葬事)지냄.

6. 蘭皐平生詩(난고평생시)

- 나의 한평생 뒤돌아보며

鳥巢獸穴皆有居 顧我平生獨自傷
조 소 수 혈 개 유 거 　 고 아 평 생 독 자 상

새도 둥지가 있고 짐승도 굴이 있어 다 머물 데가 있는데
내 평생을 뒤돌아보니 홀로 마음만 아프구나.

주해

蘭皐(난고) 金柄淵(김병연)의 호. 巢(소) 집, 둥지, 보금자리. 皆(개) 다, 모두. 顧(고) 돌아보다.

芒鞋竹杖路千里 水性雲心家四方
망 혜 죽 장 로 천 리 　 수 성 운 심 가 사 방

짚신 신고 대지팡이 짚으며 머나먼 길 다니며
물 흐르듯 구름 떠돌 듯 모든 곳을 내 집처럼 다녔노라.

주해

芒鞋竹杖(망혜죽장) 짚신과 대지팡이, 지팡이 짚으며 먼 길 떠나는 모습. 사방(四方) 모든 곳.
水性雲心(수성운심) 물과 구름이 흐르고 떠다니듯 한곳에 머물지 못하고 떠돈다는 의미.

尤人不可怨天難 歲暮悲懷餘寸腸
우 인 불 가 원 천 난 　 세 모 비 회 여 촌 장

딱히 누굴 탓할 수도 없고 하늘을 원망할 수도 없고
한 해가 또 저무니 서글픈 마음만 구석구석 사무치네.

尤(우) 더욱, 특히. 歲暮(세모) 섣달 그믐날. 寸腸(촌장) 창자의 마디마디, 여기서 腸(장)은 마음을 뜻함.

初年自謂得樂地 漢北知吾生長鄕
초 년 자 위 득 락 지   한 북 지 오 생 장 향

어렸을 땐 좋은 집안에서 태어났다고 좋아했고
한양이 내가 태어나 자란 고향인 줄 알았지.

漢北(한북) 한강 북쪽, 강북, 여기서는 서울, 한양(漢陽).

簪纓先世富貴人 花柳長安名勝庄
잠 영 선 세 부 귀 인   화 류 장 안 명 승 장

조상 대대로 부귀영화를 누렸었고
꽃피고 수양버들 아름답다는 장안에서도 명성(名聲) 높은 집이었노라.

簪(잠) 비녀. 纓(영) 갓끈. 簪纓(잠영) 비녀와 갓끈, 여자 머리 장신구 또는 남자 의관의 장신구인 비녀와 갓끈을 의미하며 신분이 높은 양반(兩班)을 가리킴. 花柳(화류) 꽃과 버들, 유곽, 여기서는 아름다운 곳을 가리킴. 庄(장) 고관대작의 사유지, 영지.

隣人也賀弄璋慶 早晚前期冠蓋場
인 인 야 하 농 장 경   조 만 전 기 관 개 장

이웃 사람들이 옥동자 낳았다고 축하도 해주고
조만간 장원급제할 거라고 기대도 하였지.

弄(농) 가지고 놀다. 璋(장) 구슬. 弄璋(농장) 아들을 낳음. 璋慶(장경) 生男의 경사. 蓋(개) 덮다, 덮개. 冠蓋(관개) 높은 벼슬아치들이 타던, 말 네 마리가 끌던 덮개 있는 수레, 과거에 급제하여 출세하다.

鬚毛稍長命漸奇 灰劫殘門飜海桑
수 모 초 장 명 점 기 회 겁 잔 문 번 해 상

턱수염 자라면서 팔자도 점점 기구해지더니
멸문지화(滅門之禍) 폭삭 망해 세상이 뒤바뀌었네.

鬚(수) 턱수염, 입가의 수염. 稍(초) 끝, 말단 나무 끝. 灰(회) 재. 劫(겁) 천지가 한번 개벽한 후 다음 개벽할 때까지(반대는 찰나). 灰劫(회겁) 불교 용어로 불탄 후 남은 재. 殘門(잔문) 망해 남은 가문. 飜(번) 엎어지다. 桑(상) 뽕나무. 海桑(해상) 상전벽해(桑田碧海), 뽕나무밭이 바다가 되어 세상이 뒤바뀌었다는 의미.

依無親戚世情薄 哭盡爺孃家事荒
의 무 친 척 세 정 박 곡 진 야 양 가 사 황

의지할 친척은 없고 세상인심 야박한데
부모마저 돌아가셔 곡(哭)을 하니 집안이 망했구나.

爺孃(야양) 부모의 속칭. 荒(황) 거칠다, 허황하다, 멸망하다.

終南曉鐘一納履 風土東邦心細量
종 남 효 종 일 납 리 풍 토 동 방 심 세 량

남산 새벽 종소리 들으며 짚신 신고 다니며
동쪽 땅을 골고루 다닐 생각이었네.

納(납) 받아들이다, 바치다, 헌납하다. 履(리) 신, 신다.

終南山(종남산) 도교(道敎, Taoism)의 발상지로 중국 산시성(陝西省, 섬서성) 시안시(西安市)에 위치한 산으로 신선들이 노닐고 은자들이 머무는 곳으로 알려져(神仙遊 隱者居) 선비들이 세상 명리나 벼슬을 피해 은거하던 산이었으며 노자(老子)가 생전에 도덕경(道德經)을 제자들에게 설파했다는 설경대(設經臺)가 있는 곳이며 여기서는 물 흐르는 대로 자연의 순리대로 떠도는 자신의 道家的 심정을 종남산(終南山) 새벽 종소리라고 은유적으로 표현했다.

心猶異域首丘狐 勢亦窮途觸藩羊
심 유 이 역 수 구 호　세 역 궁 도 촉 번 양

이역만리 타향에서 고향을 어찌 잊을 수 있으리오
이 몸의 신세가 울타리에 걸려 꼼짝달싹 못 하는 숫양 같구나.

猶(유) 오히려, 다만, 마땅히. 心猶(심유) 마음이 ~와 같다. 首丘狐(수구호) 狐死歸首丘(호사구수구)에서 유래한 말로 여우도 죽을 때 저 살던 언덕으로 머리를 향한다는 뜻, 여기서는 '고향을 어찌 잊을 수 있겠는가?(故鄕安可忘, 고향안가망)'의 의미. 窮途(궁도) 곤궁하고 난처한 처지. 觸藩羊(촉번양) 저양촉번(羝羊觸藩)의 의미, 숫양이 울타리를 받다가 뿔이 걸려 옴짝달싹 못 하게 되다, 사람의 진퇴(進退)가 자유롭지 못함을 뜻함.

南州從古過客多 轉蓬浮萍經幾霜
남 주 종 고 과 객 다　전 봉 부 평 경 기 상

남쪽 고을은 자고로 과객이 많이 지나는 곳
마른 쑥대 바람에 구르듯 부평초처럼 떠돈 지 몇 해였던가.

轉蓬(전봉) 가을에 뿌리째 뽑혀 바람에 여기저기 굴러다니는 쑥, 고향을 떠나 떠돌아다니는 모습. 萍(평) 부평초. 經(경) 지나다. 霜(상) 서리, 여기서는 해, 세월.

搖頭行勢豈本習 挕口圖生惟所長
요 두 행 세 기 본 습 설 구 도 생 유 소 장

머리 굽실대는 모습이 어찌 내 본래 모습이겠는가
입 주절대며 살아가는 솜씨만 늘었도다.

挕(설) 바르지 아니하다, 재다. 圖生(도생) 살기 위해 궁리하다. 搖(요) 흔들 요. 惟(유) ~때문에,
오로지, 생각하다.

光陰漸向此中失 三角靑山何渺茫
광 음 점 향 차 중 실 삼 각 청 산 하 묘 망

세월은 흐르다가 어느덧 사라져버렸고
삼각산 푸른 모습 어찌 이다지도 멀고 머나.

光陰(광음) 해와 달, 낮과 밤, 세월. 三角靑山(삼각청산) 삼각산. 渺茫(묘망) 아득하다.

江山乞號慣千門 風月行裝空一囊
강 산 걸 호 관 천 문 풍 월 행 장 공 일 낭

팔도강산 구걸하며 소리치는 건 어딜 가나 익숙하고
음풍농월로 지내다 보니 봇짐 주머니는 텅 비었구나.

慣(관) 익숙하게 되다, 버릇. 風月(풍월) 음풍농월(吟風弄月)을 줄인 말.

千金之子萬石君 厚薄家風均施嘗
천 금 지 자 만 석 군 후 박 가 풍 균 시 상

돈 많은 집 아들이건 만석꾼 집 부자이건 모두 찾아다니며
후하고 박한 가풍 골고루 알아보았노라.

嘗(상) 맛보다. 均施賞(균시상) 골고루 맛보다.

身窮每遇俗眼白 歲去偏上鬢髮蒼
신 궁 매 우 속 안 백 세 거 편 상 빈 발 창

행색이 초라하니 만나는 사람마다 눈 흘기고
흐르는 세월 속에 백발노인 되었구나.

眼白(안백) 눈이 희게 되다, 눈을 흘기다. 偏(편) 치우치다. 鬢髮(빈발) 귀밑털과 머리털, 鬢은 鬓(빈)의 俗字. 蒼(창) 푸르다, 늙다, 늙은 모양.

歸兮亦難佇亦難 幾日彷徨中路傍
귀 혜 역 난 저 역 난 기 일 방 황 중 로 방

집으로 돌아가지도 못하고 머무르지도 못하면서
얼마나 기나긴 날을 길가에서 헤맸던가?

佇(저) 우두커니, 기다리다. 路傍(노방) 길옆, 길가.

이 시는 김립이 자기의 일생을 自敍傳(자서전) 형식으로 읊은 시인데 지나온 한평생을 돌아보는 그의 애통해하는 마음을 진솔하게 표현한 훌륭한 작품이다. 하늘을 나는 새도 둥지가 있고 길짐승도 굴속 집 같은 머물 곳이 다 있는데 애통하구나! 나만 홀로 머물 곳도 없이 정처 없이 수만 리 길 헤매었네. 물과 구름이 흐르듯 떠돌다 보니 세상천지가 다 내 집인데 내 팔자 기구하다. 탓할 사람도 없는데 하늘을 원망하겠느냐? 또 한 해가 저무는데 서러운 마음이 가슴에 구석구석 쌓인다. 내 신세가 지금은 이래도 어렸을 땐 스스로 좋은 집안 태생이라 여겼으며 가문 또한 조상 대대로 부귀영화 누렸던 우리 집은 장안에서도 명성이 높았노라. 내가 태어났을 때 이웃들은 弄璋慶(농장경, 生男 축하) 해주었고 조만간 내가 조만간 冠蓋出世(관개출세) 하리라고 기대도 했었다. 그러다 턱수염이 나는 나이가 되니 팔자가 기구해 桑田(상전)이 碧海(벽해) 되고 명성 높았던 家門(가문)은 잿더미로 변하였다. 의지할 친척도 없고 세상 사람들은 廢族家門(폐족가문)이라 야박하게 賤待(천대)하고 부모 喪(상) 치르며 哭(곡)을 마치니 살림살이 망막하다. 서울 남산의 새벽종 소리를 들으며 짚신 신고 고향을 떠난 뒤 동쪽 땅을 헤매는 내 마음에 근심걱정 가득하네. 여우는 낯선 곳에서 죽어도 머리는 제 살던 언덕을 향해 두고 죽고, 숫양이 쫓기다 막다른 골목에 다다르면 울타리에 뿔을 받다 끼어 옴짝달싹 못 하는 것처럼 내 신세가 茫漠(망막)하다. 남쪽 고을은 옛날부터 지나간 길손이 많다는데 나 역시 이곳에 머물고 있으니 浮萍草(부평초)같이 떠돈 지 몇 해가 되었던가? 이 몸이 집집마다 문간에서 머리를 굽실거리며 "밥 좀 주소!" "하룻밤만 묵고 가게 해주소!" 하는 나의 행세가 어찌 나의 본래 행색이겠나? 살기 위해 침이 마르도록 구걸하며 입 주절거리는 솜씨만 늘었구나. 그러는 사이 세월은 흘러 사라지고 고향의 三角山(삼각산) 모습만 눈에 어른거린다. 삼천리강산 구걸 다닌 집들 헤아릴 수없이 많고, 음풍농월하며 살다 보니 내 봇짐 주머니는 텅 비어버렸네.

돈 많은 집 자식도 땅 부잣집 자손도 모두 만나 보았고 그들의 후하고 야박한 家風(가풍)도 잘 알게 되었지. 행색이 구차하니 세상 사람들은 나한테 눈 흘기고 섣달 그믐날 또 한 해가 저무니 백발노인 되었구나. 고향에 돌아가지도 못하고 머물지도 못하면서 이렇게 얼마나 오랜 세월 길가에서 헤매야 하나?

주해

三角山(삼각산) 백운대, 인수봉, 만경대의 세 봉우리, 북한산의 별칭.

첨언

난고(蘭皐)는 김립의 아호(雅號)였으며 일설(一說)에 의하면 이 시는 김립이 자신의 지나온 한평생을 회고하며 전라남도 화순에서 임종 직전에 쓴 마지막 시라는 얘기도 있다. 2008년에 『여용주(驪龍珠)』라는 19세기 후반의 시집이 발굴되었는데 이 시가 「회양자탄(懷鄕自歎)」이란 제목으로 실려 있어, 이 시의 원제목이 「회양자탄(懷鄕自歎)」이란 주장도 있다. 조선시대에 안동김씨(安東金氏) 세도가문(勢道家門)의 후손으로 태어나 그의 나이 다섯 살 때 선천방어사(宣川防禦使)로 높은 관직에 있었던 조부(祖父) 김익순(金益淳)이 홍경래(洪景來) 반군(叛軍)에 항복하여 역적으로 몰려 폐족(廢族) 처분당한 이래 57세의 나이로 세상을 떠날 때까지 그는 역적(逆賊)의 자손으로 세상의 이목을 피해 김병연(金炳淵)이라는 자신의 이름도 밝히길 꺼리며 평생을 걸식 유랑하였다. 방랑 초기에는 벼슬 높은 관인(官人)들이나 자기처럼 출세를 위해 한양에 머물며 인맥을 쌓고 있는 사대부(士大夫) 선비들과 교류하며 나름대로 선비로서 품위를 유지하지만 후에는 조선팔도 지방 방방곡곡 떠돌며 봉건적 유교 사회의 치부를 신랄한 조롱과 풍자로 비난하고 힘없고 가난한 서민들의 애환을 해학적으로 읊으며 여생(餘生)을 보냈다. 김립이 유랑하다 심신이 힘들고 병이 들면 전남 화순에 있는 지인(知人) 정시룡 집에 가끔 들러 머물렀다 한다(추정). 1863년 자목련(紫木蓮) 활짝 피고 두견새 지저귀는 봄날 3월 29일에 김립은 57세 나이에 유언도 남기지 않은 채, 그를 죽마고우(竹馬故友)처럼 대해줬던 정시룡의 사랑채에서 감사의 표시로 그의 마지막 시를 써 주고 세상을 떠난다. 그가 세상을 떠날 때 남긴 물건은 얼굴을 가리고 다녔던 대나무 삿갓, 대지팡이 그리고 괴나리봇짐 하나가 전부였을 것이다. 그의 아들 익균(翼均)이 유해를 옮겨 강원도(江原道) 영월군(寧越郡) 와석리(臥石里) 깊은 계곡에 반장(返葬)하였으며 외로운 그의 묘 앞에는 '시선난고김병연지묘(詩仙蘭皐金炳淵之墓)'라고 묘비(墓碑) 이름이 쓰여 있다. 본처 長水 黃氏나 후처 慶州 崔氏의 묘가 발견되면 합장(合葬)하여 외로이 살다간 부부의 魂들이 死後에라도 함께 노닐 수 있게 묘 앞에 혼유석(魂遊石)이라도 하나 설치해드리고 싶은 마음 간절하다. 김립의 작품 거의 다 구전이나 필사본으로 전해오는데 이 작품에서도 작자의 이름이 없다는 점은 참으로 안타까운 일이다.

다음 항목에서 김립의 공령시(功令詩) 한 편을 더 소개한다. 이 시는 김립의 작품이 아니라는 얘기도 있다. 김립시집 증보판의 이응수 주석에 따르면 조모씨(曹某氏)의 작품이라는 얘기도 있고 김립이 익명(匿名)으로 쓴 것이라고도 하고, 대동기문(大東奇文) 헌종(憲宗) 篇에서는 관서(關西)에 사는 노진(魯稹)이란 선비가 지은 시라는 등 이 작품의 원작자에 대한 논란의 여지(餘地)가 많은 작품이다. 또 이 시는 과거(科擧)시험 서체인 과체시(科體詩) 형식이 아니라는 논란도 있지만, 김립 가문(家門)의 몰락과 김립이 왜 한평생 걸식유랑하다 객사(客死)하게 되었는지 그 단초(端初)를 제공한다고 생각되어 옮긴다.

7. 論鄭嘉山忠節死 嘆金益淳罪通于天(논정가산충 절사 탄김익순죄통우천)

- 정가산의 충절한 죽음을 추모하고 김익순의 죄가 하늘에 이를 만큼 큼을 탄하라

曰爾世臣金益淳 鄭公不過卿大夫
왈 이 세 신 김 익 순　정 공 불 과 경 대 부

將軍桃李隴西落 烈士功名圖末高
장 군 도 이 농 서 락　열 사 공 명 도 말 고

대대로 임금을 섬겨온 너 김익순에게 고하노니 정공은 하찮은 벼슬임에 불과해도

한(漢)나라 이농장군처럼 비굴하게 흉노에게 항복하지 않아 열사공신 초상화가 기린각에

제일 높이 있더라.

주해

鄭嘉山(정가산) 홍경래의 난이 일어났을 때 평안도 가산(嘉山) 군수(郡守)였던 정시(鄭蓍)를 가리킴. 鄭公(정공)도 같은 의미로 그는 반란군과 싸우다 전사(戰死)함. 桃李(도이) 흉노족의 침입 때 항복한 중국 전한(前漢) 때 장군 이능(李陵)을 말함. 桃李(도리) 복숭아와 자두, 훌륭한 인재(人材), 여기서는 흉노에게 항복한 벼슬아치 桃李를 비꼬는 의미. 隴西(농서) 중국 진(秦)나라 농산(隴山)의 서쪽의 옛 변방을 가리킴. 圖末高(도말고) 공신(功臣)의 초상화 안치 서열이 제일 높다는 의미로 중국 한나라 때 공신(功臣)들의 초상화를 그려놓은 기린각(麒麟閣)이라는 전각을 세웠다 함.

詩人到此亦慷慨 撫劍悲歌秋水涘
시 인 도 차 역 강 개　무 검 비 가 추 수 사

宣川自古大將邑 比諸嘉山先守義
선 천 자 고 대 장 읍　비 저 가 산 선 수 의

시인은 이 생각만 하면 가슴이 분통이 터질 것 같아 가을 연못가에 앉아 칼을 만지작거리며 슬픈 노래를 읊노라.

선천은 자고로 대장들이 지키던 큰 고을이라 가산보다 먼저 의(義)로서 지켜야 할 곳이거늘.

주해

慷慨(강개) 의롭지 못한 것에 복받치어 원통하고 슬프다, 비분강개(悲憤慷慨)와 같은 의미. 撫(무) 어루만지다, 손에 쥐다. 涘(사) 물가, 강가. 諸(제, 저) 모든, 여기서는 어조사로 '~에' 또는 '~에서'의 의미. 선천(宣川)과 가산(嘉山) 모두 평안도(平安道) 인근 고을이며, 홍경래의 난 때 둘 다 공격을 당했다. 가산(嘉山)의 다복동(多福洞)은 홍경래의 민중혁명의 봉기군을 일으킨 군사 전초기지였으며 가산 군수였던 정시(鄭蓍)와 그의 부친 정노(鄭魯)는 반란군에 맞서 장렬하게 싸우다 전사하는 반란의 첫 번째 희생자가 된다.

淸朝共作一王臣 死地寧爲二心子
청 조 공 작 일 왕 신　사 지 영 위 이 심 자

升平日月歲辛未 風雨西關何變有
승 평 일 월 세 신 미　풍 우 서 관 하 변 유

정가산과 너는 모두 청명한 조정에서 한 임금만을 섬겼건만 죽음에 이르러서는 어찌 두 마음을 품었느냐?

태평세월 신미년에 반란이 서관에서 일어나니 이게 무슨 변고란 말인가?

주해

寧(영, 령) 차라리, 어찌, 편안하다, 여기서는 '어찌'의 의미. 子(자) 여기서는 어조사. 升平(승평) 나라가 태평하다, 승평(昇平)과 동일. 日月(이월) 날과 달, 세월을 뜻함. 풍우(風雨) 바람과 비, 여기서는 홍경래의 난(亂)을 지칭. 관서(關西) 마천령(摩天嶺)의 서쪽 지방, 평안도와 황해도를 가리킴.

尊周孰非魯仲連 輔漢人多諸葛亮
존 주 숙 비 노 중 련   보 한 인 다 제 갈 량

同朝舊臣鄭忠臣 抵掌風塵立節士
동 조 구 신 정 충 신   저 장 풍 진 입 절 사

주(周)나라에는 왕에게 충절(忠節)을 다한 제(齊)나라의 노중연 같은 충신은 어디에도 없었지만 한(漢)나라를 되찾기 위한 제갈량(諸葛亮) 같은 충신도 많았고.

이 나라에도 마찬가지로 정시(鄭蓍) 같은 신하는 맨손으로 싸우다가 충절(忠節)을 지킨 충신이었으니.

주해

魯仲連(노중연) 중국 제(齊)나라 사람으로 충신. 孰(숙) 누구, 어느, 무엇. 諸葛亮(제갈량) 중국 촉한(蜀漢)의 승상, 삼고초려(三顧草廬) 세 번 찾아 간청한 유비의 신하가 되어 장강(長江)의 적벽대전(赤壁大戰)에서 조조(曹操)의 군사에게 크게 이긴다. 抵(저) 막다, 거절하다. 掌(장) 손바닥, 수완, 솜씨. 風塵(풍진) 바람에 날리는 티끌, 힘든 세상일.

嘉陵老吏揚名旌 生色秋天白日下
가 릉 노 리 양 명 정   생 색 추 천 백 일 하

魂歸南畝伴岳飛 骨埋西山傍伯夷
혼 귀 남 무 반 악 비   골 매 서 산 방 백 이

가산(嘉山) 언덕에서 싸우다 쓰러진 늙은 충신의 명성은 맑은 가을 하늘 백일하에 환하게 빛나니.

그의 혼백은 남쪽 들에 악비(岳飛)와 나란히 묻혔고 뼈는 서산에 백이(伯夷) 곁에 묻혔도다.

주해

老吏(노리) 늙은 관리. 旌(정) 깃대 기(旗) 밝히다, 나타내다. 名旌(명정) 이름을 날리다. 畝(무) 이랑, 전답(田畓, 논과 밭)의 면적, 여섯 자(尺, 척) 사방을 보(步), 100步를 무(畝)라 했음. 伴(반) 짝, 따르다. 岳飛(악비) 중국 송(宋)나라 장수로 한족의 충신으로 추앙받음, 여진족 금(金)나라와 싸워 공을 많이 세웠으나 재상 진회(秦檜)의 모함과 무고한 누명으로 39세 나이에 獄死한다. 함경도에서 이시애(李施愛)의 난(亂)을 평정, 여진족 토벌 등 전공(戰功)을 많이 세웠지만, 역모를 꾀한다는 유자광(柳子光), 한명회(韓明澮), 신숙주(申叔舟)의 모함으로 능지처참 거열(車裂)형으로 26세 젊은 나이에 처형당한 조선 세조(世祖) 때 장수 남이(南怡) 장군과 岳飛(악비)는 유사한 면이 많은 충신이었다. 伯夷(백이) 중국 상(商)나라 사람으로 숙제(叔齊)와 형제, 주(周)나라에 의해 상(商)나라가 망하자 주(周)나라 수양산(首陽山)에 들어가 먹을 것이 없어 고사리를 캐 먹다 주(周)나라 땅에서 나는 고사리도 먹을 수 없다며 굶어 죽었다는 자신의 나라에 충절을 지킨 의인(義人).

西來消息慨然多 問是誰家食祿臣
서 래 소 식 개 연 다   문 시 수 가 식 녹 신

家聲壯洞甲族金 名字長安行列淳
가 성 장 동 갑 족 김   명 자 장 안 항 열 순

그런데 서쪽 선천에서 들리는 개탄스러운 소식 있으니 묻노라, 너는 누구의 녹을 받아먹는 신하더냐?

너의 집 가문은 이름 높은 장동김씨 아니더냐, 이름은 장안에서 기세등등한 순(淳) 字 항렬(行列)이니.

주해

甲族(갑족) 가계(家系)가 훌륭한 집안. 항렬(行列) 같은 씨족 안에서 상·하의 차례를 분명히 하기 위해 만든 서열. 長安(장안) 서울, 한양.

家門如許聖恩重 百萬兵前義不下
가 문 여 허 성 은 중   백 만 병 전 의 불 하

淸川江水洗兵波 鐵甕山樹掛弓枝
청 천 강 수 세 병 파   철 옹 산 수 괘 궁 지

가문에 이처럼 성은이 망극하니 백만 병력이 쳐온다 해도 의(義)를 저버릴 수는 없느니라.

병마들은 청천강 흐르는 물에 씻겨가버렸느냐? 철옹산 튼튼한 활들은 나뭇가지에 걸어 두었느냐?

주해

鐵甕(철옹) 쇠와 독, 평안남도 맹산(孟山)의 고려 시대 이름. 철옹성(鐵甕城) 무쇠로 만든 독처럼 튼튼히 둘러쌓은 산성(山城).

吾王庭下進退膝 背向西城凶賊股
오 왕 정 하 진 퇴 슬   배 향 서 성 흉 적 고

魂飛莫向九泉去 地下猶存先大王
혼 비 막 향 구 천 거   지 하 유 존 선 대 왕

우리 임금님 앞뜰에서 꿇던 무릎을 등을 돌려 흉악무도한 도적 떼에게 꿇었으니.
너의 혼은 죽어서도 흙에 못 묻히리니 지하엔 선대왕들의 넋이 있으신 까닭이니라.

膝(슬) 무릎, 약하다, 가볍다. 股(고) 정강이, 넓적다리. 『김립시집』 초판의 '脆(취)'자 표기는 식자 오류인 듯함. 九泉(구천) 땅속, 저승, 죽은 뒤 넋이 돌아간다는 곳, 황천(黃泉)과 같은 의미. 猶(유) 마치, 오히려, 마땅히 ~해야 한다.

忘君是日又忘親 一死猶輕萬死宜
망 군 시 일 우 망 친   일 사 유 경 만 사 의

春秋筆法爾知否 此事流傳東國史
춘 추 필 법 이 지 부   차 사 유 전 동 국 사

임금을 저버린 날 조상도 버린 너는 한 번으론 아니 되고 만 번 죽어 마땅하노라.
역사의 준엄한 춘추필법을 너는 아느냐 모르느냐,
너의 이 치욕적인 반역은 우리나라 역사에 길이 전해지리라.

春秋筆法(춘추필법) 대의명분을 밝혀 세우는 역사 기록 방식으로 옳고 그름을 엄격히 판단하여 기록한다. 東國(동국) 중국의 동쪽에 있는 우리나라를 의미.

이응수 대의

李朝의 世臣 金益淳(김익순)은 들어라. 嘉山(가산)의 鄭公著(정공시)는 일개 卿大夫(경대부)에 불과했지만 나라를 위해 忠死(충사)하지 않았느냐? 한

나라 이능은 흉노에 투항하여 후세에 罵倒(매도)를 당하니 너 金益淳(김익
순)이 그와 같고, 그와 반대로 漢宣帝中興功臣十一人(한선제중흥공신십일인)
의 畵像(화상)을 모신 麒麟閣(기린각)[45]에는 19년간 절개를 지킨 蘇武(소
무)[46]를 화상들 가운데 제일 높이 걸었으니 비유컨대 이는 鄭嘉山(정가산)
이라 하겠다. 시인은 지금 비분강개한 심정으로 울분을 참지 못하며 칼
만 만지작거리며 슬프게 시를 읊노라. 선천은 자고로 대장들이 지키는
큰 고을이었으니 嘉山(가산)보다 먼저 의(義)를 지켜야 할 땅이었는데 너
로 인해 먼저 무너졌다. 우리나라 조정에서 鄭蓍(정시)와 너 益淳(익순)은
둘 다 한 임금의 신하인데 죽음에 이르러 어찌 두 마음을 갖고 임금을
배반했단 말인가? 太平聖代(태평성대)인 辛未年(신미년) 關西(관서)에서 비바
람 몰아치듯 洪景來(홍경래)의 亂(난)이 일어났을 때 周(주)나라의 魯仲連
(노중연)같은 忠臣(충신)이 많았고 漢나라 기울 때 나라를 다시 일으킨 諸
葛亮(제갈량) 같은 충신처럼 李朝(이조)에서도 이 鄭忠臣嘉山(정충신가산)이
있어 亂(난)을 막았다. 그는 늙은 하급관리의 몸으로 구국의 깃발을 세운
그의 충성심을 가을 하늘 온 세상에 밝혔으니 그의 魂(혼)이 남쪽 땅에
묻히면 宋(송)나라의 岳飛(악비)에 比肩(비견)될 것이요, 뼈가 서쪽에 묻히
면 그의 절개가 伯夷(백이)에 버금갈 것이다. 그런데 서쪽에서는 金益淳
(김익순)이 굴복하였다는 개탄스러운 소식이 들려오니 이게 어찌 된 일이
냐? 묻노니 너의 집은 무슨 祿俸(녹봉)으로 먹고살았느냐? 家門(가문)의
명성은 壯洞(장동)에서 제일 높게 떨치는 淳字行列(순자항렬)이 아니더냐?
가문이 이러하고 임금의 聖恩(성은)이 망극하니 백만 대군의 적이 쳐들어
와도 의(義)를 잃지 말아야 하거늘. 淸川江 강가에서 고이 씻은 兵馬(병마)
와 鐵甕山(철옹산) 튼튼한 나무로 만든 활을 가졌음에도 임금님 앞에서

---

45) 麒麟閣(기린각): 중국 漢(한)나라 武帝(무제)가 지은 누각으로 宣帝(선제) 때 功臣(공신) 11명의 畵像(화상)을
   안치하여 그들의 충절과 공적을 기렸다 함.

46) 蘇武(소무): 중국 漢나라 사람으로 漢武帝(한무제) 때 匈奴(흉노)에 사신으로 갔다가 억류당하지만, 끝까
   지 굴복하지 않으며 19년간을 지낸 후에 고국으로 돌아온다. 조선 초기의 문인이며 생육신(生六臣)의
   한 사람인 김시습(金時習)이 소무의 우국 충절을 칭송하는 소무찬(蘇武贊) 시가 그의 매월당집(梅月堂集)
   에 실려 있다.

꿇던 그 무릎을 등을 돌려 凶賊(흉적) 洪景來(홍경래)에게 꿇다니! 예끼, 이 고약한 놈아! 너는 죽더라도 黃泉(황천)길로 가지 마라. 地下(지하)에 계신 우리 先代王(선대왕)들께서 거절하실 거다. 임금님을 저버리는 날 同族(동족)도 저버린 너 益淳(익순)아, 넌 대체 正義(정의)의 붓으로 기록하는 孔子(공자)의 역사기록법인 春秋筆法(춘추필법)을 아느냐? 모르느냐? 너의 부끄러운 행적은 역사에 뚜렷이 기록하여 千秋萬代(천추만대)에 길이길이 전하여 너를 부끄럽게 하리라!

첨언

병연 나이 스무 살 되던 해 강원도 영월(寧越) 동헌(東軒)이었던 관풍헌(觀風軒)에서 있은 향시(鄕試)의 시제(詩題)를 보고 그는 무슨 생각을 하였을까? '論鄭嘉山忠節死 嘆金益淳罪通于天(논정가산충절사 탄김익순죄통우천, 정가산의 충절한 죽음을 추모하고 김익순의 죄가 하늘에 이를 만큼 큼을 탄하라).' "15년 전 관서(關西) 지역에서 봉기했던 역적 홍경래(洪景來)의 난(亂)으로 세상 사람들 입에 회자되었던 충신 정시(鄭著)와 역적 김익순(金益淳)에 관해서라면 사서오경(四書五經)과 역사에 익숙한 내가 과체시(科體詩) 하나 정도는 훌륭하게 쓸 수 있지." 그런데 가산(嘉山) 군수(郡守)였던 충신 정시(鄭著)는 그렇다 쳐도 익순(益淳)의 성(姓)은 무언가 이상하다는 느낌이 들었을 것이다. "역적이 나처럼 김씨 성을 가졌네. 항렬(行列)을 보면 나랑 촌수가 가까운 것 같은데?" 하며 시험답안지 작성을 위해 시권(詩卷)을 펼친다. 시관(試官)의 지시에 따라 병연은 일필휘지(一筆揮之) 숨도 안 쉬고 운필(運筆)해 써 내려간다. 제일 먼저 시권 작성을 완성하고 제출한 김립은 미소 지으며 자리에서 일어선다. 조선 시대 사대부들의 평생소원인 과거급제 벼슬길로 이제야 오르게 된다고 생각하며 미소 짓는다. 그러나 그것이 그의 남은 인생 37년간 인생을 걸식유랑(乞食流浪)하며 조선팔도 떠돌게 될 화근(禍根)이 될 줄이야! 이 무슨 운명(運命)의 장난인가? 뒤틀린 팔자(八字)인가? 과거장에서 득의양양 웃음 지으며 돌아온 아들에게 함평(咸平) 이씨(李氏) 모친께서 집안 내력을 말해준다. "네가 그렇게 신랄하게 비판한 대역죄인이 바로 너의 祖父(조부)이시다." 이상이 구전(口傳)되어 내려오는 김립의 과거시험 응시의 전말이다. 여기서 조선 시대 과거시험제도에 관해서 한번 알아보자. 위의 김익순(金益淳) 탄핵에 관한 논술문제 제목은 과거(科擧)시험과목[47]인 부(賦)나 표(表), 전(箋), 혹은 임금의 책문(策問) 형식이 아니며 응시자의 논술답변인 대책(對策) 얘기도 없으니 대과 전시(大科 殿試)는 아닌 게 분명하고, 그렇다고 생원(生員)이나 진사(進士)를 뽑는 과거시험 초시(初試)인 지방의 향시(鄕試)는 더더욱 아닌 듯하다. 과거시험에 응시하기 위해서는 응시원서인 녹명(錄名)을 시험 전에 녹명소(錄名所, 응시원서접수처)에 응시자의 신원 확인에 필요한 본인의 관직, 성명, 본관에 관한 자료는 물론 조상 사조(四祖)에 관한 사조단자(四祖單子)[48]도 본인의 시권(試卷)[49] 앞부분에 명기(明記)하여 제출해야 한다. 사조(四祖)의 관직이나 성명 등은 응시자가 누구 자손인지를 시관(試官)이나 감독관(監督官)이 알 수 없도록 비봉(秘封)하였지만, 응시자 본인이 직접 녹명(錄名)에 작성하여 제출하여야 비로소 응시자(擧子, 거자) 명단인 녹명책(錄名冊)에 이름을 올릴 수 있었다. 답안지 작성은 해서(楷書)체로 써야 했으며 당쟁이나 시국을 비난하는 언급이나 인용을 하면 안 되었다. 결국, 병연이 응시했던 시험이 과거(科擧)시험 초시(初試)인 향시(鄕試)였더라고 해도 조부(祖父) 김익순(金益淳)의 관직, 성명, 본관을 포함한 사조단자(四祖單子)를 제출하지 않을 수는 없었을 것이다. 다섯 살이면 소학 천자문을 시작하고 스무 살 나이면 사서오경, 역사, 문학 등 모든 분야의 내용을 자유자재 적재적소에 인용해 시를 읊을 수 있는 세도가문 안동 김씨 가문이다. 다섯 살 때부터 신동(神童)이라고 칭찬이 자자했던 병연

---

47) 과거(科擧) 시험과목: 부(賦) 주로 古詩 형식으로 문학적 글쓰기 능력을 평가, 임금에게 자기 생각을 건의하는 표(表)와 전(箋), 책문(策問)은 국가 운영이나 정치사회 현안에 대한 식견에 관한 질문.

48) 사조단자(四祖單子): 四祖(아버지, 할아버지, 증조할아버지, 외할아버지)의 관직, 성명, 본관을 기록한 확인서.

49) 시권(試卷): 科擧시험 응시자의 시험답안지.

이 할아버지 이름과 관직을 그의 나이 20세 될 때까지 몰랐다는 것은 상식적으로 이해하기 힘들다. 마지막으로 과거시험처럼 관리 등용의 관문이 아니라 지방에서의 순수한 문학 진흥을 위해 실시한 민간적 차원에서 시행된 백일장(白日場)에 응시했다는 얘기도 있지만, 김익순(金益淳)에 관한 논술문제 제목은 시(詩)와 문장(文章) 등 문학적 재능을 겨루는 백일장(白日場)의 시제(詩題)로서는 전혀 어울리지 않는다. 지방의 과거시험 지망생이나 낙방생(落榜生)들이 과거시험에 대비하며 머리도 식힐 겸 참가하는 순수한 글짓기대회의 시제(詩題)로서는 부적합하다. 조선 말기에 이르러서는 시문(詩文)에 능한 기생들까지 참여할 정도로 풍조가 문란해졌다는 백일장에서 천재시인 김립이 시문(詩文)을 겨뤘다고 보고 싶지는 않다. 김립은 20세 나이 이전, 아니 그의 나이 7~8세 때 조부 김익순의 대역죄로 인한 가문의 폐족 사실을 이미 알고 있었다고 이해하는 쪽에 오히려 객관적 타당성이 있다. 당시 유교적 봉건체제하에서 폐족 가문의 후손이라는 치욕적 신분으로 사회적으로 참여할 수 있는 일이 전혀 없었을 것이다. 조부는 참수당하고 부친은 유배지에서 화병으로 죽은 병연의 가족은 사람들의 천대와 멸시를 피해 강원도 영월로 이주한다. 이주하기 전에는 일찍이 正祖 승하 시 고명대신(顧命大臣)[50]이었던 안동김씨 김조순(金祖淳)의 딸이 조선 23대 임금 순조(純祖)의 왕비 순원왕후(純元王后)가 된 이래 근 60년간은 경복궁 서북쪽 지금의 청와대 근방의 장동(壯洞, 지금의 궁정동, 청운동 일대)에 거주하던 안동김씨 세도가문(勢道家門)이었다. 조부 김익순은 홍경래 반군에 투항한 이유로 참수되어 폐족가문이 되지만 그 근원을 따져 거슬러 올라가면 홍경래의 난도 결국 안동김씨의 세도정치에 기인했다고 볼 수 있으니, 27살 나이 차이인 홍경래와 김립은 서로 얼굴을 마주한 적은 없지만 불구대천(不俱戴天)의 악연을 갖고 태어났다. 불세출의 이 두 걸인(傑人)은 각각 칼과 붓으로 개벽천지

---

50) 고명대신(顧命大臣): 황제나 국왕의 승하 시 임금의 마지막 당부나 유언을 받드는 대신으로 임금의 유지(遺志)를 받았기 때문에 다음 임금의 총애와 신뢰를 받음.

를 꿈꾸다 쓸쓸히 세상을 떠나게 된다. 병연의 나이 10세 때인 1816년경 세상 사람들 눈을 피해 어머니와 형과 멀리 강원도 영월 땅으로 피하긴 했지만, 먹고 살기 위해 딱히 할 수 있는 일은 없었을 것이다. 농사를 지어본 적도 없고 경술(經術)과 문장(文章)만 공부해 온 병연은 어사화(御史花)로 장식된 화관(花冠)을 쓰고 금의환향(錦衣還鄕)하는 일은 애당초 꿈도 꿀 수 없는 폐족 신분이었지만, 그래도 한 가닥 벼슬을 향한 희망의 끈을 놓지 못하고 관료들 자제들을 시우(詩友)나 주우(酒友) 삼아 찾아다니며 기회를 엿본 듯하다. 한동안 성균관이 있는 한양 명륜동 주위를 맴돌다 모든 것이 헛되다는 사실을 알고 조선팔도를 자기 집 삼아 유랑을 하게 된다. 그의 나이 57세이던 1863년 전라남도 화순의 정시룡 집 사랑채에서 그의 마지막 「난고평생시(蘭皐平生詩)」를 남기고 세상을 떠났다. 김립이 과거시험 향시(鄕試)도 민속 글짓기대회 백일장(白日場)에도 응시하지 않았으며 훗날 호사가(好事家)들, 혹은 만담(漫談), 고담(古談) 이야기꾼들이 만든 가설(假說)이 구비전승(口碑傳乘)된 것으로 가정하면, 1926년 강효석(姜斅錫)이 편찬한 야사집(野史集) 대동기문(大東奇文)에서 관서(關西)지방의 노진(魯稹)이라는 자가 공령시(功令詩)를 잘 지었어도 김삿갓에게는 못미쳐 시기하며 김삿갓을 관서(關西)지방에서 쫓아내기 위해 김익순(金益淳)을 조롱하는 시를 지어 퍼뜨려 세상에 자기 이름을 알리려고 만든 노진(魯稹)의 탄핵시라는 기록이 훨씬 더 설득력을 얻게 된다. 김립이 24세 되던 해(純祖 31년, 1831) 그의 조부 김익순의 사촌동생 김정순(金鼎淳)이 과거에 급제했으나 폐족(廢族) 자손이라는 이유로 합격이 취소되었던 사실로 미루어 짐작컨대, 김립은 과거시험에 관해 꿈꿀 수조차 없었다고 보는 것이 타당하다. 결론적으로 위 탄핵시의 원래 작자가 김립인지 노진인지, 아니면 김씨 성으로 삿갓 쓰고 다닌 또 다른 제3의 인물인지 알 길이 없다. 그렇다면 김립은 강원도 영월(寧越) 동헌(東軒)이었던 관풍헌(觀風軒)에서 열린 향시(鄕試)에서 그의 조부에 대해 탄핵시를 쓰지 않았다는 얘기가 된다. 그러나 중요한 건 김립(여럿일 수도 있음)이 남긴 멋지고 시원한 사회풍자 비판 시들을 그의 사후 170여 년이 지난 지금 다행히도 우리가 감상할 수 있다는 사실이다. 곰이 쑥과 마늘 20개를 먹고 백 일 동안 햇빛을 보지 않고 인간 웅녀(熊女)로 태어나 환웅(桓雄)과 결혼해 단 군왕검(檀君王儉)을 낳았다는 우리나라의 고조선(古朝鮮)의 건국신화를 놓고 사실(史實) 여부를 따지는 사람도 없지 않은가?

김삿갓의 시문(詩文) 이외에 그의 성품이나 대인관계에 관한 기록을 찾기가 어려운데 그래도 비교적 많은 기록이 신석우(申錫愚)의 해장집(海藏集, 卷17 雜著)에 실려 있어 다음 항목을 통해 번역과 함께 옮긴다.

8. 海藏集, 記金蓑笠事(해장집, 기김사립사)

記 金蓑笠事 壬子
기 김 사 립 사 임 자

김사립에 관하여 기록함, 임자년

近有一詩人癡如狂 擁袒褐躡芒履
근 유 일 시 인 치 여 광 옹 단 갈 섭 망 리

面垢不洗 竭來畿湖關東間
면 구 불 세 갈 래 기 호 관 동 간

근래에 마치 미치광이 같은 시인이 한 사람 있는데 다 해진 베옷 껴입고 짚신 신고 다니는데
얼굴은 씻질 않아 더럽고 경기도 강원도 땅을 왕래하였다.

爲詩多警拔爲科體詩益精工人不厭其來
위 시 다 경 발 위 과 체 시 익 정 공 인 부 염 기 래

來輒以盤飧共止其宿以强韻硬題難之
래 첩 이 반 손 공 지 기 숙 이 강 운 경 제 난 지

뛰어나게 훌륭한 시를 많이 짓고 과체시까지 정교하게 지어 사람들은 그가 찾아와도 싫어
하지 않았으며
와서 자주 끼니를 때우고 잠도 자며 강한 운율로 난해한 시도 읊었다.

步押平安 篇章圓活 隨呼隨應略不經意
보 압 평 안 편 장 원 활 수 호 수 응 약 불 경 의

以是聲明太噪 只言其姓 又以其喜載莎笠故
이 시 성 명 태 조 지 언 기 성 우 이 기 희 재 사 립 고

걸음걸이는 편안해 보였고 문장도 원활하여 운(韻)을 따라 자유자재로 거침없이 시를 읊었다.
이리하여 아주 유명해진 그가 성만 밝히고 삿갓을 즐겨 썼기 때문에

呼爲金沙笠 余於東遊 亦嘗見所爲詩
호 위 김 사 립 여 어 동 유 역 상 견 소 위 시

村塾間冠童津津說其事 誦其詩
촌 숙 간 관 동 진 진 설 기 사 송 기 시

김사립이라 불렀으며 나와 함께 동쪽 지방 명소를 둘러보며 시 짓기를 즐겼다.
시골 글방 어른이나 아이 할 것 없이 모두 그에 관한 얘기를 장황하게 나누며 그의 시도 읊
었다.

如隔歲古人 又惑手繙其詩 奉爲繩尺
여 격 세 고 인 우 혹 수 번 기 시 봉 위 승 척

又有言其人 常遊場屋 惑作詩數十篇
우 유 언 기 인 상 유 장 옥 혹 작 시 삭 십 편

마치 세월을 건너뛰어 찾아온 옛날 사람같이 때로는 줄자 대듯 손을 휘저으며 시를 읊었다.
또 사람들 얘기로는 과거시험장을 자주 들락날락했으며 어떤 땐 과체시 수십 편을 썼고

或不作一篇而出 其狂如此 又無所用財故
혹 부 작 일 편 이 출 기 광 여 차 우 무 소 용 재 고

人不敢而焉援 於白戰臨科場 益痛飮無醒
인 불 감 이 언 원 어 백 전 림 과 장 익 통 음 무 성

어떤 때는 한편도 안 쓰고 나올 만큼 이상한 사람으로 돈도 소용없는 사람이었으므로
사람들이 감히 도와달란 부탁을 못 했으며 어느 백일장 시험장에서는 과음 숙취로 술이 안
깨어 괴로워했다.

皆畿湖關東人士之所釀也
개 기 호 관 동 인 사 지 소 각 야

場外酒肆亦愛其名而怕其狂乎
장 외 주 사 역 애 기 명 이 파 기 광 호

경기도와 강원도 일대 사람들은 이 동인거사(東人居士)를 위해 돈을 갹출했으며 과거시험장 밖의 술집 사람들도 그를 좋아는 했지만, 술주정은 두려워했다.

酒輒盪來亦不堪索錢 寒暑常挂白裌衣
주 첩 탕 내 역 불 감 색 전 한 서 상 괘 백 겹 의

或以新綿製衣以贈則亦不辭 摺卷其所着裌衣
혹 이 신 면 제 의 이 증 칙 역 불 사 접 권 기 소 착 겹 의

술 마시면 돈 낼 생각한 적이 없고 한더위에도 늘 겹옷 하나 걸치고 다녀
간혹 새 옷을 만들어주면 마다하지 않고 둘둘 말아 겹옷에 끼워 넣는다.

擔肩行遇路上寒凍者 脫身上綿衣而給之
담 견 행 우 노 상 한 동 자 탈 신 상 면 의 이 급 지

服着所擔之裌衣 風雪栗冽而不願 蟣蝨磊落不憚也
복 착 소 담 지 겹 의 풍 설 율 렬 이 불 원 기 슬 뇌 락 부 탄 야

어깨에 걸치고 가다 추위에 떠는 사람이 있으면 윗도리를 벗어주고
얇은 겹옷 하나 걸치고 다니지만, 눈바람 매서워도 개의치 않고 서캐 이 무더기로 있어도 투덜대지 않았다.

주해

癡(치) 어리석다, 술을 많이 마셔 병들다, 미치광이. 擁(옹) 쥐다, 끌어안다. 袒(단) 웃통을 벗다, 옷이 해지다. 褐(갈) 베옷, 삼으로 만든 신. 躡(섭) 밟다. 芒履(망리) 짚신의 별칭. 朅(걸) 가다. 警拔(경발) 뛰어나게 훌륭하다. 輒(첩) 갑자기, 문득, 늘. 飧(손) 저녁밥. 太噪(태조) 매우 시끄럽다, 유명하다. 只(지) 다만, 뿐. 嘗(상) 맛보다. 塾(숙) 글방. 冠童(관동) 어른과 아이. 津津(진진) 흥미나 재미, 맛 따위가 깊고 흐뭇하다. 繙(번) 휘날리다, 되풀어 풀이하다. 繩(승) 줄, 새끼. 醵(거, 갹) 추렴하다, 술자리. 場屋(장옥) 비나 햇빛을 피해 들어앉아 과거시험을 볼 수 있도록 만든 곳. 數(삭, 수) 자주, 세다. 白戰(백전) 백일장의 별칭. 痛飮(통음) 술을 과음해 몸이 아프다. 怕(파, 백) 두려워하다, 담담하다. 肆(사) 방자하다, 거리낌이 없다. 酒肆(주사) 술집. 輒(첩) 문득, 갑자기, 번번이. 盪(탕) 씻다, 흔들리다. 索(색) 찾다. 裌衣(겹의) 겹으로 된 옷. 摺(접) 접다, 주름. 擔(담) 메다, 짊어지다. 栗(율, 열) 밤, 찢다, 두렵다. 冽(열) 차다, 맑다. 栗冽(율열) 매우 춥다. 蟣蝨(기슬) 서캐와 이. 磊(뢰) 돌무더기. 憚(탄) 꺼리다, 화내다, 성내다.

余之光恠其人久矣 無以聞其名字
여 지 광 괴 기 인 구 의 　 무 이 문 기 명 자

里居不欲詳扣 盖以所傳不在於字名里居也
리 거 불 욕 상 구 　 개 이 소 전 부 재 어 자 명 리 거 야

나 자신도 그런 괴이한 사람이 있는 줄은 알았지만 그의 이름은 들은 적이 없다.

머무는 곳을 일일이 대길 원치 않았고 전하는 바에 따르면 아마 이름도 집도 없는 듯하였다.

주해

余(여) 나, 자신. 恠(괴) 괴이하다. 矣(의) 어조사, 단정할 때 쓰는 어조사. 扣(구) 두드리다, 빼다. 盖(개, 합) 덮다, 어찌, 대략.

今春病鬱來遊淸凉寺 李樂峯尙祐適自交居來會
금 춘 병 울 래 유 청 량 사 　 이 낙 봉 상 우 적 자 교 거 래 회

命韻賦詩問余曰 '君知金簦笠乎' 曰 '聞其名久矣'
명 운 부 시 문 여 왈 　 군 지 김 대 립 호 　 왈 　 문 기 명 구 의

올해 봄 몸도 아프고 우울해서 청량사에 갔었는데 때마침 상우 이낙봉도 시회(詩會)에 와서 교분을 함께 나누었다. 운(韻)과 대(對)를 맞추며 시 짓기를 하며 내가 물었다. "자네 김대립을 아는가?" "그 이름 들은 지는 꽤 되는데."

주해

乎(호) 어조사, ~로다, ~로구나. 簦(대) 삿갓.

樂峯曰 龍仁村家 適値其來宿見其擊鉢爲詩
낙 봉 왈 　 용 인 촌 가 　 적 치 기 래 숙 견 기 격 발 위 시

試與之語 自言 少日力爲詩文遊京師
시 여 지 어 　 자 언 　 소 일 력 위 시 문 유 경 사

낙봉이 대답했다. "용인 고을 집에 와서 유숙할 곳을 구하며 밥그릇을 두드리며 시를 읊는데 밥값은 했어요.

과체시도 읊으며 자신을 가끔 시문(詩文)을 지으며 떠도는 서울에서 온 선비라 하더군요."

鉢(발) 스님의 밥그릇, 바리때.

爲進取計日下詩人名士
위 진 취 계 일 하 시 인 명 사

莫不相愛而爾汝之 安福卿膺壽 申士綏錫禧
막 불 상 애 이 이 여 지 안 복 경 응 수 신 사 수 석 희

세상에 이름이 널리 알려진 시인이나 유명인사들을 만나길 원했으며
그를 보면 너나 할 것 없이 모두 좋아했고 응수 안복경과 사수 신석희는

日下(일하) 천하, 해가 비추는 곳 모두. 爾汝(이여) 너희들. 安福卿(안복경) 남원부사, 광주목사를 역임했으며 그가 전라남도 강진에 머물 때 김립이 식객으로 있었음, 응수(膺壽)는 그의 호. 신석희(申錫禧) 사수(士綏)는 별칭, 해장집(海東集)을 편찬한 신석우(申錫愚)의 동생, 조선 말기에 예조판서를 지냄. 綏(수) 편안하다.

名冠同社 與我交益厚獎翊甚重 余亦恃此爲喜
명 관 동 사 여 아 교 익 후 장 익 심 중 여 역 시 차 위 희

後知余氏族 爲廣州鄕品 見待浸薄
후 지 여 씨 족 위 광 주 향 품 견 대 침 박

나와 같이 사직을 위해 일하는 관리라고 해서, 교분을 깊이 쌓으며 나 역시 믿고 즐겼지요.
훗날 나는 그의 성과 가문을 일부 알게 되었는데 광주에서 향품이었다는 사실을 알고 그를 문전박대하였지요.

恃(시) 믿다. 翊(익) 돕다. 鄕品(향품) 조선 시대 지방의 풍속을 바로잡기 위한 유향소(留鄕所)를 두었는데 그곳의 관리를 말함. 유향 품관(留鄕品官)의 줄인 말.

余自吋不容於此兩人 無以附尾而揚名
여 자 두 불 용 어 차 양 인 무 이 부 미 이 양 명

憂鬱不樂 遂至發狂仍落魄不遇
우 울 불 락 수 지 발 광 잉 낙 백 불 우

나는 그런 하급 양인을 받아들일 수 없다고 꾸짖으며 초라한 선비와 이름을 날릴 일이 아니라고 했지요.

그는 늘 우울하고 즐거운 기색이 없이 미친 사람처럼 발광하다 넋이 나가는 어려운 때도 있었고

주해

吋(촌, 두) 마디, 꾸짖다. 鬱(울) 우울하다, 울창하다. 仍(잉) 인하다, 말미암다. 不遇(불우) 때를 만나지 못해 불행하다.

放倒自恣 余之病 福卿士綏爲之崇也 仍歎曰
방 도 자 자 여 지 병 복 경 사 수 위 지 숭 야 잉 탄 왈

公州半刺 集賢校理今俱也
공 주 반 자 집 현 교 리 금 구 야

스스로 자책하며 쓰러져 나는 병들었구나! 나는 안복경과 신석희를 존경하노라고 하며 한탄하며 이르기를

이제 공주의 하급관리와 집현전 교리가 되었구나!

주해

刺(자) 찌르다. 半刺(반자) 하급관리. 校理(교리) 집현전 정5품 관직. 俱(구) 함께하다, 갖추다.

不可見矣 其居曰廣州 其名曰 金鑾云
불 가 견 의 기 거 왈 광 주 기 명 왈 김 난 운

余時倚枕不覺蹶然起曰 此時而鳴也
여 시 의 침 불 각 궐 연 기 왈 차 시 이 명 야

惜乎其才果可畏也 而鳴 金鑾之字也
석 호 기 재 과 가 외 야 이 명 금 난 지 자 야

이제는 볼 수가 없지요. 그가 살던 곳은 광주이며 그의 이름은 금난이라고 하더이다.

때로는 베개에 얼굴 파묻고 있다 갑자기 벌떡 일어나 울기도 했지요.

아깝습니다. 이명(而鳴)이란 자는 그 재능이 가히 두려울 만하며 금난(金鑾)이라고도 불렀지요.

주해

倚(의) 의지하다. 枕(침) 베개. 鑾(란) 방울, 蹶(궐) 넘어지다, 엎어지다. 蹶然(궐연) 갑자기 벌떡 일어나다.

福卿之客也 余兄弟 果少與之遊
복 경 지 객 야 여 형 제 과 소 여 지 유

而鳴時力於科體詩 範圍濶遠 拳踢鹿大
이 명 시 역 어 과 체 시 범 위 활 원 권 척 녹 대

진사 안복경 댁 식객으로 형제처럼 가끔 놀러 다녔지요.

이명의 과체시에는 힘이 실리고 그 범위가 넓고 깊으며 지위 높은 사람도 사정없이 비판합니다.

주해

踢(척) 발로 차다.

皆以大手期之 又豈止科詩爲然也
개 이 대 수 기 지 우 기 지 과 시 위 연 야

留意作家典則 日讀書咿唔不輟
유 의 작 가 전 측 일 독 서 이 오 불 철

글솜씨가 이렇게 대단한데 어찌 과체시뿐이겠습니까?

항상 작가로서의 원칙을 지키며 불철주야 글 읽는 소리가 끊이질 않았지요.

주해

典則(전칙) 법칙, 원칙. 咿唔(이오) 글 읽는 소리.

抄寫百家 不停手 筆法亦雅潔可喜
초 사 백 가 불 정 수 필 법 역 아 결 가 희

嘗以光州柳氏所著文通示余
상 이 광 주 유 씨 소 저 문 통 시 여

뭇 학자들의 글을 추려 베끼며 손을 가만두지 않았으며 필법 또한 간결하고 우아해 훌륭했지요.

광주 유씨가 재미삼아 지은 글을 내게 보여준 적이 있지요.

주해

抄寫(초사) 부분을 빼어 씀, 베껴 씀.

其書卽攷證經史者也 其用工之博又如此
기 서 즉 고 증 경 사 자 야 기 용 공 지 박 우 여 차

그는 서책을 보면 곧바로 경전과 사기 내용을 훌륭하게 적용하여 밝히고 그 쓰임새도 해박했지요.

주해

攷(고) 생각하다, 考의 옛 글자. 經史(경사) 경서(經書)와 사기(史記). 博(박) 넓다.

猶憶某歲上元 余訪福卿 而鳴在座 蹤談詩文
유 억 모 세 상 원 여 방 복 경 이 명 재 좌 종 담 시 문

而鳴頗可余言 余仍記其語 以屬芷裳芷裳其自號也
이 명 파 가 여 언 여 잉 기 기 어 이 속 지 상 지 상 기 자 호 야

어느 해 정월 보름날 기억을 아직도 하고 있지요. 내가 안복경 집을 방문했을 때 함께 앉아 시문을 읊고 있었지요. 김립이 날 못마땅히 여기는 듯하여 내가 한마디 했지요. "그대는 삿갓을 써서 버섯 치마 속에 있는 듯하니 호를 지상(芷裳)으로 하시게나!"

猶(유) 마치 ~와 같다, 오히려. 上元(상원) 음력 정월 보름날. 蹤(종) 뒤를 쫓다. 蹤談(종담) 말을 잇다. 頗(파) 자못, 꽤, 매우, 편파적이다, 비뚤어지다. 仍(잉) 인하다, 거듭하다. 芝(지) 버섯. 裳(상) 치마.

其後不來留福卿
기 후 불 래 유 복 경

余問之曰 '病矣' 問 '何病'
여 문 지 왈 병 의 문 하 병

曰 '病心' 問 '何祟' 則以 '不知' 辭
왈 병 심 문 하 수 즉 이 부 지 사

그 후 그는 안보경집에 다시는 머물지 않았다네.

내가 그에게 "병이 있는 듯한데 무슨 병을 앓고 있소이까?" 하니, "마음의 병을 앓고 있소."라 답한다. "무엇 때문에 마음의 병이 있는가?" 물으니, 곧바로 "모르겠소!"라고 했습니다.

則(칙, 즉) 법칙, 곧, 즉시. 祟(수) 빌미, 원인(병이나 탈의 원인).

余嘆惜不置 于今數十年往來
여 탄 석 불 치 우 금 수 십 년 왕 래

心中者以而無所成以而鳴之好心地而有是疾也
심 중 자 이 이 무 소 성 이 이 명 지 호 심 지 이 유 시 질 야

내가 슬프게 생각하는 것은 여태까지 수십 년간 마음에 두고 있는 사람인데
재능이 있어도 이룬 바 없이 이명은 좋아하는 곳을 떠돌다 병만 얻었다는 사실입니다.

于今(우금) 지금까지.

今聞其行止荒忽無定 其詩亦雖贍給而欠端莊
금 문 기 행 지 황 홀 무 정　기 시 역 수 섬 급 이 흠 단 장

奇警而少典雅 可知其病不痊而才不克
기 경 이 소 전 아　가 지 기 병 부 전 이 재 불 극

지금까지 들은 바에 의하면 그는 정처 없는 쓸쓸한 여정을 멈추었고 그가 읊은 많은 시가 때로는 단정하지 못한 흠이 있는 듯하고

기이하고 놀라운 것은 그의 시들은 법도에 맞아 우아한 부분이 적었지요. 그의 병이 불치임을 알고 나서 그의 재능 또한 멈추었지요.

贍(섬) 넉넉하다. 欠(흠) 모자라다, 부족하다. 端莊(단장) 단정하게 차리다. 典雅(전아) 법도에 맞아 우아하다. 痊(전) 병이 낫다.

尤可嘆惜也 嗟乎而鳴雖爲兩所薄
우 가 탄 석 야　차 호 이 명 수 위 양 소 박

隱忍含糊 從事其間 其成就詩文豈可量哉
은 인 함 호　종 사 기 간　기 성 취 시 문 기 가 량 재

더욱 한탄스럽고 슬프구나! 이명이 비록 두 양반으로부터 박대받았지만 비통한 마음 꾹 참고 입 밖에 내지 않으며

그 사이에 그 나름대로 이룬 훌륭한 그 수많은 시문을 어찌 다 헤아릴 수 있겠습니까?

尤(우) 더욱, 특히. 嗟(차) 탄식하다. 薄(박) 싫어하다, 깔보다, 얇다. 隱(은) 숨기다, 가리다. 糊(호) 풀, 풀칠하다, 살아가다. 含糊(함호) 말을 입속에서 우물우물 입 밖으로 내지 않다.

兩人愛才下士者也 何嘗以氏族之單寒而薄之也
양 인 애 재 하 사 자 야　하 상 이 씨 족 지 단 한 이 박 지 야

此而鳴之病不在見薄 而在於億其見薄也
차 이 명 지 병 부 재 견 박　이 재 어 억 기 견 박 야

안보경 신석희 두 사람은 김립을 좋아했노라! 어찌 김립이 친족(親族) 없이 홀로라고 박대하였겠는가?

김립의 병은 두 사람에게 박대받아서 생긴 것은 아니라 김립이 그 박대를 기억함에 있었도다!

嘗(상) 맛보다, 시험하다. 單寒(단한) 친족(親族)도 없이 고독하다.

然而 使而鳴終始客福卿交士綏
연 이 사 이 명 종 시 객 복 경 교 사 수

名揚詩社 所就能幾何也
명 양 시 사 소 취 능 기 하 야

그런 연후에야 김립은 계속 안복경의 식객이 되어 신석희와도 교분을 나누게 되었다.

이름을 드높인 시들을 무수히 많이 지어냈다.

然而(연이) 그러나, 그런 연후에.

未必使畿甸關東誦其詩而愛慕不己
미 필 사 기 전 관 동 송 기 시 이 애 모 불 기

若恐不得見面 及見其人驚喜悄怳
약 공 부 득 견 면 급 견 기 인 경 희 창 황

주로 경기 관동 쪽에서 그가 시를 읊었다고 반드시 좋아할 일은 아니었지요.

그의 얼굴을 다시 못 볼까 봐 무척 걱정되었고 그를 보게 되니 너무 좋아 정신이 멍할 정도였지요.

甸(전) 경기, 옛날 왕궁에서 오백 리 이내의 지역. 悄(창), 怳(황) 놀라다, 멍하다.

競具酒食而留之 惟恐或去 如今日之爲也
경 구 주 식 이 유 지　유 공 혹 거　여 금 일 지 위 야

士之播名於世 固非一道
사 지 파 명 어 세　고 비 일 도

서로 먼저 술과 먹을 것을 주며 머물게 하면서도 혹여 떠날까 봐 두려웠습니다. 그가 늘 그
러했기 때문이었지요.

선비가 세상에 이름을 알리는 길은 여러 길이 있지요.

주해

固非一道(고비일도) 한 가지 길만 고집하면 안 된다, 한 가지 이상의 방법이 있다.

而鳴之名 於是播矣 又何恨乎福卿士綏之待薄也
이 명 지 명　어 시 파 의　우 하 한 호 복 경 사 수 지 대 박 야

余旣記金簦笠事
여 기 기 김 대 립 사

將而遍遺畿湖關東 而鳴所嘗往來之處
장 이 편 유 기 호 관 동　이 명 소 상 왕 래 지 처

이명(而鳴)이란 이름이 이런 연유로 널리 알려지게 되었으니 안복경과 신석희의 박대가 어
찌 그의 한이 되었겠소?

내가 이처럼 김대립에 관해 있었던 일을 기록하고

경기 호남 관동지방을 두루 돌아보며 이명이 즐겨 찾던 곳을 다녔지요.

欲使而鳴一讀而平其心易其氣霍然沕然作七發之廣陵濤
욕 사 이 명 일 독 이 평 기 심 역 기 기 곽 연 올 연 작 칠 발 지 광 능 도

한번 읽어보라 시키면 평상심(平常心)을 유지하며 시(詩) 일곱 수(首)를 단숨에 쉬지 않고 시
원하게 읊어 내려갔지요.

주해

濤(도) 큰 물결. 霍然(곽연) 순식간에, 별안간. 沕然(올연) 물 흐르듯이.

任子初春申記(임자초춘신기, 임자년 초봄 신석우가 기록함)

(申錫愚 箸 海藏集 卷 十七, 雜著)

이상 해장집문(海藏集文)에서 제일 의아한 부분은 김립의 성명(姓名), 자(字), 호(號) 등이다. 이름이 김난(金鑾), 자(字)는 이명(而鳴), 호(號)는 지상(芷裳)으로 되어있는데 모두 김병연(金炳淵)의 성심(性深) 난고(蘭皐)와 상이하다. 그러나 다음 항목에서 서술하는 고증에 의거, 모두 김립의 별칭(別稱)임이 분명하다고 주장하는 바이다.

9. 이응수의 고증(考證)

① 김립(金笠)이 평생 자기 성명(姓名)과 내력(來歷)을 말하지 않았던 것은 위의 기록 가운데 '無以聞其名字 里居不欲詳扣 盖以所傳不在於字名里居也(무이문기명자 리거불욕상구 개이소전부재어자명리거야)'에서도 알 수 있듯이 자명(自明)하다. 따라서 황오(黃五) 같은 불세출의 학자도 그의 녹차집(綠此集)에서 그의 성명(姓名)을 쓰지 않고 김사립(金莎笠) 혹은 동해상인(東海上人)이라고만 불렀다. 그래서 김립의 정체가 일반에게 확연히 드러난 때는 그의 말년의 일이나 사후(死後)의 일이다.

② 녹차집(綠此集)에 의하면 을사(乙巳)년 황오(黃五)가 김립을 만난 때가 김립이 40세 때이고(1845년) 해장집(海藏集) 속의 임자(壬子)년 신석우(申錫愚)가 김립을 만난 해가 김립이 47세 때이니(1852년) 그 사이 7년이란 연대적 시차가 있었다. 김병현(金秉玄) 같은 가짜 김립이 김립처럼 행세했던 시기는 한참 후의 일이었다.

③ 김립이 안복경 집에 식객(食客)으로 머물렀다는 사실인데 이것은 김립이 출가한 이후임을 알 수 있다. 식객이 되기 위해 자기의 폐족(廢族) 신분이나 성명(姓名)을 바로 대었을 리는 없다. 양반(兩班) 집에 식객으로 머문 동기(動機)는 안복경과 신석희 두 사람과 교제하다 그들이 출세하면 그들의 도움으로 조정으로부터 사면(赦免)을 얻어 내든가 아니면 고향과 성명을 숨기기 쉬운 먼 타향에서 때를 기다리기 위해서거나 둘 중에 하나다. 김대립전(金簦笠傳)에 있는 김립 말

에 '余自吋不容於此兩人 無以附尾而揚名 憂鬱不樂 遂至發狂仍落魄 不遇(여자두불용어차양인 무이부미이양명 우울불락 수지발광잉낙백불우)'란 글이 있다. 김립이 안복경의 박대(薄待) 때문에 발광할 지경에 이르렀다 했다. 김립이 제일 처음 황해도 곡산(谷山)에서 자라다가 광주(廣州)에 와서 공부해 과거(科擧)에 급제한 후 모친한테 자기 과거 내력(來歷)을 비로소 알게 되자 출가(出家)하여 양반집에 의지하여 머물며 앞날을 모색했던 모양이다.

④ 다음 병심(病心)과 박대(薄待)에 관한 문구(文句)인데 김립이 두 양반이 박대해 마음의 병까지 얻어 발광하였노라고 스스로 한탄하는 근저에는 자신의 광주향품(廣州鄕品)의 말단지위만을 탓한 것은 아니었다. 실은 그가 폐족(廢族)이었다는 사실이 드러남에 앞날이 막막하고 신경이 극도로 날카로워져 우울하게 되었다는 말이다.

⑤ 이름을 바꿔 난(鑾)이라 하였는데 난(鑾)이라는 글자의 의미가 '방울' 이니 그 의미를 따라 '이명(而鳴)'이라 한 것이 기막히게 재미있다. 또 '이명(而鳴)'이라는 글자 의미 속에 그가 당시 두 양반에게 자신의 신분이 드러나 울분을 토하며 울었다는 그의 속마음을 암시했다 하겠다.

⑥ 김립의 성격에 관해서 황오(黃五)는 녹차집(綠此集)에서 '好飮酒 喜狂謔(호음주 희광학)'이라 했고 신석우(申錫愚)의 해장집(海東集)에서도 '痛飮無醒(통음무성)'이라 하였으니 술을 무척 즐겼던 것 같다.

⑦ 또 '科體詩益精工(과체시익정공)'이라는 문구도 김립이 여러 번 과거시험을 보았다는 것과 일치하며 '常遊場屋 惑作詩數十篇 或不作一篇 而出(상유장옥 혹작시삭십편 혹부작일편이출)'의 문구도 김립이 여러 번

과거에 등과되었다는 전언(傳言)과 일치한다.

⑧ '人不厭其來 來輒以盤殽共止其宿以强韻硬題難之…競具酒食而留之
惟恐或去(인부염기래 래첩이반손공지기숙이강운경제난지…경구주식이유지 유
공혹거, 뛰어나게 훌륭한 시를 많이 짓고 과체시까지 정교하게 지어 사람들은 그
가 찾아와도 싫어하지 않았으며 와서 자주 끼니를 때우고 잠도 자며 강한 운율로
난해한 시도 읊었다…서로 먼저 술과 먹을 것을 주며 머물게 하면서도 혹여 떠날
까 봐 두려웠습니다)'의 문구에서도 사람들이 김립을 어떻게 대했는지
알 수 있다.

⑨ 황오(黃五)가 김사립(金莎笠)이라 하고 신석우(申錫愚)가 김대립(金蔂笠)
이라 하여 김립 두 字 사이에 한 字씩 끼워 넣다가 대동기문(大東奇
聞)에 와서 결국 김립으로 쓰여졌다.

이상 여러 가지 사실로 미루어 김난(金鑾)은 김립의 변성(變姓)임을 주
장하는 바이다.

첨언

해장집(海藏集)은 조선 시대 후기 문신이며 학자였던 신석우(申錫愚,
1805~1865)가 편저(編著)한 시문집(詩文集)이다. 김립보다 두 살 위인 신석우
는 29세에 문과 급제하여 여러 관직을 거치며 형조, 예조판서까지 지낸
사람으로 그가 김립을 만난 시기가 그의 나이 47세 때인 1852년경이다.
위에서 한탄조로 "集賢校理今俱也(집현전교리금구야, 이제 집현전 교리가 되었구
나)!"라는 구절을 보면 신석희(申錫禧)가 44세 때 종오품 교리(從五品 校理)
관직에 있을 때였던 듯하다. 그렇다면 시골의 행정과 질서를 바로잡기
위해 지방 자치 기구에 불과한 광주 향품(廣州 鄕品)이라고 신분이 밝혀

진 김립과는 신석희의 신분상의 차이가 너무 크니 봉건적 유교 사회의 엄격한 체제하에서 신석희가 김립을 좀 박대했다고 봐도 큰 무리는 없을 것이다. 다만 광주 향품(廣州 鄕品)이라는 지방의 유향소(留鄕所) 관직은 과거급제를 거치지 않고 오를 수 있는 관직이라고 처도 황오(黃五)가 김병연(金炳淵)은 평생 과거시험을 보지 않았다고 그의 녹차집(綠此集) 김사립전(金莎笠傳)에서 기술하고 있으니 김립은 애당초 벼슬에는 관심이 없거나 포기했다고 보는 게 옳지 않을까? 신석희가 언급한 김립의 광주 향품(廣州 鄕品) 벼슬이 토호(土豪)적 지배계층이었다는 점을 감안하면 신석희가 언급하는 김난(金鑾)은 다른 사람이 아닌가 하는 의심마저 든다. 또 과체시(科體詩)에 뛰어난 김립이 여러 차례 과거시험장에 가서 수십 편을 썼다면 최소한 초시 소과(初試 小科) 정도에서는 급제해 진사(進士)는 되었어야 얘기가 된다. '常遊場屋 惑作詩數十篇 或不作一篇而出(상유장옥 혹작시삭십편 혹부작일편이출)'이라는 문구(文句)가 김립이 여러 번 과거(科擧)에 등과(登科) 되었다는 전언(傳言)과 일치한다는 이응수의 견해에 따르기보다는 차라리 술값이나 밥값을 벌려고 술 한 잔 걸치고 대리시험 봐주러 과장(科場)에 들락날락했다고 해석하는 쪽이 오히려 더 우리가 바라는 김립 스타일이 아닐까? 직급은 낮아도 향품(鄕品)이란 벼슬을 지녔고 여러 번 과거(科擧)에 등과(登科) 했다는 점이 황오(黃五)의 황녹차집(黃綠此集)에 기술된 아래 내용과 배치되어서 그런지 대부분의 김삿갓 얘기에서는 해장집(海藏集) 내용을 크게 다루지 않는 듯하다.

"文臣 雨田 鄭顯德(우전 정현덕)이 나 黃五(황오)에게 서찰을 보내 이르기를, '천하의 기인(奇人) 남자 하나가 집에 와 있으니, 와서 그를 한 번 보지 않겠는가?' 가서 보니 과연 삿갓을 쓴 그 기인(奇人) 술 마시는 걸 즐기며, 해학적(諧謔的)인 것을 무척 좋아하며 시(詩) 또한 잘 지었는데, 술 좀 취하면 가끔 대성통곡(大聲痛哭)하더라. 평생 과거(科擧)시험 보는 일이 없으니, 이 사람을 어찌 기인(奇人)이 아니라 할 수 있겠는가?"

一日 雨田鄭顯德이 送余書曰天下奇男子在此하니 盍往見之하
시오. 果莎笠也라, 人也가 好飮酒, 喜狂謔, 善爲詩하며, 酒酣하면
往往欲大哭之하기도 하는데, 平生에 不作擧子業하니 蓋畸人也라.

이 부분에 관한 상세 설명은 다음 2부 1장 첫머리의 '자서(自序) - 이응
수'에 기술되어 있다.

제2부

金笠詩集 편역

들어가며

1. 自序 - 이응수

우선 金笠(김립)에 대한 문헌이란 것들을 알려진 그대로 들어보면 大東奇聞(대동기문)[51]과 大東詩選(대동시선)[52]과 黃五(황오)[53]가 지은 詩文集인 綠此集(녹차집)[54] 속에 있는 金莎笠傳(김사립전) 셋뿐이니, 金笠을 문헌적으로 알려고 하는 것은 헛된 생각이며 불가능에 가까운 일이다. 大東奇聞에는 '그의 家門은 廢族(폐족)이 되었기 때문에 炳淵(병연)은 자신을 天地間 罪人이라고 스스로 일컬으며, 감히 하늘을 올려 볼 수 없어서 항상 삿갓을 쓰고 다녀 세상 사람들이 그를 金삿갓이라 부르게 된 것이다(其家因爲廢族 炳淵自以爲天地間罪人, 嘗載冠不敢仰天故 世以金笠號).' 大東詩選에서는 김삿갓이 삿갓을 읊는 대목은 '定處 없이 떠도는 내 삿갓은 빈 배와 같고(浮浮我笠等虛舟)'라는 律[55]에서 볼 수 있고, 黃五(1816~?)의 綠此集에는 "金莎笠(김삿갓)이란 사람은 關東지방의 東海라는 고을 사람이며, 姓은 金氏요 莎笠(사립)은 머리 위에 쓴 것을 말한다. 純祖(순조) 乙巳년 겨울, 김삿갓 나이 39세 때 家率(가솔)들을 남겨둔 채 한양으로 홀로 긴 방랑을 여러 번 한 적이 있었는데, 하루는 文臣 雨田 鄭顯德(우전 정현덕)이 나 黃

---

51) 大東奇聞(대동기문): 1926년 강효석(姜斅錫)이 저술하고 漢陽書院 간행. 口傳되어 내려온 설화, 민속 등을 수록한 口碑文學書.

52) 大東詩選(대동시선): 1918년 장지연(張志淵)이 저술하고 新文館 간행. 고조선에서 조선말까지 2,000명의 詩를 수록.

53) 黃五(황오): 조선 世宗 때 領議政을 지낸 厖村 黃喜(방촌 황희)의 14대 孫으로 스스로 자신의 號를 綠此居士(녹차거사)라 불렀다. 후기 純祖 때 경남 함양에서 활동한 文人. 당시 安東金氏 豊壤趙氏의 세도정치가 힘을 얻고 있던 시대에 安東金氏나 豊壤趙氏가 아닌 長水黃氏로서는 벼슬하기 힘들어 金正喜, 金炳淵, 趙斗淳등 당대 士大夫들과 교분과 인맥을 쌓으며 중앙 진출을 도모하였으나 꿈을 이루지 못함. 綠此集 金莎笠傳에 수록한 윗글은 黃五가 벼슬의 꿈을 위해 한양의 여관을 轉轉하다 金炳淵을 친구 소개로 만나 나눈 대화록이다.

54) 綠此集(녹차집): 黃五가 純祖때 저술하였음. 흔히 黃錄此集(황녹차집)으로 불림.

55) 七言律詩(칠언율시): 一句가 七 字로 되어있고 八 行으로 된 詩. 七言絶句는 一句가 七 字로 되어있어 四 行.

五에게 서찰을 보내 이르기를, '천하의 奇人 남자 하나가 집에 와 있으니, 와서 그를 한 번 보지 않겠는가?' 가서 보니 과연 삿갓을 쓴 그 奇人은 술 마시는 걸 즐기며, 諧謔的(해학적)인 것을 무척 좋아하며 詩 또한 잘 지었는데, 술 좀 취하면 가끔 大聲痛哭(대성통곡)하더라. 평생 科擧(과거)시험 보는 일이 없으니, 이 사람을 어찌 奇人(기인)이 아니라 할 수 있겠는가?"

원문

一日 雨田鄭顯德이 送余書曰天下奇男子在此하니 盍往見之하시오. 果莎笠也라, 人也가 好飮酒, 喜狂謔, 善爲詩하며, 酒酣하면 往往欲大哭之하기도 하는데, 平生에 不作擧子業하니 蓋畸人也라.

나는 1939년 초판 간행 후 4년간 자료발굴을 이어가다 海東詩選(해동시선)[56]이란 서적에서 금강산에 들어가며 입금강, 산사희시(入金剛, 山寺戲詩)라는 金炳淵 詩에서 '綠靑碧路入雲中(녹청벽로입운중, 푸르고 맑은 산길 따라 구름 속으로 들어가네)'라는 律을 발견한다. 그러하니 그 당시 내가 발굴한 金笠에 관한 발굴 書籍은 전부 다섯 개가 된다.

하루는 夜深한 밤에 내게 다가와 발을 툭 차며 '자네 金剛山을 본 적 있는가?'라고 물어서, 내가 대답해 이르되 '경치가 너무 秀麗(수려)해 나는 꿈속에서는 金剛山에 늘 있지만, 실제로 가서 본 적은 한 번도 없네' 하니, 金笠이 화들짝 놀라 왕방울 같은 두 눈 크게 뜨며 날 보며 이르길, '나는 다른 건 몰라도 金剛山만은 해마다 꼭 가보는데, 어떤 때는 봄에 가보고 가을에 또 가보기도 한다네'라 하더라. 또 安邊郡 衛益面 舊高山

---

56) 海東詩選(해동시선): 조선 후기 일제강점기 때 漢學者 李圭瑢 編著. 신분을 차별하지 않고 여성, 서민 등 사회 하부계층 모든 사람의 詩를 편저한 張志淵의 大東詩選에 비해 海東詩選은 封建적 특권의식의 한계가 있다는 지적도 있다.

里에 있는 著者의 벗인 姜鎬吉氏 祖父 姜炯範氏가 일찍이 金笠 나이 스물 되기도 전에 직접 對面한 적이 있는데, 金笠 자기 집 뒤에 있는 논(畓)에서 가을 秋收(추수)하다 詩를 읊었다는 말을 들었다. 그때 金笠은 老姑峰(노고봉)이란 詩를 다음과 같이 읊었다.

落葉瘦客雪滿頭 勢如天撑屹然浮 餘嶺羅立兒孫似
낙 엽 수 객 설 만 두 세 여 천 탱 흘 연 부 여 령 나 립 아 손 사

或者中間仙鶴遊
혹 자 중 간 선 학 유

나뭇잎은 떨어져 여윈 過客이 되어 사라지고 눈 덮인 山봉우리들이 마치 하늘을 장엄하게 떠받치고 있는 듯하다. 나란히 펼쳐지는 山봉우리들은 마치 나의 어린 子孫들 같구나. 내 子孫들 산봉우리들 사이에 드문드문 끼어 있는 봉우리들 神仙들과 鶴들이 노니는 山 봉우리 같네.

자미(滋味)있는 것은 이 姜鎬吉氏 五代祖 姜徽性씨는 平安道에서 洪景來 便이었다가 도망하여 安邊으로 移居하여 왔다는 것이다. 金笠과는 인연이 깊다 하겠다. 또 京城 吳漢根씨로부터 고맙게 金笠 詩 몇 篇을 얻었는데 그 詩篇 所持者였든 그분의 祖父께서도 金笠과 친분이 있었다고 한다. 이 拙著(졸저)를 보시게 될 선배와 독자 여러분께 미안한 말씀 드리고 싶은바 그것은 이 작품에 실린 詩律이 과연 金笠 자신이 쓴 그대로인가 하는 점과 또 이곳에 실린 여러 詩律중에는 '정말 金笠이 쓴 작품일까?'라는 의심이 가는 詩가 두세 개 있다는 것이다. 前者에 있어서 나는 불행히 그 正鵠(정곡)의 확실성을 단언할 수 없다. 그것은 筆者가 金笠 詩를 蒐集(수집)하는 과정에서 세 군데에서 수집한 동일한 詩律이 서로 다른 두세 개 문자를 각각 포함하고 있다는 사실이다. 이것만으로도 그런 詩들을 金笠이 모두 썼다고 보기는 어렵다. 그런 연유로 나는 당분간 독자들의 재검토와 연구를 기다릴 수밖에 없다. 後者에 언급한 金笠 詩 眞僞 與否에 대한 의혹에 있어서도 함경도 韓삼택이 가짜 金笠이었고, 南道人 가운데에는 자기 詩를 金笠 詩라 이름 붙여 出世 한번

해보려는 詩人들도 있었다. 그러하니 어느 정도 감인(堪忍)할 수밖에 없다. 그러나 이 詩集 말미의 雜篇(잡편)에 넣은 詩 몇 篇과 기타 서너 篇 詩 以外에는 의심이 들 만한 詩는 수록하지 않았으니 독자들께서는 안심하여도 좋으리라 판단된다. 京城(경성)지방에 와서 著者가 한 가지 절실히 느낀 것은 京城지방의 학자들은 金笠이 이 지방에서만 詩律을 써놓은 듯 생각하고 지방과 궁촌(窮村)에 가서는 그런 遺作이 없었던 것 같은 독자적 억측(臆測)으로 金笠 詩가 가장 많이 남아 있는 安邊지방 咸興지방 또 三南지방(전라, 충청, 경상)에서 주워 모은 金笠 詩들을 전적으로 의심하는 편견을 갖고 있다는 사실이다. 京城지방에 남긴 것은 주로 功令詩(공령시)가 많은 까닭에 지방으로 걸식유랑하며 읊은 詩들은 京城사람들 눈에는 생전 처음 보는 詩들이 많았으리라. 그렇다고 그런 詩들이 金笠 詩가 아니라고 속단하는 것도 큰 잘못이다. 모름지기 전국 방방곡곡 꼼꼼히 뒤져 찾아내고 볼 일이다. 著者가 書堂訓長 漢學者等 咸鏡道 京畿道 두루 찾아다니며 아무리 촌구석에 들어가고 아무리 시골에 들어가도 金笠이란 詩人을 모르는 사람이 없었다. 그런 점으로 미루어 보아 시골에서 얻은 詩를 서울 사람이 보고 의심하는 그 태도에도 나는 전적으로 찬성하지 않는다.

나는 漢文을 좋아하나 결코 漢學者가 못 된다. 四書五經, 諸子百家, 史記通史, 詩律賦文章을 無不通知(무불통지, 두루 알지 못하는 것이 없음)하여 그 가운데에서 詩의 素材를 취해 글귀를 빌려 쓴 金笠의 난해한 詩를 나 같은 무식한 사람이 손을 대었다는 것은 한마디로 무모한 작태로밖에는 볼 수 없다. 漢學者들이 보면 苦笑嚬笑(고소빈소)만 짓게 할 것이란 점 나도 안다. 그러나 나는 다만 金笠을 사랑하는 마음 하나 그 열정에 끌려 이 무모한 일을 감행하였을 뿐이다. 그리하여 總督府圖書館(총독부도서관)에 이 개월간 틀어박혔고 斯界(사계)의 권위 있는 여러 學者의 자문도 구했다. 그러나 한 분도 필자의 조바심을 쾌히 알아주는 이 없었고, 오히려 귀찮아하고 냉소폄해(冷笑貶害)까지 하려 했다. 실로 눈물을 머금을 때도 있었다. 겨우 金瑗根 선생께서 며칠 가르침을 주셨고 城大講師 權純九翁의 조언이 다소 있었을 뿐이다. 할 수 없이 필자는 수년간의 조바심을 거친 후 이제 드디어 착오·억측·무식의 폭로에 불과한 이 작은 저서를 그대로 세상에 내어놓는 바이니 필자의 희망은 오직 이 초보적 金笠詩集으로는 최초인 요람적 小著를 계승하여 진지한 연구자가 계속 나와 조선의 寶具(보구)인 金笠의 시혼(詩魂)을 뚜렷이 부각케 하도록 힘써줄 것을 기대한다. 金笠 연구! 그것은 아직 계통도 순서도 깊이도 아무것도 없다. 제일 먼저 할 일은 전국 각지에 널려 있는 金集 詩 자료 수집이다.

위와 같은 사정을 고려해 필자에게 學者的 양심이 없다고 너무 탓하지 말고 도리어 후원과 지도편달을 주기를 원하여 마지않는다. 우리의 보배를 살리려는 것이 筆者의 작은 소망이매, 부질없는 나 자신의 가짜 자아와 진짜 자아의 충돌을 떠나 이 일을 도모한다. 다음 몇 가지 참고 사항을 열거하면 이들 詩 수집의 지역적 범위는 南鮮·北鮮·西鮮 통틀어 包含하였는데 그중 내 발이 많이 간 곳은 咸興·洪原·元山·安邊·京城等 地이고 기타 南鮮 江原道地方에 직접 가지 못한 것이 유감이다. 어느 정도 연구비가 필요하며 시간도 필요하다. 첫째 단독으로 이 사업을 계속하기는 어렵고 京城에 金笠 연구회 같은 것을 만들어 지방 요처에 지부를 설치해 연구를 계속하면 되지 않을까 생각한다. 둘째 고리타분한 經學(경학)만 고집하고 漢詩에 관한 자신들이 정통파라 일컫는 漢學者들은 金笠을 불과 하나의 雜客 乞人정도로 밖에 여기지 않아 金笠의 作品을 내용적 형식적으로 깎아내리는 자가 많으니, 그런 高踏的(고답적) 聖者들 이론에는 귀를 기울이지 말 것이다. 셋째 앞에서 언급한 바와 같이 해석하는 데 있어 오래전부터 잘못 전해져 온 글字가 많다. 나의 무리한 억측과 무지로 또다시 오류를 범한 부분이 적지 않으리라 생각한다. 전자에 있어서 나는 今자를 冷자로, 雖자를 誰자로, 印자를 市자로, 緣자를 綠자로, 陰자를 陽자로, 잘못 쓰여 전해 내려온 詩들을 해석하다 울화가 치밀어 붓을 던진 때가 한두 번이 아니다. 아직도 그런 종류의 오류가 있으리라 생각한다. 넷째 分類하는 방식인데, 처음 前篇을 1. 乞食篇 2. 放浪篇 3. 自然篇 4. 諧謔篇 5. 嘲弄篇 6. 詠物篇 7. 雜篇으로 했다가 분류사의 문제가 있어, 1. 乞食篇 2. 人物篇 3. 詠物篇 4. 動物篇 5. 江山樓臺篇 6. 雜篇으로 고쳤다. 다섯째 金笠詩 수집에 필요한 자료를 빌려주신 金洪漢·吳漢根·車鎔寅·李明善 모든 분들과, 질문에 응해주신 金瑗根 선생과 權純九 선생, 출판에 이르기까지 많은 수고를 해주신 李鍾洙씨·嚴興爕씨 등 모든 분께도 깊은 감사를 올리는 바이다.

附記

독자와 선배들께 양해를 구하는 것은 金笠 詩 해석에 관해서이다. 물론 해석 없이 본문만 실으면 編者의 책임은 가볍게 하겠지만, 출판자와 독자로부터 '중학생 정도면 충분히 읽을 수 있도록 쉽게 해석해 달라'라는 간곡한 부탁이 있어 해석을 추가하였다.

丁丑 2月

著者 識

2. 金笠略譜(김립약보)

金笠 선생은 조선 415년(1807) 純祖(순조) 7년에 權勢家門(권세가문)인 壯洞金氏(장동김씨) 집에서 태어났으니, 이름(名)은 炳淵(병연)이요 字는 性深(성심)이요, 號는 蘭皐(난고)이다. 笠(립)은 흔히 부르는 속칭이다. 그의 속칭 '삿갓 笠' 號가 생겨난 연유는 다음과 같다. 순조 11년 신미년(1811) 11월에 洪景來(홍경래)가 관서지방 사람들은 주요 관직에 등용하지 말라(西北人勿爲重用, 서북인물위중용)는 이조의 大偏策(대편책) 정책에 격분하여 평안도 龍岡(용강)에서 반란을 일으키자 순식간에 가산·박천·곽산·태천·정주 등지를 휩쓸고 宣川(선천)으로 쳐들어갔다. 이때 金笠 先生의 祖父 金益淳(김익순)이 같은 해 9월에 咸興 中軍(함흥중군)으로부터 宣川防禦使(선천방어사)로 轉官(전관)했는데, 전관한 지 삼 개월쯤 된 어느 날 술에 만취되어 누웠을 때 홍경래 군이 달려들어 김익순을 결박하니 항복하였다. 순전히 事勢 不得하여 항복한 것인데 홍경래 난이 다음 해 임신 2월에 평정되자 김익순은 3월에 伏誅斬首(복주참수)를 당하고 그 일가는 조정으로부터 廢族(폐족)을 당하였다. 이때는 金笠 선생이 여섯 살 되던 해라 이 댁에 從僕(종복)으로 있던 金聖秀(김성수)씨가 선생의 형 炳河(병하)와 先生 두 분을 데리고 황해도 谷山(곡산)으로 피해가 金笠 선생은 그 종복의 집에서 자라나며 공부하였다. 훗날 誅罪(주죄)는 김익순 당사자에 국한하고 그 자손에게는 미치지 않기로 했다는 사실이 알려지자 金笠 선생은 부친 金安根(김안근)에게로 돌아가셨다. 선생은 廢族(폐족)의 자손으로서 세상의 학대와 멸시가 막대함을 참지 못하여 그의 나이 20세쯤 되었을 때 집을 떠났으니 그때 선생께서는 長男 학균(鶴均)을 낳았던 때였다. 선생은 삼 년간 방랑하시다가 24세에 집에 돌아와 차남 翼均(익균)을

낳고 다시 집을 나가신 후 57세까지 남은 인생 동안 전라도 同福(동복)에서 돌아가실 때까지 한 번도 귀가하지 않았다. 그 사이 차남 익균이 한번은 安東(안동)에 부친 金笠 선생이 계신다는 소식을 듣고 찾아가 만나 울며불며 집에 가자고 했으나 선생은 태연히 呵呵大笑(가가대소)하셨다 한다. 이 大笑가 무엇을 의미하는지 자손들은 아직도 모른다고 한다. 그러나 선생은 한밤중에 익균을 잠재워놓고 도망가 버리셨다. 두 번째에는 平康(평강)에 계시다는 소식을 듣고 역시 차남 익균이 찾아갔는데 이때에는 십 리나 되는 먼 곳에 심부름시킨 후 몰래 도망하였고, 세 번째에는 여산(礪山)에 계신다는 소식을 전해 듣고 역시 차남 익균이 찾아가니 이번에는 함께 길을 가시다가 수수밭 길에 와서 삿갓을 벗어놓고 대변을 본다고 밭으로 들어가버린 게 마지막이라 한다. 그 사이 어머님께서 친가에 가 계신 결성(結城) 땅에 선생은 찾아가서 근방 사람들에게 모친께서 건강하게 잘 계신지만 묻고 찾아보지도 않고 떠난 적이 여러 번이었다 한다. 선생의 마음을 깊이 헤아려보면 정말 눈물겹다. 이리하여 전라도 同福(동복)에서 돌아가신 것을 차남 익균이 강원도 영월군 의풍면 태백산 기슭에 모셨다. 廢族(폐족)이 된 이후 선생 자손의 주거는 이천·평창·경성·여주·동군·이포로 전전하였으니 지금 驪州郡 金沙面 梨浦里(여주군 금사면 이포리)에 계신 선생의 直孫 金榮鎭(김영진)老(72세)가 두 고을 군수를 거쳐 慶興府尹(경흥부윤) 벼슬을 하기까지 자손들이 얼마나 오랜 세월 눈물을 머금고 한탄하며 含淚噓嘆(함루허탄) 세상을 저주하였을까? 榮鎭老는 훌륭한 학자로 佛道(불도)에 정진하며 지금 고향 鄕里(향리)에 私財 萬餘圓을 들여 釋文寺(석문사)라는 사찰을 건립하고 不遠家出(불원가출)하실 듯하다 한다.

3. 家系, 年譜

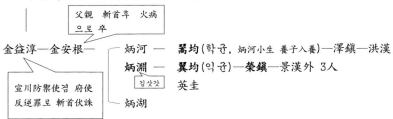

金宣平(安東金氏 始祖, 고려 개국공신, 太史公)

父親 斬首후 火病
으로 卒

金益淳―金安根―   炳河 ― 學均(학균, 炳河小生 養子入養)―澤鎭―洪漢
                 炳淵 ― 翼均(익균)―榮鎭―景漢外 3人
                 김삿갓
宣川防禦使겸 府使   英圭
反逆罪로 斬首伏誅   炳湖

　화병으로 작고한 金安根氏의 맏아들 炳河(병하)氏는 25세에 별세하여 炳淵(병연)선생 맏아들로 입양된 學均(학균)氏가 대를 잇고 炳淵(병연)선생 직계는 榮鎭(영진)氏로 내려온다.

- 丁卯年 3月 13日 出生
- 6歲에 逢變(祖父 金益淳 斬首)
- 22歲에 長子 學均 生
- 22歲에 出家
- 24歲에 歸家 次子 翼均 生
- 57歲(癸亥) 3月 29日에 全羅道 同福에서 別世
- 至今 韶和 14年(西曆 1939年)은 金笠 先生 生後 133年 死後 76年
- 金笠 先生의 친구로는 黃五의 綠此集에 言及된 雨田 鄭顯德과 趙稷山 趙雲植(훗날 安邊 郡守로 갔다가 本 詩集에 수록된 詩律을 교환)이 잘 알려져 있다. 趙雲植의 子孫 趙泰源氏는 榮鎭老와 同年輩인데 지금 齊洞 어딘가에 살고 있다 한다.

4. 詳解 金笠詩集 前篇 李應洙 註

(1) 緒論(서론)

　다른 작가들과 마찬가지로 金笠의 작품에서도 그의 생활을 정당하게 인식하지 않고 그의 예술을 이렇다 저렇다 말할 수 없다. 만약 우리가 그를 조정에 종사하는 일개 벼슬아치 정도로 보고 평가했다면 오늘날 그의 풍부한 문학적 수확을 얻어 볼 수 없을 것이며, 극도로 어렵고 힘든 걸식생활에 대한 두려움과 영혼에 내린 쓰라린 고통으로 자신을 스스로 매질하며 살아 온 그였기 때문에 오늘의 김삿갓(金笠)이 있을 수 있게 된 것이다. 그는 실로 여러 방면에 재능이 있어 그의 詩의 형태도 각양각색이었지만 그의 詩想도 눈부시게 아름답다. 이제 그의 詩들의 분류방식에 따라 乞人詩人(걸인시인)으로서의, 人生詩人(인생시인)으로서의, 유모어 諷刺詩人(풍자시인)으로서의, 歷史詩人(역사시인)으로서의 김립을 각각 나누어 보고자 한다.

(2) 乞人詩人으로서의 金笠

無題詩

二十樹下三十客
이 십 수 하 삼 십 객
四十家中五十食
사 십 가 중 오 십 식

스무 나무 아래 앉은 서러운 나그네에게
망할 놈의 집구석에서 쉰밥을 먹으라고 주네.

주해

이십수(二十樹) 스무나무, 느릅나무과의 나무, 이정표로 이십 리(里)마다 심은 나무라 해서 스무 리(20리). 삼십객(三十客) 서른(30, 서러운), 서러운 나그네. 사십가(四十家) 마흔(40, 망할), 망할 놈의 집. 오십식(五十食) 쉰(50, 상한) 쉰밥.

『金笠詩集』 증보판에 다음 句가 추가된다.

人間豈有七十事
인 간 기 유 칠 십 사
不如歸家三十食
불 여 귀 가 삼 십 식

인간 세상에 어찌 일흔(이런) 일이 있을 수 있을까?
내 집에 돌아가 서른(설은) 밥 먹느니만 못하도다.

걸식 유랑하다 함경도 어느 부잣집에서 밥 한 끼 쉰 밥 얻어먹고 즉흥적으로 자조하며 지은 詩라 전해져 오는데 漢子의 音韻(음운)을 교묘히 구사하며 야박한 세상인심을 꾸짖는 마음을 읽을 수 있다. 짧지만 표현하고 싶은 모든 것을 含意(함의)한 이 詩를 보면 일본의 한 줄 전통시(17字) 하이쿠(俳句)의 원조는 김립이 아닌가 하는 생각도 든다. 한마디로 漢字 音과 한글 音 뜻풀이의 환상적 콜라보 작품이다.

위의 '二十樹' 詩는 모르는 사람이 없을 정도로 유명하다. 양반의 자손으로 태어났음에도 때를 잘못 만나 몰락한 가문을 뒤로하고 모진 세상 평생 누추한 거리를 걸식유랑하며 떠돈 김립은 廢族(폐족) 자손으로 늘 생명의 위협을 느끼면서 갈대로 만든 둥그런 '삿갓'으로 밝은 태양으로부터 얼굴을 가린 채 書堂방으로 行廊방으로 머슴방으로 방방곡곡 乞食하며 다녔던 것이다. 乞人(걸인)으로서 밑바닥 체험은 詩神(시신)의 너그러운 도움으로 그의 울분을 시원하게 오늘날 우리에게 드러내게 된 것이다.

姜坐首逐客(강좌수축객)

祠堂洞裡問祠堂
사 당 동 리 문 사 당

保國大匡姓氏姜
보 국 대 광 성 씨 강

先祖遺風依北佛
선 조 유 풍 의 북 불

子孫愚流學西羗
자 손 우 류 학 서 강

主窺簷下低冠角
주 규 첨 하 저 관 각

客立門前嘆夕陽
객 립 문 전 탄 석 양

座首別監分外事
좌 수 별 감 분 외 사

騎兵步卒可當當
기 병 졸 병 가 당 당

사당동에서 사당집 어디냐 물으니
보국대광인 姜씨 성을 가진 사람이더라.
조상들이 남긴 풍습은 북쪽의 불교를 따르는 것 같은데
자손들은 어리석게도 서쪽 오랑캐 교육을 받았구나.
주인은 처마 밑에서 거문고 끝을 내리며 나를 엿보고
나그네는 문전에서 지는 해를 탄식하네.
좌수나 별감 벼슬은 네게 분수에 넘치는 일이고
기병이나 보병 졸병 정도가 가히 마땅하니라.

保國大匡(보국대광) 조선 시대 正一品 文官 최상위 品階으로 三政丞(領議政, 左議政, 右議政)에 해당하며 조선 네 번째 왕 世祖(세조) 때 領議政 姜孟卿(강맹경)이 '姜'氏였음을 빗대어 조롱함으로 조상들이 전통적으로 유교 국가인 조선의 후기에 이미 쇠락한 불교에 아직도 매달린다고 역설적으로 조롱하며 자손들이 어리석게도 서쪽 오랑캐나 배우고 있다고 비웃음.

祠堂洞마을의 祠堂집에 찾아가 하룻밤 묵고 가길 청했는데 집주인 姜氏가 한마디로 거절하고, 김삿갓이 갔나 안 갔나를 은밀히 확인하려고 타던 거문고 한쪽을 내리며 문밖을 엿보는 꼴을 풍자한 詩다.

見乞人屍(견걸인시)

不知汝姓不識名
부 지 여 성 불 식 명

何處靑山子故鄕
하 처 청 산 자 고 향

蠅侵腐腐暄朝日
승 침 부 부 훤 조 일

烏喚孤魂弔夕陽
오 환 고 혼 조 석 양

一尺短筇身後物
일 척 단 공 신 후 물

數升殘米乞時糧
수 승 잔 미 걸 시 량

奇語前村諸子輩
기 어 전 촌 제 자 배

携來一簣掩風霜
휴 래 일 궤 엄 풍 상

너의 성도 모르고 이름도 모르는데
그대 고향이 어드메뇨?
따스한 아침에는 파리 떼가 득실거리고

저녁이 되니 까마귀가 외로운 혼을 위해 울어주네.

짤막한 대나무 지팡이는 그대의 유물이고

몇 되 남은 곡식은 구걸하며 얻은 식량인가?

앞마을 청년들 부탁 한번 하세.

한 삼태기쯤 흙을 가져다 시신이나 묻어 주시게나.

주해

蠅(승) 파리. 暄(훤) 따듯하다. 筇(공) 대나무 지팡이. 掩(엄) 감싸다. 簣(궤) 삼태기[57].

하루하루 乞食流浪(걸식유랑)하며 얻어먹고 잠자리 구하는 자기 코가 석 자인데 지나가다 거렁뱅이 하나 죽어 있는 屍身(시신)을 보고 측은지심으로 獻詩(헌시) 하나 올리고 葬事(장사)까지 치러준다.

또 김립은 開城(개성) 인심을 탄하며 읊는다.

邑號開城何閉門
읍 호 개 성 하 폐 문

山名松嶽豈無薪
산 명 송 악 기 무 신

黃昏逐客非人事
황 혼 축 객 비 인 사

禮儀東方子獨秦
예 의 동 방 자 독 진

고을 이름은 열린 城, '開城'인데 어찌 대문들은 닫아 거는고?

산 이름은 소나무 우거진 높은 산 '松嶽'인데 어찌 땔나무 하나 없단 말인가?

해는 지고 어두운데 나그네를 쫓아내는 건 사람이 할 짓이 아니거늘

동방예의지국 조선 땅에 네놈 한 놈만 되놈이로다.

---

57) 簣(궤): 삼태기, 재나 두엄을 나르기 위해 대나무나 짚을 엮어 만든 도구. 아이들이 오줌을 싸면 삼태기를 머리에 이고 이웃집에 소금을 빌려오라고 했다는 민간 풍속이 전해 옴. 오줌싸개 아이들을 창피하게 해 오줌 싸는 것을 막으려 했다 함.

앞 詩들에서 보듯 그는 가는 곳마다 천대를 받고 살았으며 한때는 어떤 書堂에 갔을 때 訓長에게 멸시당하자 다음과 같은 글을 써놓고 나왔다.

天脫冠而得一點
천 탈 관 이 득 일 점

乃失枚而橫一帶
내 실 장 이 횡 일 대

하늘 '天' 字에서 머리 위에 쓴 관 一을 빼고 점 하나 붙이고(犬)
너 '乃' 字에서 지팡이(杖)를 빼고 가로로 띠(帶) 하나 붙이노라(子).

자신을 홀대하며 내쫓는 書堂訓長에게 犬子(개아들, 개자식)라고 써놓고 나왔던 것이다.

破字의 大家인 김립 앞에서 문자 쓰며 무게 잡다 망신당한 인색한 시골 부부를 꾸짖는 일화도 있다.

김립이 하룻밤 신세 지고 아침 식사 무렵 집주인과 안주인이 김립이 쫓아내진 못하고 말을 나눈다.

人良且八(食具) - 안주인

밥상 차려올까요?

月月山山(朋出) - 집주인

저 친구 나가거든.

人良且八을 合字하면 食具가 되고 月月山山은 朋出이 된다.
그러자 김립이 여덟 글자 적어놓고 그 집을 나섰다.

犭者禾重(견자화중, 猪種)

丁口竹天(정구죽천, 可笑) - 김립

돼지 종자들아
가소롭구나.

　또 함경도 북쪽으로 올라갈수록 인심이 사납다던데 그곳 吉州(길주) 땅에 許氏가 많이 사는 고을을 유랑하던 중 하루는 김립이 어느 집에서 하룻밤 宿寢(숙침)을 구하였지만 한마디로 거절당하자 다음과 같은 詩를 남기고 떠난다.

　　吉州吉州不吉州
　　길 주 길 주 불 길 주

　　許可許可不許可
　　허 가 허 가 불 허 가

　　좋은 고을이라 吉州吉州 하는데 좋은(吉한) 고을이 아니네.
　　여기저기 온통 허가(許家)뿐인데 허락해주는 것 하나도 없네.

　세상인심 야박해 아무도 재워주는 사람 없고 밥 한 그릇 주는 사람 없으면 빈 누각이나 토굴에 올라가서 자며 읊은 詩도 있다.

　　天高萬里不擧頭
　　천 고 만 리 불 거 두

　　地闊千里不宣足
　　지 활 천 리 불 선 족

　　하늘은 높고 높아 만 리 길 아득한데 머리는 둘 곳이 없고
　　땅은 넓고 넓어 천 리 길 아득한데 다리는 펼 수 없네.

(3) 自然詩人으로서의 金笠

　김립은 자신만의 심오하고 미묘한 着想과 표현으로 自然을 관찰하고

묘사한다.

空虛 스님과 金笠의 대화詩

月白雪白天地白 - 空虛
달도 하얗고 눈도 하얗고 온 세상이 하얗구나.

山心夜心客愁心 - 金笠
산도 깊고 밤도 깊고 나그네 시름도 깊구나.

金剛山 雪景(설경)을 보며 두 사람 詩짓기 내기를 한다. 금강산의 空虛 스님이 지면 무한정 숙식을 제공하고 김립이 지면 이빨을 뽑히기로 하고. 空虛 스님이 먼저 읊으면 김립이 和答하여 읊는 16句 형식 對句詩인 데, 그중 위의 한 句를 『金笠詩集』著者 李應洙는 무척 좋아했다 한다. 김립이 이빨을 뽑혔다는 얘기가 아직 없으니 아마도 詩짓기 내기는 김립이 판정승하지 않았나 생각된다. 또 寸鐵殺人(촌철살인) 폐부를 예리하게 찌르는 문자로 김립은 눈(雪)을 이렇게 표현한다.

飛來片片三月蝶
비 래 편 편 삼 월 접
踏去聲聲六月蛙
답 거 성 성 유 월 와

내리는 눈송이는 춘삼월 나비들 같고
눈 밟는 소리는 뽀드득뽀드득 오뉴월 개구리 소리.

눈(雪)송이 날리는 형상을 나비 떼로 보고 눈 밟는 소리를 오뉴월 개구리 울음소리로 묘사한 그 機智(기지)에 경탄을 금할 길 없다. 金笠은 유랑길 돌고 돌아 꿈에 그리던 金剛山으로 돌아와 自然 속에서 眞理와 道

를 찾으며 지극히 단순한 문자로 완벽하게 自然을 묘사한다.

松松栢栢岩岩廻
송 송 백 백 암 암 회

水水山山處處奇
수 수 산 산 처 처 기

소나무 숲 잣나무 숲을 지나 바위와 바위를 돌고 도니
물과 물 산과 산 가는 곳마다 奇異하구나.

이 詩 한 句만 보더라도 李白이나 워즈워스에 못지않은 珠玉(주옥)같은 詩라 李應洙는 평가한다. 김립의 자연에 대한 절묘한 炯眼(형안)을 그의 작품 여러 곳에서 느낄 수 있다.

(4) 人生詩人으로서의 金笠

漢學者들은 대부분 고상하고 단아한 양반 기품을 지니고 있다. 그러나 양반들의 진짜 속 모습과 추악한 면을 속속들이 다 알고 있는 김립의 눈에는 그러한 양반들의 고답적이며 聖者(성자)인 척 주절대는 말투가 모두 헛되고 가짜로 보였다. 김립 자신도 폐족이지만 양반으로서 四書五經(사서오경) 정도는 읽어 양반들 못지않은 지식을 가지고 있으면서도 세상 물정 모르고 난해한 말 하기 좋아하는 양반들의 그런 氣風(기풍)을 혐오와 조롱으로 반박한다. 물론 벼슬길 못 오르는 자신의 처지에 사회적 불만도 있었겠지만, 예술가란 어디까지나 진실을 사랑하고 허식을 증오하는 성품을 가져야 한다는 점에서 그의 꾸밈없는 마음과 감정의 속 시원한 표출에 양반들은 얼굴을 붉힐 수밖에 없었다. 사람들은 누구나 밝히고 싶지 않은 자기들만의 비밀이 있을 수 있으며 그런 것들 때문에 마음속으로 늘 괴로워한다. 그러한 것들을 밖으로 과감히 드러내는 일이 쉬운 일이 아니어서 대부분 사람은 차라리 가면을 쓰고 살아가는 것을 택하는 것이다. 김립은 허울뿐인 도덕, 인습, 전통에 정면으로 반박하고 조롱하며 그러한 가식들을 가차 없이 쇠뭉치로 내리치듯 글로써 내리쳐 처형한다. 김립은 함경도 단천의 어느 고을을 지나다 紅蓮(홍련)이란 처녀에 끌려, 아름다운 꽃을 본 미친 나비처럼 훨훨 날아가(狂蝶忽飛, 광접홀비) 수작을 부려 하룻밤을 치르게 된 일이 있다. 김립은 홍련과 이불 속 雲雨(운우)의 情을 나눈 후 그 결과에 실망했는지 일어나 앉아 한숨을 쉬며 一筆揮之(일필휘지) 써 내려가니, 홍련이 조용히 그 글을 보더니 일어나 앉아 댓글을 써 내려간다.

毛深內闊 旣過他人 - 金笠
모 심 내 활   기 과 타 인

털은 깊고 속이 넓어 허전하니 다른 사람이 이미 지나갔구나.

後園黃栗不蜂坼
후 원 황 율 불 봉 탁
溪邊楊柳不雨長 - 紅蓮
계 변 양 류 불 우 장

뒤뜰에 익은 밤송이 벌이 쏘지 않아도 저절로 벌어지고
시냇물가 능수버들 비 안 와도 잘 자라네.

대화 수준이 이 정도 되면 유머, 해학이나 19금 음담패설의 영역이 아니라 漢文에 도통한 사람들만이 가능한 고차원적 의사 교환 수준이다. 이 詩의 배경을 설명함에 혹자는 홍련이 주막집 처녀라는 사람도 있고, 잠깐 만나 결혼한 처녀라는 사람도 있지만, 어차피 口碑詩(구비시)로 전해 내려오는 글이니 많은 사람의 버전이 있을 수 있으니 개의치 않는다. 성관계 후 실망을 선비답게 漢字 韻을 빌려 묘사한 것도 훌륭하지만, 처녀성 방어를 위한 구차한 변명 대신 점잖게 써 내려가는 홍련의 은유적 對

句 和答은 웬만한 사대부들의 漢詩 수준을 초월한다. 홍련의 對句도 金 쏯이 쓴 게 아닐까 하는 생각마저 들게 한다. 여하튼 상황묘사가 약간 오버된 감도 있지만, 마음속 내면을 진술하게 드러내는 김립만이 가능한 파격적이면서도 유머가 충만한 은유적 표현이다. 吟諷弄月(음풍농월) 바람이나 달을 소재로 천편일률적인 詩風(시풍)만을 고집하는 동양 시인들에게는 김립의 이러한 詩風은 가히 혁명적이라 하겠다. 아무도 손대지 않은 처녀를 원하니 김립의 여성관은 '前人未踏(전인미답)'형이다.

김립은 또 일상생활 속 소재들을 일일이 詩材(시재)로 삼아 읊었다.

요강(溺缸)[58]

賴渠深夜不煩扉
뢰 거 심 야 불 번 비

令作團隣臥處圍
영 작 단 린 와 처 위

醉客持來端膝跪
취 객 지 래 단 슬 궤

態娥挾坐惜衣收
태 아 협 좌 석 의 수

堅剛做體銅山局
견 강 주 체 동 산 국

灑落傳聲練瀑飛
쇄 락 전 성 련 폭 비

(以下 略)

네 덕분에 깊은 밤 번거롭게 문 드나들지 않아도 되고
사람들 가까이 있어 잠자리 벗이 되었구나.

---

58) 溺缸(요항): 한옥은 뒷간이 밖에 있어, 밤중에 잠자다 이곳을 가는 것이 불편해 오줌을 실내에서 받기 위해 사용했던 용기. '缸(항)' 字가 '江(강)' 字와 비슷해 '요강'으로 와전됨. 삼국시대 유물로 질항아리 요강, 놋요강도 출토되었다 하니 역사가 오랜 생활필수품이었다. 수세식 변기 이전에는 일종의 생활필수품이었으나 지금은 시골 장터 만물상에 가도 보기 힘들게 되었다.

술 취한 나그네 너를 가져와 무릎을 꿇고

아름다운 여인네는 너를 끼고 앉아 살며시 옷자락을 올리네.

단단히 지은 그 모습은 구리산 모습이고

"쏴~" 떨어지며 들리는 물소리는 비단폭포 소리 같네.

(이하 생략)

　　1950년대 일반 가정에는 요강을 방마다 한 개씩 두었던 게 생각난다. 추운 겨울에 잠자다 일어나 문을 열고 마당 건너 뒷간 가는 불편함이 있어 방 윗목 머리맡에 요강을 항상 두고 잤는데 어떤 때는 잠결에 요강을 발로 차 오줌을 방바닥에 온통 쏟아버린 기억이 있어 지금 생각하면 실소를 금할 수 없다.

이(虱, 슬)

飢而吸血飽而擠
기 이 흡 혈 포 이 제

三百群虫最下材
삼 백 군 충 최 하 재

遠客懷中愁午日
원 객 회 중 수 오 일

窮人腹上聽晨雷
궁 인 복 상 청 신 뢰

形雖似麥難爲麴
형 수 사 맥 난 위 국

字不成風未落梅
자 불 성 풍 미 락 매

(以下 略)

배고프면 피 빨고 배부르면 떨어져 나가는

온갖 벌레 중 제일 못된 놈이로구나.

먼 길 간 나그네 몸속의 네놈 때문에 대낮부터 심란한데 쫄쫄 굶은 내 속에서 우렛소리 요란하다.

보리처럼 생겼어도 누룩은 못 만들고

바람 풍(風)이 아니니 매화 잎을 떨구겠나?

(이하 생략)

(5) 유모어 諷刺詩人으로서의 金笠

이 분야에 관한 한 김립은 타의 추종을 불허하는 독보적인 존재로 알려졌다. 불우하고 곤궁한 생애를 보내는 동안 때로는 비관도 하였지만, 그는 모든 어려움을 초탈하였다. 웬만한 사람이면 자살해버릴 정도의 울분을 그저 諷刺(풍자)와 諧謔(해학), 그리고 嘲弄(조롱)으로 自慰(자위)하며 살았다. 걸인으로 사는 삶을 참을 수 없으리만치 고통스러웠을 터인데 극단적 비관이 없었다는 것은 기적으로밖에 볼 수 없다.

日出猿生原
일 출 원 생 원

猫過鼠盡死
묘 과 서 진 사

黃昏蚊簷至
황 혼 문 첨 지

夜出蚤席射
야 출 조 석 사

해 뜨니 원숭이가 언덕에서 기어 나오고

고양이가 지나가니 쥐새끼들 다 죽는다.

황혼이 되니 모기가 처마에 앵앵거리고

밤이 되니 벼룩이 잠자리에서 물어대네.

이 五言絶句(오언절구) 시가 나온 배경은 다음과 같다. 함경도 어느 고을에 들렀을 때 소위 지방 有志(유지)라는 작자들이 모여 詩談(시담)을 나누고 있었다. 元生員(원생원), 徐進士(서진사), 文僉知(문첨지), 趙碩士(조석사)라는 자들이 누각에서 기생들과 술을 마시며 시를 읊조리는데 걸인 행색의 김립이 다가가 통성명을 하고 술 한잔 청하였으나, 자신을 위아래로 흘겨보며 거절하자 그들의 이름을 시 속에 넣어 조롱하는 시를 써놓고 떠난다. 별것도 아닌 벼슬에 목에 힘까지 주며 문전박대하는 네 명의 선비들 이름 첫 자 元, 徐, 文, 趙(원, 서, 문, 조)를 同音異義(동음이어) 글자인 猿, 鼠, 蚊, 蚤로 바꾸어 원숭이, 쥐, 모기, 벼룩으로 표현해 조롱했으며, 끝 자 員, 士, 知, 士도 同音(동음)인 原, 死, 至, 射 字로 치환시켜, '원숭이가 들판에 나타나고, 쥐새끼가 죽고, 모기가 물어대고, 벼룩이 쏘아대고'라 조롱한 詩이다. 한마디로 너희들은 가소롭고 세상에 불필요한 폐물들이라고 조롱한 시를 이렇게 고상하게 읊을 수 있을까? 술 한잔 못 얻어먹고 쫓겨났지만 떠나는 그의 마음 후련했을 것이다. 또 한때는 비가 갑자기 쏟아져 어느 서당에 들렀는데 훈장이란 작자가 아이들을 앉혀놓고 반가운 비가 오니 비를 주제로 시를 지으라 한다. 아이들이 꾸물대자, 훈장이 수준 이하의 시 한 수 써놓고 명시라도 지은 것처럼 자랑삼아 읊조렸다.

今日雨來見
금 일 우 래 견

誰家者不喜
수 가 자 불 희

오늘 비가 오는 것을 보니
어느 집 사람인들 기뻐하지 않으리오?

그걸 시라 써놓고 아이들한테 가르치느냐 하는 마음에 同音異義로 시 한 수 적어놓고 떠난다.

今日偶來見
금 일 우 래 견

誰家者不爲
수 가 자 불 위

오늘 우연히 와서 하는 꼴을 보니
뉘 집 놈인진 몰라도 사람 되긴 글렀네.

(6) 歷史詩人으로서의 金笠

『金笠詩集』끝부분에 18수 科體詩(과체시)의 歷史詩(역사시)가 수록되어
있다. 이 시들은 대부분 중국의 진시황, 제갈공명, 항우, 한고조, 장량과
같은 인물들이나 鴻門(홍문)의 會(회)에서 있었던 일들을 인용해 지은 시
들로 중국 고전에 관한 깊은 지식 없이는 해석하기조차 어려운 시들이
라 본 小考에서는 다루지 않았다. 여기서 역사시인이라 함은 고전시인이
란 얘기이지 역사적 사실만을 읊은 시인이라는 의미가 아니다.

2장

乞食 篇
걸식 편

1. 二十樹下(이십수하)

二十樹下三十客
이 십 수 하 삼 십 객

四十村中五十食
사 십 촌 중 오 십 식

人間豈有七十事
인 간 기 유 칠 십 사

不如歸家三十食
불 여 귀 가 삼 십 식

스무나무 아래에 앉은 서러운 나그네
망할 놈의 촌구석에서 쉰밥을 주는구나.
인간 세상에 어찌 이런 일이 있을까.
내 집에 돌아가 설은 밥 먹느니만 못하구나.

이응수 대의

二十樹 스무나무란 樹名
三十客 서른(三十) 나그네, 서러운 나그네
四十村 마흔(四十) 놈의 촌구석, 망할 놈의 촌구석
五十食 쉬흔(五十)밥, 쉰 밥
七十事 일흔(七十)일, 이런 일
三十食 서른(三十)밥, 설은 밥

첨언

'二十樹下'를 20세 아래의 나이로 해석하는 사람도 있다. 나무(樹)도 일
년에 둥근 테가 하나씩 늘어나는 나이테가 있어 연륜(年輪)이라고도 하

니 스무 살 정도 나이인 '스무나무 아래에서'라 해석해도 전혀 문제될 건 없다. 30, 40, 50을 '서른, 서러운', '마흔, 망할', '쉰' 등으로 한자 訓을 한글로 풀어놓았다. '二十樹下'는 대부분 '스무 살 된 나무(樹, 나무) 아래에서'라고 점잖게 해석하지만, 조롱과 욕을 고상하게 내뱉는 천재시인 김립의 생각은 다르지 않았을까? '스무 살도 안 된 놈(樹, 나무, 놈)'이 쉰 밥 주니 화가 나서 그렇게 읊었던 게 아닌가 하는 것이 필자의 견해다. 여하튼 한자의 音訓을 한글 의미로 교묘히 표현하며 전통적 한시의 양식을 파괴한 시라 볼 수 있다.

2. 逢雨宿村家(봉우숙촌가)

- 비를 만나 시골집에서 자다

曲木爲椽簷着塵 其間如斗僅容身
곡 목 위 연 첨 착 진 기 간 여 두 근 용 신

平生不欲長腰屈 此夜難謀一脚伸
평 생 불 욕 장 요 굴 차 야 난 모 일 각 신

鼠穴煙通渾似漆 蓬窓茅隔亦無晨
서 혈 연 통 혼 사 칠 봉 창 모 격 역 무 신

雖然免得衣冠濕 臨別慇懃謝主人
수 연 면 득 의 관 습 임 별 은 근 사 주 인

굽은 나무 서까래에 처마에는 먼지가 수북하고
좁지만 비집고 들어가 간신히 몸을 누이네.
내 평생 긴 허리 굽히질 생각조차 안 했는데
오늘 밤은 다리 하나 시원하게 뻗기 어렵구나.
쥐구멍으로 연기가 새어 들어와 옻칠해놓은 듯 온통 시커먼데
초가집 봉창 처마 아래 어두워 날이 밝는지도 몰랐네.
그래도 비 오는 날 옷은 적시지 않았으니
떠나면서도 은근히 주인께 감사드리고 싶네.

이응수 대의

굽은 나무로 椽木(연목)⁵⁹⁾을 삼고 簷下(첨하)⁶⁰⁾가 움푹 들어앉은 시골집
에서 하룻밤 비를 피하려고 유숙했는데 방 크기가 쌀 한 말(一斗)의 용적
밖에 안 될만치 작은 곳 속으로 겨우 몸만 쑤셔 넣었다. 물론 평생 내

---

59) 椽木(연목): 서까래.
60) 簷下(첨하): 처마 밑.

긴 허리를 마음 놓고 펴고 자려는 생각은 안 하지만 오늘 밤엔 허리는커녕 다리도 마음 놓고 펴고 잘 수가 없다. 쥐구멍으로 연기가 스며들어 옻칠을 칠한 듯 까맣게 되었고, 봉창은 어찌나 어두운지 茅簷(모첨)[61]을 거쳐 온 햇볕이 비치지 않아 새벽이 오는 줄도 모를 지경이었다. 그러나 비록 하룻밤 의관을 적시는 것을 면하였음에 떠날 때 주인에게 다가가 정중하게 고맙다는 말 전하였다.

첨언

주인이 허락해 가난한 시골 초가집에서 비를 피해 하루 유숙하며 지은 작품으로, 가난한 촌가 모습과 집주인의 따뜻한 마음에 감사드리는 선비로서의 예의를 보여준 작품이라 하겠다. 초판에서 이 시의 제목이 「逢雨宿材家」로 되어 있다. 시의 내용을 보면 '材'는 植字 오류로 판단되어 '村'으로 정정하였다. 쌀 한 말(斗)은 20리터 정도 용적이니 사람 하나 눕기엔 무척 좁은 공간이다. 蓬窓(봉창)은 토담집 흙 창문에 붙여놓는 봉창을 의미해 李應洙는 까마귀처럼 검게 변한 창문(烏窓)이라 해석했다. 창문이 붙 때는 연기로 너무 검게 되어 처마 아래로 스며 들어오는 햇살을 볼 수 없어 날이 밝는 것조차 몰랐다 한다.

---

61) 茅簷(모첨): 새끼, 띠로 이은 처마.

3. 無題(四脚松盤粥一器, 사각송반죽일기)

四脚松盤粥一器
사 각 송 반 죽 일 기

天光雲影共徘徊
천 광 운 영 공 배 회

主人莫道無顏色
주 인 막 도 무 안 색

吾愛靑山倒水來
오 애 청 산 도 수 래

네 다리 솔 소반에 멀건 죽 한 그릇
하늘빛 구름 그림자 함께 어울려 아른거리네.
주인장은 도리가 아니라 조금도 미안해 마오.
나는 청산이 거꾸로 비친 물을 좋아한다오.

주해

天光雲影共徘徊라는 句는 「觀書有感(관서유감)」[62]이라는 漢詩 '半畝方塘一鑑開 天光雲影共徘
徊'의 一句를 차용한 것이다.

이응수 대의

이 絶句(절구)는 어디 가서 죽 한 그릇을 얻어 잡수며 지은 것이다. 네
다리 솔로 만든 밥상 위에 粥(죽) 한 그릇을 주는데 그 죽이 어찌나 멀건
지 天光(천광)과 雲影(운영)이 함께 그릇 속에 아른거려 배회하고 있다. 아

---

62) 觀書有感(관서유감): 중국 남송 시대 성리학 대가 朱熹(주희)가 '시를 읽는 기분'이란 주제로 지은 시. '半畝
方塘一鑑開 天光雲影共徘徊 問渠那得淸如許 爲有源頭活水來(반 이랑 네모진 못 거울 하나 펼치니, 하늘빛 구
름 그림자 함께 어울려 배회하네. 묻노니 어찌하면 저렇게 맑을 수 있는가, 땅속에서 샘물 콸콸 솟아 쏟아 내리기 때문이네.)'

마 푸른 산이 보이는 뜰에서 밥상을 받은 것 같다. 그러나 주인장이시여! 죽이 멀게 먹을 게 없다고 미안해하지 마시오. 나는 청산이 물속에 거꾸로 비쳐오는 자연의 경치를 사랑하오.

첨언

　가난한 살림에 쌀도 다 떨어져 어려운데 나그네 길손을 거절하지 않고 묽디묽은 죽 한 그릇이라도 정성스레 소반에 올려 대접하는 집주인의 갸륵한 마음이 정겹다. 초가집 앞마당에서 받은 소반 위의 멀건 죽에 비친 하늘과 구름이 푸른 산 위에 거꾸로 비치니 그 모습을 보고 지은 아름다운 시이다. 없는 살림에 쌀 몇 알이라도 묽게 풀어 죽 끓여 대접하는 주인의 정성에 선비로서의 禮(예)로 화답하는 시구의 아름다움이 마음에 깊이 와닿는다. 눈물겨울 정도로 인정미 넘치는 작품이다. 우리네 각박한 인생살이 사람 사는 모습이 모두 이와 같으면 좋겠다.

4. 開城人逐客(개성인축객)
- 개성 사람 나그네를 쫓아내네

邑號開城何閉門
읍 호 개 성 하 폐 문

山名松嶽豈無薪
산 명 송 악 기 무 신

黃昏逐客非人事
황 혼 축 객 비 인 사

禮義東方子獨秦
예 의 동 방 자 독 진

고을 이름이 개성인데 문은 왜 닫고
산 이름이 소나무 울창한 높은 산 송악인데 어찌 땔나무 하나도 없단 말인가?
해는 저물어 어두운데 나그네를 내쫓다니 사람이 할 짓인가?
동방예의지국에서 너 같은 놈이 홀로 되(중국 쌍)놈이로다.

이응수 대의

개성 성안으로 들어가 어느 집에서 하룻밤 자자 하니 그 집 주인이 나무가 없어 불을 못 때어 구들이 차니 다른 집으로 가라고 하니 쫓겨나며 지은 노래다. 邑豪(읍호) 이름이 開城(개성)인데 왜 대문을 꽁꽁 달아매어 逐客(축객)을 하는고? 집 뒤가 바로 솔나무가 많이 난다는 松嶽山(송악산)인데 나무가 없다니 웬 말이냐? 황혼에 逐客하는 건 사람이 할 짓이 아니니, 동방예의지국에서 너 혼자 진나라 진시황이었더냐?

첨언

개성 어느 집에 가서 하룻밤 잠자고 가길 청하였으나 주인이 집에 땔감이 없다고 거절하니 서럽기도 하고 화가 나 돌아서 침을 퉤 뱉으며 읊은 시이다. 고려 시대 도읍이었던 개성은 무역과 상업이 활발하였으나 아마 인심은 안 좋았나 보다. 철조망이 가로막혀 갈 수 없어 지금 인심도 박절한지 알 수는 없으나, 역사와 전통을 자랑하는 개성의 자존심은 아직 살아 있으리라. 여하튼 開城(개성)이 아닌 閉門(폐문)한 閉城(폐성)이라 의미한 것을 보며, 북한이 "우리의 존엄을 조금이라도 훼손하면 폐쇄해버리게 될 것이다"라고 위협하다가, 지난 2013년 4월 개성공단을 실제로 閉鎖(폐쇄)한 걸 보면 閉城(폐성)이 맞기는 맞는 것 같기도 하다. 逐客(축객)하는 인심 더러운 집주인을 이응수의 무소불위 秦[63]나라 秦始皇으로 해석하는 것보다는 중국을 비하해 부르는 '때놈' 혹은 '되놈'으로 해석하는 것이 문맥상 무리가 없을 것이다.

---

63) 秦(진)나라: 기원전 221년 진시황(秦始皇)이 중국을 최초로 통일하였으며 기원전 206년에 멸망한 나라. 중국의 英語 이름 'China'는 '진(Qin)'에서 유래되었으며, 되놈은 오랑캐 혹은 중국인의 비하어(卑下語).

5. 失題(실제)

- 제목을 잃어버린 詩

許多韻字何呼覓
허 다 운 자 하 호 멱

彼覓有難況此覓
피 멱 유 난 황 차 멱

一夜宿寢懸於覓
일 야 숙 침 현 어 멱

山村訓長但知覓
산 촌 훈 장 단 지 멱

허다한 韻字 가운데 하필이면 '멱' 字 韻을 띄우나?

먼저 멱도 어려운데 어찌 이번에도 '멱'인가?

하룻밤 먹고 자는 게 '멱' 자에 달렸고

이놈의 산골 훈장님은 아는 게 '멱' 字 하나뿐인가?

이응수 대의

第二句의 此覓의 覓은 글자 뜻 그대로 요구한다는 의미.

김립이 어디를 가서 하룻밤 자자 하니 주인이 '覓'이란 韻자를 내어놓으며 律을 지으면 청을 들어주겠다 한다. 그 주인이 부르는 韻字에 따라 응답한 절구이다. 허다한 운자가 있는데 하필 '覓' 자를 내었는가? 훈장은 韻 네 자를 전부 '覓' 자만 내려 불렀다. 하룻밤 잠자리가 이 '覓' 자한 자에 달렸으니, 이 산촌 훈장은 다만 '覓' 자밖에 모르는 모양이다. 金洪漢氏는 이 시를 김립의 작품이 아니라 하며 다른 시를 예로 보내었으나 김립은 같은 시의 소재를 여러 가지로 읊은 유품이 대단히 많으므로 이와 근사한 것이 따로 있다고 이것이 그의 작품이 아니라고 단정할 수도 없다.

이 시는 김립이 날이 저물어 어느 산골 서당에 가서 하룻밤만 재워달라고 서당 훈장에게 청했으나 훈장은 걸인 행색의 김립을 보고 허락할 생각이 전혀 없지만 그대로 거절해 보내기보다는 김립을 골탕 먹여 쫓아버릴 심사로 시의 韻자로 쓰지 않는 '찾을 멱(覓)' 자를 네 번이나 연속으로 내놓으며 시를 지으면 재워주겠다 했다. 김립은 훈장의 고약한 심보를 알아차리고 재치 있게 네 구절에 '覓' 자를 다 넣어 읊으며 '覓' 자 한 자밖에 모른다며 훈장의 현학적(衒學的) 태도를 꾸짖으며 지은 시이다. 훈장 요구대로 '覓' 자 시, 네 句(구)를 다 지었다. 이건 못하겠지 생각하며, '覓' 자 韻만 계속 불러 김립을 쫓아내려다 망신만 당한 훈장이 이런 조롱 시를 읊은 김립을 그래도 하룻밤 재워줬을까?

6. 還甲宴(환갑연)

彼坐老人不似人
피 좌 노 인 불 사 인

疑是天上降眞仙
의 시 천 상 강 진 선

其中七子皆爲盜
기 중 칠 자 개 위 도

偸得王桃獻壽筵
투 득 왕 도 헌 수 연

저기 앉은 노인 사람 같지 않구나.
혹시 하늘에서 내려온 진짜 신선일지도 모르지.
여기 있는 일곱 아들 너희 모두 도둑놈들이다.
왕도를 훔쳐 환갑잔치에 바쳤구나.

이응수 대의

김립이 남의 환갑연 잔치에 가서 밥 한 상 얻어먹기 위해 지은 노래이
며 주인이 韻을 부르니 김립이 '저기 앉은 노인(환갑연의 주인공)이 사람 같
지 않구나(彼坐老人不似人)'라고 읊었다. 그랬더니 그의 자식들이 화를 내
며, '사람 같지 않으면 무엇이냐? 짐승 같다는 말이냐?'라고 반박하였다.
이에 김립은 '하늘에서 내려온 신선인가 하노라(疑是天上降眞仙)'라 읊어 자
식들의 怒氣(노기)는 절대적 존칭에 풀려 버렸는데, 그 아래를 이어 김립
은 다시 '여기 아들 일곱 명 모두 도적이구나(其中七子皆爲盜)'라고 읊었다.
이에 아들들은 다시 한번 화를 냈다. 그러나 김립이 그 아래 句 '王桃(왕
도)를 도적질해다가 壽宴(수연) 잔치에 올렸다(偸得王桃[64]獻壽筵)'라며 마저
읊으니 그들은 모두 웃었다. 王桃(왕도)에 대해 민간에서 흔히 전하는 말

에 의하면 어린 복숭아나무의 첫 열매를 먹으면 장수하고 아이 없는 부인은 아이도 낳을 수 있다 하여 이런 복숭아가 어느 집에 있는 줄 알면 밤에 도적질해서라도 먹으려고 애쓴다는 것이다. 그리하여 그런 도적은 악으로 치지 않는 풍습이 있다.

첨언

욕이나 칭찬 한마디 안 하고 이렇게 품위 있게 사람들을 들었다 놨다 할 수 있을까? 조선팔도 걸식유랑하는 김립이 환갑연에 초대받았을 리 만무하고 아마도 만수무강 헌시(獻詩) 하나 올리고 밥술 얻어먹은 게 아닌가 생각한다. 배도 부르고 술기운도 오르니 장난기가 발동했는지 웃기는 시 한 수를 읊었는데, 환갑연의 주인공을 졸지에 '짐승'으로 만들었다가 곧바로 '신선(神仙)'으로 변신시키고, 아들들은 '도적(盜賊)'으로 만들었다가 '효자(孝子)'로 둔갑시킨다. 환갑연 주최 측 모두 김립이 시구를 한 줄 한 줄 읊을 때마다 치밀었던 화는 금방 함박웃음으로 변하고, 또다시 끓어오르는 분노는 금방 박장대소 환희로 바뀐다. 중국 전설 속 서왕모(西王母)의 반도(蟠桃) 복숭아까지 인용해가며 환갑연에서 아버지와 아들들 모두를 칭송하였으니 여기서 밥값, 술값을 어떻게 더 하겠는가? 여하튼 시를 읽어 내려가며 가슴 조마조마했는데 환갑연이 해피엔딩으로 끝나 필자도 기분이 좋다.

---

64) 王桃(왕도): 西王母(서왕모)의 복숭아, 西王母는 중국 道敎(도교) 전설에서 天界의 모든 女仙들을 감독하는 지위가 가장 높은 女神이며, 삼천 년에 한 번 익는 신비한 반도(蟠桃) 복숭아가 있는 蟠桃園(반도원)이라는 과수원을 갖고 있다 함. 이 반도 복숭아를 먹으면 不老長生(불로장생)한다고 전해 옴.

7. 貧吟(빈음)

- 가난을 읊다

盤中無肉權歸菜 廚中乏薪禍及籬
반 중 무 육 권 귀 채 　 주 중 핍 신 화 급 리

婦姑食時同器食 出門父子易衣行
부 고 식 시 동 기 식 　 출 문 부 자 역 의 행

밥상에 고기가 없으니 나물이 우쭐대고
부엌에 땔감이 없으니 울타리에 화가 미치네.
며느리와 시어미는 한 공깃밥 나눠 먹고
집 밖에 나갈 때 아비 아들 옷을 바꾸어 입는구나.

주해

廚(주) 부엌. 薪(신) 땔나무. 籬(리) 울타리, 대나무.

이응수 대의

어찌도 貧寒(빈한)한지 밥상에 고기란 조금도 없이 채소만 잔뜩 있고,
부엌에 나무가 없어 울타리까지 모조리 헐어 때는구나. 며느리와 시어머
니가 한 그릇에서 밥을 먹고 아비와 아들이 출입할 때에는 옷이 없어 한
벌을 가지고 서로 교대로 바꾸어 입고 다니는구나.

첨언

6·25 전쟁 전후를 살아본 세대들은 이 「빈음(貧吟)」 시에 어느 정도 공
감하리라 생각된다. 너무 가난하고 누추하게 살아 하루하루 먹고사는

것을 해결하는 게 우선순위이지, 인생이나 배고픔을 한탄할 심적 여유조차 없었다. 필자처럼 북한에서 피난해 월남한 사람들의 경우 끼니를 거를 때도 많았으며 가난한 생활을 당연시 받아들이며 살았다. 먹을 게 풍부하고 잘살게 된 지금 그때를 돌이켜 생각해보면 오히려 그때가 그리울 때가 있다. 쌀이 없어 군대 전투식량인 밀가루 육군건빵과 어쩌다 미군부대에서 얻은 돌덩이같이 딱딱한 우유를 부숴 먹으며 끼니를 때우고 조그만 방에 가족들 모두 모여 오순도순 얘기 나누다 잠들면 잠결에 머리맡 요강을 걷어차 쏟아 어머니께 야단맞던 생각이 난다. 그때가 그리운 건 부유하지는 않았지만, 근심 걱정이 없었기에 그런가 보다. 중국 명나라 때 선비 홍자성(洪自誠)[65]이 은둔생활을 하며 '풀뿌리 씹어가며 들려주는 이야기'인 『채근담(菜根譚)』에 '많이 가진 자는 많이 잃는다. 그러므로 부유함이 가난하면서 근심 걱정 없는 것만 못함을 알 수 있겠다(多藏者는 厚亡하나니 故로 知富不如貧之無慮요 - 菜根譚 後集 53)'라는 말이 있다. 가난하고 천하게 살지라도 마음만 편하면 부자보다 낫다는 얘기다. '婦姑食時 同器食 出門父子易衣行' 해석은 너무 가난해 고부(姑婦)간에 밥그릇 하나 갖고 먹고, 父子간에 옷 한 벌 바꿔 입는다는 가난함을 읊었겠지만, 또 한편으로는 그만큼 姑婦간에, 父子간에 허물이 없어 밥그릇과 옷까지 서로 함께 나눈다고 해석하면 너무 무리일까?

---

65) 홍자성(洪自誠): 중국 명나라 말기 선비로 본명은 洪應明(홍응명). 『菜根譚(채근담)』을 저술함. 『菜根譚』은 인생을 지혜롭고 의미 있게 살기 위한 일종의 인생살이 지침서로 평가된다.

8. 艱飮野店(간음야점)
- 시골 주점에서 어렵게 한잔하며

千里行裝付一柯
천 리 행 장 부 일 가

餘錢七葉尙云多
여 전 칠 엽 상 운 다

囊中戒爾深深在
낭 중 계 이 심 심 재

野店斜陽見酒何
야 점 사 양 견 주 하

천 리 길 머나먼 길 지팡이 하나에 의지하고
남은 돈 엽전 일곱 개가 오히려 많구나.
내 너에게 보따리 속 깊숙이 있으라 했거늘
석양길 외딴 주막에서 술을 보았으니 난들 어쩌겠나?

이응수 대의

千里行裝(천리행장)이 오로지 短杖(단장) 하나인 내 신세에 남은 돈 葉錢(엽전) 일곱 닢이 전 재산인데 보따리 속에 있는 너 엽전에게 내 간곡히 경계하노니 쓸데없이 머리를 내밀지 말고 보따리 깊숙이 들어가 있거라. 해는 저물어 길거리 주막에 갔을 때 네가 없으면 술 한 잔도 못 사 먹을 것이로다.

첨언

죽장에 삿갓 쓰고 등에는 괴나리봇짐 보따리 하나. 남은 돈이라고는 보따리 속 엽전 몇 닢. 해 저문 노을 길 가다 주막을 지나는데 술 냄새가 솔솔. "에라, 모르겠다. 나중에 어찌 되건 일단 한 잔 마시고 보자!" 주막으로 들어서는 김삿갓 모습이 그림 그려진다. 주머니 사정상 술고래처럼 술을 계속 마실 수야 없겠지만, 참새가 방앗간 그냥 지나치지 못하듯 무척 술을 즐기는 애주가였나 보다. 한 푼짜리 엽전 일곱 닢66)이라면 요새 돈 만 원도 안 되지만 그게 전 재산인데 그 소중한 돈으로 술을 마셔 버리다니. "석 잔 마시면 대도(大道)로 通(통)하고 술 한 말 마시면 自然(자연)과 하나가 된다"고 했으니, 그날 밤 김삿갓은 주머니 사정상 아마 석 잔 정도만 마시고 대도(大道)에 이르지 않았을까? 酒仙 李白67)이 달밤에 혼술하며 읊은 月下獨酌 詩 한 구절 옮긴다.

三杯通大道
삼 배 통 대 도

一斗合自然
일 두 합 자 연

술 석잔 마시니 大道로 通하고

술 한 말 마시니 自然과 하나가 되는구나.

---

9. 自傷(자상)

- 처량한 내 신세

哭子靑山又葬妻
곡 자 청 산 우 장 처

風酸日薄轉凄凄
풍 산 일 박 전 처 처

忽然歸家如僧舍
홀 연 귀 가 여 승 사

獨擁寒衾坐達鷄
독 옹 한 금 좌 달 계

청산에 묻힌 아들 위해 哭을 하고 또 아내마저 장사 치르는구나.

매서운 바람 저무는 해에 더욱 더 처량하네.

넋을 잃고 집에 오니 쓸쓸하기가 꼭 절간 같네.

홀로 차디찬 이불 안고 새벽닭 울 때까지 앉아 있네.

주해

日薄=日暮, 날이 저물 무렵.

이응수 대의

아들을 청산에 묻고 곡한 지 얼마 안 되었는데 또 마누라를 喪(상)을
치렀네. 찬바람은 매섭고 날이 저무니 더욱더 쓸쓸하다. 홀연히 집에 오
니 마치 절간 골방 같은 곳에서 홀로 찬 이불 안고 닭이 울 때까지 멍청
하게 앉아 있네.

　아들을 청산에 묻고 곡을 한 지 얼마 안 되어 아내까지 장사(葬事) 치르고 나니, 바람은 왜 이렇게 매섭게 몰아치나? 해는 저물어 처량하기 그지없는데, 넋 놓고 걷다 보니 어느덧 내 집인데 쓸쓸하기 짝이 없네. 꼭 절간 같구먼. 홀로 차디찬 이불 뒤집어쓰고 멍청히 앉아 새벽닭 울기만 기다리네. 졸지에 아들과 아내를 모두 잃고 밤바람 스산한 절간같이 쓸쓸한 방에 홀로 멍청히 앉아 있는 어떤 홀아비의 가엾은 모습을 읊었다. 폐족당한 몰락 양반 자손으로 벼슬길도 막히고 멸시받는 인생살이 못 견뎌 처자 모두 버리고 절이 아닌 속세(俗世)로 탈속(脫俗) 아닌 脫俗을 하여 조선팔도 떠돌다 객지 타향 어느 집 골방에서 차디찬 이불 뒤집어쓰고 멍청히 앉아 새벽닭 울기만 기다리고 앉아 있는 자기 자신의 모습이 너무 처량하고 가여워 읊은 自嘆詩(자탄시)인 것 같기도 하다.

10. 贈還甲宴老人(증환갑연노인)

- 환갑노인에게 드림

可憐江浦望
가 련 강 포 망

明沙十里連
명 사 십 리 연

令人個個拾
영 인 개 개 습

共數父母年
공 수 부 모 년

가히 아름다운 강가에서 바라보니
강가의 고운 모래 십 리나 이어졌네.
저 강포의 명사십리 모래알 하나하나 줍게 하여
부모님의 연세도 모래알처럼 헤아릴 수 없을 만큼 많길 바라오.

주해

憐(련)은 美(미)의 의미. 共=其.

이응수 대의

어느 환갑연에 가서 자식들의 부탁을 받고 그들이 부르는 대로 韻에
和答하는 句이다. 可憐江浦望(가히 아름답다 江浦를 바라보니) 그다음 '連' 字
韻에 明沙十里連라 하였다. 여기까지는 환갑연을 받는 주인공 노인과 상
관이 없는 말 같다. 그러나 그 아래를 보라. 사람들에게 저 십 리나 이어
진 江浦(강포)의 明沙(명사)를 한 알 한 알 주워 당신 부모의 연세를 세게
하시오. 그 모래알 수가 한량없으니 당신의 부모님 연세도 그와 같이 한

량없기를 바랍니다.

'可憐江浦' 句는 杜子美[68]의 '可憐江浦望' 見洛橋人의 句를 차용하였다.

첨언

김립이 한 끼 잘 해결할 요량으로 어느 환갑연에 가서 눈치 보며 앉는다. "당신 뉘시오?" 물으니 "지나가는 나그네요. 글은 좀 합니다"라고 김립이 대답한다. 자식들이 "그러면 韻 두 字를 부르면 그에 합당한 시를 한번 지어보시오"라고 청한다. "明沙十里連"할 때까지만 해도, 자식들 "뭔 시가 이래? 우리 아버지 환갑연이랑 상관이 없잖아!"라고 실망하는 순간 김립은 기가 막힌 반전을 일으킨다. "明沙十里 모래 한 알 한 알 다 주워 그 숫자만큼 아버님 오래오래 사시길 바랍니다." '共'을 '其'라 번역하였는데, 문맥상 '共'을 '모두', 또는 '모든'이라고 번역할 수도 있다. 두보의 시까지 인용하며, 자식들의 부모님 만수무강을 빌어주었으니 밥값은 제대로 한 듯싶다. 중국 唐宋시대의 詩仙 두보(杜甫)의 시에서 차용하였다 하였는데, 송지문(宋之問)[69]의 詩에서 차용했다고 보는 게 타당하다. 宋之問이 귀양길 떠나며 낙양(洛陽)을 지나다 지은 「도중한식(途中寒食)」이라는 시를 보면 다음과 같은 구절이 있다.

途中寒食(도중한식, 길을 가는 중 한식[70]날을 맞다)

馬上逢寒食
마 상 봉 한 식

途中屬暮春
도 중 속 모 춘

---

68) 杜子美(두자미): 중국 唐나라 詩聖 杜甫(712~770)를 말함. 杜甫의 字는 子美.

69) 宋之問(송지문): 중국 唐나라 詩人(656~712) 측천무후가 아끼던 시우(詩友). 귀양 길 가던 중 낙양(洛陽)성에 이르렀는데 낙양교(洛陽橋) 위에는 반기는 친구 하나 보이지 않음을 한탄한 시.

70) 寒食(한식): 설날·단오·추석과 함께 4대 명절의 하나로 음력 2월 또는 3월에 든다. 중국의 옛 풍속으로 이날은 비바람이 심하여 불을 금하고 찬밥을 먹어야 한다 해서 '寒食'이라 이름하였다.

可憐江浦望
가 련 강 포 망

不見洛橋人
불 견 락 교 인

(以下 略)

말 위에서 한식날을 맞으니

먼 길 오는 중에 이미 늦봄이로구나.

강 포구를 바라보니 내 마음이 가련한데

낙양교위 위에는 반기는 사람 하나 안 보이네.

(이하 생략)

주해

暮(모) 저물다, 해 질 무렵.

3장

人物 篇

인물 편

1. 多睡婦(다수부)

- 잠꾸러기 아낙네

西隣愚婦睡方濃 不識蠶工況也農
서 린 우 부 수 방 농　부 식 잠 공 황 야 농

機閑尺布三朝織 杵倦升糧半日春
기 한 척 포 삼 조 직　저 권 승 량 반 일 춘

弟衣秋盡獨稱搗 姑襪冬過每語縫
제 의 추 진 독 칭 도　고 말 동 과 매 어 봉

蓬髮垢面形如鬼 偕老家中却恨逢
봉 발 구 면 형 여 귀　해 로 가 중 각 한 봉

이웃집 어리석은 아낙네 낮잠에 곯아떨어졌네. 누에치기도 모르는데 농사지을 줄을 어찌 알겠나?

베틀은 늘 한가로이 놔둬 베 한 자 짜는 데 사흘 걸리고 절구질도 게을러 반나절에 식량 한 되나 찧겠나?

아우 옷은 가을이 다 가도록 말로만 다듬질하고 시어미 버선 꿰맨다는 말만 하며 겨울 보내네.

헝클어진 머리 때가 낀 더러운 얼굴은 귀신같아 허구한 날 함께 사는 식구들이 잘못된 만남을 한탄하네.

주해

方濃(방농) 바야흐로 깊이 빠지다. 機(기) 베틀. 척(尺) 자, 30.303 ㎝. 布(포) 베. 杵(저) 절굿공이. 倦(권) 게으르다. 升(승) 되(부피의 단위, 약 1.80리터). 搗(도) 다듬다. 襪(말) 버선. 縫(봉) 꿰매다, 깁다. 蓬髮(봉발) 흐트러진 머리. 垢(구) 때, 더러운. 偕老(해로) 함께 늙어감. 逢(봉) 만나다.

인가의 愚婦(나부) 나태하기가 짝이 없다. 지금 바야흐로 午睡(오수)가 밀려온다. 蠶工(잠공, 누에치기 일)을 모르니 농사일을 알 리가 없다. 베틀 (機)은 늘 한가하여 베 한 자 짜는 데 삼 일 걸리고, 杵(저, 절구공이)는 느리게 돌려 쌀 한 되 반나절 걸려 찧는다. 동생들의 옷은 가을이 다 가도록 손도 안 대다가, '옷 다듬질은 내가 해야지.' 오로지 말 뿐이다. 媤母 (시모)의 버선은 겨울이 다 가도록 보지도 않으면서, 늘 '바느질을 해야겠다'라며 떠든다. 蓬髮(봉발)과 때 묻은 모습이 꼭 귀신같아 百年을 偕老(해로)해야 할 이 가족은 새삼스레 이 愚婦(나부)를 맞게 된 것을 한탄하여 마지않는다.

이런 며느리한테 꾸지람 주는 시어머니는 두들겨 맞는 수가 있으니 조심해야 한다. 이 착한 가족들 말도 제대로 못 하고 한탄만 하는 게 아닐까? '시동생 옷 다듬고 시어머니 버선 손질하는 건 내 일이야!'라 입으로라도 떠들어대니, 말이라도 그렇게 해주어 고맙게 생각하나 보다. 그런데 이 시에 등장은 안 하지만 이 집 남편도 문제가 있지 않나? 자고로마누라는 '예뻐해 주면 실제로 예뻐진다'라고 조언해주고 싶다. 부부가 잠은 같이 자야지 귀신 산발한 마누라랑 어떻게 밤을 함께 보낼 수 있나? 남편이 마누라 얼굴 좀 씻어 주는 게 좋겠다. '西隣(서린)'은 초판·증보판에서 '西'를 굳이 번역하지 않고, 그냥 '이웃집(隣家)'으로 번역한다. 게으르고 추잡한 여자를 더 심하게 꾸짖는 작품 나부(懶婦) 두 수가 계속이어져서 그런지, 김립이 월북 후 1956년 저술한 『김삿갓 풍자시 전집』에서 이 시는 빠져 있다.

2. 懶婦 其一(나부 1)

- 게으른 아낙네 1

無病無憂洗浴稀 十年猶着嫁時衣
무 병 무 우 세 욕 희　십 년 유 착 가 시 의

乳連褓兒謀午睡 手拾裙蝨愛簷暉
유 연 보 아 모 오 수　수 습 군 슬 애 첨 휘

動身便碎廚中器 搔首愁看壁上機
동 신 변 쇄 주 중 기　소 수 수 간 벽 상 기

忽聞隣家神賽慰 柴門半掩走如飛
홀 문 인 가 신 새 위　시 문 반 엄 주 여 비

병도 없고 걱정도 없고 목욕은 거의 안 하고 십 년 전 시집올 때 그 옷 그대로 입고 있네.

강보의 아기가 젖 물린 채로 낮잠이 드니 치마 걷어들고 햇볕 드는 처마로 와 이를 잡네.

몸을 움직였다 하면 부엌 그릇 깨고 벽에 베틀 바라보면 시름겹게 머리만 긁적대네.

뜻하지 않게 이웃집에서 굿한다는 소문 들으면 사립문 반쯤 닫아 놓은 채 닫고 쏜살같이 달려가네.

주해

猶(유) 오히려, 마치, 지금도 역시. 嫁(가) 시집가다. 便=문득. 褓兒=강보에 싼 幼兒. 懶婦=怠婦. 褓(보) 포대기. 裙(군) 치마. 暉(휘) 빛, 광채. 搔(소) 긁다. 賽(새) 굿. 掩(엄) 문을 닫다, 가리다.

이응수 대의

　병도 없고 근심 걱정 없는 게으른 아낙네. 목욕도 드물게 하여 추하기 짝이 없는데 그 위에 의복도 십 년을 하루같이 시집올 때 입고 온 옷 그대로 입고 새 옷은 만들어 입지 않는다. 강보의 아기에게 젖을 물리고 늘 낮잠을 즐기고 속옷의 이(蝨)를 잡으려고 햇볕 내리쬐는 처마 밑으로 가서 앉는다. 몸을 움직이면 부엌의 그릇을 깨고 벽에 걸린 베틀을 보며 '언제나 베를 짜나?'하고 근심스레 머리를 긁는다. 그러다가도 홀연히 이웃집에서 굿이 있으면 문을 절반 열어젖히고 飛鳥走馬(비조주마)처럼 달려간다.

첨언

나태한 시골 아낙네의 일상을 희화적으로 재미있게 묘사했다. 마을 어느 집에 굿이라도 있다 하면 젖 먹는 아이조차 제쳐놓고 쏜살같이 달려간다. 무당 굿 음식이라면 떡, 고기, 쌀, 부침개는 준비되어 있을 것이니, 공짜 음식으로 배 채우려 쏜살같이 달려갔을 것이다.

3. 懶婦 其二(나부 2)
- 게으른 아낙네 2

懶婦夜摘葉
나 부 야 적 엽

廚間暗食聲
주 간 암 식 성

纔成粥一器
재 성 죽 일 기

山鳥善形容
산 조 선 형 용

게으름뱅이 아낙네가 밤에 나물 잎사귀 따서
부엌에 남몰래 들어가 먹는 소리 들리네.
겨우 죽 한 그릇 쑤어 몰래 먹는 소리가
마치 산새가 후루룩 날아가는 소리 같네.

주해

摘(적) 과일 등을 따다, 악기를 뜯다. 廚(주) 부엌. 纔(재) 겨우. 粥(죽) 죽.

이응수 대의

懶婦(나부)가 야반에 山菜(산채)를 얼마간 뜯어다가 겨우 죽 한 그릇 만
들었다. 그것을 집에 있는 사람들 몰래 부엌에서 혼자 후루룩후루룩 조
용히 먹는 소리가 마치 산새가 훨훨 날아가는 소리 같다며 그 모습을 잘
묘사했다.

懶婦(나부) 첫 번째 시와 마찬가지로 남이 알까 두려워 야밤에 부엌에서 나물죽 한 그릇 쑤어 몰래 먹는 소리를 산새들이 후루룩후루룩 날아가는 소리 같다며 읊은 시이다. 게으르거나 추한 모습을 묘사하지 않았으니 懶婦(나부)라는 시제는 적합하지 않은 듯하다. 차라리 貧婦(빈부)라 하였으면 좋았으리라는 생각이 든다. 조선 말기 가뭄으로 인한 기근으로 먹을 곡식이 없어 산나물 뜯어다 그것도 가족들한테 들키지 않으려고 한밤중 부엌에서 홀짝홀짝 숨죽이며 몰래 홀로 먹는 며느리의 모습이 가련하다.

4. 喪配自輓(상배자만)

- 아내를 장사지내며 스스로 애도하다

遇何晚也別何催 未卜其欣只卜哀
우 하 만 야 별 하 최 미 복 기 흔 지 복 애

祭酒惟餘醮日釀 襲衣仍用嫁時裁
제 주 유 여 초 일 량 습 의 잉 용 가 시 재

窓前舊種少桃發 簾外新巢雙燕來
창 전 구 종 소 도 발 염 외 신 소 쌍 연 래

賢否卽從妻母問 其言吾女德兼才
현 부 즉 종 처 모 문 기 언 오 녀 덕 겸 재

만남은 어찌 그리 늦은데 이별은 왜 이리 빠른지 그 기쁨 맛보지도 못하고 슬픔만 맞는구나.

제주는 초례 제사 날 빚은 남은 술이고 수의 옷은 시집올 때 지은 옷 그대로 썼고

창문 앞의 오래된 작은 복숭아나무에 꽃이 피는데 주렴 밖의 새로운 둥지엔 제비 한 쌍이 돌아왔구려.

그대 어진 사람이었던가 장모님께 여쭤보니 그 말씀에 내 딸은 재와 덕을 겸하였다 하시네.

주해

喪配 (상배) 상처를 점잖게 일컫는 말. 輓(만) 애도하다. 催(최) 재촉하다. 卜(복) 점치다. 欣(흔) 기뻐하다. 只(지) 다만. 醮(초) 제사를 지내다. 釀(양) 술, 술을 빚다. 襲衣(습의) 수의, 장례에 시체에 입히는 옷. 仍(잉) 인하다. 簾(염) 주렴, 발. 巢(소) 집, 보금자리, 새 둥지. 燕(연) 제비, 잔치.

이응수 대의

취한 지 얼마 안 되는 아내의 喪(상)을 체험한 남편을 대신해 지은 노래다. 相逢(상봉)하기는 어찌 그리 늦었으며 이별은 어이 그리 催促(최촉, 재촉함)하게 되었는고? 그대를 위한 祭酒(제주)는 그대 婚日(혼일)에 쓰다 남

은 그 술을 쓰고 그대 喪衣(상의)는 그대 嫁時(가시, 시집올 때) 지어 입고 온 의복 그대로 썼다. 창문 앞 작은 복숭아나무엔 桃花(도화)가 만발하고 簾外新巢(염외신소)에는 한 쌍의 제비가 와서 지저귀니 모두가 그대를 그리게 하는 정경뿐이다. 너무 빨리 세상을 떠나 슬퍼하며 그대 모친에게 물으니 "내 딸은 才德(재덕)을 겸비하였노라"라고 말씀하시네.

첨언

김삿갓이 어느 고을 지나다가 장가든 지 얼마 안 된 남자가 죽은 아내를 위해 喪(상)을 치르는 모습을 보고 지은 시인데 마치 상여 글(輓詞, 만사)처럼 애절하다. 제사 술은 혼례 치를 때 함께 마셨던 합환주(合歡酒)[71] 남은 술이고, 수의는 시집올 때 지어 입고 온 그 옷 그대로 입혔다. 창문 앞 복숭아나무 꽃은 만발하고 제비도 쌍쌍으로 지저귀는데 어찌 그대는 이리 일찍 떠나 나만 홀로 남았는가? 제비(燕, 연)는 한반도와 중국에서 은혜에 보답하는 '보은(報恩)의 새'라는 구비설화가 전해 오고 있으며, 조선족 민담 구술가인 연변의 조선족 김덕순의 제비 보은에 관한 구술을 바탕으로 발간된 『흥부전, 연변교육출판사(1955)』에 의해 우리에게 잘 알려져 있다. 뱀에게 쫓기다 땅에 떨어져 상한 다리에 흥부는 약을 발라주고 제비 둥지에 넣어준다. 회복된 제비는 가을이 되어 강남으로 날아간다. 이듬해 봄에 제비가 돌아와 흥부 집 앞뜰에 박씨 하나를 떨어뜨리고 간다. 흥부는 그 박씨를 심었는데 가을이 되자 그 박씨가 잘 자라서 넝쿨을 타고 초가집 지붕에 주렁주렁 박이 열렸다. 흥부가 박을 톱질해 여니 금은보화 오색구슬이 쏟아져 나오고, 흥부의 형인 심술궂은 놀부는 샘이 나서 제비 둥지를 막대기로 쑤셔대어 일부러 제비의 다리를 다치게 한 후 동생이 한 것처럼 약을 발라주고 강남으로 보낸다. 이듬해 제비가 떨어뜨린 박씨를 심고 열린 다음 열어보니 독사뱀이 우르르

---

71) 합환주(合歡酒): 혼례 때 합환(合歡, 잠자리를 함께함) 하기 전 신랑 신부가 마시는 술.

쏟아져 나왔다는 권선징악 내지는 결초보은(結草報恩)의 제비에 관한 민담이다. 혼례를 치른 지 얼마 되지도 않았는데 아내의 상(喪)을 치른 홀아비가 툇마루 발을 들어 앞뜰을 보니 나무 위의 제비 둥지(燕巢, 연소)에 제비 한 쌍이 강남에서 돌아와 있다. 흥부에게 은혜를 갚은 제비처럼 이 제비들도 이 외로운 홀아비를 위로해주고 복을 주었길 바라는 마음이다. 애절한 사연을 담은 한 폭의 喪家(상가)집 정경(情景)을 담은 민속화를 보는 듯하다.

5. 可憐妓詩(가련기시)

- 기생 가련에게 바치는 노래

可憐行色可憐身 可憐門前訪可憐
가 련 행 색 가 련 신　가 련 문 전 방 가 련

可憐此意傳可憐 可憐能知可憐心
가 련 차 의 전 가 련　가 련 능 지 가 련 심

가련한 행색의 가련한 몸이 가련의 집 문 앞에 가련을 찾아왔네.

가련한 이 내 뜻을 가련에게 전하면 가련도 능히 가련한 이 마음 알아주겠지.

이응수 대의

이 시는 '가련(可憐)'이라는 기생에게 가련한 정(情)을 소(訴)하는 노래이다. 이 가련의 두 의미를 더 명확하게 명시하여 보면 다음과 같다.

可憐行色可憐身
가 련 행 색 가 련 신

가련한 행색의 가련한 몸의 가련

可憐(妓名)門前訪可憐(妓名)
가 련　　　문 전 방 가 련

가련의 집 문 앞에서 가련을 찾았다.

可憐此意傳可憐(妓名)
가 련 차 의 전 가 련

가련한 이 마음 가련에게 전하면

可憐(妓名)能知可憐心
가 련　　　능 지 가 련 심

필연코 가련은 내 마음을 알아줄 것이다.

시의 연(聯)마다 '가련하다'라는 형용사 '가련'과 사랑하면서도 떠나야
했던 기생의 이름 '가련'의 두 의미 가련을 적절히 배치하며 읊었다. 김삿
갓이 금강산 불영암(佛影庵)의 공허 스님한테도 들었고, 방랑길에 하룻밤
신세 진 어느 시골집의 주인 노파도 함흥에 가거든 '가련'이란 가련한 여
인을 꼭 한번 만나보란 얘기를 듣고 끓어오르는 흠모의 정을 달랠 길 없
어 함경도 단천에 달려가 한동안 머물며 기생 '가련'을 만나 사랑을 나눈
다. 나중에 알고 보니 공허 스님과 노파가 '가련'의 부모였다는 사실을 알
고 김삿갓은 가련한 '가련'의 손을 놓고 다시 방랑길을 떠난다. 1970년대
대한민국의 대표적 록 기타리스트이며 싱어송라이터 신중현은 「가련기
시」라는 노래를 연주하고 노래한 앨범을 발매한 바 있다.

可憐門前別可憐
가 련 문 전 별 가 련

可憐行客尤可憐
가 련 행 객 우 가 련

可憐莫惜可憐去
가 련 막 석 가 련 거

可憐不忘歸可憐
가 련 불 망 귀 가 련

가련과 문 앞에서 이별하려니 가련하구나.
가련이 나그네를 떠나보내니 더욱 가련하구나.
가련아! 가련하게 떠난다고 슬퍼 말아라.
내 가련이를 잊지 않고 가련이에게 반드시 돌아오리라.

이별 시에서 약속했듯이 김삿갓은 다시 돌아왔지만 '가련'은 기다리다
이미 병들어 죽은 후였다. '가련'의 무덤을 찾아 눈물 흘리며 넋을 위로
하는 시를 읊는다.

一別從後豈堪忘
일 별 종 후 개 심 망

汝骨爲粉我旨霜
여 골 위 분 아 지 상

(後略)

헤어진 후 어찌 잊었을까마는

그대는 백골 나는 백발

(후략)

첨언

김삿갓은 팔도 걸식유랑하며 여인도 많이 사귀었나 보다. 안변(安邊)에
들러 옛 情人을 찾았지만 그 女人은 이미 세상을 떠난 후였고(鶴城訪美人不
見, 학성방미인불견), 「秋風訪美人不見(추풍방미인불견, 가을바람 부는 어느 날 옛 情
人을 찾았으나 볼 수가 없네)」이라는 시에서도 '汝骨爲粉我首霜(여골위분아수상,
그대는 이미 백골이 진토가 되었고 내 머리는 백발이 되었소)'라는 같은 의미의 구
절이 있다. 모든 시의 옛 情人이 '可憐'이라는 妓女 동일인인지 아니면 각
기 다른 여인인지 알 수는 없다. 여하튼 무일푼 乞食過客인데도 여인들
의 옷고름 푸는 情(衿開情)과 치마를 벗게 하는 情(脫裙情)은 많았나 보다.

6. 老嫗(노구)

臙脂粉等買耶否 冬柏香油亦在斯
연 지 분 등 매 야 부 동 백 향 유 역 재 사

老嫗當窓梳白髮 更無一語出門遲
노 구 당 창 소 백 발 갱 무 일 어 출 문 지

연지분 안 사실라우? 동백기름 향유도 있어요.
노파는 백발을 빗으면서 한마디 대꾸도 없이 문도 안 열어보는구나.

주해

耶(야) 어조사, 어세를 돕는 의문사. 斯(사) 이것, 어조사, 사물을 가리키는 대명사. 梳(소) 빗,
머리를 빗다.

이응수 대의

화장품 행상이 밖에서 "臙脂紛(연지분) 안 사실라우? 東柏(동백)기름 香
油(향유) 다 있소!"라고 떠들어대어도, 노파는 창 앞에 앉아 백발을 빗질
하며 "그런 것 나 같은 白髮老틀[72]에게는 다 소용없어!"라며 들은 체 만
체 문밖으로 나가는 척해도 한마디 말대꾸도 없다.

첨언

1960년대까지만 해도 집집마다 돌며 화장품을 파는 행상(行商)들이 있
었는데 초기에는 주로 나이 든 할머니들이어서 '아파(牙婆)[73]'라고도 불렀

---

72) 老틀: 사라진 과거의 속어로 쓸모없는 늙은이를 지칭하는 평안도 사투리로 '노털'을 의미.

73) 아파(牙婆): 방물장수(牙 어금니 아, 婆 할머니 파).

다. 70세 정도 연세 드신 분들은 '코티분(Coty분)', '동동구리무(cream)' 등 화장품을 팔러 다니던 방물장수들에 관한 기억이 있으리라. 당시 여염집 아낙네들은 거의 이들 방물장수를 통해 화장품을 구했다. 결혼 중매도 해주고, 옆집 개똥이네 집에서 무슨 일이 있었는지도 전해주며 그 당시 방물장수들은 실시간 정보 전달·배포 역할을 톡톡히 했다. 그 당시 여자라면 화장품을 보여주면 눈이 번쩍 뜨일 텐데 화장품 방물장수가 왔는데도 백발의 노파가 아무런 반응이 없다는 것은 여성으로서의 의미를 상실했다고 보고 읊은 시이다. 봉건체제 아래에서 겉으로는 일부일처제였지만, 왕은 물론 양반, 심지어는 상놈마저 첩을 두는 처첩 시대에 처나 첩들이 여성으로서 의미를 가질 수 있는 유일한 방법은 후사를 잇게 해주는 아이의 출산이었다. 여성은 일단 아이를 출산하면 한낱 무용지물로 되며 늙어간다. 김삿갓 자신의 처에 관한 얘기는 자세히 전해지지 않지만 아마도 비슷한 삶을 살았을 것이다. 더럽고 게으르고 쓸모없는 여인들을 시의 주제로 많이 택한 김삿갓은 다른 한편으로는 기생, 처녀, 과부, 심지어는 청상과부까지 희롱하며 애정행각을 벌인다. 전통적인 가부장적 남존여비 체제하에서 대놓고 겁 없이 '나 이런 놈이요'하는 듯해 무척 파격적이다. 물론 남녀관계는 서로 상호적이니 무어라 비판할 수는 없지만, 그래도 몰락해가는 봉건사회와 선비들에게 남성의 존재감을 어느 정도 세워주지 않았나 하는 생각도 든다. 늙어 여성으로서의 의미도 상실하고 무기력한 노파의 모습에 측은지심이 생긴다.

7. 贈妓(증기) - 기생에게 시로 화답하다

却把難同調 還爲一席親
각 파 난 동 조 환 위 일 석 친

酒仙交市隱 女俠是文人
주 선 교 시 은 여 협 시 문 인

太半衿期合 成三意態新
태 반 금 기 합 성 삼 의 태 신

相携東郭月 醉倒落梅春
상 휴 동 곽 월 취 도 락 매 춘

처음 만났을 때는 어울리기가 어렵더니 자리 한번 함께하니 가까운 사이가 되었네.

주선(酒仙)이 시은(市隱)과 교분을 나누는데 이 여인 협객은 문장가일세.

옷고름 풀어 가며 정을 통하려는 뜻을 서로 거의 알았을 때 여인의 자태와 술잔에 비친 여인의 모습과 달에 비친 세 모습이 자못 새롭네.

서로 손 잡고 달빛 따라 동쪽 성곽을 거닐다 매화꽃 떨어지듯 술 취해 쓰러지네.

주해

却(각) 물리치다. 把(파) 잡다. 市隱(시은) 도읍에서 세상을 피해 사는 은둔자. 衿(금) 옷고름, 옷 깃. 太半(태반) 거의. 郭(곽) 성곽.

이응수 대의

처음에는 이 기녀와 나와 함께하여 어울리기가 어렵더니, 여러 번 대하는 사이에 함께 있을 정도로 가깝게 되었다. 酒仙(자신)은 市外의 隱士(은사)와 교제하기를 즐기는데 마침 이 여장부 俠士(협사)는 문장객이로구나. 옷고름 푸는 정(衿期情)에 이르렀을 때 그녀의 酒酌(주작, 술을 따르다)하는 얼굴 모습과 그녀의 달에 비친 그림자와 또 술병에 어린 그의 얼굴 그림자와 세 모습이 함께 어우러져 자못 새롭다. 그 여인을 데리고 동쪽 성곽 아래 달빛을 찾아 서로 끼고 나아가 이윽고 술에 취하여 매화꽃 떨어지는 봄날 그녀를 안고 쓰러지도다.

주해

成三(성삼) 얼굴과 自己의 달그림자와 술잔에 어린 얼굴 그림자의 셋. 衿期(금기) 通情(통정)하는 은밀한 때.

첨언

술을 즐기는 시객(詩客)이 아름다운 기녀(妓女)와 대작하며 시로 서로 화답한다. 밝은 달이 훤히 비치는 봄날 밤에 취흥을 즐기는 시이다. 주선(酒仙)은 술을 즐기는 김삿갓 자신을 가리키며 시은(市隱)은 도회지에 살면서도 속세를 떠난 은자(隱者)같이 지내는 기녀를 가리킨다. 달그림자마저 회화적으로 의인화시켜 세 사람이 되었다며 멋있게 풍류를 읊으니 얼마나 낭만적인가? 안 넘어갈 여인이 없을 것이다. 몇 번 만나지도 않았는데 옷고름 풀어 꼭 껴안고 곡비즉진(曲臂卽盡)[74]하니 이것이야말로 달밤에 술 취해 나누는 러브샷이 아니겠는가? 달은 한시에서 종종 의인화되어 서정적 풍미를 더한다. 이백(李白)의 시 「월하독작(月下獨酌)」에도 '舉杯邀明月 對影成三人(거배요명월 대영성삼인, 술잔 들어 밝은 달을 맞으니 달, 자신, 자신의 그림자가 모여 셋이구나)'라는 구절이 있다. 이응수는 금기정(衿期情)이라 하여 情을 통하는 은밀한 때라 설명했는데 차라리 '옷고름 풀 정도의 情'이란 의미로 금개정(衿開情)이라 함이 더 어울리지 않을까?

주해

邀 (요) 기다리다, 부르다.

---

74) 곡비즉진(曲臂卽盡): 서로 팔을 구부려 끼고 술을 마시다. 통일신라 시대 안압지에서 발굴된 주사위 모양의 주령구(酒令具)에는 상류사회의 음주문화를 엿볼 수 있는 구절들이 쓰여 있는데 '서로 팔을 구부려 잔을 비우라'라는 의미의 曲臂卽盡 글귀도 있다.

8. 鶴城訪美人不見(학성방미인불견)

- 安邊 학성산에 미인을 찾아왔다 만나지 못하다

瓊雨蕭蕭入雪樓
경 우 소 소 입 설 루

歸尋舊約影無留
귀 심 구 약 영 무 류

盤龍寶鏡輕塵蝕
반 용 보 경 경 진 식

睡鶴香爐瑞霧收
수 학 향 로 서 무 수

楚峽行雲難作夢
초 협 행 운 난 작 몽

漢宮紈扇易生秋
한 궁 환 선 이 생 추

寥寥寂寂江天暮
요 요 적 적 강 천 모

帶月中宵下小舟
대 월 중 소 하 소 주

구슬비는 쓸쓸히 내리는데 눈 내리는 누각에 들어섰네.

돌아와 옛님을 찾아봐도 그림자도 안 보이네.

내 님이 쓰던 용 서린 거울은 뽀얗게 먼지가 끼고

잠든 학 모양의 두루미 향로는 쓰질 않아 싸늘하게 식었구나.

초나라 협곡에 구름도 사라져 이제는 사랑을 꿈꾸기도 어렵고

한나라 궁전의 비단부채는 가을에 쓸데없이 바람이나 일으키네.

내 님 없는 쓸쓸한 강가에는 날도 저물고

이내 몸은 초저녁 밤 조각배에 올라 달과 함께 떠나네. (金榮鎭[75]老貸稿)

瓊雨(경우) 구슬비, 궂은 비. 蕭蕭(소소) 비가 쓸쓸하게 오는 표현. 盤龍寶(반용보) 용의 무늬가 새겨진 거울. 紈(환) 흰 비단. 扇(선) 부채. 寥(요) 쓸쓸하다. 寂(적) 고요하다. 中宵(중소) 초저녁.

이응수 대의

이 시에 관한 자료는 김립의 직계 손자인 金榮鎭(김영진)에게서 빌렸으며, 大意(대의)는 초판에는 싣지 않고 증보판에 실었다. 鶴城(安邊)의 옛 연인을 찾아갔다가 못 만나고 읊은 시이다. 구슬비가 蕭蕭(소소)하게 雪樓(설루)에 내리는 가을날에 약속한 연인을 찾아 돌아오니, 연인의 그림자는 안 보이고 그녀가 쓰던 盤龍(반룡)의 장식을 한 寶鏡(보경)에는 먼지만 쌓였고 睡鶴(수학)의 형태로 만든 향로에는 물도 끓이지 않아 수증기도 없다. 모든 즐거움은 한갓 꿈으로 사라져 호화로운 꿈조차 꾸기 어려워 궁녀들이 비단부채를 만들어 자랑스레 부치니 가을이 오면 무용지물로 변하듯이 남녀의 정도 청춘이 지나면 가을 탄식을 면치 못하노라. 鶴城의 옛 情人(정인)을 찾아왔으나, 죽어서 못 만나네. 쓸쓸하게 저무는 황혼 강가에 달은 떠 있고 나는 中宵(중소, 초저녁)에 작은 배를 타고 다시 정처 없는 길을 내려가노라.

첨언

목과 다리가 유난히 긴 학(鶴)은 천년을 장수하는 영물로 흔히 신선이 타고 다니는 새로 알려져 있으며, 학의 고고하고 세상사 초연한 듯한 기상은 선비가 갖추어야 할 성품으로 가장 적합해, 詩書畫의 문학 소재로 학을 즐겨 채택해 왔다. 성곽의 형태가 그러한 학의 모습과 같아서인지, 학성(鶴城)은 우리나라 여러 곳에 세워졌다. 충남 아산과 울산에도 학성이 있지만, 여기서는 김립이 즐겨 찾았던 함경남도 원산(元山) 남쪽에 있는 안변(安邊)의 학성(鶴城)을 지칭한 것으로 볼 수 있다. 안변에는 그의 시우(詩友)이며 주붕(酒朋)이었던 조운경(趙雲卿)이 함경남도 안변(安邊) 군수(郡守)로 있어, 김립이 자주 들른 듯하며 「안변표연정(安邊飄然亭)」이라는 작품도 남겼다. 정처 없이 떠돌다 "다시 온다" 약조한 옛 연인을 찾아왔건만, 늦가을 구슬 비만 주룩주룩 쓸쓸히 내리고 내 님은 보이질 않네. 그 여인은 죽어 못 만났다고 읊었지만, 그 부분에 대한 묘사가 없어 알 수가 없다. 예나 지금이나 부평초처럼 걸식유랑 떠도는 김삿갓은 사람에게 목매달고 기다릴 여인이 있을까? 있을 수도 있겠다. 그러나 돈 많은 어떤 정인을 만나 이미 떠난 게 아닐까?

9. 秋風訪美人不見(추풍방미인불견)

- 가을바람 부는 어느 날 옛 情人을 찾았으나 볼 수가 없네

一從別後豈堪忘
일 종 별 후 기 감 망

汝骨爲粉我首霜
여 골 위 분 아 수 상

鸞鏡影寒春寂寂
난 경 영 한 춘 적 적

風簫音斷月茫茫
풍 소 음 단 월 망 망

早吟衛北歸薺曲
조 음 위 북 귀 제 곡

虛負周南采藻章
허 부 주 남 채 조 장

舊路無痕難再訪
구 로 무 흔 난 재 방

停車坐愛野花芳
정 차 좌 애 야 화 방

한번 헤어졌다고 어찌 그대를 잊을 수 있으리오.

그대는 이미 백골이 진토가 되었고 내 머리는 백발이 되었소.

임자 잃은 그대의 거울이 싸늘하니 봄이 와도 적적하구려.

통소 소리 끊기니 달빛만 아득하네.

일찍이 귀제곡을 즐겨 부르던 그대

이젠 채조장 노래마저 잊었구료.

옛날 지나던 길 흔적도 없이 사라져 다시 찾기 힘드나니

수레 멈춰 세우고 앉아 들판에서 풀 향기나 맡으리라. (金榮鑛老貸稿)

주해

堪(감) 견디다. 鸞(난) 난새, 중국 전설에 나오는 봉황과 유사한 상상의 새. 簫(소) 통소. 衛北(위북) 周南(주남) 중국의 지명. 虛負(허부) 이제는 없어져 흔적이 없다, 허결(虛結)과 동의어. 歸薺曲(귀제곡), 采藻章(채조장) 사랑의 기쁨과 이별의 슬픔을 노래한 곡으로 전해짐. 芳(방) 향기, 향기 나는 풀.

이응수 대의

대의는 초판에는 싣지 않고 증보판에 실었다. 그대를 이별한 후 어찌 그대를 잊을 수 있겠나? 그대는 이미 죽어 백골이 진토가 되었고 나는 늙어 머리가 백발이 되었네. 그대가 쓰던 거울 그림자 싸늘하니 봄은 왔지만, 그대 없음에 봄도 적적하고 싸늘하다. 내 통소 소리도 애를 끊으며 망망한 月色(월색) 속으로 흘러간다. 이렇게 깨어진 사랑이니 그대가 즐겁게 부르던 사랑 노래, 귀제곡과 채조장의 구절이 모두 헛되어 흔적조차 다시 찾기 어려우니, 발을 멈추어 앉아 들에 핀 꽃 쳐다보며 그 향기에 애오라지 슬픈 마음을 위로하는 중이노라.

첨언

「鶴城訪美人不見(학성방미인불견)」 시와 유사한 내용의 시이다. 시제도 비슷하다. 가을바람 부는 어느 날 옛 연인을 찾았으나 이미 세상을 떠난 후이다. 지금은 주인 잃은 그 여인의 거울은 싸늘하고 그대 없는 봄은 봄이 와도 봄이 아니로다. 애간장 끓는 통소 소리 끊기니 흐린 달빛 아득하다. 함께 부르던 사랑 노래와 이별 노래 이제는 다 의미가 없구나. 길가에 핀 풀 향기나 맡으며 아픈 내 마음을 달래련다.

10. 贈某女(증모녀)

- 어느 여인에게 드림

客枕蕭條夢不仁 滿天霜月照吾隣
객 침 소 조 몽 불 인 만 천 상 월 조 오 린

綠竹靑松千古節 紅桃白梨片時春
녹 죽 청 송 천 고 절 홍 도 백 이 편 시 춘

昭君玉骨胡地土 貴妃花容馬嵬塵
소 군 옥 골 호 지 토 귀 비 화 용 마 외 진

人性本非無情物 莫惜今宵解汝裙
인 선 본 비 무 정 물 막 석 금 소 해 여 군

나그네 잠자리 쓸쓸하니 꿈자리도 편하지 못하구나. 서리는 하늘에 가득하고 달빛만 내 곁의 그대를 비추는데.

푸른 대와 푸른 솔은 천고의 절개라지만 붉은 복사꽃 하얀 배꽃도 봄날 한때라오.

왕소군의 옥체도 오랑캐 땅에 묻혔고 양귀비의 꽃다운 얼굴도 마외 땅 흙이 되었소.

인간의 본성이 본래부터 무정한 것이 아니니 오늘밤 그대의 치마끈을 푼다고 서러워하지 마오.

주해

蕭條(소조) 고요하고 쓸쓸함. 吾隣(오린) 내 곁의 미녀. 昭君(소군) 王昭君(왕소군) 漢나라 원제(元帝)의 궁녀로 정략 결혼하였으나 흉노 땅에서 자결. 貴妃(귀비) 楊貴妃(양귀비, 唐 현종의 후궁) 안녹산의 난 때 馬嵬(마외) 땅에서 자결. 胡地(호지) 되놈 땅. 馬嵬(마외) 양귀비의 墓가 있는 땅 이름. 裙(군) 치마.

이응수 대의

하늘에 가득한 서리가 나의 미녀를 비춰주어 그녀의 아름다운 소복(素服)이 더 희고 아름답다. 그대여! 들으라. 綠竹(녹죽)과 靑松(청송) 같은 고상한 절개를 지키는 여성이 어쩌다 있겠지만 그건 만고에 드문 일이야. 紅桃(홍도)나 白梨(백이) 같은 아름다운 세상 여자들이야 다 일 년쯤 지나면 다 지는 청춘이 아니더냐? 어차피 천년만년 기약하지 못할진대, 한때 청춘이나마 실컷 즐기도록 하세. 王昭君(왕소군) 같은 미인도 할 수 없이 胡地(되놈 땅)에서 시달리다 죽었고, 楊貴妃(양귀비) 같은 絶色(절색)도 馬嵬(마외) 땅의 진토가 되지 않았느냐? 인간의 본성이 본래 무정한 게 아니니, 그대가 오늘 밤 하룻밤의 情을 허락하여 치마끈을 푸는 것을 슬퍼 마시오.

첨언

증보판 대의를 참고하면 김립이 전라도 어느 마을을 지나가다 날이 저물어 인가 드문 마을에 커다란 기와집이 있어 하룻밤 머물고자 들어가 주인을 불렀는데 남자는 없고 계집종이 나와 사랑채로 인도한다. 깨끗하게 청소한 사랑채에서 저녁상까지 받았다. 밥을 먹고 난 후 호기심이 발동해 안방 문을 열어보니 소복 입은 미인이 있었는데, 직감적으로 어린 과부가 독수공방한다는 것을 알 수 있었다. 밤이 깊었을 때 김립이 안방으로 들어가자 어린 과부가 놀라 은장도(銀粧刀)로 김립을 겨누었다. 김립은 잠시 어찌할 바 몰라 하다가, "내가 십 년 공부하여 과거 보러 가는 길에 죽을죄를 지었으니 용서하여주시오"라고 거짓말을 하니, 어린 과부가 이르되 "그러면 글을 잘할 터인즉 내가 韻을 부를 테니 落韻成詩(낙운성시)하시오!"라고 하며 '仁' 字 韻을 불렀다. 밤중에 남의 집에 들어가 밥 얻어먹고 중국 4대 미인[76]인 왕소군(王昭君)과 양귀비(楊貴妃)까지 들먹이며 생면부지 예쁘고 어린 청상과부에게 작업까지 거는 김립, 참

---

76) 중국 4대 미인: 서시(西施) 춘추전국시대 미녀. 왕소군(王昭君) 漢나라 元帝의 후궁. 초선(貂蟬) 한나라 미인. 양귀비(楊貴妃) 唐 玄宗의 후궁. '沈魚落雁 閉月羞花'로 비유된 중국 역사상 제일 아름다운 미녀들. 침어(沈魚) 물고기가 서시의 미모에 빠져 바라보다 바닥으로 가라앉았다. 낙안(落雁) 날아가던 기러기가 왕소군의 아름다움에 취해 날갯짓을 잊고 땅에 떨어지다. 폐월(閉月) 달이 초선의 미모를 못 이겨 구름 뒤에 숨다. 수화(羞花) 꽃도 양귀비 미모에 자기 모습이 부끄러워 고개를 숙이다.

낯짝 두껍고 엉큼하기 짝이 없다. 김립은 임기응변 거짓말로 위기를 모면하고 뜻을 이루었을까? 마지막 律에서 '莫惜今宵解汝裙(막석금소해여군, 오늘밤에 너의 치마끈 푼다고 서러워하지 마오)'라 읊은 것을 보면 이미 김립 뜻대로 모두 이루어진 듯하다. 요즘 세상에 이랬다면 여자한테 귀싸대기 얻어맞거나 성폭행 '미투(Me Too)'로 고발되어 철창신세 면치 못할 게 분명하지만, 女心을 훔치는 김립의 글솜씨에 내심 부러운 마음이 드는 건 왜일까? 중국 前漢 시대의 학자 한영(韓嬰)이 한시외전(韓詩外傳)이라는 그의 저서에 '君子는 세 가지 끝을 피해야 한다(君子避三端, 군자피삼단)'라는 警句가 있는데, 군자는 항상 붓끝, 혀끝, 칼끝의 세 가지 끝을 조심해야 한다는 의미이다. 김립의 경우 칼끝 대신 '남자의 가장 중요한 것의 끝'으로 바꾸고 싶지만, 어쩌겠나? 三端을 마음대로 놀리면서도 女心을 휘어잡는 선수인 것을.

11. 街上初見(가상초견)

- 길가에서 처음 보니

芭經一帙誦分明
파 경 일 질 송 분 명

客駐程詀忽有情
객 주 정 참 홀 유 정

虛閣夜深人不識
허 각 야 심 인 불 식

半輪殘月已三更 - 金笠 詩
반 륜 잔 월 이 삼 경

그대가 시경을 줄줄 내려 외우니

나그네 길 멈추게 되고 느닷없이 애정이 솟구치네.

빈집에 밤이 깊으면 아무도 모를 터이고

삼경이면 반달만 남을 거요.

難掩長程十目明
난 엄 장 정 십 목 명

有情無語似無情
유 정 무 어 사 무 정

踰墻穿壁非難事
유 장 천 벽 비 난 사

贈與農夫誓不更 - 女人和詩(여인화시, 여인이 대답하여 읊는다)
증 여 농 부 서 불 경

길가 지나는 사람 많아 눈 가리기 어려워

마음은 있어도 말을 못해 마음이 없는 것 같소.

담 넘고 벽 뚫어 들어오기 어렵지 않겠지만

내 이미 농부인 지아비와 불경이부 다짐했다오.

芭經(파경) 詩傳의 다른 이름. 帙(질) 책. 詀(참) 실없는 말로 희롱하다. 虛閣(허각) 빈집. 掩(엄) 가리다. 十目(십목) 여러 사람의 눈. 踰(유) 넘다. 墻(장) 담, 경계. 鑿(착) 뚫다. 踰墻鑿穴(유장착혈) 孟子에서 借用한 句로 남의 집 부녀자들을 엿보거나 짝지어 놀기 위해 울타리를 뛰어넘거나 담에 구멍을 뚫는다는 의미. 穿(천) 뚫다, 구멍.

이응수 대의

『김립시집』 초판에서는 '街上相逢視目明(가상상봉시목명, 길 가다 만난 아름다운 그 여인 눈이 맑다)'이라며 김립이 이 시를 읊는데 갑자기 한 여인이 나타나 화답을 해 해석은 가능해도 의미 전달이 잘 안 되었는데, 다행히 증보판과 결정판인『풍자시인 김삿갓』에서는 수정된 시를 수록하여 이응수의 대의는 증보판을 참고했다. 김립이 모처를 통과할 때 여인들이 논을 매는데 그중 미인 하나가 芭經(詩傳)의 한 질을 줄줄 낭독하고 있다. 김립이 시를 써서 그 여자를 농락하는 전반부는 김립의 시이고, 후반은 여자의 시. 김립은 "지금 그대가 시전(詩傳)을 줄줄 내리 외우니, 지나가던 이 나그네 가는 길 멈추고 홀연히 애정이 일었도다. 마침 이 근방에 빈 서당 하나 있어 밤이 깊으면 사람들 눈에 안 뜨일 터이고 마침 음력 스무날쯤이니 하현달(半輪) 殘月이어 三更 때 그때쯤 빈 서당으로 오는 것이 어떠합니까?"라고 물었더니, 여자가 대답하여 이르되, "길거리 지나는 눈들이 지켜봐서 내게 연정은 생겼어도 말을 못 하니 마음이 없는 듯하오. 당신에 대한 나의 마음이 이러하니 담을 넘고 벽을 뚫고 당신이 오시는 것이 그리 힘들진 않겠지만 유감이로소이다, 내 이미 농부와 불경이부(不更二夫)의 맹세를 하였으니 어떻게 하겠습니까? 용서하여 주소서"라 하였다.

첨언

'콩밭 매는 아낙네야 베적삼이 흠뻑 젖는다. 무슨 설움 그리 많아 포기마다 눈물 심누나…' 「칠갑산」 노래의 아낙네가 생각난다. 흔히 논밭에서 일하는 여인들을 보면 우선 측은지심·동정심마저 생기는데, 이 여인은 논밭이 글방인 줄 아나 보다. 논을 매며 시경을 줄줄 암송하고 밤이 깊으면 연정을 태우러 김립이 알려주는 빈 서당에 갈 마음도 있지만 다른 남자와는 通情(통정) 않기로 남편과 약속해서 미안하게 됐다며 거절하는 얘기인데, 그 여자 참 못됐다. 싫으면 처음부터 거절하면 되지, '말은 못 하지만 情은 있다'라는 말은 왜 했나? 여하튼 논밭 매는 아낙네와 주고받는 시의 和答이 通情(통정) 성공 여부와 관계없이 격조 있게 수준 높고 멋지다.

12. 戲贈妻妾(희증처첩)
- 처첩을 희롱하다

不熱不寒二月天 一妻一妾最堪憐
불 열 불 한 이 월 천 일 처 일 첩 최 감 련

鴛鴦枕上三頭竝 翡翠衾中六臂連
원 앙 침 상 삼 두 병 비 취 금 중 육 비 연

開口笑時渾似品 飜身臥處變成川
개 구 소 시 혼 사 품 번 신 와 처 섭 성 천

東邊未了西邊事 更向東邊打玉拳
동 변 미 료 서 변 사 경 향 동 변 타 옥 권

덥지도 춥지도 않은 이월에 아내와 첩과 함께 사랑을 즐기네.

원앙 베개에 머리 셋이 나란하고 비취 이불 속에는 팔 여섯이 잇닿아 있구나.

함께 웃을 때 입모습은 品자와 같고 뒤집혀 드러누운 옆모습은 내 川자가 되는구나.

동쪽 일이 끝나기 전 다시 서쪽 일을 해야 되고 번갈아 다시 동쪽으로 기울여 아름다운 몸을 어루만지네.

주해

품(品) 세 사람의 입(口)을 말함. 세 사람이 누우면 '川' 字 모양이란 말.

衾(금) 이불. 枕(침) 베개. 臂(비) 팔, 팔뚝. 飜(번) 번역하다, 뒤집다. 玉拳(옥권) 남자의 성기.

이응수 대의

寡婦(과부)가 싱숭생숭 들떠 다닌다는 덥지도 춥지도 않은 초봄 이월 날씨는 시절이 시절이니만치 한집에 함께 사는 처와 첩에게는 가련한 일이다. 서로 질투하고 시기하며 지내지만, 밤이 되어 남편과 함께 원앙금침에 누우면 베개 위에 머리가 셋 나란히 되고, 비취 이불속에는 팔이 여섯이다. 셋이 웃을 때는 입 세 개는 '品' 자가 되고, 엎드려 누우면 그 형상이 내 '川' 자가 된다. 동쪽 여자와 그 일을 마치기 전인데, 서쪽 여자와도 일을 치른다. 다시 동쪽 여자에게 玉拳(옥권)을 쳐주며 위로한다. 참말로 거북한 그들의 생활이다.

첨언

이 시는 조선 시대 野史集『고금소총(古今笑叢)』77)의 107번째 이야기로 전해지는데 조선 중기 문신 이항복이 지은 칠언절구 시가 「妻妾同房(처첩동방)」이라는 시제로 수록되어 있다. 임진왜란 때 같은 문신이며 가깝게 지내던 기자헌(奇自獻)이 피난 가 여염집에서 처첩과 한 방에서 궁색하게 사는 모습을 보고 웃음으로 위로하기 위해 해학적으로 지은 시이다. 그래서인지 증보판과『풍자시인 김삿갓』에는 실리지 않았다. 그래도 이 시의 주인은 왠지 삼정승을 지낸 문신 이항복보다는 김립이 더 적합한 것 같은 생각이 들며『김립시집』초판에도 수록되어 있어 옮겨보았다. 해 저문 어느 날 김립이 시골 마을을 지나다가 하룻밤 유숙할 곳을 찾다 한 곳에 들어가 방문을 열어보니 남편이 처와 첩을 함께 데리고 자는 모습을 보고 지은 시이다. 입 세 개를 '品' 자로, 누운 몸 셋을 내 '川' 자로 형상화한 희작시이다. 한쪽에 누운 처와 방사(房事)를 겨우 끝내기도 전에 다른 한쪽의 첩이 그쪽 일은 대충 끝내고 자기 쪽 일을 계속해달라고 쿡쿡 찌르니 남편의 물건이 정신없게 바쁘다. 옥권(玉拳)은 남자의 성기를 의미하지만, 그대로 번역하기가 쑥스러워 '아름다운 몸을 어루만지네'로 옮겼다. 남자인 필자도 이런 남편이 부러운 건지 아니면 불쌍한 건지 잘 모르겠다.

---

77) 고금소총(古今笑叢): 조선 시대의 소화(笑話)집. 노골적인 음담패설과 성적 표현이 많지만 부패한 양반 사회를 비꼬며 풍자한다든가 선비들의 위선을 조롱하는 등 사회상을 해학과 교훈적으로 풍자한 이야기들을 담고 있다. 실린 글 모두 作者와 編者 모두 미상이다.

13. 贈老妓(증노기)

- 늙은 기녀에게 드림

萬木春陽獨抱陰 聊將殘愁意惟深
만 목 춘 양 독 포 음 요 장 잔 수 의 유 심

白雲古寺枯禪夢 明月孤舟病客心
백 운 고 사 고 선 몽 명 월 고 주 병 객 심

嚬亦魂衰多見罵 唱還啁哳少知音
빈 역 혼 쇠 다 견 매 창 환 조 찰 소 지 음

文章到此猶如此 擊節靑樓慷慨吟
문 장 도 차 유 여 차 격 절 청 루 강 개 음

온갖 나무는 봄볕에 다 아름다운데 그대 홀로 외로이 수심에 젖어 애오라지 무슨 근심 그리 많아 시름이 깊은가?

흰 구름 속 절간에서 여윈 스님이 참선하다 꿈꾸듯이 달 밝은 밤 홀로 배 저어 가는 병든 나그네 마음인가?

욕을 얼마나 먹었는지 얼굴 찡그리니 영혼조차 없는 듯하고 듣기 거북한 노랫소리는 조잘조잘 알아주는 이 없네.

문장에 이르러서는 오히려 이처럼 훌륭하니 청루에서 늙은 기녀 노래 장단 맞춰 무릎 치며 한 많은 슬픈 인생을 함께 읊는구나.

주해

聊(료, 요) 애오라지(부족하나마 그대로), 어조사. 惟(유) 생각하다, 꾀하다. 枯(고) (초목이) 마르다, 수척하다, 야위다. 嚬(빈) (눈살을) 찡그리다. 罵(매) 욕하다, 꾸짖다. 還=又, 啁哳(조찰) 주절주절 외우다. 啁(조) 비웃다, 조롱하다. 哳(찰) 새소리. 擊節(격절) 두들겨 장단을 맞추다. 靑樓(청루) 창기의 집. 慷(강), 慨(개) 슬퍼하다.

산천초목이 모두 봄볕을 받아 빛을 발하는데 이 老妓(노기)는 수심에 차 홀로 음기만 흘리지만, 마음만은 젊었다. 마치 白雲寺(백운사)에서 선수행하는 중의 꿈같고 달 밝은 밤 돛단배에 누운 수심 깊은 나그네의 마음이다. 이 부분의 묘사가 절묘하다. 얼굴을 찡그려 西施(서시)의 效嚬(효빈)을 지으나, 주객들은 "어이, 보기 싫어!"라 하며 꾸짖을 뿐이요, 또 啁哳啁哳(조찰조찰)하고 노래를 불러보지만, 목소리가 작아 알아들을 수 없다. 그러나 文章(문장)에 이르러서는 훌륭한지라 모두 청루에 앉아 그 老妓(노기)의 문장에 장단 맞춰 감상하며 신세 한탄한다.

첨언

창기의 집(靑樓)에서 늙고 한물간 娼妓(창기, 몸을 파는 기생)를 묘사한 시이다. 중국 춘추전국시대 미인 西施(서시)가 역류성 식도염 가슴앓이를 앓았는지 가슴에 손을 얹고 미간을 찌푸리곤 했다는데 그 모습이 너무 아름다워 동네 여자들도 따라 얼굴 찡그렸다는 얘기가 있다. 늙고 한물 갔지만, 이 늙은 기녀가 서시 흉내를 내어 예뻐 보이고 싶었을지도 모를 일이다. 얼굴 인상도 그렇고 노래도 마음에 안 드니 주객들이 좋아할 리 없다. 그런데 오랜 기녀 인생의 연륜이 쌓였는지 문장(文章)[78] 읊는 수준이 수려하다. 성현(成俔)[79]의 『용재총화(慵齋叢話)』에 유교 학문의 경술(經術)과 문장(文章)은 두 가지가 아니라 했다. 문장에 능하다는 것은 사서오경에 통달했다는 얘기도 된다. 이 늙은 창기가 문장이 수려했다면 공자의 학문에도 능했다 볼 수 있다. 그러니 문장을 서글피 독송해 내려갈 때 주객들은 무릎을 치며 장단 맞춰 함께 읊었다는 의미이다. 그래서 사람은 하나만 보고 평가해서는 안 될 일이다. 늙은 창기의 파란만장한 인생이 저물어 가는 만큼 그의 문장의 수려함은 수북이 쌓여갔을 터이니.

---

78) 문장(文章): 감정이나 생각을 표현하는 최소 단위의 글.

79) 성현(成俔, 1439~1504): 조선 중기 때 文人으로 조선 초기 정치·사회·문화 등에 관한 서적 『용재총화(慵齋叢話)』를 남겼다. 연산군 즉위한 후 갑자사화 때 부관참시(剖棺斬屍)당함.

14. 嘲幼冠者(조유관자)

- 어린아이 갓 쓴 것을 놀리다

畏鳶身勢隱冠蓋
외 연 신 세 은 관 개

何人咳嗽吐棗仁
하 인 해 수 토 조 인

若似每人皆如此
약 사 매 인 개 여 차

一腹可生五六人
일 복 가 생 오 륙 인

솔개가 두려워 갓을 덮고 숨었으니
누군가 기침하다 뱉어낸 대추씨같이 작구나.
만약 모든 사람이 다 이와 같다면
한 배에서 오륙 명은 나올 수 있을 것 같네.

鳶(연) 솔개. 棗(조) 대추나무. 棗仁(조인) 대추 씨. 咳(해) 기침(을 하다). 嗽(수) 기침.

이응수 대의

독수리가 날면 무서워 저런 젖비린내 나는 것이 벌써 관을 쓰고 그 밑에 몸을 숨기고 활보를 하다니 꼭 누가 먹다 뱉어버린 대추 씨 같구나. 모든 사람이 이렇게 작다면 누구나 돼지처럼 한배에서 오륙 명은 나을 수 있으리라.

  스무 살 성인이 되어야 쓰는 관을 어린아이가 썼으니 아마 조혼(早婚)으로 성인식인 관례(冠禮)를 치르고 관을 썼을 것이다. 어린 조그만 신랑이 갓을 쓰고 다니는 모습이 너무 웃겨 쓴 시이다. 갓이 너무 커 솔개가 날면 무서워 신체를 전부 갓 밑에 숨길 수 있을 정도로 몸집이 작은 아이가 갓 쓰고 지나가는 모습을 보며, 너털웃음을 짓는 김삿갓의 모습이 그려지는 작품이다. 초판에는 없지만, 증보판에는 갓 쓴 늙은 유생이 글 좀 한다고 주절대는 꼴이 가소로워 놀려대는 작품도 있다.

15. 嘲年長冠者(조연장관자)

　- 갓 쓴 어른을 놀리다

方冠長竹兩班兒
방 관 장 죽 양 반 아

新買鄒書大讀之
신 매 추 서 대 독 지

白晝猴孫初出袋
백 주 후 손 초 출 대

黃昏蛙子亂鳴池
황 혼 와 자 난 명 지

커다란 갓에 장죽을 물고 양반집 아이놈이 꼴값을 떠는구나.

새로 산 책 맹자를 큰 소리로 읽는 모습이

대낮에 갓 태어난 원숭이 새끼 모양이요

해지는 연못에서 개구리 새끼가 개골개골 울어대는 것 같구나.

주해

鄒書(추서) 맹자(孟子)가 추(鄒)나라에서 태어났기에 맹자를 흔히 '추서'라고 일컬음.

이응수 대의

　30세 넘은 갓 쓴 사람이 과거시험 공부하는 것을 조롱한 시이다. 각이 진 갓(冠)을 쓰고 긴 담뱃대를 물었으니 양반집 출신인 것 같은데, 인제 겨우 孟子책(鄒書)을 읽는 수준이다. 백주(白晝)에 원숭이 새끼가 어미 뱃속에서 처음 튀어나온 것 같고, 글 읽는 소리는 마치 황혼에 개구리 새끼가 연못에서 시끄럽게 우는 소리 같구나.

　과거시험에서 계속 낙방해서 그런지 나이도 꽤 들어 보이는 유생(儒生) 하나가 어설프게 의관을 갖추고 앉아 서당 학동(學童)들이나 배우는 맹자를 큰 소리로 읽는 모습이 하도 꼴불견이어서 조롱해 보았다.

16. 老吟(노음)

- 늙음을 읊다

五福誰云一日壽
오 복 수 운 일 왈 수

堯言多辱知如神
요 언 다 욕 지 여 신

舊交皆是歸山客
구 교 개 시 귀 산 객

新少無端隔世人
신 소 무 단 격 세 인

筋力衰耗聲似痛
근 력 쇠 모 성 사 통

胃腸虛乏味思珍
위 장 허 핍 미 사 진

內情不識看兒苦
내 정 부 식 간 아 고

謂我浪遊抱送頻
위 아 랑 유 포 송 빈

그 누가 오복 중 으뜸이 오래 사는 것이라 했는가?

오래 사는 것도 큰 욕이라던 요임금 정말 귀신같네.

옛 친구들은 모두 산에 묻혀 돌아가고

젊은 애들 볼 때도 없으니 까닭 없이 세상 사람들과 멀어지네.

근력은 다 떨어지고 허약한 목소리는 신음 소리 같은데

배 속은 굶어 텅 비어 맛있는 음식만 생각나네.

아기를 돌보는 게 얼마나 힘든지 속사정 알지 못하고

내가 빈둥빈둥 놀기만 한다고 아기를 자꾸 데려와 안기네.

無端=無斷 (무단) 허락을 받지 않고 일을 도모함, 여기서는 까닭 없이. 耗 (모) 비다, 공허하다, 쓰다. 浪遊(랑, 낭유) 하는 일 없이 놀다. 堯言多辱(요언다욕) 堯帝(요제)가 長壽(장수)는 多辱(다욕)이라 한 말. 頻(빈) 度數가 빈번함.

이응수 대의

五福(오복) 중 누가 長壽(장수)하는 것이 으뜸이라 했는가? 가당치 않은 말이다. 長壽를 多辱(다욕)이라 한 堯帝(요제)가 알기를 귀신같이 알고 한 훌륭한 말이다. 옛 친구들은 다 청산의 北邙[80]歸客(북망귀객)이 되고 젊은 사람들만 늘어나 세상과 격리된 사람이 되었다. 근력은 衰耗(쇠모)하여 앓는 소리만 늘 내게 되고 위장이 텅 비니 식욕이 왕성해 맛있는 음식만 생각난다. 집안사람들은 어린애 보는 것도 고통으로 여기는 줄도 모르고 나더러(老人) 그저 浪遊한다고 자주 아이를 보내 봐 달라 한다.

첨언

아기를 봐본 남자들은 다 알 것이다. 아기 좀 안고 있으면 팔 떨어질 것 같고, 안고 있다 보면 똥오줌 싸 기저귀 갈아야 하고, 시간 맞춰 분유 주고 여름날 더워 웃통 벗고 안아주면 좁쌀만 한 젖꼭지가 엄마 것인 줄 알고 쪽쪽 빨아 간지럽고 아프지만 참아야 하고, 울면 재롱부리며 달래줘야 하고 근력도 떨어진 노인들에게는 큰 고통일 수도 있다. 그것도 어쩌다가 한 번이지 자꾸 하다 보면 그야말로 심신을 고달프게 하는 중노동이다. 이 칠언율시를 보니 조선 시대에도 할아버지가 손자·손녀 돌봐주는 일이 흔했나 보다. 아이가 예쁘다 귀엽다 하니 며느리는 "아, 할아버지가 아기를 무척 예뻐하시니 아기 봐달라 하면 좋아할 거야"라 생각하며 계속 아기를 맡긴다. 홍수·가뭄·기근으로 곡식은 다 떨어져 먹

---

80) 北邙(북망): 묘지가 있는 곳, 죽어서 가는 곳.

지도 못해 위장은 텅 비고 늙어 삭신이 쑤셔 좀 누웠더니 맨날 빈둥빈둥 대며 세월을 보낸다고 아기나 보라 한다. 정말 환장할 노릇이다. 장수하라는 말이 저주로 들릴 만하다. 莊子(장자)가 堯(요)임금의 말을 인용했듯이 '장수하면 욕된 일이 많아지는 법'인가 보다. 노인들에게는 네 가지 고통이 있는데, 늙어 병들어 괴롭고(病苦), 빈궁해 괴롭고(貧苦), 할 일 없어 괴롭고(無爲苦), 외로워서 괴롭다(孤獨苦). 김립은 병들고 배고픈 고통은 있었을지라도 할 일 없어 괴로워하지는 않았으리라. 김립은 노년에 글자가 잘 안 보이게 되니 "어, 안혼(眼昏)이네. 내 눈에 황혼이 왔네!"라고 투덜대면서도, 눈에 띄는 세상 모든 것, 심지어는 요강이나 베개까지 詩의 소재로 삼아 읊을 정도로 바빴으니 無爲苦로 고통스러웠을 리 만무하다. 다만 평생 걸식하며 유랑하다 전라도 화순 땅 어느 객지에서 삶을 내려놓는 순간 김립은 孤獨苦의 눈물을 흘리지 않았을까? 주인의 임종(臨終)을 곁에서 눈물지으며 지켜보는 김립의 인생 동반자였던 삿갓과 함께….

17. 老人自嘲(노인 자조)

- 늙은이가 늙음을 스스로 탄하다

八十年加又四年 非人非鬼亦非仙
팔 십 년 가 우 사 년 비 인 비 귀 역 비 선

脚無筋力行常蹶 眼乏精神坐輒眠
각 무 근 력 행 상 궐 안 핍 정 신 좌 첩 면

思慮語言皆妄靈 猶將一縷線線氣
사 려 어 언 개 망 령 유 장 일 루 선 선 기

悲哀歡樂總茫然 時閱黃庭內景篇
비 애 환 락 총 망 연 시 열 황 정 내 경 편

나이 팔십하고도 네 해를 더 보태 여든네 살 된 이내 신세, 사람도 아니고 귀신도 아니며 신선(神仙) 또한 아니로다.

다리 힘은 다 빠져 걸핏하면 넘어지고 눈에는 얼빠지고 앉았다 하면 늘 졸고 있네.

생각하고 말하는 게 모두 망령 들었는데 한 줄기 숨소리만이 간신히 목숨을 이어 가누나.

슬픔과 설움, 기쁨과 즐거움 모두 가물가물 옛 이야기, 그래도 때때로 황정경과 내경편 양생 수련법은 읽고 있네.

(金榮鎭老貰稿)

주해

嘲(조) 비웃다, 조롱하다. 自嘲(자조) 스스로 자신을 비웃음. 蹶(궐) 넘어지다, 좌절하다. 乏(핍) 모자라다, 궁핍하다, 가난하다. 輒(첩) 늘, 문득. 猶(유) 마치, 오히려, 아직, 아직도. 將(장) 오래지 않아, 막, 곧. 一縷(일루) 한 가닥, 한 오리의 실. 閱(열) 검열하다, 읽다. 黃庭內經(황정내경) 중국 도교(道敎)의 양생(養生)과 선도(仙道)를 수련하기 위한 경전(經典)으로 내경(內景)편과 외경(外景)편이 있음.

초판에는 없고 증보판에 수록된 시이다. 팔십 년에 또 사 년을 더해 팔십사 세 나이의 늙은이는 사람도 아니고 귀신도 아니요 그렇다고 神仙(신선)도 아니다. 다리엔 근력도 없어 걷다가 늘 쓰러져 넘어지고 눈엔 정신이 결핍해 앉기만 하면 즉시 존다. 생각하는 것 말하는 것 모두 망령이요 한 가닥 가느다란 기운이 생명선을 이어가고 있다. 悲哀(비애)나 歡樂(환락)이 모두 망연한데 그래도 때때로 黃庭(황정)의 內景篇(내경편)을 보고 있다.

첨언

도가(道家)의 양생수련법을 설명한 황정경(黃庭經)을 읽으며 자신이 인간도 귀신도 아니라는 생각을 하는 노인은 신선의 경지에 가깝지 않을까? 이 노인은 주자(朱子)의 존양성찰(存養省察) 경지에 이르러 自性(자성)을 지키며 자신을 돌아볼 수 있는 수준에 오른 사람이라 생각된다. 늙더라도 마음이 바르면 모든 일이 따라서 바르게 되고 마음이 바르지 못하면 온갖 욕심이 이를 공격하게 된다. 늙음이란 자유를 의미한다. 일하고 싶으면 일하고 놀고 싶으면 놀고, 웃고 싶으면 웃고, 울고 싶으면 울고… 늙음이 아니면 누릴 수 없는 자유다. 노인은 청춘을 되돌릴 수 없다는 사실을 심신으로 체득하지만, 젊은이는 자기가 노인이 된다는 사실을 잊고 산다. 인간은 태어나는 순간부터 노화되어 가며, 늙어서는 늙음이란 자유가 있기에 늙어 감을 서러워할 일만은 아니다.

18. 佝僂(구루) - 곱사등이

人皆平直爾何然
인 개 평 직 이 하 연

項在胸中膝在肩
항 재 흉 중 슬 재 견

回首不能看白日
회 수 불 능 간 백 일

側身僅可見靑天
측 신 근 가 견 청 천

臥如心字無三點
와 여 심 자 무 삼 점

立似弓形小一絃
입 사 궁 형 소 일 현

慟哭千秋歸去路
통 곡 천 추 귀 거 로

也應棺郭用團圓
야 응 관 곽 용 단 원

사람들은 다 꼿꼿한데 너는 어째 그 모양이냐?
목은 가슴에 박히고 무릎은 어깨에 올라붙어
머리를 돌이켜도 하늘을 보기 어렵고
몸을 비틀어야 간신히 푸른 하늘 쳐다볼 수 있네.
누우면 마음 심(心)자에서 점(點) 세 개 뺀 형상이요
서면 활 궁(弓)자에 줄 하나 없는 모양이네.
통곡하며 오랜 세월 지낸 후 죽어 저 세상에 갈 때
관도 응당 둥글게 만들어야 하겠네.

項(항) 목, 분수에서 분자나 분모. 膝(슬) 무릎. 肩(견) 어깨. 僅(근) 겨우, 조금. 慟哭(통곡) 소리 높여 슬피 울다, 痛哭과 같은 의미. 千秋(천추) 오랜 세월. 也(야) 어조사. 郭(곽) 성곽, 둘레. 團(단), 圓(원) 둥글다.

이응수 대의

사람은 다 平直(평직)한데, 구루여! 그대 모양은 왜 그 꼴인가? 머리가 가슴 한가운데에 가 붙고 무릎은 어깨에 올라가 붙었구나. 머리를 돌려도 해를 잘 보지 못하고 몸을 옆으로 비틀어 겨우 푸른 하늘을 올려 볼 형편이구나. 누우면 점 세 개가 없을 뿐 마음 '心' 자 모양이 되고 서면 현을 빼어버린 '弓' 자 모양이 되는구나. 천추에 통곡할 일은 죽어 청산으로 돌아갈 때 관은 둥글게 만들어야 그대 시체가 들어가겠구나(이 시는 김립의 시가 아니라는 설이 있다).

첨언

『김립시집』 증보판에서 언급되었듯이 이 시는 다른 사람이 지었다는 얘기가 있지만, 『김립시집』 초판, 증보판, 완결판인 『풍자시인 김삿갓』에 모두 수록되어 있어 옮겼다. 구루(佝僂)는 우리말에서는 꼽추 혹은 곱사 등으로 흔히 부르지만 모두 장애인 비하 의미가 있다. 장애인은 사회적 활동에 제약이 있거나 정상적인 사람으로 취급받을 수 없다는 의미가 내포되어 있다. 앞을 보거나 듣지 못하는 사람, 등이 굽은 사람, 걸을 수 없어 휠체어에 의존하는 사람들이 비정상적이면 정상인들은 비정상적인 사람이 없다는 얘기인가? 태어나서 평생을 통곡의 고통을 마음에 안고 살다가 죽을 때의 관까지 굽은 등 체형에 맞게 둥그렇게 만들어야 하지 않겠느냐는 구절에 왠지 해학적이라기보다는 측은지심이 든다. 어쩌면 척추측만증으로 인해 본의 아니게 김립 시 모델이 된 이 시의 주인공이 어쩌면 시각 · 청각 장애를 가지고 태어난 '헬렌 켈러'나 '노틀담의 꼽추'처럼 따뜻하고 아름다운 마음씨의 천사 같은 사람이 아닐까? 김립은 길을 가다 추워 떠는 거지를 보면 자기 윗도리 입혀주었고, 「견걸인시(見乞人屍)」라는 그의 시를 보면 걸식유랑(乞食流浪)하며 밥 얻어먹고 잠자리 구하기도 힘든 자기 코가 석 자인데 지나가다 비렁뱅이 하나 죽어 있는 시신(屍身)을 보고 측은지심(惻隱之心)이 생겨 헌시(獻詩) 올리고 장사(葬事)까지 치러주었다 한다. 이렇게 깊은 애민(愛民)사상으로 인간의 존재 자체를 소중히 여긴 인본주의자(人本主義者) 김립이 평생 불편한 몸으로 힘들게 살다 간 구루병 환자를 이렇게 조롱 섞인 글로 묘사했다는 사실을 받아들이기 어렵다. 이응수가 언급했듯이 이 시는 김립의 시가 아니라는 설(說)이 진실이길 바란다.

19. 嘲地師(조지사) - 지관을 조롱하다

可笑龍川林處士 暮年何學李淳風
가 소 용 천 임 처 사　모 년 하 학 이 순 풍

雙眸能貫千里脈 兩足徒行萬壑空
쌍 모 능 관 천 리 맥　양 족 도 행 만 학 공

顯顯天地猶未達 漠漠地理豈能通
현 현 천 지 유 미 달　막 막 지 리 기 능 통

不如歸飮重陽酒 醉抱瘦妻明月中
불 여 귀 음 중 양 주　취 포 수 처 명 월 중

가소롭다 용천에 사는 임처사님 다 늙어 풍수학은 어디다 쓸라 배우나?
두 눈은 부릅뜨고 온갖 마을 맥을 꿰뚫듯 하고 두 발은 온갖 골짜기를 헛되이 헤매고 다닌들
훤히 드러난 천문지리조차 모르는 주제에 막막한 땅의 이치를 어찌 알겠는가?
집에 돌아가서 중양절 술이나 실컷 드시고 밝은 달 아래 여윈 아내나 껴안고 있느니만 못하
리라.

주해

地師(지사) 지관(地官)과 동의어, 풍수지리로 묏자리 등 땅을 감식하는 사람. 處士(처사) 벼슬
을 하지 않고 초야에 묻혀 사는 선비. 李淳風(이순풍) 중국 唐太宗 때 천문과 역법을 관리하는
태사령 벼슬을 지냄. 주역(周易)의 음양설을 근거로 발달한 풍수지리설의 대가(大家). 眸(모) 눈
동자, 자세히 보다. 壑(학) 골, 도랑, 개천. 重陽(중양) 9월 9일, 홀수가 두 번 겹치면 복이 온다 해
서 1월 1일(정월 초하루), 5월 5일(단오), 7월 7일(칠석) 등과 함께 명절. 瘦(수) 여위다, 마르다.

이응수 대의

　가소롭다 용천 산다는 林處士(임처사)여! 무엇이 배울 것이 없어 늘그막
에 李淳風(이순풍)의 遺學(유학)인 地師工夫(지사공부)를 하였던고? 그대 두
눈은 千峰山脈(천봉산맥)을 능히 관통하는 듯하고, 두 발은 온갖 골짜기

를 헛되이 답파하였으나 어찌 顯顯(현현)한 천지(天地)를 그리 쉽게 통달할 수 있으며 막막한 地理(지리)를 능히 통할 수 있겠느냐? 집에 돌아가 중양절 술이나 마시고 醉眼朦朧(취안몽롱)하여 밝은 달빛 속에 여윈 부인이나 포옹하여 봄이 어떠할까?

첨언

늙은이가 주역의 음양이론 좀 봤다고 풍수지리의 전문가인 양 설치는 모습이 그려진다. 이응수가 번역했듯이 늘그막에 뭐 할 게 없어 케케묵은(遺學) 지관 공부나 하고 있냐고 비아냥댄다. 그러나 세월이 흘러 늙는 게 아니라 열정을 잃었기 때문에 늙는다고 볼 수도 있으니 뜨거운 열정을 갖고 방방곡곡 다니며 지맥 수맥을 보며 지관 노릇을 했다면 굳이 뭐라 하겠는가? 김립이 조롱한 것을 보면 필시 이 늙은이 지하수 흐르는 북향 어두운 터에 묏자리를 보고 있는 엉터리 지관이 될까 걱정되어 조롱한 게 아니었을까?

20. 盡日垂頭客(진일수두객)

- 하루 종일 조아리며 아첨하는 양반

唐鞋宋襪數斤綿
당 혜 송 말 수 근 면

踏盡淸霜赴暮煙
답 진 청 상 부 모 연

淺綠周衣長曳地
천 록 주 의 장 예 지

眞紅唐扇半遮天
진 홍 당 선 반 차 천

讖讀一卷能言律
참 독 일 권 능 언 률

財盡千金尙用錢
재 진 천 금 상 용 전

朱門盡日垂頭客
주 문 진 일 수 두 객

若到鄕人意氣全
약 도 향 인 의 기 전

당나라 신에 송나라 버선엔 솜을 가득 채우고
이른 아침 깨끗한 서리만 밟고 나가더니 저녁연기 낄 때 들어가네.
엷은 초록색 두루마기는 길어서 땅에 질질 끌리고
진홍색 당나라 부채는 반만 펴도 하늘을 가리겠구나.
겨우 한 권 정도 시를 읽은 주제에 율시를 읊어대고
온갖 재물 다 없애고도 아직도 돈을 쓰네.
진종일 대갓집 문 모퉁이서 고개를 푹 수그리고 아첨하던 사람이
고향 사람만 보면 득의양양하는구나.

鞋(혜) 신, 짚신. 唐鞋(당혜) 당나라 가죽신. 周衣(주의) 두루마기. 襪, 袜(말) 버선. 赴(부) 나아가다, 알리다. 曳(예) 끌다, 끌리다. 朱門(주문) 붉은 칠을 한 문, 지위가 높은 벼슬아치의 집.

이응수 대의

唐나라 式 신발과 솜을 두둑이 넣은 宋나라 式 버선을 신고 나가는 양반이노라. 아침 맑은 서리 밟고 집 나가면 해질 때나 되어야 돌아오는 당대의 양반 행세 모습이다. 엷은 초록색 周衣(주의)는 땅에 질질 끌리게 길게 해 입고 진홍색 唐나라 부채는 어찌나 큰지 절반이 하늘을 가릴 정도다. 무거운 당나라 신발에 솜을 가득 채우고 긴 두루마기 질질 끌며 다니니 무척 고생하는 모습이 보인다. 그런데 그들의 실체를 들여다보면 한두 권 서적을 읽고 '律이 어떠니 詩가 어떠니' 허풍 떠는 작자들이요, 재물은 천금을 쓰고도 아직도 돈을 더 쓰겠다는 蕩子(탕자)에 가까운 자들이다. 권세 있는 양반 집 대문 앞에 온종일 서서 低頭拜伏(저두배복)하고 아침 떨던 이 자들도 고향 사람들이 자기 집에 찾아오면 전혀 다른 사람이 되어 "내가 兩班(양반) 누구누구를 아는데"라 하며 목소리를 높인다. 이 시는 金在喆(김재철)씨의 글에서 발췌했는데 훗날 자기 조상의 글이라고 주장하는 사람도 있다 한다.

첨언

조선 말기 봉건체제 붕괴와 함께 몰락해 가는 양반들이 벼슬이라도 하나 얻으려고 외국산 고가 신발, 버선, 부채 등으로 치장하고 허세를 부리며 다니지만 실상 그들은 권세 있는 집 대문 앞에서 온종일 머리를 조아리며 아침을 떤다. 어떻게 말단 공무원 참봉 자리 벼슬이라도 하나 얻을까 하며. 별 소득 없이 저녁 늦게 집으로 향하는 그들 모습이 처량하다. 고향 마을 사람들이 찾아오면 "내가 양반 누구를 잘 아는데 말이야…"라고 허풍 떨며 목에 힘을 준다. 조선 말기에 부패가 극심해 매관매직은 공식적으로 인정되었을 정도니 상놈도 돈만 내면 참봉 벼슬이나 웬만한 관직 정도는 쉽게 얻을 수 있고, 세도가문의 자식들은 돌아가며 순번제로 과거시험도 치르지 않고 벼슬을 하는 그야말로 "이것도 나라냐?"라고 한탄할 정도로 나라가 망해 가고 있었다. 사회적으로 이미 몰락한 양반들이 권력에 아부하기 위해 허례허식과 무절제한 삶을 살아가는 모습을 비판한 시이다. 한때 권세 있는 양반이나 벼슬아치 집을 기웃거리기도 했으며 결국 폐족이지만 몰락한 양반 신분인 김립이 자기 자신과 비슷한 처지에 있다고 볼 수 있는 양반을 이렇게 조롱하고 비판할 수 있을까? 풍자나 비판 정신이 김립風이라고 판단되어 이응수가 잘못 인용하지 않았나 생각된다.

21. 嘲山村學長(조산촌학장)

- 시골 훈장님을 조롱하다

山村學長太多威
산 촌 학 장 태 다 위

高着塵冠揷唾排
고 착 진 관 삽 타 배

大讀天皇高弟子
대 독 천 황 고 제 자

尊稱風憲好明儔
존 칭 풍 헌 호 명 주

每逢兀字憑衰眼
매 봉 올 자 빙 쇠 안

輒到巡杯籍白鬚
첩 도 순 배 적 백 수

一飯黌堂生色語
일 반 횡 당 생 색 어

今年過客盡楊州
금 년 과 객 진 양 주

산골 훈장님 위엄이 너무 많아

낡아빠진 갓 높이 쓰고 가래침을 내뱉네.

천황을 큰소리로 읽는 놈이 가장 훌륭한 제자고

풍헌이라고 높여 불러주면 훌륭한 친구라 좋아하네.

모르는 글자 마주치면 눈 어둡다 핑계대고

술잔 돌릴 땐 백발 어르신이라며 잔 먼저 받네.

밥 한 그릇 내주고 텅 빈 글방에서 생색내며 한다는 말이

올해 나그네는 모두가 도심(都心) 양반들이라 하네.

太(태) 크다, 정도가 지나치다, 심하다. 揷(삽) '가래'라는 농기구, 꽂다, 唾(타) '가래 삽(揷)'자와 합쳐져 '가래침(揷唾)'이 되었다. 排(배) 없애다, 밀치다, 침을 뱉다. 風憲(풍헌) 조선 시대 지방의 하급 행정단위로 面면이나 里리의 일을 맡아보던 향소직(鄕所職)으로 주로 고을의 원로와 유지의 추천과 동의로 임명됨, 요즈음 마을 이장 정도. 儔(주) 짝, 누구. 兀(올) 不知也, 우뚝하다, 무지하다. 一飯(일반) 한 끼, 한 끼 대접하고 생색낸다는 의미로 쓰임. 憑(빙) 기대다. 輒(첩) 문득. 鬚(수) 수염. 黌(횡) 글방, 학교. 楊州(양주) 경기도 의정부시(議政府市)의 이전 명칭.

산촌에 있는 서당 훈장님이 위엄이 대단히 많아 먼지가 가득 낀 冠(관)을 높이 쓰고 앉아서 점잔빼느라고 '에헴 에헴' 하며 가래침을 탁탁 뱉는 것이 아니꼽다. 史略(사략) 初卷의 天皇氏地皇氏[81] 수준의 초급 글을 아는 제자가 제일 높은 문하생이고, '風憲님 風憲님' 하고 높여 불러주면 좋은 친구라며 의기탱천이다. 글을 논하다 모르는 글자를 만나면 늘 "에… 늙어 눈이 어두워서"라 하며 약해진 눈 타령이지만 술상을 맞이하면 "내가 제일 나이 든 어르신이니 먼저 마셔야지!" 하며 술은 나이를 빙자해 제일 먼저 마신다며 떼를 쓰는 폐물이다. 텅 빈 서당에서 생색내며 하는 말이 "올해 지나가다 머문 고객은 모두 서울 양반들이네" 하는 것이다.

이 시를 잘 이해하기 위해서는 조선 시대의 서당(書堂)과 지방 유향소(留鄕所)라는 제도에 관해서 아는 게 도움이 된다. 書堂은 민간자본으로 운영되었던 서민 대중을 위한 사설 교육기관으로 조선 시대 말기까지 전국에 퍼진 교육제도였다. 11대 중종(中宗) 때 사림파의 향약(鄕約)을 보급

---

81) 중국 건국 신화의 三皇五帝(삼황: 天皇, 地皇, 人皇, 五帝: 일치하지는 않지만 복희, 신농, 황제, 당뇨, 우순 등이 있음). 삼황오제의 여덟 명 모두 東夷族(동이족) 즉 한민족으로 간주하는 주장도 있음.

하고 지방 감찰이나 풍속을 다스리기 위한 제도로 번성하였으며, 향소 벼슬인 좌수(左手)와 별감(別監)은 고을 면(面) 단위의 원로와 유지들 훈구 세력의 추천과 동의로 운영되었다. 신진 사림파와 대립하게 되고 왕권의 공식 대행자인 수령(守令)과도 대립해 중앙집권적 왕권에 역행하는 경향이 있어 조선 말기 선조(宣祖) 때(1603년) 유향소(留鄕所)제도는 혁파된다. 풍헌(風憲)은 이 향소 제도의 말단 사정관 정도로 보면 된다. 유향소 제도가 공식적으로 폐지된 지 200년 넘게 세월이 흘렀으니 옛날 유향소 직 벼슬이었던 말단 사정관 '風憲' 명칭도 상징적이지 큰 의미가 없을 것이다. 조선 말기에 이르러서는 서당의 교육수준이 저하됨에 따라 벼슬 못한 가난한 선비들의 걸식 장소로 변하여 자연히 쇠퇴하게 되었다. 그래도 '風憲님' 존칭을 좋아하는 이 무식하고 고루한 늙은 서당 훈장이 멍청한 제자 몇 명 가르치며 허세를 부리는 모습이 너무 가소로워 김립이 한마디 내뱉은 시이다.

22. 訓戒訓長(훈계훈장)

- 훈장을 훈계하다

化外頑岷怪習餘
화 외 완 맹 괴 습 여

文章大塊不平噓
문 장 대 괴 불 평 허

蠡盃測海難爲水
여 배 측 해 난 위 수

牛耳誦經豈悟書
우 이 송 경 기 오 서

含黍山間奸鼠爾
함 서 산 간 간 서 이

凌雲筆下躍龍余
능 운 필 하 적 룡 여

罪當笞死姑舍已
죄 당 태 사 고 사 이

敢向尊前語詰拒
감 향 존 전 어 힐 거

가르침이 미치지 못한 두메산골 속 훈장에게 괴이한 버릇이 남아

문장대가에게 온갖 불평을 떠벌린다.

종지 그릇으로 바닷물을 담으면 물이라 하기 어렵고[82]

소귀에 경 읽기이니 어찌 글을 깨달으랴.

너는 산속에서 기장(좁쌀)이나 씹는 간교한 쥐새끼요

이 몸은 붓끝 내려 아래 구름 위로 솟는 용이니라.

너는 마땅히 맞아 죽을 죄인이지만 이제 잠시 용서하니

감히 어른 앞에서 말대꾸질하며 대들지 말거라.

---

82) 맹자가 공자의 높은 학문적 경지를 찬미한 말을 인용했다(公子登東山而小魯 登太山而小天下 故觀於海者難爲水 遊於聖人之門者難爲言, 공자가 동산에 올라 노나라를 작다 여기시고, 태산에 올라 천하를 작다 여기셨다. 고로 바다를 본 사람에게는 웬만한 물은 물로 여기기 어렵고, 성인의 문하에서 배운 자에게는 웬만한 말은 말로 여겨지기 어렵다).

化外之氓(화외지맹) 교화가 미치지 못하는 지방의 백성. 頑 완고하다, 무디다. 氓(맹) (이주해 온) 백성. 塊(괴) 덩어리, 흙. 噓(허) 불다, 울다. 蠡(려) 소라, 표주박. 蠡盃(려배) 아주 작은 술잔. 黍(서) 기장, 조와 유사. 凌(능) 능가하다. 躍(약, 적) 뛰다, 도약하다, 빠를 적. 余(여) 나, 자신. 笞(태) 볼기 치다 태형. 舍(사) 집, 버리다, 포기하다. 姑 (고) 시어미, 잠시, 잠깐. 詰(힐) 묻다, 따지다, 꾸짖다. 拒(거) 막다, 겨루다. 詰拒(힐거) 서로 다투며 겨룸. 이 律은 어느 곳 訓長을 訓戒한 것이니 김립이 어떤 書堂을 찾았을 때 訓長은 마침 學童에게 의기양양하게 律을 강의하는데 주제넘게 고대의 문장을 천시하며 떠벌이며 하룻밤 유숙하기를 청하는 김립을 무척 멸시하였다. 이에 김립은 그가 늘 쓰는 방법대로 律을 하나 지을 테니 하룻밤 비를 피해 머물 수 있게 해 달라 청하니 訓長이 韻을 부르고 김립은 그 韻에 따라 읊은 시이다. 韻은 餘, 噓, 書, 余, 拒 다섯 字.

문화의 권외에 멀리 떨어져 있는 頑固(완고)한 백성에게(訓長을 칭함) 괴이한 습성이 있어 멋도 모르고 先代文章 大家들이 이렇다 저렇다 불평을 떠버리며 허풍을 떤다. 작은 술잔으로 바닷물의 크기를 재려 하는 게 말이 되느냐? 그리고 소의 귀에 經(경)을 읊는 격이니 어찌 글의 의미를 알겠느냐? 두메산골 훈장이여 너희들은 좁쌀이나 먹는 산골짜기의 간교한 쥐새끼들이라 한다면 나는 푸른 하늘 구름 위를 걷는 듯한 글솜씨로 솟아오르는 용을 묘사하는 훌륭한 대문장가이니라. 너 같은 無禮漢(무례한)은 가히 笞死(태사, 볼기를 때려죽임)시켜야 마땅하겠지만 잠시 용서하는 것이니 다시는 감히 尊前(존전)에 詰拒(힐거)하지 말지어다.

비가 주룩주룩 오는 어느 날 깊은 밤 김립이 강원도의 산골짜기 어느 고을 서당에 유숙하기를 청하며 눈치를 보는데 훈장은 학동들에게 옛날 문장을 강의하고 있었다. 주제 파악도 못 하면서 공자나 맹자 등 문장의 대가들의 글을 이렇다 저렇다 비판하며 투덜대니, 김립이 하도 기가 막혀 늘 그렇듯이 韻(운) 자를 띄워주면 시 한 수 읊을 테니 마음에 들면 유숙을 허락해달라 한다. 걸인 행색의 김립 꼬락서니를 보니 "네가 뭘 제대로 하겠느냐?"라는 생각으로 훈장이 운을 띄운다. 김립은 유숙이고 뭐고 다 망각하고 그의 버릇대로 훈장을 "쥐새끼가 주제넘게 허세 부려 때려죽여버릴 생각도 있지만, 한번만 봐준다!"라고 조롱하며 읊은 시이다. 보나 마나 김립, 쫓겨난 게 분명하다.

23. 仙人盈像(선인영상)

- 仙人의 모습

龍眠活手妙傳神 玉斧銀刀別樣人
용 면 활 수 묘 전 신 옥 부 은 도 별 양 인

萬里浮雲長憩處 九千明月遠懷辰
만 리 부 운 장 게 처 구 천 명 월 원 회 진

庶幾玄圃乘鸞跡 太半靑城幻鶴身
서 기 현 포 승 란 적 태 반 청 성 환 학 신

我欲相隨延佇立 訝君巾屨談非眞
아 욕 상 수 연 저 립 아 군 건 리 담 비 진

용면이 살아있는 손 솜씨로 심묘한 모습을 전하였으니 옥도끼와 은칼로 별세계 사람 모습을 만들어내는구나.

머나먼 곳까지 구름 떠다니는 곳은 이 仙人의 휴식처요, 하늘의 밝은 달에서 멀리 별들을 품 안에 넣는구나.

늘 선경에서 난새를 탄 흔적이 있고 노닐 때는 선경에서 언제나 학을 탔으니

나도 그대를 따라가길 원해 잠시 서서 기다리고 있으니 수건 흔들고 신발 끄는 소리만 들릴 뿐 그대는 아니 오네.

주해

盈(영) (가득)차다. 斧(부) 도끼, 베다. 九千(구천) 하늘, 고대 중국에서는 하늘을 아홉 방향으로 봄: 中央, 四方(사방: 동, 서, 남, 북). 四隅(사우: 서남, 서북, 동남, 동북). 庶幾(서기) 거의, 무리, 서출. 玄圃(현포) 靑城, 仙境과 같은 의미. 중국 전설에서 곤륜산 위의 仙人이 사는 곳. 鸞(란) 난새(중국 전설에 나오는 상상의 새). 乘鸞(승란) 幻鶴(환학)과 같은 의미, 선경으로 돌아갈 때 타는 仙鳥. 延(연) 잠깐. 相(상) 서로, 기다리다, 따르다. 佇(저) 우두커니, 기다리다. 訝(아) 의아하다, 의심하다. 屨(리, 이) 밟다, 신다.

龍眠[83](용면)이란 조각가의 능수능란한 손으로 神妙(신묘)를 전하여 만든 仙人(선인)의 盈像(영상)이다. 옥도끼와 은 칼로 손질해 마치 이 세상 사람이 아닌 것 같다. 萬里浮雲(만리부운)은 仙人의 오랜 휴식처요, 九千의 明月은 멀리 그리는 星辰(성진)이로다. 玄圃青城(현포청성)같은 仙境이 바로 이런 곳이며, 鸞鳥(난조), 幻鶴(환학)이란 것이 이런 것을 말함일까? 이 仙人을 따라가고자 우두커니 서서 기다렸으나 유감스럽게도 그것은 그림이고 그 巾屨(건리, 망건과 신)은 眞物이 아닌가 하노라.

옥도끼와 은칼로 선인의 형상을 만들었다면 조각으로 추측할 수 있겠으나 龍眠(용면)이 중국 宋(송)나라의 書畵大家(서화대가)이니 조각으로 보기보다는 그림으로 보는 것이 타당하다. 그런 이유에서인지 朴午陽(박오양)이 1978년 편저한 『金笠詩集』 개정판에서는 「仙人畫像(선인화상)」으로 詩題(시제)를 바꾸었다. 전설이지만 우리에게도 통일신라 시대에 솔거(率居)가 태어나면서부터 배우지 않아도 그림을 잘 그리는(生而善畵, 생이선화) 천재 화가였다고 한다. 그가 황룡사의 벽에 늙은 소나무를 너무 잘 그려 참새들이 진짜 소나무인 줄 알고 앉으려다 벽에 부딪혀 떨어졌다는 고사도 있다. 그림 그리는 붓놀림이 신의 경지에 오르면 상상과 실제의 경계가 존재하지 않을 수 있다는 의미로 해석된다. 김립이 그림 속에 푹 빠져든 모습이 그려진다.

---

83) 龍眠(용면): 중국 宋(송)나라 때 李公麟(이공린)의 號(호). 詩書畵 특히 인물화, 佛畵, 말 그림을 잘 그렸던 것으로 전해지며, 대부분 소실되고 지금은 五馬圖卷(오마도권)이라는 그림이 전한다.

24. 見乞人屍(견걸인시)
- 걸인의 시신을 보고

不知汝姓不識名
부 지 여 성 불 식 명

何處靑山子故鄕
하 처 청 산 자 고 향

蠅侵腐肉暄朝日
승 침 부 육 훤 조 일

烏喚孤魂弔夕陽
오 환 고 혼 조 석 양

一尺短筇身後物
일 척 단 공 신 후 물

數升殘米乞時糧
수 승 잔 미 걸 시 량

奇語前村諸子輩
기 어 전 촌 제 자 배

携來一簣掩風霜
휴 래 일 궤 엄 풍 상

너의 이름도 모르고 성도 모르는데

그대 고향이 어디메뇨.

따스한 아침에는 파리 떼가 득실거리고

저녁이 되니 까마귀가 외로운 혼을 위해 울어주네.

짤막한 대나무 지팡이는 그대의 유물이고

몇 되 남은 곡식은 구걸하며 얻은 식량인가?

앞마을 청년들 부탁 한 번 하세

한 삼태기쯤 흙을 가져다 시신이나 묻어 주시게나.

蠅(승) 파리. 喧(훤) 떠들썩하다, 시끄럽다. 喚(환) 부르다, 외치다. 筇(공) 대나무 지팡이. 簣(궤) 삼태기[84]. 掩風霜(엄풍상) 바람과 서리를 막아주다, 즉 묻어주다.

이응수 대의

길거리에 쓰러져 죽은 걸인아, 네 성명은 모른다마는 어느 곳 청산이 네 고향이냐? 아침에는 네 썩은 시신에 파리가 들끓고 저녁에는 까마귀가 너의 외로운 혼백을 위로하기 위해 조상하며 떠나간다. 한 척 남짓한 대나무 지팡이는 그대의 유일한 유물이요 주머니에 있는 몇 됫박 남은 쌀은 구걸할 때 얻은 그대의 식량이구나. 앞마을 청년들에게 한마디 부탁하노니 한 삼태기 흙을 가져다가 이 가련한 屍身을 風霜으로부터 가려주려무나.

첨언

서론에 이미 실려 있지만, 이응수의 대의를 넣기 위해 다시 추가하였다. 하루하루 걸식유랑하며 얻어먹고 잠자리 구하기도 힘든 자기 코가 석 자인데 지나가다 비렁뱅이 하나 죽어 있는 시신을 보고 측은지심이 생겨 獻詩(헌시) 한 수 올리고 葬事(장사)까지 치러준다. 부자이건 거지이건 인생은 결국 흙으로 돌아가는 것, 法頂(법정) 스님이 애송하셨다는 懶翁禪師(나옹선사)의 「물처럼 바람처럼 살다 가라」는 禪詩(선시)가 생각난다.

---

84) 簣(궤) 삼태기: 재나 두엄을 나르기 위해 대나무나 짚을 엮어 만든 도구. 아이들이 오줌을 싸면 삼태기를 머리에 이고 이웃집에 소금을 빌려오라고 했다는 민간 풍속이 전해 옴. 오줌싸개 아이들을 창피하게 해 오줌 싸는 것을 막으려 했다 함.

靑山兮要我以無語
청 산 혜 요 아 이 무 어

蒼空兮要我以無垢
창 공 혜 요 아 이 무 구

聊無愛而無憎兮
료 무 애 이 무 증 혜

如水如風而終我
여 수 여 풍 이 종 아

청산은 나를 보고 말없이 살라 하고
창공은 나를 보고 티 없이 살라 하네.
성냄도 벗어놓고 탐욕도 벗어놓고
물같이 바람같이 살다가 가라 하네.

25. 八大詩家(팔대시가)

   - 唐宋 여덟 명의 詩의 大家들을 읊다

李謫仙翁胃己霜
이 적 선 옹 위 기 상

柳宗元足但垂芳
류 종 원 족 단 수 방

黃山谷裡花千片
황 산 곡 리 화 천 편

白樂天邊雁數行
백 락 천 변 안 수 행

杜子美人今寂莫
두 자 미 인 금 적 막

陶淵明月久荒凉
도 연 명 월 구 황 량

可憐韓退之何處
가 련 한 퇴 지 하 처

唯有孟東野草長
유 유 맹 동 야 초 장

이백 노인의 심신은 이미 서리가 되었고
류종원은 원래 꽃보다 아름다운 이름뿐이네.
황산은 계곡 안에 있는 수많은 꽃잎이고
백락은 하늘 끝까지 떼 지어 날아가는 기러기요.
두자의 미인도 지금은 적막하고
도연의 밝은 달도 황량한 지 오래되었네.
가련한 한퇴지는 물러가 어디로 갔는가?
오직 맹동의 들엔 풀만 자라고 있구나.

胃(위) 위, 밥통, 마음. 足(족) 발, 머무르다, 그치다. 垂(수) 드리우다, 베풀다. 芳(방) 향기, 명성. 裡(리) 속, 내부. 雁(안) 기러기, 거위.

이응수 대의

李白(이백)이 제아무리 시재가 능했다 해도 지금은 백골이 서리같이 희게 되었고, 柳宗元(유종원)은 원래 향기로운 명성뿐이다. 黃山(황산) 계곡 사이에 떨어진 수많은 꽃잎이 바람에 휘날리고 가을 하늘 끝까지 떼 지어 나르는 白鴈(백안, 흰 기러기)의 울음소리가 구슬프다. 杜子(두자)의 美人(미인)도 지금은 말 없는 옛사람이 되었고, 陶淵(도연)의 明月(명월)도 황량해진 지 오래다. 가련하구나! 한퇴지는 물러나 어디로 갔을까? 오로지 孟東野(맹동야)에 잡초만 무성하구나! 얼마 전 「조선일보」에 이 시를 발표하였을 때 '唐宋詩人八大家(당송시인팔대가)'를 三蘇王安石曾鞏(삼소왕안석증공) 등의 文章八大家(문장팔대가) 의미의 '唐宋八大家(당송팔대가)'로 誤植(오식)되었음을 밝히니 양해를 바란다.

첨언

唐宋(당송)시대 八大詩家들의 號와 字를 援用(원용)해 내용으로 읊은 시이다. 李謫仙(이적선)은 唐나라 시인 李白(이백, 701~762)이며 李白의 字는 太白(태백)이다. 杜甫(두보)와 함께 중국의 가장 위대한 시인으로 꼽히며 이 두 사람을 李杜(이두)라 칭하고, 李白을 詩仙(시선)이라고 부른다. 柳宗元(유종원), 黃山谷(황산곡), 白樂天(백낙천), 杜子美(두자미), 陶淵明(도연명), 韓退之(한퇴지), 孟東野(맹동야) 등 唐宋시대를 풍미했던 여덟 명의 詩 大家들의 이름을 풀어가며 詩化(미화)하였다. 唐나라 文官이었던 柳宗元(유종원)은 지방으로 좌천된 후 봉건체제의 모순을 조롱·비판하며 떠돌며 자연을 유람하며 읊은 自然詩人이었다. 그의 「강설(江雪)」이라는 시의 구절을 하나 옮긴다.

千山鳥飛絶
천 산 조 비 절

萬逕人踪滅
만 경 인 종 멸

孤舟蓑笠翁
고 주 사 립 옹

獨釣寒江雪
독 조 한 강 설

- 柳宗元, 「江雪」 중

첩첩산중 들어오니 나는 새도 볼 수 없고
모든 길에 사람 발자국이라고는 볼 수 없네.
쓸쓸한 조각배에 도롱이 삿갓 쓴 노인네
눈발 날리는 차디찬 강물에 홀로 낚싯대 드리우네.

주해

逕(경) 좁은 길(小路). 踪(종) 발자취.

4장

詠物 篇 - 其一
영물 편 - 1

1. 吟笠(영립)

- 삿갓을 읊다

浮浮我笠等虛舟 一着平生四十秋
부 부 아 립 등 허 주 일 착 평 생 사 십 추

牧竪輕裝隨野犢 漁翁本色伴沙鷗
목 수 경 장 수 야 독 어 옹 본 색 반 사 구

醉來脫掛看花樹 興到携登翫月樓
취 래 탈 괘 간 화 수 흥 도 휴 등 완 월 루

俗子依冠皆外飾 滿天風雨獨無愁
속 자 의 관 개 외 식 만 천 풍 우 독 무 수

定處 없이 떠도는 내 삿갓은 빈 배와 같아 한번 쓰니 사십 평생이네.

더벅머리 목동이 들판에서 송아지 먹일 때 가볍게 쓰고 늙은 어부의 본래 쓰는 삿갓 행색으로 백사장 갈매기의 벗이로다.

술 취하면 벗어 꽃나무에 걸어보고 흥이 나면 누각에 들고 올라가서 달을 감상하네.

속세의 사람들은 모두 겉치장으로 의관을 걸치지만 하늘 가득 비바람 몰아쳐도 난 아무 걱정 없네.

주해

牧(목) 목장, 마소를 키우다. 竪(수) 더벅머리 犢(독) 송아지. 漁(어) 물고기를 잡다. 鷗(구) 갈매기. 伴(반) 친구. 掛(괘) 걸다, 마음에 걸리다. 翫(완) 가지고 놀다. 翫月樓(완월루) 누각 이름이 아니라 달을 보고 즐길만한 누각이라는 의미로 前句의 看花樹의 '꽃나무를 보다'를 대하며 읊었다.

이응수 대의

가뿐한 내 삿갓이 빈 조각배 같고 어쩌다 한번 쓰니 어느덧 사십 평생이 지났구나. 이 삿갓은 본래 더벅머리 목동이 벌판에 나아가 소 먹이러

갈 때 가볍게 쓰는 도구이며 늙은 어부가 백사장의 바다 갈매기를 벗 삼아 고기 잡을 때 본래 모습이요, 벗어서 들고 나뭇가지에 걸어놓고 갑자기 흥이 나면 달 구경할 누각으로 갖고 올라간다. 세상 사람들의 의관이라는 게 모두 겉치장에 지나지 못해도 나의 이 소박한 삿갓 의관은 하늘에 온통 비바람 몰아쳐도 남들처럼 경박하게 사방으로 뛰어가며 비바람을 피할 우려도 없도다.

첨언

조상을 욕되게 한 천하의 불효자가 감히 하늘을 올려 볼 수 없다며 평생 삿갓으로 얼굴을 가린 김립의 한과 울분을 속세의 사람들은 몰랐다. 黃五(황오)가 그의 綠此集(녹차집)에서 얘기했듯이 당시에도 삿갓 쓰고 다니는 사람을 기이하다고 보았나 보다. '천하의 奇人(기인) 남자 하나가 집에 와 있으니, 와서 그를 한 번 보지 않겠는가? 가서 보니 과연 삿갓을 쓴 그 奇人 술 마시는 걸 즐기며, 해학적인 것을 무척 좋아하며 시 또한 잘 지었는데…(黃五의 綠此集)' 그러나 삿갓과 지팡이는 김립의 평생 길동무(道伴)이자 유일한 재산이었다. 길벗인 삿갓이 비바람까지 막아주니 고맙다며 읊은 시이다. 이응수는 '가뿐한 내 삿갓'이 마치 '빈 배'와 같다고 했다. 차라리 걸식유랑하며 조선팔도 떠도는 김립의 인생처럼 '정처 없이 떠도는 내 삿갓'이 '빈 조각배'와 같다고 번역하는 게 마음에 더 와닿는 것 같다. 더벅머리 목동과 늙은 어부들에게는 삿갓이 본래 그들 삶의 일부이지 겉치장을 위해 쓰는 게 아니라고 읊는다. 두 번째 句의 牧豎(목수, 더벅머리 목동)를 많은 참고자료에서 植字오류인 牧堅(목견) 그대로 옮기고 있는데 고쳐져야 한다고 판단한다. 57세 나이로 전남 화순 땅에서 객사할 때 마지막 순간을 지켜보는 그의 평생 길동무 삿갓의 애처로운 모습이 그려진다. 임종(臨終) 후 삿갓도 자신의 본래 모습을 떠나 비바람에 날리며 흙 위에 나뒹굴다 어딘가에서 사라졌을 것이다.

2. 冠(관) - 갓

首飾端儀勝挿花 織織密孔僅容沙
수 식 단 의 승 삽 화 직 직 밀 공 근 용 사

紵篁合體均圓滿 漆墨成章隙潤纓
저 황 합 체 균 원 만 칠 묵 성 장 극 윤 영

文物攸同箕子國 規模曰自大明家
문 물 유 동 기 자 국 규 모 왈 자 대 명 가

一曲滄浪纓可濯 至今傳唱楚江歌
일 곡 창 랑 영 가 탁 지 금 전 창 초 강 가

머리 위에 관을 쓰는 예절은 꽃을 꽂는 것보다 좋다네. 촘촘히 찬 사이 구멍은 모래알도 간신히 빠질 정도로 빽빽하고

모시와 참대로 균형 있게 잘도 만들었네. 옻칠과 먹빛이 조화를 이루며 갓끈도 무척 윤택하고

이러한 관을 쓰는 문화는 먼 옛날 기자 시대에서 왔고 그 모양과 크기는 명(明)나라 집안에서부터 비롯되었도다.

그리하여 한 곡조 푸른 바닷물에 갓끈을 빨 만하다는 楚江의 노래를 지금까지도 부르고 있도다.

주해

織(직) 짜다, 베를 짜다. 僅(근) 겨우, 조금, 간신히. 紵(저) 모시. 篁(황) 대의 총칭, 대숲. 漆(칠) 옻, 검다. 隙(극) 틈, 흠, 결점. 章(장) 문장, 문체, 글. 潤(윤) 젖다, 윤택하다. 纓(영) 갓 끈. 箕子(기자) 고조선 왕조 중 하나인 기자조선을 말함. 一曲滄浪(일곡창랑) 屈原(굴원)의 漁夫辭(어부사)에 있는 어부의 말에서 인용된 말, '滄浪濁兮可以濯吾足 滄浪淸兮可以濯吾纓(창랑탁혜가이탁오족 창랑청혜가이탁오영, 푸른 바다 물결이 흐리면 내 발을 씻을 수 있고 그 물 맑으면 내 관의 갓끈을 깨끗이 씻을 만하다).'

머리 장식구인 冠(관)의 단정한 예의는 꽃을 꽂는 것보다 나은데 그 冠
의 촘촘하고 **빽빽**한 구멍은 모래알을 넣을 만치 작다. 모시와 참대를 모
아 만들어 형체는 원만하고 옻칠의 검은 빛을 내니 윤택하기가 이를 데
없다. 이 冠에 관한 문물은 기자국이나 우리 조선의 것이나 마찬가지요
그 규모는 명나라 것과 비교해도 스스로 못하지 않다. 그래서 이 冠에
관한 노래 一曲滄浪纓可濯(일곡창낭영가탁)의 楚江歌(초강가)가 지금까지 전
해 내려오고 있다.

첨언

여기서 관은 삿갓이 아닌 사대부 양반들이 즐겨 쓰는 갓(衣冠)을 말한
다. 모시와 참대로 만들어 옻칠해 윤택한 검은 갓(冠)은 양반과 선비의
위엄을 상징하는 장신구였다. 이응수 대의의 끝부분 '規模曰自大明家(규
모왈자대명가)'를 '명나라 것과 비교해 스스로 못하지 않다'라고 해석한 부
분은 '그 모양과 크기는 명(明)나라 집안에서부터 유래되었도다'로 바꾸
는 것이 옳을 듯하다. 冠(갓)을 쓰지 않고 평생 삿갓만을 쓴 몰락 양반의
자손인 김립이 양반들의 상징인 冠에 대해 부정적 표현 없이 그 아름다
움과 유래를 객관적으로 읊었다.

3. 網巾(망건)

網學蜘蛛織學蛩
망 학 지 주 직 학 공

小如針孔大如銎
소 여 침 공 대 여 공

須臾捲盡千莖髮
수 유 권 진 천 경 발

烏帽接罹摠附庸
오 모 접 리 총 부 용

거미에게 그물 짜기 귀뚜라미에게 베 짜기를 배워

작은 것은 바늘구멍 큰 것은 뜨개질 돗바늘 구멍 같네.

잠깐 천 줄기 머리카락을 다 묶고 나면

갓이나 망건이나 모두 다 따라오네.

주해

蜘(지), 蛛(주) 거미. 蜘蛛(지주) 거미. 蛩(공) 메뚜기, 귀뚜라미. 銎(공) 도끼구멍.

須臾(수유) 잠시, 잠깐. 莖(경) 줄기, 작은 가지. 髮(발) 머리털. 烏紗帽(오사모) 왕이나 관리들이 관복을 입을 때 쓴 검은색 실로 만든 모자. 罹(리) 걸리다. 接罹, 接羅, 接離(접리) 망건. 庸(용) 쓰다. 附庸(부용) 강국의 부속국을 附庸國(부용국)이라 했다.

이응수 대의

머리에 쓰는 의관의 일종인 망건을 두고 어떤 사람이 글을 지으라며 韻자 蛩(공), 銎(공), 庸(용)를 불러 이에 응답해 지은 絶句(절구)이다. 거미에게 망 짜는 기술을 배우고 귀뚜라미에게 지혜를 본받아 만든 망건! 구멍이 작은 놈은 작은 바늘구멍 같고 큰 구멍은 뜨개질 돗바늘 구멍 같구나. 잠깐 천 줄기 머리카락을 감아 묶고 망건 주위에 갓이나 관 모두 이 망건에 딸려오는 下從者(하종자)들이다.

첨언

김립은 일상생활 속에서 흔히 마주치는 많은 것들을 시의 소재로 삼기도 했다. 망건, 담뱃대, 콩, 닭, 이, 벼룩, 장기, 요강 등을 의인화(擬人化)하고 시로 읊었다는 것은, 조선 시대의 음풍농월(吟風弄月)조의 고전적 시 소재로서 전혀 적합지 않았으니, 기존 시의 소재와 형식에서 대단한 창조적 파괴라 볼 수 있다. 머리가 길었던 조선 남자들의 경우 긴 머리를 단정히 한 뒤 갓을 써야 했다. 상투를 틀 때 머리카락을 감아올려 머리에서 흘러내리지 않게 이마에 두르는 것이 망건이다. 그물 모양과 닮았다는 뜻에서 망건이라 이름 붙였다. 보통 말총으로 만들었다. 중국에서 유래한 망건은 명나라를 세운 주원장이 몽고족의 풍습을 없애기 위해 만들었다고 한다. 조선 26대 왕 高宗 때 개화파 김홍집 내각에 의해 1895년에 단발령(斷髮令)이 전격 단행되었다가 조선의 성리학 유림(儒林)들의 반발로 실패한다. 여하튼 갓과 망건은 살아남았지만 120여 년 지난 지금에 와서는 거의 보기 힘들게 되어 아쉬운 마음도 있다. 임진왜란 때 왜군과 싸우다 수많은 조선 군사가 충주의 남한강과 달천강 合水머리 탄금대 절벽 아래로 떨어져 숨졌다 한다. 군사들의 屍身을 찾고 亡者들의 넋을 기리기 위해 '넋걷이 굿[85]'을 했는데 시신 한 구의 머리에만 망건이 씌워있었고 한쪽에 옥관자(玉貫子) 장식이 있어 신립(申砬, 1546~1592) 장군임을 확인하고 경기도 광주 곤지암에 신립 장군의 시신을 모셔 안장(安葬)했다 한다. 망건(網巾), 신립 장군, 망건에 대해 읊은 김립 모두에게 추모(追慕)하는 마음으로 고개 숙인다.

---

85) 넋걷이 굿: 죽은 사람의 넋과 시신을 거두기 위한 굿으로 주로 경기도 지역에서 행했던 무속신앙 굿. '자리걷이 굿'이라고도 함.

4. 燈火(등화)

檠長八尺掛層軒 其上玉盃磨出崑
경 장 팔 척 괘 층 헌　기 상 옥 배 마 출 곤

未望月何圓夜夜 非春花亦吐村村
미 망 월 하 원 야 야　비 춘 화 역 토 촌 촌

對筵還勝看白日 挑處能爲逐黃昏
대 연 환 승 간 백 일　도 처 능 위 축 황 혼

雖謂紅燈光若是 時時寧照覆傾盆
수 위 홍 등 광 약 시　시 시 영 조 복 경 분

팔척이나 되는 높은 집 처마에 걸어 놓은 등받침대, 그 위에 곤륜산에서 캐온 옥을 갈아 만든 호롱불 등잔.

보름달도 아직 멀었는데 어찌 밤마다 둥글둥글, 봄꽃도 아직 안 피었는데 마을마다 호롱불꽃이 피었는가?

돗자리 깔고 앉으면 밝은 날보다 더 훤하고 심지를 돋우면 황혼을 따라 밝히는구나.

홍등가의 등도 이처럼 밝다 하니, 때때로 그런 등은 못 밝히게 차라리 꺼 버릴 것을.

주해

檠(경) 등의 받침대, 등잔걸이. 掛(괘) 걸다. 層軒(층헌) 높은 마루, 집. 崑(곤) 중국 전설의 산인 崑崙山(곤륜산), 산의 주인은 永生하는 西王母. 望月(망월) 보름날 밤의 달. 夜夜(야야) 밤마다. 筵(연) 돗자리, 대자리. 挑(도) 돋우다, 의욕을 돋우다. 寧(영) 편안하다, 차라리. 覆(복) 뒤집다, 반전하다. 盆(분) 그릇, 동이.

이응수 대의

팔 尺(척)이나 되는 높은 집 처마에 걸려있는 등받침대에 올려놓은 등잔은 崑崙山(곤륜산)의 옥돌을 갈아 만든 것이다. 보름달도 아닌데 어찌 둥그렇게 밝게 비치며 봄도 아닌데 白花滿發(백화만발) 하듯 마을 구석구석을 밝게 비추고 있는가? 돗자리 펴고 앉아 보면 밝기가 대낮보다 낫고 심지를 돋우면 갑자기 황혼의 어두움을 먼 곳까지 밝힌다. 비록 紅燈(홍등)이 이처럼 밝다 하나 섭섭한 것은 엎어 놓은 등잔의 속까지 어찌 그때마다 밝힐 수 있으리오.

첨언

옥돌로 만든 등잔이 등받침대 위에 놓여 있으니 호롱불 등잔인 듯싶다. 그 옛날 등불은 단순히 방안을 밝히는 도구로만 보지 않고 하나의 어둠 속에서 춤도 추며 그림자도 만들어내고 창호지 문에 아름다운 그림도 연출해주는 일종의 生物로 우리와 함께하였다. 등잔불 심지가 꺼져 가면 생명의 불꽃이 꺼져 가듯 아쉬워했다. 가족이나 사람들을 밤마다 한곳으로 모이게 하고 어둠 속에서 가족들이 서로 얼굴 마주 보며 담소를 나누며 꿈과 희망을 품게 해주는 아름다운 생활 속 필수품이었다. 이제 전등과 형광램프로 등잔불은 거의 사라져 벽과 천장에 어른거리며 춤추는 그림자의 모습을 볼 수 없어 서운하다. 마지막 句 '時時寧照覆傾盆(시시영조복경분)'의 이응수의 번역 '엎어 놓은 등잔의 속까지 어찌 時時로 밝힐 수 있으리오'라는 시의 前句의 의미가 무리 없이 연결될 수 있도록 몸 파는 여인들이 모여 있는 紅燈街(홍등가)의 등불과 같이 취급하기 싫어 그런 등불을 꺼버리고 싶다는 의미로 바꿔 번역했다.

5. 燈(등)

用以焚香欲返魂 方生方死隔晨昏
용 이 분 향 욕 반 혼　방 생 방 사 격 신 혼

虞陶星德從今覺 燧鑽神功自古存
우 도 성 덕 종 금 각　수 찬 신 공 자 고 존

滿腹出灰留客恨 終身呑炭報誰冤
만 복 출 회 유 객 한　종 신 탄 탄 보 수 원

靑樓煮酒曾何日 天下英雄哇可言
청 루 자 주 증 하 일　천 하 영 웅 와 가 언

향을 피우는 것은 혼을 불러들이기 위함인데 새벽이 오면 죽었다 해가 지면 다시 살아나는
구나.

요순임금의 성덕을 지금도 볼 수 있게 밝혀주고 수인씨의 신묘함도 오래전부터 볼 수 있게
해주는구나.

등잔 속이 꽉 차면 그을음을 토해내며 나그네의 한과 함께하며 온몸이 다 타 들어가면서
재를 삼키는 것은 누구의 원통함을 갚기 위함인가?

아, 기방에서 술 데워 먹던 그 옛날이 언제였던가? 천하의 영웅호걸들과 호언(豪言) 주고받
으며 이 밤을 지새우리라.

주해

焚香(분향) 제사나 예불에서 향을 피움. 方(방) 바야흐로, 장차. 虞陶(우도) 有虞(유우, 舜 임금)와
陶唐(도당, 堯 임금)의 다른 칭호. 燧人(수인) 중국 고대 신화에서 불을 발견한 사람. 鑽(찬) 연구하
다, 뚫다. 呑炭(탄탄) 중국 晉나라 사람 豫讓(예양)이 원수를 갚기 위해 몸에 옻칠을 걸게 해 문둥
이 흉내를 내고, 숯을 삼켜 벙어리 흉내를 내며 복수할 기회를 노렸다는 고사에서 인용된 말
(豫讓又漆身爲厲呑炭爲啞 - 史記 刺客列傳). 厲(려, 라) 갈다, 磨(마)와 같은 의미, 문둥병 라. 靑樓(청루)
원래 푸른색을 칠한 세도가의 집을 지칭했으나 명나라 때 기녀들이 있는 집을 지칭하게 되었
음. 煮(자) 삶다, 익히다. 曾(증) 일찍이, 곧. 哇(와, 규, 화) 음란한 소리, 노래하다, 목매다.

옛날부터 분향의 관습은 죽은 자의 혼을 불러오고자 함인데 등불도 불을 켜면 죽은 자의 혼이 돌아오는 것이어서 그 혼의 생사가 새벽과 황혼 사이를 왕래한다. 燈火(등화)의 근원을 살피면 燧人氏(수인씨) 시대와 堯舜(요순) 시대로 거슬러 올라가며 지금 우리는 매일 밤 그들의 神功(신공) 덕을 보고 있는 것이다. 등잔이 꽉 차 검은 재를 토하는 것은 죽은 자의 원한을 지금도 간직하고 있다는 심사인 것 같은데 끝까지 시커먼 숯을 먹고 있는 것은 豫讓(예양)이 아닌 저 燈(등)으로 누구 원수를 갚으려는 것인가? 靑樓(청루)에 앉아 이 燈(등)을 밝히고 앉아 술을 데워 마신 지 얼마나 되었나? 그 속에서 천하 영웅을 웃어주며 이 등불과 벗하는 것이로다.

첨언

燈불을 쳐다보며 시공을 뛰어넘어 요순시대의 불을 만든 燧人氏(수인씨)까지 거슬러 올라가 감사드리고, 豫讓(예양)이 숯을 삼키며 복수할 기회를 노렸다는 『사기』의 '자객열전' 내용까지 언급한다. 중국 역사와 문화에 관한 공부가 깊어 시 소재에 관한 연결에 거침이 없다.

6. 爐(로)

- 화로

靑洞珍視我何尋
청 동 진 시 아 하 심

陶出枵然貯炭深
도 출 효 연 저 탄 심

熏炙於人稱火德
훈 적 어 인 칭 화 덕

炎凉斯世歎灰心
염 량 사 세 탄 회 심

挑來最妙携杯煖
도 래 최 묘 휴 배 난

擁坐尤奇閉戶陰
옹 좌 우 기 폐 호 음

寒土凍窓多軒此
한 토 동 창 다 헌 차

莫論其價十文金
막 론 기 가 십 문 금

청학동 산골에 무슨 진귀한 걸 보러 왔는가
질그릇으로 만들어져 속은 텅 비어 많은 숯을 넣을 수 있구나.
따뜻해 가까이할 수 있으니 사람들은 이것을 화덕이라 부르고
기쁘고 슬픈 세상사 재가 되는 모습을 바라보며 탄식하네.
원하면 갖고 온 술잔도 아주 따뜻하게 데워주고
가까이 앉아 있다 보면 더욱 신기한 건 문 닫고 책만 보게 되는구나.
쓸쓸하고 외진 곳에 들창은 얼어붙고 집들이 다 이러하니
그 값을 매기자면 금 동전 십 文(문)은 족히 되리라.

楒(효) 비다, 속이 텅 빈 모양. 熏(훈) 연기에 그을리다. 炙(적) 굽다, 가까이 하다. 炎(염) 불이 타오르다, 덥다. 凉(량) 서늘하다. 灰心(회심) 고요히 재처럼 사그라들어 유혹을 받지 않음. 尤(우) 더욱, 특히. 文(문) 조선의 화폐 최소 단위로 가운데 네모난 구멍이 있는 구리 동전으로 '푼' 혹은 '닢'으로도 불렸음. 1문(文)=1닢=1푼, 10문=1전(錢), 10전=1냥(兩), 10냥=1관(貫).

이 시를 처음 수록한 초판에는 이응수의 대의가 없고, 증보판에서는 빠졌다. 질그릇 옹기 화로에 대한 예찬이 무척 아름답다. 화로 속 숯이 어두운 밤이 되면 새빨갛게 타올라 살아나고 새벽이 되어 날이 밝아오면 숯은 하얀 재가 되어 죽게 되며 그 삶과 죽음 사이에 온 가족들 오순도순 둘러앉아 얘기 나누며 술잔도 데우고 책도 보니 난방용, 취사용으로 이 얼마나 진귀한 보물인가? 화덕 하면 피자 굽는 피자 화덕이나 디지털 벽난로 정도 연상하게 되는데 우리 선조들은 화로를 그야말로 덕(德)을 베푸는 불(火), '화덕(火德)'이라 존칭해 불렀다. 춥고 외로운 겨울밤 시골 마을에 家家戶戶(가가호호) 화롯불 지피는 모습을 읊은 서정시이다.

7. 咏影(영영)

- 그림자를 읊다

進退隨儂莫汝恭
진 퇴 수 농 막 여 공

汝儂酷似實非儂
여 농 혹 사 실 비 농

月斜岸面篤魁狀
월 사 안 면 독 괴 상

日午庭中笑矮容
일 오 정 중 소 왜 용

枕上若尋無覓得
침 상 약 심 무 멱 득

燈前回顧忽相逢
등 전 회 고 홀 상 봉

心雖可愛終無信
심 수 가 애 종 무 신

不映光明去絶踪
불 영 광 명 거 절 종

앞으로 가나 뒤로 가나 날 따르는데도 너를 고마워 않으니

너와 내가 진짜 비슷하지만 진짜 나는 아니구나.

달빛 기울어 언덕에 누우면 도깨비 형상이 되고

밝은 대낮 뜨락에 비치면 난쟁이처럼 우습구나.

침상에 누워 찾으면 만나지 못하다가

등불 앞에서 돌아보면 홀연히 마주치네.

내 마음은 너를 사랑하는데 너는 끝내 말도 없고

밝은 빛이 비치지 않으면 흔적도 없이 사라지네.

주해

儂(농) 나, 저. 隨儂(수농) 나를 따르다. 酷似(혹사) 서로 같다고 할 만큼 비슷하다, 恰似(흡사)와 같은 의미. 酷(혹) 심하다. 篤魁(독괴) 도깨비. 篤(독) 인정 많다. 魁(괴) 도깨비. 矮(왜) 난장이, 키가 작다. 覓(멱) 구하여 찾다.

이응수 대의

進退一擧一動(진퇴일거일동)을 나를 따라도 너에게 고마운 마음이 없고 너와 내가 모양이 흡사하나 너는 실제로 내가 아니다. 서쪽 하늘에 달 기울어 비출 때 언덕에 누우면 길게 뻗어 도깨비 모습이지만, 대낮 뜨락에 비친 내 모습은 난쟁이같이 왜소하다. 드러누워 침상에서 너를 찾고 불러도 볼 수 없더니만 燈(등) 앞에서 고개 돌려 보면 홀연히 서로 만나는구나. 심정이 아름다운 너 끝내 말이 없구나. 밝은 날이 되면 종적을 감추어 버리니 너는 神出鬼妙(신출귀묘)한 나그네로다.

첨언

평생을 말없이 따라다니는 인생의 동반자인 그림자를 의인화해 읊은 시이다. 이 「영영(咏影)」이라는 시는 조선 후기 문신 南尙敎(남상교)의 작품이라는 말이 있어서 그런지 이응수의 『김립시집』 종결판 『풍자시인 김삿갓』에서는 제목이 「음영(吟影)」으로 바뀐다.

8. 吟影(음영)

- 그림자를 읊다

一人行作兩人行
일 인 행 작 양 인 행

依稀貌形眞可驚
의 희 모 형 진 가 경

傍雲出沒疑仙鬼
방 운 출 몰 의 선 귀

步月相隨若兄弟
보 월 상 수 약 형 제

該日該時同此世
해 일 해 시 동 차 세

無聲無臭共平生
무 성 무 취 공 평 생

以汝觀吾吾亦汝
이 여 관 오 오 역 여

立身天地待淸明
입 신 천 지 대 청 명

혼자 걸어도 두 사람이 걷는 듯하고
붙어 따라다니는 네 모양이 정말 놀랍구나.
구름이 곁으로 들어갔다 나왔다 한 귀신같기도 하고
달 밝은 밤 걸으면 형제처럼 따르네.
한날한시에 태어나 평생을 함께 하면서도
소리도 없이 냄새도 없이 묵묵히 한평생 함께 하는구나.
네가 나를 보니 나도 너를 보고
몸을 천지에 세우고 오로지 밝은 날을 기다린다.

稀(희) 드물다. 該日該時(해일해시) 한날한시. 같은 날과 같은 시각. 該(해) 그 해. 貌(모) 얼굴, 모양.

이응수 주석

일생을 두고 자기와 행동을 함께하는 그림자에 대해서 읊으면서 자기의 청명한 마음을 표명한 시이다(『正本 김삿갓 풍자시 전집』, 실천문학).

첨언

살다 보면 아끼던 옛 친구도 언젠가는 떠나고 사랑하는 가족도 결국 떠나는 게 우리네 삶이다. 그러나 그림자는 우리가 세상 어디를 가나 변함없이 묵묵히 따라다니는 인생의 평생 동반자이다. 우리가 세상을 떠날 때가 되어야 그때야 비로소 우리 곁을 떠나며 자신도 소멸하니 이 얼마나 소중한 벗인가? 안아줄 수도 없고 고맙다는 말을 건넬 수도 없고, 홀로 쓸쓸히 유랑하는 김립이 자신의 그림자가 나타나는 밝은 날을 간절히 기다린다며 읊은 시이다.

9. 簾(염)

- 주렴, 발

最宜城市十街樓 遮却繁華取闃幽
최 의 성 시 십 가 루　차 각 번 화 취 격 유

三更皓月玲瓏照 一陣紅埃隱暎浮
삼 경 호 월 영 롱 조　일 진 홍 애 은 영 부

漏出琴聲風乍動 覘看山影霧初收
누 출 금 성 풍 사 동　첨 간 산 영 무 초 수

林葱萬類眞顔色 盡入窓櫳半掛釣
임 총 만 류 진 안 색　진 입 창 롱 반 괘 조

발(簾)은 번화한 시가지 누각에 걸려야 제격이니라. 번화한 거리를 가리고 고요함을 가져오기 때문일세.

한밤중에는 밝은 달이 영롱하게 비추어 들게 하고 한 줄기의 붉은 먼지는 달빛에 반사되어 은은히 떠다니네.

바람이 잠깐 일면 아름다운 거문고 소리 새어 나오고 산 그림자 엿보면 안개도 걷히는구나.

우거진 수풀 속 온갖 풀 나무 너의 진짜 모습인데 창가까지 몰려와 이렇게 낚싯줄에 걸린 듯 반쯤 매달려 있구나.

주해

最宜(최의) 제일 잘 어울리다, 가장 옳다. 遮却(차각) 막아서 물리치다. 闃(격) 고요하다. 皓(호) 깨끗하다, 밝다, 하늘. 皓月(호월) 밝은 달. 玲瓏(영롱) 광채가 빛남, 소리가 맑고 산뜻함. 埃(애) 먼지, 티끌, 속세. 紅埃(홍애) 붉고 뿌연 먼지, 속세를 의미. 乍(사) 잠깐, 갑자기. 覘(첨), 覘看(첨간) 엿보다. 林葱(임총) 수풀이 우거짐. 葱(총) 풀이 무성하다. 櫳(롱, 농) 난간, 우리, 여기서는 窓(창)과 같은 의미. 釣(조) 낚시, 꿰다.

簾(염, 발)이 제 기능을 충분히 발휘하기 위할 수 있는 곳은 큰 길거리의 樓閣(누각)일 것이다. 시가지의 변화함과 분리하여 고요하게 해주기 때문이다. 한밤중에 달빛이 영롱하게 비치면 한 줄기의 뿌연 먼지가 햇빛에 반사되어 떠다닌다. 그 안에서는 아름다운 여인이 앉아 琴瑟(금슬, 거문고와 비파) 연주할 때 그 아름다운 소리가 새어 나와 나의 흥을 돋운다. 산 그림자를 엿보며 바야흐로 안개가 걷히는 것을 볼 수 있는 것도 발의 묘미이다. 본래 산과 들에 무성한 풀 나무들이 그 본래 모습인데 창가에 낙수 내리듯 이렇게 주렁주렁 걸려 있구나.

첨언

簾(렴, 염), 주렴(珠簾)은 구슬을 꿰어 만든 발을 의미하며, 주로 무언가를 가리기 위해 사용한다. 시끌벅적한 도시의 소음을 막아주어 한적한 분위기를 만들어준다. 밤에는 아름다운 달빛이 스며들고 바람이 스며들며 거문고 소리도 들려온다. 황혼이 질 때 슬쩍 발을 통해 멀리 산을 쳐다보면 안개구름이 걷히는 것을 볼 수 있다. 원래는 산과 들에 있어야 할 풀 나무 너희들이 어쩌다 여기까지 모여와 낚싯줄에 매달리듯 창에 주렁주렁 늘어져 있느뇨? 발의 원래 사용 목적은 무언가를 가리기 위함이지만 김립은 역으로 아름다운 그 무엇을 보고 들을 수 있음을 읊는다. 달빛, 안개 걷히는 산, 거문고 소리. 그래도 열녀 춘향(春香)이는 꿈속에서라도 오매불망 이도령을 보고 싶어 발을 걷는다. "향단아, 주렴을 걷고 안석(安席)[86] 밑에 베개 놓고 문 닫아라. 도련님을 생시는 만나보기 망연하니 잠이나 들면 꿈에 만나보자(열녀춘향수절가 중)." 발은 가리고 보는 즐거움을 둘 다 가지고 있는 듯하다.

---

86) 안석(安席): 앉을 때 등을 기대는 방석.

10. 博(박)

- 장기

酒老詩豪意氣同 戰場方設一堂中
주 로 시 호 의 기 동　전 장 방 설 일 당 중

飛包越處軍威壯 猛象蹲前陳勢雄
비 포 월 처 군 위 장　맹 상 준 전 진 세 웅

直走輕車先犯卒 橫行駿馬每窺宮
직 주 경 차 선 범 졸　횡 행 준 마 매 규 궁

殘兵散盡連呼將 二士難存一局空
잔 병 산 진 연 호 장　이 사 난 존 일 국 공

술꾼하고 글깨나 하는 친구하고 뜻이 맞아 방 안에서 장기판 벌여놓고 싸움 한판 벌어지네.

포(包)가 건너뛰며 넘어오면 군세가 막강해지고 사나운 상(象)이 앞에 웅크리고 도사리고 있으니 진지의 세력이 막강하구나.

직선으로 쉽게 갈 수 있는 차(車)가 졸(卒)을 먼저 잡아먹으니 모로 가는 날쌘 마(馬)가 호시탐탐 궁(宮)을 엿보네.

남은 병(兵)졸은 뿔뿔이 흩어져 죽어 가며 계속 장(將)수를 부르니 궁을 지키던 두 군사는 더 견디지 못하고 이번 판은 졌네.

주해

詩豪(시호) 매우 뛰어난 시인. 蹲(준) 웅크리다, 춤추다. 駿(준) 駿馬, 뛰어난 사람. 窺(규) 엿보다.

이응수 대의

늙은 술꾼 하나와 글깨나 하는 친구 하나가 뜻이 맞아 방 한가운데 장기판 놓고 마주 앉았다. 包(포)가 날아 넘어가니 군사의 위세가 강해지고 사나운 싸움꾼 象(상)이 도사리고 있으면 진지가 막강해진다. 일직선으로 달리는 경쾌한 車(차)가 먼저 卒(졸)을 침범하니 날 日자 옆으로 달리는 준마(馬)가 호시탐탐 宮(궁)을 엿보며 야심을 드러낸다. 兵(병)이 사방으로 흩어져 계속 將(장)수를 불러대며 살려달라 외치지만 오로지 둘만 남은 土(사)가 감당할 수 없어 제一局(일국)은 다 잡혀 먹여 참패하고 말았다.

첨언

장기(將棋)는 원래 인도의 굽타 왕조에서 유행한 '차투랑가(Chaturanga)'라는 승려들이 즐기던 전략적 보드게임으로 기원전 200여 년경 중국으로 전해져 초한(楚漢) 전쟁 형식으로 바뀌어 신라 말 혹은 고려 초기에 우리나라에 전파된 일종의 전쟁놀이이다. 6세기경 페르시아를 거쳐 유럽으로도 전파되어 게임 형식이 오랜 세월 현지화하며 변하다가 15세기경 '체스'라는 대중적 게임으로 정착하게 되었다는 설이 있다. 장기의 궁과 장(宮·將, 楚漢의 왕)은 체스의 킹(King), 차(車)는 룩(Rook), 상(象)은 비숍(Bishop), 말(馬)은 나이트(Knight), 졸(卒)은 폰(Pawn)의 역할과 비슷하다. 장기와 체스 유행 시기와 장소는 역사적으로 다르지만, 둘 다 예리한 직관과 판단력을 요구한다. 장기는 포(包), 상(象), 차(車), 마(馬), 졸·병(卒·兵), 사(士)들을 기물(棋物)로 궁(宮)과 장(將)인 왕을 잡는 전략적 보드게임의 일종이다. 우리나라에서는 고려 시대에 민속놀이로 유행했다. 술친구와 글 친구가 장기 한판 두고 있는 모습을 읊었다는데 한 명이 빠진 듯하다. 장기판에는 보통 옆에 앉아 쓸데없이 훈수 두다 두들겨 맞거나 쫓겨나는 친구가 있어야 제격이다. 아무튼, 긴 담배 곰방대로 서로 삿대질하고 욕설 주고받고 장기판 뒤집어엎는 일 없이 장기 한판이 무사히 끝났길 바란다.

11. 棋(기)

- 바둑

縱橫黑白陣如圍
종 횡 흑 백 진 여 위

勝敗專由取捨機
승 패 전 유 취 사 기

四皓閑枰忘世坐
사 호 한 평 망 세 좌

三淸仙局爛柯歸
삼 청 선 국 난 가 귀

詭謀偶獲擡頭點
궤 모 우 획 대 두 점

誤着還收擧手揮
오 착 환 수 거 수 휘

半日輸贏更挑戰
반 일 수 영 갱 도 전

丁丁然響到斜暉
정 정 연 향 도 사 휘

가로 세로 흑돌 백돌이 에워싸듯 진을 치니

승패는 오로지 기회를 잡고 못 잡음에 있네.

상산사호(商山四皓) 한가로이 앉아 바둑 두며 세상사 모두 잊고

삼청(三淸) 선계에서 신선들이 두는 대국 구경에 빠져 나무꾼 도낏자루 썩는 줄도 모르네.

속이고 잔꾀 부리며 어쩌다 공격해 오는 한 점 얻기도 하고

잘못 두었으니 한 수 무르자고 하니 손 흔들며 안 된다네.

한나절이나 되어 한 판 끝냈는데 또다시 도전하니

쩡! 쩡! 울리는 바둑돌 놓는 소리에 해 질 때에 이르렀네.

圍(위) 둘레. 陣如圍(진여위) 에워싸며 진을 치다. 皓(호) 희다, 밝다. 四皓(사호)[87] 눈썹과 수염이 모두 하얀 네 명의 道人(도인). 枰(평) 바둑판, 원문의 秤(칭, 저울)은 내용상 枰(평, 바둑판)이 옳은 것 같아 바꿨음. 三淸(삼청)[88] 신선들이 사는 곳(神仙界). 爛(난) 불에 익다, 문드러지다. 柯(가) 도끼자루. 爛柯(난가) 바둑에 심취해 시간 가는 줄 모름. 詭(궤) 속이다. 謨(모) 꾀하다. 偶(우) 짝, 뜻하지 않게. 擡頭(대두) 어떤 세력이나 현상이 나타남. 揮(휘) 휘두르다, 지휘하다, 돈을 벌다, 세력이 왕성하다. 輸贏(수영) 승부. 丁丁(정정) 바둑알을 바둑판에 세게 부딪치며 놓는 소리. 한자음으로 바둑알 놓는 소리 '쩡쩡'을 표현. 暉(휘) 빛, 광채.

흑백 바둑알을 종횡으로 에워싼 것이 마치 전쟁의 진(陣)을 친 것 같다. 승패(勝敗)는 오로지 기회를 잡느냐 못 잡느냐에 달렸다. 옛날 漢(한)나라 사호(四皓)가 산에 숨어 있을 때도 한가로이 바둑 두며 세상과 돈절했고, 三淸仙界(삼청선계) 신선들 바둑 또한 그리했으리라. 우매한 나무꾼 하나가 신선들 바둑을 도끼에 기대 정신 팔고 보다 보니 도낏자루가 그새 썩어 집으로 돌아갔더니 팔십 년 세월이 흘러 부모 처자 다 죽고 없더라. 잔머리 굴려 속임수로 전세를 잡을 중요한 한 점 요석(要石)을 운 좋게 잡을 수도 있고, 실수로 잘못 둔 돌 무르자고 떼쓰면 그리 못 하겠다며 손사래 치고 난리다. 한나절 승부를 가리고도 모자라 또다시 한 판 탕! 탕! 하며 바둑돌 포석하는 소리에 해가 저문다.

접바둑 수준의 초보자들은 재미로 두다 보니 잘못 둔 돌 무르자며 사정도 하고 떼도 쓴다. 상대방은 '일수불퇴(一手不退)!', '낙장불입(落張不入)!' 문자 써 가며 거절한다. 고수바둑, 프로 바둑에서는 그런 일은 없다. 대

---

87) 四皓(사호): 중국 진시황 때 세상을 피해 상산(商山)에 숨어 살던 동원공(東園公), 기리계(綺里季), 녹리선생(甪里先生), 하황공(夏黃公) 네 명의 神仙을 의미한다. 漢高祖 유방이 장량(張良)의 권고로 이들의 도움을 받고자 했으나 거절하고 산속에 숨어 지냈다는 일화도 있다.

88) 三淸(삼청): 도교(道敎)에서 신선들이 산다는 세 궁(宮)의 이름. 옥청(玉淸), 상청(上淸), 태청(太淸).

국은 크게 멀리 보며 실천은 작은 일부터 차근차근 도모해나가는(着眼大局 着手小局, 착안대국 착수소국) 프로들의 바둑 대국은 제한된 시간에 많은 수를 읽고 고민해야 하니 심적 정신적 고통과 스트레스를 피할 길 없다. 알파고(AlphaGo)와 대국할 때 이세돌이 자기 인생에서 가장 극심한 정신적 고통에 시달렸다 한다. 김립은 신선들의 바둑 시합에 우매한 나무꾼을 등장시켜 바둑 한판 두는데 그의 도낏자루가 썩을 정도로 오랜 세월이 흘렀다 읊는다. 과장이 좀 심하지만, 어차피 풍자시이니 문제가 안 된다. 그래서인지 바둑에 관한 유머도 많아 하나 소개한다. 바둑에 중독된 어느 교회 목사가 설교하다 보니 신자들 검은 머리와 흰 머리가 바둑의 흑백 돌처럼 보이고 백돌 하나만 놓으면 흑돌 대마(大馬)를 잡을 수 있을 것 같아 기도를 마치면서 '아멘'이라고 말한다는 게 그만 '아다리(일본어 あたり)'라 소리쳤다는 우스갯소리도 있다. '아다리'는 우리말 바둑 용어로는 '단수(單手)'에 해당한다. 김립의 시 「우음(偶吟)」을 보면 시간도 때울 겸 취미 삼아 친구와 가끔 바둑은 둔 듯하지만, 김립의 바둑 실력이 어느 정도였는지는 알 수 없다. 그의 생가(生家)가 있었던 양주(楊州)에서는 정기적으로 김삿갓 혼과 정신을 기리기 위해 매년 김삿갓 바둑 대회를 개최한다고 전해진다.

12. 煙竹 其一(연죽 1)
- 담뱃대 1

圓頭曲項又長身 銀飾銅裝價不貧
원 두 곡 항 우 장 신 은 식 동 장 가 불 빈

時吸靑煙能作霧 每焚香草暗消春
시 흡 청 연 능 작 무 매 분 향 초 암 소 춘

寒燈旅館千愁伴 細雨江亭一味新
한 등 여 관 천 수 반 세 우 강 정 일 미 신

斑竹年年爲爾折 也應堯女泣湘濱
반 죽 연 년 위 이 절 야 응 요 녀 읍 상 빈

둥근 머리에 목은 굽었고 몸은 긴데 은과 구리로 장식했으니 값은 헐하지 않으리라.

때때로 푸른 연기 한 번 빨면 안개가 자욱하고 향초가 탈 때마다 모르는 사이에 봄도 사라지게 하는구나.

추운 날 여관의 등불 아래 온갖 시름 달래는 벗이 되고 부슬비 내리는 정자에서 한 대 피우는 맛이 일품이구나.

얼룩반점 대나무 너로 만들려고 해마다 얼룩참대 잘라 내니 요 임금의 따님들이 상강 물가에서 눈물 아니 흘리랴.

주해

項(항) 목. 價不貧(가불빈) 값이 싸지 않다. 暗(암) 어둡다, 은밀히, 몰래. 香草(향초) 향기로운 풀, 담배. 細雨(세우) 가랑비. 斑竹(반죽) 얼룩무늬의 대나무. 堯女(요녀) 舜(순) 임금의 두 왕비, 아황(蛾黃)과 여영(女英). 濱(빈) 물가. 湘(상) 중국의 瀟湘江(소상강)을 의미. 泣湘濱(읍상빈) 소상강가에서 눈물 흘리다. 瀟湘斑竹(소상반죽)의 전설: 중국 요순시대 때 요(堯)임금은 후계자로 덕이 두터운 순(舜)을 선정하여 두 딸 아황(娥皇)과 여영(女英)을 왕비로 보냈다. 순임금은 은 남쪽 지방을 다스리기 위해 돌아보던 중 창오(蒼梧)라는 곳에서 세상을 떠났다. 두 왕비(二妃)는 돌아오지 않는 남편을 찾아 나섰지만, 동정호에 와서야 남편인 순임금이 죽었다는 말을 듣고 피눈물을 흘리며 남편을 따라 물에 몸을 던져 죽는다. 두 왕비(二妃)가 소상강(瀟湘江) 가에서 흘린 눈물로 대나무가 얼룩졌다 하여 붉은 얼룩무늬의 대나무(瀟湘斑竹)가 되었다는 전설이다. 세월이 흐르며 두 왕비와 반죽(斑竹)은 지아비에 대한 충절, 절개, 단심(丹心)등을 상징하는 단어가 되었다.

이응수 대의

담뱃대 연죽(煙竹)은 둥그런 머리 부분과 구부러진 목 부분과 길게 뻗은 몸체 세 부분으로 되어 있다. 몸체는 은과 구리로 장식하였으니 값이 절대로 싸지 않다. 때때로 파란 연기 빨면 산천을 뒤덮는 운무(雲霧)를 만들고, 향기 나는 풀을 태워 없애니 풀 나무 우거진 자연을 없애는 셈이다. 겨울 등불 아래 여관에서 외로이 온갖 수심에 차 있을 때 친구가 되고 보슬비 부슬부슬 내리는 강변 정자에서 한 대 피워 물면 그 맛이 기가 막히다. 이 연죽(煙竹)을 만들려고 반죽(斑竹 얼룩진 무늬가 있는 참대, 瀟湘江이 명산지임)이 매년 동정호(洞庭湖)에 유입되는 소상강(瀟湘江) 연안에서 수없이 베어지니, 요(堯) 임금의 두 딸 아황과 여영이 이 소강(湘江) 물가에서 늘 울고 있을 것이다. 아황과 여영이 瀟湘江 물에 빠져 죽을 때 흘린 눈물이 참대에 뿌려져 연죽(煙竹)의 斑點(반점)이 되었다는 전설을 말한다.

첨언

'食後煙草하면 不老長生하고 食後不煙草하면 早失父母하고 新婚初夜에 勃起不能하고 子孫萬代 鼓子續出한다'라는 애연가들의 우스갯소리가 기억난다. 담배의 타르, 일산화탄소, 비소, 벤젠 등 발암성 유해물질에 관한 의학적 지식이 전혀 없었던 17세기 초 흡연은 인간의 심신을 편안하게 해주는 유익한 풀초로 오히려 권장되었던 시대였다. 담배는 조선 시대 15대 왕인 광해군 때(1608~1623) 일본을 통해 우리나라에 처음 들어왔다 하니 우리나라에 들어온 지 400년이 넘는다. "조선 사람들 사이에 담배가 매우 유행해 너댓 살 어린아이들은 물론 남자나 여자 막론하고 누구나 피워댄다." 네덜란드 선원 하멜이 그의 저서 『하멜표류기』에 기술한 내용이다. 심심해서 한 대 피운 데서 '심심초', 한번 맛을 보면 못 잊는다고 해서 '상사초(相思草)', 근심걱정 잊게 한다 해서 '망우초(忘憂草)', 남쪽에서 들어온 신령스러운 풀이라 해서 '남령초(南靈草)', 그 이름도 다양하다. 조선 22대 임금 정조(正朝)의 담배 사랑이 지극해 과거시험 최종 책문(策文) 논술 시험에서 '南靈草'의 유익성에 대해서 논하라는 문제를 낼 정도로 그는 愛煙家이면서 담배예찬론자였다(정조의 시문집 홍재전서弘齋全書 卷 52 策文5). 아마도 김립이 곰방대 하나 늘 허리춤에 차고 다니다 한 대 피워 물려고 담뱃대를 꺼내 쳐다보다 그의 예리한 관찰력에 힘입어 한 수를 읊은 듯싶다. 순임금의 두 아내 이비(二妃)는 상부인(湘夫人) 또는 상비(湘妃)라는 이름으로 전해져 오며 훗날 지아비에 대한 절개와 일편단심을 상징하게 되었다. 춘향전(春香傳) 소설에서도 변 사또의 수청을 거절한 후 괘씸죄로 모진 고문 끝에 투옥된 춘향이도 비몽사몽간에 지아비에 대한 일편단심 상징인 이비(二妃)의 묘를 찾는 꿈을 꾼다. 말이야 바른 말이지 변 사또도 문제 있지만, 춘향이 이도령 문제는 더욱 심각하다. 정식으로 혼례도 안 치르고 성관계를 하며 놀아났는데 정절(貞節)은 무슨 놈의 정절? 혼인을 빙자한 간음죄나 간통죄 안 걸린 걸 다행으로 여겨야지. 변 사또의 죄는 춘향과 하룻밤 방사(房事)를 위해 애는 많이 썼지만 뜻을 이루지 못했으니 성폭행 처벌은 힘들고 강간미수죄 정도를 적용하면 되지 않을까?

13. 煙竹 其二(연죽 2)

- 담뱃대 2

身體長蛇項似鳶
신 체 장 사 항 사 연

行之隨手從隨筵
행 지 수 수 종 수 연

全州來去千餘里
전 주 래 거 천 여 리

幾度蒼山幾渡船
기 도 창 산 기 도 선

긴 몸은 뱀 같고 머리는 솔개머리 같구나.

길을 갈 때면 손에 쥐여 있고 대자리에 앉아도 늘 따라오네.

내가 전주를 왔다 가는 천여 리 머나먼 길

너와 함께 푸른 산 넘고 배로 물 건넌 게 도대체 몇 번이더냐?

주해

項(항) 목. 鳶(연) 솔개. 筵(연) 대자리, 앉는 자리. 幾(기) 몇, 얼마, 어찌, 거의. 幾度(기도) 몇 번.

이응수 대의

담뱃대의 몸은 긴 뱀의 형상인데 그 목은 솔개 같다. 길 갈 때도 손에서 떠나지 않고 자리에 앉아도 곁을 떠나지 않느니라. 내가 전주(全州)의 천여 리 길을 왔다 가는 동안 몇 번이나 청산을 넘었고 강물을 배로 건넜는지 모른다.

삿갓과 지팡이는 외로운 방랑시인 김립의 평생 도반(道伴)이다. 어디서 얻었는지 곰방대 하나가 또 벗으로 추가되었다. 네 모습이 마치 뱀과 솔개 닮았다며 정처 없이 떠도는 자신이 앉으나 걸으나 늘 함께 해주어 고맙다며 읊은 시이다.

남편을 잃은 요(堯)나라 두 왕비(二妃)가 소상강(瀟湘江) 가에서 흘린 눈물로 대나무가 얼룩졌다 하여 소상반죽(瀟湘斑竹, 붉은 얼룩무늬의 대나무 곰방대)이라는 중국 전설이 있다면 우리나라에는 대(竹)나무를 향한 情恨을 애절하게 노래한 판소리 민요가 전해져 온다. 여섯박이 장단이라서 「육자배기」라는 이름이 주어졌다고 추정되는, 대나무를 소재로 한 전라도 민요이다.

백초(百草)를 다 심어도 대(竹)는
아니 심으리라
살대 가고 젓대 울고 그리나니
붓대로구나
어이타 가고 울고 그리는
그대를 심어 무엇을 헐거나

백초(百草): 온갖 풀초
살대: 화살(箭, 전)의 대(竹)
젓대: 笛(적, 피리) 의 대(竹)
그리나니: (그림을) 그리나니
그리는: 그리워하는

한국인의 情恨을 대(竹)나무라는 소재로 애절하게 부른 남도민요이다. 온갖 풀나무를 다 심어도 대나무는 심지 않으리라. 화살(箭)대가 되어 떠나고 대(竹)로 만든 피리(笛) 소리가 되어 울며 떠나니 이제 남은 것은 붓(筆)대로 그림을 그리는 것뿐이로구나. 어이하여 떠나고 울면서도 그리워하는 그대를 무엇 때문에 다시 심겠느뇨? 떠나는 情人을 막지 못해 사랑이 미움이 되니 차라리 '十里도 못 가서 발병이나 나서' 내 품으로 되돌아오길 간절히 바라는 우리나라 대표적 민요 「아리랑」과 같이 이 「육자배기」의 대(竹)나무에 관한 판소리도 한국인 특유의 情과 恨을 노래한 소중한 대중문화의 유산이 되었다. 「육자배기」 판소리가 불리기 전에 '煙竹'에 관한 김립의 詩作이 이미 이루어졌나 보다. 김립이 남도지방을 유랑하다 「육자배기」 민요를 들었다면 필시 그는 '젓(笛, 피리)대 불고 장죽(長竹, 담뱃대) 빨고'라고 고쳐 민요 가사가 바뀌지 않았을까 하는 생각도 해본다.

14. 織錦(직금)

- 비단짜기

煙梭出沒輕似鳧 響入秦天半夜烏
연 사 출 몰 경 사 부　향 입 진 천 반 야 오

聲催月戶鳴機蟀 巧學風簷繹絡蛛
성 최 월 호 명 기 솔　교 학 풍 첨 역 락 주

但使織成紅錦貝 何須願得白裘狐
단 사 직 성 홍 금 패　하 수 원 득 백 구 호

曝晒於陽光鶴鶴 吳門誰識絹如駒
폭 쇄 어 양 광 학 학　오 문 수 식 견 여 구

　베틀 북이 드나드는 모습은 물오리 자맥질 같고, 찰카닥찰카닥 베 짜는 소리는 진나라 밤 하늘의 까마귀 울음소리 같구나.

　달 뜨길 재촉하며 창틀에서 울어대는 베틀 귀뚜라미 소리인가, 씨와 올을 짜는 재주는 마치 처마 끝에 거미줄 치는 거미와 같네.

　베 짜는 재간 하나로 귀중한 비단을 만들어 내니, 구태여 구하기 힘든 여우 털옷을 찾을 이유가 없네.

　내리쬐는 햇빛에 말리면 눈부시게 더 하얗게 되니,

　오나라 따라간 안자(顔子)가 비단을 망아지로 잘못 볼 수밖에.

주해

　梭(사) 북, 베틀의 한 부분. 煙梭(연사) 베 짜는 북. 鳧(부) 오리. 秦天(진천) 李太白의 시 烏夜啼(오야제)에 유사한 구절이 있어 차용한 듯하다. 催(최) 재촉하다. 蟀(솔) 귀뚜라미. 簷(첨) 처마. 繹(역) 풀어내다. 絡(락) 명주, 헌 솜. 紅錦貝(홍금패) 중국의 고급 비단. 裘(구) 갓옷, 가죽옷. 白裘狐(백구호) 흰여우의 겨드랑이털로 만든 갓옷. 曝(폭, 포), 晒(쇄) 햇볕을 쬐다. 鶴鶴(학학) 학처럼 희다는 의미. 吳門(오문) 중국 강소성 소주(蘇州). 駒(구) 망아지. 絹如駒(견여구) 비단을 망아지로 잘못 봄. 孔子(공자)는 안자(顔子)를 자기 후계제자로 여겨 늘 칭찬하였는데 공자 자기 자신보다 안자의 학식과 수양이 조금 못 미친다 생각하였다. 한 번 안자를 데리고 吳國(오국)에 갔는데, 멀리 앞 언덕에 뭔지 알 수 없는 것이 하얀 것들이 보여 안자에게 "너 저것이 무언지 알아내라"라 말하니, 안자가 대답하기를, "그것은 흰 망아지(白駒)가 떼를 지어 노는 것이외다." 그러나 공자는 "白駒가 아니라 흰 비단(白絹, 백견)을 말리려고 펴 놓은 것이다"라고 말하였다. 직접 가서 보니 과연 그것은 白絹이었다. 공자가 말하길, "아무래도 너는 나보다 못해 흰 망아지처럼 보이는 것이다"라며 위로하였다. 麂, 烏, 蟀, 蛛, 貝, 狐, 鶴, 駒 모두 동물의 이름만 끝에 놓고 지은 훌륭한 시이다.

비단을 짜는 노래. 북(梭)이 나왔다 들어갔다 하는 것은 오리의 모양이고 짤가닥짤가닥하는 소리는 秦(진)나라 밤하늘의 까마귀 울음소리 같기도 하고, 또 어떻게 보면 달그림자에 비친 창틀에서 우는 蟋蟀(실솔, 귀뚜라미) 소리 같기도 하다. 베 짜는 재간은 처마 밑에 거미줄 치는 거미한테 배운 듯하다. 紅錦貝(홍금패)라는 귀한 비단도 만들 수 있으니 애써 여우 겨드랑이털로 만드는 裘衣(구의, 갖옷)을 갈망할 것까지 있으랴? 비단이 다 짜이면 햇볕에 푹 말려면 白雪·白鶴같이 하얗게 보이니, 吳(오)나라를 지나던 顏子(안자)가 비단을 흰 망아지로 잘못 보았다는 것도 무리가 아니라며 읊는 시이다.

황혼이 지는 진천의 어느 날 한 여인이 베틀 짜고 있다. 베틀 움직이는 모습 물오리 자맥질 같고, 소리 또한 귀뚜라미 소리 같아 정감 깊다. 지금은 볼 수 없지만, 베틀(梭)은 예로부터 명주, 무명, 모시, 삼베 등 옷의 자료를 만드는 목재 기구로 북 속의 씨실과 틀 위의 날실을 엮어 옷감을 만드는 기구였다. 김립이 베틀이 움직이는 모습과 소리를 회화적으로 서정적으로 읊은 시이다. '秦天半夜烏(진천반야오)'는 李太白의 시 烏夜啼(오야제)의 詩句를 빌린 듯하다.

黃雲城邊烏欲棲
황 운 성 변 오 욕 서

歸飛啞啞枝上啼
귀 비 아 아 지 상 제

機中織錦秦川女
기 중 직 금 진 천 녀

碧紗如煙隔窓語
벽 사 여 연 격 창 어

停梭悵然憶遠人
정 사 창 연 억 원 인

獨宿孤房淚如雨
독 숙 고 방 누 여 우

– 李太白(唐, 701~762), 「烏夜啼(오야제, 까마귀 울던 밤)」

노을 지는 성 주위에 까마귀 깃들려고
날아돌아와 까악까악 나뭇가지 위에서 울어대네.
베틀 위 비단 짜는 진천의 여인이여
푸른 비단실 연기 같고 창 너머 정든 임의 목소린가.
베틀 북 손에 든 채 멀리 떠난 임을 생각하며 슬퍼하네
빈방에 홀로 누우니 눈물이 비 오듯 하는구나.

주해

棲(서) 살다, 깃들다. 悵(창) 원망하다, 슬퍼하다.

15. 木枕(목침)

- 나무베개

撑來偏去伴燈斜
탱 래 편 거 반 등 사

做得黃粱向粟誇
주 득 황 량 향 속 과

爲體方圓經匠巧
위 체 방 원 경 장 교

隨心轉側作朋嘉
수 심 전 측 작 붕 가

五更冷夢同流水
오 경 냉 몽 동 유 수

一劫前生謝落花
일 겁 전 생 사 락 화

兩兩鴛鴦雙畵得
양 양 원 앙 쌍 화 득

平生合我一鰥家
평 생 합 아 일 환 가

등불을 한쪽으로 끌어당겨 벗 삼는 이 목침이
한단에서 기장밥을 짓게 했으니 좁쌀(粟)에게 뽐낼 만하다.
장인(匠人)이 둥글게 잘 만들어
내 마음대로 굴려 벨 수 있으니 정말 좋은 친구다.
새벽에 찜찜한 꿈 물처럼 흘려보내고
수많은 전생의 일들이 꽃 한 송이 되어 예쁘게 떨어지니.
금슬 좋은 원앙새 한 쌍을 목침 양쪽에 그려 넣으면
나 같은 외로운 홀아비한테는 죽을 때까지 친구가 되리라.

撑來(탱래) 끌어당기다. 撑(탱) 버티다. 偏(편) 한쪽으로 치우치다. 做(주) 짓다, 만들다. 黃粱(황량) 메조, 기장. 粟(속) 조. 匠(장) 장인, 기술자. 嘉(가) 아름답다, 훌륭하다. 五更(오경) 오전 3~5시경. 一劫(일겁) 추상적인 개념으로 상상할 수 없는 긴 시간을 의미, 백 년에 한 번씩 선녀가 땅으로 내려와 바위를 치맛자락으로 스치고 하늘로 올라가는 작업을 반복하여 바위가 닳아 사라지는 긴 시간, 일겁(一劫)이 영원히 계속되면 영겁(永劫). 鴛鴦(원앙) 오릿과의 물새 수컷과 암컷, 금실 좋은 부부. 鰥(환) 홀아비.

이응수 대의

목침을 한쪽으로 끌어당겨 燈火(등화)를 벗 삼아 비스듬히 베고 드러누웠다. 옛날 黃粱一炊(황량일취)의 설화에서 기장밥을 지은 적이 있는데 조(粟)보다는 낫다고 자랑할 만하다. 匠人(장인)이 몸체를 둥글게 만들어 그 솜씨가 훌륭하고 좌우로도 굴릴 수 있으니 훌륭한 벗이로다. 내가 이 목침을 베고 자다 새벽녘에 께름칙한 꿈을 꾸면 물처럼 흘려보내고 나의 一劫前生(일겁전생)을 꽃 한 송이로 落花(낙화)시킨 후 남은 열매였으니 나는 이 열매에 감사드린다(꽃이 나무에서 떨어져 떨어진 꽃의 씨앗이 열매를 맺고 지금은 큰 나무가 되어 그것이 목침이 되었다). 이제 이 목침 양쪽에 원앙의 그림이나 그려 붙이면 나의 홀아비 집에 평생 좋은 벗이 될 것이다. 다시 말해 妻(처, 아내)를 대신한다는 말.

첨언

김립은 전국을 방랑하면서도 4, 5년에 한 번쯤은 집을 들러 가정사를 돌보았다. 김립이 이십이 세에 방랑 생활을 시작한 후 팔 년쯤 지났을 때 한 살 연상인 본부인 장수 황씨(長水 黃氏)가 죽었을 때나 둘째 아들 익균이 장가들 때도 집에 들러 장례와 혼례를 보살폈다. 천재는 모험심이 강해 가는 곳마다 여성 편력도 화려한 듯하지만, 정한 곳 없이 걸식 유랑 떠도는 김립을 어느 여인이 미쳤다고 수절(守節)하며 목 빼고 기다리겠는가? 김립은 홀아비 신세였던 건 확실하다. 홀아비가 등잔불 옆에 목침 베고 누워 목침이 내 평생 벗이며 아내나 마찬가지라며 읊은 시이다. 황량일취지몽(黃粱一炊之夢)은 한단지몽(邯鄲之夢), 일장춘몽(一場春夢)과 비슷한 의미이며, 중국 唐(당)나라 풍자소설 작가 심기제(沈旣濟)가 지은 『枕中記(침중기)』의 말을 인용한 것이다. 노생(盧生)이라는 소년이 주막에서 하룻밤 묵을 때 집주인이 기장밥(黃粱, 황량)을 만들려고 밥솥에 기장 얹혀놓는 걸 보고 도사(道士) 여옹(呂翁)에게서 베개를 하나 얻어 잤는데 꿈속에서 30년 동안 부귀영화 누리다 잠에서 깨어보니 기장밥이 아직도 익지 않았더라는 얘기이다. 한단(邯鄲) 지방에서 한 소년이 꾼 꿈으로 인생과 부귀영화의 덧없음을 말하는 故事成語(고사성어)를 인용해, 부질없는 인생에 너 목침만이 나의 영원한 벗이라며 읊은 시이다.

16. 溺缸(요항)

- 요강

賴渠深夜不煩扉
뢰 거 심 야 불 번 비

令作團隣臥處圍
영 작 단 린 와 처 위

醉客持來端膝跪
취 객 지 래 단 슬 궤

態娥挾坐惜衣收
태 아 협 좌 석 의 수

堅剛做體銅山局
견 강 주 체 동 산 국

灑落傳聲練瀑飛
쇄 락 전 성 련 폭 비

最是功多風雨曉
최 시 공 다 풍 우 효

偸閑養性使人肥
투 한 양 성 사 인 비

네 덕분에 깊은 밤 번거롭게 문 드나들지 않아도 되고

사람들 가까이 있어 잠자리 벗이 되었구나.

술 취한 나그네 너를 가져와 무릎을 꿇고

아름다운 여인네 너를 갖고 와 앉으며 살며시 옷자락을 걷네.

단단히 지은 그 모습은 구리산 모습이고

폭포수처럼 시원스레 떨어지며 들리는 물소리는 비단폭포 소리.

비바람 몰아치는 새벽에 네 공이 가장 많으니

때때로 성정(性情)을 기르며 사람들 살찌게도 하는구나.

溺(요, 익) 오줌 누다, 빠지다. 缸(항) 항아리. 溺缸(요항) '缸(항)' 字가 '江(강)' 字와 비슷해 '요강'
으로 와전됨. 賴(뢰) 힘입다, 힘쓰다, 의뢰하다. 渠(거) 개천, 도랑, 해자. 煩(번) 번거롭다, 귀찮다.
扉(비) 문짝, 사립문. 團(단) 모으다, 둥글다. 臥(와) 눕다, 엎드리다. 膝(슬) 무릎. 跪(궤) 꿇어앉다.
態娥(태아) 아름다운 여인의 모습. 挾(협) 끼다, 끼워 넣다. 做(주) 짓다, 만들다. 灑(쇄) 뿌리다, 끼
얹다. 練(련) 명주, 익숙하다, 익히다. 偸閑(투한) 바쁜 가운데 틈을 냄, 偸閒(투한)과 동의어.

요강 덕으로 밤중에 귀찮게 문짝 열고 밖으로 들락날락할 번거로움도
없으며 잠자리 근처에 있어 좋다. 술 취하면 단정하게 무릎 꿇고 오줌을
누고, 아름다운 婦女(부녀)가 깔고 앉아 자기 살이 보일까 봐 조심스레 치
마를 걷고 오줌을 눈다. 요강은 구리로 튼튼하게 만들어 오줌이 '쏴~' 하
고 내리치면 흰 비단 폭포 물소리를 연상케 한다. 요강의 가장 큰 공은
말없이 비료가 되어 온갖 식물 키우는 것이며, 비바람 몰아치는 밤 오줌
누러 문밖을 들락날락하며 고생해 살 빠지는 것을 막아주는 것이다.

이 칠언율시(七言律詩)의 주인공인 요강은 조선 시대 신부들의 혼수품
으로 필수였으며, 어떤 재질의 요강을 가져오느냐에 따라 신부 측의 지
위를 가늠하기도 했다고 전해진다. 중국 시인들은 시흥을 돋우기 위해
흔히 과장법을 썼다. 전형적인 예를 들면 이백이 강소성(江蘇省)의 여산(廬
山)폭포를 바라보며 지은 「망여산폭포(望廬山瀑布)」라는 시에서 폭포수의
높이가 비류직하삼천척(飛流直下三千尺)이라고 읊은 바 있다. 한 '尺'은 우리
나라의 한 '자'이며, 한 자의 길이가 30.3㎝니, 하늘 높이 솟구쳤다가 아
래로 떨어지는 폭포 높이가 삼천 척이라 했으니 높이가 900m가 넘는다
는 얘기이다. 폭포 높이가 거의 1㎞란 얘기인데도 그런 폭포가 어디 있
냐고 시비 거는 사람은 없다. 젊은 처녀가 밤중에 '쏴~' 하고 요란하게

놋 요강에 내리치는 오줌발을 비류직하삼천척(飛流直下三千尺)이라 해도 뭐라 하는 사람이 없다. 이것이 풍자시의 과장법 묘미가 아닌가 한다. 지금의 수세식 변기보다는 밤에 오줌 누는 소리가 졸졸 흐르는 시냇물처럼 혹은 시원한 폭포수처럼 서정적으로 들릴 수도 있고 머리맡 가까이에 둘 수 있다는 장점이 있지만, 요강의 구조상 둥그런 배뇨 입구가 엉덩이에 비해 작아 남자가 앉아서 소변을 보기가 거의 불가능하고, 여자는 앉아서 일을 보는데 남자는 무릎을 꿇어야 한다는 여존남비(女尊男卑)의 불평등을 초래할 소지도 있고, 소변볼 때 대변이 함께 나오면 대책이 전혀 없다는 치명적 단점이 있다.

17. 硯(연)

- 벼루

腹埋受磨額凹池
복 매 수 마 액 요 지

拔乎凡品不礫奇
발 호 범 품 불 린 기

濃研每值工精日
농 연 매 치 공 정 일

寵任常從與逸材
총 임 상 종 여 일 재

楮老敷容知漸變
저 노 부 용 지 점 변

毛公尖舌見頻滋
모 공 첨 설 견 빈 자

元來四友相須力
원 래 사 우 상 수 력

圓會文房似影隨
원 회 문 방 사 영 수

배는 먹을 갈아 밑으로 가라앉고 이마는 움푹 들어간 연못이 되었네.
흔한 돌로 만들었지 귀하거나 빛나는 돌로 만든 게 아니라네.
먹물을 진하게 갈면서 운필(運筆) 솜씨가 날로 정교해지니
사랑이 깊은 벼루에게 맡기니 늘 뛰어난 필재(筆才)를 만드네.
종이를 펼쳐놓고 글을 쓰면 먹물이 점차 번져가고
붓끝을 살짝 연지(硯池)에 자주 적시네.
원래 문방사우라는 건 모름지기 서로 힙을 합쳐야 하니
글방에 둘러 모여 붓글씨 자취를 좇는 것 같구나.

埋(매) 묻다, 메우다. 磨(마) 갈다, 숫돌에 갈다. 額(액) 이마, 액수, 현판. 凹(요) 오목하다. 拔(발) 빼다. 磷(린) 돌 틈으로 물이 흐르는 모양, 옥처럼 광채가 나는 돌. 研(연) 갈다, 문지르다. 寵(총) 사랑하다, 은혜, 첩. 逸材(일재) 뛰어난 재능, 뛰어난 재능을 가진 사람. 楮(저) 닥나무. 楮老(저로) 닥나무 껍질로 만든 종이, 여기서 老는 존칭. 敷(부) 펴다, 공포하다. 敷容(부용) 종이를 넓게 편 모양. 毛公(모공) 붓, 公은 존칭. 尖舌(첨설) 뾰족한 붓끝. 滋(자) 불다, 늘다, 심다. 四友(사우) 문방 사우(文房四友) 종이, 붓, 먹, 벼루.

이응수 대의

벼루의 배가 패인(埋) 것은 먹을 갈아 갈렸기 때문이다. 이마가 움푹 들어간 것은 물이 들어가는 곳이로다. 보통 벼루는 흔한 돌로 만들지 결코 진기(珍奇)한 광석으로 만드는 게 아니다. 이 벼루가 갈리고 갈리는 동안 사람들은 붓글씨 솜씨가 날로 정교해가니 벼루 덕에 얼마나 많은 명필이 탄생했던가? 벼루 옆에 펼친 닥종이의 질펀한 얼굴은 순식간에 그 안색이 변해 가고 그때마다 붓끝을 연적에 적신다. 원래 필묵저연(筆墨楮硯)의 四友(사우)의 역할은 글방에 둘러 모여 서로 힘을 합해 붓글씨 자취를 따르는 것이다.

첨언

조선 시대에는 여자에게 규중칠우(閨中七友)[89]가 있듯이 선비들에겐 문방사우(文房四友)가 있었다. 서예를 해본 사람들에게는 文房四友인 紙筆墨硯(종이, 붓, 먹, 벼루)이 모두 다 중요하다. 그중 비교적 오래 사용하고 값도 상대적으로 비싼 벼루 연적(硯滴)에 대한 욕심은 클 수밖에 없었다. 조선 시대에 연벽묵치(硯癖墨痴)라 하여 좋은 벼루와 먹 수집에 환장한 선비를 일컫는 말이 있을 정도로 벼루의 가치를 귀중하게 여겼다. 논농사

---

89) 규중칠우(閨中七友): 조선 시대 여인들은 규방(閨房, 부녀자들이 거처하는 방)에서 매일 바느질하며 가까이 했던 바느질에 관련된 일곱 가지를 의인화해 지칭한 말. 골무, 바늘, 실, 가위, 인두, 다리미, 자를 말함. 규중칠우(閨中七友)를 의인화시켜 인간사회를 풍자한 『규중칠우쟁론기(閨中七友爭論記), 작자미상』라는 소설이 전한다.

에 문전옥답의 의미가 크듯이 글 좀 하는 선비들은 연적(硯滴)을 글 농사에 필요불가결한 연전(硯田)이라 여겼다. 필자도 오래전 중국에서 단계연(端溪硯) 하나를 구하고 감탄한 적이 있다. 색상, 무늬, 벼루의 아름다운 십장생(十長生) 조각, 먹 갈 때 풍기는 은은한 향, 부드러운 촉감 등은 부지불식간 운필(運筆) 의욕마저 불러온다. 이렇듯 귀중하고 아름다운 벼루의 복부 한가운데에 해당하는 연당(硯堂)을 먹(墨)이란 놈이 주야장천 갈아 대어 움푹 들어가질 않나, 연지(硯池)에는 갈다 남은 시커먼 먹물을 남기며 붓끝으로 여기저기 가리지 않고 간지럽게 찍어 대질 않나 신세가 처량하기 그지없다. 그래도 벼루는 무언하심(無言下心) 섭섭한 마음 내려놓고 서예가의 뛰어난 붓글씨를 위해 함께 힘쓰는 친구인 종이, 붓, 먹을 도와 평생 살신성인(殺身成仁)하며 본분에 임한다. 벼루에게도 존칭을 붙여 부르고 싶다. 硯公(연공)이라고.

18. 紙(지)

- 종이

闊面藤牋木質情
활 면 등 전 목 질 정

舖來當硯點毫輕
포 래 당 연 점 호 경

耽看蒼籙千編積
탐 간 창 록 천 편 적

誕此靑天萬里橫
탄 차 청 천 만 리 횡

華軸僉名皆後進
화 축 첨 명 개 후 진

文房列座獨先生
문 방 열 좌 독 선 생

家家資爾糊窓白
가 가 자 이 호 창 백

永使圖書照眼明
영 사 도 서 조 안 명

등나무로 만든 넓은 종이는 그 본질이 원래 단단한 나무였지만
종이를 편 다음 붓끝을 벼루에 대고 가볍게 점을 찍는구나.
즐겨 본 고서(古書)만 해도 천 편은 되었겠네
이를 옆으로 쭉 펴면 푸른 하늘 끝까지 뻗으리라.
화축의 모든 귀중한 것들 모두 종이 다음에 나왔으니
진열해놓은 문방사우(文房四友)중 종이가 으뜸이로다.
집집마다 종이를 창을 발라 환하게 되고
너는 서적이 되어 길이 모든 사람의 눈을 밝히리라.

闊面(활면) 面(면)이 넓다. 牋(전) 종이, 문서, 편지. 舖(포) 퍼다, 베풀다. 硯(연) 벼루. 毫(호) 붓의 가는 털, 붓의 촉. 耽(탐) 즐기다, 기쁨을 누리다. 耽看(탐간) 즐겨 보다. 蒼(창) 푸르다, 무성하다. 籙(록) 책, 책 상자. 蒼籙(창록) 오래된 서적. 誕(탄) 태어나다. 華軸(화축) 꽃대, 책의 자루, 몇 장 안 되는 예쁜 책자. 僉(첨) 모두, 다. 資(자) 재물, 밑천, 비용. 先生(선생) 唐나라 문장가 한유(韓愈)가 모영전(毛穎傳)이란 이름으로 쓴 문장으로 종이를 楮(저)선생이라 존칭해 부른 데서 유래. 爾(이) 너, 그, 이. 糊(호) 풀, 풀칠하다.

이응수 대의

등나무로 만든 면이 넓은 종이의 본질은 나무 재질이나 지금은 이렇게 보드랍고 매끈하여 붓으로 점획(點劃)을 그릴 때 가뿐하다. 나도 오래된 서적을 읽는 것을 좋아해 읽은 책을 옆으로 펼쳐놓으면 천리만리 뻗쳐 갈 것이다. 먹을 갈아 그림 그리고 글 쓴 華軸(화축)들은 다 이다음에 오는 것이고 文房四友 도구 중에 종이는 韓愈(한유)가 높여 불렀듯이 楮(저)선생이라고 존칭해 부르는 게 당연하다. 집집마다 종이를 창문에 발라 환한 빛을 얻고 사람들이 종이에 쓴 글을 읽어 눈을 밝히니 종이의 功德(공덕)이 실로 크다 할 것이다.

첨언

예전에는 목화솜을 섞은 화선지에 그림을 그리고 글을 쓰는 서화가(書畫家)가 대부분이었지만, 요새는 물감과 먹물이 잘 스며들지 않는 닥종이를 많이 쓴다. 종이는 대나무와 비단에 글을 쓰다 보니 경제성이 없고 국가 재정에도 큰 어려움이 있어 105년경에 중국 후한(後漢) 환관 채륜(蔡倫)이 최초로 삼이나 아마의 섬유를 분리해서 만들었다. 서양의 양피지도 경제성 없기는 매한가지였다. 양피지 책 한 권을 만들기 위해 양 수백 마리를 죽여야 했으니 말이다. 여하튼 동양의 종이 제작 기술개발은 역사, 기술, 문화, 예술의 획기적인 발전에 크게 이바지했다. 한국에서는 닥나무나 등나무 껍질 섬유를 추출해 종이로 썼다. 종이의 용도는 다양해서 그림과 붓글씨를 쓸 수 있는 종이는 물론, 벽지, 창호지, 온돌지 등 사용처가 무수하다. 심지어는 상자, 신발, 지폐, 인형, 요새 와서는 3D프린팅의 주요 소재로 쓰이는 등 미치지 못하는 곳이 없다. 필자는 우리의 전통 한지로 만든 닥종이 인형을 매우 좋아하는데 화려하고 현대적인 모습의 인형보다 우리 조상들의 토속적이고 해학적인 인형 모습이 너무 아름다워서이다. 김립이 만약 한지(韓紙)로 만든 닥종이 인형을 볼 수 있었다면 우리 민족문화의 전통에 무릎을 치며 좋아할 수 있는 닥종이에 관한 멋진 시 한 수를 더 남겼을 것이다.

19. 筆(필)

- 붓

四友相須獨號君
사 우 상 수 독 호 군

中書總記古今文
중 서 총 기 고 금 문

銳精隨世昇沈別
예 정 수 세 승 심 별

尖舌由人巧拙分
첨 설 유 인 교 졸 분

書出蟾烏照日月
서 출 섬 오 조 일 월

模成龍虎動風雲
모 성 용 호 동 풍 운

管城歸臥雖衰禿
관 성 귀 와 수 쇠 독

寵擢當時最有勳
총 탁 당 시 최 유 훈

문방사우 가운데 그대만이 홀로 '군(君)'이란 칭호 얻으니

중서군(中書君)의 위치에서 고금의 문장을 모두 기록하게 하는구나.

네가 얼마나 잘 쓰느냐에 따라 출세하기도 하고 낙오되기도 하고

그대의 뾰족한 붓끝으로 사람들의 인품이 아름답고 치졸한지를 분별하네.

두꺼비와 까마귀를 해와 달 아래 그리고

용과 범을 그리면 바람과 구름이 이는구나.

그대 비록 닳고 닳아 이제는 뭉툭해져 돌아와 누워 있으나

총애로 발탁되었던 그 당시에는 그대의 공이 제일 높았도다.

須(수) 모름지기, 마땅히. 中書(중서) 中書君이라 하여 붓을 높여 부르는 존칭. 蟾(섬) 두꺼비. 禿(독) 대머리, 민둥산, 붓이 달아 빈약하다. 擢(탁) 뽑다, 발탁하다. 管城子(관성자) 붓의 별칭, 중국 唐나라 문장가 한유(韓愈)가 모영전(毛穎傳)이란 이름으로 쓴 문장에서 붓을 管城子라 불렀음.

이응수 대의

筆墨紙硯(필묵지연)의 文房四友(문방사우)는 늘 함께하는데, 붓만 특별히 中書君(중서군)이라 높여 '君' 자까지 붙여 불렀다. 수많은 고급 서적을 기록한 그 공로 때문일 것이다. 이 붓의 글솜씨로 세상 사람들은 출세도 하고 망하기도 한다. 이 뾰족한 혀끝(붓끝)으로 어떻게 놀리냐에 따라 붓 글씨 쓰는 자의 사람 됨됨이를 분별할 수 있다. 이 붓으로 거미나 까마귀도 해와 달 아래 선명하게 그릴 수 있고 龍(용)이나 虎(범)도 그려 넣으면 마치 살아있는 것처럼 바람과 구름을 타고 움직인다. 붓이여, 그대가 이제 늙어 돌아와 누우니 붓끝은 닳고 닳아 볼품없어도 시황제의 총애를 받던 그때엔 공로가 제일 많았네.

첨언

중국 당나라 문인 한유(韓愈)가 붓의 털(毛, 모)과 붓끝(穎, 영)을 의인화(擬人化)해 관직에서 쫓겨난 자신의 처지를 한탄하며 모영전(毛穎傳)이라는 문장을 남겼다. 모영전에서 진시황제(秦始皇帝)는 의인화된 문방사우인 벼루(桃紅), 종이(楮, '저'선생), 먹(絳人陳元)[90], 모영(毛穎, 붓)을 함께 머물기를 원했으며 한때 가장 총애를 받던 모영이 늙어 좌천되어 관성(管城)에서 죽으니 관성자(管城子) 또는 붓이 닳아 대머리처럼 붓끝이 뭉툭해지자 중서군(中書君)이라 칭하였다고 전한다. 한유의 모영전은 시황제로부터 총애를 받아오다 늙어 쫓겨난 자신의 시름 깊은 한숨 소리이기도 하지만, 시

---

90) 강인진원(絳人陳元): 당나라 때 먹의 명산지.

황제로부터 문방사우(文房四友)중 홀로 '君'의 존칭을 받은 자기 자신을 모영(毛穎, 붓)이라는 사람으로 의인화해 지어 울분을 토한 당시에는 시의 주제나 형식에서 매우 파격적이었던 시라고 볼 수 있다. 이를 인용한 김립도 평생 붓과 함께하며 한유와 같은 울분과 비통함을 머금고 이「筆」이란 시를 읊지 않았을까? 초판과 증보판 모두 '불타는, 혹은 진한 붓끝' 의미의 '염설(炎舌)'로 표기되었는데 植字오류인 듯하다. 문맥상 '뾰족한 붓끝(혀끝)' 의미의 '첨설(尖舌)'로 바꿨다.

5장

詠物 篇 - 其二

영물 편 - 2

1. 落花吟(낙화음)

- 지는 꽃잎을 읊다

曉起飜驚滿山紅
효 기 번 경 만 산 홍

開落都歸細雨中
개 락 도 귀 세 우 중

無端作意黏移石
무 단 작 의 점 이 석

不忍辭枝倒上風
불 인 사 지 도 상 풍

鵑月靑山啼忽罷
견 월 청 산 제 홀 파

燕泥香逕蹴金空
연 니 향 경 축 금 공

繁華一度春如夢
번 화 일 도 춘 여 몽

坐嘆城南頭白翁
좌 탄 성 남 두 백 옹

새벽에 일어나 온 산이 붉게 물든 걸 보고 깜짝 놀랐네.

꽃의 피고 짐이 모두 가랑비에 달렸고,

끝없이 살고자 바위에도 달라붙고

차마 가지를 떠나지 못해 바람 타고 오르네.

푸른 산속 두견새는 울음을 그치고

제비는 이슬 맺힌 꽃잎을 차고 하늘 높이 오르네.

화려했던 그 봄날이 꿈만 같구나

성남의 백발 노인네가 홀로 앉아 가는 세월 탄식하네.

曉(효) 새벽, 동틀 무렵. 飜(번) 뒤집다, 엎어지다, 번역하다. 驚(경) 놀라다, 두려워하다. 開落(개락) 여기서는 '꽃이 피고 지다'의 의미. 都(도) 도읍, 모두, 대개. 都歸細雨(도귀세우) 모두 가랑비에 달렸다. 端(단) 끝, 단서. 無端(무단) 無限(무한)과 같은 의미. 黏(점) 달라붙다, 끈끈하다, 풀, 粘(점)과 동일. 倒(도) 거꾸로, 넘어지다. 不忍(불인) 차마 ~하기 어렵다. 鵑(견) 두견새, 접동새, 진달래. 罷(파) 그치다, 방면하다, 쉬다. 燕(연) 제비, 잔치. 泥(니) 진흙, 이슬에 젖은 모양. 逕(경) 지름길. 金空(금공) 찬란한 황금빛 하늘.

이응수 대의

새벽해 뜰 때 일어나 문밖을 바라보니 산이 모두 낙엽으로 붉게 물들어 깜짝 놀랐다. 간밤에 비가 와서 그렇게 되었으리라. 꽃이 피고 짐은 다 이 가랑비 때문이겠지. 꽃에도 마음이 있는가 보다. 얼마 살지도 못하고 나무도 떠나라 하니 무한한 창조의 의지 때문에 자리를 옮겨 바윗돌 위에 잔뜩 붙어 꽃의 존재를 지키려 한다. 때로는 가지를 떠나기 싫어 바람결에 하늘로 날아오른다. 청산의 두견새는 떨어진 나뭇잎의 넋을 위해 울다 그치고 제비는 아무것도 모르는 체 푸른 하늘을 난다. 화려한 봄날이 한번 꿈같이 지나감을 보고 城南(성남)의 백발 노인은 걸터앉아 속절없는 세월과 무상한 세상을 탄식하는구나.

첨언

성남(城南)의 어느 백발 노인이 봄날 새벽에 눈을 뜨니 가랑비가 밤새 내려 산들이 모두 떨어진 나뭇잎과 꽃잎들로 붉게 물들었다. 꽃피고 지는 게 모두 가랑비에 달린 것처럼 사람들이 태어나고 죽는 것도 어쩔 수 없다는 의미로 해석된다. 한번 가면 다시 안 오는 봄을 아쉬워하며 백발 노인은 눈물과 한숨으로 속절없고 부질없이 남은 세월을 보낸다고 읊은 시이다. 나이 든 모든 분의 마음도 이와 같을 것이다. 고려 시대 때 성리학자 우탁(禹倬)이 늙음과 백발(白髮)을 한탄하는 우리말 최초의 시조인 탄로가(嘆老歌) 한 수를 옮긴다.

한 손에 막대 잡고 한 손에 가시덩굴 쥐고

늙는 길 가시덩굴로 막고 오는 백발 막대로 막으려 했더니

백발이 미리 알고 지름길로 오는구나.

늙지 않으려고 다시 젊어 보려 하였더니

청춘이 날 속이고 백발이 거의로다.

이따금 꽃밭을 지날 때면 죄지은 듯하여라.

- 禹倬,「白髮歌(백발가)」

단양팔경(丹陽八景) 중 제4경으로 유명한 사인암(舍人巖, 명승 제47호) 암벽에 '禹倬'이라는 친필각자(親筆刻字)가 있다. 고려 말기에 우탁이 정4품 벼슬인 사인(舍人) 관직에 있을 때 이곳에 와 은거(隱居)한 적이 있어서 舍人巖이라 이름 지어졌다. 병풍 모양의 수직절리 암벽 위 소나무 어디선가 우탁 선생이 우리말 시조「白髮歌」를 읊는 소리가 들리는 듯하다. 김립은 우탁 선생의「白髮歌」를 생각하며 늙어가는 자신의 모습을 지는 꽃잎에 빗대어 한탄하며 舍人巖에서「落花吟」을 읊지 않았을까?

2. 落葉吟(낙엽음)

- 낙엽을 읊다

簫簫瑟瑟又齋齋
소 소 슬 슬 우 재 재

埋山埋谷或沒溪
매 산 매 곡 혹 몰 계

如鳥以飛還上下
여 조 이 비 환 상 하

隨風之自各東西
수 풍 지 자 각 동 서

綠基本色黃猶病
녹 기 본 색 황 유 병

霜是仇緣雨更凄
상 시 구 연 우 경 처

杜宇爾何情薄物
두 우 이 하 정 박 물

一生何爲落花啼
일 생 하 위 락 화 제

나뭇잎이 우수수 떨어져

산과 골짜기에 쌓이고 시냇물에도 쌓이네.

새처럼 위아래를 훨훨 날다가는

바람 따라 제각기 사방으로 흩어지네.

잎은 본래 초록색이어야 하는데 누렇게 병들어

초록빛 시샘하는 서리 맞고 가을비에 더욱더 애처롭네.

두견새야 너는 어이해서 정이 그렇게 야박해

평생 지는 꽃(落花)만 슬퍼하고 지는 꽃잎(落葉)을 위해서는 울어주지 않느냐?

簫(소) 통소, 瑟(슬) 큰 거문고. 齋(재) 공경하다, 불공을 드리다. 簫簫瑟瑟齋齋(소소슬슬재재) 바람에 나뭇잎 떨어지는 소리를 표현한 의성어(擬聲語). 綠(록) 초록빛, 猶(유) 오히려, 조차, 마땅히 ~해야 한다(應). 仇(구) 원수, 미워하다. 杜宇(두우) 소쩍새, 두견새. 薄(박) 엷다, 가볍다, 천하다. 啼(제) 울다.

이응수 대의

簫瑟(소슬)바람처럼 떨어지는 낙엽은 산에 쌓이고 계곡 물길도 덮는다. 어떤 낙엽은 새처럼 날아 위아래로 날다 사방으로 제각각 흩어진다. 잎의 본래 색깔은 초록색이어야 하는데 지금 황색으로 변한 것은 그가 병들었기 때문인데 늦가을 차가운 寒霜(한상, 서리)은 그의 원수이고 가을비(秋雨, 추우)는 독약이 되어 낙엽의 병은 깊어만 간다. 두견새는 왜 그리 薄情(박정)한지 평생 落花(낙화)를 슬퍼해주고 落葉(낙엽)을 위해서는 울어주지 않는구나.

첨언

'소슬(簫瑟)하다'는 으스스하고 쓸쓸하다는 의미이다. 늦가을의 통소 부는 소리와 거문고 뜯는 소리가 외롭고 쓸쓸하다는 뜻이다. 노래 부르듯 장단 맞춰 '簫簫, 瑟瑟, 齋齋'라 읊으며 낙엽 지는 모습과 소리를 표현했다. 이응수(李應洙)는 '나뭇잎이 우수수 바사삭 떨어져 시냇물을 덮는 모양'이라 해석했다. 파랗던 나뭇잎은 떨어져 누런색으로 되고 늦가을 서리 맞아 축축하니 처량하기 그지없다. 비록 폐족(廢族)된 양반이지만 양반은 양반이다. 선비라면 의당 통소와 거문고로 시름을 달래곤 해야 하는데 그리하지 못하는 나그네 김립이 애처롭다. 두견새도 울어주지 않는 누렇게 서리 맞은 낙엽이 마치 자기 자신과 같다며 신세 한탄하는 듯한 감이 든다.

3. 落葉 其二(낙엽 2)

盡日聲乾啄啄鴉
진 일 성 건 탁 탁 아

虛庭自屯減空華
허 정 자 둔 감 공 화

如戀故香徘徊下
여 련 고 향 배 회 하

可恨餘枝的歷斜
가 한 여 지 적 력 사

夜久堪聽燈外雨
야 구 감 청 등 외 우

朝來忽見水西家
조 래 홀 견 수 서 가

知君去後惟風雪
지 군 거 후 유 풍 설

怊悵離情倍落花
초 창 리 정 배 낙 화

종일 쉰 목소리로 내며 까마귀가 탁탁 쪼았나

빈 뜰에 낙엽이 절로 모여 화려한 모습이 사라졌네.

옛 향기를 아쉬워하듯 머뭇거리며 떨어지며

가지 하나가 비스듬히 또렷하게 남아 있음을 한스럽게 여기네.

밤새도록 등불 밖의 빗소리 들리더니

아침이 오니 물 건너편 서쪽에 집이 홀연히 보이고

그대 떠난 후에 남은 건 오직 바람과 눈뿐이란 생각에

슬피 떠나는 이 마음 낙화(落花)보다 더하는구나.

聲乾(성건) 마른 목소리, 목소리가 쉬거나 거칠다. 啄(탁) 새가 나무를 쪼는 소리, 문을 두드리는 소리. 鴉(아) 까마귀. 屯(둔) 모이다, 진 치다. 空華(공화) 번뇌가 있는 자의 온갖 헛된 망상. 可恨(가한) 밉다, 한스럽다. 的歷(적력) 또렷또렷하여 분명하다. 堪(감) 견디다, 낫다. 怊(초), 悵(창), 슬퍼하다, 원망하다. 怊悵(초창) 매우 섭섭하다, 슬프다.

이응수 대의

온종일 바람 불어 낙엽이 지는 소리가 까마귀 목쉰 소리 같아 빈 뜰에 가득 쌓이니 화려했던 모습이 사라졌네. 지난날 있었던 가지를 그리워하며 위아래로 배회하며 떨어지고 위의 나뭇가지는 바람에 흔들흔들 춤춘다. 밤사이 들리던 낙엽 지는 소리는 등불 밖 밤비 내리는 소리였고 아침에 일어나 홀연히 보니 나뭇잎이 가려 보이지 않던 강 건너편이 보이네. 그대 낙엽마저 떠나면 천지가 눈비로 뒤덮이리니 그대를 떠나보내는 이 마음이 落花(낙화)가 떠나는 마음보다 곱절은 더 서럽구나.

첨언

늦가을 곱게 물든 단풍이 시들어 우수수 떨어지는 낙엽을 바라보고 있으면 왠지 외롭고 쓸쓸한 마음이 든다. 여름엔 온갖 꽃잎과 나뭇잎이 울긋불긋 우거지더니 늦가을이 되면 누렇게 병색 짙어 시름시름 떨어지면 김상옥 선생의 낙엽 시가 떠오른다.

맵고 차운 서리에도 붉게 붉게 타던 마음
한 가닥 실바람에 떨어짐도 서럽거늘
여보소 그를 어이려 갈구리로 긁나뇨

떨어져 구을다가 짓밟힘도 서럽거든

티끌에 묻힌 채로 썩일 것을 어이 보오
타다가 못다 탄 한을 태워줄까 하외다

- 김상옥, 「낙엽」

늦가을 비 주룩주룩 오는 어느 날 강가의 어느 마을 집에서 하룻밤 유숙하고 아침에 일어나 창밖 뜰을 내다보니 낙엽이 져 수북이 쌓였다. 나무에 매달려 있을 힘도 없고 머지않아 엄동설한 오면 눈 덮이면 얼고 썩어 티끌이 되는 낙엽의 처량한 신세를 김립 자신의 외롭고 쓸쓸한 신세에 빗대어 읊은 듯하다.

4. 雪中寒梅(설중한매)

- 눈 속의 차가운 매화

雪中寒梅酒傷妓
설 중 한 매 주 상 기

風前橋柳誦經僧
풍 전 교 류 송 경 승

栗花落花尨尾短
율 화 낙 화 방 미 단

榴花初生鼠耳凸
유 화 초 생 서 이 철

눈 속에 핀 차가운 매화는 숙취에 고통받는 기녀(妓女)와 같고
끄떡끄떡 몸을 흔들며 불경을 읽는 스님같이 다리 옆 버들은 바람결에 흔들흔들.
떨어지는 밤나무 꽃은 삽살개의 짧은 꼬리 같고
갓 피어나는 석류꽃은 뾰족한 생쥐의 귀 같구나.

주해

酒傷(주상) 술을 많이 마셔 생긴 위(胃)의 탈. 尨(방) 삽살개. 榴(류) 석류나무. 鼠(서) 쥐, 간신.
凸(철) 볼록하다.

이응수 대의

눈 속의 寒梅(한매)는 술에 취해 축 늘어진 妓女(기녀)의 모습이요, 바람
결에 흔들리는 다리(邊, 변)의 버들은 불경을 읽느라 몸을 흔들흔들하고
있는 스님 형상이네. 밤나무 꽃이 떨어질 때가 되면 삽살개 짧은 꼬리
모양이요, 석류꽃이 막 피려 할 때는 뾰족한 생쥐의 귀 같구나.

첨언

눈 내리는 어느 날 김립이 길을 홀로 걸으며 눈 속 매화와 버드나무와 밤나무 꽃과 석류꽃을 보고 그 모습들이 술 취한 기녀, 몸을 앞뒤로 끄떡끄떡 흔들며 불경을 읽는 스님, 짧은 삽살개 꼬리, 뾰족한 생쥐 같다며 읊은 시이다. 김립의 시상(詩想)은 참으로 기발하고 서정적이며 풍자적이다. 자연 속의 꽃나무를 읊는데 기녀, 스님, 삽살개, 생쥐가 등장하니 당시 유교 봉건적 선비들의 詩風의 관점에서 보면 무척 파격적이면서도 이단적이다. 김립은 가는 곳마다 눈에 보이는 모든 것을 주제로 삼아 거리낌 없이 읊었으며 때로는 어느 정도 대접을 받을 때도 있었겠지만 당시 점잔빼는 양반이나 선비들에겐 많은 시샘의 눈초리를 받았을 것이 분명하다.

5. 蕢草(명초)

- 달력 풀

觀蕢占歷是唐虞
관 명 점 력 시 당 우

創始軒皇化鼎湖
창 시 헌 황 화 정 호

春夏秋冬相遞永
춘 하 추 동 상 체 영

弦望晦朔各分弧
현 망 회 삭 각 분 호

都包高庳玄黃理
도 포 고 비 현 황 리

備載坎離紫白圖
비 재 감 리 자 백 도

三十六旬成十二
삼 십 육 순 성 십 이

均其大小閏奇餘
균 기 대 소 윤 기 여

냉이풀을 보며 달력으로 삼은 것은 요순시대 때부터이고

헌원 황제가 용을 타고 정호(鼎湖)에서 신선이 되어 승천한 때부터였다네.

춘하추동이 서로 영원히 번갈아 바뀌고

초승달과 보름달 뜰 때나 그믐과 초하루가 굽은 선으로 구분되네.

높고 낮은 우주의 이치를 모두 아우르며

감괘(坎卦)와 이괘(離卦)의 이치를 모두 알리고 자백도(紫白圖)처럼 택일(擇日)도 알려주고

삼십육이 열 번이면 삼백육십일이 되니 열두 달이 되고

큰 달 작은 달 고르게 넣고 남은 것은 윤달이 되었네.

주해

蓂(명) 냉이라는 전설상의 상서로운 풀 이름. 중국 堯舜(요순) 시대에 蓂莢(명협)이란 약초가 있었는데 매달 십오일까지 하루에 한 잎씩 피어나고 십육일 때부터는 하루에 한 잎씩 시들어 그믐이 되면 잎이 다 없어져 당시에는 이 약초를 달력으로 삼았다. 唐虞(당우) 중국 신화 속의 요임금 陶唐(도당)氏와 순임금 有虞(유우)氏의 堯舜(요순) 시대를 말함. 軒皇(헌황) 중국 신화 속 첫 번째 帝王(제왕) 軒轅(헌원)氏를 말하며 중국 문명의 시조로 추앙되는 인물. 鼎湖(정호) 중국 신화에서 황제가 용을 타고 신선이 되어 승천했다는 곳, 지금의 하남성 荊山(형산) 부근이라 함. 相遞(상체) 서로 갈아 바꿈. 弦(현) 활시위, 초승달, 음력 칠팔일 때와 이십 이삼일 경, 望(망) 바라다, 음력 15일. 弦望(현망) 초승달과 보름달. 晦(회) 그믐, 한 달의 맨 끝. 朔(삭) 초하루. 晦朔(회삭) 그믐과 초하루. 都包(도포) 모두 포함하다. 庳(비) 낮다, 짧다. 高庳(고비) 고저(高低)와 같은 의미, 높고 낮음, 고귀함과 비천함. 玄黃(현황) 하늘과 땅, 검은 하늘과 누런 땅 빛. 備(비) 갖추다, 모두. 載(재) 싣다, 머리에 얹다. 坎(감) 64괘의 하나, 구덩이, 험하다. 離(리) 떠나다, 헤어지다, 64괘의 하나. 坎離(감리) 易經(역경)의 坎卦(감괘)와 離卦(이괘), 우주의 이치. 紫白圖(자백도) 길흉을 점치며 연월일시를 택하던 방법을 설명한 그림. 旬(순) 열 번, 열흘, 십 년. 閏(윤) 윤달.

이응수 대의

냉이를 보고 세월을 점친 것은 堯舜(요순) 시대부터인데 그것은 黃帝(황제)가 처음 시작한 후 鼎湖(정호)에서 신선이 되어 승천한 이후의 일이다. 그런데 냉이 풀잎은 춘하추동 없어지지 않고 서로 영원히 바꿔가며 보름 그믐 초하루를 보여주니 달력처럼 이용하게 된 것이다. 높고 낮은 우주의 묘한 이치를 아우르고 감리자백지도(坎離紫白之圖)를 갖추고 있는 신기한 것이다. 이 풀이 변하는 삼십육 旬(순)을 쪼개 열두 달로 하고 그 크고 작음을 고르게 하고 남은 것은 윤달이 된다.

첨언

이 시의 제목이 『김립시집』 초판·증보판에서 모두 「蓂草(명초, 달력 풀)」로 되어 있는데, 필자가 참고한 많은 서적에서는 「훤초(萱草, 원추리)」로 달랐다. 원추리 풀은 시름과 걱정을 잊게 해주는 약초라 해서 망우초(忘憂草)라고도 불렀다 한다. 그러나 달력이나 책력으로 쓰인 전설상의 풀 '蓂

(명)'이 시의 내용에 부합하는 것 같다. 필자의 견해가 틀렸을지 모르겠으나, 시의 내용에 더 부합하는 것 같아 시제를 '원추리'가 아닌 '달력 풀'로 하였다. 달력이 없던 그 옛날에 들판에 핀 한갓 냉이에 지나지 않는 풀을 보며 세월을 계산하고 길흉화복의 택일(擇日)까지 점쳤다며 명초(蓂草)를 예찬하며 읊은 시이다.

6. 瓜(과)

- 참외

外貌將軍衛
외 모 장 군 위

中心太子燕
중 심 태 자 연

汝本地氣物
여 본 지 기 물

何事體天團
하 사 체 천 단

겉모양은 위청장군처럼 위엄 있게 보이지만
속마음은 연나라 태자처럼 부드럽구나.
너는 본래 땅의 기운을 받아 태어났는데
어째서 모양이 하늘처럼 둥글게 생겼느냐?

주해

瓜(과) 참외, 오이, 모과.

이응수 대의

외모는 위 장군같이 무서운데 속은 太子 丹(태자 단)같이 사근사근 곱다. 너는 본래 땅의 기운을 받고 자라났는데 무슨 까닭으로 하늘처럼 둥그런 모습인가?

첨언

시제는 원래 「苽(고)」로 되어 있다. 苽(고)는 줄(벼의 일종)이라고 하는 풀

이름인데 시의 내용상 참외나 오이인 瓜(과)로 번역하는 것이 옳을 듯해서 시제를 수정했다. 수박이라 번역해도 큰 무리가 없을 듯하다. 위(衛)는 중국 한(漢)나라를 흉노로부터 수호한 위청(衛靑) 대장군(大將軍)을 의미하며, 태자연(太子燕)은 연(燕)나라 나이 어린 마지막 태자인 연태자 단(燕太子 丹)을 의미한다. 연태자 단(燕太子 丹)은 연나라의 再起를 위해 애쓰다 결국 진시황제에 의해 죽게 되며 연나라도 기원전 222년경 멸망하게 된다. 모두 사기의 자객열전(史記-刺客列傳)기록이다. 겉은 딱딱하지만 부드러운 속살과 달콤한 참외 속까지 맛있게 먹으며 '너, 참외는 땅에서 태어났으면 땅처럼 평평해야지 어째서 하늘처럼 둥글게 생겼냐?'고 나무라는 김립이 능청스럽다. 참고로 참외 속의 하얗고 달콤한 부분은 엽산과 비타민 C가 풍부하고, 씨에도 칼륨, 인, 식이섬유가 풍부하여 변비 개선 효과가 있다 하니 상하지 않은 참외 속이라면 버리지 말고 먹는 게 좋다 한다. 그러나 참외는 냉한 성질을 띠고 있어 몸이 냉하거나 소화기가 약한 사람이 먹으면 복통이나 설사 증상을 보일 수도 있다고 한다(헬스조선, 명지민, 2019).

7. 太(태)

- 콩

字在天皇第一章
자 재 천 황 제 일 장

穀中此物大如王
곡 중 차 물 대 여 왕

介介全黃蜂轉蜜
개 개 전 황 봉 전 밀

團團或黑鼠瞋眶
단 단 혹 흑 서 진 광

新抽臘甑盤增菜
신 추 랍 증 반 증 채

潤入晨廚鼎滅糧
윤 입 신 주 정 멸 양

當時若漏周家粟
당 시 약 루 주 가 속

不使夷齊餓首陽
불 사 이 제 아 수 양

콩이라는 글자는 사략(史略) 천황씨 제1장 맨 처음에 있고
곡식 중에 이것이 제일 커 왕과 같도다.
콩알 모두 황금빛으로 노란 것이 마치 벌이 꿀에 뒹굴고 있는 것 같고
둥글둥글하다 간혹 검은 것은 쥐새끼가 눈을 부릅뜬 것 같네.
섣달그믐날 시루에 길러 새로 뽑으면 소반 위에 나물 반찬이 늘고
물에 불려 새벽에 부엌 밥솥 아래 깔면 식량도 줄일 수 있구나.
만약 좁쌀 먹던 주나라 사람들에게 콩이 있었다면
백이와 숙제 형제가 수양산에서 고사리도 거부하며 굶어 죽지는 않았으리라.

太(태) 크다, 매우, 몹시, 콩. 穀(곡) 곡식, 양식. 介(개) 끼이다, 딱지, 하나하나 물건의 수효를 세는 말. 轉(전) 구르다, 옮기다. 蜜(밀) 꿀, 벌꿀. 天皇(천황) 중국신화 三皇(삼황) 가운데 한 사람인 天皇(천황)氏에 관한 기록으로 중국 송(宋)나라 말기 증선지(曾先之)의 史略(사략) 제1장에 기술됨. 鼠(서) 쥐. 瞋(진) 눈을 부릅뜨다, 화내다. 眶(광) 눈자위. 抽(추) 빼다, 뽑다. 新抽(신추) 새로 뽑다. 臘(랍) 섣달, 승려의 한해. 甑(증) 시루. 盤(반) 소반. 潤(윤) 젖다, 물기. 晨(신) 새벽, 아침. 廚(주) 부엌. 鼎(정) 솥. 漏(루) 새다, 스며들다. 粟(속) 조. 夷齊(제이) 伯夷(백이)와 叔齊(숙제) 형제, 중국 상나라 군주에게 충성을 다한 의인. 餓(아) 굶주리다, 기아. 首陽(수양) 백이와 숙제 형제가 상나라 군주의 충신으로 주나라 영토인 首陽(수양)산에서 나는 고사리도 먹지 않고 굶어 죽음.

콩은 史略初卷(사략초권)의 제1장 天皇氏章(천황씨장)의 太古伏羲神農氏 (태고복희신농씨)의 첫 글자가 太(태)이니 큰 의미가 있고 곡물 중에도 제일 커 곡물의 왕이라 할 수 있다. 콩알 모두가 누런 것이 벌에 꿀을 바른 것 같고 둥글둥글한 콩알 가운데 검은 점은 쥐가 눈을 부릅뜬 것 같다. 이 콩을 물에 불려 싹을 새로 뽑아 나물을 만들어 밥상에 놓으면 나물 반 찬이 하나 느는 것이요, 다시 물에 불려, 십이월 섣달 그믐날 새벽 부엌 솥 밥에 놓으면 양식을 덜 수 있다. 伯夷(백이)와 叔齊(숙제)가 周(주)나라 사람들이 좁쌀(粟)을 안 먹는다고 하여 首陽山(수양산)에 들어가 굶어 죽을 당시 만약 주나라에 좁쌀 대신 콩이 있었더라면 伯夷(백이)와 叔齊(숙제)가 굶어 죽진 않았을 것이다.

'밭에서 나는 쇠고기'라는 콩(太)을 예찬한 시이다. 콩에는 단백질, 탄수화물, 지방 외에도 각종 비타민을 함유하고 있어 성인병 예방과 노화 방지에 큰 도움을 주는 곡물이다. 콩나물, 두부, 된장, 청국장, 콩국수, 콩자반 등 콩의 유용성은 이루 헤아릴 수 없을 정도이다. 콩(太)은 중국의 사략(史略)에 처음 나오는 글자로 그 이름의 의미도 평범하지 않으며,

시루에서 물에 불려 콩나물을 만들면 밥상 나물 반찬으로도 좋다는 의미이다. 사략(史略)은 일종의 초급 역사 교과서인데 천자문, 소학과 함께 어린아이가 흔히 배우는 서적이었다. 사략(史略)의 삼황오제(三皇五帝) 중국 신화가 너무 황당하게 부풀려져 역사적 사실이 아니라 판단되어 조선 시대에는 사략(史略)을 교육 자료로 쓰지 않았고 중국과 일본에서도 너무 허황된 내용이 많아 읽지도 않았는데 오로지 조선에서만 읽는다는 주장이 많아 사략(史略)을 공부하는 것을 부끄럽게 여긴 때도 있었다. 여하튼 그 사략(史略)의 첫 글자가 태(太)이니 콩은 그 이름부터가 평범한 곡물이 아니라는 얘기이다. 중국 고대 상(商)나라 말기 형제로 군주에 대한 충절을 지킨 의인 백이숙제(伯夷叔齊) 형제가 주(周)나라 영토인 수양산(首陽山)에서 나는 고사리도 먹지 않으며 굶어 죽었다는 사마천(司馬遷)의 사기열전(史記列傳) 내용까지 언급하며 콩(太)을 예찬한 시이다.

8. 伐木(벌목)

- 나무를 베다

虎距千年樹
호 거 천 년 수

龍顚一夕空
용 전 일 석 공

杜楠前後無
두 남 전 후 무

桓斧古今同
환 부 고 금 동

影斷三更月
영 단 삼 경 월

聲虛十里風
성 허 십 리 풍

出門無所見
출 문 무 소 견

搔首望蒼穹
소 수 망 창 궁

호랑이가 웅크리고 앉아 있는 듯한 천년 묵은 고목이
용이 넘어져 엎어지듯 하룻밤 사이에 사라졌네.
두보(杜甫)의 뜰에 있던 녹나무는 온데간데없어졌는데
환퇴의 도끼는 예나 지금이나 그대로구나.
새벽이 오기 전 달 사라지듯 나무 그림자도 사라지고
십리 밖에서 불어오는 바람에 나무 스치는 소리조차 없구나.
문밖에 나서도 보이는 게 아무것도 없어
망연자실하여 머리만 긁적이며 푸른 하늘만 쳐다보네.

虎距(호거) 범처럼 웅크리고 앉다, 地勢(지세)가 웅장하다. 顚(전) 엎드리다, 넘어지다, 이마. 杜楠(두남) 두보의 집 뜰에 있던 녹나무. 唐나라 시인 杜子美(두자미)의 집 뜰에 있던 이백 년 된 楠木(남목, 녹나무)이 용처럼 범처럼 버티고 있었는데, 두자미가 밖에 나가 있는 사이에 거센 비바람에 몽땅 뽑혀버려 한없이 슬퍼하며「楠木爲風雨所拔歎(남목위풍우소발탄, 녹나무가 비바람에 뽑힌 것을 한탄하다)」이라는 시를 읊었다. 桓斧(환부) 桓魋(환태)의 도끼, 환태는 孔子(공자)를 죽이려 했던 宋(송)나라 사람. 搔(소) 손톱으로 긁다, 마음이 들뜨다.

정원에 천년 묵은 나무가 호랑이가 웅크리고 있듯이 위엄 있었는데 하루 저녁에 도끼에 찍혀 龍(용)이 쓰러지듯 넘어져 나무 있던 자리가 텅 비어 허전하게 되었다. 나이가 천년이나 된 이 아름다운 녹나무는 한 번 도끼에 찍혀 베이면 흔적도 없이 사라지지만 桓魋(환태)의 그 무시무시한 도끼는 예나 지금이나 변함없이 나무를 베어버리니 한탄스럽다. 나의 나무도 그 원수 같은 도끼에 찍혀 사라져버렸구나. 나무가 없어지고 보니 삼경 때 밝은 달이 비추어 생기던 그 그윽한 나무 그림자 모습도 사라지고 십 리 밖에서 불어와 나무에 '쇄쇄' 스치는 노랫소리도 이젠 들을 길이 없구나. 이제는 문을 열고 나가기도 전에 뵈던 나무가 갑자기 사라져 머리만 긁적긁적 긁으며 먼 창공만 바라보누나.

필자의 집 앞에 수령(樹齡)이 삼백 년이 된 느티나무 한 그루가 있는데 그 형상은 龍虎(용호)와 흡사하며 높이가 22미터, 둘레가 6.9미터로 실로 거대한 잣나무고개(柏峴, 백현) 느티나무이다. 퇴계(退溪) 이황(李滉)의 제자로 강원도 관찰사를 지낸 고암(顧菴) 정윤희(丁胤禧)의 사당(祠堂)이 있던 곳이다. 마을 사람들이 매년 동제(洞祭)[91]를 지내며 우리 고유의 민속(民

---

91) 동제(洞祭): 마을의 수호신이라 믿는 거목, 바위, 산 등에 올리는 제사로 마을이 재앙을 면하고 풍요롭게 되기를 비는 일종의 민속신앙. 단군신화의 신목이나 돌무덤 서낭당에 축문을 낭송하고 제수를 올리며 제를 올리는 등 이제는 모두 사라져 가는, 보기 힘든 한국의 고유 민속신앙이다.

俗)이 전승해 왔다. 축문(祝文)을 낭송하고 祭需(제수)를 올리며 마을에 재앙이 없고 평안(平安)함을 기원한다. 한 개인으로서도 백현동 잣나무고개의 이 거대한 느티나무가 사라진다면 두보(杜甫)나 김립(金笠)만큼 슬퍼할 것이다. 인간은 누구나 자연의 신비로움에 감사하며 살기 때문이다. 공자(孔子)가 송(宋)나라를 지나며 큰 나무 아래에서 제자들과 예(禮)에 관해 공부하고 있었는데 송나라 환퇴가 공자를 죽이려고 그 큰 나무를 베어 뽑아버렸다. 공자가 떠나려 하니 제자들도 "빨리 떠나는 것이 좋겠습니다"라고 재촉하니, 공자가 대답하여 이르되 "하늘이 나에게 이미 덕을 주었는데 환퇴인들 나를 어떻게 하겠느냐?" 하였다.

원문 〈참고: 孔子世家〉

孔子去曹適宋, 與弟子習禮大樹下. 宋司馬桓魋欲殺孔子, 拔其樹. 孔子去. 弟子曰 "可以速矣." 孔子曰 "天生德於予, 桓魋其如予何!"

주해

曹(조) 마을, 관아, 무리. 適(적) 이르다, 도달하다.

9. 氷(빙)

- 얼음

塵襪仙娥石履僧
진 말 선 아 석 리 승

凌波滑步遞如鷹
능 파 활 보 체 여 응

層心易裂嫌銅馬
층 심 이 열 혐 동 마

潔體無瑕笑玉蠅
결 체 무 하 소 옥 승

雪氣凝中橫索鏡
설 기 응 중 횡 색 경

月光穿底見紅燈
월 광 천 저 견 홍 등

也知造物多神術
야 지 조 물 다 신 술

宣作銀橋濟衆藤
선 작 은 교 제 중 등

물보라를 일으키는 버선을 신은 선녀와 돌 신발을 신은 스님이

물 위를 매처럼 미끄러지듯 빨리도 걸어서 차례로 건너가는구나.

돌계단은 부서지기 쉬워 말발굽을 싫어하고

옥같이 깨끗한 몸에 똥파리조차 더럽히기 싫다고 웃음 지며 지나가네.

흰 눈 서린 얼음 속에 가로 박힌 거울을 찾다보니

달빛이 강바닥까지 뚫고 비추어 붉은 등불이 보이네.

알지어다! 조물주의 무궁무진하고 신묘한 능력으로

은빛 다리를 펼쳐놓아 뭇 사람들이 등나무 지팡이를 짚으며 건너게 하는 의미를.

塵(진) 티끌, 먼지, 여기서는 물보라. 襪(말) 버선. 仙娥(선아) 선녀, 아름다운 달을 일컫기도 함. 履(리) 신다, 밟다. 滑(활) 미끄럽다. 遞(체) 번갈아, 교대로. 鷹(응) 매, 송골매. 層(층) 층, 계단. 嫌(혐) 싫어하다. 瑕(하) 옥에 티, 허물. 笑(소) 웃다. 蠅(승) 파리. 玉蠅(옥승) 똥파리. 索(색) 찾다. 索鏡(색경) 안경을 찾다. 凝(응) 엉기다, 춥다. 穿(천) 구멍, 뚫다. 宣(선) 베풀다, 펴다. 藤(등) 등나무, 여기서는 등나무로 만든 지팡이.

塵襪(진말)을 신은 선녀와 돌신을 신은 스님이 차례로 이 빙판 위를 건너갈 때 그 모습이 어찌나 빠른지 매와 같다. 날씨가 따뜻해지면 이 얼음 계단은 녹아 부서지기 쉽고 구리로 된 말발굽도 지나가면 깨지니 싫어한다. 여름날 깨끗한 얼음은 티 하나 없이 너무 백옥같이 맑아 파리도 똥을 묻히길 싫어할 정도로 깨끗하다. 눈이 얇게 서린 얼음은 한가운데 거울을 비추어 놓은 것 같고 달빛이 그 위에 비치면 강바닥에 붉은 등이 있는 듯하다. 알지어다! 조물주의 신묘한 기술로 이 은교를 만들어 무릇 지팡이(短杖, 단장)로 하여금 건너가게 함을!

송(宋)나라 때 시인 황정견(黃庭堅)의 작품 가운데 「王充道送水仙花五十支(왕충도가 수선화 50가지를 보내다)」라는 시가 있다.

凌波仙子生塵襪
능 파 선 자 생 진 말

水上輕盈步微月
수 상 경 영 보 미 월

(下略)

물 위를 스쳐 가는 선녀가 물보라 일으키는 버선을 신고
물 위를 사뿐사뿐 초승달 아래를 조용히 걷는 듯하구나.

(이하 생략)

주해

　王充道(왕충도) 술을 좋아하던 사람. 凌(능) 능가하다. 凌波仙子(능파선자) 물 위를 스치며 걷듯 가는 선녀. 盈(영) 가득 차다. 微月(미월) 가늘게 빛나는 달, 초승달.

　'미세한 물보라를 일으키는 버선'이라는 의미의 塵襪(진말)이란 시어(詩語)는 아마도 위의 황정견 시에서 원용(援用)한 듯하다. 玉蠅(옥승)은 똥파리인데 똥파리는 귀한 옥(玉)에 똥을 묻혀 더러운 흔적을 남긴다는 승분점옥(蠅糞點玉), '옥에 티'란 말에서 인용하였다. 똥파리 같은 미물이 덩치 큰 말한테 윙윙거리며 까불지만, 말 궁둥이에 붙어 천 리를 간다는 말이 있다. 승부마이천리행(蠅附馬而千里行). 이런 똥파리조차 미안해서 티 없이 맑게 빛나는 백옥 같은 빙판 위에 똥 싸놓고 좋다고 낄낄댈 수는 없다는 표현이 무척 해학적이고 재미있다. 여기서 은교(銀橋)는 은(銀)으로 만든 다리가 아니라 은빛처럼 반짝반짝 빛나는 얼은 빙판(氷板) 위로 뭇 사람들이 건널 수 있는 다리와 같다는 의미이다.

10. 雪 其一(설 1)
- 눈 1

蕭蕭密密又霏霏
소 소 밀 밀 우 비 비

故向斜風滿襲衣
고 향 사 풍 만 습 의

潤邊獨鶴愁無語
윤 변 독 학 수 무 어

木末寒鴉凍不飛
목 말 한 아 동 불 비

從見江山颺白影
종 견 강 산 양 백 영

誰知天地弄玄機
수 지 천 지 농 현 기

强近店婆因問酒
강 근 점 파 인 문 주

緬然醉臥却忘歸
면 연 취 와 각 망 귀

함박눈이 소리 없이 펄펄 휘날리며 내리는데

바람 타고 옷을 흠뻑 적시고

젖은 물가에 외로운 학 한 마리 수심 깊어 울음도 그치고

나무 끝에 추워 웅크린 갈까마귀 얼어붙어 못 나르나?

강산을 둘러보면 하얀 눈 펄펄 휘날리니

그 누가 이 천지조화의 오묘함을 안다고 헛소리 지껄이겠나?

가까운 주막집 주인 할미에게 술이나 한잔 달래 마시고

사색에 잠겨 취해 누우니 돌아갈 생각마저 잊었노라.

주해

蕭(소) 쓸쓸하다, 맑은대쑥 풀. 霏(비) 눈이 펄펄 내리다, 비가 조용히 오다. 故(고) 옛날, 그러므로, 까닭, 이유. 襲(습) 불의에 쳐들어가다. 潤(윤) 젖다, 적시다. 鴉(아) 갈까마귀. 從(종) 따라가다. 颺(양) 날다, 날리다. 玄機(현기) 우주의 깊고 오묘한 이치. 强近(강근) 아주 가깝다. 婆(파) 할미, 인도 산스크리트어의 'Bha'의 우리나라 한자. 緬(면) 가는 실, 생각하는 모습. 緬然(면연) 생각에 깊이 잠긴 모습. 却(각) 물리치다, 그치다. 却忘(각망) = 망각(忘却).

이응수 대의

蕭蕭密密(소소밀밀) 霏霏粉粉(비비분분) 하얀 눈이 이리저리 부는 바람을 타고 휘날리니 옷이 흠뻑 젖는다. 추운 날씨에 白鶴(백학) 한 마리가 계곡 물에 홀로 서서 수심에 차 울음도 멈추었네. 나무 끝에 갈까마귀도 추워 얼어붙었는지 날지도 못한다. 누구나 흰 눈 휘날리는 모습을 볼 수는 있지만, 그 누가 우주의 깊고 묘한 이치와 조화를 알 수 있을까? 가까운 酒店(주점)의 할미한테 술을 청하여 마시고 취한 김에 누우니 늘어져 집에 갈 생각도 잊어버렸다.

첨언

설(雪) 字는 비(雨) 字와 빗자루(彗, 혜) 字를 결합한 회의(會意)문자이다. 혜(彗) 字는 빗자루를 쥐고 있는 모습이니, 설(雪) 字는 내린 눈을 빗자루로 쓴다는 의미이니 재미있다. 설(䨮) 字가 本字이다. 소소(蕭蕭), 밀밀(密密), 비비(霏霏) 소록소록 내리는 함박눈 소리와 모습을 아름다운 화성학(和聲學)적 음률로 듣는 듯하다. 전체적으로 흰 눈 내리는 아름다운 강산을 그린 동양화를 쳐다보고 있는 듯하다.

11. 消雪景(소설경)

- 눈 그친 뒤 경치를 읊다

送月開簾小碧峰
송 월 개 렴 소 벽 봉

滿庭疑是玉人逢
만 정 의 시 옥 인 봉

冥魂灑入孤江釣
명 혼 쇄 입 고 강 조

冷意添牽暮寺鐘
냉 의 첨 견 모 사 종

却訪梅花淸我興
각 방 매 화 청 아 흥

能令蓓屋素其封
능 령 부 옥 소 기 봉

個邊頗有精神竹
개 변 파 유 정 신 죽

助合詩膓動活龍
조 합 시 장 동 활 용

지는 달을 보내고 발을 걷으니 작고 푸른 옥 바위 봉우리가 눈에 들어오네.

앞뜰에 흰 눈 가득해 옥인(玉人)을 만난 듯하구나.

어두운 마음 씻어내려고 외로운 강물에 낚싯줄 드리우니

쓸쓸한 마음 더해주는 산사(山寺)의 저녁 종소리.

매화 찾아 바라보니 나의 기분이 맑아지는구나.

눈 덮인 마을에는 부자와 가난뱅이 따로 없네.

한쪽에는 제법 기개 높은 대나무가 뻗어 있어

내 마음을 움직여 시흥(詩興)이 솟구치게 도와주네.

簾(렴) 발, 주렴. 碧(벽) 푸르다, 푸른 옥돌. 玉人(옥인) 모양과 마음씨가 아름다운 사람. 逢(봉) 만나다, 맞다. 冥(명) 어둡다. 灑(쇄) 물 뿌리다, 깨끗이 하다, 씻다. 孤(고) 외롭다, 홀로. 釣(조) 낚시, 꾀다. 牽(견) 끌다, 끌어당기다. 却(각) 물리치다, 우러러보다(仰), 그치다. 蓬屋(봉옥) 풀로 지붕을 이은 가난한 집, 서민의 빈가(貧家). 素封(소봉) 봉토(封土)나 봉록(俸祿)은 없지만 부유한 사람. 頗(파) 자못, 조금, 약간. 腸(장) 장, 창자, 마음. 活龍(활룡) 활발히 솟아오르는 용.

이응수 대의

산천이 눈 덮인 밤에 넘어가는 달을 보내고 발을 올리니 멀리 푸른 봉우리(碧峰)가 조그맣게 어둠 속에 보이는데 눈 덮인 뜰 한가운데에 옥인(玉人)을 보고 있는 게 아닌가 하고 내 눈을 의심했다. 어두운 마음은 獨釣寒江雪 孤舟簑笠翁(독조한강설 고주사립옹)[92]의 쓸쓸한 모습을 내게 보여주고 산사의 저녁 종소리는 마음을 더욱 쓸쓸하게 한다. 내 물러가 설중매(雪中梅)를 찾아, 내 마음을 맑게 하려 하노라. 눈의 자비로움과 은혜로 빈부의 차이도 없이 가난뱅이 집도 부잣집도 모두 공평하게 하얗게 덮였다. 그 속에 기개 서린 참대나무가 있어 나의 시상(詩想)과 어울리니 시심(詩心)이 용(龍)처럼 꿈틀거리며 솟구친다.

첨언

진종일 내리며 온 세상을 하얗게 덮던 함박눈이 다음 날 새벽이 되어서야 그치니 새벽달은 서산 넘어 뉘엿뉘엿 넘어간다. 흰 눈 덮인 바깥세상 좀 보려고 발을 올리니 마을이 모두 하얗게 눈으로 덮였는데 멀리 조그맣게 보이는 푸른 봉우리가 눈에 들어와 마음씨 아름다운 옥인(玉人)이 흰 눈 속에 홀로 서 있는 줄 알았다. 마음도 쓸쓸하고 혼탁해 강가에

---

92) 獨釣寒江雪 孤舟簑笠翁(독조한강설 고주사립옹): 중국 唐나라 때 문인 유종원(柳宗元, 773~819)의 시 「강설(江雪)」의 시구(詩句)로 속세를 떠나 추운 강물에 배 띄워 홀로 낚시를 하며 쓸쓸한 여생을 보내는 노인을 읊음.

나아가 낚싯줄을 드리우는데 멀리 절간에서 저녁 종소리가 외롭게 울려 오히려 마음만 더 쓸쓸하다. 가난한 집이나 부잣집이나 모두 눈에 덮여 구별도 없고 은빛으로 아름답게 보이는데 푸르고 기개 있는 대나무가 외로운 나그네의 시흥(詩興)을 불러일으킨다. 눈 덮인 산천을 새벽에 바라보며 산사의 종소리 들으며 낚싯줄을 드리우니 그 얼마나 아름다운 경관인가? 모든 잎이 떨어지는 엄동설한에도 푸른 잎을 간직하는 대나무는 사군자(四君子)⁹³⁾ 가운데에서도 절개와 지조의 상징으로 인식되어 왔다. 나그네의 시흥을 돋우는 대나무를 윤선도⁹⁴⁾도 사랑했다.

나무도 아닌 것이 풀도 아닌 것이
곧기는 뉘 시키며 속은 어이 비었는다?
저렇게 사시(四時)에 푸르니 그를 좋아하노라.

– 윤선도(1587~1671), 시조 「나무도 아닌 것이」

---

93) 사군자(四君子): 매화, 난초, 국화, 대나무를 지칭. 흔히 매란국죽(梅蘭菊竹)이라 부른다. 조선 시대의 유교 문화권에서 군자의 인격을 갖춘 꽃나무라 여겨 詩書畵 주요 소재가 되어 왔다.

94) 윤선도(尹善道, 1587~1671): 조선 시대 중후기의 문신.

12. 雪景(설경)

- 눈 덮인 경치

飛來片片三春蝶
비 래 편 편 삼 춘 접

踏去聲聲五月蛙
답 거 성 성 오 월 와

寒將不去多言雪
한 장 불 거 다 언 설

醉或以留更進盃
취 혹 이 유 갱 진 배

휘날리는 눈송이는 춘삼월 나비 같고

눈 밟고 가니 오뉴월 개구리 개굴개굴 우는 듯하구나.

추워서 못 간다며 눈(雪) 핑계 대면서

취한 김에 혹여나 하룻밤 머무를까 다시 술잔을 드네.

주해

蝶(접) 나비. 蛙(와) 개구리.

이응수 대의

　　바람에 날리는 눈송이는 춘삼월 산과 들에 날아다니는 하얀 나비들 같고 쌓인 눈 밟을 때 나는 '빠드득 빠드득' 소리는 유월 논두렁에서 울어대는 개구리 소리 같다. 찾아온 벗 하나가 귀가를 서두르니 내가 그것을 막으려고 "날씨도 춥고 눈도 오지 않는가?"라 핑계를 대며 혹시 술 취하면 집에 갈 생각 잊고 하룻밤 묵고 갈까 하여 다시 술을 권한다.

함박눈이 바람에 휘날리며 내리니 하얀 나비들이 춤추며 나는 듯하고, '뽀드득뽀드득' 눈길을 밟고 가다 보면 개구리가 개굴개굴 울어대는 듯하다. '飛來片片三春蝶(비래편편삼춘접)' 句는 '휘날리는 눈송이는 춘삼월 나비 같고'로 글자를 하나하나 그대로 축자(逐字) 번역하는 것이 바람직하다. 눈 덮인 산길을 가다 보니 어두워지고 춥기도 하여 주막에 들러 호리병 탁주 한 모금 쭉 털어 넣으니 몸도 따뜻해지고 기분도 좋아지네. 왠지 술 한잔 더 하고 자고 갔으면 하는 마음이 생겨 계속 추운 날씨 핑계만 댄다. 추워서 못 간다면 그냥 하룻밤 유숙하면 됐지 술은 왜 또 마시나? 하여튼 원래 술꾼들은 술 한잔 더 마시기 위한 구실과 핑계 찾는 데는 귀신이니 따져 무슨 소용이 있으랴? 그냥 술 취하게 내버려두는 게 상책. 눈 내리는 어두운 산골짜기 계곡에 허름한 주막집 방안에서 술잔 드는 김립의 그림자가 문 창호지에 비쳐 아른거린다. 아름다운 동양화 한 폭을 보는 듯하다.

13. 雪日(설일)

- 눈 내리는 날

雪日常多晴日或
설 일 상 다 청 일 혹

前山既白後山亦
전 산 기 백 후 산 역

推窓四面琉璃壁
추 창 사 면 유 리 벽

分咐寺童故掃莫
분 부 사 동 고 소 막

눈 오는 날이 대부분 눈 갠 날은 어쩌다
앞산은 이미 하얘졌고 뒷산도 따라서 하얘지네.
창문 밀어 밖을 보니 사방이 유리알 벽이네
절의 동자승에게 구태여 쓸지 말길 부탁하네.

주해

既(기) 이미, 벌써. 推(추) 밀다, 천거하다. 琉(유) 유리, 나라 이름. 璃(리) 유리, 琉璃(유리) 유리, 구슬. 咐(부) 분부하다, 숨을 내쉬다.

이응수 대의

이 시는 『김립시집』 초판에서 咸陽(함양)에서 지었다 했으나 증보판에서 금강산 어느 절에서 지었다고 수정하였다. 김립이 어느 절에 가서 하룻 밤 침식을 청하나 거절당하고 경내 밖으로 나가려 할 때 주지 스님이 나가는 김립의 행색을 보니 김립 같아 이름을 물어보니 김립이 맞다. 주지 스님이 이르되 내가 부르는 韻(운)을 넣어 시를 지어보라 하며 '或亦莫' 韻

자를 부른다. 요새 눈 내리는 날이 많고 눈 갠 날이 드물어 앞산 뒷산 모두 은빛으로 변했네. 창을 열고 사방을 둘러보니 천하가 구슬 같으니 스님은 동자승에게 경내에 덮인 눈을 쓸지 말도록 할 것을 命(명)한다.

첨언

『김립시집』 초판에는 「雪景(설경)」이라는 시제로 시가 두 수 있다. 이 시의 제목은 증보판에서 「雪日(설일)」로 수정되었다. 시를 지은 장소도 함양이 아니라 금강산의 어느 절로 수정되었다. 산속 주지 스님도 행색을 보고 즉시 김립인 줄 알 정도라면 김립의 명성이 조선팔도 안 미치는 곳이 없었던 것 같다. 눈 덮인 금강산의 산사에서 주지 스님으로부터 하룻밤 유숙을 위한 허락을 받기에 충분히 아름다운 시이다. 김립이 금강산 숲 속 눈길을 걸으며 정적(靜寂) 속에 고즈넉하게 들리는 풍경소리를 좇아 산사로 들어가며 그가 남긴 발자국 모습을 마음속으로 그리다 보니 서산대사(西山大師)[95]의 선시(禪詩) 「눈길을 걸을 때」가 생각난다.

踏(穿)雪野中去
답 천 설 야 중 거

不須胡亂行
불 수 호 란 행

今日(朝)我行跡
금 일 조 아 행 적

遂作後人程
수 작 후 인 정

― 서산대사, 「눈길을 걸을 때」

눈 덮인 들길 걸어갈 때
함부로 어지럽게 걷지 말라.

---

95) 西山大師(서산대사) 조선 중기의 승려(1520~1604)이며 승병장. 속명(俗名)은 최여신(崔汝信), 호는 청허(淸虛)이며 법명은 휴정(休靜)임. 오랫동안 묘향산에서 수도하였기 때문에 西山大師라 불렀다. 임진왜란 때 제자인 유정(惟政) 사명대사(四溟大師)와 함께 승병을 일으켜 큰 전공을 세웠음.

오늘 (아침) 남긴 내 발자국이

언젠가 뒤에 올 사람들의 길을 밝혀주리니.

주해

不須(불수) (모름지기) 하지 마라(예: 不須多言 - 불수다언, 여러 말 하지 마라). 胡亂(호란) 뒤섞여 어수선하다, 오랑캐들이 일으킨 난리(예: 丙子胡亂).

　　이 시는 서산대사의 작품으로 알려져 있으나 서산대사의 문집인『淸虛堂集』에는 이 시가 실려 있지 않고, 장지연의『大東詩選, 卷之八 張三十』과 조선 시대 후기 문신이며 시인인 임연(臨淵) 이양연(李亮淵, 1771~1853)의『臨淵堂別集』에「野雪(야설, 들판의 눈)」이란 시제로 수록되어 있어, 지금은 이양연이 지은 시라는 설이 일반적 견해이다. 이양언의「野雪」에는 '踏'이 '穿'으로, '今日'이 '今朝'로 되어 있다.

14. 雪 其二(설 2)

- 눈 2

白屑誰飾亂洒天
백 설 수 식 난 쇄 천

雙眸忽爽霽樓前
쌍 모 홀 상 제 루 전

練舖萬壑光斜月
연 포 만 학 광 사 월

玉削千峰影透烟
옥 삭 천 봉 영 투 연

訪隱人應隨剡棹
방 은 인 응 수 섬 도

懷兄吾亦坐講筵
회 형 오 역 좌 강 연

文章大手如逢此
문 장 대 수 여 봉 차

興景高吟到百篇
흥 경 고 음 도 백 편

흰 눈가루를 누가 하늘에다 어지럽게 뿌렸는가
눈 그친 누각 앞을 보니 갑자기 두 눈이 맑아지네.
골짜기 계곡에 흰 비단 쭉 펼쳐놓은 듯 달 기울어 비추네
천 길 낭떠러지 옥을 깎아 세운 듯한 봉우리가 눈안개 속에 드러나고
숨은 스승 찾으려면 마땅히 섬도 계곡 따라 노 저어 가야 한다고 떠난
형 생각에 나도 돗자리 깔고 앉아 가르치네.
문장의 대가가 이 아름다운 봉우리를 본다면
흥에 겨워 목청 높이 읊는 시가 백 편에 이르리라.

屑(설) 가루, 부스러기. 洒(쇄) 물을 뿌리다, 상쾌하다. 眸(모) 눈동자. 爽(상) 시원하다, 마음이 밝고 즐겁다, 새벽. 霽(제) 개다, 비나 눈이 그치다. 練(연) 익히다, 단련하다, 펼쳐놓은 비단. 舖(포) 펴다, 늘어놓다. 壑(학) 골, 산골짜기, 도랑, 개천. 削(삭) 깎다, 헤치다. 烟(연) 연기, 그을음. 透烟(투연) 뿌연 가운데 드러나 보임, 剡(섬) 땅 이름. 掉(도) 흔들다, 흔들리다. 剡掉(섬도) 많은 선비가 은둔해 살던 지역 이름, 계곡물 따라 조각배 노 저어 간 곳. 筵(연) 대(竹)자리, 돗자리.

이응수 대의

흰 쓰레기를 누가 이렇게 하늘에 어지럽게 뿌려 놓았는가? 누각 앞이 눈(雪)으로 밝아져 내 두 눈이 맑아지네. 눈이 쌓이니 시냇가에 쭉 펼쳐 놓은 흰 비단이 지는 달에 비춰는 듯하고 산봉우리는 옥(玉)을 깎아 세운 듯 눈안개 속에 어른거린다. 은둔해버린 스승 찾아가 담론(談論)하겠다고 떠난 형은 지금쯤 고요히 내리는 눈 맞으며 剡掉(섬도) 땅으로 가고 있겠지. 나도 돗자리 깔고 앉아 강의를 시작해야겠다. 만약 문장대가(文章大家)가 이 아름다운 눈경치를 본다면 흥에 겨워 소리 높여 읊는 노래가 백 편은 넘으리라.

첨언

백설(白雪)을 백설(白屑)로 바꿔 흰 가루라고 표현했다. 하얀 함박눈이 바람에 휩쓸려 어지럽게 날려서 그랬을까? 하긴 눈 '설(雪)' 字를 파자(破字)하면 비 '우(雨)' 字와 빗자루 '혜(彗)' 字가 된다. 내린 눈을 빗자루로 쓴다는 의미가 되니 눈(雪)이 쓰레기와 전혀 무관하지는 않긴 하다. 현자(賢者)들이 산속 깊이 은둔해 산다는 剡掉(섬도) 땅에 가려면 剡溪(섬계) 계곡물을 따라 조각배 노 저어 올라가야 한다. 유방(劉邦)을 도와 한나라를 건국한 후 속세를 떠난 한고조(漢高祖) 유방의 신하이자 책사였던 장량(張良)은 무릉도원 선계(仙界)로 들어가 은둔하며 살다 죽었다. 후손들이 대대로 살아오며 장(張)씨 가문의 마을, 장가계(張家界)를 이루었다. 블록버스터 영화 「아바타」의 배경이 될 정도로 아름다운 白雪 덮인 봉우리들이 구름 위에 둥둥 떠 있다가 안개구름과 눈안개가 서서히 걷히니 옥삭천봉(玉削千峰)의 환상적이고 신비로운 봉우리들이 그 모습을 드러낸다. 『김립시집』 초판에는 없지만, 증보판과 최종판『풍자시인 김삿갓』에 수록된 '눈(雪)'의 시 한 수를 다음 항목에 추가한다.

15. 雪 其三(설 3)
- 눈 3

天皇崩乎人皇崩
천 황 붕 호 인 황 붕

萬樹靑山皆被服
만 수 청 산 개 피 복

明日若使陽來弔
명 일 약 사 양 래 조

家家檐前淚滴滴
가 가 첨 전 루 적 적

천황씨가 죽었는가 인황씨가 죽었는가
온 산과 온 나무가 모두 상복을 입었네.
만약에 내일 아침 햇님이 조문 오면
집집마다 처마 아래로 눈물깨나 흘리겠네.

주해

天皇(천황) 중국 신화 속 삼황(三皇) 天皇 地皇 人皇. 崩(붕) 무너지다, 흩어지다, 황제가 죽다 (崩御). 服(복) 옷, 입다. 檐(첨) 처마. 滴(적) 물방울, 물방울 떨어지다.

이응수 대의

天皇(천황)씨가 죽었느냐 人皇(인황)씨가 죽었느냐. 天地江山(천지강산) 萬木千樹(만목천수)가 모두 素服(소복)을 입었네(雪景을 素服에 비유함). 만일 내일 아침 햇볕이 내리쪼이며 弔喪(조상)을 하면 집집마다 처마(檐下)아래로 哭喪(곡상)의 눈물 흐르겠구나.

음풍농월(吟風弄月)이란 말이 있듯이 예로부터 아름다운 자연을 시로
읊기 위해 바람과 달은 명시(名詩)의 주요 소재가 되었다. 비(雨)와 눈(雪)
도 마찬가지였다. 가뭄에 비(雨)가 오면 즐겁고 기쁠 수도 있었겠지만, 그
건 자연의 경치를 노래하는 바가 아니다. 오히려 비 오는 날은 왠지 쓸
쓸하고 외로워진다. 슬퍼함(恨)을 묘사하는 데는 눈물처럼 흐르는 비(雨)
가 제일 잘 어울린다. 반면에 눈(雪)은 자고로 즐거움과 기쁨을 표현하는
시와 노래 소재로 흔히 쓰여 왔다. 눈이 오면 강아지도 좋아서 깡충깡
충 뛰고 겨울눈이 내리면 화이트 크리스마스, 눈사람, 눈싸움 등 신나는
일뿐이다. 신선들이 산다는 무릉도원에 내린 함박눈을 삼황(三皇) 붕어
(崩御)에 조의(弔意)를 표하기 위한 소복(素服)이라 비유한 것도 훌륭하지만
다음 날 아침 눈 그치고 햇볕이 따사로이 쬐니 지붕 위의 눈이 녹아 처
마를 타고 조의(弔意)를 표하듯 눈물처럼 뚝뚝 떨어진다는 표현이 백미(白
眉)이다. 눈(雪)을 이렇게 완벽한 詩的 언어로 묘사한 김립 시인은 천재시
인으로 칭하는 데 부족함이 있을 수 없다.

6장

動物 篇
동물 편

1. 鷄 其一(계 1)
- 닭 1

搏翼天時回斗牛
박 익 천 시 회 두 우

養塒物性異沙鷗
양 시 물 성 이 사 구

爾鳴秋夜何山月
이 명 추 야 하 산 월

玉帳寒淚營楚猴
옥 장 한 루 영 초 후

북두칠성이 돌며 시간을 알려주는 때 홰를 치며 꼬꼬댁 소리치고
닭장 안에서 태어나 자라니 바다 갈매기와는 습성이 다르네.
그대는 가을밤 어느 산의 달을 보고 꼬꼬댁 울어대느뇨
항우가 아름다운 장막 안에서 처량히 눈물짓게 하는구나.

주해

搏(박) 잡다, 치다, 때리다. 翼(익) 날개. 斗(두) 북두 별. 牛(우) 견우 별. 回斗牛(회두우) 북두칠성이 시간을 알려주며 돌아감. 塒(시) 홰, 횃대, 새들이 깃들어 있는 곳. 沙(사) 모래. 鷗(구) 갈매기. 沙鷗(사구) 모래가 있는 백사장 위의 갈매기. 爾(이) 너(汝). 帳(장) 만장. 玉帳(옥장) 옥으로 만 장막, 장수가 거처하는 장막(帳幕). 猴(후) 원숭이. 楚猴(초후) 초패왕(楚覇王) 항우(項羽)를 일컬음.

이응수 대의

　닭이 나래를 '푸드덕 푸드덕' 하고 홰치는 동안 새벽하늘의 북두칠성이 돌며 시간을 알려주는 것이니 닭은 곧 하늘의 시간을 알려주는 생물(生物)이다. 닭아! 너는 어느 산 가을 달밤에 울어 玉帳寒營(옥장한영)에 있는

楚項王(초항왕)을 눈물짓게 하였던가? 項羽(항우)를 楚猴(초후)라 함은 그 얼굴 생김의 험상스러워 그렇게 묘사한 것이다.

첨언

초후(楚猴)는 중국 사기(史記) 항우본기(项羽本紀)에 나오는 말로 항우(項羽)의 초(楚)나라 사람들은 갓 쓴 원숭이(猴)에 불과하다는 의미이다. "사람들이 초나라 사람들은 관을 쓰고 사람 행세하는 원숭이 같다고 하던데, 과연 그렇구나!"라는 글귀에서 유래하였다.

원문 〈참고: 사기(史記) 항우본기(项羽本紀)〉

項羽 攻下 咸陽 后, 想回故鄕炫耀富, 曰 "富貴不歸故鄕, 如衣綉夜行, 誰知之者!" 時人 諷刺其愛虛榮, 曰 "人言 楚人沐猴而冠耳, 果然!" 后因以 "楚猴" 戱称 項羽…

초나라 항우가 홍문연(鴻門宴)[96]에서 유방으로부터 진(秦)나라 수도 함양(咸陽)을 빼앗은 후, 약탈을 일삼다 고향에 금의환향하여 자랑하고 싶어 이르되, "부귀하게 된 후 고향에 돌아가지 않는 것은 비단옷 입고 밤길 다니는 거나 마찬가지다." 그러자 간의대부(諫議大夫) 한생(韓生)이 혼잣말로 "사람들이 항우의 허영심을 풍자해 초나라 사람들은 원숭이를 목욕시켜 귀에 걸친 관을 씌운 꼴이군(楚人沐猴而冠耳)"이라고 중얼거린 이후, 초나라 사람은 원숭이 같다 놀려대며 초후(楚猴)라 일컫게 되었다. 한생(韓生)은 결국 펄펄 끓는 가마솥에 던져져 죽는다. 戱称(희칭)의 戱는 戱(희)의 俗字이다. 초후(楚猴)와 목후이관(沐猴而冠)은 능력도 없으면서 자리만 차지하고 있는 사람을 지칭할 때 쓰인다. 닭은 알람시계 안 보고도 새벽이 되면 어김없이 날개를 힘차게 퍼덕이며 홰를 친다. 서양 구비설

---

96) 홍문연(鴻門宴): 홍문의 연(鴻門之宴)이라고도 일컬음. 홍문은 지금의 중국 유적 병마용(兵馬俑)있는 산시성에 있으며, 항우는 멸망한 진나라 수도를 이 연회에서 한나라 유방으로부터 빼앗는다.

화에 의하면 독신인 태양에게 고마움을 전하기 위해 배필을 얻어 태양을 결혼시켜 외롭지 않게 해주자는 고슴도치의 제안이 사자에 의해 거절되자 고슴도치는 쑥스러워 머리를 쑥 집어넣고 태양은 실망한 나머지 바다 밑으로 몸을 숨기니 어두워진다. 닭이 태양을 위로하기 위해 횃대에 올라 날개를 힘차게 치며 새벽마다 태양을 위해 노래를 부른다. "우리 햇님, 힘내세요! 꼬꼬댁 꼬꼬 꼬꼬댁 꼬꼬…"

2. 鷄 其二(계 2)

- 닭 2

擅主司晨獨擅雄
천 주 사 신 독 천 웅

絳冠蒼距拔於叢
강 관 창 거 발 어 총

頻驚玉兎旋藏白
빈 경 옥 토 선 장 백

每喚金烏卽放紅
매 환 금 오 즉 방 홍

欲鬪怒瞋瞳閃火
욕 투 노 진 동 섬 화

將鳴奮鼓翅生風
장 명 분 고 시 생 풍

名高五德標於世
명 고 오 덕 표 어 세

逈代桃都響徹空
형 대 도 도 향 철 공

새벽을 알리는 일은 오로지 수탉만이 할 수 있구나

붉은 벼슬 푸른 발톱 무엇보다 눈에 띄네.

달 기울어 어두워지면 자주 놀래다가

붉은 햇살이 비치라고 목청 높여 꼬꼬댁.

싸우려고 부릅뜨면 눈에서 불꽃이 번쩍번쩍

꼬꼬댁 하며 목청 높여 홰칠 땐 날개에서 바람이 인다.

오덕을 갖췄다고 세상에서 모범이 되고

먼 옛날 때부터 무릉도원에서 하늘 높이 꼬꼬댁 꼬꼬 울었다네.

擅(천) 하고 싶은 대로 하다, 마음대로 하다. 主司(주사) 주관하여 일을 맡다. 晨(신) 새벽, 닭이 울다. 雄(웅) 수컷. 자웅(雌雄) 암수. 絳(강) 진홍색. 絳冠(강관) 닭의 볏, 벼슬. 蒼(창) 푸르다. 距(거) 서로 떨어져 있다, 며느리발톱. 蒼距(창거) 푸른 발톱. 叢(총) 모이다, 모으다. 玉兔(옥토) 달의 별칭, 달 속에 옥토끼가 있다는 전설에서 유래. 喚(환) 부르다, 소리치다. 金烏(금오) 태양의 별칭, 태양 속에 까마귀가 있다는 전설에서 유래. 瞋(진) 눈을 부릅뜨다. 瞳(동) 눈동자. 閃火(섬화) 번쩍이는 불꽃, 섬광(閃光), 翅(시) 날개, 나는 모양. 鼓(고) 북치다. 五德(오덕) 다섯 가지 덕(文, 武, 勇, 仁, 信). 標(표) 표하다, 높은 나무. 標於世(표어세) 세상에 모범이 되다. 迥(형) 멀다, 빛나다. 迥代(형대) 머나먼 옛날, 桃都(도도) 무릉도원(武陵桃源). 徹(철) 통하다, 뚫다.

닭은 새벽 기상을 도맡아 책임진다. 닭 중에서도 수탉이 홀로 횃대를 지배한다. 붉은 벼슬과 푸른 발톱은 조그만 눈, 입, 귀보다 더 크다. 수탉이 자꾸 우는 이유는 달이 저물어 하얀 얼굴을 감추어 버리니 자기들이 잠에서 깨어나야 하기 때문이고 햇빛이 동쪽 하늘 멀리 붉게 떠오름을 알리는 것이다. 싸움할 때는 화난 두 눈동자에서 불이 이글거리고 날개를 퍼덕일 때는 바람을 일으킨다. 닭은 古來(고래)로 五德(오덕)의 존귀함이 있었고 일찍이 武陵桃源(무릉도원) 찾아가는 나그네에게는 하늘 높이 소리 높여 울어 가는 길을 알려주었도다.

닭 벼슬(볏)은 영어로 crest로 꼭대기나 정상이란 뜻이다. 파도나 언덕의 제일 높은 곳이라는 의미가 된다. 그래서인지 '닭 벼슬이 될망정 소꼬리는 되지 마라!'라는 옛말도 있다. 반대로 두뇌 함량 미달의 멍청한 사람 머리를 닭대가리라고 헐뜯는가 하면 암탉이 울면 재수 없다는 등 근거 없는 험담도 있다. 알람시계 없어도 새벽이 되면 아침밥 지을 때라고 때맞춰 '꼬꼬댁' 우는 닭이 멍청한가, 아니면 알람시계 없으면 늦잠 자는 인간이 멍청한가? 암탉이 울면 재수 없다면서 암탉이 생산한 달걀은 왜 먹는가? 수탉은 홰치고 울며 새벽잠 깨워주고 암탉은 인간에게 달걀을 생산하여 제공하는 역할분담이 확실하지만, 암탉이 힘들어하는 남편을 위해 새벽에 대신 좀 울어주면 안 되나? '벼슬'이란 말은 원래 방언이긴 하지만 표준어인 '볏'보다 더 친숙하게 쓰이며, 예로부터 文武官人(문무관인)들이 쓴 관이 마치 닭 볏처럼 생겼다고 해서 붙은 말이다. 전래동화에 재미있는 얘기가 전해 오는데, 닭이 개와 소에게 '나는 벼슬이 달린 귀한 몸이지만 너희는 천한 것들'이라고 깐죽거렸다가 개한테 볏을 물려 볏이 톱니 모양이 되었다는 얘기다. 볏을 물려 혼쭐이 난 닭이 겨우 빠져나와서 지붕 위로 도망치자 개가 더는 쫓아가지 못하게 된 것을 두고 '닭 쫓던 개 지붕 쳐다본다'라는 말이 나왔다고 전해진다. 닭에게는 본받아야 할 다섯 가지 덕목(德目)이 있다고 조선 후기 문인인 하달홍은 한시외전(韓詩外傳)[97]의 닭의 오덕(五德)에 관한 고사를 인용했다. 머리에는 붉은 벼슬 관(冠)을 썼으니 있으니 문(文)이고, 발에 갈퀴(距)를 가진 것은 무(武)요, 적에 맞서서 감투하는 것은 용(勇)이요, 먹을 것을 보고 함께 먹자고 서로 부르는 것은 인(仁)이요, 밤을 지켜 때를 잃지 않고 알리는 것은 신(信)이다. 이러한 오덕(五德)은 주로 수탉에게 주어진 것이다. 그리고 닭이 천년을 살면 머리 꼭대기가 붉은 단정학(丹頂鶴)이 되고, 닭이 신성한 숲을 만나면 계룡(鷄龍)이 되고, 또 오동나무에 오르면 봉황(鳳凰)이 되기도 하는 것이 닭이라고 하였다. "나무가 고요하고자 하나 바람이 멎지 아니하고, 자식이 봉양하고자 하나 어버이가 기다려주지 않는다(樹欲靜而風不止 子欲養而親不待, 수욕정이풍부지 자욕양이친부대)." 우리가 어렸을 때 배웠던 이 문장의 출전이 바로 한시외전(韓詩外傳)이다. 이렇듯 오덕(五德)을 겸비한 존귀하고 고마운 닭임에도 불구하고 우리 인간은 닭이 품고 있는 닭의 알을 뺏어 먹고, 살은 펄펄 끓는 물에 삶아 먹고, 기름에 튀겨 먹고, 가만히 생각해 보면 잔인하기 그지없다. 푹 삶은 영계백숙이나 바싹

---

97) 한시외전(韓詩外傳): 중국 전한(前漢)의 학자 한영(韓嬰)이 쓴 『시경(詩經)』 해설서. 한영은 내전(內傳) 4권, 외전 6권을 저술하였으나, 남송(南宋) 이후 외전만이 전한다.

튀긴 프라이드치킨을 먹다 보면 미안한 마음에 목에 잘 안 넘어간다. 닭 고기를 먹긴 먹어야겠고 김립 시인처럼 가끔 닭을 의인화하거나 하나의 생명체로 보면서 속죄하는 마음으로 먹어야겠다.

3. 狗(구)

- 개

稟性忠於主饋人
품 성 충 어 주 궤 인

呼來斥去任其身
호 래 척 거 임 기 신

跳前搖尾偏蒙愛
도 전 요 미 편 몽 애

退後垂頭却被嗔
퇴 후 수 두 각 피 진

職察奸偸司守固
직 찰 간 투 사 수 고

名傳義塚領聲頻
명 전 의 총 영 성 빈

褒勳自古施帷蓋
포 훈 자 고 시 유 개

反愧無力尸位臣
반 괴 무 력 시 위 신

천성이 충직하여 밥 잘 주는 주인 잘 따르고
부르면 오고 물리치면 가고 시키는 대로 하네.
앞발 들며 꼬리치며 사랑을 독차지하다가도
야단치면 뒤로 물러나 머릴 숙이네.
간교한 도둑들로부터 집 잘 지켜 제 할 직분을 굳건히 하고
의로운 개의 무덤(義犬塚)이라고 전해 와 그 명성을 자주 듣는구나.
예로부터 충견(忠犬)에게는 공을 기려 휘장 덮어 베풀어주었는데
반대로 능력 없이 祿만 받아먹는 벼슬아치는 부끄러운 줄 알거라.

饋(궤) 먹이다, 음식을 대접하다. 饋人(궤인) 군주의 음식에 독의 유무를 알아보기 위해 먼저 맛본 후 괜찮으면 군주에게 드리는데 궤인은 그 음식을 먼저 개한테 먹여본다. 斥(척) 물리치다. 跳(도) 뛰다, 도약하다. 蒙(몽) 입다, 덮다, 받다. 垂(수) 늘어뜨리다, 드리우다. 却(각) 그치다, 멎다. 嗔(진) 성내다. 被嗔(피진) 꾸지람을 듣다. 偸(투) 훔치다. 義塚(의총) 연고가 없는 사람의 시신을 묻은 무덤. 義士의 무덤, 무연총(無緣冢)이라고도 함. 여기서는 주인에게 충성한 개를 묻는 무덤(義犬塚)을 말함. 襃(포) 기리다. 帷(유) 휘장. 帷蓋(유개) 공로가 있는 개가 죽었을 때 덮어주는 휘장. 愧(괴) 부끄러워하다, 창피하다. 尸位(시위) 재능도 인덕도 없으면서 벼슬에 오르거나 녹(祿)을 받아먹는 것, 시위소찬(尸位素餐)이라고도 함.

이응수 대의

개의 품성은 매우 충성스러워 주인이 오라 하면 오고 밀며 가라 하면 간다. 뛰어오르고 꼬리도 흔들며 주인의 사랑을 얻으려 하다가도 소리치면 다소곳이 머리를 숙인다. 간교한 도둑놈이 못 오게 집 지키는 것도 개가 할 일이다. 개의 명예는 때때로 주인 없는 무덤을 만들어주어 칭송의 소리가 곳곳에 자자하다. 자고로 공훈을 포상하는 데는 帷帳(유장)을 드리워 신당에 모시는데 그중에는 이 개만도 못한 능력 없는 벼슬아치들이 많이 있다.

첨언

한시(漢詩) 번역은 역사, 전설, 신화, 철학, 문학 등 다방면의 지식이 있어야 올바른 해석이 가능하고 학문적으로 이론적으로 어느 정도 무장되어 있다손 치더라도 한시 해석에는 늘 어려움과 오류가 있을 수밖에 없다. 작자(作者)의 시작(詩作) 당시 관련된 역사적 배경이나 환경, 문화, 작자의 성격이나 인품 등을 정확히 알 수가 없으므로 어느 정도의 자의적(恣意的) 해석이 허용되어야 한다. 그런 의미에서 혹자는 의총(義塚)에 관해서 주인 없는 죽은 자의 무덤이라고도 해석할 수도 있다. 하지만 필자의 자의적 해석으로는 의로운 개의 무덤(義犬塚)이라 번역하는 것이 옳다고 생각한다. 다음 시구(詩句)에서 개의 무덤에 휘장까지 덮어주라고 하지 않는가? 주인에 충성을 다하다 의롭게 죽은 견공(犬公)들의 이름들이 수없이 전해 온다. 진도군의 '돌아온 백구'의 지석묘, 일본 시부야(渋谷)역 광장의 충견 '하치公' 동상… 이러한 충성스러운 견공(犬公)들은 아무리 생각해도 사람보다 나은 것 같다. 돌아온 백구(白狗)는 (1988~2000) 1993년 대전으로 팔려갔지만, 목줄을 끊고 7개월 만에 300㎞이상 거리를 되돌아 진도의 주인 박복례 할머니한테 온 진돗개. 주인에게 충성을 다하고 죽은 백구에게 진도 사람들이 사랑과 경의를 표하기 위해 진도에 지석묘를 세웠다 한다. 일본의 '하치꼬'도 충견으로 도쿄 시부야역 앞에 가보면 동상이 있다. 충견 하치코(일본어: 忠犬ハチ公, 1923년~1935년)는 사망한 주인을 도쿄의 시부야역 앞에서 약 9년 동안 기다린 것으로 잘 알려져 있다. 도쿄 제국대학 농학부 교수였던 우에노 히데사부로(上野 英三郎)의 개로, 우에노 교수가 출근할 때면 언제나 현관문 앞에서 우에노 교수를 배웅하고 시부야역까지 배웅을 나가곤 했는데, 1925년 어느 날 대학교에서 우에노 교수가 뇌출혈로 갑자기 사망한 후에도 이 사실을 모르는 듯 충견 하치코는 시부야역 앞에서 비가 오나 눈이 오나 9년 동안 주인 오기를 기다리다 죽었다. 개는 영원히 변치 않는 인간의 친구다.

4. 猫 其一(묘 1)
- 고양이 1

世稱虎犧色何玄
세 칭 호 희 색 하 현

射彩金精視必園
사 채 금 정 시 필 원

逈察兩端趨縮地
형 찰 양 단 추 축 지

高聽亂齧勢騰踐
고 청 난 설 세 등 천

吃威能使安藩內
흘 위 능 사 안 번 내

俘馘堪觀弄困前
부 괵 감 관 농 곤 전

田舍秋登應無害
전 사 추 등 응 무 해

曾夢禮典歲三千
증 몽 예 전 세 삼 천

세상 사람들이 이르길 너는 범 먹이라는데 어찌 검은색인가
밝은 달빛 내리비춰 온 곳을 밝히듯 뜰 안을 꼼꼼히도 살피네.
먼 곳까지 두리번거리며 살피다가 축지법 쓰듯 달려들며
갉아대는 쥐 소리가 멀리 들려도 날쌔게 밟고 뛰어들 기세로다.
무게 잡고 야옹 하면 쥐가 도망가 울타리 안이 안전하고
쥐 잡아놓고 괴롭히며 희롱하니 정말 볼 만하구나.
전답과 집에 추수할 때가 되어도 쥐로 인해 피해가 전혀 없으니
그래서 고양이의 공덕(功德)은 예법에 관한 책에서도 오래도록 전해오는구나.

犧(희) 희생하다. 彩(채) 빛, 고운 빛깔. 金精(금정) 달의 별칭. 逈(형) 멀다, 빛나다. 趨(추) 달리다, 성큼성큼 걷다. 縮(축) 줄이다, 오그라들다. 縮地(축지) 먼 거리를 가깝게 하는 도술(道術). 齧(설) 물어뜯다, 갉아먹다. 騰(등) 오르다, 높은 곳으로 오르다. 踐(천) 밟다, 실천하다, 부임하다. 騰踐(등천) 밟고 넘어가다, 시체를 밟고 가다. 吃(흘) 말을 더듬다, 웃는 소리. 藩(번) 울타리, 영역. 俘(부) 사로잡다. 馘(괵) 얼굴을 베다. 俘馘(부괵) 포로. 堪(감) 견디다. 堪觀(감관) 볼만하다. 困(곤) 괴로움을 겪다, 지치다. 登(등) 오르다. 曾(증) 일찍이, 곧, 이에. 禮典(예전) 예법에 관한 책.

이 시에 관한 이응수 대의는 『김립시집』 초판에는 실리지 않아 중보판 기록을 옮겼다. 세상에서는 고양이를 범에 비유하는데 털은 왜 저렇게 검을까? 金精明月(금정명월)의 정기(精氣)처럼 쏘아보는 그 시선이 가는 곳은 반드시 뜰이니 사방 양 끝을 면밀히 쏘아보다 쥐 그림자를 발견하면 축지법을 쓰듯 날쌔게 달려가고 쥐 갉는 소리만 멀리 들려도 쏜살같이 달려들어 밟고 넘는다. 고양이가 한번 야옹 하면 그 집 뜰의 쥐는 모두 도망가고 고양이가 쥐를 잡아놓고 놀릴 때는 마치 감옥에 갇힌 죄인을 약 올리는 듯해서 실로 볼 만하다. 이리하여 농가에 추수 때가 와도 쥐로 인한 피해가 전혀 없어 일찍이 禮典(예전)에서도 고양이의 공덕(功德)을 기록하여 오랫동안 전해 내려오는 것이다.

먼 옛날 중국에서는 흰 고양이는 밝은 달과 관련 있어 숭배하고 검은 고양이는 질병과 빈곤의 불길한 징조라 여겨 혐오하였다는 얘기가 전해 내려온다. 반면에 검은 고양이는 영국에서 행운을 상징하는 존재로 여겨졌다. 항해를 떠나는 선원은 남편의 무사귀환을 바라는 의미에서 검은 고양이를 키웠다 한다. 그런가 하면 일본에서는 옛날 선원들이 안전한 항해를 위해 행운의 상징인 삼색고양이[98]가 앞발로 사람을 부른다는

---

98) 삼색고양이: 흰색이 우세하면서 갈색과 검정색이 섞인 세 가지 모피 색의 고양이로 영어로는 calico cat이며 대부분 암컷이다.

'마네키네코(招き猫, まねきねこ)가 지금도 일식집 계산대에 진열된 것을 흔히 볼 수 있다. 1843년 출판된 미국의 추리소설가, 에드거 앨런 포(Edgar Allan Poe, 1809~1849)의 단편소설 「검은 고양이(The Black Cat)」에서의 검은 고양이는 많은 사람들에게 무서운 영물로 자기나 자기에게 사랑을 베풀던 사람에게 해악을 준 사람은 끝까지 쫓아가 복수하는 공포의 대상으로 묘사된다. 검은 고양이가 행운의 상징인지 불행의 징조인지 시비 여부는 알 수는 없고 확실한 건 고양이가 농가의 쥐들을 퇴출시키는 공덕은 칭송하여 마땅하다.

5. 詠貓(영묘)

- 고양이를 읊다

乘夜橫行路北南 中於狐狸傑爲三
승 야 횡 행 로 북 남　중 어 호 리 걸 위 삼

毛分黑白渾成繡 目挾靑黃半染藍
모 분 흑 백 혼 성 수　목 협 청 황 반 염 람

貴客床前偸美饌 老人懷裡傍溫衫
귀 객 상 전 투 미 찬　노 인 회 리 방 온 삼

那邊雀鼠能驕慢 出獵雄聲若大談
나 변 작 서 능 교 만　출 렵 웅 성 약 대 담

밤을 이용해 남쪽으로 북쪽으로 마음대로 다니니 여우와 삵 사이에 끼어 삼걸(三傑)이 되었네.

검고 흰 털을 섞어 흑백으로 수를 놓은 듯 눈은 황색 바탕에 푸른빛이 끼었으니 반은 남색으로 물들인 듯하고.

귀한 손님 밥상의 맛있는 반찬을 훔치고 노인 품속에 들어가 따뜻한 옷에 바싹 달라붙네.

어디라고 감히 참새나 쥐새끼가 까부냐고 교만을 떨며 사냥 나가며 큰 소리로 장담하는 것 같구나.

주해

狐(호) 여우. 狸(리) 삵, 너구리. 傑(걸) 뛰어나다. 渾(혼) 뒤섞다, 흐리다. 繡(수) 수놓다, 挾(협) 끼우다, 끼다. 藍(람) 남색, 풀. 偸(투) 훔치다. 饌(선) 반찬, 선(膳)과 동일. 裡(리) 속, 속마음, 안. 傍(방) 곁, 옆, 바싹 달라붙다. 衫(삼), 적삼, 윗도리. 那邊(나변) 어디, 어느 곳. 出獵(출렵) 사냥 나가다. 若(약) 같다, 만약.

이응수 대의

고양이란 놈이 乘夜 南路北路 橫行(승야 남로북로 횡행)하여 三傑(삼걸)이 되었다. 털 색은 흑백이 섞여 수를 놓은 듯하고 눈 색깔은 靑黃색을 반

반 남색으로 물들인 것 같은데 이놈은 늘 귀한 손님이 오면 밥상 아래 있다가 맛있는 반찬 나오면 훔쳐 먹고 노인네 품속에 들어가 따스한 옷을 덮고 자니 밤을 포근하게 잘 잘 수 있도다. 어디에 참새나 쥐가 있느냐며 사냥 나갈 때 '야옹' 하며 큰소리로 엄포를 놓는 듯하다.

첨언

『김립시집』 초판에서는 시제가 「영묘(詠貓)」로 수록되어 있다. 고양이 눈은 색맹이고 지독한 근시이며 야행(夜行)성이다. 그러나 움직이는 물체를 감지하는 동체시력(動體視力)은 사람보다 네 배 빠르다고 한다. 그 덕분에 쥐 같은 먹잇감을 쉽게 잡아 가정집은 물론 논밭의 폐해나 전염병 확산의 주요 원인인 쥐를 박멸하는 데 공이 큰 건 사실이다. 중국 예기(禮記)[99]에도 논밭에서 곡식 갉아먹는 쥐들을 잡아 먹어주는 고마운 일을 한다고 제사까지 지내준다는 기록이 있다(迎貓爲其食田鼠也, 영묘위기식전서야). 그래서 그런지 "나 훌륭하지요? 나 잘했지요?" 하며 자기를 좀 알아달라고 사람들 품속으로 기어들고 몸을 비벼대니 인간에게는 어떻게 보면 개보다 더 친화적이다. 고양이를 길조의 동물로 대할지 아니면 흉조의 상징으로 볼 건지는 예나 지금이나 사람마다 생각이 다 다르다. 중요한 건 고양이도 하나의 생명체로 생각하고 행동하는 존재라는 사실을 인식하는 것이다.

초판에는 없지만 증보판에 묘(貓)에 관한 시가 한 수 더 수록되어 있어 옮긴다.

---

99) 예기(禮記): 중국 사서오경 (四書五經)의 하나로 예법(禮法)에 이론과 실체를 설명한 책(四書五經 - 四書: 논어, 맹자, 대학, 중용, 五經: 시경, 서경, 역경, 춘추, 예기).

6. 猫 其二(묘 2)

- 고양이 2(『김립시집』 증보판)

三百群中秀爾才
삼 백 군 중 수 이 재

乍來乍去不飛埃
사 래 사 거 불 비 애

行時見虎暫藏跡
행 시 견 호 잠 장 적

走處逢尨每打腮
주 처 봉 방 매 타 시

獵鼠主家雖得譽
엽 서 주 가 수 득 예

捉鷄隣里豈無猜
착 계 인 리 기 무 시

南街北巷啼歸路
남 가 북 항 제 귀 로

能劫千村夜哭孩
능 겁 천 촌 야 곡 해

온갖 짐승 가운데 너의 재주가 제일이라
재빠르게 오고 가도 먼지 하나 안 이는구나.
가다가 범을 보면 잠시 자취를 숨기고
뛰어가다 삽살개를 만나면 볼따구를 톡톡 치고.
집쥐를 잡아주니 주인으로부터 칭찬받기도 하지만
이웃 마을 닭 없어지면 의심 받기 일쑤로다.
이 거리 저 동네 쏘다니며 이상한 소리로 울고 다니니
온 마을 밤에 울던 아이들 겁에 질려 멈추네.

乍(사) 잠시. 埃(애) 티끌, 먼지, 世俗. 尨(방) 삽살개. 腮(시) 뺨, 아가미. 顋(시)와 동일. 獵鼠(엽서) 쥐를 사냥하다. 雖(수) 비록, 그러나. 捉(착) 잡다. 豈(기) 어찌. 猜(시) 의심하다, 싫어하다. 巷(항) 거리, 마을, 동네. 嗁(제) 울다, 울부짖다. 劫(겁) 위협하다, 빼앗다. 孩(해) 어린아이, 어리다.

이응수 대의

수많은 동물 중에 너의 재주가 가장 훌륭하며 왔다 갔다 해도 먼지 하나 남기지 않게 살금살금 다닌다. 가다가 범을 만나면 잠시 자취를 숨겼다가 다시 달릴 때 삽살개를 만나면 아래턱을 톡톡 치며 대든다. 쥐를 잡아 주인집으로부터 큰 명예를 얻었다고는 하나 인근 마을에 닭 잡아 없어지면 사람들로부터 의심을 받는다. 남쪽 거리 북쪽 마을 다니며 '야옹 야옹' 울고 다니니 밤에 울어대는 동네 마을 兒孩(아해)들이 무서워 울음을 뚝 그친다.

첨언

김립시집 증보판에 의하면 이 시는 장성 기세원(長城 奇世援)씨로부터 얻었다 한다. '삽살개의 뺨을 톡톡 때리다'의 '뺨'을 흔히 '시(顋)' 자를 쓰는데 증보판의 '시(腮)' 자와 같은 의미인 '뺨'을 의미한다. 고양이 색깔은 여러 가지인데 흰색은 행운과 복을 가져오고(開運招福, 개운초복), 검은색은 재앙과 불행을 막아주고, 붉은색은 병들지 않게 해주고, 노란색은 돈을 벌게 해주고, 은색은 오래 살게 해준다니, 고양이를 반려동물로 키우시는 분들은 손해볼 일 없으니 참고하시길 바란다.

7. 魚(어)

- 생선

遊泳得觀底好時
유 영 득 관 저 호 시

錦潭斜日綠楊垂
금 담 사 일 록 양 수

銀翻如舞鸎相和
은 번 여 무 앵 상 화

玉躍旋潛鷺獨知
옥 약 선 잠 로 독 지

影蘸橫雲嫌罟陷
영 잠 횡 운 혐 고 함

光沈初月似釣疑
광 침 초 월 사 조 의

歸來森列變眸下
귀 래 삼 열 변 모 하

畫出心頭一幅奇
화 출 심 두 일 폭 기

물이 맑아 고기가 물속을 노닐 때 바닥까지 잘 보일 때
비단같이 아름다운 연못에 해도 기울고 푸른 버드나무도 늘어지네.
은빛 비늘 번쩍이며 몸 뒤집어 춤추니 앵무새가 짹짹 화답하고
아름답게 뛰어올랐다 한번 돌고 물에 잠기면 백로만이 어디 있는지 알리라.
구름 그림자 어른거려 뒤섞이면 그물에 걸렸나 의심하고
물속으로 초승달 비치면 누가 드리운 낚싯밥인가 의심하며 머뭇거리네.
집에 돌아와도 떼 지어 몰려다니는 모습이 눈에 어른거리고
마음속에는 한 폭의 아름다운 그림이 그려지네.

遊泳(유영) 즐기며 헤엄치다. 飜(번) 뒤집다, 없어지다. 鸚(앵) 앵무새. 鷺(로) 해오라기, 여기서
는 백로를 의미. 蘸(잠) 담그다, 물속에 넣다. 醮(초)의 俗字, 이응수는 '그림자가 물 위에 어린다'
라고 해석, 罟(고) 그물. 陷(함) 빠지다, 무너지다. 初月(초월) 초승달. 森列(삼열) 촘촘히 늘어서 있
음. 고기가 줄을 지어 떼 지어 다니는 모습. 眸(모) 눈동자, 자세히 보다.

이응수 대의

물이 맑아 바닥이 보이면 유영하는 물고기의 모습도 훤히 볼 수 있는
비단을 깔아 놓은 듯한 아름다운 연못가에 수양버들이 지는 해에 드리
운다. 은빛 비늘 번쩍이며 추는 물고기들의 군무(群舞)에 앵무새가 노래
하며 화답한다. 백로라는 놈은 그 반대로 아름답게 튀어 올랐다가 물속
에 잠기는 고기를 잡아먹으려고 홀로 노리고 있다가 물속으로 사라져버
리니 가버린다. 구름 그림자가 물속에 어른거리면 "아이고, 우리를 잡으
려고 그물을 쳤구나!" 여기고, 물속에 놀다가 초승달 그림자가 물에 비
치면, "아이고, 낚시찌다! 얘들아, 물지 마라!" 하며 의심하며 피해간다.
물고기 노는 모습을 보다 집에 돌아오니, 물고기 노닐던 모습이 눈에 가
물거리고 마음에는 아름다운 한 폭의 그림이 그려지네.

첨언

이 시를 읽다 보면 물 안팎을 뛰어놀다 떼를 지어 몰려다니는 한 무리
의 잉어 떼가 자연스레 연상된다. 그러니 많은 사람이 이 시의 제목을
잉어인 「鯉魚(리어)」로 고쳐 해석하는 것도 이해가 되지만 잉어라고 단정
지을 수 있는 확실한 근거는 없다. 그래도 달빛에 비친 능수버들 늘어진
게 낚싯줄인 줄이고 물속 깊이 비친 초승달 그림자는 낚싯밥이고 흐릿
한 구름 그림자는 그물이라 의심하는 듯 잉어들이 머뭇거리는 모습이
내 마음속에 그려진다. 잉어들이 능수버들 아래 초승달 비치는 연못에
서 유영하는 모습을 회화적으로 참 아름답게 묘사하였다. 중국 황하강

상류에 있는 용문(龍門)이라는 협곡이 있는데 이 협곡을 흐르는 강물이 어찌나 거센지 거슬러 올라간 잉어는 용(龍)이 된다는 전설이 있다. 용이 되기 위해 용문 협곡 강물을 튀어 오르는 모습을 등용문(登龍門)이라 하여 지금도 입신출세하는 관문을 의미해 표현하고 있다. 잉어가 강물에서 조용히 유영하다 낚시꾼에 잡히면 보통 물고기와 달리 일단 잡히면 몸부림치지 않고 '주인님 뜻대로' 하며 군자의 모습을 보이지만, 세찬 강물 거슬러 올라 튀어 올라 용이 되는 모습은 풍수나 운수에도 좋아 약리도(躍鯉圖)라 하여 그림으로도 자주 표현한다. 꿈도 잉어 꿈은 낙지나 미역국과 달리 길몽으로 해석된다. 조선 시대 과거시험 앞둔 유생들이 낙지 먹으면 낙제(落第, 과거시험에 떨어져)해 落啼(낙제, 떨어져 운다)한다 여겨 안 먹었던 낙지가 들으면 무척 기분 나쁠 얘기다.

8. 鷹(응)

- 매

萬里天如咫尺間
만 리 천 여 지 척 간

俄從某峀又玆山
아 종 모 수 우 자 산

平林博兎何雄壯
평 림 박 토 하 웅 장

也似關公出五關
야 사 관 공 출 오 관

만 리 길 머나먼 하늘길도 지척처럼 가까운 듯
순식간에 저 바위 구멍에서 나와 이 산으로 날아가네.
넓은 숲속에서 토끼를 낚아채는 솜씨가 정말 대단하구나
마치 관우가 오관을 나서는 것 같구나.

주해

鷹(응) 매, 송골매. 咫(지) 짧다, 가깝다. 尺(척) 자, 길이의 단위. 咫尺(지척) 아주 가까운 거리.
俄(아) 갑자기. 峀(수) 산굴. 巖穴(암혈) 석굴. 玆(자) 이, 이에. 博(박) 잡다, 치다, 쥐다. 兎(토) 토끼,
달의 별칭. 似(사) 같다, 닮다. 關公(관공) 중국 촉한의 關羽(관우)를 말함.

이응수 대의

멀고 먼 하늘길을 咫尺(지척)인 듯 날아다니는 매가 산 굴 구멍에 날아
가더니 어느새 이쪽 산으로 날아와 숲속에서 토끼를 잡았으니 얼마나
대단한 일인가? 마치 關羽(관우)[100]가 五關(오관)[101]을 늠름하게 나오는 천
하무적의 장수 모습이다.

깎아지른 듯 높이 솟은 암벽 꼭대기의 구멍에서 나와 하늘 높이 날다 쏜살같이 하강하여 숲속의 토끼를 낚아채 오르는 매의 날쌔고 용감한 동작을 삼국 시대 촉한(蜀漢)의 천하무적 명장인 관우(關羽)에 비유하며 읊은 시이다. 혹자는 '峀(수)' 자를 '巖(암)' 자로 옮겨 해석하기도 하는데, 『김립시집』 초판, 증보판, 최종 1956판 『풍자시인 김삿갓』에서 모두 '峀(수)'로 되어 있다. 매가 하늘 높이 날며 먹잇감을 찾다가 비호같이 하강하여 토끼를 낚아챈 후 날아올라 푸짐한 저녁 만찬을 위해 암벽 위 석굴(石窟)로 향한다. 매의 이러한 뛰어난 사냥능력을 이용한 사냥법인 매사냥(falconry)은 선사시대 때부터 시작되어 지금도 일부 나라에서는 행해지고 있다. 우리나라에는 13세기 고려 시대 원나라 간섭기 때 몽골로부터 매사냥법이 유입되었다. 신성로마제국 황제의 상징은 독수리였고 우리나라 임금의 상징은 봉황(鳳凰)이었다. 우리나라 백성의 상징을 예로부터 매로 삼은 적도 있었으며 우리나라 文學史에 영향도 주었다. 단군 신화의 유적이 산재해 있는 황해도 구월산 산세가 뻗어 내려와 중국 산동반도를 마주하는 서해안에 장산곶이 있으며 이 마루턱 하늘 높이 거센 바람 속에서 독수리와 해동청 보라매가 혈투를 벌인다. 사력(死力)을 다해 싸우다 피투성이가 된 매(鷹)는 결국 독수리를 죽이고 기진하여 해송(海松) 위에 앉는다. 이번에는 나무 아래에서 기어 올라와 공격하는 큰 구렁이를 토막 내어 죽인다. 마을 사람들이 환호하며 새벽에 해송(海松) 아래로 가보니 매의 주인이 발목에 묶어놓은 붉은 실 매듭이 나무에 걸려 밤새 구렁이와 싸우다 기운이 다하여 날지도 못하고 죽은 것이다. 황

---

100) 관우(關羽, 162~219): 字는 관운장(關雲長). 나관중(羅貫中)의 삼국지연의에 따르면 유비, 관우, 장비 세 사람이 도원결의로서 의형제를 맺었다고 전한다. 삼국 시대 촉나라의 무장으로 유비를 도와 손권을 연합군과 함께 적벽대전에서 조조의 대군을 격파했다. 충신의 전형으로 여겨지며 후대에 무신으로 숭배되었다. 공자와 함께 '문무이성(文武二聖)'으로 일컬어진다.

101) 五關(오관): 관우가 한때 조조에게 투항했다가 훗날 유비에게로 돌아가는 다섯 개의 관문(關門)을 얘기한다(동령관, 낙양, 사수관, 형양, 활주황하도구). 나관중은 관우가 오관을 지나며 위나라 장수 여섯 명을 참한다고 전한다(過五關斬六將, 오관을 지나며 장수 여섯을 베다).

석영의 대하소설 『장길산(張吉山)』의 도입부 얘기이다. 부패한 봉건체제 하에서의 억압과 가난, 가뭄, 역병 등으로 고통받고 신음하는 우리 민초 (民草)들을 구하기 위해 싸우는 의적(義賊) 장길산의 삶을 소설의 도입부 에서 매(鷹)의 삶으로 묘사하였다.

9. 虱(슬)

- 이

飢而吮血飽而擠
기 이 연 혈 포 이 제

三百昆蟲最下才
삼 백 곤 충 최 하 재

遠客懷中愁午日
원 객 회 중 수 오 일

窮人腹上聽晨雷
궁 인 복 상 청 신 뢰

形雖似麥難爲麴
형 수 사 맥 난 위 국

字不成風未落梅
자 불 성 풍 미 락 매

問爾能侵仙骨否
문 이 능 침 선 골 부

麻姑搔首坐天台
마 고 소 수 좌 천 태

배고프면 피를 빨고 배부르면 떨어져 나가니
수많은 곤충 중에 가장 못난 놈일세.
먼 길 가는 나그네 품속에서 잡힐까 낮에는 근심걱정
가난뱅이 텅 빈 뱃속에서 새벽우레 소리 듣는구나.
생긴 모양은 비록 보리 같지만 누룩은 될 수 없고
글자로는 풍자를 못 만드니 매화꽃을 못 떨구네.
네게 묻노니 신선한테도 쳐들어갈 수 있느뇨
마고할미 너 때문에 머리 긁적이며 천태산에 앉아 있네.

虱(슬) 이, 蝨(슬)과 동일. 吮(연) 빨다, 핥다. 飽(포) 배부르다, 가득차다. 擠(제) 밀다(추), 배척하다(排), 떨어뜨리다. 窮(궁) 가난하다, 다하다. 晨(신) 새벽, 아침. 麴(국) 누룩, 麯(국)과 동일. 麻姑(마고) 중국 도교 전설에 등장하는 선녀로 天台山(천태산)에 살며 손톱이 김. 搔(소) 긁다.

이응수 대의

이 시는 金在喆(김재철)씨, 金洪漢(김홍한)씨, 필자의 것 셋이 조금씩 달랐으나 주로 김홍한씨의 것을 근거로 했다. 이(虱)란 놈은 굶주리면 피부로부터 피를 실컷 빨아먹고 배부르면 물러가 버린다. 온갖 곤충 가운데 그 행동거지가 가장 下手(하수)이며 拙劣(졸렬)하다. 먼 길 가는 나그네의 가슴 옷 속에 있다가 낮이 되면 따뜻한 햇볕 아래 잔디밭에서 옷을 벗어 이 잡을까 걱정되고 새벽이 오면 텅 빈 가난뱅이 뱃속에서 회충이 꿈틀꿈틀하고 가난뱅이는 이가 문 곳이 가려워 싹싹 긁을 때는 마치 새벽 우렛소리가 아닌가 하고 놀라 전전긍긍하네. 너의 모양은 마치 보리(麥)처럼 보이긴 하지만 진짜 보리가 아니니 누룩(麴)은 못 만들고 네 이름 '虱' 자는 바람 '風' 자가 못 되니 매화 꽃잎 바람 불어 떨어뜨릴 능력도 없느니라. 내 너에게 묻노니 전설에 따르면 천태산의 麻姑(마고)할미 네가 물어 머리를 긁적긁적 긁어댔다는 얘기도 있는데, 네가 정말 신선들 몸에도 기어들어가 천태산까지 갈 수 있다는데 그게 사실이냐?

첨언

6·25 전후 1950년대에는 생활환경이 열악했고 방역 조치도 미흡해 이(虱)나 벼룩(蚤)으로 대부분의 사람이 힘들어했다. 밤낮 가리지 않고 온몸에 붙어 피를 빠는 이 때문에 가려워 긁다 보면 피부엔 핏자국이 어리고 가려워 잠결에 일어나 이를 잡던 기억이 난다. 당시 유일했던 살충제로 미군부대에서 흘러나오는 DDT 살충제는 왜 그렇게 냄새가 지독했던지 아직도 DDT 뿌려 온통 허옇게 바른 모습이 우스워 가족들 서로 보며

낄낄대며 웃던 기억이 남아있다. 미군들은 DDT가 인체에 유해하다는 이유로 목욕을 주로 했고 이가 많은 한국인 가정에는 살충제를 주었다. 1970년대 DDT가 발암물질이라는 사실이 널리 인식되었으나 그 이후 대체 화학약품도 개발되고 환경정화와 방역대책도 마련되어 지금은 이(虱)에 관한 얘기를 들을 수 없게 되었다. 시를 감상하다 보니 먹지 못해 텅 빈 배 '꼬르륵 꼬르륵' 하던 그 시절과 모든 게 넘쳐 버리는 풍요로운 지금을 비교하니 만감이 교차한다. 마고(麻姑)할미는 손톱이 긴 선녀이며 손톱이 길어 가려운 데를 시원하게 해 긁어준다는 의미의 '마고소양(麻姑搔癢)'이라는 고사성어(故事成語)도 있다. 일이 뜻대로 잘 풀릴 때나 능력 있는 사람의 도움으로 원하는 바를 이룰 때 흔히 쓴다.

10. 蛙(와)

- 개구리

草裡逢蛇恨不飛
초 리 봉 사 한 불 비

澤中冒雨怨無簑
택 중 모 우 원 무 사

若使世人敎拑口
약 사 세 인 교 겸 구

夷劑不食首陽薇
이 제 불 식 수 양 미

숲속에서 뱀을 만나면 날지 못하는 게 한스럽고
연못 가운데서 비 만나면 도롱이 없음을 원망하네.
세상 사람들 모두를 입 다물게 했더라면
백이숙제도 수양산의 고사리는 먹지 않았을 것을.

주해

裡(리, 이) 속, 내부. 澤(택) 못, 늪. 冒(모) 덮다, 무릅쓰다. 簑(사) 도롱이, 덮다. 拑(겸) 입 다물다, 재갈 물리다. 緘(함)과 같은 의미. 薇(미) 고비, 고사리, 蕨(궐), 蕨菜(궐채) 모두 고사리를 지칭.

이응수 대의

  개구리는 풀 속에서 뱀을 만날 때 날지 못함을 한스럽게 여기고 연못에서 비를 맞으면 삿갓이 없음을 원망한다. 개구리는 먹는 것조차 없으니 만약 세상 사람들이 개구리처럼 먹는 것이 없다면 伯夷叔齊(백이숙제)가 首陽山(수양산)에 들어가 고사리를 캐 먹으며 끼니를 잇다 굶어 죽는 일은 없었으리라.

"껌뻑껌뻑하는 개구리 두 눈은 우리 보기엔 아주 느리지만, 상황이 매우 급해지거나 시련이 닥치면 물불 안 가리고 헤쳐나가는 모습이 꼭 한국 사람 닮았어요. 난 한국 사람들 닮은 건 무엇이든 좋아해요(민병갈, 『파란 눈의 나무 할아버지』 중에서)." 6·25 전쟁 당시 미국 장교로 천리타향 멀리 한국까지 와 참전했다가 한국을 너무 좋아해 휴전 후 한국인으로 귀화하고 충청남도 서해안 태안반도 천리포(千里浦)에 아름다운 목련꽃, 호랑가시나무, 동백꽃 무성한 천리포수목원(arboretum)을 만들고 그곳에 묻힌 故 민병갈(閔丙渴, 1921~2002)선생님이 생각난다. 개구리를 너무 좋아해 수목원 여기저기에 개굴개굴 노래하는 개구리 조각도 많이 세워놓고 떠나셨다. 입춘 우수(立春 雨水) 다 지나 만물이 소생하는 경칩(驚蟄)이 되면 산과 들에 냉이, 쑥, 달래와 같은 봄나물 냄새가 향긋하고 졸졸 흐르는 시냇물에는 겨울잠에서 깬 개구리들이 '개굴개굴' 노래를 한다. 조금 목청을 높이 합창하면 시끄럽게 들릴 때도 있지만 봄이 왔음을 제일 먼저 알려주니 고맙고 청개구리는 크기나 색깔도 무척 예쁘다. 그런데 엄마 말 지독히 안 듣고 시키는 일을 언제나 반대로만 하는 청개구리가 엄마 말 듣지 않은 것을 뒤늦게 후회하며 강가에다 묻어달라는 엄마의 유언을 이번에는 반대로 산에 묻지 않고 진짜 강가에 묻어 비만 오면 엄마 무덤이 강물에 떠내려갈 것 같아 목청 높여 운다. 봄비는 오는데 우산도 없고 비옷도 없어 맨몸 비에 홀딱 젖는다고 투덜대며 '개굴개굴' 개구리가 노래를 한다. 개굴개굴 개구리 목청도 좋다. 아들, 손자, 며느리 다 모여서 밤새도록 하여도 듣는 이 없네. 듣는 사람 없어도 날이 밝도록. '개굴개굴' 개구리 목청도 좋다.

11. 蚤(조)

- 벼룩

貌似棗仁勇絶倫 半風爲友蝎爲隣
모 사 조 인 용 절 륜 반 풍 위 우 갈 위 린

朝從席隙藏身密 暮向衾中犯脚親
조 종 석 극 장 신 밀 모 향 금 중 범 각 친

尖嘴嚼時心動索 赤身躍處夢驚頻
첨 취 작 시 심 동 색 적 신 약 처 몽 경 빈

平明點檢肌膚上 剩得桃花萬片春
평 명 점 검 기 부 상 잉 득 도 화 만 편 춘

모양은 마치 대추씨같이 작지만 용기는 매우 뛰어나 바람 '풍(風)' 반쪽 '이(虱)'와는 벗 삼고 빈대와는 이웃사촌일세.

아침에는 자리 틈에 몸을 숨기고 저녁이 되면 이불 속에서 다리 물려고 가까이 오네.

뽀족한 주둥아리로 따끔따끔 물때마다 이놈 잡을 생각에 빨간 벼룩 여기저기 뛸 때마다 꿈꾸다 놀라 자주 깨네.

밝은 아침에 일어나 살갗을 살펴보면 복사꽃 만발해 울긋불긋 봄날 경치를 보는 것 같구나.

주해

棗(조) 대추, 대추나무. 棗仁(조인) 대추씨, 仁은 열매 씨. 絶倫(절륜) 매우 두드러지게. 半風(반풍) '바람 풍'의 반은 이(虱)을 가리킴. 蝎(갈) 나무굼벵이, 빈대, 전갈. 隙(극) 틈, 구멍. 藏(장) 감추다, 품다. 衾(금) 이불. 脚(각) 다리, 정강이. 嘴(취) 뽀족한 주둥이, 부리. 嚼(작) 씹다, 맛보다. 肌(기), 膚(부) 살, 피부.

이응수 대의

대추씨 모양의 벼룩이란 놈은 이(虱)와 빈대(蝎)의 친구라서 아침이면 자리에 들어가 몸을 숨기고 저녁이 되면 이불 속으로 기어든다. 그 뽀족한 주둥이로 물면 사람들은 가려워 열심히 벼룩을 찾고 빨간 벼룩이 이불속 몸 위를 뛰어다니며 여기저기 물면 잠든 꿈 깨기 일쑤다. 아침이 되어 보면 온몸을 벼룩이 물어 울긋불긋 마치 복숭아꽃 만발해 몸에 떨어진 것 같다.

첨언

"벼룩 불알만 한 놈이 까분다, 벼룩도 낯짝이 있다, 벼룩의 간까지 빼 먹을 놈, 지가 뛰어 봤자 벼룩이지…" 벼룩에 관한 우리 속담이 아주 많았던 것은 그만큼 벼룩이 옛날 우리 조상들의 열악한 생활환경 속에서 흔한 벌레였기 때문일 것이다. 스페인의 FC 바르셀로나의 세계적 축구 스타 리오넬 메시의 별명이 벼룩의 스페인어 '라 풀가(La Pulga)'라 한다. 벼룩처럼 작지만 점프력이 대단해서 그런 별명을 줬다고 한다. 그러나 벼룩이 너무 작아 불알이나 낯짝, 간을 본 사람도 없고, 벼룩이 실제로 뛰어오른 모습을 본 사람은 없다. 실험 결과 벼룩 성충의 몸길이가 3㎜ 정도로 눈에 뵈지도 않는데 18㎝ 정도 높이는 쉽게 뛰어오를 수 있다는 사실을 알아냈다. 리오넬 메시뿐만 아니라 러시아의 장대높이뛰기 선수였던 이신바예바, 루마니아의 기계체조 선수 나디아 코마네치의 별명도 벼룩이다. 이쯤 되면 이제는 볼 수 없는 벼룩의 점프 실력을 기리기 위해 기념비나 추모비 하나 정도는 세워줘야 하지 않겠나? 간밤 잠자리를 괴롭히던 벼룩이 피를 빨아 온통 피멍 자국으로 변한 피부를 쳐다보며 춘삼월 만발한 복숭아 꽃잎 보는 것 같다고 풍자적으로 읊으며 껄껄 웃어넘기는 김립의 너털웃음 소리가 들리는 듯하다.

다음 항목에서 『김립시집』 증보판에 추가 수록된 시 한 수 옮긴다.

12. 老牛(노우)

- 늙은 소(『김립시집』 증보판)

瘦骨稜稜滿禿毛
수 골 릉 릉 만 독 모

傍隨老馬兩分槽
방 수 노 마 양 분 조

役車荒野前功遠
역 거 황 야 전 공 원

牧竪靑山舊夢高
목 수 청 산 구 몽 고

健耦常疎閑臥圃
건 우 상 소 한 와 포

苦鞭長閱倦登皐
고 편 장 열 권 등 고

可憐明月深深夜
가 련 명 월 심 심 야

回憶平生謾積勞
회 억 평 생 만 적 로

야윈 뼈는 삐죽삐죽 튀어나오고 털마저 다 빠져 초라하네

늙은 말 곁을 따라 구유통 여물을 둘이서 함께 먹네.

거친 들판에서 수레를 끌던 옛날 실력은 사라지고

더벅머리 목동과 청산에서 큰 꿈꾸던 옛날이 그립구나.

힘차게 밭을 갈고 쟁기질하던 암소 친구는 외양간에 한가로이 누워 있는데

고통스러운 채찍질만 계속 맞아 가며 힘들게 높이도 올라왔네.

가련한 내 신세 깊어만 가는 밤에 달빛만 훤하네

평생 애써 쌓은 헛된 공로 쓸쓸히 되돌아본다.

瘦(수) 여위다, 파리하다, 마르다. 稜(릉) 모서리. 稜稜(능릉) 모가 나고 야위었다. 禿(독) 대머리, 벗어지다. 槽(조) 구유통. 竪(수) 더벅머리. 耦(우) 짝, 나란히 가다. 圃(포) 밭. 鞭(편) 채찍, 매질. 倦(권) 쉬다, 게으르다, 피곤하다. 皐(고) 부르는 소리, 높은 곳. 謾(만) 게으름을 피우다, 속이다.

여위어 뼈가 삐죽삐죽 튀어나오고 털은 점점 빠져 늙어버린 소가 늙은 말과 함께 구유의 여물을 함께 나누어 먹는다. 험한 들판도 힘차게 쟁기 끌던 그 시절은 아득하고 목동 따라 푸른 산에 올라 풀 뜯어 먹던 기억도 희미하다. 자기와 함께 밭 갈던 암소는 외양간에 한가로이 홀로 누워 있는데 자기는 고통스러운 채찍 맞으며 언덕 위를 올라가니 온몸에 힘이 다 빠진다. 가련하다! 달 밝은 밤 외양간에 홀로 누워있노라면 평생 헛된 힘만 쓴 것 같아 한스럽기 그지없구나.

이 세상에 소처럼 인간에게 헌신적으로 봉사하고 죽어서도 육신을 베푸는 동물이 또 있을까? 소의 눈은 언제 봐도 늘 눈치를 보며 우수(憂愁)에 차 있다. 초식동물이니 다른 동물이나 사람을 잡아먹었다는 얘기 들어본 적이 없다. 주인에 대한 소의 충성심도 대단하다. 경상북도 구미시 선산읍에 의우총(義牛塚)이라는, 주인에게 충성을 다하다 죽은 소의 무덤이 있다. 조선 시대 선조 때 밭을 갈다 주인을 공격하는 호랑이를 뿔로 공격해 죽였지만, 상처가 심한 소 주인이 죽자 그 소는 울부짖고 쇠죽도 먹지 않고 주인 따라 죽었다는 소의 무덤이다. 구미시문화원은 해마다 그 소를 위해 위령제를 지낸다고 한다. 1960년대 인권운동가이면서 반전 시위를 노래로 표출했던 미국의 포크송 가수 존 챈도스 바에즈(Joan Chandos Baez)가 도살장에 죽으러 가며 눈물짓는 소의 슬픈 마음을 읊은 「Donna Donna」라는 곡이 있다. 'Dona'는 '주여! 어찌하여'라는 의미로 쓰이지만 원래 히브리어로 소를 몰 때 '이랴 이랴!'의 뜻이라 한다. 어느 유대인 한 사람이 독일 나치의 아우슈비츠(Auschwitz) 강제수용소에서 사망하기 전 쓴 시 중 하나를 수용소를 탈출한 유대인 소녀가 갖고 나왔다 한다. 가스실로 죽으러 들어가는 유대인이 자신의 슬픈 운명을 자조하며 자신에게 묻는다. "자유롭게 하늘을 나는 제비로 태어나지 누가 너보고 소로 태어나라 했나? 도살장에 끌려가 왜 죽는지 이유도 모르는 채 죽으러 가는데 바람은 온종일 웃기만 하네! 불평 마라, 자유를 원하면 제비처럼 나는 법을 배워야지!" 노랫말이 너무도 아름답고 애절한 시 같아 죤 챈도스 바에즈(Joan Chandos Baez)의 노래를 덧붙인다.

Dona Dona(도나 도나)

On a wagon bound for market
There's a calf with a mournful eye
High above him there's a swallow
Winging swiftly through the sky

장터로 향하는 수레 위에
눈물 가득한 송아지 한 마리가 있네.
송아지 위를 보니 제비 한 마리가
하늘 높이 훨훨 날아다니네.

How the winds are laughing
They laugh with all their might
Laugh and laugh the whole day through
And half the summer's night

바람은 어떻게 그리 잘 웃는가?
있는 힘을 다해 온종일 웃고도

밤까지 웃어대네.

Dona Dona Dona Dona
Dona Dona Dona Don
Dona Dona Dona Dona
Dona Dona Dona Don

Stop complaining, said the farmer
Who told you a calf to be
Why don't you have wings to fly with
Like the swallows so proud and free

농부는 시끄럽다 투덜대며 꾸짖네
누가 너보고 송아지로 태어나라 했나?
그렇게 자유를 원하면 너도 날개를 가져봐라
자유롭게 하늘을 나는 제비처럼.

Calves are easily bound and slaughtered
Never knowing the reason why
But who ever treasures freedom
Like the swallow has learned to fly

송아지는 간단하게 도살당하네
왜 죽는지 이유도 모르는 채.
그 누가 자유가 소중하다고 했나?
그 누가 제비처럼 나는 법부터 배우라 했나?

Dona Dona Dona Dona
Dona Dona Dona Don

Dona Dona Dona Dona

Dona Dona Dona Don

이렇게 순하고 평생 인간을 위해 헌신하다 이유도 모르고 죽게 되는 소를 잡아 우리는 펄펄 끓는 물에 삶아 먹고 숯불에 구워 먹고 기름에 튀겨 먹는다. 그런 생각을 하니 자신의 운명을 자조하며 슬퍼하는 소를 읊은 김립과 존 바에즈의 노래가 마음을 더욱 아프게 한다. 무시무시한 마누라가 오늘 저녁 식사는 한우 숯불고기도 맛볼 겸 외식하자는데 어떡하지?

7장

山川樓亭 編
산천루정 편

1. 金剛山 其一(금강산 1)

矗矗金剛山
촉 촉 금 강 산

高峰萬二千
고 봉 만 이 천

遂來平地望
수 래 평 지 망

三夜宿靑天
삼 야 숙 청 천

하늘 높이 우뚝 솟은 금강산
높은 봉우리만도 일만이천 봉이네.
평지를 바라보며 마침내 내려오니
삼일 밤을 푸른 하늘 속에서 머문 것 같구나.

주해

矗(촉) 우거지다, 곧다, 무성하다. 矗矗(촉촉) 산봉우리가 높이 솟아오름.

이응수 대의

높이 솟은 금강산의 만이천 개의 高峯(고봉)을 멀리 아래 평지를 바라
보며 내려오다 날이 저물어 어두워져 생각하니 결국 삼일 밤을 하늘 속
에서 자고 내려온 것이로다.

첨언

깊고 높은 명산(名山)에 한동안 머물다 내려오면 마치 신선계(神仙界)에
서 속세(俗世)로 내려온 기분이 들 때가 있다. 삼일 밤을 하늘에서 보냈

다는 마지막 시구(詩句)는 아마 그런 심정으로 읊었을 것이다. 금강산은 중국 북송(北宋)시대 때 시인이며 문장가였던 소식(蘇軾)이 "고려국에 태어나서 금강산을 한 번 보는 것이 소원이다"라고 할 정도로 아름답기로 유명해 시인묵객(詩人墨客)들에 의해 시서화(詩書畫)에 자주 묘사되어 왔다. 세종실록지리지(世宗實錄地理志)에 전하는 소식(蘇軾)의 금강산 예찬 글을 덧붙인다.

願生高麗國
원 생 고 려 국

一見金剛山
일 견 금 강 산

我向靑山去
아 향 청 산 거

綠水爾來何
녹 수 이 래 하

고려국에 태어나

금강산 구경 한 번 했으면 원이 없겠네.

나는 지금 푸른 산을 찾아가는데

초록빛 계곡물아, 너는 왜 따라오느냐?

계절에 따라 봄에는 금강산(金剛山), 여름에는 봉래산(蓬萊山), 가을에는 풍악산(楓嶽山), 겨울에는 개골산(皆骨山)이라고도 불렀지만, 금강산이라는 이름으로 널리 알려진 이유는 불교의 사찰(寺刹)이 108곳이나 되어 역사적으로 불교 성지로 여겨졌기 때문일 것이다. '금강(金剛)'이라는 말은 원래 산스크리트어로 견고해서 깨뜨릴 수 없는 다이아몬드를 의미하며 산스크리트어 '바지라(다이아몬드와 번개)'를 훈역(訓譯)한 단어이다. 지혜를 얻어 무명을 타파하고 열반에 이르라는 부처님 말씀으로 우리나라 조계종의 소의경전(所衣經典)[102]으로 삼은 금강경(金剛經) 경전 이름에도 금강(金剛)이라는 단어를 쓴다. 금강경을 영어로 Diamond Sutra라 번역한다. 금강산은 필자도 가본 적이 없어 무척 아쉽다. 대한민국 현대아산과 조선민주주의인민공화국의 공동개발로 1998년 금강산 일부가 개방되었으나 2008년 관광객 피격 사망으로 금강산 관광은 중단되었다. 2004년에 현대아산 주관으로 금강산 관광 갔던 어떤 사람의 얘기가 전해 온다. 김삿갓이 금강산에 자주 와 시를 읊었으니 혹시 암벽에 석각(石刻)되어 있는 김삿갓의 시라도 한 수 발견하지 않을까 내심 기대하며 둘러봤는데 김삿갓의 시는 없고 김형직(金亨稷)이라는 사람의 이름만 큼직하게 새겨져 있어 북한 감시원에게 누구 이름이냐고 물어보니, 만주에서 독립운동을 했던 김일성의 아버지 이름이라 했다고 한다. '천출장군 김정일'이라는 바위 글 의미도 '천한 신분 출신(賤出)'의 의미가 아니고 '하늘이 내려주었다(天出)'라는 의미이니 조심하라는 주의를 받았다 한다. 훗날 필자에게 금강산 관광 기회가 있으면 말조심해야겠다. 여하튼 깎아지른 듯 높이 솟은 화강암 산봉우리 금강산 정상들이 운무(雲霧)속에 서서히 얼굴을 드러내는 모습을 언제나 볼 수 있을까?

---

102) 소의경전(所依經典): 신행(信行)을 비롯하여 교의적(敎義的)으로 의지하는 근본 경전을 일컬음. 소의(所依)는 의지할 바 대상을 가리킴. 불교 6대 조사인 혜능(慧能) 선사가 항상 금강경을 독송하였으며 그의 법맥을 잇기 위해 대한불교조계종에서는 금강경을 소의경전으로 삼았다.

2. 金剛山 其二(금강산 2)

萬二千峰歷歷遊
만 이 천 봉 역 력 유

春風獨上衆樓隅
춘 풍 독 상 중 루 우

照臨日月圓如鏡
조 임 일 월 원 여 경

覆載乾坤小似舟
부 재 건 곤 소 사 주

東壓大洋三島近
동 압 대 양 삼 도 근

北撑高沃六鰲浮
북 탱 고 옥 육 오 부

不知無極何年闢
부 지 무 극 하 년 벽

太古山形白老頭
태 고 산 형 백 노 두

일만이천 봉 하나하나 꼼꼼히 보며 거닐었네

봄바람 타고 홀로 여기저기 거닐다가 누각 위로 뜻하지 않게 올랐네.

내리비치는 해와 달이 둥근 것이 꼭 마치 거울 같구나.

하늘을 덮고 땅을 떠받치고 있는 조각배와도 같구나.

동쪽을 바라보니 활짝 펴진 너른 바다에 삼신산이 마치 섬 세 개처럼 손닿을 듯 가깝고

북쪽을 바라보니 크고 미끈한 자라 여섯 마리가 높이 올라 떠 버티고 있구나.

세상이 언제 개벽천지하였는지는 알 길은 없고

세월이 흘러 산의 형상은 늙어 이제 백발이 되었구나.

歷歷(역력) 모든 것을 훤히 알 수 있게 또렷하다. 隅(우) 짝, 뜻하지 않게. 覆(부) 덮을 부, 다시 복. 載(재) 싣다, 머리에 얹다. 乾坤(건곤) 하늘과 땅, 천지. 壓(압) 누르다. 撑(탱) 버티다. 鰲(오) 자라, 열리다. 無極(무극) 우주, 천지, 끝이 없다. 闢(벽) 열다.

萬二千峰(만이천 봉) 하나하나 보며 다니다가 봄바람 따라서 홀로 누각의 모퉁이에 올라 금강산 전경을 굽어보니 내리비치는 해와 달이 한갓 동그란 거울인 듯하고 천지를 떠받고 있는 이 高峯(고봉)들은 조각배와 같구나. 동쪽 平平(평평)한 大洋(대양)이 누운 곳에 三島(삼도)가 가까이 뵈고 북쪽을 바라보면 빛나는 여섯 마리 자라가 떠받치며 버티고 있다. 대체 우주는 언제 열렸기에 저 太古(태고)의 산들이 지금은 이렇게 늙어 백발이 되었는고.

혹자는 '부대건곤(覆載乾坤)'의 '覆'를 '다시 복'으로 번역하기도 하지만, 여기서는 '덮을 부'로 번역하는 것이 옳을 듯하며, '載'는 '실을 재'로 번역할 수 있지만 '떠받치다' 또는 '머리에 이다'는 의미의 '대'로 옮겨도 무리가 없을 듯하다. 삼도(三島)는 삼신산(三神山)을 의미하며 금강산 어느 봉우리에 올라 동쪽을 바라보니 삼신산이 넓은 바다에 떠 있는 세 개의 섬처럼 보인다는 의미이다. 삼신산(三神山)은 우리나라의 금강산, 지리산, 한라산을 가리키는데 금강산은 봉래산(蓬萊山), 지리산은 방장산(方丈山), 한라산은 영주산(瀛洲山)이라 하여 중국 진시황이 불로장생의 명약을 구하기 위하여 이곳으로 수많은 신하를 보냈다고 전해진다. 영주산에서 불로초 영지버섯을 구하기 위해 진시황이 서불(徐市)을 보냈는데 불로초는 못 구하고 하산 길에 정방폭포 바위 위에 '徐市過此(서불과차, 서불 이곳을 지나가다)'라는 글귀를 남겼다고도 전해진다. 삼신산(三神山)설은 도가철학의 열

자 탕문편(道家哲學 列子 湯問編)에 근거한다. 중국 고대 왕조 은(殷)나라 탕(湯)왕의 물음에 신하 하극(夏棘)이 대답하길, "발해 동쪽(海東)에서 얼마나 멀리 떨어져 있는지는 모르오나 세상이 온통 은하수 흐르는 물 흐르듯 영원하고 다섯 개의 산이 있는데 대여산, 원교산, 방호산, 영주산, 봉래산이 있으며 그곳의 꽃과 열매는 모두 맛있어서 먹기만 하면 누구나 늙지도 않고 죽지도 않는다고 합니다." 하극의 답변이 길어서 압축해 덧붙인다. "棘曰, 渤海之東不知幾億萬里 八絃九野之水 天漢之流 其中有五山焉 一曰大輿 二曰員嶠 三曰方壺 四曰瀛洲 五曰蓬萊 華實皆有滋味 食之皆不老不死…." 이처럼 삼신산(三神山)이 발해(渤海)의 동(東)쪽, 해동(海東)에 있다는 '삼신재해동설(三神在海東說)'이 전해 온다.

주해

八絃九野(팔현구야) 온 세상. 天漢(천한) 은하수. 滋味(자미) 맛이 좋다.

3. 金剛山 其三(금강산 3)

長夏居然近素秋
장 하 거 연 근 소 추

脫巾抛襪步寺樓
탈 건 포 말 보 사 루

波聲通野巡墻滴
파 성 통 야 순 장 적

霞色和烟繞屋浮
하 색 화 연 요 옥 부

酒到空壺生肺喝
주 도 공 호 생 폐 갈

詩猶餘債上眉愁
시 유 여 채 상 미 수

與君分手芭蕉雨
여 군 분 수 파 초 우

應相歸家一夢幽
응 상 귀 가 일 몽 유

긴 여름 그럭저럭 지내다 보니 어느새 가을이 왔네

망건 벗고 버선도 벗어 던지고 맨발로 망루를 거니네.

계곡물은 졸졸 들판으로 흘러내려 절간 담장을 적시며 감고 도네

노을빛 하늘은 밥 짓는 연기와 어우러져 하늘에 자욱하네.

호리병 술은 다 마셔 빈 병만 남았으니 목만 마른데

시상(詩想)은 자꾸 떠올라 양미간만 찡그리네.

그대 손 놓고 헤어지려니 파초에 비 내리고

집에 돌아가서도 너의 그 아름다운 모습 꿈속에서도 아련히 떠오르리라.

素秋(소추) 가을을 달리 일컫는 말. 抛(포) 던지다, 내던지다. 襪(말) 버선. 波聲(파성) 파도소리
가 아니라 계곡물 소리 떨어지는 소리. 墻(장) 담, 경계. 滴(적) 물방울, 물방울이 떨어지다. 繞(요)
둘러싸다, 감다. 壺(호) 병, 단지, 박. 債(채) 빚, 빌리다. 眉(미) 눈썹, 노인. 分手(분수) 손을 놓고 헤
어지다. 芭蕉(파초) 향기 풀 이름.

이응수 대의

긴 여름날도 어느덧 지나가고 쌀쌀한 가을이 오니 망건 벗고 신도 벗
어들고 절간 누각을 거닐도다. 계곡에 졸졸 울려 퍼지는 물소리는 거친
들판을 지나 절간의 담장을 감돌아 흐르고 안개가 농가 굴뚝 연기와 어
우러져 아름답게 에워싸네. 호리병 술병은 어느새 비웠고 목만 마르네.
시를 읊어야 하는데 하는 마음이 있어 양미간이 저절로 찡그려진다. 이
제 파초(芭蕉)에 비 내려 그대 손 놓고 헤어져 집에 돌아가도 너의 그 아
름다운 모습이 꿈속에서 아른거리리라.

첨언

깊은 산속 울퉁불퉁 바위틈을 휘돌아 흘러내리는 계곡의 물소리가
연상된다. 가을바람 선선한 초가을 금강산 계곡 흐르는 물 따라 삿갓,
망건, 버선 다 벗어들고 거니는 김립의 모습이 마음속에 그려진다. 가을
비 주룩주룩 내리는 금강산의 그 아름다운 잔상(殘像)이 남아 꿈속에서
도 아른거릴 거라며 금강산을 떠나는 것을 아쉬워한다. 호(壺)는 박으로
만든 병으로 주로 술이나 약을 담는 데 쓰는 병을 의미한다. 날씬한 여
자의 몸매가 젖가슴과 엉덩이는 볼륨이 있고 허리는 "호리호리하다", "콜
라병 몸매다", "개미허리다" 할 때 호리는 젖가슴과 엉덩이 사이의 허리
가 가늘고 잘록해 아름답기도 하고 잡기도 편하다는 의미이다. 또 호리
병을 옆으로 누이면 재수나 운이 좋다는 '팔(8)' 자가 누운, '∞' 형상이 된
다. 그런 이유로 봄이 오면 대문에 붙이는 입춘방(立春榜)도 모두 '팔(八)'

자 형상으로 문 양쪽에 붙인다. 호리병의 '호리'라는 중국어 발음이 부귀와 장수를 의미하는 '복록(福祿, fulu)'과 발음이 비슷하여, 호리병 생긴 모습을 중국, 한국, 일본에서 모두 길(吉)한 형상이라 여겼다. 우리나라에서도 안동 민속주를 호리병에 담아 판매하고 있다. '혼술'을 한문으로 표현하면 독작(獨酌)이다. 김립도 조선팔도 유랑하며 '혼술'깨나 즐겼는데 '혼술' 하면 뭐니 뭐니 해도 월하독작(月下獨酌), 이백(李白)을 빼놓을 수 없다. 그의 시우(詩友) 두보(杜甫)는 "이백은 술 한 말 마시면 시 삼백 편을 읊었다(李白一斗詩三百)"라 할 정도로 술 취하면 샘물 솟듯 시를 읊었나 보다. 이백이 '혼술(獨酌)' 하며 읊은 「월하독작(月下獨酌)」 시 네 수 가운데 한 수를 덧붙인다.

天若不愛酒
천 약 불 애 주

酒星不在天
주 성 부 재 천

地若不愛酒
지 약 불 애 주

地應無酒泉
지 응 무 주 천

天地旣愛酒
천 지 기 애 주

愛酒不愧天
애 주 불 괴 천

已聞淸比聖
이 문 청 비 성

復道濁如賢
부 도 탁 여 현

聖賢旣已飮
성 현 기 이 음

何必求神仙
하 필 구 신 선

三杯通大道
삼 배 통 대 도

一斗合自然
일 두 합 자 연

但得酒中趣
단 득 주 중 취

勿謂醒者傳
물 위 성 자 전

하늘이 만약 술을 즐기지 않았다면
하늘에 주성이 있을 리 없고.
땅이 만약 술을 즐기지 않았다면
땅에 어찌 주천(酒泉)이 있으리요.
천지가 이미 술을 즐겼으니
술 즐긴다고 하늘에 무엇이 부끄러우리.
듣기에 청주(淸酒)는 성인에 비유하고
탁주(濁酒)를 일러 현인과 같다 하니.
성현을 이미 다 마셨는데
신선은 더 구하여 무엇하리.
석 잔 술은 대도로 통하고
한 말 술은 자연과 하나가 되고.
다만 술 취하여 즐거울 뿐
술 안 마시는 자들에겐 술 얘기 꺼내지도 말라.

4. 金剛山 其四(금강산 4)

江湖浪跡又逢秋
강 호 낭 적 우 봉 추

約伴詩朋會寺樓
약 반 시 붕 회 사 루

小洞人來流水暗
소 동 인 래 유 수 암

古龕僧去白雲浮
고 감 승 거 백 운 부

薄遊少答三生願
박 유 소 답 삼 생 원

豪飮能消萬種愁
호 음 능 소 만 종 수

擬把淸懷書柿葉
의 파 청 회 서 시 엽

臥聽西園雨聲幽
와 청 서 원 우 성 유

강호(江湖)를 떠돌다 보니 또 가을이 되어
글벗들과 약속해 절간 누각에 모였구나.
작은 마을 사람들까지 와 마을 등불 모두 꺼져 흐르는 물 더욱 어두워지고
오래된 사찰 스님 가니 흰 구름만 두둥실.
두루 유람하고픈 내 삼생(三生)의 소원을 조금은 푼 셈이고
술도 잘 마셨으니 온갖 시름 다 사라지네.
마음속 회한을 사심 없이 헤아려 감나무 잎에 써놓고
누워 듣나니 뒤뜰의 빗소리 더욱 그윽하구나.

龕(감) 사당 안에 神主를 모시어두는 방, 감실(龕室). 薄(박) 엷다, 적다, 가볍다. 擬(의) 헤아리다, 비교하다. 把(파) 잡다, 쥐다. 柿(시) 감나무.

이응수 대의

강호(江湖)를 떠돌다 보니 또 가을을 와서 마음도 울적해 글벗들이 금강산 누각에 모였구나. 작은 마을 사람들까지 모이니 어두운 마을 등잔불 모두 꺼져 흐르는 강물에 더욱 어둡게 비치는구나. 돌아가는 스님 뒤로 하얀 구름이 뭉게뭉게 떠오르는 한적한 곳이로다. 三生(삼생) 동안 소원이던 이 금강산을 이제 와봤으니 그 원을 조금은 푼 셈이네. 글벗들과 斗酒(말술) 마시니 세상의 온갖 시름 어디론가 사라지네. 마음속 정감과 회한을 감나무 잎에 써놓고 보니 뒤뜰에 내리는 빗소리가 더욱 그윽하구나.

첨언

언젠가 필자가 목포 삼학도(三鶴島)를 거닐다, 원로가수 이난영 선생의 기념비 옆에서 열 명 정도의 시 동우회 참가자들이 시 낭독하는 것을 본 적이 있다. 주위에는 수목장으로 그곳에 안장된 故 이난영 선생의 노래, 「목포의 눈물」이 애달프게 흘러나오고 삼학도 앞바다 건너 고하도(高下島)에 인양되어 안치된 세월호를 생각하니 침몰 당시 꽃다운 생명을 잃은 어린 학생들의 넋을 위로하는 듯했다. 시(詩)를 사랑하는 사람들은 시를 설명하지 않고 마음으로 표현하거나 묘사를 한다. 시와 벗이 되기를 즐기고, 시를 좋아하는 동호인(同好人)들과 벗이 되기를 좋아한다. 또 이 시의 김립처럼, 월하독작(月下獨酌)의 이태백처럼 술과 벗하기를 좋아한다. 시(詩)를 아끼고 사랑하는 사람 곁에는 항상 시우(詩友)와 주우(酒友)가 있다. 서로 설명이 필요 없는 마음의 대화인 시를 낭송하며 함께 간다. 三生 소원인 금강산 구경 한번 했으니 소원 성취했다며 시우(詩友)들과 술 거나하게 들고 감나무 마른 잎에 시 한 수 적어놓고 누워 촉촉이 내리는 가을비 소리 즐기는 김립의 모습이 그려진다. 삼생(三生)은 불교 용어로 전생(前生), 현생(現生), 후생(後生)을 아울러 이르는 말이다. 화엄종에서는 부처가 되는 세 단계이다. 견문생(見聞生), 해행생(解行生), 증입생(證入生).

5. 入金剛(입금강)

- 금강산에 들어가다

綠靑碧路入雲中
록 청 벽 로 입 운 중

樓使能詩客住笻
누 사 능 시 객 주 공

龍造化含飛雲瀑
용 조 화 함 비 운 폭

劍精神削揷天峰
검 정 신 삭 삽 천 봉

仙禽白幾千年鶴
선 금 백 기 천 년 학

澗樹靑三百丈松
간 수 청 삼 백 장 송

僧不知吾春睡惱
승 부 지 오 춘 수 뇌

忽無心打日邊鐘
홀 무 심 타 일 변 종

푸른 숲 우거진 산길 따라 구름 속에 들어오니

누각이 나그네 시인의 대지팡이 멈추게 하네.

용이 구름폭포 뿜어내듯 폭포 소리 요란하고

온갖 정성으로 깎아 하늘 속에 산봉우리 꽂아놓았네.

신선같이 나는 저 흰 학은 몇 천 년을 살았는고?

촉촉이 젖은 저 푸른 나무는 삼백 길 높은 소나무로구나.

봄날에 인생사 번민하다 꾸벅꾸벅 조는 이 내 심사를 저 스님이 알 리 있나?

한낮에 갑작스레 종을 쳐 울려 퍼지며 잠 깨우니 무심(無心)하구나.

住(주) 여기서는 멎다(止)의 의미. 笻(공) 대 이름, 대지팡이. 劍(검) 칼. 揷(삽) 꽂다, 박아 끼우다. 禽(금) 짐승, 날짐승. 澗(간) 젖다, 적시다, 물기. 丈(장) 길, 길이, 사람의 키 정도의 길이. 惱(뇌) 괴로워하다, 괴로움.

或者(혹자)는 이 시가 妙香山(묘향산)에 관한 시라 하지만, '劍精神削揷天峰' 句에서 알 수 있듯이 나는 금강산에 관한 시가 맞다고 본다. 푸른 숲 속의 길 따라 구름 속으로 깊이 들어가다 보니 높은 산봉우리가 이따금 눈에 들어오네. 시상(詩想)이 떠오르니 나그네의 대지팡이를 멈추게 하네. 금강산 도처에 폭포가 있어 용(龍)이 구름폭포 뿜어내듯 떨어져 내리고 칼로 깎은 듯 뾰족한 산봉우리가 하늘 끝까지 솟아 있네. 신선 같은 새가 흰색 날개를 펴고 나니 수천 년 묵은 백학(白鶴)이요, 계곡의 푸른 나무는 三白丈(삼백장) 넘는 소나무로구나. 봄날 낮 졸음을 못 이겨 꾸벅꾸벅 조는데 윗마을 절간의 스님은 남의 속도 모르고 낮 鍾(종)을 계속 치는구나.

이 시는 이응수가 『海東詩選(해동시선)』이란 서적에서 「入金剛, 山寺戲詩(입금강, 산사희시)」라는 金炳淵 詩에서 '綠靑碧路入雲中(푸르고 맑은 산길 따라 구름 속으로 들어가네)'라는 律을 발견하게 되어 널리 알려지게 되었다. 김립이 금강산에 오르려고 초록빛 소나무가 우거진 길을 따라 올라가다 하늘을 가린 솔잎 사이를 힐끗힐끗 쳐다보니 기암절벽(奇巖絶壁) 깎아지른 듯한 아름다운 산봉우리가 간혹 눈에 들어온다. 그 아름다운 모습에 불현듯 시상(詩想)이 떠올라 발길을 멈춘다. 옆을 보니 폭포가 구름처럼 물방울을 휘날리며 떨어지는 우렛소리가 장관이고 하늘에는 신선 같은 백학(白鶴)이 유유히 난다. 점심도 적당히 때우고 걷다 보니 슬슬 졸음이

와 잔디밭에 누웠는데 어디선가 절간 스님의 쇠북종 치는 소리가 단잠
을 깨우는구나.

6. 妙香山(묘향산)

平生所欲者何求
평 생 소 욕 자 하 구

每擬妙香山一遊
매 의 묘 향 산 일 유

山疊疊千峰萬仞
산 첩 첩 천 봉 만 인

路層層十步九休
노 층 층 십 보 구 휴

내 평생 구하는 것이 그 무엇이었던가
고심 끝에 묘향산 한번 유람하는 것이 아니었던가?
첩첩 산중에 수많은 산봉우리는 만길 멀리 이어가고
오르는 길 계단은 끝이 멀고 열 걸음 내디딜 때 아홉 번은 쉬네.

주해

擬(의) 헤아리다, 비기다. 疊(첩) 쌓다, 포개다. 疊疊(첩첩) 산 같은 것이 쌓여 겹치는 모습. 仞(인) 길, 재다, 어른 키의 한길이.

이응수 대의

평생 하고자 하는 욕망이 무엇을 구하는가 하니 묘향산에 한 번 가서 놀아봤으면 하는 것이었다. 드디어 와서 보니 산은 疊疊(첩첩)이 쌓였고 만길 높이 솟아 있는 산봉우리가 무수히 이어가는데 오르는 길은 꼬불꼬불 층층이 끝없이 멀어 열 걸음 내디딜 때 아홉 번은 쉬어야 하네.

　김립이 녹차집(綠此集)의 저자 황오(黃五)에게 말했듯이 김립은 금강산을 거의 매년 유람하여 길눈이 밝아졌겠지만, 조선반도 북쪽 끝에 있는 평안북도 묘향산까지 가 봤다는 사실이 놀랍다. 묘향산은 산 모양이 금강산과 달리 묘(妙)하게 생겼고 잣나무와 향나무가 무성해 향(香)냄새가 많아 묘향(妙香山)이라 부르게 되었다. 고려 충렬왕 때 승려 일연(一然)은 그의 저서 삼국유사(三國遺事)에서 환웅(桓雄)이 하늘에서 인간 세상으로 내려와 머물렀다는 태백산(太白山)이 지금의 묘향산이라고 전한다(旣太白 今妙香山). 그러나 희고 큰 바위의 산이라는 태백산(太白山)은 묘향산(妙香山)의 모습과 이름과는 어울리지 않는다는 것이 현대 역사학계의 의견이다. 환웅이 인간이 되길 원하는 곰과 호랑이에게 쑥과 마늘 20개를 주며 이르기를 "너희가 이것을 먹고 백 일 동안 햇빛을 보지 않으면 곧 사람이 될 것이다"라 했는데 호랑이는 실패하고 곰은 성공해 여자로 태어나 웅녀(熊女)가 된다. 환웅이 잠시 인간으로 변신하여 웅녀를 임신하게 하여 출산한 아들 이름이 단군왕검(檀君王儉)이다. 단군왕검은 평양성에 도읍을 정하고 나라 이름을 조선(朝鮮)이라 칭하였다. 단군은 주나라에서 기자를 조선왕으로 봉하자 산신(山神)으로 변해 인간 세상에서 그 모습이 사라진다. 그때 그의 나이는 1천9백8세였다고 한다. 이렇듯 묘향산은 우리나라 건국신화의 발상지이기도 하며 불법을 지키기 위해(호법, 護法) 나라를 지키며(호국, 護國) 살생의 번뇌를 극복하며 73세 고령임에도 불구하고 승병(僧兵)을 모아 임진왜란 당시(1592년경) 왜군을 크게 무찔렀던 휴정 서산대사(休靜 西山大師)께서 수도하시고 입적하신 곳이다. 이렇듯 유서 깊은 묘향산을 서산대사 입적 후 250년쯤 흐른 후에 김립이 찾았으니 그의 마음속엔 또 하나의 휴정 추모시가 써졌을지도 모른다. 서산대사는 묘향산의 원적암(圓寂菴)에서 85세로 세상을 떠나기 다음과 같은 임종게(臨終偈)를 남겼다.

生也一片浮雲起
생 야 일 편 부 운 기

死也一片浮雲滅
사 야 일 편 부 운 멸

浮雲自體本無實
부 운 자 체 본 무 실

生死去來亦如然
생 사 거 래 역 여 연

- 休靜 西山大師, 「臨終偈(임종게)」

삶이란 한 조각의 구름이 일어남이요

죽음이란 한 조각의 뜬구름이 사라짐이다.

뜬구름이란 애당초 실체가 없는 것이고

죽고 살고 오고 가는 것 역시 그와 같도다.

7. 九月山(구월산)

昨年九月過九月
작 년 구 월 과 구 월

今年九月過九月
금 년 구 월 과 구 월

年年九月過九月
연 년 구 월 과 구 월

九月山光長九月
구 월 산 광 장 구 월

작년 구월에 구월산을 지나갔는데
금년 구월에도 구월산을 지나누나.
해마다 구월이면 구월산을 지나니
구월산의 빛깔은 맨날 구월이네.

주해

長(장) 여기서는 늘 또는 항상의 의미.

이응수 대의

작년 구월에도 구월산을 구경했고 올해 구월에도 구월산을 구경했다. 해마다 구월이면 늘 구월산에 오니 구월산 풍경은 늘 구월에만 보게 되네.

첨언

김립이 평안북도 묘향산(妙香山)을 유람하고 남쪽 인근 구월산(九月山)도 들른 것 같다. 시가 한시 초급자라도 어렵지 않게 이해할 수 있게 쉬운 한문으로 읊었다. 황해남도에 있는 구월산(九月山)은 아사달봉(阿思達峰)이 있어 아사달(阿思達)이라고도 부른다. 단군이 아사달에서 9월 9일에 승천하였다 해서 구월산이라 일컫게 되었다는 얘기도 있다. 삼성사(三聖祠)와 단군굴 등 단군신화와 관련 있는 유적들이 산재해 있는 산이다. 단군이 고조선을 평양성(平壤城)에 세웠다가 아사달(阿斯達)과 장당경(藏唐京)등으로 도읍을 옮겼는데, 장당경(藏唐京)을 구월산(九月山)으로 보는 견해도 있다. 조선 삼대 도적(盜賊) 하면 임꺽정(林巨正), 홍길동(洪吉東), 장길산(張吉山)을 꼽으며 부패한 왕정과 봉건주의에 대항해 민란을 일으킨 의적(義賊)들로 평가되기도 한다. 잘못 전해지거나 와전되어 전해오기도 하지만 신화적 사유의 근거였던 묘향산이나 구월산이 조선 시대에 와서 휴정이나 유정과 같은 고승들의 수도처로, 반란을 도모하거나 은신을 위한 장소로 현실적 사유의 근거로 바뀐다. 이러한 사유는 우리나라의 문학사(文學史)적 영향도 주어 황석영의 역사 대하소설 『장길산(張吉山)』에서 장길산은 조선 숙종 때 삼정(三政)의 문란하고 관리는 썩을 대로 썩었는데 대기근까지 발생하자 미륵(彌勒)불의 도래로 세상이 뒤집힌다며 구국(救國)을 위한 활빈도(活貧徒) 결속을 위해 구월산에 뜻있는 사람들을 모아 조정과 싸운 신화적인 의적으로 묘사된다. 명종 때 임꺽정(林巨正) 또한 구월산에 은거하며 활동했다 하니, 구월산은 억압, 고통, 배고픔의 삶 속에서 신화와 전설에라도 기대어 천지개벽(天地開闢)을 갈구했던 우리나라 민초(民草)들의 눈물과 한(恨)이 쌓인 성지(聖地)였다고 평가해도 큰 무리가 없을 것이다. 김립의 낮잠을 깨운 구월산 중턱 사찰의 범종(梵鐘) 소리는 이 모든 신화적, 역사적, 설화적 한(恨)을 모두 아우른 채 김삿갓의 귓전에 울려 퍼지지 않았을까? 이 시의 1~3행에서 앞의 '九月'은 '9월'이고, 뒤의 '九月'은 구월산(九月山)의 '九月'이다. 4행에서는 그 묘사가 도치되어 앞의 '九月'이 구월산(九月山)의 '九月'이고, 뒤의 '九月'은 '9월'이다.

8. 登咸興九天閣(등함흥구천각)

- 함흥 구천각에 오르다

人登樓閣臨九天
인 등 누 각 임 구 천

長渡長橋踏萬歲
장 도 장 교 답 만 세

山疑野狹遠遠立
산 의 야 협 원 원 립

水畏舟行淺淺流
수 외 주 행 천 천 류

山意龍盤虎踞形
산 의 용 반 호 거 형

樓閣鸞飛鳳翼勢
누 각 난 비 봉 익 세

(脫句)

구천각에 오르니 하늘에 오른 듯하고

긴 다리를 건너니 오랜 세월을 밟고 온 듯하구나.

산은 들이 좁을까 싶어 띄엄띄엄 나누어 서 있고

물은 배가 다닐까 두려워 얕게 흐르네.

산의 의미를 보고 용반이라 이름 지었지만 범이 웅크린 모습이고

누각 위엔 난새를 조각해 붙였으나 봉황이 날개를 힘차게 펴는 모습이로다.

주해

九天(구천) 가장 높은 하늘. 鸞(난) 난새(중국 전설상의 상사의 새). 鸞鳳(난봉) 난새와 봉황새, 덕이 높은 군자를 일컬음. 翼(익) 날개. 鳳翼(봉익) 봉황의 날개.

누각(樓閣)에 오르니 여기가 바로 함흥성(咸興城)의 그 유명한 구천각(九天閣)이로구나. 말(馬)이 건너는 저 다리는 만세교(萬歲橋)이고. 산은 평야가 좁아질까 걱정해 멀찌감치 떨어져 있고 강물은 배 다니는 게 싫은지 얕게 흐르네. 성천강(城川江)의 수심(水深)이 깊지 않다는 것은 오래전부터 알려져 있네. 산(山)이 여기에 있는 의미를 생각하며 반용산(盤龍山)이라 이름 지었나 본데 내 보기엔 호거(虎踞)의 모습이네. 누각(樓閣)도 난조(鸞鳥)를 만들어 지붕 위에 세웠으나 그것 역시 내 보기엔 누각의 당찬 모습으로 봉익(鳳翼)의 형상이로다.

시의 마지막 두 행은 탈구(脫句)가 되어 전해 오지 않아 아쉽다. 김립이 함흥성의 구천각(九天閣)에 올라 주위 장관을 보며 감탄한다. 성천강(城川江)은 먼 산속에서 굽이굽이 내려와 동해를 바라보며 흘러만 간다. 강을 가로지르는 긴 만세교(萬歲橋) 위의 누군가가 말을 타고 한가히 지나가는 모습을 보고 읊은 시이다. 한 폭의 동양화를 보는 듯하다. 함흥차사(咸興差使)라는 말이 있다. 조선 왕조 두 번째 왕인 정종(定宗)으로부터 왕위를 강제로 양위 받은 세 번째 왕 태종 이방원(李芳遠)이 보기 싫어 함흥(咸興)으로 가버린 상왕(上王) 이성계(李成桂)의 환궁을 권유하려고 함흥으로 보낸 차사(差使)가 돌아오지 않아 함흥차사(咸興差使)라는 말이 생겼다. 함흥(咸興)은 몽골(元나라)이 98년간 고려를 지배할 때 이성계가 태어난 곳이며 그의 아버지 이자춘(李子春)이 여진족을 소탕한 곳이기도 하다. 구천각(九天閣)은 고구려, 통일신라, 발해, 고려, 여진(금), 몽골 등 수 많은 나라에 뺏기고 뺏는 과정을 반복한 곳으로 전투 지휘소 혹은 망루(초소)로 이용된 역사적으로 유서 깊은 곳이었으나 애석하게도 1906년 일제의 통감부(統監府)[103]에 의해 함흥성(咸興城) 성곽을 철거할 때 함께 헐려 구천각(九天閣)의 옛 모습은 완전히 사라졌다. 북한 체제의 정통성과 역사성을 부각하기 위해 현대 건축 기법으로 새로 구천각을 지었다고 전해지고 있으니 그 새로 지은 구천각(九天閣)은 김립이 이 시를 읊은 그 누각이라 볼 수는 없을 것 같다. 구천각(九天閣)을 내려다보며 향토적이고 목가적 심정으로 읊은 이 평화롭고 서정적인 김립의 시를 보며 필자는 왜 이렇게 마음이 아프고 울적한지 모르겠다. 구천각(九天閣)은 죽어 구천(九天)을 떠돌기 때문인가? 탈구되어 사라진 시의 마지막 두 행과 함께 구천각(九天閣)은 지금도 구천(九天)과 구천(九泉)을 떠돌고 있는 게 아닐까?

주해

구천(九天) 아홉 개의 하늘, 땅을 중앙(中央)으로 사방(四方: 東西南北), 사우(四隅: 西南, 西北, 東南, 東北). 구천(九泉) 죽은 후 넋이 돌아가는 곳, 黃泉, 저승.

---

103) 통감부(統監府): 1906년 2월 설치되어 대한제국이 멸망하게 되는 1910년 8월 한일합병조약 체결할 때까지 4년 6개월 동안 한국의 국정을 장악하며 조선총독부가 설치될 때까지 식민 통치를 위해 준비했던 기구이다.

9. 安邊飄然亭 其一(안변표연정 1)

- 안변표연정에서 1

一城踏罷有高樓
일 성 답 파 유 고 루

覓酒題詩問幾流
멱 주 제 시 문 기 류

古木多情黃鳥至
고 목 다 정 황 조 지

大江無恙白鷗飛
대 강 무 양 백 구 비

英雄過去風煙盡
영 웅 과 거 풍 연 진

客子登臨歲月悠
객 자 등 임 세 월 유

宿債關東猶未了
숙 채 관 동 유 미 료

欲隨征雁下長洲
욕 수 정 안 하 장 주

성을 따라 한 바퀴 쭉 돈 후 표연정에 올라와

술 찾으며 시 지으며 강물이 몇 갈래냐 묻노라.

고목은 정이 많아 꾀꼬리들은 모여들고

근 강물은 거침없이 흐르고 흰 갈매기들 하늘 높이 나르네.

영웅은 가고 어두운 세상도 사라지니

나그네 표연정 누각에 멍하니 앉아 있네.

관동 땅을 아직 두루 보지 못했으니

기러기를 따라 멀리 장주로 내려가리라.

罷(파) 그치다, 쉬다, 방면하다. 題(제) 여기서는 시를 짓다, 적다의 의미. 黃鳥(황조) 꾀꼬리. 恙
(양) 근심하다, 걱정. 鷗(구) 갈매기. 風煙(풍연) 흐릿한 기운(氣運)이 암울하다. 悠(유) 멀다, 걱정하
다. 宿債(숙채) 오래 갚지 못한 빚. 關東(관동) 강원도 일대 지역을 가리키며 태백산맥을 경계로
서쪽을 영서(嶺西) 지방, 동쪽을 영동(嶺東) 지방으로 구분한다. 猶(유) 오히려, 마땅히, 다만. 雁
(안) 기러기, 거위. 征(정) 치다, 때리다, 여기서는 먼 길을 가다. 長洲(장주) 함경도 정평(定平)의 고
려 시대 옛 이름.

안변의 성벽 길 따라 걸은 후에 높은 곳 누각에 오르니 이게 바로 楊
蓬萊仙人(양봉래선인)[104]이 학(鶴)을 타고 표연(飄然)히 등천(登天)하였다는
것을 기억하기 위해 건립한 표연정자(飄然亭子)이다. 누각에 술 갖다 놓고
시제(詩題)를 떠올리며 도움이 될까 하여 물어본다. "여기 강(江)이 몇 개
인고?" 고목(古木)은 정(情)이 많아 꾀꼬리가 모여들고, 큰 강인 남대천(南
大川) 물은 거침없이 흐르고 흰 갈매기들은 하늘을 나르네. 英雄(영웅)은
이미 지나가 암울한 시절도 끝나 조용한 세월이 悠悠(유유)하게 흐르니
나그네는 이제 누각에 올라 한가로이 앉았노라. 오호(嗚呼)라, 余(여, 나)는
關東(관동) 땅 다 못 봤으니 이제 征雁(정안, 기러기 따라 멀리) 長洲(장주)로 내
려가노라.

안변(安邊)은 함경남도 원산(元山) 남쪽에 있는 곳으로 남대천(南大川)강
의 발원(發源)지이다. 아마도 김립은 함흥 구천각(咸興 九天閣)을 유람하고
동해안을 따라 내려오며 원산 거쳐 안변(安邊)까지 내려온 듯싶다. '표연
(飄然)'은 세상사 모든 고민 초월해 무사태평(無事泰平)하다는 의미이다. 두
보(杜甫)가 시우(詩友)인 이백(李白)을 표연(飄然)하다고 높이 평가하며 읊은

---

104) 楊蓬萊仙人(양봉래선인): 조선의 문신이며 서예가인 양사언(楊士彦, 1517~1584)을 지칭함. 호는 봉래(蓬
萊).

적이 있다. "이백의 시는 천하무적이니 그의 생각이 범사(凡事)를 초월해 표연하니 뭇 사람들과는 다르다(白也詩無敵 飄然思不群, 백야시무적 표연사불군)." "이 풍진(風塵) 세상을 만났으니 너의 희망이 무엇이뇨?" 이제 그때 그 영웅호걸들도 다 떠나가 조용하고 한유롭기 그지없다며 김립은 표연정(飄然亭)에 표연(飄然)히 홀로 앉아 표연히 시를 짓는다.

10. 安邊飄然亭 其二(안변표연정 2)

- 안변표연정에서 2

飄然亭子出長堤
표 연 정 자 출 장 제

鶴去樓空鳥獨啼
학 거 루 공 조 독 제

十里煙霞橋上下
십 리 연 하 교 상 하

一天風月水東西
일 천 풍 월 수 동 서

神仙蹤迹雲過杳
신 선 종 적 운 과 묘

遠客襟懷歲暮幽
원 객 금 회 세 모 유

羽化門前無問處
우 화 문 전 무 문 처

蓬萊消息夢中迷
봉 래 소 식 몽 중 미

기나긴 둑 끝에 우뚝 솟은 표연정아

학은 떠나가고 빈 누각엔 새들만 우짖는구나.

허허벌판 다리 위아래로 안개노을 자욱하니

천하의 풍월 아래 물은 동서로 갈려 있네.

신선이 가신 그 길은 구름 속에 아득하고

나그네의 회포가 세월 속에 그윽하구나.

우화문 앞에서 물어볼 길 없으니

봉래선인(蓬萊仙人) 소식은 꿈속에조차 희미하네.

堤(제) 둑, 제방. 啼(제) 울다, 울부짖다. 煙霞(연하) 안개와 노을, 고요한 山水의 경치를 비유하는 말. 蹤迹(종적) 떠난 뒤 자취. 杳(묘) 아득하다, 멀다, 어둡다. 襟(금) 옷깃, 가슴. 懷(회) 품다, 가슴, 정. 襟懷(금회) 마음속에 깊이 품고 있는 회포(懷抱). 羽化(우화) 우화등선(羽化登仙)의 줄인 말, 사람에게 날개가 돋아 하늘로 올라가 신선이 되었다는 전설. 迷(미) 헤매다, 빠지다.

이응수 대의

飄然亭子(표연정자)가 긴 둑 멀리 우뚝 솟아 보인다. 전설의 그 학은 仙人(선인)을 태우고 날아간 뒤에 잡새들만 지저귄다. 멀리 연무가 자욱한데 다리 위아래가 아름답고 그 사이로 강물이 동과 서로로 나뉘어 흘러가는구나. 신선이 왔다 간 흔적이 구름같이 지나가 아득하니 먼 길 유랑하는 나그네의 회포가 깊어만 가네. 蓬萊仙人(봉래선인)이 羽化(우화)하여 올라간 이 門前(문전)에서 옛일을 물을 곳 없고 꿈속에서나마 희미하게 떠오르는구나.

첨언

김립이 태어나기 전 200년쯤 앞서 조선 전기 문신 이이(李珥, 1536~1584)의 『율곡전서(栗谷全書)』에 「화석정(花石亭)」이란 시가 동일한 내용으로 수록되어 있어 이 시는 이율곡의 작품이라는 주장에 더 신뢰가 간다. 口傳이나 필사본 형식으로 전해오는 자료발굴을 처음 시도했던 이응수의 있을 수 있는 오류라고 이해한다. 중국 산둥반도 항구로 옌타이(煙台)라는 이름의 항구가 있다. 중국 도교(道敎) 신화 속에 여덟 명의 사람이 연태(煙台)고량주를 마시고 날갯짓하며 하늘로 올라가 신선이 되었다는 신화가 있는데 우화(羽化)는 우화등선(羽化登仙)을 준 말이다. 34도가 넘는 연태(煙台)고량주를 마시고 어떻게 하늘을 날 수 있었을까? 신선(神仙)이 아니라 주괴(酒魁)가 되어 술만 마시다 죽어 하늘나라로 간 건 아닐까? 연태(煙台) 이전에는 불로장생의 명약이 있다는 봉래산(蓬萊山)도 있었다고

도 전한다. 발해(渤海) 동(東)쪽, 즉 해동(海東, 우리나라를 말함) 멀리 삼신산 (三神山)이 있는데, 봉래산, 방장산, 영주산이라 하였고, 중국 북송(北宋) 때 시인 소식(蘇軾)이 그의 시 「적벽부(赤壁賦)」에서도 '우화등선인(羽化登仙 人)'이라는 표현이 있지만, 여기서 우화등선(羽化登仙)이나 봉래(蓬萊)는 말 년에 세상을 등지고 금강산 해금강(金剛山 海金江)가에 비래정(飛來亭)이란 정자를 지어놓고 살았다는 도가(道家)적 삶을 산 서예가 봉래선인(蓬萊仙 人) 양사언(楊士彦)[105]으로 봐도 무리가 없을 듯하다. 신선이 하늘에서 내 려왔으니(飛來), 다시 하늘로 올라가는 것이 당연하지 않겠나? 우화등선 (羽化登仙). 신선이 학을 타고 저 멀리 구름 속으로 사라지는 모습을 아쉬 워하며 읊은 시이다.

---

105) 양사언(楊士彦, 1517~1584) 조선 중기에 서예에 능했던 문신. 금강산에 자주 들러 자연을 읊었으며 호는 봉래(蓬萊). 세상을 떠날 때 '비(飛)'자 한 자를 써 놓고 羽化登仙 했다고 전해진다.

11. 與趙雲卿上樓(여조운경상루)

- 조운경과 더불어 누각에 올라

也知窮達不相謀 思樂橋邊幾歲周
야 지 궁 달 불 상 모　사 락 교 변 기 세 주

漢北文章今太守 湖西物望舊荊州
한 북 문 장 금 태 수　호 서 물 망 구 형 주

酒誠狂藥常爲病 詩亦風流可與酬
주 계 광 약 상 위 병　시 역 풍 류 가 여 수

野笠殆嫌登政閣 抱琴獨倚海山秋
야 입 태 혐 등 정 각　포 금 독 의 해 산 추

　궁핍한 나와 모든 걸 통달한 그대와 서로 어울릴 수 없는 사이임을 알면서도 사락교 주변에서 몇 해를 두루 함께 놀았던가?

　한강 북쪽에서도 문장가로 이름난 그대 이제 太守가 되었으니, 호서지방에서도 물망이 높아 그 옛날 형주목사와도 같구나.

　술은 사람을 미치고 병들게 하니 경계하라고 항상 나를 일깨워주었고, 시는 역시 풍류라 서로 주고받으며 즐겼도다.

　나는 삿갓 쓴 야인이라 정각(政閣)에 오르기는 싫고, 거문고나 뜯으며 홀로 가을 경치나 즐기리라.

주해

　趙雲卿(조운경) 안변(安邊) 郡守(군수)로 太守(태수)는 신라 때 지방 장관 명칭이며 고려 때 郡守(군수)로 고쳐 부름. 湖西(호서) 충청남북도를 가리키며 嶺南(영남), 湖南(호남)과 함께 우리나라 남부지역을 말한다. 荊州(형주) 지금의 湖北省(화북, 후베이성) 襄陽(양양) 시를 말함, 중국 고대 왕조 때 군사적 요충지였음. 誠(계) 경계하다, 삼가다. 酬(수) 갚다, 보답. 殆(태) 거의, 대게, 위태롭다, 해치다. 嫌(혐) 싫어하다, 倚(의) 의지하다, 기대다.

『김립시집』 초판에는 이응수의 시 해석이 실리지 않았으며, 증보판과 최종판에는 시 자체가 실리지 않았다.

첨언

사락교(思樂橋)는 서울 종로구 명륜동에 있었던 사락다릿골 또는 사락교동(思樂橋洞)이라는 곳을 말하는데, 명륜동은 조선의 최고학부인 성균관이 있었기 때문에 전국의 유림(儒林)들이나 선비들이 풍류를 즐기기도 하였던 곳이다. 성균관 주위에 있는 반촌(泮村)이라 불렸던 주로 노비들의 후손들이 살았으며 과거시험을 보러 지방에서 올라온 지원자들이 많이 유숙하여 지금의 고시촌과 유사하였으며 숙식비가 저렴해 성균관 유생들의 하숙촌으로도 이용되었다고도 한다. 김립이 그의 시우(詩友)이며 주붕(酒朋)이었던 조운경(趙雲卿)이 함경남도 안변(安邊) 군수(郡守)로 멀리 떠나 있어 보고 싶은 마음에 보낸 글이다. 명륜동 사락교 주막(酒幕)에서 함께 술 마시며 풍류를 즐겼던 그 시절 생각하면 당장 달려가 보고 싶지만, 자신의 신세가 너무 초라하고 궁색해 직접 찾지 못하고 송별시(送別詩)로 갈음하는 김립이 불쌍하다. 정각(亭閣)이 아니라 굳이 정각(政閣)에 오르기는 싫다는 말은 김립 자신이 벼슬길 관심 없고 야인(野人)으로 살겠다는 그의 속마음을 볼 수 있는 듯하다.

12. 和金笠(화김립)

- 김립에게 화답하며

嘆息狂生亦自謨 十年隅隅道隅周
탄 식 광 생 역 자 모　 십 년 우 우 도 우 주

前冬壑雪凝羊角 今日文虹寬鳳州
전 동 학 설 응 양 각　 금 일 문 홍 관 봉 주

不飮惟吾常有病 得詩與爾可無酬
불 음 유 오 상 유 명　 득 시 여 이 가 무 수

麻鞋尙上龍圖閣 政閣何嫌野笠秋
마 혜 상 상 용 도 각　 정 각 하 혐 야 립 추

한숨만 쉬며 정신없이 사는 것 또한 스스로 택한 길, 십 년 세월 변두리만 돌고 돌았네.

지난 겨울 산골짜기엔 눈보라 휘몰아치더니 오늘은 무지개같이 아름다운 문장이 조선 하늘 위에 두루 빛나네.

나는 술 안 마시면 늘 병이 난다오. 그대와 더불어 글월을 받으니 그 고마움 갚을 길 없네.

짚신짝도 벼슬길 쉽게 오르는 세상인데, 나랏일 보는 누각이라고 삿갓 쓴 나의 벗을 어찌 외면하겠소.

주해

和(화) 화목하다, 화답하다, 온화하다. 隅(우) 구석, 모퉁이. 壑(학) 산골짜기, 골. 凝(응) 엉기다, 춥다. 羊角(양각) 양의 뿔, 회오리바람. 虹(홍) 무지개. 寬(관) 너그럽다, 거리낌 없다. 鳳州(봉주) 황해도 봉산 지역의 옛 지명. 惟(유) 생각하다, 오로지, 오직, ~이 되다. 爾(이) 너. 酬(수) 갚다, 보상하다. 麻(마) 삼. 鞋(혜) 신. 麻鞋(마혜) 짚신, 미투리. 尙(상) 오히려, 풍조, 높이다. 龍圖閣(용도각) 정사(政事)를 돌보는 벼슬을 의미, 중국 왕들의 친필 서화 등 유물을 보존하기 위한 지은 건물인 龍圖閣(용도각)을 모방하여 우리나라에서는 조선 시대 正祖(정조) 때 奎章閣(규장각)을 설치하여 왕실 도서관 또는 학문 연구기관으로 운영하였다.

『김립시집』초판에서는 김립의 안부 인사, 「여조운경상루(與趙雲卿上樓)」 시(詩)와 마찬가지로 이응수의 시 해석이 실리지 않았으며, 증보판과 최종판에서도 시 자체가 실리지 않았다.

첨언

함경남도 안변(安邊) 군수(郡守)인 조운경(趙雲卿)에게 보낸 김립의 안부 인사, 「여조운경상루(與趙雲卿上樓)」 시(詩)에 대한 조운경의 화답시(和金詩)이다. 조운경(趙雲卿)의 '금일문홍관봉주(今日文虹寬鳳州)'라는 시구(詩句)에서 그가 김립의 시를 얼마나 높이 평가하는가를 알 수 있다. 동해 쪽 함경남도 최남단인 안변(安邊)에서 서해를 바라보는 황해도의 봉주(鳳州)까지 걸쳐 뜬 아름다운 무지개를 김립의 수려한 문장에 비유했다. 칭찬하려면 이 정도는 해야 하지 않을까? '칭찬을 아끼지 않는다'라는 표현은 이런 것을 두고 하는 말이다. 모름지기 친구란 예전부터(舊) 가깝다고(親) 해서 무조건 다 친구(親舊)가 되는 것은 아니다. 어제 만난 사람이 50년간 친교를 나누었던 사람보다 더 소중한 친구일 수 있다. 세월이 흘러 신분, 명예, 빈부가 다르게 되었어도 변하지 말아야 친구라 할 수 있다. 돈 좀 벌었다고, 명예나 높은 지위를 얻었다고 목에 힘주고 옛 벗을 외면하면 친구라 할 수 없다. "이보게, 쓸데없는 소리 말게. 나는 자네와 술 한잔 나누지 못하면 병이 나는 체질이네. 그러니 신분 따지지 말고 냉큼 달려와 내 술잔이나 받으시게나!"라고 화답하는 조운경(趙雲卿)과 이러한 소중한 친구와 평생 시담(詩談)을 나누었던 김립(金笠)이 부럽다. 조운경(趙雲卿)과 김립(金笠)이 죽은 후 세월이 흘러 그들의 손자인 조태원(趙泰源)과 김영진(金榮鎭)이 가까운 친구로 교분을 계속 나누며 살아갔다는 얘기가 있다. 이게 바로 조운경(趙雲卿)과 김립(金笠)의 인연은 끊으려 해도 끊을 수 없는 진정한 친구 관계가 어떤 것인지 잘 설명해주는 것이다.

13. 安邊老姑峯過次吟(안변노고봉과차음)

- 안변 노고봉을 지나며 읊다

葉落瘦容雪滿頭
엽 락 수 용 설 만 두

勢如天撑屹然浮
세 여 천 탱 흘 연 부

餘嶺羅立兒孩似
여 령 나 립 아 해 사

或者中間仙鶴遊
혹 자 중 간 선 학 유

잎들은 다 떨어져 얼굴은 여위었고 머리에는 눈 덮였는데

산세는 하늘을 떠받치듯 우뚝 솟아 떠 있네.

나머지 작은 산마루들은 늘어서 노고봉의 아이들 같아

그 가운데 어떤 산마루에는 선학이 노닐고 있네.

주해

瘦(수) 파리하다, 여위다. 容(용) 얼굴, 모양. 瘦容(수용) 수척한 얼굴. 撑(탱) 버티다, 버팀목. 屹(흘) 산이 우뚝 솟다. 羅立(나립) 나란히 줄지어 늘어서다. 兒孩(아해) 어린아이.

이응수 대의

安邊(안변) 衛益面 高山里(위익면 고산리)의 老姑峯(노고봉)을 지나다 읊은 절구(絶句)이다. 산들 모두 잎이 져 마치 수척한 사람 얼굴같이 보이는데 머리에는 흰 눈이 가득 덮였구나. 산세(山勢)는 하늘을 어루만지듯 우뚝 솟아 떠 있는데 나머지 작은 고개들은 마치 老姑峯(노고봉)의 애들 같구나. 그중 어떤 봉우리에서는 선학(仙鶴)이 한가로이 노닐고 있구나.

한시(漢詩)의 근체시(近體詩) 형식으로 기승전결(起承轉結)의 네 구(句)로 이루어진 정형시를 절구(絶句)라 하는데 오언절구(五言絶句)와 칠언절구(七言絶句)가 있다. 율시(律詩)의 전반 또는 후반과 같다 해서 '소율시(小律詩)'라고도 부른다. 이 칠언절구(七言絶句) 시(詩)는 김립이 安邊(안변)의 老姑峯(노고봉)을 지나다 읊은 절구(絶句)인데, 1句에서는 나뭇잎 떨어져 하얀 눈 덮인 老姑峯(노고봉)의 모습이 초췌한 사람 얼굴 모양이라고 하다가 2句에서는 산세(山勢)가 드높아 봉우리가 하늘 속에 우뚝 솟아 떠 있는 것 같다고 시감(詩感)을 올린다. 3句에서는 老姑峯(노고봉) 아래를 둘러보니 그리 높지 않은 많은 산마루가 마치 老姑峯(노고봉) 할미의 손자 아이들 같다고 이어간다. 4句에서 신선이 된 학이 한가로이 노니는 산마루도 보인다며 老姑峯(노고봉) 주위의 형상을 승화시킨다. 老姑峯(노고봉)은 老姑山(노고산)과 같은 의미로 부르며 우리나라 전역에 여러 곳이 있다. 서울의 마포구 대흥동에도 있으며 서강(西江)대학의 뒷동산 쪽으로도 오를 수도 있다. 老姑山(노고산)은 원래 중국 도교 신화 속 '마고(麻姑)할미'나 한국의 도서지방 무속신앙에 나오는 '마귀 할미'에서 유래한 '할미산(漢尾山)'이 한자어(漢字語)로 바뀐 산 이름이다. 함경남도 安邊(안변)의 마귀 할미산 老姑峯(노고봉)을 김립이 팔도 유람하듯이 필자도 한번 가보면 참 좋겠는데.

14. 大同江練光亭(대동강연광정)

截然乎屹立高門
절 연 호 흘 입 고 문

碧萬頃蒼波直翻
벽 만 경 창 파 직 번

一斗酒三春過客
일 두 주 삼 춘 과 객

天絲柳十里江村
천 사 류 십 리 강 촌

孤丹鶩帶來霞色
고 단 목 대 래 하 색

雙白鳩飛去雪痕
쌍 백 구 비 거 설 흔

波上之亭亭上我
파 상 지 정 정 상 아

坐初更夜月黃昏
좌 초 경 야 월 황 혼

보기에도 확연하구나! 연광정 높은 문이 우뚝 솟아 있고
만경창파 푸른 물결 출렁이며 번득번득 눈부시구나.
한말 술로 봄 나그네 즐기는데
천 갈래 실버들은 십리 강가 마을에 드리워졌고.
외로운 물오리는 노을빛에 붉게 물들고
하얀 갈매기 한 쌍 흰 눈처럼 바람에 날아가네.
푸른 강물 위에 정자 있고 그 정자 위에 내가 있나니
초저녁 황혼 때부터 여기 앉아 밤늦도록 못 떠나네.

截(절) 끊다, 정돈되고 가지런하다. 截然(절연) 확연히, 한계나 구분이 확실하게 구분되다. 乎(호) 어조사, ~로다, ~구나. 屹(흘) 산이 우뚝 솟다. 萬頃蒼波(만경창파) 한없이 넓고 푸른 바다. 翻(번) 날다, 번득이다, 뒤집다. 三春(삼춘) 정월부터 봄철 삼 개월. 十里江村(십리강촌) 여기서는 능라도(綾羅島). 鶩(목) 집오리. 霞色(하색) 노을빛. 鳩(구) 비둘기. 初更(초경) 하룻밤을 오경(五更)으로 나눈 그 첫째 부분, 저녁 7시~9시.

대동강연광정(大同江練光亭)의 높은 문이 우뚝 서 있는데 그 아래로 대동강의 푸른 만경창파(萬頃蒼波)가 물결치며 흘러간다. 나그네는 춘삼월 봄기운 흥에 겨워 술 한 말 즐기는데 능라도(綾羅島) 십리 강촌에는 버드나무 실버들이 천 가닥 만 가닥 드리워졌다. 외로운 물오리(鶩)는 노을빛에 붉게 보이고 눈(雪)인가 했더니 백구(白鷗) 한 쌍이로구나. 대동강 물결 위에 연광정(練光亭)의 정자(亭子)가 있고 그 정자(亭子) 위에 내가 섰나니 초저녁달 비치는 황혼에도 떠날 줄을 몰라 하노라.

연광정(練光亭)은 대동강(大同江)가 덕암(德巖)이라는 바위 위에 있으며 고려 시대 때 산수정(山水亭)이라는 이름으로 지어졌으나 조선 중종 때 연광정(練光亭)이란 이름으로 중건된 누각이다. 일본에서도 연광정(練光亭)의 그림엽서가 팔릴 정도로 풍경이 아름다웠다 한다. 임진왜란 때 왜군과 담판 장소로도 쓰였으며, 조선 선조(宣祖) 때 명(明)나라의 명필 주지번(朱之蕃)이 '천하제일강산(天下第一江山)'이라고 쓴 현판(懸板)을 써 붙였는데, 병자호란(丙子胡亂) 때 인조(仁祖)의 항복을 받고 돌아가던 청 태종(淸 太宗) 홍타이지가 이 이곳에 들러 현판을 보고 중국도 아닌 조선에 있는 연광정(練光亭)이 어떻게 천하제일일 수 있냐고 화내며 천하(天下) 두 글자를 떼어냈으나 훗날 조선에서 다시 써넣었다 한다. 누각 아래에 평양성의 동쪽 문이며 정문 노릇을 했던 대동문(大同門)이 있다. 대동강가 절벽 위에 우뚝 서 있는 연광정(練光亭) 누각에 올라와보니 은빛 반짝이는 대동 강물 위에는 흰 갈매기가 날고 멀리 능라도와 모란봉이 아름다운 풍경 (風景)에 마음을 뺏겨 김립은 시간 가는 줄 모르고 바라본다. 야사집(野史 集) 대동기문(大東奇聞) 헌종(憲宗) 편에 기록되어 있듯이 필명(筆名) 높은 김 립을 시기해 조부 김익순(金益淳)을 꾸짖는 노진(魯禛)의 탄핵시(彈劾詩)를 보고 관서(關西)지방에 발길을 끊었다 하는데 아마도 대동강연광정(大同江 練光亭) 유람은 그 탄핵시를 보기 이전일 것이다. 비둘기 백구(白鳩)는 문 맥상 갈매기가 더 어울릴 듯하여 백구(白鷗)로 번역하였다.

15. 登文星岩(등문성암)

- 문성암에 오르다

削立岩千疊
삭 립 암 천 첩

平鋪海一杯
평 포 해 일 배

林深鳥語鬧
임 심 조 어 료

日暮悼歌回
일 모 도 가 회

欲覓任公釣
욕 멱 임 공 조

留看學事臺
유 간 학 사 대

酷憐山水樂
혹 련 산 수 요

待月久徘徊
대 월 구 배 회

깎아 세운 듯한 바위들이 겹겹이 쌓였고

저 멀리 펼쳐진 바다는 술 한 잔일세.

깊은 숲속 들어오니 새들이 재잘거리는구나

해가 저무니 애달픈 뱃노래 소리 가까이 들려오네.

임공이 낚시질한 곳을 찾으며

학사대에 머물며 보니

산수(山水)를 너무나도 좋아해

달 뜨기만 기다리며 왔다 갔다 시간 가는 줄 모르고 기다리노라.

疊(첩) 겹치다, 쌓다. 平鋪(평포) 평평하게 펴 놓다. 鬧(료) 시끄럽다, 지껄이다. 悼歌(도가) 슬픈 노래, 여기서는 뱃노래의 의미. 覓(멱) 찾다, 구하다, 곁눈질. 任公(임공) 宋(송)시대 사람으로 任鎬連(임호연), 속세를 떠나 學事臺(학사대) 평생 낚시질로 세월 보냈다고 함. 酷(혹) 심하다, 지나치다. 憐(련) 불쌍히 여기다, 여기서는 사랑하다. 樂(락) 즐기다, 여기서는 좋아하다(요).

이응수 대의

文星岩(문성암)에 오르니 기암절벽이 첩첩히 솟아 있고 그 앞은 茫茫大海(망망대해)가 은 술잔처럼 둥그렇게 멀리 펼쳐 있다. 산속은 나무가 울창하여 새소리 시끄럽고 해 저문 바다에는 뱃노래 소리 '어기여차' 들려온다. 속세를 떠나 낚시질로 세월 보내던 任鎬連(임호연)이 낚싯줄 드리운 곳이 어딘가 찾다가 學事臺(학사대)에 올라 바라보네. 수려한 산수 경치가 너무 좋아 달뜨기 기다리며 떠나지를 못하노라.

첨언

文星岩(문성암)은 중국의 호남(湖南)성에 있는 장가계(張家界)에도 있는데 여기서는 앞에 넓은 바다가 있다 하니 금강산에 있는 바위인 듯하다. 중국 송(宋)나라 임호연(任鎬連)이 낚시하며 세월 보냈던 학사대(學事臺)와 마찬가지로 우리나라 가야산 상봉에 신라 말기 문장가 최치원(崔致遠)이 활을 쏘던 곳 이름도 학사대(學事臺)지만 아마도 아름다운 산수를 관망하기 좋은 금강산 문성암(文星岩) 정상의 터를 학사대(學事臺)라 부른 듯하다. 새들 지저귀는 울창한 숲속 위에 깎아지른 듯 솟아 있는 문성암(文星岩) 위의 관망대인 학사대(學事臺)에서 동쪽을 내려다보니 은빛 바다가 넓게 펼쳐 있다. 동해(東海)의 넓은 바다를 보고 '한 잔 술 정도'라 읊은 부분이 멋있다.

16. 登廣寒樓(등광한루)

- 광한루에 오르다

南國風光盡此樓 龍城之下鵲橋頭
남 국 풍 광 진 차 루 용 성 지 하 작 교 두

江空急雨無端過 野闊餘雲不肯收
강 공 급 우 무 단 과 야 활 여 운 불 긍 수

千里筇鞋孤客到 四時茄鼓衆仙遊
천 리 공 혜 고 객 도 사 시 가 고 중 선 유

銀河一脈連蓬島 未必靈區入海求
은 하 일 맥 연 봉 도 미 필 영 구 입 해 구

남쪽 지방의 풍광은 여기 광한루가 제일이고 용성(龍城) 바로 아래 오작교 앞에 머리를 내미네.

메마른 강바닥에 소나기 퍼붓고 지나갔는데 넓은 들판에 남은 구름은 그대로 있네.

천리타향 먼 길을 외로운 나그네가 지팡이에 짚신 신고 이르니 사시사철 연(蓮)잎 풀피리 불며 북치며 신선들이 노니네.

은하수 한 가닥이 봉래도와 이어졌으니 신령의 거처를 굳이 바다로 가서 구할 필요가 있겠는가.

주해

風光(풍광) 경치. 盡此樓(진차루) 이 누각에서 끝나다, 이 누각이 제일이다. 鵲(작) 까치, 여기서는 오작교(烏鵲橋)를 가리킴. 闊(활) 트이다, 넓다, 통하다. 筇(공) 대, 지팡이, 鞋(혜) 짚신, 신. 茄(가) 연 줄기, 연. 鼓(고) 북, 치다. 蓬島(봉도) 봉래산(蓬萊山)을 의미, 道敎(도교) 신화의 신선들이 산다는 섬으로 삼신산의 하나. 三神山(삼신산) 봉래산(蓬萊山), 방장산(方丈山), 영주산(瀛洲山). 區(구) 지역, 거처.

남쪽 나라 風光(풍광)은 이 廣寒樓(광한루) 이상 가는 곳이 없다. 위치는 바로 龍城(용성) 아래 烏鵲橋(오작교) 앞에 있는데 강에는 늘 물이 메말라 텅 비었는데 폭우가 내려 쭈욱 지나가고 들판은 廣闊(광활)한데 하늘의 구름은 안 걷히고 그대로이네. 천 리 길 나그넷길 짤막한 대지팡이 짚고 짚신 신고 걸어왔네. 사시사철 풀피리 불고 장구 치며 춤을 추니 무릇 仙人(선인)들의 놀이터로다. 銀河水(은하수)와 이어져 있는 저 바다의 蓬島(봉도)가 신령들의 거처라고 굳이 그곳을 찾을 필요 있겠는가? 바닷속의 龍宮(용궁)을 찾을 것 없이 은하수와 이어져 있는 廣寒樓(광한루)가 바로 그 龍宮(용궁)이 아니더냐?

전라북도 남원(南原)의 광통루(廣通樓)를 조선 시대 1434년 세종(世宗) 때 정인지(鄭麟趾)가 광한루(廣寒樓)라 개칭하였다. 작자(作者)와 연대(年代)는 미상(未詳)이지만 퇴기(退妓)의 딸 성춘향(成春香)이 신분의 벽을 뛰어넘어 낭군인 이몽룡(李夢龍)을 일편단심 기다리다 극적으로 만나게 되는 해피엔딩 러브스토리, 춘향전(春香傳)의 배경이 된 곳이다. 춘향전은 설화로 이어지다, 판소리, 소설, 영화 등으로 문학 예술사적 기여도가 많은 작품이다. 천리타향 먼 곳을 죽장(竹杖)에 삿갓 쓰고 미투리 신고 다니다 남원(南原)의 광한루(廣寒樓)에 이르니 풍류객들이 풀피리 불며 장구 치며 즐기는 모습을 보며, 김립이 한마디 한다. "용궁(龍宮)이 따로 있나? 선인(仙人)들이 북 치고 장구 치고 피리 불며 사시사철 놀 수 있는 광한루(廣寒樓)가 바로 용궁(龍宮)이지."

17. 暮投江齊吟(모투강제음)

- 해 저무는 강가에서 읊다

滿城春訪讀書家
만 성 춘 방 독 서 가

雜木疎篁映墨畵
잡 목 소 황 영 묵 화

鶴與淸風橫游浦
학 여 청 풍 횡 유 포

鴻因落日伴平沙
홍 인 낙 일 반 평 사

江山有助詩然作
강 산 유 조 시 연 작

歲月無心酒以過
세 월 무 심 주 이 과

獨椅乾坤知已少
독 의 건 곤 지 이 소

强將纖律和高歌
강 장 섬 율 화 고 가

성(城)에 봄기운 한창일 때 글 친구 찾아가니

잡목과 대나무 숲이 엉기성기 어우러져 그림자 묵화와도 같구나.

학은 청풍과 더불어 물가에서 한가로이 노닐고

지는 해 백사장(白沙場)에 기러기가 함께 하네.

강산(江山)이 아름다운 모습 보여주니 시(詩)가 절로 읊어지네

세월 가는 줄 모르고 술만 마시며 지냈더니

천지간에 홀로 떠돌다 보니 나를 알아보는 사람도 적어

힘 있는 듯 여린 듯 읊는 나의 시(詩)는 노랫가락이 되어 높이 울려 퍼진다.

暮(모) (날이) 저물다, 늙다. 齊(제) 가지런하다, 단정하다. 疎(소) 성기다, 물건 사이가 뜨다. 篁(황) 대숲, 피리. 鴻(홍) 기러기. 伴(반) 짝, 따르다, 짝이 되는 친구, 도반(道伴), 반려(伴侶). 椅(의) 의자, 걸상. 乾坤(건곤) 천지, 하늘과 땅. 纖(섬) 가늘다, 잘다, 엷은 비단.

이응수 대의

가득한 춘삼월 한창일 때 城(성) 안의 글방을 찾으니 들에는 잡목과 참대나무 어우러진 모습이 벽에 걸린 墨畵(묵화) 그림 그대로네. 鶴(학)은 물가에서 맑은 바람 속을 노닐고 기러기도 해지니 白沙場(백사장)에 함께 하네. 이렇게 山水(산수)가 수려하니 詩(시)도 절로 읊게 되고 無心(무심)히 흘러가는 세월을 술로 달래노라. 乾坤天地(건곤천지)에 나 홀로이니 날 알아보는 사람도 별로 없어 詩(시) 한 수 애써 지어 소리 높여 부르노라.

첨언

정처 없이 떠돌다 저녁이 되어 잠시 글벗과 글이나 지으며 놀 생각으로 친구의 글방을 갔는데 친구는 안 보이고 벽에 걸린 묵화(墨畵)가 눈에 번쩍 뜨인다. 청풍명월(淸風明月)에 한가로이 거니는 학(鶴)과 낙조(落照)에 붉게 물든 기러기를 보니 시흥(詩興)이 절로 솟구친다. 건곤천지(乾坤天地)에 나를 알아주는 사람 없으니 시문(詩文)이나 읊으며 세월을 보내겠다고 스스로 위로한다. 건곤(乾坤)은 주역의 64괘 중 마지막 괘로 하늘과 땅, 천지(天地)를 말하며 우주의 큰 틀 혹은 집이라 볼 수 있다. 여기에 음양의 변화로 만물을 생성시키는 해와 달, 일월(日月)이 있어 건곤천지(乾坤天地)와 청풍일월(淸風日月)에 의해 인간(人間)이란 생명의 열매가 열린다고 한다. 건곤(乾坤)은 세상천지이며 모든 것의 시작이며 전부란 뜻도 된다. 도연명(陶淵明)[106]의 무릉도원의 배경인 중국 후난성의 명산(名山) 장가계(張

---

106) 도연명(陶淵明): 중국 송(宋)나라 때 시인으로 그의 선경(仙境) 이야기인 『도화원기(桃花源記)』에 세속을 떠난 이상향(理想鄕)인 무릉도원(武陵桃源) 얘기가 나오는데 건곤주(乾坤柱)가 있는 장가계(張家界)를 지칭한다는 설이 있다.

家界)에 건곤주(乾坤柱)라는 기묘하고 아름다운 바위기둥이 있다. 하늘과 땅을 떠받치고 우뚝 솟은 형상이라 해서 그리 이름 지었다 하는데 바위 뿐인 아래 경치보다 소나무가 무성한 정상의 경관이 너무 아름다워 신비로울 정도다. 영화 '아바타'에서 행성의 '할렐루야山'으로 불리며 세상 사람들에게 친숙하게 되니, 중국에서 건곤주(乾坤柱)라는 봉명(峰名)을 아예 '할렐루야山'으로 바꿨다 한다. 여하튼 세상천지에 알아주는 사람 없이 떠돌며 시를 읊는 천재시인 김립을 풍류시인(風流詩人)으로 보면 청풍명월(淸風明月)형인가 아니면 음풍농월(吟風弄月)형인가? 조선 시대의 완고한 봉건체제와 유교사회에서 선비들은 아름다운 산수(山水)와 밝은 달만 바라보며 풍류를 즐겼을까? 아니면 여염집 규수나 현모양처(賢母良妻)는 함부로 데리고 놀 수 없어 시냇물 흐르는 계곡에서 은밀히 기생들 희롱하며 술 마시며 시를 읊었을까? 김립시인은 양쪽 다인 듯하다. 김립의 이 시는 청풍명월(淸風明月)형으로 속세와 세월로부터 초연하게 아름다운 자연 속으로 들어가 혼술을 하며 읊은 노래이다.

18. 寒食日登北樓吟(한식일등북루음)
- 한식날 북루에 올라 읊다

寒食日登北樓吟
한 식 일 등 북 루 음

十里平沙岸上莎
십 리 평 사 안 상 사

素衣靑女哭如歌
소 의 청 녀 곡 여 가

可憐今日墳前酒
가 련 금 일 분 전 주

釀得阿郎手種禾
양 득 아 랑 수 종 화

한식날 북루에 올라 읊노라
명사십리 백사장(白沙場)에 약초가 피었는데
소복 입은 청상과부 노래처럼 곡(哭)을 하네.
가련하네 저 여인 지금 무덤 앞에 부은 술은
낭군께서 손수 심었던 벼로 빚은 술이라 하네.

주해

平沙(평사) 평평한 모래벌판. 莎(사) 해안가 풀, 향부자, 해안에서 자라며 땅속 뿌리줄기는 한방에서 약재로 쓰이는 香附子(향부자)는 신경안정, 소화불량, 체력강화, 식욕감퇴에 효능이 있다함. 素衣(소의) 흰옷, 여기서는 素服(소복). 靑女(청녀) 서리와 눈을 주관하는 전설 속의 여신, 여기서는 靑孀寡婦(청상과부)가 된 女人(여인). 憐(련) 불쌍하다, 어여삐 여기다. 墳(분) 무덤, 언덕. 釀(양) 술을 빚다, 빚다. 阿郎(아랑) 여인이 남편이나 연인을 친근하게 부르는 애칭. 禾(화) 벼, 곡물.

可憐(가련)하다! 오늘 寒食(한식)날 남편의 묘 앞에서 哭(곡)하는 소리 들린다. 청상과부 한 여인이 술 따르며 이르되, "이 술은 우리 郎君(낭군)이 생전에 손수 심은 벼로 빚었노라"라 한다. 十里平沙(십리평사) 가다 보면 낮은 모래 언덕 위에 莎草(사초)가 군데군데 있고 무덤이 있어 가보니 소복 입은 청상과부가 무덤 앞에 앉아 哭(곡)하는 것이 마치 노래 부르는 것 같구나.

첨언

김립이 명사십리(明沙十里)를 걷다 보니 어디선가 여인의 곡(哭)소리가 계속 들려온다. 찾아가보니 어린 과부가 먼저 떠난 낭군의 무덤 앞에서 술 따르며 곡을 한다. 흐느끼며 홀로 읊는 곡(哭)소리 가만히 들어보니, 낭군이 살아생전 몸소 씨 뿌려 거둔 벼로 빚은 술이라 한다. 가엾기 그지없다. 예로부터 청상(靑裳)은 푸른 치마 두르는 기생(妓生)을 지칭하였고 홍상(紅裳)은 시집 안 간 순수한 처녀를 가리키는 말이었다. 청상(靑孀)은 어린 나이에 남편을 잃은 홀로 된 과부(寡婦)를 의미한다. 미망인(未亡人)이라고 '남편 따라 아직 안 죽었다'는 듣기 민망한 말도 있지만, 요새처럼 '돌싱(돌아온 싱글)'이 뜨는 세상에 과부도 그렇게 큰 흠이 안 되는 세상이 되어버려 청상과부나 수절의 의미가 더욱 순백(純白)하고 아름답게 느껴진다. 남편 잃고 홀몸 되어 소복(素服) 입고 슬피 우는 청상과부를 순결하고 아름답다 하니 죄송한 마음이 든다. 이 시를 읊으며 고향에서 오매불망 기다리는 장수 황씨 부인(長水 黃氏 夫人) 생각은 나지 않았을까?

19. 開城(개성)

故國江山立馬愁 半千王業一空邱
고 국 강 산 입 마 수 반 천 왕 업 일 공 구

煙生廢墻寒鴉夕 葉落荒臺白雁秋
연 생 폐 장 한 아 석 엽 락 황 대 백 안 추

石狗年深難轉舌 銅臺陁滅但垂頭
석 구 년 심 난 전 설 동 대 타 멸 단 수 두

周觀別有傷心處 善竹橋川咽不流
주 관 별 유 상 심 처 선 죽 교 천 인 불 유

이미 망한 나라 강산에 말 멈추니 옛 생각으로 수심 가득차네. 오백 년 왕업이 텅 빈 언덕 밖에 안 남았구나.

무너진 담벼락엔 저녁 노을빛 어리고 까마귀 슬피 우니 저녁이 쓸쓸하다. 폐허에는 낙엽만 뒹굴고 흰 기러기 날아가니 가을이로구나.

돌로 된 개 조각은 세월이 흘러 '멍멍' 짖지도 못하고 구리로 만든 단상도 허물어져 머리를 숙일 뿐.

둘러보아 유난히 마음 아픈 곳이 하나 있으니 선죽교 개울물이 목메어 못 메말랐구나.

주해

邱(구) 언덕, 땅 이름. 墻(장) 담, 경계. 鴉(아) 갈까마귀, 검다. 雁(안) 기러기, 거위. 狗(구) 개, 강아지. 石狗(석구) 돌로 만든 개의 石像(석상). 陁(타) 비탈지다, 무너지다. 咽(인) 목메다, 삼키다.

이응수 대의

故國江山(고국강산)에 말 세우고 수심에 차 바라보니 오백 년 고려 도읍이 지금은 텅 빈 언덕밖에 안 남았구나. 무너진 담장에 해 저무는 노을빛 어리는데 그 위에는 갈까마귀 슬피 우네. 낙엽 쌓인 폐허에 늦가을이 오니 흰 기러기 날아가네. 돌로 만든 개의 조각은 오랜 세월 지나 멍멍 짖지도 못하고 구리로 된 단상도 머리 숙여 앞으로 기울었구나. 돌이켜 생각해 보면 마음 아픈 곳이 하나 있으니 그게 바로 善竹橋(선죽교)라네. 마음 아파 목이 메어 다리 아래 시냇물도 메말랐구나.

첨언

개성(開城)은 고려(高麗)시대 도읍으로 개경(開京), 송악(松嶽), 송도(松都), 송경(松京) 등 이름이 다양했다. 인접한 항구도시인 벽란도(碧蘭渡)와 가까워 중국과의 해상교역 등 국제 상업 도시로 유명했다. 고려 말 불사이군(不事二君) 신념으로 고려 왕조에 끝까지 충절했던 포은(圃隱) 정몽주(鄭夢周)를 역성(易姓)혁명에 의한 조선(朝鮮) 건국에 반대한다는 이유로 선죽교에서 이성계의 다섯째 아들 이방원(李芳遠)이 이성계의 병문안 갔다 오는 정몽주를 암살했다고 전해진다. 400년이란 오랜 세월 흐른 뒤 폐허만 남은 500년 고려 도읍 개성을 둘러보다 포은 정몽주(圃隱 鄭夢周) 선생이 살해당한 선죽교(善竹橋)를 바라보며 마음 아파하며 읊은 노래이다. 김립의 이 시를 감상하다 보니 1928년 일제강점기 때 '이애리수'라는 가수가 부른 「황성엣터」 노래가 내 마음을 달래주는 듯하다.

황성엣터에 밤이 되니 월색만 고요해
폐허에 서린 회포를 말하여주누나.
아, 가엾다 이내 몸은 그 무엇 찾으려고
끝없는 꿈의 거리를 헤매어 왔노라.

20. 關王廟(관왕묘)

古廟幽深白日寒
고 묘 유 심 백 일 한

全身復見沃衣冠
전 신 복 견 옥 의 관

當時末了中原事
당 시 말 료 중 원 사

未免千年不解鞍
미 면 천 년 불 해 안

깊숙한 곳 낡은 사당 너무 적적해 대낮에도 싸늘한데

온 몸에 걸친 의관이 한(漢)나라 때 그 옛날 모습 그대로인 듯 아름답구나.

그 당시 중원의 일 다 끝내지 못하고 죽었으니

천년 지난 지금에도 말안장을 풀지 못하고 있네.

주해

沃(옥) 기름지다, 여기서는 아름답다. 鞍(안) 안장.

이응수 대의

關羽(관우)의 옛 王廟(왕묘)가 너무 적적한 곳에 깊이 있어 대낮에도 寒氣(한기)를 느낀다. 관우의 화상(畫像)에 아름다운 의관은 옛 모습 그대로구나. 삼국시대 당시에 中原(중원)의 큰일을 다 마치지 못하고 죽었으니 천년의 세월이 흘렀는데도 저렇게 말안장을 풀지 못하고 있구나.

첨언

나관중(羅貫中)의 중국 소설 『삼국지연의(三國志演義)』에서 유비, 관우, 장

비가 복숭아밭에서 의형제를 맺고 함께한다는 도원결의(桃園結義) 얘기가 나온다. 관우는 장비와 함께 유비를 도와 촉한(蜀漢)을 세우는데 큰 공로를 세웠으며 충성심과 의리의 화신(化身)으로 신격화되어 우리나라에서도 중국 도교(道敎)에서 신격화되어 추앙받는 관우를 무속신(巫俗神) 혹은 민간신앙의 신으로 믿어 왔다. 관우의 사당인 관왕묘(關王廟)는 조선 고종(高宗) 때 윤성녀(尹姓女)라는 무당의 건의로 충청도와 경상도 지방에 건립되었다. 임진왜란 선조(宣祖) 때 조선 땅에서 싸운 明나라 장수들이 무신(武神) 관우의 신령(神靈)을 보았다 하여 관왕묘(關王廟)를 한양 사대문 밖에 지었다 한다. 김립이 어느 외진 곳 관우의 사당을 들렀다 읊은 시이다. 적토마 말 달리며 청룡언월도를 휘두르며 조조의 다섯 장수의 목을 베는 오관참육장(五關斬六將)의 늠름하고 용맹스러운 관우의 모습이 그려진다. 나관중은 명나라 초기의 사람이고 무게가 50킬로그램 가까이 나가는 무거운 청룡언월도는 明나라 때 만들어진 무기라 하니 800년 전 관우가 청룡언월도를 적토마를 달리며 파리채 휘두르듯 휘둘렀다는 나관중의 얘기는 허구에 가깝다. 너무 무거워 실용성보다는 힘을 과시하기 위한 의장용으로 효종과 사도세자가 잡은 적이 있다 한다. 여하튼 관우가 조조를 떠나 유비를 만나러 가는 길에 청룡언월도를 휘두르며 적장의 목을 베었다는 나관중의 오관육참(五關六斬) 얘기는 중국 특유의 전설과 신화 속 과장법이라 이해하고 넘어가는 게 좋을 듯하다.

21. 看山(간산)

- 산을 바라보며

倦馬看山好
권 마 간 산 호

停鞭故不加
정 편 고 불 가

岩間纔一路
암 간 재 일 로

煙處或三家
연 처 혹 삼 가

花色春來矣
화 색 춘 래 의

溪聲雨過耶
계 성 우 과 야

渾忘吾歸家
혼 망 오 귀 가

奴曰夕陽斜
노 왈 석 양 사

게으른 말을 타고 다니니 산 구경하기 더 좋네

채찍질 멈추어 말 엉덩이도 치지 않노라.

바위길 사이로 겨우 좁은 길 하나

연기가 나니 초가집 서너 채 있겠지.

꽃 색깔 화려하니 봄은 봄이로다

계곡물 흘러내리는 소리 크게 들리니 비는 이미 지나갔구나.

집에 돌아갈 것 까마득하게 잊고 있었는데

하인 놈이 말하기를 해 저무니 서둘러 돌아가자 하네.

倦(권) 게으르다, 쉬다. 看山(간산) 묏자리를 잡으려고 산을 살핌, 省墓(성묘), 여기서는 '산을 바라본다'의 의미. 停(정) 머무르다. 鞭(편) 채찍, 매질하다. 纔(재) 겨우, 방금. 渾(혼) 흐리다, 물소리.

이응수 대의

말 타고 산 구경 천천히 다니니 구태여 채찍 들어 말 궁둥이 때릴 필요가 없네. 바위틈 사이로 작은 길 하나 따라가다 보니 연기가 무럭무럭 피어오르네. 아마 집 서너 채가 있나 보다.

첨언

『김립시집』초판에서는 오언절구 앞의 4행만 수록하였으나 증보판에서 나머지 4행을 추가하였다. 춘삼월 비 그친 어느 하루 심산유곡(深山幽谷) 깊숙한 골짜기 속으로 급할 것도 없이 계곡물 소리 들으며 바위 사이 오솔길을 따라 천천히 말을 몰며 가다 보니 집불 연기가 모락모락 피어오르는 걸 보니 초가집 몇 채 있겠구나. 무언하심(無言下心) 모든 것 내려놓고 물 흐르듯 유랑(流浪)하는 나그네 선비의 심사를 아는지 모르는지 말 모는 종놈이 투덜댄다. "주인님, 배고파 죽겠어요. 해도 져 어둡구먼요. 저기 초가집 굴뚝에 밥 짓는 연기가 모락모락 솟아오르네요. 빨리 가서 밥 먹고 하룻밤 묵어 가요."

22. 遊山吟(유산음)

- 산에서 노닐며 읊다

一笠茅亭傍小松 衣冠相對完前客
일 립 모 정 방 소 송 의 관 상 대 완 전 객

橫籬蟬殘凉風動 藥圃蟲聲夕露濃
횡 리 선 잔 양 풍 동 약 포 충 성 석 로 농

秋雨纔晴添晚署 暮雲爭出幻寄峰
추 우 재 청 첨 만 서 모 운 쟁 출 환 기 봉

悠悠萬事休提說 未路須謨選日逢
유 유 만 사 휴 제 설 미 로 수 모 선 일 봉

삿갓 쓴 외로운 나그네 누추한 정자 곁 소나무 아래 앉으니 먼저 와 앉아 쉬는 생판 모르는 나그네와 얼굴 마주하네.

울타리에는 매미가 철 늦게 울어대니 찬바람은 일고 약초 심은 밭에서 나는 벌레 소리는 저녁 이슬을 맺히게 하네.

가을비 겨우 개니 늦더위 기승이고 저녁 구름 다투어 출몰(出沒)하니 봉우리가 참 기묘하게도 보이네.

세상만사 오래전 일 잠시 논하지 마세, 우린 아직 갈 길이 머니 다시 만날 날이나 기약하세.

주해

茅亭(모정) 풀 등으로 띠를 지어 지붕을 만든 누추한 정자. 籬(리) 울타리. 蟬殘(선잔) 여기서는 殘蟬(잔선)을 의미, 늦가을까지 우는 매미. 藥圃(약포) 약초를 심어 가꾸는 밭. 纔(재) 겨우, 방금. 晴(청) 개다, 비가 그치다. 晚(만) 늦다, 저녁. 署(서) 덥다, 여름. 悠(유) 멀다, 아득하다. 未路(미로) 여기서는 갈 길이 아직 멀다는 의미.

茅亭(모정)에 삿갓 쓰고 작은 소나무 옆에 앉았으니 앞에 앉은 선비 차림의 사람과 얼굴 마주하게 되었네. 그대도 나도 산천 구경하며 떠도는 나그네일세. 무궁화나무 울타리에는 늦가을 매미가 날개를 퍼덕이며 노래하는데 서늘한 바람 부는 약초밭은 벌레 소리 요란하다. 저녁 이슬 수북이 맺히고 가을비 간신히 개이니 늦더위가 기승이네. 초저녁 조각구름 生沒(생몰)을 반복하며 산봉우리에 비치니 그 모습 환상적이며 기묘하네. 여보게, 萬事(만사)는 悠悠(유유)히 그저 지나가니 다시 올 수 없다는 말은 하지 마시게. 우린 아직 젊은 놈들이니 먼 훗날 다시 만날 기약이나 함세.

첨언

풀초로 띠 지붕을 만든 초라한 정자 옆에 앉으니 바로 앞에 먼저 와 쉬고 있는 선비 한 사람과 얼굴 마주하게 된다. 울타리와 약초밭에선 늦가을 매미 소리 풀벌레 소리가 요란하고 초가을 늦더위가 한창이다. 가을비 맑게 갠 산봉우리가 일어났다 사라지는 조각구름이 비쳐 기이하고 환상적으로 보인다. "세상만사 과거지사 세월이 흐르면 모두 저 떴다 사라지는 조각구름처럼 모두 사라지는 것이니 마음에 두지 말고 우리 다시 만나는 그날이나 기약하세"라 얘기하며 서로 헤어지며 읊은 시이다. 지나가는 나그네에게도 인연(因緣)이라는 게 있으면 언젠가는 다시 만나겠지 하며 서로 미소 지으며 제 갈 길 떠나는 두 과객(過客)의 모습이 아름답다.

23. 嶺南述懷(영남술회)

- 영남지방 유랑하며 속마음을 읊다

超超獨倚望鄕臺 强壓覊愁快眼開
초 초 독 의 망 향 대 　 강 압 기 수 쾌 안 개

與月經營觀海去 乘花消息入山來
여 월 경 영 관 해 거 　 승 화 소 식 입 산 래

長遊宇宙餘雙屐 盡數英雄又一杯
장 유 우 주 여 쌍 극 　 진 수 영 웅 우 일 배

南國風光非我土 不如歸對漢濱梅
남 국 풍 광 비 아 토 　 불 여 귀 대 한 빈 매

높고 높은 망향대에 홀로 기대어 나그네의 시름 억누르고 두 눈 크게 뜨고 둘러보네.

달빛 속에 규칙적으로 오가는 파도를 바라보며 꽃 소식 알고 싶어 산속으로 들어왔노라.

세상천지 먼 여행에 남은 건 나막신 한 짝 영웅호걸 생각하며 술 한 잔 다시 들이켜네.

남녘지방 경치가 아름답다 해도 내 고장은 아니니 차라리 돌아가 한강변 물가의 매화꽃이
나 보는 게 나으리라.

주해

超(초) 뛰어넘다, 높다, 외롭다는 의미로도 볼 수 있음. 覊(기) 굴레, 고삐, 나그네. 經營(경영)
여기서는 규칙적으로 오가는 모습. 屐(극) 나막신. 濱(빈) 물가, 끝. 風光(풍광) 아름다운 경치.

이응수 대의

높다란 望鄕臺(망향대) 위에 홀로 서니 외롭고 쓸쓸한 슬픈 마음 애써
감추며 두 눈 크게 뜨고 사방을 바라본다. 달이 차고 기우는 때와 맞춰
바닷물 드나드는 모습 보러 다시 왔노라. 기나긴 세월 세상천지 둘러보
며 거닐었고 이제 남은 건 나막신 한 짝뿐이로구나. "영웅호걸이 따로 있

나? 나도 覇氣(패기) 있는 남자라오!" 스스로 위로하며 다시 술 한 잔 들이켠다. 風光(풍광)이 제아무리 좋다 한들 남쪽 지방은 내가 사는 땅이 아니니, 故鄉(고향)에 돌아가 물가의 예쁜 매화를 보는 것만 못하리라.

첨언

아무리 남쪽 지방의 경치가 좋다 한들 고향만 못하니 차라리 집으로 돌아가 물가에 핀 매화꽃 보는 것만 못하리라. 초판에는 2句의 '기수(羈愁, 나그네 시름)'가 증보판에는 '패수(覇愁)'로 되어 있다. 의미에 더 적합한 듯하여 '기수(羈愁)' 그대로 옮겼다. 영남지방 어느 곳에 떠돌다 고향 생각이나 한번 해보라는 망향대(望鄉臺)가 있어 올라보니 천리타향 먼 곳을 떠도는 자신의 신세를 생각하니 눈물이 앞을 가리고 가슴이 울컥한다. 고향에서 멀리 떠났는데 어찌 고향 생각이 안 날 수 있으리오. 시인 이은상(李殷相, 1903~1982) 선생께서 작사한 「가고파」라는 가곡의 한 소절이 떠오른다.

그 물새 그 동무들 고향에 다 있는데
나는 왜 어이 타가 떠나 살게 되었는고
온갖 것 다 뿌리치고 돌아갈까 돌아가
가서 한데 어울려 옛날같이 살고지고
내 마음 색동옷 입혀 웃고 웃고 지내고저
그날 그 눈물 없던 때를 찾아가자 찾아가

24. 聽曉鐘(청효종) - 새벽종소리를 들으며

霖風長安時孟秋 矯南歸客獨登樓
임 풍 장 안 시 맹 추　교 남 귀 객 독 등 루

喉來地上雷霆動 擊送人間歲月流
후 래 지 상 뇌 정 동　격 송 인 간 세 월 류

鳴吠俱淸千戶裡 乾坤忽肅九街頭
명 폐 구 청 천 호 리　건 곤 홀 숙 구 가 두

無窮四十年間事 回首今宵又一悲
무 궁 사 십 년 간 사　회 수 금 소 차 일 비

　　장맛비는 주룩주룩 내리고 장안은 때마침 초가을인데, 남쪽에서 돌아온 나그네 홀로 누각에 올랐네.
　　들려오는 종소리는 뇌성벽력처럼 지상을 뒤흔들어 세상살이 모든 것 세월 속으로 흘려보내는 것 같구나.
　　닭은 꼬꼬댁 울고 개는 멍멍 짖는 소리에 온 마을이 평화롭고, 세상천지와 온 거리가 갑자기 숙연해지는구나.
　　끊임없이 이어온 나의 모진 사십 평생이여, 돌이켜 생각하니 오늘 밤도 슬퍼지네.

주해

曉(효) 새벽, 동틀 무렵. 霖(임) 장마. 孟秋(맹추) 초가을, 음력 칠월. 矯(교) 바로잡다, 곧추다. 喉(후) 목구멍, 목. 雷(뇌) 우레, 천둥. 霆(정) 천둥소리, 번개. 擊(격) 부딪히다, 치다. 吠(폐) 개가 짖다. 鳴吠(명폐) 닭과 개가 울고 짖다. 俱(구) 함께, 갖추다. 裡(리) 속, 속마음, 내부. 乾坤(건곤) 하늘과 땅, 천지. 忽(홀) 돌연히, 갑자기. 肅(숙) 엄숙하다, 정중하다. 九街頭(구가두) 온 거리, 많은 거리. 宵(소) 밤, 야간. 又(차) 찌르다, 가닥이 지다, 엇갈리다.

이응수 대의

　　일설에 의하면 이 시는 文友였던 進士 黃五(황오)의 작품이라고도 하나

金洪漢(김홍안)씨가 부인함으로 일단 김립의 시로 수록하였다. 霖雨(임우, 장맛비)가 지나간 長安은 지금 때가 초가을인데 嶠南(교남)에서 돌아온 나 그네 새벽해 동틀 때 누각에 올라 사방을 두루 바라보도다. 마침 어디선 가 새벽 종소리가 驚天動地(경천동지)하듯 우렛소리와 같이 크게 들려오 며 인간 만사는 물 흘러가듯 모두 사라져버리는 것이라고 가르침을 주 는 듯하구나. 長安 온 마을에 새벽닭 우는 소리 개 짖는 소리 어우러져 고요한 아침 공기 속으로 맑게 들려오나니 종소리마저 그쳐 하늘과 땅 과 온 거리가 홀연히 숙연하고 고요해지는구나. 지난 사십 년 과거를 돌 이켜 보니 오늘 밤도 또다시 슬퍼지는구나.

첨언

이 칠언율시(七言律詩)는 기승전결(起承轉結)의 근체시(近體詩) 형식을 간결 하게 보여준다. 기구(起句)의 두 행(行)에서는 김립이 결구(結句) 마지막 두 행(行)에서 궁극적으로 전하고 싶어 하는 자신의 한(恨)과 무관한 시의 소재를 끌어와 시적 감흥을 일으킨다. 초가을 장맛비가 주룩주룩 하염 없이 내리는 어느 날 외로운 나그네는 잠시 비도 피할 겸 홀로 누각 위 에 오른다. 승구(承句)의 두 행은 기구(起句)에서 펼친 시적 분위기에 이어 아름답고 평화스러운 마을의 정적을 깨는 종소리가 여운을 남기고 사라 지듯 세상만사도 세월 따라 흘러 소멸된다며 시흥(詩興)을 한층 더 끌어 올린다. 전구(轉句) 두 행(行)에서는 닭 우는 소리, 개 짖는 소리가 종소리 멈춘 고요한 마을을 오히려 더 맑고 고요한 정적(靜寂) 속으로 전환한다. 마지막 두 행(行) 결구(結句)에서 김립은 속내를 드러내며 읊는다. "아, 사 십 평생 모진 인생 끝내지도 못하고 타향 멀리 떠돌다 여기까지 왔구나! 내 인생 아무리 돌이켜 봐도 모두 슬픔뿐이로구나!" 조부(祖父)와의 잘못 된 인연(因緣)인지 아니면 八字가 그렇게 태어났는지 모든 게 한(恨)스럽고 슬플 뿐이다.

8장

雜篇
잡편

1. 偶吟(우음)

- 우연히 읊다

抱水背山隱逸鄕
포 수 배 산 은 일 향

時遊農園又書堂
시 유 농 원 우 서 당

檠花野雪兩全色
경 화 야 설 양 전 색

岸柳江梅二獨陽
안 유 강 매 이 독 양

日謀閑趣從棋友
일 모 한 취 종 기 우

心却繁華遠媚觴
심 각 번 화 원 미 상

人物擧皆無不用
인 물 거 개 무 불 용

捨其所短取其長
사 기 소 단 취 기 장

강을 안고 산을 등지고 고향을 떠나 깊고 깊은 산속에 묻혀 살다 보니

때로는 논밭도 둘러보고 서당에도 가보네.

등잔불과 들에 쌓인 눈은 다 제 색(色)인데

언덕 위의 버드나무와 강가의 매화에만 봄이 찾아왔구나.

날마다 한가해 취미 삼아 바둑 한판 두려 친구를 찾으니

부질없는 생각 뿌리치고 아첨 떨며 권하는 술도 안 마시네.

쓸모없는 사람은 없나니

단점일랑 버리고 장점만을 취하노라.

偶(우) 짝, 뜻하지 않게, 우연히. 隱(은) 숨다, 가리다. 逸(일) 달아나다, 숨다. 隱逸(은일) 俗世(속세)를 피해 숨다. 檠(경) 등잔걸이, 등잔대. 棋(기) 바둑, 장기. 却(각) 그치다, 멎다, 물리치다. 媚(미) 아양 떨다, 아첨하다. 觴(상) 술잔. 擧皆(거개) 거의 모두, 대부분.

산을 등지고 강을 안고 산골짜기 속에 은둔해 있으면서 때로는 논밭에 나가 놀기도 하고 서당도 들러 글 읽으며 시간을 보낸다. 때마침 2월이라 등잔불과 들판에 쌓인 눈(雪)은 다 차가운 제 색깔인데 언덕 위의 버들과 강가 매화만이 홀로 봄빛을 자랑한다. 매일 한가해 취미 삼아 바둑이나 한판 두려고 친구를 따라가지만, 마음은 오히려 아부 떨며 권하는 친구들의 술잔을 물리친다. 원래 사람 됨됨이란 게 단점은 버리고 장점을 취하면 쓸모없는 사람이 없기 마련이다.

속세를 떠나 깊은 산속 골짜기에 오두막 짓고 은둔해 살다 보니 때로는 텃밭 들판 거닐고 고개 넘어 서당도 들러 서책도 읽어본다. 시간도 때울 겸 취미 삼아 친구와 가끔 바둑은 두지만, 부질없이 사는 것도 싫고 아첨 떨며 권하는 술도 싫다. 산 좋고 물 좋은 곳에서 남의 눈치를 안 보고 자기 원하는 대로 살아가는 선비의 모습을 읊었다. 「偶吟(우음)」이라는 시제(詩題)로 많은 사람이 작품을 남겼는데, 그중 조선 선조(宣祖) 때 문장가로 명성이 높았던 운고(雲谷) 송한필(宋翰弼) 선생도 「偶吟(우음)」이라는 제목으로 시를 남겼다.

花開昨夜雨
화 개 작 야 우

花落今朝風
화 락 금 조 풍

可憐一春事
가 련 일 춘 사

往來風雨中
왕 래 풍 우 중

- 宋翰弼, 「偶吟(우음, 어쩌다 읊다)」

어젯밤 비 내려 꽃이 활짝 피더니
아침 바람에 꽃이 지는구나.
가련하다 한번 가는 봄이여
비바람 속에 왔다 가누나.

한 때는 율곡(栗谷) 이이(李珥)와 성리학을 논하고 뛰어난 문장력으로 전형적인 학자 선비로 이름을 날렸지만, 조선 중기 정조 때까지 학문적 유대를 바탕으로 겨루었던 동인(東人)으로, 서인(西人) 붕당(朋黨)정치의 피해자로 김립(金笠)의 가문(家門)이 폐족(廢族)되었듯이 송한필(宋翰弼) 가족 모두 노비로 환천(還賤)되어 김립처럼 기구한 삶을 살다 자신의 행적조차 남기지 않고 떠난 운곡(雲谷) 송한필(宋翰弼)이 일장춘몽(一場春夢) 같은 자신의 삶을 하룻밤 사이에 폈다 지는 꽃으로 비유하며 읊었다. 여기서 가련(可憐)은 송한필 자신을 의미한다. 김립이 사랑했던 기생을 위해 읊었던 노래 가련기시(可憐妓詩)가 생각난다.

2. 秋夜偶吟(추야우음)

- 가을밤 우연히 읊다

白雲來宿碧山亭 夜氣秋懷雨杳冥
백 운 래 숙 벽 산 정 　 야 기 추 회 우 묘 명

野水精神通室白 市嵐消息入簾靑
야 수 정 신 통 실 백 　 시 람 소 식 입 렴 청

生來杜甫詩爲癖 死且劉怜酒不醒
생 래 두 보 시 위 벽 　 사 차 유 영 주 불 성

慾識吾儕交契意 勿論淸濁謂刎頸
욕 식 오 제 교 계 의 　 물 론 청 탁 위 문 경

흰 구름도 따라와 나와 함께 벽산정(碧山亭) 정자에 머무니 밤공기 가을비 회포 모두가 깊고 아득하구나.

들 밖에 흐르는 맑고 깨끗한 물로 얼굴 씻으니 방안이 서늘하고 시정(市井) 소식 주렴 거쳐 들어오니 귀가 번쩍 뜨이네.

두보는 날 때부터 시 짓는 버릇 있었고 유령은 죽어서도 술이 깨지 않았도다.

나와 교분을 나누며 인연을 함께 할 생각 있다면 술의 청탁(淸濁)이나 문경지우(刎頸之友) 거론 말고 마셔야 하네.

주해

杳(묘), 冥(명) 멀고 아득하다. 杳冥(묘명) 어둡다, 어둡고 아득하다. 嵐(람) 산바람, 산에서 이는 아지랑이 같은 기운. 劉怜(유령) 중국 죽림칠현(竹林七賢) 중 한 사람으로 술을 무척 즐겼던 사람. 醒(성) 술이 깨다, 도리에 밝고 성실하다. 儕(제) 함께, 무리. 契(계) 인연이나 관계를 맺다. 刎(문) 목을 베다, 자르다. 頸(경) 목. 목덜미, 刎頸之友(문경지우) 친구를 위해 목숨을 버려도 아깝지 않은 친밀한 벗 관계.

이응수 대의

어느 친구 집에서 하룻밤 신세를 지내는데 그 집 앞에 碧山亭(벽산정)이라는 亭子(정자)로 흰 구름도 따라와 나와 함께 머무네. 밤공기 가을 감회가 깊고 아득하구나. 싸늘한 밤공기는 차디찬 白色(백색)을 연상케 하고 밖에서 바람 타고 簾(렴, 발) 거쳐 들려오는 세상사 소식은 귀가 솔 깃한 푸른 靑色(청색)을 연상케 한다. 술자리 펴놓고 벗과 詩를 論하노니 杜甫(두보)는 시 읊는 게 평생 습관이었고 好酒家(호주가) 劉怜(유령)은 죽을 때까지 술에 취해 죽어서도 술이 깨지 않았던가? 나와 교분을 나눌 心思(심사)가 있다면 술의 淸濁(청탁)이 어쩌니 論하지 말라. 刎頸之交(문경지교)니 水魚之交(수어지교)니 그런 옛날얘기 꺼내지도 말라. 우리는 이미 그런 거 超越(초월)하였노라.

첨언

이 8행(行)의 칠언율시(七言律詩)는 기승전결(起承轉結) 각 2행(行)씩 대구(對句)를 이뤄 짝을 맞춘다. 승구(承句) 두 행(行)의 끝 字, '백(白)'과 '청(靑)'은 운(韻)을 맞추기 위함이며 '희다', '푸르다'라고 한자 자해(字解)에 얽매이지 않고, '서늘하다', '새롭다'로 의역(意譯)하는 것이 바람직하다. 유령(劉怜, 221~300)은 중국 남북조시대 사람으로 노장(老莊)사상에 심취해 두주불사(斗酒不辭)의 주량의 好酒家로 더럽고 때 묻은 속세(俗世)를 피한 죽림칠현(竹林七賢)의 한 사람이다. 주선(酒仙)인지 주괴(酒魁)인지는 몰라도 주량(酒量)이 대단하여 늘 술을 마셨다 한다. 그러니 죽은 후에도 술 취한 상태라 하지 않았는가? 그는 집 나갈 때 술 단지를 항상 갖고 나가는데 뒤따르는 몸종에게 삽을 갖고 따르라 일렀다. 술 마시다 죽으면 마시다 죽은 자리에 그대로 묻어달라며. 그러나 그는 공자(孔子)님 말씀대로 술은 얼마든지 마시되 인품과 자세가 흐트러지지 않았다 한다. '唯酒無量 不及亂(유주무량 불급난, 술은 얼마든지 마시되 몸과 마음이 흐트러질 정도로 마시면 안 되느니라, 論語 鄕黨篇, 孔子).'

3. 偶感(우감)

- 어쩌다 느낀 감회

劒思徘徊快馬鳴
검 사 배 회 쾌 마 명

聞鷄默坐數前程
문 계 묵 좌 수 전 정

亂山經歷多花事
난 산 경 력 다 화 사

大海觀歸小水聲
대 해 관 귀 소 수 성

歲月皆賓猶卒忽
세 월 개 빈 유 졸 홀

煙霞是世自昇平
연 하 시 세 자 승 평

黃金滿柚擾擾子
황 금 만 유 요 요 자

送我路邊半市情
송 아 로 변 반 시 정

문득 스치는 이 생각 저 생각에 빠져들 때 쾌마가 울어대니
말없이 닭 소리 듣고 앉아 내 갈 길을 헤아리노라.
산천을 정처 없이 떠돌다 보니 좋은 일도 많았고
넓은 바다 바라보니 시냇물 소리는 소리도 아니로다.
세월은 모두 왔다 가는 나그네처럼 순식간에 사라지니
안개와 노을같이 이 세상 걸림 없이 살아가노라.
재물이 가득해도 유자 열매처럼 근심걱정이 주렁주렁 매달린 부자들이
저잣거리 지나가는 내게 마음에도 없는 겉치레 인사말 전하며 지나가네.

劍(검) 칼, 劒(검)과 동일. 皆(개) 모두, 다, 함께. 賓(빈) 손님. 猶(유) 오히려, 마치~와 같다. 忽(홀) 돌연, 갑자기. 煙霞(연하) 안개와 노을, 고요한 선수(山水)의 경치. 昇平(승평) 나라가 태평(太平)하다. 柚(유) 유자(柚子)나무. 擾(요) 어지럽다, 시끄럽다, 움직이다. 市情(시정) 여기서는 저잣거리 사람들의 무성의한 인사 겉치레를 의미.

이응수 대의

理想(이상)과 希望(희망)에 불타는 심정으로 생각에 빠져있는데 어디선가 "히힝" 하는 말 울음소리가 들려온다. 닭 울음소리 들으며 밤늦게 앉아 있자니 앞으로 갈 길 생각에 또 빠진다. 돌이켜보면 수많은 山川(산천) 떠돌며 꽃구경도 많이 했고 큰 강과 바다는 다 보았으니 웬만한 시냇물 소리는 물소리로도 들리지 않는다. 세월은 홀연히 지나가는데 煙霞(연하) 같은 이 세상 지금이 바로 태평스럽구나. 황금을 가득 품은 부자들 나를 길거리에서 보며 건네는 그 인사말 반은 겉치레이네.

첨언

이응수는 '大海觀歸小水聲(대해관귀소수성)'의 구(句)는 孟子(맹자)의 盡心(진심)편에 '登泰山而小天下 故觀於海者難爲水(등태산이소천하 고관어해자난위수, 태산에 오르니 천하가 작게 뵈고 바다를 본 자는 물을 물로 보기 어렵다)'에서 詩想(시상)을 얻은 듯하다 했다. 공자(孔子)는 노(魯)나라 동산(東山)에 올라가서 노나라가 작게 뵌다 했고, 태산(泰山)에 올라가서는 천하(天下)가 작게 보인다 했다. 그러니 넓은 바다를 본 사람에게 물이 이러니저러니 주제넘게 논(論)하지 말라는 얘기다. 마지막 2행 결구(結句)는 대구(對句)로 언어 선택과 묘사가 기가 막히게 훌륭하다. '黃金滿柚擾擾子(황금만유요요자)'의 유자(柚子) 속에 요요(擾擾)를 끼워 넣어 운율(韻律) 있는 글귀가 된다. 밀감(蜜柑)과 유자(柚子)는 흔히 귤(橘)로 불리는데 조선 시대 시인(詩人)들은 유자(柚子)를 천노(千奴), 목노(木奴), 귤노(橘奴)라고 했다. 통일신라 시대 해상 호족(海上 豪族)이었던 무장 장보고(張保皐)가 830년대 항해를 하면서 유자로 선원들의 괴혈병 문제를 해결했다는 말도 전해진다. 샛노랗고 달콤한 유자 열매가 수없이 많이 열리면서 말없이 인간을 위해 노비 역할을 한다 해서 붙여진 이름이다. 유자나무는 자신의 아름다운 모습을 보여주고, 인간을 위해 건강도 챙겨주고, 시장에 가서 팔면 밥벌이도 되게 해주어, 인간에게 충성을 다하는 노예(奴隷) 같은 나무라는 것이다. 충절과 흔들림 없는 유자(柚子) 두 글자 사이에 '흔들림이 요란하다'라는 요요(擾擾)를 끼워 넣었으니(유요요자, 柚擾擾子) 제아무리 재물이 많은 부자라도 근심걱정이 유자 열매처럼 주렁주렁 매달렸다 하니 화성학(和聲學)적 운율(韻律)도 멋지고 무척 회화적(繪畵的)이다. 태풍이 불면 유자나무가 크게 흔들리고(擾擾) 나뭇잎(근심걱정)들은 다 떨어져도 유자 열매는 변함없이 그대로 나무에 매달려 있다. 그런 근심걱정 많은 부자들이 저잣거리에서 나를 보면 마음에도 없는 겉치레 인사말만 전하고 지나간다며 결구(結句)를 맺는다.

4. 卽吟(즉음)

- 즉흥적으로 읊다

坐似枯禪反愧髥
좌 사 고 선 반 괴 염

風流今夜不多兼
풍 류 금 야 부 다 겸

燈魂寂寞家千里
등 혼 적 막 가 천 리

月事蕭條客一檐
월 사 소 조 객 일 첨

紙貴淸詩歸板紛
지 귀 청 시 귀 판 분

肴貧濁酒用盤鹽
효 빈 탁 주 용 반 염

瓊琚亦是黃金販
경 거 역 시 황 금 판

莫作於陵意太廉
막 작 오 릉 의 태 렴

삐쩍 마른 중처럼 좌선하듯 앉았는데 구레나룻 수염이 되레 부끄러워서인지

오늘 밤엔 풍류를 즐길 마음이 별로 없네.

가물대는 등잔불로 세상은 적막하고 고향 집은 천 리 길 먼데

나그네 혼자 앉아 쓸쓸히 달빛 스며드는 처마를 바라보네.

종이도 귀한지라 좋은 시를 분판(粉板) 위에 써도 가루 되어 사라지니

안주도 없어 소금 찍어 먹으며 탁주 들이키네.

나의 이 귀한 시 또한 돈 받고 팔아야 입에 풀칠하니

오릉의 진중자의 청렴의 큰 뜻을 헛되이 흉내 낼 생각은 없느니라.

枯(고) 야위다, 수척하다, 죽다. 愧(괴) 부끄럽다, 창피하다. 髥(염) 구레나룻 수염. 兼(겸) 하다, 쌓다, 아울러. 魂(혼) 넋, 마음, 생각. 蕭(소) 맑은대쑥. 條(조) 나뭇가지. 蕭條(소조) 분위가 매우 쓸쓸하다. 檐(첨) 처마, 추녀. 粉板(분판) 아이들 붓글씨 습자연습을 위해 흰 가루를 바라놓은 널빤지. 肴(효) 안주, 술안주. 貧(빈) 가난하다, 부족하다. 瓊(경) 옥, 주사위. 琚(거) 패옥, 붉은 옥. 瓊琚(경거) 귀한 붉고 푸른 옥돌, 여기서는 자신이 지은 훌륭한 詩(시)를 의미한다. 黃金(황금) 여기서는 돈. 販(판) 팔다, 사다, 매매하다. 莫(막) 없다, ~하지 말라. 於(어, 오) 어조사 어, 감탄사 오. 於陵(오릉) 중국 齊(제)나라 때 진중자(陳仲子)라는 청렴한 선비가 살던 마을. 太(태) 심히, 크다, 매우. 廉(렴) 청렴하다, 검소하다, 살피다.

이응수 대의

내가 앉은 모양이 參禪(참선)하는 절간 중 같지만, 구레나룻 수염이 있으니 중은 아니다. 중처럼 거처할 곳도 없이 乞食流浪(걸식유랑)하는 나는 세상에 쓸모없는 몸이다. 등잔 불빛은 희미하게 비치고 고향은 천 리 길 먼데 달빛 스며드는 처마 밑을 바라보며 쓸쓸히 앉아 있네. 붓과 종이도 없어 널빤지에 시 한 수 멋지게 적어놓고 안주도 없이 소금 찍어 먹으며 술을 마신다. 솔직히 나는 돈 받고 詩(시)를 팔아 입에 풀칠하는 신세이니 쓸데없이 陳仲子(진중자)의 淸廉(청렴)을 헛되이 흉내 낼 생각이 없느니라.

첨언

맹자(孟子)의 등문공(滕文公) 하편 十章에 齊(제)나라 때 오릉(於陵) 마을에 사는 진중자(陳仲子)라는 청렴한 선비에 대한 글이 전한다.

'진중자가 어찌 청렴한 선비가 아니리요? 오릉 땅에 있을 때 사흘 동안 굶어 듣지도 보지도 못하다가 우물가의 오얏나무에 굼벵이가 먹다 남은 열매가 반을 넘는데 진중자가 기어가서 먹으니 세 번 삼킨 후에 귀에 소리가 들리고 눈에 물건이 보였다.'

陳仲子豈不誠廉士哉? 居於陵, 三日不食, 耳無聞, 目無見也.
진 중 자 개 불 성 렴 사 재   거 오 릉   삼 일 불 식   이 무 문   목 무 견 야

井上有李, 螬食實者過半矣, 匍匐往將食之, 三咽然後, 耳有聞,
정 상 유 이   조 식 실 자 과 반 의   포 복 왕 장 식 지   삼 인 연 후   이 유 문

目有見.
목 유 견

　　제나라의 청렴결백한 선비로서 의롭지 못한 봉록(俸祿)을 거절하고 제
나라를 떠나 초(楚)나라의 땅 오릉(於陵)에서 초야의 삶을 택한다. 초왕이
벼슬을 주었으나 곧 초왕을 떠난다. 맹자(孟子)나 순자(荀子)는 진중자가
너무 인간의 본성을 무시하고 혼자 청렴한 체하며 살았기 때문에 대중
을 위한 큰 가르침을 주진 못했다고 진중자의 청렴결백을 부정적으로 평
가하기도 했다. "사람들 회갑연이나 찾아다니며 축문시(祝文詩)라도 하나
팔아 입에 풀칠하며 연명(延命)하는 나 그런 선비요!"라 하며 김립은 진중
자의 청렴결백한 선비정신을 자기 앞에서 논(論)하지 말라 한다. 시(詩)를
판다는 표현은 어감(語感)도 이상하니 차라리 지식이나 재능기부를 했다
고 보는 것이 옳을 듯하다.

주해

　於(어) 어조사 어, 탄식할 오. 螬(조) 굼벵이, 匍匐(포복) 배를 땅에 대고 기어감. 李(이) 오얏나
무, 자두나무. 咽(인) 목구멍, 삼키다.

5. 自詠(자영)

- 홀로 읊다

寒松孤店裡 高臥別區人
한 송 고 점 리 고 와 별 구 인

近峽雲同樂 臨溪鳥與隣
근 협 운 동 락 임 계 조 여 린

錙銖寧荒志 詩酒自娛身
치 수 영 황 지 시 주 자 오 신

得月卽帶憶 悠悠甘夢頻
득 월 즉 대 억 유 유 감 몽 빈

쓸쓸한 소나무 아래 외딴 주막에 들어가 한가로이 누웠으니 나는 별천지 사람이로다.

산골짜기 가까이 오니 떠도는 구름과 더불어 즐기며 개울가에 가 있으니 새들과도 벗하게 되네.

하찮은 세상일로 어찌 내 뜻을 망치리오, 시와 술 있으니 절로 즐거워지는구나.

달이 뜨자 옛 추억 따라오고 한가로이 단꿈이나 자주 꾸리라.

주해

裡(리) 속, 속마음, 안. 高臥(고와) 벼슬을 떠나 한가로이 지냄. 峽(협) 골짜기. 錙(치) 저울눈, 무게의 단위. 銖(수) 무게의 단위. 錙銖(치수) 물건의 길이를 측정하는 단위, 아주 가벼운 양. 寧(영, 령) 차라리, 어찌, 편안하다. 帶(대) 띠, 붙어 다니다.

이응수 대의

쓸쓸한 소나무 곁에 있는 외딴 酒店(주점)에 한가로이 누웠으니 이제 나는 별천지 사람이로다. 산골 계곡에 가까이 와서 흰 구름과 즐거움을 함께하고 계곡물가에 다다르니 새들이 와서 벗하며 함께 노네. 어찌 자질구레한 장사치의 치수 싸움으로 나의 맑은 뜻을 망치리오. 나는 오로지 시와 술만 있으면 즐겁도다. 밝은 달이 뜨면 詩魂(시혼)이 마구 일어 시를 읊다 졸리면 단꿈이나 자주 꾸며 세월 보내리라.

첨언

속세(俗世)를 떠나 시와 술을 벗 삼아 자연과 함께 살아가는 진정한 자유인(自由人)으로서 세상사에 전혀 얽매임 없는 자신의 삶에 만족하며 읊은 시이다. 바삐 돌아가는 세상을 살다 보면 가끔은 고요히 앉아 내 마음속을 가만히 들여다볼 때가 있다. '무엇을 위해 사는가? 어디를 향해 가는가?' 생각해 보면 김립의 세속(世俗)적 속박에서 벗어난 자유로운 삶을 꿈꿔볼 때도 있다. 그러다 결국은 치열한 자본주의 속에서 적자생존 경쟁 속에서 살아남아야 하는 현실 속으로 돌아온다. 우남(雩南) 이승만(李承晩) 선생이 1948년에 대통령이 되어 첫 월급을 받아 영부인 프란체스카 여사에게 주며 '안빈낙업(安貧樂業)'이라는 붓글씨도 함께 써주었다 한다. 프란체스카 여사는 그때가 자기 인생에서 제일 행복했던 때라 회고했다. 6·25 전후 모두가 가난하고 힘들어도 마음만은 편안히 맡은 일을 즐겁게 대하라는 의미일 것이다. 우남은 김립처럼 젊었을 때 한시(漢詩)와 술을 즐겼던 독실한 기독교 신자였다. 그가 해방 후 귀국해 거주한 종로의 이화장(梨花莊) 입구에는 '안빈낙업(安貧樂業)' 친필 휘호가 아직도 남아 있다고 한다. 어차피 집 떠나 유랑하며 자연을 벗 삼으며 살아가는 것이 불가능하다면 집에서라도 편안한 마음으로 하는 일에 즐거움을 느끼도록 안빈낙업(安貧樂業) 해야겠다. '錙銖寧荒志(치수영황지)' 句를 '어찌 자질구레한 장사치의 치수 싸움으로 나의 맑은 뜻을 망치리오?'라는 이응수의 번역은 매끄럽지 못한 듯하여 '하찮은 세상일로 어찌 내 뜻을 망치리오'로 옮겼다.

6. 自顧偶吟(자고우음)

- 나 자신 돌이켜보며 우연히 읊다

笑仰蒼穹坐可超
소 앙 창 궁 좌 가 초

回思世路更迢迢
회 사 세 로 경 초 초

居貧每受家人謫
거 빈 매 수 가 인 적

亂飮多逢市女嘲
난 음 다 봉 시 녀 조

萬事付看花散日
만 사 부 간 화 산 일

一生占得月明宵
일 생 점 득 월 명 소

也應身業斯而已
야 응 신 업 사 이 이

漸覺靑雲分外遙
점 각 청 운 분 외 요

푸른 하늘 미소 지으며 올려보니 저절로 세상사 초월한 줄 알았는데
지나온 길 돌이켜 생각하면 또다시 멀고 아득해지는구나.
가난하게 산다고 허구한 날 집사람에게 꾸지람 받고
술버릇 안 좋다고 저잣거리 여인들이 볼 때마다 조롱하네.
세상만사 떨어져 사라지는 꽃잎이라 여기며
밤하늘 밝은 달과 벗하며 평생 살자고 했지.
내게 주어진 팔자가 여기까지이니
입신출세 청운의 푸른 꿈은 내 분수 밖에 있음을 알게 되었노라.

주해

蒼(창) 푸르다, 穹(궁) 하늘. 蒼穹(창궁) 蒼天(창천), 蒼空(창공)과 같은 의미. 坐(좌) 앉다, 여기서는 '저절로' 혹은 '드디어'의 의미. 迢(초) 멀다. 迢迢(초초) 까마득한 모양, 높은 모양. 謫(적) 꾸지람, 견책. 嘲(조) 조롱하다, 비웃다, 새가 지저귀다. 付(부) 붙이다, 주다. 占得(점득) 차지하여 얻다. 宵(소) 밤, 야간, 작다. 身業(신업) 몸으로 지은 罪業(죄업). 斯(사) 이, 어조사. 漸(점) 점점, 차차. 靑雲(청운) 높은 벼슬이나 지위를 비유적으로 일컬음. 遙(요) 멀다, 아득하다.

이응수 대의

웃음 지으며 창공을 바라보니 마음은 아득하고 지나온 길 돌이켜 보니 마음조차 어둡구나. 살림살이 가난하니 마누라는 늘 꾸지람이고 술버릇 정상이 아니니 저잣거리 여인네들 비웃음이 심하구나. 세상만사 다 흩어지는 꽃잎이라 여기고 일생을 밝은 달이나 보며 살겠노라 다짐한다. 身業(신업)이 이러하니 청운(靑雲)의 푸른 꿈이 다 내 분수 밖임을 조금은 알겠노라.

첨언

초구(初句)에서는 세상사 초월한 듯 읊더니 결구(結句)에 가서는 자기 분수를 조금은 알겠다 한다. '세로(世路)'는 불교 용어로 세 번에 걸쳐 변화하는 인간의 과거, 현재, 미래에 대한 길을 의미하지만, 유교(儒敎) 경전에 익숙한 조선 시대 선비로서 김립이 불교 용어를 의도적으로 쓰지는 않았을 것이다. 세속(世俗)을 떠나 안분지족(安分知足)하며 자기의 분수를 지키며 편안한 마음으로 자연과 더불어 만족하며 살겠다며 겸허한 마음으로 읊은 시이다. 안분지족(安分知足)이라는 사자성어가 바로 소크라테스의 '너 자신을 알라'라는 경구(警句)의 의미가 아닐까? 코로나바이러스로 모두가 힘들어하던 2020년 여름을 뜨겁게 달궜던 나훈아의 트로트 노래 「테스 형」이 생각난다.

어쩌다가 한바탕 턱 빠지게 웃는다
그리고는 아픔을 그 웃음에 묻는다.
그저 와준 오늘이 고맙기는 하여도
죽어도 오고 마는 또 내일이 두렵다.
아 테스 형 세상이
왜 이리 왜 이렇게 힘들어.
아 테스 형 소크라테스 형
사랑은 또 왜 이래.
너 자신을 알라며 툭 내뱉고 간 말을
내가 어찌 알겠고 모르겠소 테스 형.

- 나훈아(작사·작곡·노래), 「테스 형」

인생의 희로애락(喜怒哀樂)을 달관(達觀)한 김립이 노래한 자고우음(自顧偶吟) 시와 나훈아의 「테스 형」 노래가 전하는 철학적 의미가 서로 통하는 듯하니, '테스 형' 대신 '병연(炳淵)이 형'으로 한번 바꿔 불러 보면 어떨까?

7. 破字詩(파자시)

仙是山人佛不人
선 시 산 인 불 부 인

鴻惟江鳥鷄奚鳥
홍 유 강 조 계 해 조

氷消一點還爲水
빙 소 일 점 환 위 수

兩木相對便成林
양 목 상 대 편 성 림

신선(仙)은 산(山) 사람(人)이요, 부처(佛)는 사람(人)이 아니며(不)

기러기(鴻)는 강(江)의 새(鳥)요, 닭(鷄)이 어찌(奚) 새(鳥)리요?

얼음(氷)에서 점(點) 하나(一) 사라지면 다시(還) 물(水)이 되고(爲)

나무(木) 두 그루(兩) 마주 보니(相對) 수풀(林)이 되는구나(成).

주해

鴻(홍) 큰 기러기. 惟(유) 생각하다, 도모하다, 여기서는 '오로지'나 '~이 되다'는 의미. 奚(해) 어찌. 便(편) 편하다, 여기서는 '곧'이나 '문득'의 의미.

이응수 대의

仙(선)자를 破字(파자)하면 山人(산인)이고 佛(불)은 不人(불인)이로다. 鴻(홍)은 江鳥(강조)요, 鷄(계, 닭)이 어찌 鳥(조, 새)이겠는가? 一點(일점)을 빼면 水(수, 물)이 되니 氷水(빙수)는 형제지간이네. 그리고 나무가 둘이 합쳐 숲(林)을 이루는구나!

파자시(破字詩)는 시의 내용에 특별한 의미를 부여하지 않고 한자(漢字)의 육서(六書)[107] 중 둘 이상의 한자(漢字)를 합쳐 한 글자로 만든 회의(會意)문자나 글자의 형상이나 추상적 개념을 묘사한 지사(指事)문자를 써서 지은 시를 말하며, 지극히 재미있고 재치가 넘치는 창작으로 평가해 희작시(戱作詩)라는 장르로 따로 분류하기도 한다. 김립의 破字詩는 한시(漢詩)의 엄격한 규칙이나 형식을 무시하며 해학과 풍자로 사회 비판적 내용이 대부분이라 엄격한 형식의 틀을 가진 당송(唐宋) 시문(詩文)이나 유교경서(經書)와 성리학에 깊이 길들어진 조선 시대 선비들이 즐겨 지을 수 있었던 시의 형태라고는 볼 수 없다. 그럼에도 불구하고 조선 후기에 이르러 몰락한 가문의 양반들이나 과거시험에 들지 못한 시문서화(詩文書畵)에 능한 사대부들이 지방 서당을 떠돌며 형식에 구애받지 않고 속마음을 마음대로 터뜨리는 일종의 분출구 역할도 하였다.

---

107) 漢字는 의미글자인 表意문자에 속하지만, 구조와 사용에 관한 여섯 가지 방식으로 분류할 수 있다.
　① 상형(象形) 사물의 모습을 본뜬 글자(예: 山, 木, 月)
　② 지사(指事) 생각이나 뜻을 추상적으로 표현한 글자(예: 上, 下, 本)
　③ 회의(會意) 이미 만들어진 글자를 합쳐서 만든 글자(예: 男, 林, 信)
　④ 형성(形聲) 뜻과 소리를 합쳐서 만든 글자(예: 問, 花, 波)
　⑤ 전주(轉注) 이미 만들어진 글자를 다른 의미로 활용하는 글자(예: 樂, 老, 惡)
　⑥ 가차(假借) 글자의 뜻과 관계없이 음만 빌려 쓰는 글자(예: 伊太利, 巴利, 亞細亞)

8. 警世(경세)

— 세상 사람들은 들으시오

富人困富貧困貧
부 인 곤 부 빈 곤 빈

饑飽雖殊困則均
기 포 수 수 곤 칙 균

貧富具非吾所願
빈 부 구 비 오 소 원

願爲不富不貧人
원 위 불 부 부 빈 인

부자는 부자라서 어려움이 있는 게고 가난한 자는 가난해서 어려움이 있으니

굶주리고 배부르다는 차이지 곤란한 건 매한가지라네.

가난이나 부유함 모두 내가 원하는 바 아니니

부유하지도 가난하지도 않은 그런 사람 되기를 바랄 뿐이요.

주해

警(경) 경계하다, 타이르다. 饑(기) 굶주리다, 흉년. 飽(포) 배부르다, 물리다. 雖(수) 비록, ~할지라도. 殊(수) 다르다, 뛰어나다, 특히.

이응수 대의

富者(부자)는 富(부)로 고난을 겪고 貧者(빈자)는 가난 때문에 고난을 겪는다. 배고프고 배부른 차이이지 고통스러운 건 매한가지이다. 나는 富者(부자)도 싫고 貧者(빈자)도 싫다. 부자도 아니고 가난하지도 않은 그 中間(중간)을 원하노라.

배부르지도 않고 배고프지도 않으며 어느 한쪽으로 치우치지 않는 중용(中庸)의 삶을 살겠다며 다짐하며 읊은 시이다. 부자는 탐욕에서 벗어나기 어렵다. 재물을 모으면 모을수록 더 많은 재물을 탐하게 되며 그럴수록 더 많은 근심걱정·고통에 시달리다 세상을 떠날 때는 만 원짜리 지폐 한 장도 못 갖고 떠난다. 2021년 추석 연휴 때 황동혁 감독이 연출한 넷플릭스(Netflix) 9부작 드라마 「오징어 게임(Squid Game)」이 세계적 이목을 끌었다. 가난하고 빚더미에 짓눌린 사회적 약자 456명을 모아놓고 1인당 1억 원, 총 456억 원의 상금이 걸린 데스 서바이벌 게임(Death Survival Game)을 벌인다. 가난한 참가자들은 일확천금에 목숨을 걸고 오징어 게임을 벌이다 탈락하며 비참하게 죽는다. 이 게임을 기획한 사람은 돈이 어마어마하게 많은 부자인데, "보는 것보다 실제로 해보는 것이 더 재미있다"라고 하며 1번 참가자로 오징어 게임에 직접 참가한다. 1번 참가자가 죽기 전 이런 말을 남긴다. "富者와 貧者에게 공통된 것이 하나 있는데 그것은 무얼 해도 재미가 없다는 것"이라는 말이다. 맞는 말인 듯하지만, 김삿갓이 들으면 화낼 말이다. "너희는 인생살이가 애들 장난 같냐? 피 묻은 돈에 목숨까지 거는 가난한 자들을 재미로 죽이냐?"라고 호통칠 게 분명하다. 부자는 배불러 비만으로 배 터져 죽고, 가난뱅이는 배고파 병고에 시달리다 굶어 죽으니, 부자라서 어려움이 있는 것이고 가난한 자는 가난해서 어려움이 있으니, 부자와 빈자에게 곤란함이 있기는 매한가지라는 김삿갓의 판단은 지극히 옳다고 본다. 부자이건 가난한 사람 모두 떠날 때가 되면 빈부(貧富)의 차 의미는 사라진다. 부유함도 가난함도 우리가 지향해야 할 궁극적 목표가 아니니 중용(中庸)의 도(道)를 걸어야 한다는 의미이다. 부유하건 가난하건 하느님을 향한 마음의 갈급함이 있는 사람은 행복하다는 성경 구절이 생각난다. 'Blessed are the poor in spirit, for theirs is the kingdom of heaven(Matthew 5:3), 심령이 가난한 자는 복이 있나니 천국이 저희 것이요.' 『김립시집』

초판에는 실리지 않았지만, 가난에 대한 김립의 시를 다음 항목에 한 수
더 옮긴다.

9. 艱貧(간빈)

- 가난의 고통에 대하여

地上有仙仙見富
지 상 유 선 선 견 부

人間無罪罪有貧
인 간 무 죄 죄 유 빈

莫道貧富別有種
막 도 빈 부 별 유 종

貧者還富富還貧
빈 자 환 부 부 환 빈

땅 위에 신선이 있으니 부자가 바로 신선이네

인간에겐 무슨 죄가 있나? 가난이 죄이지.

부자와 가난이 따로 있다고 말하지 마시오

가난한 사람 부자 되고 부자는 가난하게 되고 그렇게 돌고 도는 것이라오.

주해

艱(간) 어렵다, 괴로워하다. 莫道(막도) 莫說(막설)과 같은 의미, ~라 말하지 말라.

첨언

부잣집에서는 김립이 하룻밤 유숙을 청해도 모두 매몰차게 거절한다. 날도 저물어 난감한데 고맙게도 가난한 어떤 초가집 주인은 허락한다. 하룻밤을 보낸 후 다음 날 아침 떠나기 전에 초가집 주인에게 감사한 마음에 "가난은 죄가 아니오"라는 위로의 시를 주인에게 남겨주며 떠난다. 1句의 '仙見富'에서 '見'은 '보다'는 뜻의 '견(見)' 혹은 '드러나다(顯)', '있다(在)'는 의미의 '현(見)'으로 해석이 모두 가능하다.

10. 山所訴出(산소소출)

- 무덤 소송에 대해 읊다

掘去掘去彼隻之恒言 捉來捉來本守之例言
굴 거 굴 거 피 척 지 항 언　착 래 착 래 본 수 지 례 언

今日明日乾坤不老月長在 此頃彼頃寂莫江山今百年
금 일 명 일 건 곤 불 로 월 장 재　차 경 피 경 적 막 강 산 금 백 년

　　파 간다 파 간다 함은 저쪽에서 늘 하는 말이고 잡아오라 잡아오라 함은 이곳 郡守(군수)가
으레 하는 말이네.

　　오늘내일 미루기만 하니 세상은 그대로인데 세월만 흘러가네. 이 핑계 저 핑계에 적막강산
에 세월만 한없이 가네.

주해

　　掘(굴) 땅을 파다. 隻(척) 짝 있는 것의 한 쪽, 한 사람. 恒(항) 항상, 늘, 언제나. 捉(착) 잡다. 例
(예) 본보기, 관례, 의례적, 대개. 此頃彼頃(차경피경) 이 지경 저 지경, 여기서는 이 핑계 저 핑계.

이응수 대의

　　한 중년 부인이 괴로운 심정을 김립에게 하소연한다. "우리 집 남편 무
덤 바로 앞에 어떤 집에서 무덤을 파서 '파 가라 파 가라' 말을 해도 상대
편에서 '파 간다 파 간다' 말뿐이고 파 가지를 않아 이 고장 郡守(군수)에
게 호소해도 '그놈 잡아 오라 잡아 오라' 말만 하니 이를 어찌하면 좋겠
소?" 하며 울먹인다. 김립이 訴狀(소장)을 한 장 써서 郡守(군수)에게 갖다
주라 해서 갖다 주니 군수가 그 소장을 보고 김립의 날카로운 지적에 감
탄하며 사건을 원만히 해결해주었다는 말이다. "파 간다 파 간다"라고
저쪽에서는 늘 말만 하고 이곳 군수는 "빨리 잡아 오라 빨리 잡아 오라"

의례적인 말뿐이다. 오늘내일 미루기만 하니 세상은 그대로인데 세월만 간다. 이 핑계 저 핑계 대는 시간 보내다 보니 寂寞江山(적막강산)에 어느덧 백 년 세월이 가고 있네.

첨언

　동병상련(同病相憐)의 심정으로 김립이 어느 과부를 도와주기 위해 쓴 일종의 법정 소송문이 있다. 말하자면 김립이 원고인 과부의 변호인 자격으로 수임료 없이 소장을 제출했는데 승소하였다는 얘기이다. 어느 산골 마을을 지나가는데 젊은 과부가 자기 남편의 묘 바로 앞에 다른 집에서 묘를 판다고 슬피 울며 도와달란다. 과부 심정은 홀아비가 안다더니 김립이 그냥 지나칠 수 있나? 말이 유부남이지 현실적으로는 유랑 걸식 팔도를 홀로 떠도는 홀아비 신세인 김립이 인지상정(人之常情)의 마음으로 재능기부도 할 겸 소장(訴狀)을 하나 써 과부에게 건네준다. 군수가 상황을 예리하게 비판한 소장(訴狀)의 명문(名文)을 보고 즉시 산소(山所)문제를 해결해주었다는 얘기이다. 과부가 고맙다는 말 전하러 김립을 찾았더니 그는 이미 떠나고 없었더라. 묘지(墓地)에 관한 명문가 다툼으로 조선 시대 때부터 약 400년 가까이 이어온 파평(坡平) 尹씨와 청송(靑松) 沈씨 사이의 산송(山訟) 다툼이 있었다. 고려 시대 때 문하시중을 지낸 윤관(尹瓘)의 墓와 조선 시대 때 영의정을 지낸 심지원(沈之源)의 墓가 3m 남짓 떨어져 있는데, 윤관 장군의 묘역에 2m 높이의 돌담이 설치돼 있어 심지원 묘의 앞을 가리게 되어 조망권과 산소 훼손 문제로 후손들의 다툼이 이어져 왔다. 두 가문 모두 조상을 올바로 섬기려는 마음에서 비롯된 것이지 서로 원한은 없다며 극적으로 화해하게 되었으며, 심씨 문중 묘 10여 기의 이장(移葬)에 필요한 땅 8천㎡를 윤씨 문중에서 제공하기로 하며 400년간의 산송(山訟)이 2005년에 일단락되었다. 만시지탄(晩時之歎)이지만 다행이다. 김립이 심씨와 윤씨 문중의 산송(山訟) 다툼에 관해 알았다면 오래전에 이미 해결했을 텐데.

11. 出塞(출새)

- 변방에 가보니

獨坐計君行復行
독 좌 계 군 행 부 행

始知千里馬蹄輕
시 지 천 리 마 제 경

綠江斜日東封盡
록 강 사 일 동 봉 진

白塔浮雲北陸平
백 탑 부 운 북 육 평

公子出疆仍幕府
공 자 출 강 잉 막 부

詩人到塞便長城
시 인 도 새 편 장 성

倦遊搖落空吟雪
권 유 요 락 공 음 설

歲暮誰憐病馬卿
세 모 수 련 병 마 경

홀로 앉아 내가 여태까지 다닌 것을 헤아려보니
천 리 길 말발굽도 가벼운 줄 이제야 비로소 알겠구나.
압록강에 해 기우니 동쪽 경계까지 이르렀고
백두산 위에 뜬 구름 머무니 북쪽 땅 들판이구나.
공자가 변방에 나가니 곧바로 군막(軍幕)이 쳐 있고
시인이 변방에 다다르니 곧바로 성(城)이 길게 펼쳐 있네.
하릴없이 거닐며 흩날리는 하늘의 눈(雪)을 읊나니
해 저문 지금 그 누가 병든 말을 가엾다 하겠는가?

塞(새) 변방, 요새. 始(시) 비로소, 처음. 蹄(제) 짐승의 발굽. 疆(강) 지경, 끝, 한계. 仍(잉) 인하다, 거듭하다. 幕府(막부) 군막, 진영(陣營)에 친 군막(軍幕). 倦(권) 쉬다, 피로하다, 게으르다. 卿(경) 벼슬, 존칭.

이응수 대의

이응수의 시 해석이 실리지 않았음. 이 시는 1943년 『김립시집』 증보판과 1956년 최종판 『풍자시인 김삿갓(국립출판사, 평양)』에도 실리지 않았다.

첨언

성(城)이 길게 둘러싼 변방까지 멀리 가서 국경을 지키고 있는 말과 병사들을 보고 읊은 시이다. 청나라와 국경을 마주하고 있는 함경도 어느 변방을 둘러보았나 보다. 고려 시대 몽골 침략 이래 얼마나 오랜 세월을 북쪽 오랑캐들로 인해 힘들었던가? 고려 때 천리장성 쌓아 국경을 막아도 보고 조선 때엔 여진족 습격을 막으려 백두산 서쪽 압록강 따라 사군(四郡)[108]을 두고, 두만강 따라 동쪽으로 육진(六鎭)[109]까지 설치하였으니 얼마나 많은 병사와 말들이 이곳까지 와 고생을 하였을까 헤아려본다. 해 저무는 북방의 변방에 길게 뻗쳐 있는 성(城)을 바라보니 겨울눈이 하늘에서 춤을 추며 흩날린다.

---

108) 사군(四郡): 조선 세종 때 서북 방면의 여진족을 막기 위해 압록강 상류에 설치한 국방 요새로 여연(閭延), 자성(慈城), 무창(茂昌), 우예(虞芮)를 말한다.

109) 육진(六鎭): 조선 세종 때 여진족을 막기 위해 두만강 하류에 설치한 국경 요새 여섯 곳으로 종성(鐘城), 온성(穩城), 회령(會寧), 경원(慶源), 경흥(慶興), 부령(富寧)을 말한다.

12. 馬島(마도)

故人吟望雪連天
고 인 음 망 설 연 천

別後梅花叉一年
별 후 매 화 차 일 년

快士暫遊仍出塞
쾌 사 잠 유 잉 출 새

冷官多曠不求田
냉 관 다 광 불 구 전

山川重閱龍灣路
산 천 중 열 용 만 로

禍盡纔歸馬島船
화 진 재 귀 마 도 선

城外未將壺酒餞
성 외 미 장 호 주 전

此詩難寫意茫然
차 시 난 사 의 망 연

떠난 벗을 생각하며 한 수 읊는데 눈만 계속 내리고
그대 떠난 후 매화가 피었으니 또 한 해가 되었구나.
잠깐이지만 즐겁게 함께 놀던 벗은 변방으로 가버리고
말단 자리 많이 비어도 밭농사는 안 하는구나.
산 넘고 물 건너 계곡 가다 용만(龍灣) 길로 갔다가
난이 끝난 후 겨우 돌아오니 마도로 가는 배였던가?
성 밖에서 술 마시며 작별인사도 못했으니
마음이 허전하고 멍하여 이렇게 시 쓰기도 어렵구나.

馬島(마도) 충청남도 태안군에 있는 섬으로 섬의 생김새가 말같이 보인다고 하여 말섬, 馬島(마도)라 하였는데 고려 시대에 나라 안의 관마(官馬)를 여기서 길렀다 한다. 冷官(냉관) 지위가 낮은 보잘것없는 벼슬. 曠(광) 밝다, 들판. 閱(열) 검열하다, 조사하다. 龍灣(용만) 평안북도 의주(義州)에 있는 땅이름. 纔(재) 겨우. 壺(호) 병, 단지. 餞(전) 송별하다, 보내다.

이응수 대의

이응수의 시 해석이 실리지 않았음.

첨언

친구를 찾아 마도(馬島)에 갔더니 그는 이미 평안북도 의주로 떠나고 없었다. 1592년 임진왜란을 피해 평안북도 의주(義州) 땅으로 파천(播遷) 갔던 조선 14대 임금 선조(宣祖)를 따라갔던 친구를 생각하며 지은 시인데 김립 자신이 의주로 가버린 그 사람의 친구로서 읊은 시는 아닐 것이다. 임진왜란과 김립의 생몰연대가 200년 정도의 시차가 있다. 아마도 임진왜란 당시 마도에서 친구를 떠나보낸 어떤 사람의 마음을 생각하며 읊은 듯하다. 그렇지 않다면 이 작품의 주인은 다를 수밖에 없다. 이 시는 1943년 『김립시집』 증보판과 1956년 최종판 『풍자시인 김삿갓(국립출판사, 평양)』에 실리지 않았다.

13. 上元月(상원월)

- 대보름날

看月何事依小樓
간 월 하 사 의 소 루

心身飛越廣寒頭
심 신 비 월 광 한 두

光垂八域人皆仰
광 수 팔 역 인 개 앙

影入千江水共流
영 입 천 강 수 공 류

曠古詩仙曾幾問
광 고 시 선 증 기 문

長生藥兎未應愁
장 생 약 토 미 응 수

圓輪自重今宵出
원 륜 자 중 금 소 출

碧落雲霽廓己收
벽 락 운 제 곽 기 수

어찌 작은 누각에 기대어 달구경을 할 터인가
몸과 마음은 이미 날아올라 광한루 위로 솟아오른 것 같네.
달빛이 온 천지 비치니 사람들은 모두 보름달을 올려보며
달그림자 강물에 비추어 강물 따라 흐르네.
전례 없이 일찍이 이태백이 방문하여
달 속 옥토끼와 함께 長壽하며 근심걱정 덜었을까?
오늘 밤에 둥근 달이 둥실둥실 떠오르니
성곽 위의 구름 모두 걷히니 하늘이 푸르구나.

上元(상원) 음력 정월 보름날, 대보름날. 垂(수) 드리우다, 베풀다. 八域(팔역) 팔도강산, 모든 지역. 曠(광) 비다, 공허하다. 曠古(광고) 만고에 전례가 없다. 曾(증) 일찍이. 碧落(벽락) 푸른 하늘, 창공. 霽(제) 개다, 비나 눈이 그치다. 廓(곽) 둘레, 텅 비다, 넓다.

이응수 대의

이응수의 시 해석이 실리지 않았음. 이 시는 1943년 『김립시집』 증보판과 1956년 최종판 『풍자시인 김삿갓(국립출판사, 평양)』에는 실리지 않았다.

첨언

보름달이 온 천지를 밝게 비추며 떠오르니 모든 사람이 고개를 들어 달을 쳐다본다. 광한루에 기대어 달을 보고 있자니 김립의 마음은 이미 달 속의 옥토끼와 함께 노닐고 강물을 내려다보니 보름달 그림자가 두둥실 강물 따라 흘러가네. 옥토끼는 밤마다 달의 궁전에서 절구를 찧어 불로장생의 약을 만든다고 시선(詩仙) 이태백은 그의 시 「파주문월(把酒問月, 술 마시며 달에게 묻노라)」에서 옥토도약(玉兎擣藥)이라는 말을 하였다. 그러니 약토(藥兎)는 옥토(玉兎)로 옮겨도 무방할 것 같다. 김립의 마음은 이미 시공을 건너뛰어 보름달 속으로 들어가 옥토끼와 함께 불로장생하는 선인(仙人)의 마음이 된 듯하다.

주해

擣(도) 찧다, 두드리다.

14. 問僧(문승)

- 스님에게 묻다

僧乎汝在何山寺 龍在鷄龍上上阿
승 호 여 재 하 산 사　용 재 계 룡 상 상 아

昔聞鷄龍今見汝 景物風光近如何
석 문 계 룡 금 견 여　경 물 풍 광 근 여 하

스님 당신은 어느 절에 계시나요? 용이 산다는 계룡산 꼭대기 위 언덕배기에 살지요.

옛날부터 닭 모양의 용 얘기 들었는데 인제 보니 당신이구려. 그래 요즈음 경치는 어떤가요?

주해

阿(아) 언덕, 산비탈. 昔(석) 옛날, 오래전. 景物(경물) 계절 따라 바뀌는 경치.

이응수 대의

이응수의 시 해석이 실리지 않았음. 이 시는 1943년 『김립시집』 증보판과 1956년 최종판 『풍자시인 김삿갓(국립출판사, 평양)』에는 실리지 않았다.

첨언

이 칠언절구 사행시는 문답치고는 너무 짧다. 아마도 충청남도 계룡산에 오르다 마주친 스님과 나눈 덕담인 듯하다. 계룡(鷄龍)이란 말이 닭 모습을 한 용이라는 의미가 있는데 "스님이 계룡(鷄龍)산 꼭대기에 산다고 하니 옛날에 들었던 그 닭 모습을 한 용이 바로 당신이군요!"라 화답하는 김립이 재치 있다.

15. 下汀洲(하정주)

- 강가에서 이별하며

翠禽暖戲對沈浮
취 금 훤 희 대 침 부

晴景闌珊也未收
청 경 난 산 야 미 수

人遠慢愁山北立
인 원 만 수 산 북 립

路長惟見水東流
노 장 유 견 수 동 류

垂楊多在鶯啼驛
수 양 다 재 앵 제 역

芳草無邊客倚樓
방 초 무 변 객 의 루

招愴送君自崖返
초 창 송 군 자 애 반

那甚落月下汀洲
나 심 낙 월 하 정 주

파란 새들은 한가로이 위아래로 날며 재미있게 놀고
맑게 개었던 아름다운 경치는 해가 기울어도 아직 그대로인데
그대를 멀리 보내고 부질없는 수심에 북쪽 산만 바라보네.
머나먼 길 강물만 동쪽으로 흐르네.
수양버들은 꾀꼬리들이 잠시 울다 가는 곳인가
나그네는 누각에 기대어 가없는 풀밭만 바라보네.
그대를 슬피 떠나보내고 언덕에 돌아오니
달도 저무는 강가에서 그대 향한 그리움을 어찌 견디랴.

汀洲(정주) 물이 얕고 모래나 흙이 드러난 강, 못, 늪. 翠(취) 푸르다, 물총새. 禽(금) 날짐승. 翠禽(취금) 파란 새. 暖(난, 훤) 따듯하다, 부드럽게. 暖戲(훤희) 여기서는 새가 한가로이 날며 노는 모습을 의미. 晴(청) 개다, 비나 눈이 그치다. 闌(난) 가로막다, 방지하다. 珊(산) 산호. 闌珊(난산) 다해가다, 쇠퇴. 慢(만) 게으르다. 鶯(앵) 꾀꼬리. 芳草(방초) 향기로운 풀. 招(초) 부르다, 손짓하다. 愴(창) 슬프다, 차다. 那(나) 어찌, 어조사.

이응수의 시 해석이 실리지 않았음. 이 시는 1943년 『김립시집』 증보판과 1956년 최종판 『풍자시인 김삿갓(국립출판사, 평양)』에는 실리지 않았다.

가까이 벗했던 친구나 연인을 강가에서 떠나보낸 후 그리움에 사무쳐 먼 산만 바라보며 읊은 노래이다. 난산(闌珊)을 혹자는 난간이나 문지방으로 해석하지만 여기서는 '약해지다' 혹은 '다해 가다'라는 뜻으로 보는게 옳다. 기분이 가라앉거나 축 처지는 상태를 가리키는 말로 '의흥난산(意興闌珊) - Spirit or feeling coming to an end, waning, declining'이라는 표현이 있다. '초창송군(招愴送君)'은 '슬퍼하며 손 흔들어 그대를 떠나보낸다'라는 의미이다.

16. 隱士(은사)

- 은둔한 선비

超然遯世彼山坡
초 연 둔 세 피 산 파

隱映茅盧繞碧籮
은 영 모 로 요 벽 라

鶴舞琴前閑自足
학 무 금 전 한 자 족

鶯歌簷上興偏多
앵 가 첨 상 흥 편 다

雲遊庵釋評詩到
운 유 암 석 평 시 도

電邁隣家採藥過
전 매 인 가 채 약 과

任我偃臥聯永夏
임 아 언 와 련 영 하

臨風遙和紫芝歌
임 풍 요 화 자 지 가

속세를 떠나 저 산 비탈길 언덕에 초연히 사니

띠로 이은 움막을 푸른 담장이 풀로 살며시 가려주네.

거문고 소리에 맞춰 학이 춤을 추니 그 한가로움에 스스로 만족하고

처마 위의 앵무새 지저귀니 흥이 절로 나는구나.

구름 속 암자의 스님이 시를 평론하러 오고

번개처럼 왔다가 멀리 가는 자는 약초 캐러 왔다 가는 이웃이네.

다 내려놓고 드러누워 긴 여름 보내며

자지가에 화답시를 바람에 실어 멀리 보내노라.

遯(둔) 피하다, 달아나다. 遯世(둔세) 세상과 돈절하다. 坡(파) 고개, 비탈. 隱(은) 숨기다, 가리다. 隱映(은영) 은은하게 비추다. 茅(모) 띠, 띠로 이은 움막집. 盧(로) 밥그릇, 화로. 繞(요) 둘러싸다, 감다. 籬(리) 무, 미나리, 담장이 풀. 偏(편) 치우치다, 쏠리다. 邁(매) 떠나다, 멀리 가다. 任(임) 맡기다, 마음대로. 偃(언) 쓰러지다, 넘어지다. 遙(요) 멀다, 아득하다. 紫芝歌(자지가) 상산(商山)의 사호(四皓)가 부른 노래.

이응수의 시 해석이 실리지 않았음. 이 시는 1943년 『김립시집』 증보판과 1956년 최종판 『풍자시인 김삿갓(국립출판사, 평양)』에는 실리지 않았다.

시의 제목이 초판에는 「은토(隱土, 숨긴 땅)」로 되어 있으나 은둔거사(隱遯居士)의 유유자적(悠悠自適)한 삶을 노래한 시의 내용과 전혀 맞질 않는다. 아마도 인쇄 시 식자(植字) 오류인 듯하다. 시제(詩題)를 「은사(隱土, 은둔한 선비)」로 바꾸었다. 상산사호(商山四皓)라 하여 중국 진시황(秦始皇)의 폭정을 피해 상산(商山)으로 들어가 은둔한 네 현인이 있었는데 (동원공·녹리선생·기리계·하황공) 이들은 수염과 눈썹이 하얗게 세어 희다는 의미의 '호(皓)' 자를 써서 '사호(四皓)'라 불리었다. 이들은 산속에 은둔해서는 자줏빛 영지를 캐어 먹으며 지냈다고 한다. 자줏빛 영지는 신선이 먹는다는 선약(仙藥)이니 상산의 사호는 신선과 같은 삶을 살았던 것이다. 사호(四皓)가 상산(商山)에 숨어 있을 때, "무성하게 있는 영지버섯 먹으며 굶어 죽지는 않으리라"라는 「자지가(紫芝歌)」 노래를 지어 불렀다.

莫莫高山 深谷逶迤
막 막 고 산 심 곡 위 이

曄曄紫芝 可以療飢
엽 엽 자 지 가 이 료 기

唐虞世遠 吾將何歸
당 우 세 원 오 장 하 귀

駟馬高蓋 其憂甚大
사 마 고 개 기 우 심 대

富貴之畏人兮
부 귀 지 외 인 혜

不如貧賤之肆志
불 여 빈 천 지 사 지

- 商山四皓, 「紫芝歌(자지가)」

크고 높은 산속 깊이 꾸불꾸불 골짜기에
무성한 자줏빛 영지버섯이 가히 배고픔을 달랠 만하네.
요순시대는 먼 옛날 얘기이니 나는 이제 어디로 돌아가나
벼슬만 높으면 무얼 하나 근심걱정만 커지는데.
부귀한 고관대작으로 남을 두려워하며 사는 것은
가난해도 자기 뜻대로 사느니만 못하니라.

주해

透(위) 꾸불꾸불 가다. 迤(이) 비스듬하다. 曄(엽) 빛나다. 曄曄(엽엽) 무성한 모양. 曄然(엽연)과 같은 의미. 紫芝(자지) 자줏빛 영지버섯. 唐虞(당우) 중국의 요순(堯舜)시대를 말함, 도당(陶唐)씨와 유우(有虞)씨를 말함. 駟馬高蓋(사마고개) 말 네 마리가 끄는 높은 덮개를 씌운 수레, 고관대작을 의미. 兮(혜) 어조사, 肆(사) 방자하다, 肆志(사지) 세상사 개의치 않고 자기 뜻대로 살아가다.

첨언

근심걱정 속에 고관대작으로 사느니 속세를 떠나 깊은 산 속에서 버섯 따 먹으며 벗들과 바둑이나 두며 내 뜻대로 살겠노라 노래한 중국 진 나라 때 은둔거사 네 선비(사호, 四皓)의 「자지가(紫芝歌)」에 화답(和答)하며 읊은 시이다. 그야말로 안분지족(安分知足) 안거낙업(安居樂業)의 은둔거사 (隱遁居士)의 초연한 삶을 노래했다.

17. 雜詠(잡영)

- 여러 가지 생각이 들어 읊다

靜處門扉着我身
정 처 문 비 착 아 신

賞心喜事任淸眞
상 심 희 사 임 청 진

孤峰罷霧擎初月
고 봉 파 무 경 초 월

老樹開花作晚春
노 수 개 화 작 만 춘

酒逢好友惟無量
주 봉 호 우 유 무 량

詩到名山輒有神
시 도 명 산 첩 유 신

靈境不須求外物
영 경 불 수 구 외 물

仙人自是小閑人
선 인 자 시 소 한 인

고요한 암자에 이 내 몸 맡기고

구경하는 마음 즐거운 일들 모두 선명하고 변함이 없구나.

외로운 봉우리에 안개는 개고 초승달 높이 떠오르네.

늙은 나무에 꽃이 피니 늦봄이로구나.

좋은 벗 만나 술을 드니 기분이 한없이 들뜨고

명산에 올라 시까지 읊으니 갑자기 신선이 된 듯하네.

선경(仙境)을 다른 데서 찾을 필요 있나?

말없이 한유로이 사는 그 사람이 바로 신선이요.

扉(비) 사립문. 門扉(문비) 문짝. 賞心(상심) 즐겁고 기쁜 마음. 罷(파) 그만두다, 쉬다. 擎(경) 들다, 높이 들어 올리다. 初月(초월) 초승달. 惟(유) 생각하다, 오로지, 홀로, ~이 되다. 輒(첩) 문득, 갑자기, 쉽게. 靈境(영경) 속진(俗塵)을 떠나 신령스러운 영역, 선경(仙境)과 같은 의미. 須(수) 모름지기, 틀림없이. 不須(불수) ~할 필요가 없다. (例) 불수다언(不須多言) 여러 말 할 필요 없다.

이응수 대의

이응수의 시 해석이 실리지 않았음. 이 시는 1943년 『김립시집』 증보판과 1956년 최종판 『풍자시인 김삿갓(국립출판사, 평양)』에는 실리지 않았다.

첨언

늦봄 초승달 떠오르는 어느 날 금강산에 올라 벗과 함께 술 나누며 시를 읊는다. 아마도 금강산 산사(山寺)에서 수도하는 공허 스님을 찾아와 술 한잔 나누며 시담(詩談)을 나눈 듯하다. 공허 스님 운을 뗀다. "월백설백천지백(月白雪白天地白)! 달도 희고 눈도 희고 온 세상이 하얗네!" 김립이 화답한다. "산심야심객수심(山深夜深客愁深)! 산도 깊고 밤도 깊고 나그네의 시름도 깊구나!" 이렇게 거침없이 화답한 시선(詩仙) 김립도 꼬마 아이한테 한 방 먹은 때가 있다. 봄날 어느 날 강가를 지나다 어린아이에게 묻는다. "애야, 버들강아지는 강아지인데 왜 울지를 않지?" 그 아이 반색하며 대답한다. "무슨 질문이 그래요? 그럼 솔방울은 방울인데 왜 울리지 않지요?" 김립은 공허 스님과의 문답에서는 지지 않았지만, 이 아이와의 문답에서 깨끗하게 패배를 인정하고 아이의 머리를 쓰다듬으며 미소를 짓는다.

18. 思鄕 其一(사향 1)
- 고향 생각에 젖어 1

西行已過十三州 此地猶然惜去留
서 행 이 과 십 삼 주　차 지 유 연 석 거 유

雨雪家鄕人五夜 山河逆旅世千秋
우 설 가 향 인 오 야　산 하 역 려 세 천 추

莫將悲慨談靑史 須向英豪問白頭
막 장 비 개 담 청 사　수 향 영 호 문 백 두

玉館孤燈應送歲 夢中能作故園遊
옥 관 고 등 응 송 세　몽 중 능 작 고 원 유

서쪽으로 벌써 열 세 고을을 지나왔건만 이곳은 머물다 떠나기가 아쉬워 머뭇거리네.

눈비 내리는 하룻밤 새도록 고향 마을 사람 생각에 잠 못 이루고 고향 떠나 산 넘고 강 건너 떠돈 지 오랜 세월 지났네.

흘러간 옛 역사를 생각하며 비분강개할 필요 있나. 영웅호걸들도 이제 다 백발이 되었는데

여관의 외로운 등불 아래서 세월을 보내니 그리운 고향 동산은 꿈속에서나마 찾아볼까 하노라.

주해

猶(유) 오히려, 망설이다, 머뭇거리다. 惜(석) 아까워하다, 가엾다. 五夜(오야) 하룻밤, 오후 7시부터 오전 5시까지 다섯으로 나눈 이름, 갑야(甲夜), 을야(乙夜), 병야(丙野), 정야(丁夜), 무야(戊夜). 千秋(천추) 오랜 세월, 먼 미래. 慨(개) 분개하다, 슬퍼하다. 悲慨(비개) 슬프고 분하다, 비분강개(悲憤慷慨)의 준말. 靑史(청사) 역사기록. 問(문) 여기서는 '묻다'가 아니라 '알리다' 혹은 '고하다'의 의미.

서쪽으로 열세 고을이나 떠돌다 온, 이 고을은 왠지 떠나기가 섭섭해 그냥 머물고 있네. 눈비는 내리는데 五夜(오야, 하룻밤, 甲夜, 乙夜, 丙野, 丁夜, 戊夜)에 나그네는 고향 생각으로 잠 못 이룬다. 산 넘고 물 건너 오래 세월 지났듯이 세상 사람들 삶도 다 그렇게 지나가는 것이니 역사의 영웅호걸들을 말할 필요가 있겠느냐? 그들도 이제 다 白髮(백발)이 되어 나처럼 한숨지었으리라. 덧없는 떠돌이 인생이 서러울 뿐이다. 여관의 쓸쓸한 등불 밑에서 올 한 해도 보낼 터이니 잠시 꿈에서나마 그리운 고향 구경해 볼까 하노라.

첨언

집 떠나 서쪽으로 열세 고을이나 떠돌다 아마 관서(關西) 지역을 유랑하는 중이었던가 보다. 야사집(野史集) 대동기문(大東奇聞) 기록에 의하면 노진(魯禛)이란 자가 김립의 명성(名聲)을 시기해 김립의 조상(祖父 金益淳)을 비방하는 탄핵시(彈劾詩)를 써서 관서(關西) 지역에 유포시켰다 한다. 그 시를 본 후 김립은 제주도를 포함한 조선팔도(朝鮮八道) 모든 곳을 유랑(流浪)하였지만, 다시는 관서(關西)지방을 유랑(流浪)하지 않았다 하니, 아마도 이 시는 김립이 그의 조부를 비방하는 노진(魯禛)의 탄핵시를 보기 이전인 듯하다. 평안도 지방은 겨울 추위가 심했을 터이고 춥고 외롭기까지 하니 고향 생각이 어찌 안 날 수 있겠는가? 밤새도록 고향 생각에 잠 못 이룬다. 어쩌면 팔자인지 운명인지 그의 할아버지 생각에도 젖었을 것이다. 홍경래(洪景來)의 반군에게 저항하지도 않고 항복해 훗날 모반죄로 참수당한 평안도 선천부사(宣川府使)였던 그의 조부 김익순(金益淳)을 생각하고 있었을지도 모르겠다. 그러다 김립은 마음을 고쳐 다짐한다. "오랜 세월 흥망성쇠 거듭했던 수많은 영웅호걸 지금은 다 백골이 되었으니 옛날 생각은 해 무얼 하리오?" 외로운 여관 객사에 홀로 누워 꿈속에서나마 그리운 고향 옛 마을을 찾아보겠다며 다짐한다.

19. 使臣(사신)

- 신하

似君奇士自東來 華夏諸人詎可輕
사 군 기 사 자 동 래　화 하 제 인 거 가 경

歌送希音空郢市 劒騰雙寶盪延平
가 송 희 음 공 영 시　검 등 쌍 보 탕 연 평

凄凉鶴柱誰仙塚 莽陽龍堆是帝城
처 량 학 주 수 선 총　망 양 룡 퇴 시 제 성

遮莫上書登北闕 卽今天子不求卿
차 막 상 서 등 북 궐　즉 금 천 자 불 구 경

그대 같은 재능 있는 사람이 동쪽에서 왔으니 중국 사람인들 어찌 가벼이 여길 수 있겠는가?

희귀하고 아름다운 노래를 부른다고 하니 모두 몰려와 영시(郢市)가 텅 비었고, 두 자루의 보검을 쳐드니 구경꾼들 함성에 연평(延平) 나루터가 들썩들썩하네.

처량하게 서 있는 저 높은 기둥은 어느 선인(仙人)의 무덤을 위함인가, 넓디넓은 저 사막의 제방은 황제의 성이로다.

글을 올리려고 대궐에는 가지 말라. 지금 황제께서는 그대를 반기지 않으리니.

주해

奇士(기사) 기이한 재주를 가진 선비, 재주꾼. 華夏(화하) 중국 사람, 중국인들이 자신을 자랑스럽게 일컫는 말, 화하족(華夏族)은 한족(漢族)의 원류가 되는 민족. 詎(거) 어찌, 진실로, 그치다. 郢(영) 초(楚)나라 땅 이름. 騰(등) 오르다. 雙寶(쌍보) 쌍보검(雙寶劒)의 준말. 盪(탕) 씻다, 흔들리는 모양. 延平(연평) 연평진(延平津) 나루터의 이름. 凄凉(처량) 마음이 구슬프고 쓸쓸하다. 莽(망) 우거지다, 풀, 잡초. 堆(퇴) 언덕, 쌓이다. 龍堆(용퇴) 서역 천상남쪽에 있는 사막으로 백룡퇴(白龍堆)의 준말. 遮(차) 막다, 가리다, 덮다. 闕(궐) 대궐.

이응수의 시 해석이 실리지 않았음. 이 시는 1943년『김립시집』증보판과 1956년 최종판『풍자시인 김삿갓(국립출판사, 평양)』에는 실리지 않았다.

첨언

시의 제목이「사신(使身)」으로 식자(植字) 오류인 듯하다. 시의 내용에 맞게「사신(使臣)」으로 고쳤다. 영시(郢市), 연평(延平), 龍堆(용퇴) 등 중국인에게도 생소한 중국 고사에 나오는 장소를 인용하니 시를 번역하고도 행간 의미상 연결이 쉽지는 않다. 영시(郢市)는 고대 중국의 초(楚)나라의 성읍이었으며, 지금의 후베이성(湖北省)에 있었다 한다. 백성들이「영시가(郢市歌)」라는 노래를 즐겨 불렀다 하니 아마도 조선에서 중국에 使臣으로 온 선비가 노래를 꽤 잘했나 보다. 연평(延平)은 연평진(延平津)의 준말로 복건성(福建省)의 해안 도시로 지금의 대만과 대만해협을 사이에 두고 마주 보고 있는 도시이다. 진(晉)나라 때 이야기「장화전(張華傳)」에 용천(龍泉)과 태아(太阿)라는 두 보검, 쌍룡검(雙龍劍) 이야기가 있다. 진(晉) 나라 뇌환(雷煥)이 용천(龍泉)과 태아(太阿)라는 두 명검을 얻어 하나는 자기가 차고 하나는 장화(張華)에게 주었는데, 그 뒤에 장화가 역적모의로 처벌되면서 그 칼도 없어졌다. 그런데 뇌환의 칼을 아들이 차고 다니다가 복건성(福建省) 연평진(延平津)에 이르렀을 때, 차고 있던 칼이 갑자기 물속으로 빠지면서, 없어졌던 장화의 칼과 합하여 두 마리의 용으로 변한 뒤 사라졌다는 '연평검화진(延平劍化津)' 고사가 전한다. 용퇴(龍堆)는 서역(西域)의 천산(天山) 남쪽에 있는 사막(沙漠)인즉 백룡퇴(白龍堆)의 준말로 당나라 때는 황궁(皇宮)을 의미하기도 했다 한다. 현재 신강(新疆) 위구르 자치구의 천산 남로(天山 南路)에 위치한다. 그곳 사람들이 용퇴(龍堆)라 부르며 지표면은 바람에 침식돼 마치 버섯 모양의 기둥(주, 柱)을 이룬 기묘한 경관을 보여준다고 한다. 아마도 중국으로 가는 조선의 어느 관료에게 대국에 가서 기죽지 말고 당당한 사절로 다녀오라는 격려문인 듯한데 시

의 내용상 김립風이 아닌 듯하다. 다른 사람의 작품이 아닌가 하는 생각
도 든다. 여하튼 이 시는 증보판과 최종판에 실리지 않았다.

20. 思鄕 其二(사향 2)

- 고향 생각에 젖어 2

皇州古路杳如天
황 주 고 로 묘 여 천

日下芳名動小年
일 하 방 명 동 소 년

嬉笑文章蘇學士
희 소 문 장 소 학 사

風流詞曲柳屯田
풍 류 사 곡 유 둔 전

遊情薊樹浮煙海
유 정 계 수 부 연 해

未識今宵能憶我
미 식 금 소 능 억 아

寒梅老屋坐蕭然
한 매 노 옥 좌 소 연

서울로 가던 그 옛 길은 하늘같이 멀고도 아득한데

소년은 어렸을 때 온 세상에 꽃다운 이름을 이미 떨쳤네.

재미있어 미소 짓게 하는 문장은 소동파의 작품을 보는 듯하고

풍류에 어울려 부른 가요(歌謠)는 유둔전 노래를 듣는 것 같도다.

노니는 정은 안개 덮인 바다 위에 계수나무 떠 있는 듯하고

오늘 밤 나를 그 누가 기억해주리요

고향 집 뜰 앞에 겨울 매화만 쓸쓸히 그렇게 서 있겠지.

주해

皇州(황주) 황제의 도읍, 여기서는 김립의 원래 고향을 의미. 杳(묘) 아득히 멀다, 어둡다. 芳(방) 향기, 명성. 蘇學士(소학사) 소동파(蘇東坡)를 가리킴. 詞曲(사곡) 노래 가사와 곡, 여기서는 가

요(歌謠). 柳屯田(유둔전) 중국 북송(北宋)의 사인(詞人)을 가리킴. 薊(계) 삽주, 여러해살이풀. 蕭然
(소연) 쓸쓸하다.

이응수의 시 해석이 실리지 않았음. 이 시는 1943년『김립시집』증보판
과 1956년 최종판『풍자시인 김삿갓(국립출판사, 평양)』에는 실리지 않았다.

첨언

蘇學士(소학사)는 중국 북송(北宋)시대 때 문장가 소동파(蘇東坡,
1036~1101)를 가리킨다. 본명은 소식(蘇軾)이며 동파거사(東坡居士), 파선(坡
仙)이라 불리었다. 시문은 물론 서화, 심지어는 요리에도 조예가 깊어『동
파주경(東坡酒經)』이라는 요리책도 남겼다. 이백(李白)과 두보(杜甫)와 함께
고려 시대와 조선 시대 때 한국 문학에 지대한 영향을 준 문인이었다.
삶은 돼지고기를 양념에 졸여서 살짝 데친 청경채와 함께 내놓는 동파
육(東坡肉) 요리는 우리나라에서도 즐기는 음식이다. 소동파가 항저우(항
주, 杭州)에 4년간 지방관으로 있을 때 그 곳 사람들이 돼지고기를 먹을
줄 몰랐기 때문에 맛있게 먹는 법을 고안해낸 것이 동파육(東坡肉) 요리
라고 하기도 하고, 친구와 바둑을 두다가 냄비에 돼지고기를 올려놓은
것을 깜빡 잊고 있다 나중에 보니 기름기 싹 빠지며 까맣게 익었다 한
다. 그런데 그게 의외로 맛있어 동파육(東坡肉) 이름이 붙여졌다는 등 유
례가 많지만, 어느 것이 진짜인지 알 길은 없다. 비린내와 누린내가 난다
고 백성조차 멀리하던 값싼 돼지고기를 먹기 좋게 잘게 잘라 마늘, 생
강, 간장, 설탕 등으로 볶아 먹던 홍소육(紅燒肉) 요리에 실수로 부은 소
흥주(紹興酒)와 함께 기름에 볶아 졸이며 조리한 동파육(東坡肉) 요리를 개
발해 백성들의 건강과 식생활 개선을 도왔다는 동파거사(東坡居士) 소동
파(蘇東坡)는 걸출한 시인, 문장가인 동시에 중국 최고의 요리 전문가였
다. 여하튼 술안주 동파육(東坡肉)을 생각하니 군침이 돈다. 柳屯田(유둔

전)은 중국 북송(北宋)시대 때 유영(柳永)이라는 사람을 가리키며 지금의 작사가(作詞家)에 해당하는 사인(詞人)으로 유명했다. 주요 저서로 『악장집(樂章集)』을 남겼다. 그의 관직이 둔전원외랑(屯田員外郎)이었기 때문에 그를 유둔전(柳屯田)이라고도 부른다. 그 옛날 소년 시절에는 서울에서 소동파와 유둔전에게 뒤지지 않는 훌륭한 글재주와 노래로 유명했는데 지금은 알아주는 이 없다. 객지에 홀로 누워 생각하니 고향 집 앞뜰의 설중매가 쓸쓸히 서서 아직도 자기를 기다리는 듯하다고 읊는다.

21. 卽景(즉경)

- 경치를 보자마자 읊다

叶執猶煩帶一條
협 집 유 번 대 일 조

淸風纔生復寥寥
청 풍 재 생 부 요 요

綠憐蕉葉凉如蘸
녹 련 초 엽 양 여 잠

紅恨榴花照欲燒
홍 랑 류 화 조 욕 소

微雷小雨相爭篩
미 뢰 소 우 상 쟁 사

老魃驕炎未格苗
노 발 교 염 미 격 묘

聞說江樓堪避飮
문 설 강 루 감 피 음

漁舟準備月明宵
어 주 준 비 월 명 소

너무 무더워서 허리띠 하나 걸치기도 번거로운데
시원한 바람 잠깐 일다가 도로 잠잠해지네.
푸른 파초 잎은 물에 잠긴 듯 시원해 보이고
붉은 석류꽃은 안타깝게도 불타는 듯 보이네.
마른번개와 가랑비는 서로 오락가락하고
늦가뭄과 늦더위는 모종을 태우네.
듣자하니 강가 누각에서는 더위 피해 술 마실 만하다 하니
달 밝은 오늘 밤 고기잡이배나 준비하거라.

마(협) 화합하다, 어울리다. 猶(유) 오히려, 마치~와 같다. 纔(재) 겨우, 방금. 復(복, 부) 돌아오다, 다시. 寥(요) 쓸쓸하다, 휑하다. 蕉(초) 파초. 蘸(잠) 담그다, 절이다. 悢(량) 슬퍼하다, 서러워하다. 榴(류) 석류나무. 微雷(미뢰) 마른번개. 篩(사) 체, 가루를 빼는 대나무 체. 魃(발) 한발(旱魃, 가뭄)의 귀신. 驕(교) 교만하다, 버릇없다. 炎(염) 불타다, 덥다, 뜨겁다. 苗(묘) 모. 聞說(문설) 얘기를 듣자 하니. 堪(감) 뛰어나다, 낫다, 견디다. 漁(어) 고기를 잡다. 宵(소) 밤, 야간.

이응수 대의

이응수의 시 해석이 실리지 않았음. 이 시는 1943년 『김립시집』 증보판과 1956년 최종판 『풍자시인 김삿갓(국립출판사, 평양)』에는 실리지 않았다.

첨언

한여름 땡볕 무더위에 실오라기 하나 걸쳐도 더운데 빨간 석류 꽃잎마저 불타오르듯 보인다. 늦더위 늦가뭄에 모종은 바싹 타들어 가고 있는데 비는 오지 않고 마른번개만 번쩍번쩍한다. 이럴 땐 고기잡이배 띄워 몇 마리 잡아 강변 누각에 올라 술이나 즐기겠다며 노래했다. 땡볕 내리쪼이는 뜨거운 여름날에 기다리는 비도 안 와 모종은 바싹바싹 타들어 가는데 석류나무 꽃잎마저 붉게 타오르는 듯 보인다. 시를 감상하는 필자도 덩달아 더위를 느끼는 것 같다. 시의 배경이나 감정을 서정(敍情)적으로 회화(繪畫)적으로 훌륭하게 표현한 시이다.

22. 眼昏(안혼)
- 눈이 잘 안 보이네

向日貫針糸變索 挑燈對案魯無魚
향 일 관 침 사 변 삭 도 등 대 안 노 무 어

春前白樹花無數 霽後靑天雨有餘
춘 전 백 수 화 무 수 제 후 청 전 우 유 여

揖路小年云誰某 探衣老虱動知渠
읍 로 소 년 운 수 모 탐 의 노 슬 동 지 거

可憐南浦垂竿處 不見風波浪費蛆
가 련 남 포 수 간 처 불 견 풍 파 낭 비 저

밝은 햇빛 아래에 바늘에 실을 꿰어도 실이 새끼줄과 같이 커져 안 들어가고, 등불 바로 앞에 책을 펴도 노(魯)자에 어(魚)자가 안 보이네.

봄철도 아닌데 앙상한 가지에는 꽃이 만발한 듯 보이고, 비도 개었는데 푸른 하늘에서 비가 아직 오는 것 같네.

길에서 인사하는 꼬마 아이가 아무개라 해도 모르겠고, 옷 속을 뒤져 이를 잡으려 해도 크게 움직여야 알 수 있네.

가련하구나! 이 늙은이 남포 물가에 낚싯대 드리워도, 물결에 찌가 흔들려도 보이지 않아 미끼만 없어지네.

貫(관) 꿰다, 꿰뚫다. 針(침) 바늘. 索(삭, 색) 동아줄, 새끼줄을 꼬다, 찾다. 挑(도) 돋우다. 魯(노) 미련하다. 霽(제) 비나 눈이 그치다, 개다. 揖(읍) 읍하다, 예의 바르게 인사하다. 誰某(수모) 아무개. 虱(슬) 이. 渠(거) 개천, 도랑, 크다. 竿(간) 장대, 죽순, 대나무. 蛆(저) 구더기, 지네.

이응수의 시 해석이 실리지 않았음. 이 시는 1943년 『김립시집』 증보판과 1956년 최종판 『풍자시인 김삿갓(국립출판사, 평양)』에는 실리지 않았다.

첨언

천재시인 김립도 늙어가며 약해지는 시력의 노화 현상은 피할 길 없었나 보다. 바늘에 실을 꿰자니 바늘구멍이 가물가물, 봄도 되기 전 앙상한 겨울 나뭇가지에 꽃잎이 열린 듯 가물가물, 책을 아무리 등잔 가까이 가져가도 글자가 가물가물. 아마도 노인성 비문증(飛蚊症)이나 황반변성(黃斑變性)으로 시력이 약화하였나 보다. 김립은 인생 황혼기(黃昏期)에 접어든 자신의 눈도 안혼기(眼昏期)로 들어갔다는 피할 수 없는 사실을 받아들이며 탄식하며 슬퍼한다. "어차피 노화를 피할 길 없다면 즐기라!"고들 하는데, 그게 어디 쉬운 일인가? 즐기려고 탄로가(嘆老歌) 읊으면서 낚싯줄 드리우니 낚시찌도 잘 안 보이니 낚시질도 제대로 안 된다. 김립이 眼昏을 서러워하는 진정한 이유는 몸은 늙었어도 마음은 아직 젊다 여기기 때문이 아닐까? 칠순(七旬) 나이 훌쩍 넘은 필자도 이제 사진을 찍거나 거울 보는 게 그리 달가운 일이 아니다. 김립의 마음은 시조 「탄로가(嘆老歌)」를 읊은 조선 시대 문신 신계영(辛啓榮)의 마음과도 같았으리라.

사람이 늙은 후에 거울이 원수로다.
마음이 젊었으니 옛 얼굴만 여겼더니
센 머리 찡그린 모습 보니 다 죽은 듯하여라.
늙고 병이 드니 백발을 어이 하리.
어릴 때 즐거움이 어제인 듯하다마는
어디가 이 얼굴 가지고 옛 나로다 하겠는가?

― 신계영(辛啓榮), 「탄로가(嘆老歌)」

23. 秋吟(추음)

- 가을을 읊다

邨裡重陽不記名
촌 리 중 양 불 기 명

故人書到喜平生
고 인 서 도 희 평 생

登樓便有登山意
등 루 편 유 등 산 의

送馬還勝送酒情
송 마 환 승 송 주 정

病起黃花今歲色
병 기 황 화 금 세 색

秋深落木異鄉聲
추 심 낙 목 이 향 성

快賞前宵獨月明
쾌 상 전 소 독 월 명

此來相見爲佳節
차 래 상 견 위 가 절

시골이라 중양절(重陽節) 잊고 산지 오래네

옛사람의 글에서 중양절(重陽節) 얘기를 보니 무척 기쁘구나.

누각에 올라보니 산에도 오르고 싶은데

말을 보내니 술을 보내는 정성보다 훨씬 낫구나.

앓다가 일어나보니 노란 국화가 제철인 듯하고

가을은 깊어 가고 객지의 낙엽 지는 소리 아름답다.

전날 밤 홀로 앉아 밝은 달 실컷 구경했지만

지금 여기 다시 온 것은 아름다운 경치 보러 온 것이네.

邨(촌) 마을, 시골, 촌(村)과 동일. 重陽(중양) 음력 9월 9일.

이응수 대의

이응수의 시 해석이 실리지 않았음. 이 시는 1943년 『김립시집』 증보판과 1956년 최종판 『풍자시인 김삿갓(국립출판사, 평양)』에는 실리지 않았다.

첨언

음력 9월 9일은 중양절(重陽節)이라고 부르는데 중양절의 의미는 양수(陽數)가 겹쳤다는 뜻이다. 수에서 짝수는 음수(陰數)이고 홀수는 양수(陽數)인데, 9는 양수 가운데서도 극양(極陽)이므로 9월 9일을 특히 중량(重陽)이라 한다. 1년 중 홀수가 두 번 겹치는 날에는 복이 들어온다고 하여 음력 1월 1일(구정 초하루), 5월 5일(단오), 7월 7일(칠석), 9월 9일(중양절) 등을 명절로 지내 왔다. 제비들이 따뜻한 강남으로 떠나고 개구리는 겨울잠을 위해 땅속으로 들어가는 중양절이 되면 산에 올라 국화전을 부쳐먹고 국화전을 마시며 단풍을 즐긴다. 두메산골 깊숙이 파묻혀 살다 보니 중양절(重陽節)이라는 명절 즐기는 것 까마득히 잊고 살았는데 옛날 서적 책장 넘기다 보니 중양절(重陽節) 얘기가 나와 문득 앞뜰을 내다보니 달 밝은 밤에 노란 국화가 만발했구나! 시의 소재가 된 국화, 등산, 술, 달구경 등 모두 중양절 명절 즐기는 것들이다.

24. 花煎(화전)

- 꽃전병, 꽃떡

鼎冠撑石小溪邊
정 관 탱 석 소 계 변

白粉淸油煮杜鵑
백 분 청 유 자 두 견

雙箸挾來香滿口
쌍 저 협 래 향 만 구

一年春信腹中傳
일 년 춘 신 복 중 전

솥뚜껑 계곡 시냇가 돌 틈에 괴어놓고
흰 가루를 맑은 기름에 튀겨 진달래꽃 전병을 부쳐서
젓가락으로 집어넣으니 입안에는 진달래 꽃향기가 가득하여
한 해의 봄소식이 배 속에 그대로 전해오네.

주해

鼎(정) 솥. 鼎冠(송관) 솥뚜껑. 撑(탱) 버티다, 버팀목. 煮(자) 삶다, 익히다, 굽다. 杜鵑(두견) 두견새, 진달래. 箸(저) 젓가락, 挾(협) 끼워 넣다, 끼우다.

이응수 대의

초판에 실린 이 시는 시의 제목과는 전혀 관계없는 내용이라 잘못 실린 듯하여 1943년 『김립시집』 증보 개정판에 실린 시를 대신 옮겼다. 김태준(金台俊)씨가 이 시의 원작자가 조선 시대 문인 백호(白湖) 임제(林悌)라고 고증(考證)하기에 초판에는 수록하지 않았는데 훗날 여러분들께서 김립의 시가 옳다는 주장을 하여 증보판에 수록하였다. 만약 임백호(林白

湖)의 시가 틀림없다면 김립이 그의 시를 화전놀이 시 낭송 모임에서 읊었다고도 볼 수 있다.

김립이 어느 곳을 가보니 선비들이 모여 있는데 한 편에서는 개를 잡고 다른 한 편에서는 두견화전(杜鵑花煎)을 부쳐 먹으며 시를 읊고 있었다. 김립이 가만히 듣다 보니 너무 유치(幼稚)해 참지 못하고 한마디 한다. "에고, 구상유취로다!" 선비들이 화가 나서 "추잡한 거지 주제에 감히 선비들이 풍류를 즐기는 데 와서 무슨 당돌한 말이냐?"라 일갈(一喝)한다. 김립이 가로되, "뭐가 당돌하단 말이요? '구상유취(狗喪儒聚)', 개가 죽어 제사 지내는데 선비들이 모였다는 말인데 내 말이 틀렸소?"라 하니, 그제야 선비들이 감탄하며 시 한 수 지어주길 권하니 김립 못이기는 체하며 지은 시이다. 이것은 이근정(李根廷)씨의 주장이다. 그러자 선비들이 놀라며, "아니, 형님께서 바로 그 유명한 김삿갓 선생이 아니오?"라 했다 한다. 시의 의미는 시냇가에 돌을 괴어 솥을 건 뒤에 흰 가루와 기름으로 두견화전(杜鵑花煎)을 구워서 진달래 가지 꺾은 젓가락으로 몇 점 집어 먹으니 진달래꽃 향기가 입안에 가득하고 봄소식을 배 속까지 알려준 셈이다.

첨언

김립이 태어나기 전 100년쯤 앞서 조선 후기의 문신이며 시평가(詩評家)였던 홍만종(洪萬宗, 1643~1725)의 시문집 『순오지(旬五志)』에 「화전(花煎)」이라는 白湖 임제(林悌, 1549~1587)의 시가 동일한 내용으로 수록되어 있다 하니, 이 시는 김립의 작품이 아닌 것으로 이미 확인되었다. 口傳이나 필사본 형식으로 전해오는 자료발굴을 처음 시도했던 이응수가 범할 수 있는 오류라고 이해한다. 우리나라의 미풍양속(美風良俗)의 하나로 신라 시대 때부터 이어져 온 화전(花煎)놀이라는 나들이 모임이 있었다. 춘삼월 진달래꽃(두견화, 杜鵑花) 만발하면 산 좋고 물 맑은 계곡에 모여 진달래꽃잎 따서 꽃전병을 부쳐 먹으며 노는, 주로 부녀자들의 봄나들이 모임이었는데 '꽃놀이' 또는 '꽃달임'이라고도 불렀다. 남성들이 진달래 꽃떡(杜鵑花煎, 두견화전)을 부쳐 먹으며 음주가무(飮酒歌舞)에 진달래꽃 술(두견주, 杜鵑酒)도 즐기며 시문(詩文)을 읊는 선비들의 풍류도 있었지만, 여성들이 유교적(儒敎的) 관습과 엄격한 봉건적 사회 정서 때문에 평소에 감히 표현하지 못했던 감정들을 곱사춤, 병신춤, 시댁 식구 흉보기, 엉덩이 글씨, 신세 한탄 등을 통해 마음껏 분출하며 웃고 울며 즐기는 일종의 여성들의 자유로운 사교모임이었다. 필자가 고등학교 다니던 1960년대만 하더라도 경치가 아름다운 산과 계곡물 흐르는 곳에 가면 화전놀이와 유사한 모습을 종종 볼 수 있었고 옆에서 구경만 해도 배꼽 잡고 웃는 때도 있었는데 지금은 그런 모습 볼 수 없어 무척 아쉽다.

9장

附錄
부록

1. 김삿갓과 金剛山(금강산)

　조물주의 작품으로 이 세상에서 제일 아름다운 금강산의 경치! 중국 宋(송)나라의 蘇東坡(소동파)가 "願生高麗國 一見金剛山!(원생고려국 일견금강산, 고려라는 나라에 태어나 금강산 한 번 보는 게 내 평생소원이다!)"이라 읊었듯이 옛날 중국인들에게도 흠모의 대상이었던 금강산의 절경을 웬만한 拙文家(졸문가)나 非才文客(비재문객)들은 제대로 표현조차 할 수 없다. 그러니 현명한 자들은 차라리 붓을 내려놓고 침묵을 지킨다. 섣불리 대들었다가는 금강산의 아름다움을 오히려 모독하게 된다는 사실을 잘 알기 때문이다. 예술작품을 보러 세상 사람들은 그리스의 아테네나 이탈리아의 밀라노에 몰려가듯이 조선 시대의 풍류를 즐기는 墨客(묵객)들이나 浩然之氣(호연지기)의 연마를 위해, 명산대천을 답사하기 위해, 또는 글의 소재를 구하기 위해 선비들이 구름 떼처럼 모여들던 곳이 바로 금강산이었다. 자기 자신을 '踏靑遊子(답청유자)' 또는 '行樂少年(행락소년)'이라 자처했던 천재시인 김립이 놓칠 리가 없다. 김립은 금강산을 자기 옆집 드나들듯 자주 찾았다 한다(黃五의 綠此集).

　아래의 「入金剛山(입금강산, 금강산에 들어가며)」 시는 위에서 이미 부분적으로 옮겼으나 초판 내용에 따르기 위해 다시 옮긴다.

綠靑碧路入雲中
록 청 벽 로 입 운 중

樓使能詩客住筇
누 사 능 시 객 주 공

龍造化含飛雲瀑
용 조 화 함 비 운 폭

劍精神削挿天峰
검 정 신 삭 삽 천 봉

仙禽白幾千年鶴
선 금 백 기 천 년 학

澗樹靑三百丈松
간 수 청 삼 백 장 송

僧不知吾春睡惱
승 부 지 오 춘 수 뇌

忽無心打日邊鐘
홀 무 심 타 일 변 종

書爲白髮劍斜陽
서 위 백 발 검 사 양

天地無窮一恨長
천 지 무 궁 일 한 장

痛飮長安紅十斗
통 음 장 안 홍 십 두

秋風簑笠入金剛
추 풍 사 립 입 금 강

푸른 숲 우거진 산길 따라 구름 속에 들어오니

누각이 나그네 시인의 대지팡이 멈추게 하네.

용이 구름폭포 뿜어내듯 폭포 소리 요란하고

온갖 정성으로 깎아 하늘 속에 산봉우리 꽂아놓았네.

신선같이 나는 저 흰 새는 천년 된 학(鶴)들이고

촉촉이 젖은 저 푸른 나무는 삼백 길 높은 소나무로구나.

봄날에 인생사 번민하다 꾸벅꾸벅 조는 이 내 심사를 저 스님이 알 리가 있나?

한낮에 갑작스레 종을 쳐 울려 퍼지며 잠 깨우니 무심(無心)하구나.

글 하다 보니 백발이 되었고 젊었을 때 예리한 기상도 기울어

끝없는 세상천지 후회만이 남아 있네.

애통한 심정으로 장안 여인네들과 술 잔뜩 퍼마시고

가을바람 따라 도롱이 걸치고 삿갓 쓴 김사립(金簑笠)이 금강산에 들어가노라.

紅(홍) 여기서는 여인으로 의역(意譯)함. 十斗(십두) 열 말, 아주 많은 양. 簑(사) 도롱이, 비를 피하려고 짚으로 덮다, 김사립(金簑笠) 김립이 비를 막기 위해 도롱이와 삿갓을 썼기 때문에 붙인 별칭(別稱), 황오(黃五)가 지은 시문집(詩文集)인 녹차집(綠此集)에서 김립의 시를 김사립전(金莎笠傳)으로 분류해 실었다.

하루는 김립이 금강산 입구 어느 누각 앞을 지나다가 누각 위에 詩客(시객)들이 모여앉아 詩會(시회)를 열고 있음을 보았다. 그때 심술궂은 김립은 빈정대는 말투(口吻, 구문)로 "我向青山去, 綠水爾何來(아향청산거, 녹수이하래 - 나는 청산으로 가는데 녹수야, 너는 어디서 오느냐?)"라 고함을 치며 그 앞을 지나간다. 누각 위의 한 선비가 귀 기울여 듣더니, "야, 兒孩(아해, 아이)야, 저 乞人(걸인) 같은 자 보통이 아닌 듯하니 불러들여라!"라 한다. 김립이 누각 위에 오르자 그 선비가 묻는다. "당신 글 좀 지을 줄 아는 모양이네." 김립이 대답하여 이르되, "글은 지을 줄 몰라도 읊을 줄은 알지요"라 대답한다. "그러면 한 수 불러 보시오." 김립이 대답하여 이르되, "그럼 받아쓰시오. 그런데 '솔'이란 글자를 쓸 수 있나요? 있으면 거기다 두 글자를 쓰시오." 선비는 김립이 쓰라는 대로 쓴다. 김립이 다시 말한다. "'잣'이란 글자도 쓸 수 있소이까? 있으면 '잣' 자도 두 개 쓰시오." 이렇게 김립이 자기 자신이 一字無識(일자무식)인 듯 가장하며 부른 글자들을 써보니 다음과 같았다.

松松栢栢岩岩廻
송 송 백 백 암 암 회

水水山山處處奇
수 수 산 산 처 처 기

소나무가 울창하고 잣나무도 무성한데 바위와 바위를 돌아 와보니
계곡물은 계곡물마다 산은 산대로 모는 곳이 기이하구나.

금강산의 絶景(절경)을 이렇게 짧고 간결하게 如實(여실)히 표현한 시는 전무후무하다. 난해한 문자를 늘어놓지 않고 간단하게 금강산 全景(전경) 묘사에 성공한 사람은 없을 것이다. 금강산 경치에 대한 이 간결한 시는 '我向靑山去, 綠水爾何來(아향청산거, 녹수이하래)'와 더불어 금강산 詩 중 최대의 傑作(걸작)이 되었다. 또 하루는 금강산 근방의 어떤 서당을 방문하였는데 訓長(훈장)이 「力拔山(역발산)」이란 제목으로 아이들에게 자연에 관련한 시를 지어보라 해서 아이들이 글을 짓고 있는 중이었다. 김립이 슬며시 아이들 작품을 엿보았다.

甲童咏曰(갑동영왈, 첫째 아이가 읊어 이르기를)

南山北山神靈曰
남 산 북 산 신 영 왈

項羽當年難爲山
항 우 당 년 난 위 산

남산 북산 산신령들 말씀 들어보면
항우 살던 그 시대에는 작은 산도 되기 힘들었다네.

乙童曰(을동왈, 두 번째 아이가 이르기를)

右拔左拔投空中
우 발 좌 발 투 공 중

平地往往多新山
평 지 왕 왕 다 신 산

項羽死後無壯士
항 우 사 후 무 장 사

誰將拔山投空中
수 장 발 산 투 공 중

오른손으로 뽑고 왼손으로 뽑아 공중에 던지니

평지에 때때로 새로운 산들이 많이 생겼더라.

항우 죽은 뒤로는 장사가 안 나오니

이젠 누가 산을 뽑아 공중으로 던질런가.

아이들이 이 정도로 훌륭한 시를 지어 읊을 수 있다면 훈장 선생의 실력은 말할 나위도 없으리라 생각하니 자신의 재능은 아직 멀었다고 겸손해하며 조용히 서당 문을 나선다.

이날 밤 날이 저물어 어두워 김립은 소나무 숲속에서 잠을 청하는데 소나무 숲속으로 스무 살도 안 돼 보이는 웬 중이 하나 지나가며 시를 한 수 읊는다. 김립은 금강산에서 왔다는 이 중과 소나무 숲에서 풍류(風流)를 함께 즐기며 대화를 나누며 하룻밤을 보낸다. 詩人(시인)은 風流(풍류)를 즐긴다. 詩人들을 일컬어 風月客(풍월객)이니 騷人墨客(소인묵객)[110]이니 하는 것도 다 그들이 風流(풍류)와 떼려야 뗄 수 없는 不可分(불가분)의 관계가 있기 때문이다. 풍류는 人性(인성)을 美化(미화)하여 동양 시인들에겐 유일한 美的 藝術觀(미적 예술관)이었다. 그들을 부르주아[111]的이라 할지도 모르지만 부르주아的 守錢奴(수전노)야말로 돈만 알았지 風流는 몰랐다. 따라서 風流를 이해하지 못하는 자는 인간의 최하위 계급으로 여기었으니 풍류객들의 관점에서 본다면 인간으로서의 高尚(고상)하고 귀중한 요소가 결여된 不具者(불구자)로 보았던 것이다. 風流는 '曲肱[112]而枕之(곡굉이침지)'라 나이 들어 팔베개 삼고 淸貧(청빈)하게 살 때 필요하다. 이 논의의 취지는 현대사회 속 풍류의 의미가 극도로 소원해

---

110) 소인묵객(騷人墨客): 시인(詩人)이나 서화가(書畫家)처럼 시문(詩文), 서화(書畫)를 통해 풍류(風流)를 즐기는 사람.

111) 부르주아(bourgeois): 중세 유럽 도시의 중산 계급의 시민, 근대 사회에서는 자본가 계급에 속하는 사람. 프랑스어로 '성(城)'을 뜻하는 'bourg'에서 유래한다. 부(富)를 축적한 계급은 성안에서 살고 그렇지 못한 계급은 성 밖에서 가난하게 살았으므로 생긴 이름이다. 반대어는 사회적 하위계급이나 무산자(無産者)를 의미하는 프롤레타리아(proletarier).

112) 曲肱(곡굉): 팔베게(肱 팔뚝).

져 안타까운 마음에 한마디 하는 것이다. 금강산의 가을! 일본 교토(京都)의 어느 畵家(화가)가 자살할 장소를 찾다가 결국 금강산의 아름다운 가을 품에 안기어 죽었다는 얘기가 전해질만큼 금강산의 가을은 이 세상 가을의 본거지라 해도 과언이 아니다. 깊은 산속 계곡이 단풍으로 붉게 물든 가을날 우뚝 솟은 암벽을 향해 시원스레 불어오는 바람 속의 웅장한 현묘함을 갖춘 이 金剛山(금강산)의 높은 봉우리 아래 조그만 庵子(암자)에 앉아 자연의 아름다움을 賞玩(상완)하는 반 白髮(백발)의 두 늙은이가 있으니 하나는 庵子(암자)의 僧侶(승려)이고 하나는 俗界(속계)의 사람인 김립이다. 교토 화가의 아름다운 죽음으로 화제도 된 이 금강산 가을 풍경 속에 앉은 두 늙은이들 뭐라 하는지 그 대화를 좀 들어보자.

笠: 居士(거사)의 명성은 들은 지 오래였는데 오늘에야 뵙게 되어 오랜 숙원을 이루었으니 欣喜雀躍不己[113](흔희작약불기)이옵나이다. 청컨대 많은 가르침 있으시길 바라나이다.

僧: 과분한 말씀이옵니다.

笠: 居士(거사)께서는 시를 잘 짓고 다루실 줄 안다고 들었으니 小人(소인)에게 居士와 시 짓기 경쟁을 한번 할 기회를 주시면 제게는 큰 영광이 되겠습니다.

僧: 소인의 명성을 언제 어디서 들었는지 모르나 다 헛소문일 테고 여하튼 소인에게는 괴상한 습관이 하나 있는데 별것이 아니오라 시 짓기 내기에서 지면 이빨을 뽑아야 하는 겁니다. 그런 약조를 하고도 시 짓기 내기를 할 의향이 있소이까?

笠: 하하! 잘 알았습니다. 어차피 거사님에 관해 익히 듣고 먼 길 왔으니까요.

僧: 李白(이백)의 글 중 이런 게 있소. 値千金의 春宵一刻을 뜻있게 보내

---

113) 欣喜雀躍不己(흔희작약불기): 참새가 너무 좋아 신나게 날아오르는 것처럼 몸 둘 바를 모르겠다는 의미.

려고 春江桃李之園에서 詩會를 열었을 때 '詩不成이면 酒三杯'라고 正刻에 詩作에 성공치 못한 자에게 罰酒三杯를 권하기로 하였다는 것이 아니오니까? 저도 李白을 흉내 내어 보았는데 저의 장난질에는 고통이 늘 뒤따르게 되는 이상한 습관이 되어 醜夫之嘆(추부지탄)을 면치 못하는가 봅니다만 君子之戱는 一口二言이 아니겠지요?(봄날 밤 천금같이 귀중한 시간을 뜻있게 보내기 위해 강가 복숭아꽃 만발한 정원에서 이백이 시 짓기 연회를 열었을 때, 시를 정한 시각에 못 지으면 벌주로 술 석 잔을 마시게 했지 않았겠소? 나도 이백처럼 흉내 내어 보았는데 저의 장난질에는 고통이 늘 뒤따르게 되는 괴상한 습관이 되어 못된 놈이라는 욕설을 면치 못하는가 봅니다만 여하튼 군자들의 이빨 뽑기 시 짓기 놀이에 한 입으로 두 말하지는 않겠지요?)

笠: 君子之口는 食飯하되 食言이야 하오리이까?(군자의 입으로 밥은 먹어도 약속을 지키지 않을 수 있겠소이까?)

이상의 대화에서 보듯이 당시 금강산에는 시 짓기에 아주 능한 승려가 하나 있었다. 그는 拔齒之戱(발치지희, 이빨 뽑기 놀이)라 하여 시 짓기 경쟁에 지면 이빨을 하나씩 뽑기로 하였다. 그런데 그 승려는 여태껏 이빨을 하나도 뽑혀본 적이 없었고 상대방이 항상 이빨을 뽑히고 갔다는 것이었다. 김립이 이 소문을 듣고 즉시 그 승려를 찾아오긴 왔지만 내심 불안하면서도 자신의 능력을 믿고 주저 없이 험악하기 이를 데 없는 시 짓기 경쟁 한 판 붙게 된 것이었다.

庵子(암자)의 禪堂(선당)에 오르는 섬돌 아래에 落葉(낙엽) 두세 개가 바람에 대굴대굴 굴러오더니 그곳에 벗어놓은 김립의 삿갓 안으로 쑥 들어간다. 우뚝 솟은 금강산 기암절벽에 가을바람은 서늘하게 불어대는데 암자 앞 샘터에 떨어지는 물소리가 고요 속 靜寂(정적)을 깨뜨리며 지나간다. 계속 불어오는 가을바람 속에서 헤아릴 수 없이 많은 샘터 가에 온갖 가을의 소리가 들려오며 靜寂(정적)이 깃든다. 그 정적 속에서 빚어

내는 두 시인의 珠玉(주옥) 같은 글을 한번 들여다보자.

僧: 朝登立石雲生足
　　조 등 입 석 운 생 족

아침에 일찍 입석봉(立石峯) 산봉우리에 오르니 구름이 발밑에서 일어나니

笠(和答): 暮飮黃泉月掛唇
　　　　　모 음 황 천 월 괘 순

해는 져서 어두운데 황천담(黃泉潭) 물 한 모금 마시니 달그림자가 입술에 걸리네.

주해

掛(괘) 걸다, 마음에 걸리다. 唇(순, 진) 입술, 놀라다.

僧: 澗松南臥知北風
　　간 송 남 와 지 북 풍

골짜기 시냇물은 흐르고 소나무 솔가지가 남쪽으로 향하니 북풍이 부는구나.

笠(和答): 軒竹東傾覺日西
　　　　　헌 죽 동 경 각 일 서

처마 밑 대나무 그림자가 동쪽으로 기우니 해가 지누나.

주해

澗(간) 계곡의 시냇물.

僧: 絶壁雖危花笑立
　　절 벽 수 위 화 소 립

깎아지른 절벽은 위태로워도 절벽에 핀 꽃들은 미소 짓듯 피어 있고

笠(和答): 陽春最好鳥啼歸
　　　　　양 춘 최 호 조 제 귀

따듯한 봄날은 더없이 좋은데 새들은 지저귀며 떠나가네.

'雖危花笑立'과 '最好鳥啼歸' 句에서 글자 간 각각 서로 시의 긴장감의 상승을 이룬다(雖와 最, 危와 好, 花와 鳥, 笑와 啼, 立과 歸).

僧: 天上白雲明日雨
　　천 상 백 운 명 일 우

하늘 위에 흰 구름 떠 있으니 내일은 비가 오겠고

笠(和答): 岩間落葉去年秋
　　　　　암 간 낙 엽 거 년 추

바위틈 낙엽을 보니 올 가을도 가고 있구나.

天上白雲(천상백운)과 岩間落葉(암간낙엽), 明日雨(명일우)와 去年秋(거년추)가 서로 대조를 이루며 詩興(시흥)의 상승효과가 점점 고조된다.

僧: 兩姓作配己酉日最吉
　　양 성 작 배 기 유 일 최 길

남녀가 짝을 지으려면 기유일이 제일 좋고

笠(和答): 半夜生孩玄子時難分
　　　　　반 야 생 해 현 자 시 난 분

야밤에 애를 낳을 때는 玄子時(현자시)가 제일 힘들 때네.

作配(작배) 남녀가 짝을 이룸. 己酉 두 글자를 합치면 配가 되고 玄子 두 글자를 합치면 孩이 된다. 分(분) 여기서는 아이를 낳다, 분만의 의미.

僧: 影浸綠水衣無濕
영 침 록 수 의 무 습

그림자가 녹색 물에 젖어도 옷은 젖지 아니하고

笠(和答): 夢踏靑山脚不苦
몽 답 청 산 각 불 고

꿈길 따라 청산에 올라도 다리가 아프지 않네.

僧: 群鵜影裡千家夕
군 제 영 리 천 가 석

떼 지어 날아가는 까마귀의 그림자는 아래 모든 집 어둡게 가리고

笠(和答): 一雁聲中四海秋
일 안 성 중 사 해 추

외기러기 우는 소리에 온 세상이 가을이구나.

주해

鵜(제) 접동새, 까마귀. 雁(안) 기러기. 四海(사해) 온 세상.

僧: 假僧木折月影軒
가 승 목 절 월 영 헌

가죽나무 꺾어지니 달그림자 마루에 어른거리고

笠(和答): 眞婦菜美山姙春
진 부 채 미 산 임 춘

참 미나리 아름다워 산이 봄을 품었구나.

주해

假僧木(가승목) 가중나무, 가죽나무를 의미, 참죽나무 잎은 절 음식으로 쓰이지만, 가중나무 잎은 못 먹어 가짜라 이름 붙였다. 眞婦菜(진부채) 진짜 며느리 나물, 미나리나물을 지칭함. 婦(부) 며느리, 아내. 菜(채) 나물.

스님이 假僧木(가승목)이라며 가죽나무를 가짜 중 나무라 빗대어 읊으니 김립이 眞婦菜(진부채)라며 진짜 며느리 나물에 빗대어 화답한다.

僧: 石轉千年方倒地
　　석 전 천 년 방 도 지

산 위의 돌들은 천 년은 굴러야 땅에 닿을 듯하고

笠(和答): 峰高一尺敢摩天
　　　　봉 고 일 척 감 마 천

산봉우리 한 자만 더 높았더라면 하늘에 닿았을 것 같네.

주해

摩天(마천) 하늘을 만질 만큼 높다.

僧: 靑山買得雲空得
　　청 산 매 득 운 공 득

靑山을 돈 주고 사니 구름을 공짜로 얻었고

笠(和答): 白水臨來魚自來
　　　　백 수 임 래 어 자 래

맑은 물가에 오니 물고기는 스스로 따라오네.

僧: 秋雲萬里魚鱗白
　　추 운 만 리 어 린 백

수만 리 펼쳐 있는 가을하늘 구름은 마치 물고기의 흰 비늘같이 번쩍이고

笠(和答): 枯木千年鹿角高
　　　　고 목 천 년 녹 각 고

천년 묵은 고목은 사슴의 뿔처럼 높구나.

鱗(린) 비늘, 물고기.

僧: 雲從樵兒頭上起
운 종 초 아 두 상 기

구름은 나무하는 아이를 따라가며 하늘에 일고

笠(和答): 山入漂娥手裡鳴
산 입 표 아 수 리 명

청산은 아낙네 빨래 방망이 쥔 손으로 들어가 우는구나.

樵(초) 땔나무, 나무꾼. 漂(표) 떠돌다. 娥(아) 예쁘다, 미녀. 裡(리) 속, 안, 내부.

僧: 聲令銅鈴零銅鼎
성 령 동 령 영 동 정

笠(和答): 目若黑椒落白粥
목 약 흑 초 락 백 죽

첨언

위의 두 행은 김립의 다른 시의 일부가 이곳에 잘못 실린 듯하다. 『김립시집』 증보판에서 이응수도 시의 흐름을 보면 위 두 행의 삽입은 이해가 안 되지만 할 수 없이 넣었다 한다. 증보판의 「嘲僧儒(조승유)」라는 제목의 시에 위 두 행이 포함되어 있어 참고로 옮긴다.

嘲僧儒(조승유, 중과 선비를 비웃다)

僧頭團團汗馬螂
승 두 단 단 한 마 랑

儒頭尖尖坐狗腎
유 두 첨 첨 좌 구 신

聲今銅鈴零銅鼎
성 금 동 령 영 동 정

目若黑楸落白粥
목 약 흑 추 락 백 죽

중대가리 둥글둥글 땀나는 말 불알 같고
선비의 대가리는 삐죽삐죽 앉아있는 개자지 같구나.
목소리는 구리방울이 구리 솥뚜껑 내리치듯 쩌렁쩌렁
눈깔은 흰죽에 빠진 검은 산초가루 같네.

주해

團(단) 둥글다, 모이다. 螂(랑) 사마귀, 쇠똥구리. 尖(첨) 뾰족하다, 끝. 腎(신) 신장, 콩팥, 자지. 鈴(령, 영) 방울. 零(령) 떨어지다, 이슬비가 오다. 鼎(정) 발이 셋 달리고 귀가 둘 달린 솥. 楸(추) 산초나무, 후추나무.

승려와의 시 짓기 내기 김립의 화답이 계속된다.

僧: 登山鳥萊羹
등 산 조 래 갱

산에 오르니 새들이 쑥국쑥국 울어대고

笠(和答): 臨海魚草餅
임 해 어 초 병

바다에 가보니 물고기들이 풀떡풀떡 튀어 오르네.

주해

萊(래) 쑥. 羹(갱) 무와 다시마를 넣어 만든 국, 제사 때 씀. 萊羹(래갱) 우리말 '쑥국'을 한자로 표기. 草(초) 풀. 餅(병) 떡. 草餅(초병) 우리말 '풀떡'을 한자로 표기.

僧: 水作銀杵舂絶壁
　　수 작 은 저 용 절 벽

은빛 폭포수는 절굿공이처럼 절벽 아래를 내리찧고

笠(和答): 雲爲玉尺度靑山
　　　　운 위 옥 척 도 청 산

구름은 옥으로 만든 자가 되어 청산을 재고 가네.

주해

杵(저) 절구공이, 방망이. 舂(용) 절구질하다, 찧다.

僧: 燈前燈後分晝夜
　　등 전 등 후 분 주 야

등불을 켜고 끄니 낮밤이 바뀌고

笠(和答): 山南山北判陰陽
　　　　산 남 산 북 판 음 양

남쪽 북쪽 산을 번갈아 보면 그늘지고 안 지고를 알 수 있네.

　이상의 글은 이응수 필자가 1931년 동아일보에 처음 실었는데 1934년에「實生活」이란 잡지에 '靑山人(청산인)'이라는 사람이 글자 하나 안 빼고 모두 표절하여 실은 바 있다.

　다음은『김립시집』초판에는 빠졌지만, 증보판에서 추가되어 발췌해 옮긴다.

僧: 月白雪白天地白
　　월 백 설 백 천 지 백

달도 희고 눈도 희고 천지가 모두 희니

笠(和答): 山深夜深客愁深
　　　　산 심 야 심 객 수 심

산도 깊고 밤도 깊고 나그네 가슴에 시름도 깊네.

僧: 泰山在後天無北
　　태 산 재 후 천 무 북

태산이 뒤에 있으니 북쪽 하늘 가리어 안 보이고

笠(和答): 大海當前地盡東
　　　　대 해 당 전 지 진 동

큰 바다 앞에 있으니 동쪽 땅이 끝이로구나.

僧: 橋下東西南北路
　　교 하 동 서 남 북 로

다리 밑의 길은 동서남북 사방으로 갈라졌는데

笠(和答): 杖頭一萬二千峰
　　　　장 두 일 만 이 천 봉

지팡이 머리 위에 일만이천 산봉우리가 솟아 있네.

첨언

　이렇게 해서 스님과 김립의 이빨 뽑기 내기 시 경쟁은 대단원을 내린다. 독자 여러분은 누가 져서 이빨을 뽑혔으리라 생각되는가? 속설에 의하면 스님이 패배해 이빨을 다 뽑았다는 얘기도 있지만, 운치 있고 격조(格調) 높은 시담(詩談)을 덕담(德談)하듯 거침없이 주고받는다. 그야말로 한쪽에서 '칙칙' 하니 상대방이 곧바로 '폭폭' 하는 모양새로 환상의 콤비처럼 마음마저 주고받으며 서로 통(通)했으니 여기서 우열(優劣)을 가린다는 것은 아무런 의미가 없다. 해 저물며 붉게 물든 금강산의 암벽이 바라보이는 소나무 아래에서 世俗(세속)을 초탈(超脫)한 僧儒(승유, 스님과 선비) 간 치열했던 '이빨 뽑기' 시 짓기 경쟁은 말이 경쟁이지, 시선(詩仙) 간의 편안하고 즐겁게 나눈 덕담으로 보는 것이 바람직하다. 승부는 무승부다.

2. 김립시집 증보판 論評 - 이응수

(『김립시집』 초판에 실리지 않은 이응수의 論評(논평)이 증보판에 게재되어 있어 추가로 옮긴다. 『김립시집』 초판(1939)과 증보판(1941) 모두 일제강점기하에서 조선어 말살정책으로 우리글 사용에 어려움이 있었던 시기에 발간되었다. 그런 이유에서인지 『김립시집』 증보판 원문(原文)의 論評(논평)은 한글과 한문을 혼용하여 기술되었고, 맞춤법과 띄어쓰기가 제대로 안 되어 있고, 한글 고어체(古語體) 등으로 일반 독자가 쉽게 읽고 이해하는 데는 한계가 있다. 원문을 알아보기 쉽게 수정하였으며, 한자와 한문은 원문 그대로 옮기되, 난해한 한자와 한문은 한글 음과 뜻을 병기(倂記)하고 추가설명이 필요하면 덧붙이기 말 첨언(添言)도 넣었다. 한자와 한문의 주해(註解)를 추가했으며, 각주(脚註) 설명은 각 페이지 하단에 실었다.)

　論評(논평)이란 거창한 이름을 붙였으나 조잡한 감상에 지나지 않는다. 김립은 실로 모르는 사람이 없을 만치 유명하다. 첫째, 그는 천하의 奇人으로서 삶 속에서 많은 奇行을 보였다. 둘째, 그의 수많은 작품으로 인해 그는 科擧(과거)시험에 응시하는 자들의 師表(사표)[114]가 되었으며, 셋째, 발길이 조선의 방방곡곡 수차례 왕복했다. 넷째, 그의 풍자적이며 超脫的 性格이 역적이면서 폐족인 그의 신분이 그의 불우한 삶 속 역경과 충돌하면서 감내해야 했던 울분과 한으로 토해낸 것이 그의 작품이라 볼 수 있다. 즉, 그의 성격과 환경이 縱橫(종횡)이 되어 나온 것이 그의 작품이라 할 것이다. 만약 그가 조정의 일개 官屬(관속)[115]으로만 살았다면 지금의 우리가 경험할 수 있는 그의 풍부한 문학적 수확은 바랄 수 없

---

114)　師表(사표): 학식이 높아 타인의 모범이 된 사람.

115)　官屬(관속): 관청의 벼슬아치.

을 것이다. 그의 수많은 작품을 아래와 같이 분류해 더 깊이 연구해볼 생각이지만, 이러한 분류는 단지 그의 성격과 환경에서 자연발생적으로 우러나온 것이니, 分析(분석)과 分類(분류)는 단지 연구와 평론을 위한 편의를 위함이다.

(1) 通俗詩人 民俗詩人(통속시인 민속시인)

문화의 질적 향상과 보급은 곧 문화의 통속화·민중화를 의미하니, 문화의 일부인 문학과 예술이 민중 대다수에 보급돼야 한다. 물론 문학의 통속화와 문학의 低級化(저급화)에 관한 논의 가능성은 남아 있지만, 내가 말하는 통속화의 의미는 문학 내용의 解放(해방)과 多樣性(다양성)이다. 일부 독선적이고 高踏的(고답적)인 양반 기질의 인간성을 일축하고, 있는 그대로 적나라하게 드러냈다. 따라서 양반의 고답적 생활감정에서가 아닌 대다수 민중의 감정을 표현해주었다는 예술의 내면세계를 해방해준 '르네상스'적 金笠精神(김립정신)이다. 도덕적 윤리적 가치를 극도로 曲解(곡해)[116]하고 의례 禮儀(예의)[117]化하거나 假飾(가식)[118]化시켰던 조선 시대에 金笠精神, 즉 金笠文學의 내용은 실로 革命이라 할 수 있다. 누구나 알아볼 수 있고 이해할 수 있고 체험할 수 있는 일상생활을 詩材(시재)로 취급한 까닭에 수많은 민중을 위한 민속시인이 된 것이다. 民衆的이라 함은 그의 사상적 경향을 일컫는 말인데 대중적이라는 표현과 같은 의미이다. 한문을 어느 정도 해득할 수 있는 사람들은 그를 무척 좋아했다. 조선 땅 218개 고을(郡)의 수많은 書堂을 거의 들렀으니 그 옛날 초등 교육기관 출신의 사람들은 김립을 거의 알고 있었다는 얘기다.

---

116) **曲解**(곡해): 사실과 다르게 해석하거나 이해함.
117) **禮儀**(예의): 예절과 풍속.
118) **假飾**(가식): 말과 행동을 거짓으로 꾸밈.

당시 전국적으로 몇 안 되는 고급한문 학자에 비교해 상당히 대중적이었기 때문에 그의 명성이 안 미치는 곳이 없을 지경에 이른 것이다.

(2) 人生詩人 生活詩人(인생시인 생활시인)

人生詩人이란 말은 흔히 쓰는 말이나 生活詩人이란 말은 생소하다. 그에게는 생활 자체가 시요, 시가 곧 생활이어서 예술과 생활이 어우러져서 하나가 된, 그야말로 예술적 정신으로 산 예술적 생활이었으므로 生活詩人이라 불렸다. 그의 시가 때로는 宿食을 해결하기 위한 도구로 쓰이기도 했지만, 어떤 명예나 행세를 위한 方便的 風月 詩客은 아니었다. 그러하니 그의 生活부터가 이미 산 藝術이었음을 우리는 알아야 한다. 그의 대다수 詠物詩[119]에서 보듯이 그에게는 생활 주변 모든 것이 詩의 소재였다. 또 그의 人物詩와 動物詩에서 보듯이 萬物은 그의 詩心 속에서 자유자재 구사되었다. 최근 조선에서도 동물시집이 출간되긴 했지만, 김립이야말로 詠物詩와 動物詩에 있어서는 독보적인 시인이라 할 수 있다. 세상 만물을 詩化한 감이 든다. 寡聞(과문)[120]한 탓인지 서양 시나 일본의 俳句(하이쿠)[121]에서 이런 詠物詩를 본 적이 없다. 나는 김립을 淫猥詩人(음외시인)[122]이라고 부른다. 성인군자인 척하는 儒學者들이 김립을 욕하는 이유가 된 여러 편 김립의 淫猥詩(음외시)가 과거의 시인이나 학자에게서는 찾아볼 수 없어서 편의상 그렇게 불러 보았다. 한마디로 '쌍소리' 시인이란 말이다. 나는 언젠가 김립을 '휫트맨'[123]에 비유한 적이 있지만,

---

119) 詠物詩 (영물시): 사물을 시의 소재로 쓴 詩.

120) 寡聞(과문): 보고 들은 바가 적음.

121) 俳句(하이쿠): 마츠오 바쇼(1644~1694)가 문학적 장르로 완성시킨 일본 정형시의 일종으로 17자로 이루어짐.

122) 淫猥詩人(음외시인): 외설시인. 음란시인.

123) 휫트맨(Walter Whitman, 1819~1892): 김립과 동시대 미국 시인으로 1855년 그의 시 「풀잎(Leaves of Grass)」에서 부적절한 성적 표현이 묘사되었다 해서 논란이 있었음.

결코 도덕성의 문제를 언급할 생각은 없다. 도덕성 문제로 김립을 멸시하는 사람들이 지금도 있는 듯하나, 인간은 누구나 속으로는 다 생각하고 있으면서도 체면상 입 밖으로 내놓을 수 없는 속마음을 김립이 홀로 대신 내놓으며 세상 모든 인간의 破廉恥(파렴치)[124]罪를 혼자 뒤집어쓴 듯한 김립을 인간적으로 옹호한다.

첨언

조선 시대 후기 1850년경 양반 사대부들의 전유물이던 귀족문화 漢文學에 中人[125]과 서얼(庶孽)[126], 상인, 천민과 같은 하급계층의 백성들도 한문학 활동에 참여하며, 漢詩를 짓고 詩集도 만들고 詩會도 열며 그들의 예술 활동과 신분 상승을 추구했다. 이들을 위항시인(委巷詩人)[127]이라 지칭하였으며, 활동무대는 주로 청계천 수표교 일대였다. 음담패설을 禁忌시하였던 전통적 양반 사대부였던 여규형(呂圭亨)[128]같은 학자는 물론 위항시인(委巷詩人)들 눈에도 김립의 욕설, 육담, 음담패설 등 파격적인 김립의 시가 못마땅해 그의 작품을 평가절하했다. 미국의 음유시인 휫트맨의 시 「풀잎」이 외설적이라 외면당한 적이 있듯이 김립의 작품도 도덕성 이유로 멸시와 악평의 대상이었다.

自知면 晩知고 補知면 早知라
자 지　　만 지　　보 지　　조 지

혼자서 알려 하면 늦게 알게 되고 도움 받아 알려 하면 빨리 알게 되느니라.

---

124) 破廉恥(파렴치): 염치없고 뻔뻔스러움.

125) 中人(중인): 조선 시대 양반과 평민의 중간. 역관, 의관, 향리 등.

126) 서얼(庶孽): 서자와 그 자손.

127) 위항시인(委巷詩人): 조선 시대 후기 1850년경 양반 사대부들의 전유물이던 귀족문화 한문학(漢文學)에 중인(中人)과 서얼(庶孽), 상인, 천민과 같은 하급계층의 백성들도 漢文學 활동에 참여하며, 漢詩(한시)를 짓고 詩集(시집)도 만들고 시회(詩會)도 열며 그들의 예술 활동과 신분 상승을 추구했다.

128) 여규형(呂圭亨, 1848년~1921년): 44세 때 문과에 급제. 고종의 눈 밖에 나 유배됨. 문집 『하정유고(荷亭遺稿)』를 남김.

서당 훈장 앞에서 열심히 책을 읽는 학동들을 보고 "그래. 공부는 혼자 하는 것보다 훈장님 도움 받고 하는 게 더 빨리 깨우치지!" 우리말 소리글이 이상해서 그렇지 훈장님과 학동들에게 참으로 좋은 말씀이다.

父嚥其上 婦嚥其下
부 연 기 상　부 연 기 하

上下不同 其味則同
상 하 부 동　기 미 즉 동

시아비가 그 위에서 빨고, 며느리가 그 아래에서 빠니
위와 아래는 같지 않으나 그 맛은 같더라.

　어느 시골집에서 하룻밤 묵는데 옆방에 신음소리가 들려 몰래 보니, 시아버지와 며느리 하는 짓거리 하도 해괴해 미소 지으며 읊은 노래이다.

주해

嚥(연) 삼키다, 마시다, 빨다.

書堂乃早知 房中皆尊物
서 당 내 조 지　방 중 개 존 물

生徒諸未十 先生來不謁
생 도 제 미 십　선 생 내 불 알

서당을 일찍부터 알고 와 보니 방 안에는 모두 귀한 물건들일세.
학생은 전부 열 명도 채 안 되고 훈장은 와서 만나주지도 않네.

주해

乃早知 내좆. 皆尊物 개좆물. 諸未十 지애미씹. 來不謁 내 불알.

　각 구절의 마지막 세 글자의 한글 음은 쌍욕이다. 신세 좀 질까 해서 어느 서당에 들렀는데 초라한 김립 행색을 보고 거들떠보지도 않으니 약이 올라서 한 수 써 던지고 떠난다. 그야말로 김립은 한자와 한글 독음(讀音) 쌍욕 제조의 지존(至尊)이며 선구자가 아닌가? 그 욕이 170여 년 지난 지금도 들을 수 있으니.

김립의 작품을 비판한 시인들은 남들의 눈초리가 두려워 그들 마음과 의식 밑바닥에 잠재해 있는 성욕을 추구하는 리비도(libido)[129]를 드러낼 엄두조차 내지 못했으며, 아무런 두려움 없이 외설적 시를 토해낸 김립을 품격이 낮다며 애써 외면하였다. 봉건적 유교 사회에서 표현을 禁忌시한 성에 관한 속마음을 김립 홀로 털어놓으며 세상 모든 인간의 破廉恥罪를 혼자 뒤집어쓰게 되었다는 얘기이다.

김립의 詩的 세계가 다른 분야에도 두루 미치고 있으므로 도덕성 부분 그것 하나가 김립문학의 전부가 아니며 설사 그 부분을 없애더라도 김립의 존재는 충분히 인정되므로 '쌍소리'를 갖고 김립을 매장하려는 일부 학자들의 주장이 큰 문제 될 리도 없거니와 설사 '쌍소리'를 그대로 놔두더라도 큰 흠이 될 것도 없다는 생각이다. 이렇듯 김립은 詩材를 재래의 吟風詠月식 자연 속 소재 외에 다시 구체적 인간 세상사에서 취해 철두철미 人生詩人이었다고 할 수 있다.

(3) 乞人詩人 貧窮詩人(걸인시인 빈궁시인)

조선팔도에 걸인이 아무리 많아도 그중 시인은 별로 없을 것이다. "밥 빌어먹는 乞人 주제에 시는 무슨 얼어 죽을 시!" 그러나 김립은 그 수많은 乞人 중 유일한 乞人詩人이었다. '乞人이면서 만고에 길이 남을 시인이

---

129) 리비도(libido): 프로이트가 주장한 성적 본능(sexual instincts) 또는 성적 에너지.

었다.' 이 하나의 사실만을 갖고도 그는 화제가 될 인물이다. 물론 걸인은 그가 자진해서 취한 신분이다. 고향에 있었더라면 자손들의 봉양을 받을 수 있었고 자력으로도 가족의 생계를 꾸려 갈 능력이 있었다. 그의 밥 빌어먹는 乞食이 먹을 것이 없어서 시작한 게 아니고, 태어나면서부터 있은 그의 放浪性, 風流性, 그리고 超脫性, 이 세 개의 성향을 만족시키기 위한 方便的 乞食이었다. 수차례 그의 맏아들 학균(翯均)이 찾아가 집으로 모시려 해도 그는 늘 거절했다. 그에게는 천하가 다 자기의 집이고 천하의 밥이 다 자기의 밥인 듯 생각했다. 소유욕과 이기심의 노예가 된 세상 사람들이 그를 천대하고 멸시해 때로는 그들을 원망하고 조롱하며 저주했다. 그러나 그들의 천대와 멸시가 김립의 放浪性, 風流性, 超脫性에 영향을 줄 수는 없었다. 그는 천대와 멸시를 감내하면서 그의 이 세 가지 성향을 버리지 않았다. 다시 말해 자진하여 乞人 생활을 자기만족의 方便으로 삼았던 것이다. 그러나 결국은 乞食하는 삶을 통해 세상인심과 가난한 사람들의 悲哀를 읊을 수 있었다. 몸소 체험하며 느낀 감정으로 읊었으니 예술적 의미에서 더 높이 평가할 수 있겠다. '밥'이 문학의 소재가 되기 시작한 것이 아주 최근의 일인 것을 고려하면, '밥'의 문학이 이렇게 뚜렷한 흔적을 남겼다는 것은 하나의 이적(異蹟)이라 할 수 있다. 그의 詩材가 다양해서 원래 시재는 科詩나 詠物 등에 있는 듯하고, 이 걸식, 외담(猥談), 풍자시 등은 모두 그의 침식(寢食)의 도구가 되었던 것이다. 작품 대부분이 밥값과 숙박료를 위한 셈이었다. 詩的 生活을 하기 위해 걸식했고 걸식하기 위해 詩作하는 동안 그의 생활 자체가 예술의 경지에 이르렀다. 세계에서 유일한 乞人詩人 김립이 읊은 乞食과 貧窮에 관한 詩와 句는 실로 다양하다.

二十樹下三十客
이 십 수 하 삼 십 객

四脚松盤粥一器
사 각 송 반 죽 일 기

天光雲影共排徊
천 광 운 영 공 배 회

邑號開城何閉門
읍 호 개 성 하 폐 문

山名松嶽豈無薪
산 명 송 악 개 무 신

斜陽叩立兩柴扉
사 양 고 립 양 시 비

三被主人手却揮
삼 피 주 인 수 각 휘

杜宇亦知風俗薄
두 자 역 지 풍 속 박

隔林啼送不如歸
격 림 제 송 불 여 귀

九萬長天擧頭難
구 만 장 천 거 두 난

三千地闊未足宣
삼 천 지 활 미 족 선

五更登樓非翫月
오 경 등 루 비 완 월

三朝辟穀不求仙
삼 조 피 곡 불 구 선

스무나무 아래에 앉은 서러운 나그네.

네 다리 솔소반에 멀건 죽 한 그릇.

하늘빛 구름 그림자 함께 어울려 아른거리네.

고을 이름은 열린 城 '開城'인데 어찌 대문들은 닫아거는고?

산 이름은 소나무 우거진 '松嶽'인데 어찌 땔나무 하나 없단 말인가?

석양에 사립문 두드리며 서 있으니

집주인이 손을 세 번이나 휘저으며 쫓아내네.

저 두견새도 야박한 풍속을 알았는지

차라리 돌아가는 게 낫다고 숲속에서 울며 배웅하네.

구만리 장천 높아도 머리 들기 힘들고

삼천리 땅이 넓다 해도 발 뻗기가 어렵구나.

새벽에 누각에 오름은 달 구경이 아니고
사흘 아침 굶는 것은 신선이 되려 함이 아니로다.

해석은 본문을 참고하기 바란다.

(4) 放浪詩人(방랑시인)

이것은 걸인시인의 걸식과 연결되는 특성이다. 나는 천하의 집과 밥이
모두 김립의 것이라 했는데 천지 그 자체가 김립의 소유라 보는 게 옳을
듯하다. 김립이 '水性雲心家四方(수성운심가사방, 물의 성질처럼 구름의 마음처럼
사방이 모두 내 집이로다)'이라고 분명히 언급했기 때문이다.

'鳥巢獸穴皆有居(조소수혈개유거, 새도 둥지가 있고 짐승도 머물 굴이 있는데) 顧
我平生獨自傷(고아평생독자상, 내 평생을 뒤돌아보니 너무 가슴이 아프네)'라 하며
자기 집 없음을 한탄하긴 했으나, 실상 집이 없는 게 아니라 집에 있기
가 싫고, 또 그럴 처지가 못 되어 차라리 천지를 내 집 삼아 평생 방랑
생활하다 전라도 동복(同福) 땅에서 客死했던 것이다. 일본의 정형시 '와
카(和歌)[130] 작가인 '사이교(西行)'[131] 혹은 '하이쿠(俳句)' 시인인 '마츠오 바
쇼(松尾芭蕉)'[132) 같은 사람도 행각(行脚)[133]으로 유명하지만, 김립하고는
비교할 수 없다. 22세에 집을 떠나 24세에 잠시 집에 들렀다가 57세까지
한 번도 집에 오지 않았으니 그동안 어디서 먹고 잤단 말인가? 조선팔도

---

130) 와카(和歌): 일본의 전통적인 정형시. 5음과 7음의 일본어로 구성. 漢詩와 구분하기 위해 '일본 노래'
라는 의미의 와카라고 불렀다. '노래(うた)'라고도 부르며 하이쿠(俳句)와 더불어 일본의 대표적인 詩歌
문학 장르이다.

131) 사이교(西行, 1118~1190): 일본 헤이안(平安) 시대(794~1185) 승려이며 와카 작가(歌人).

132) 마츠오 바쇼(松尾芭蕉, 1644년~1694년): 일본 정형시의 일종인 하이쿠(俳句)를 문학적 장르로 완성시킨
에도막부(江戶幕府) 초기 사람. 본명은 무네후사(宗房).

133) 행각(行脚): 걸으며 수행함. 여기서는 流浪을 의미.

방방곡곡 떠돌며 書堂房, 머슴房, 문교(文交)[134]가 있는 선비들의 집 그리고 노숙(露宿)이었으니 가히 그의 삶이 어떠했는지 상상할 수 있다. 세상 유래를 찾아볼 수 없는 철저한 유랑과객이었다. 조선팔도 읍촌(邑村)[135]을 어떻게 다녔는지는 지금도 그 흔적이 남아 있다. 各處에는 지금도 김립이 머물다 간 집, 길, 누각을 대여해주는 사람이 있다. 필자의 고향에는 92세 된 김좌수영감(金座首令監)이란 사람이 김립을 보았다며, 그를 본 집이 바로 향교 근방 경성 가는 길 대로변에 있는 書堂房이었다고 하며, 김립이 자주 들러 자고 갔다고 한다. 김립은 들른 곳을 다시 들르곤 해서, 김립의 말년에 이르러서는 그가 왔다는 소문만 들리면 온 마을 書堂房이 서로 모시고 싶어 난리법석이었다.

(5) 風流詩人(풍류시인)

김립이 삶을 읊은 人生詩人적 경향이 있다고 해서 風流를 이해하지도 못했고 멀리했다고 판단하면 큰 잘못이다. 오히려 그 정반대이다. 風流란 원래 이 풍진 세상을 속 좁게 시각으로 보거나 살지 말고 모든 것을 초월하고 포용하며 자연의 본질과 하나가 되는 것을 의미하는데, 조선의 吟風詠月客들은 김립에 비하면 가짜 風流詩人이었다. 김립이 금강산을 봄가을에 자주 다니며 그 절경에 감탄하고 구월산·한라산 등을 제 집 문간 드나들 듯이 다녀 그의 생활 자체가 이미 풍류라고 할 수 있었다. 가장 인간적이었던 김립은 동시에 가장 風流的이고 自然的이었다.

---

134) 문교(文交): 글로써 사귐. 문학적 교분.
135) 읍촌(邑村): 고을과 마을.

(6) 超脫詩人(초탈시인)

　김립이 성격의 천재성으로 매사 극단적이고 철저했기 때문에, 그의 사상적 경향은 말년에 이르러서는 佛敎적 超脫에 가까워졌다. 그 근거로 그의 自發的 乞人生活과 철저한 放浪生活도 뜬구름같이 덧없는 세상에 대한 결정적 초탈을 들 수 있다. 봄가을 금강산을 자주 찾은 것도 자연으로의 풍류적 초탈이고 '쌍소리'를 아무 거리낌 없이 내뱉은 것도 小乘的 경지의 식견 좁은 倫理를 논하는 자는 이해할 수 없는 大乘的 경지에서 나온 超脫的 표현이며, 양반을 두려워하지 않고 조롱·풍자한 것도 철저한 인간성의 초탈 없이는 불가능한 일이다. 여기서 초탈이란 염세(厭世)적 인간 도피를 의미하는 게 아니고, 人間性의 本質 내면 깊숙한 곳을 꿰뚫었다는 의미이다. 김립에겐 양반들의 추한 모습과 고루한 부자들의 유치한 모습 모두가 희극적 대상으로 보였다. 그가 멀리서 오랜만에 찾아온 아들을 웃음으로 돌려보낸 그의 심정을 보통 사람들은 이해할 수 없으며 그가 자손들의 봉양을 거절한 그의 진심은 인간 세상에 대한 超脫性에서만 찾을 수 있는 것이다. 그는 불교 신자도 아니었으나 실제로는 그 이상의 超脫者였다. 술주정뱅이처럼 술을 마시고 일 년 내내 해진 베적삼 두루마기에 찢어진 짚신 신고 삿갓을 늘 쓰고 다녔으며 몇 달씩 얼굴은 씻지도 않았다. 옷에 이(虱) 떼가 스멀스멀 기어 다니는 것을 남이 보아도 무슨 상관이냐며 태연자약한 사실로 미루어 보더라도 그의 超脫性은 곳곳에서 자연스럽게 드러난다. 西山大師의 호탕한 게송(偈頌)을 연상케 하는 김립의 기개이다. '萬國都城如蟻蛭(만국도성여의질, 온 세상 도성은 개미집 같고) 千家豪傑若醯鷄(천가호걸약혜계, 이 세상 모든 호걸은 초파리 같구나)!'

주해

　蟻(의) 개미. 蛭(질) 개밋둑, 거머리. 醯鷄(혜계) 초파리.

김립의 超脫性을 여실히 드러낸 작품은 아마도 「是是非非」 詩일 것이다.

是是非非非是是
시 시 비 비 비 시 시

是非非是非非是
시 비 비 시 비 비 시

是非非是是非非
시 비 비 시 시 비 비

是是非非是是非
시 시 비 비 시 시 비

옳은 것을 옳다 하고 그릇된 것을 그릇됐다 하는 게 반드시 옳지는 않고
그릇된 것을 옳다 하고 옳은 것을 그릇됐다 하는 것도 그릇된 건 아니네.
그릇된 것을 옳다 하고 옳은 것을 그릇됐다 하니 이것도 그릇된 게 아니니
옳은 것을 옳다 하고 그릇된 것을 그릇됐다 하니 이것이 바로 시비로구나.

세상에 옳고 그름이란 없다는 의미이다.

첨언

이 시는 조선 후기 문인 홍만종(洪萬宗, 1643~1725)의 詩評集인 『소화시평(小華詩評)』에 조선 초기 학자 김시습의 작품으로 수록되어 있어 논란이 있는 작품이다. 세상 살다 보면 시비(是非) 문제는 늘 있기 마련이다. '누가 옳고 누가 그른가? 어떤 게 맞고 어떤 게 틀렸는가?' 같은 이야기를 들어도 인간의 해석과 생각은 사람마다 서로 완전히 다를 수 있다는 구로사와 아키라(黑澤明)의 명화 「라쇼몽(羅生門)」에서 나 자신의 현실(現實)만이 진실(眞實)이라 여기지만 사람들은 각각 현실과 진실 사이에서 서로 다른 기억과 생각으로 사건을 해석하기 때문에 현실은 영원히 진실에 다다를 수 없다고 결론을 맺는다. 겉에 드러난 현실 속 모습만 갖고 시비(是非)를 가리지 말고, 현실 속 밑바닥에 잠재해 있는 인간성이나 사물의 본질에 관심을 두라는 역설적 교훈으로 해석된다.

(7) 諷刺詩人 滑稽詩人(풍자시인 골계시인)[136]

　김립의 풍자는 풍자문인 세계적 제일이라는 영국의 '버나드 쇼(George Bernard Shaw, 1856~1950)'에 못지않으며 그 이상이다. 풍자시가 시로서의 존엄을 상실하듯이 여기는 사람들이 있으나 아직 풍자시를 이해하지 못해서이다. 풍자의 진정한 의미는 진실을 사랑하고 가면, 허위, 추악함을 극도로 증오하는 心境의 표현이라 할 수 있다. 탄식, 저주, 증오의 단계를 넘어선 마음의 경지가 곧 풍자이다. 김립이 양반을 비웃고 世道權門을 조롱하고 아니꼬운 訓長과 건방진 富者에게 모욕을 주는 근저에는 그들을 불쌍히 여기는 연민(憐憫)의 情까지 있는 것이다. 그들이 부럽고, 시기(猜忌)해서 드러내는 풍자가 아니다. 눈앞의 조그만 벼슬에 연연해 정신을 잃고 있는 모습이 불쌍하여 풍자로서 웃어넘기는 것이다. 다음은 골계시(滑稽詩)인데, 흔히 '채플린(Chaplin, 1889~1977)'의 희극 밑바닥에는 비극이 숨어 있다고 한다. 마찬가지로, 김립의 풍자가 진실을 너무 사랑하고 허위를 증오하는 심경에서 읊은 것이라면, 김립의 골계(滑稽)는 오히려 비관적 감정과 견해를 초월한 심경의 표현이라 할 수 있다. 그는 낙천적인 심정으로 눈앞의 비극적 대상을 골계시(滑稽詩)로 노래했다. 이러한 점을 이해 못 하면서 김립의 골계시를 읽는다는 것은 그의 참모습은 파악하지 못한 채 겉모습만 보는 것이다. 서로 다른 극단은 하나가 되듯이 슬픔 또한 극단에 이르면 즐거움으로 변하여 심적으로 슬픔인지 즐거움인지 구별하기 힘들게 된다. 20세 청춘들이 이론적 지식으로 남을 농락하는 동안에 생명의 본질을 보지 못한다는 말이 있듯이 슬픔도 극에 달하면 망연자실하다가 한 걸음 더 나아가 파안대소(破顔大笑)의 경지에 이르는 것이니, 김립의 시에서 그의 自嘆的 비애감, 망연자실, 파안대소의 모습과 그의 그러한 心境을 골계시(滑稽詩)의 형태로 드러낸 것이다. 다음

---

136)　滑稽詩人(골계시인): 글솜씨가 매끄럽고 익살스러워 웃음을 자아내게 하는 시인.

과 같은 풍자시(諷刺詩)와 골계시(滑稽詩)의 예를 들 수 있다.

朱門盡日垂頭客 若到鄕人意氣全
주 문 진 일 수 두 객　약 도 향 인 의 기 전

- 「盡日垂頭客(진일수두객, 종일 아첨 떠는 선비)」 중

권세 있는 집 대문 앞에서 온종일 머리 조아리며 아첨하면서, 시골 사람만 보면 목에 힘주고 득의양양하는구나.

東林山下春草綠 大丑小丑揮長尾
동 림 산 춘 하 초 록　대 축 소 축 휘 장 미

五月端陽愁裏過 八月秋夕亦可畏
오 월 단 양 수 리 과　팔 월 추 석 역 가 외

- 「辱尹家村(욕윤가촌, 윤씨 마을을 욕하며)」 중

동림산 아래에 봄 풀은 푸르고 큰 소 작은 소가 긴 꼬리 흔들지만
오월 단오에는 근심이 태산이고 다가올 추석을 어찌 넘길지 두렵구나!

이외에도 자신을 푸대접한 원(元)생원을 원(猿)숭이 같다고 조롱한 詩인 「원생원(元生員)」과 스님 머리가 둥글둥글 말 불알 같고, 갓 쓴 선비의 대가리는 삐죽삐죽 개자지 같다고 비하하며 조롱한 詩 「嘲僧儒(조승유, 스님과 선비를 조롱하다)」를 포함해 풍자시와 골계시는 무수하다.

첨언

소(丑)가 꼬리를 흔든다는 파자(破子)로 '윤(尹)' 자가 되며, 소들이 봄까지는 꼬리 흔들며 자유롭지만, 단오 지나 추석 때 되면 잡아먹히지 않을까 두려워, 근심이 태산이라며 푸대접한 윤(尹)씨 가문을 소(丑)에 빗대어 조롱한 시이다. 당시 세도 가문인 파평 윤씨 마을에 갔다 푸대접받고 화가 나서 지은 시라는 근거 없는 설이 있다.

(8) 慷慨[137]詩人(강개시인)

김립은 한마디로 悲憤慷慨(비분강개)형 선비라고 평한 것도 김립의 손자 金榮鎭(김영진)옹이 한 말이다. 그의 작품 전부가 그렇다는 게 아니라 김립의 일생이 최소한 비분강개의 울분이나 한으로부터 시작했다는 사실은 부정할 수 없다. 아닌 게 아니라 직계 혈통 자손의 입에서 나온 평이니 신뢰할 수밖에 없다. 그의 걸식시, 방랑시, 빈궁시, 풍자시, 골계시 등 모든 작품의 밑바닥에는 슬픔과 울분이 깔려 있다. 그러한 비분하는 마음이 여과되는 과정을 거쳐 결국 超脫的으로 승화된 것이다. 세도 가문 양반집에서 태어나 力拔山(역발산)[138] 氣慨(기개)와 蓋天下(개천하) 才能(재능)을 갖고도 廢族(폐족) 자손이란 누명으로 그의 기개와 재능을 펴 보일 곳도 없고 호소할 곳도 없으니 그 울분이 어떠하였으랴? 차라리 머리가 우둔했더라면 이상과 진취에 마음이 들끓지는 않았으리라. 그의 재능이면 그가 추구하는 功名(공명)과 理想(이상)은 손바닥 뒤집듯 쉬운 일이었다. 극은 극과 통한다. 김립이 그렇게 갈구하던 功名을 오히려 저주하고 혐오하는 超脫的 경지에 이른 것인데 이것은 천재 예술가에게서 볼 수 있는 공통적 기질이다. 덧없는 세상을 초월한 자는 그런 세상에 연연하지 않는다. 가장 도덕적인 자는 가장 惡에 예민하다. 공자는 대단히 신경질적 성격의 소유자였으며 가장 악에 예민한 자였음을 단언할 수 있다. 이러한 극단적 성격의 소유자만이 극단적 선인(善人)이 될 수 있다. 중간의 평범한 인간은 善도 아니고 惡도 아닌 중성적 성격자인 까닭이다. 중성적 성격의 인간에게서 문화 발전적 요소를 기대할 수 없다. 극단적으로 이기적인 사람이어야 덧없는 세상 속에서 순간적이나마 허무를 깨닫고 180도 비약하여 깨우치거나 해탈할 수 있는 용단을 낼 수 있는 기질을 갖고 있기 때문이다. 김립은 처음에는 초탈의 전 단계로 오직 功名

---

137) 慷慨(강개): 의롭지 못한 것을 보고 정의심이 복받치어 슬퍼하고 한탄함.

138) 力拔山兮氣蓋世(역발산혜기개세): 힘은 산을 뽑고 기개는 세상을 덮었도다.

을 얻지 못한 울분이 쌓여 가슴이 터질 것 같아 그 울분을 방랑과 詩作에 몰두하였다. 그는 자신의 운명을 저주하고 인간의 편견, 모순, 가식을 모질게 비판하며, 힘 있는 자들과 양반들의 횡포와 가식을 폭로한다. 그의 조롱시와 골계시도 그의 본래 낙천적 성격에서 나온 것이지만 悲憤慷慨(비분강개)하며 내뿜는 咀呪心(저주심)의 마지막 표현이다. 여기서 눈여겨봐야 할 문제가 있는데, 김립이 한 걸음 더 나아가 조선 왕조의 모순된 정책에 대한 반항의식이나 도발 의식을 洪景來처럼 강하게 품거나 양반을 향한 계급투쟁이나 革命的 의식을 가졌다고 볼 수 없다. 그의 말년 시절에는 悲憤慷慨(비분강개)의 경지를 초월한 대승적 견해를 갖는다. 일부에서는 김립을 혁명적 차원에서 평가하고자 하는 사람도 있고, 김립에게 그런 의식이 있었다 하더라도, 체계적 이론적으로 의미가 있었다고 볼 수 없다.

첨언

楚나라 항우가 漢나라 유방을 맞아 楚漢 국경 해하(垓下)에서 포위되어 한나라 병사들의 사면초가(四面楚歌) 노래를 들으며 자살한 애첩(우희)과 애마를 죽이고 자신도 죽기 전에 읊었다는 「해하가(垓下歌)」가 중국 史記 項羽本紀(사기 항우본기)에 전한다. 원래 중국 경극(京劇) 작품이었으나, 「패왕별희(覇王別姬, Farewell My Concubine)」라는 제목으로 영화화되었다. 故 장국영이 우희(虞姬, 虞美人)의 비극적 죽음을 열연한 이 영화는 1993년 칸 영화제에서 황금종려상을 수상하였으며, 이 영화 속에서도 위의 노래 구절이 나온다. 산을 뽑고 세상을 뒤엎을 정도로 강한 힘과 기개를 갖고 있으면서도 전쟁에 패해 포위된다. 전쟁에 걸림돌이 된다며 애첩 우희는 자결하니 애마를 죽이고 자신도 죽어야 하는 그 심정이 얼마나 슬프고 한이 맺혔겠는가? 항우처럼 기개와 재능을 모두 겸비한 김립 또한 폐족 자손으로 어찌할 수 없는 울분과 한으로 인생을 한탄한 강개시인(慷慨詩人)이었다.

(9) 破格詩人 諺文詩人(파격시인 언문시인)

　김립은 詩想에서도 그러했지만, 시의 形式에서 색달랐다. 그는 그때까지 준수되어 오던 시의 형식을 벗어나 자기만의 독창적 형식을 시도했다. 「大同江練光亭(대동강연광정)」 詩의 '一斗酒三春過客 千絲柳十里江村'은 종래의 四三調가 아니고 三四調로 바뀌었으며, 「隱君子」 詩에서 '雲山數十里村中 誰識隱君子道通'은 二五調요, '父嚼其上 婦嚼其下'는 四四調이다.

　그다음 소위 한자의 뜻 훈(訓)으로 만든 詩가 있으니 남의 訃告를 써주는데 사람 죽은 것을 柳柳花花(유유화화)라 하여 '버들버들(柳柳, 부들부들) 떨던 몸이 꽂꽂(花花, 꽃꽃)'해졌다든가, 「嘲山村學長(조산촌학장)」 詩에서 '山村學長太多威 高着塵冠 插唾排(산촌학장태다위 고착진관삽타배 - 산골 훈장님 위엄이 너무 많아 낡아빠진 갓 높이 쓰고 가래침을 내뱉네).' '插唾(삽타)'는 '가래(插)'과 '침(唾)'의 한자 훈(訓)의 합성어로 '가래침'을 표현했다. '生徒諸未十 先生來不謁(생도제미십 선생내불알)'이 다 그런 類이다.

첨언

　이응수의 '가래'의 '插' 표기는 오류이다. 정대구의 설명대로 '插(삽)'은 '꽂다', '끼워 넣다'의 의미로 흔히 쓰는 글자이니 '가래 鍤(삽)'으로 정정해야 한다(김삿갓 연구, 134쪽, 정대구). 언문(諺文)[139]으로 한시처럼 글자 수와 운을 맞춰 짓는 시, 언문풍월(諺文風月)의 大家 김삿갓의 대표적 언문시 하나를 소개한다.

諺文풍월

靑松듬성듬성立

---

139) 諺文(언문): 한글을 한문(漢文)에 비교하며 낮추어 일컫던 말.

人間여기저기有
所謂엇뚝빗뚝客
平生쓰나다나酒

푸른 소나무가 듬성듬성 섰고
인간은 여기저기 있네.
엇득빗득 다니는 나그네가
평생 쓰나 다나 술만 마시네.

(10) 科詩人 歷史詩人(과시인 역사시인)

김립은 20세 전후에 장차 과거급제를 꿈꾸며 科試(과시)에 전력을 다했기 때문에 그의 문학의 본 영역은 科詩(과시)에 있었다고 할 수 있다. 그가 숙식을 해결하기 위해 지은 시가 일반에게 널리 알려졌듯이, 수많은 科擧 응시자와 학자들 사이에 김립은 科客 또는 科詩人으로 보다 더 널리 알려져 있었다. 그래서 많은 사람이 김립의 특기는 科詩에 있다고 이구동성으로 말한다. 김립이 과거에 급제했다는 말에 반신반의하다가 이번 金台俊(김태준)씨에게서 海藏集(해장집)을 얻어 金簦笠傳(김대립전)을 읽어보고, 나는 비로소 김립이 科擧를 여러 번 본 사실을 비로소 알았다. 그의 최초의 入科는 20세 때인데 이때까지 자기가 김익순의 손자 김병연인 줄 모르고 과거공부에만 매진하여 시험을 보았는데 기이하게도 試題가 김립의 조부 김익순을 탄하라는 '論鄭嘉山忠節死 嘆金益淳罪通于天(논정가산충절사 탄김익순죄통우천, 정가산의 충절한 죽음을 추모하고 김익순의 죄가 하늘에 이를 만큼 큼을 탄하라)'였다. 일사천리로 조부를 탄핵하는 시를 써내려간 김립은 장원이 되었으나, 김조순이 그의 조부라는 사실이 알려지며 壯元은 무효가 된 그는 출가해 방랑 생활을 했다는 말이다. 그 후 김립은 자주 科場에 드나들며 장난삼아 과거시험 답안을 써놓고 나왔는데 그것이 대개 장원이나 진사 합격이 되었으나 조부가 반역자 김익순인 이유로 취소되었다는 것은 사실이다. 때로는 여러 科客이 부탁해 대리 시험을 봐 준 일도 있다. 金簟笠傳(김대립전)에는 아래와 같이 기록하고 있다.

'과거시험장을 자주 들락날락했으며

어떤 때는 한편도 안 쓰고 나올 만큼 이상한 사람으로 돈도 소용없는 사람이었으므로

사람들이 감히 도와달란 부탁을 못 했으며 어느 백일장 시험장에서는 과음 숙취로 술이 안 깨어 괴로워했다.'

원문

常遊場屋 惑作詩數十篇
상 유 장 옥 혹 작 시 수 십 편

或不作一篇而出 其狂如此 又無所用財故
혹 부 작 일 편 이 출 기 광 여 차 우 무 소 용 재 고

人不敢而焉援 於白戰臨科場 益痛飲無醒
인 불 감 이 언 원 어 백 전 림 과 장 익 통 음 무 성

'경기도와 강원도 일대 사람들은 이 동인거사(東人居士)를 위해 돈을 갹출했으며

과거시험장 밖의 술집들도 그를 좋아는 했지만 술주정을 두려워했다.'

원문

皆畿湖關東人士之所釀也
개 기 호 관 동 인 사 지 소 갹 야

場外酒肆亦愛其名而怕其狂乎
장 외 주 사 역 애 기 명 이 파 기 광 호

'술 마시면 돈 낼 생각한 적이 없고 한더위에도 늘 겹옷 하나 걸치고 다녀

간혹 새 옷을 만들어 주면 마다하지 않고 둘둘 말아 겹옷에 끼워 넣는다.'

원문

酒輒盪來亦不堪索錢 寒暑常挂白袷衣
주 첩 탕 내 역 불 감 색 전 한 서 상 괘 백 겹 의

或以新綿製衣以贈則亦不辭 摺卷其所着袷衣
혹 이 신 면 제 의 이 증 칙 역 불 사 접 권 기 소 착 겹 의

이처럼 科詩는 김립과 불가분의 관계이어서 과거 응시자들 사이에 그의 과시 답안지는 일종의 모범답안처럼 애독되었다. 과시 대부분은 역사적 내용을 포함하고 있어 역사시라 볼 수 있다. 요즈음 옛날 과시를 읽는 사람이 없지만, 우리는 조선 고유의 문학적 유산을 발굴·정리할 의무가 있다. 그런 의미에서 김립의 과시를 높게 평가해야 한다.

(11) 大文章家(대문장가)

이조 오백년 역사에 이렇게 한문을 청산유수처럼 읊은 위대한 문장가는 없었다. 應口輒對(응구첩대, 묻는 대로 거침없이 대답함), 無不通知(무불통지, 무슨 일이든지 다 통하여 모르는 것이 없음), 落韻成詩(낙운성시, 韻자가 나오자마자 즉시 시를 지음), 隨呼隨應(수호수응, 부르는 대로 응수함) 등의 용어가 김립의 일화에 항상 따라다니는데 이것은 그가 시를 물 흐르듯 막힘이 없이 읊어낸대서 나온 말이다. 平仄法(평측법)과 韻律(운율)[140]의 엄격한 규율에

---

140) 平仄法(평측법)과 韻律(운율): 漢詩에서는 평측(平仄), 즉 높낮이가 조화롭게 배열되어야 아름다운 시가 된다. 평측(平仄)이란 음의 고저를 말한다. 한시(漢詩)에서 음의 고저가 바로 韻律이다. 그래서 한시를 지을 때는 음의 높낮이 즉 평측이 아름다운 운이 되도록 글자를 선택해야 한다. 사성(四聲)에서 평성(平聲)은 낮은 소리, 상성(上聲)은 올라가는 소리, 거성(去聲)은 높은 소리, 입성(入聲)은 내리면서 닫히는 소리이다. 평성(平聲)을 제외한 상성, 거성, 입성은 높은 소리이므로 측성(仄聲)이라 하고, 평성(平聲)은 측성(仄聲)보다 상대적으로 변화가 적고 낮은 소리이다. 한시에서는 이 높낮이 平仄(평측)으로 韻律을 주어 음악적 효과를 나타내는 것이다.

맞추어 지어야 하는 漢詩를 막힘없이 술술 읊어대니 詩才보다는 오히려 神才라 함이 타당할 것 같다. 그래서 그의 과시는 科客의 교과서가 되고 학동들의 실력 판단의 기준이 되어, 어떤 서당에 가든지 김립의 시 몇 수를 암송하지 못하는 서당 훈장이나 학동이 없으리만치 그의 시는 두루 알려진 상태였다. 위에서 얘기했듯이 김립은 동양의 詩聖, 더 나아가서 세계적 文豪였다는 주장에 털끝만큼의 주저함도 없다며 결론을 맺는다. 김립은 인간을 손바닥 안에 넣고 마음대로 농락한 사람이며, 자연을 그의 詩囊(시낭, 시 보따리)에 넣고 감상한 사람이며, 우주를 가슴 안에 품고 찬탄한 사람이어서, 그야말로 그는 萬能 多才한 大詩人이었다. 大哲人, 大超脫家, 大思想家, 大奇人, 大酒家, 大狂人, 大英雄, 大乞人, 大旅行家, 大慈善家 등 그 어느 수식어로 불러도 모자람이 없다. 두세 가지 면만 보고 그를 단정 짓는 것은 소인들의 천박한 견해이다. 그의 시적 표현 능력은 舊態(구태)를 못 벗어나고 고집불통, 고답청렴파 보수 한학자 무리들이 "이게 옳다 저게 옳다!"는 형식적 기교를 이미 초월하여 시와 혼이 하나가 되어 시혼이 뼈와 살에 사무쳐 있는 경지에 있었다. 말하자면, 무기교로부터의 기교이지, 잔재주나 부리는 그런 세속적인 사람이 아니었다. 다시 말해 김립은 인고와 노력이 필요한 기교가 불필요했다. 二十樹下式의 시는 통속적 기교로 보일런지 모르지만, 그에게 있어서는 詩魂이 사무쳐 토해낸 처절한 절규였다. 신의 경지가 아니고서야 어찌 그렇게 말끝마다 시가 줄줄 흘러나올 수 있었겠는가? 만사에 통하기 위해서는 입신의 경지에 이르러야 한다는 것을 김립을 통해 알 수 있다. 참고자료를 열거하면 다음과 같다.

昭和5年(1930) 2月 中外日報, 「世界詩壇三大革命家 - 휫트맨, 石川琢木, 金笠」

昭和5年 3月 東亞日報, 「詩人 金笠의 面影」

昭和5年 4月 東亞日報, 「金笠과 金剛山」

昭和5年 12月 東亞日報, 「放浪詩人 金삿갓 (故 金在喆氏)」

昭和6年(1931) 1月 東光誌,「金笠詩抄譯」

昭和7年(1932) 2/3月 三千里誌,「金笠詩抄譯」

昭和9年(1934) 4月 朝鮮日報,「金笠詩研究」十五回 連載

昭和9年 10月 文教朝鮮, 崔某氏 短文

昭和9年 11月 野談,「詩人金笠(誠一氏)」

기타 金台俊氏와 朴秉濬氏의 傳言 및 편지 내용

맺음말

당(唐)나라 때 시인 두보(杜甫)의 곡강시(曲江詩)에 '인생칠십고래희(人生七十古來稀)'라는 구절이 있다. 예로부터 인간이 일흔 살까지 사는 것이 드물었다 해서 일흔 살을 古稀라고 불렀다. 공자(孔子)도 논어(論語)에서 '종심소욕불유거(從心所欲不踰矩)'라고 했다. '나이 일흔 살이 되니 마음 가는 대로 좇아도 道에 어긋나는 일이 없다'라는 말이다. 돌이켜보건대 古稀를 이미 오래전에 넘긴 나이가 되었지만, 주위에 일흔 살 넘긴 사람들 전혀 희귀하지도 않고, 마음 가는 대로 업(業)을 지어도 아직 道에서 벗어나는 일이 많으니, 두보나 공자의 古稀 從心이란 문자도 나와는 무관한 듯싶다. 여하튼 그놈의 '나이'라는 놈은 시간이 가면 저절로 쌓여 나를 늙게 하니 괘씸하기 이를 데 없지만 어쩔 수 없다. 나이 들며 할 일 없어 겪는 老人의 무위고(無爲苦)를 항상 염려하며 살아간다. 「오징어 게임」 1번 참가자처럼 무얼 해도 재미가 없어져 가는 나이라 무언가 획기적인 극약처방 동기부여로 심기일전(心機一轉)해야 할 나이가 古稀일지도 모르겠다는 생각도 든다.

나는 알고 있었나? 170여 년 전 '김삿갓'이라고 불린 김병연(金炳淵)이란 불세출의 천재시인을. 조선팔도를 36년간 걸식 유랑하다 전라도 화순 땅 어느 객지에서 恨 많은 삶을 내려놓고 홀연히 떠난 천재시인 김립 선생을 추모하기 위해 그의 무덤의 허름한 상석(床石) 앞에 섰다. 19세기 부패·퇴락하여 망국의 길로 들어선 조선조 보수 사회를 희작시(戲作詩), 파격시(破格詩) 등 새로운 장르의 글로 속 시원히 풍자·조롱한 조선의 문예부흥 선구자인 김립 선생의 묘 앞에 섰다. 『이응수 金笠詩集 小考』 집필을 마치고 추모하는 마음으로 머리를 숙였다. 나는 새도 떨어뜨리는 권문세가(權門勢家)인 장동김씨(壯洞金氏) 출신이면서도 양반 행세를 못 하며 사대부 양반 계층과 평민 위항시인(委巷詩人) 계층의 특성을 모두 지닌 문학사적 높은 위상의 김립 선생 작품 평역(評譯)을 천학비재(淺學菲才)인 필자가 원작자의 허락도 없이 언감생심 대책도 없이 무턱대고 평역을 시도하며 밤새 글을 쓰다가 이제 탈고(脫稿)하게 되었으니 그 죄를 용서해 달라며 머리를 숙였다. 김립은 우리 한글문학의 대표 文人 김만중(1637~1692), 파격과 풍자로 세월을 읊은 임제(1549~1587), 실사구시(實事求是)의 북학(北學)과 실학(實學)을 표방한 박지원(1737~1805), 정약용(1762~1836), 그 외에도 수많은 19세기 위항시인과 평민시인의 문학관을 걸식유랑을 통한 실존적 체험으로 모두 함께 아울렀다. 「춘향가」나 「육자배기」 등 우리 고유의 판소리도 김삿갓의 언문풍월(諺文風月) 회작시(戲作詩)의 산물이라고 평가할 수밖에 없는 김립 선생의 문학사적 공헌과 위상은 지대(至大)하고 지고(至高)하다. 강원도 영월의 높은 산마루 아래턱 와석리 노루목 깊은 골짜기 속에 숨어 있는 김립 선생의 묘는 서북향을 바라보고 있어 지관(地官)들조차 묏자리로서는 피하는 흉지(凶地)임을 안타깝게 생각하며 김립 선생의 본부인 장수 황씨(長水 黃氏)의 묘를 찾을 수만 있다면 합장(合葬)시켜드리고 묘 앞에 死後에라도 함께 웃으며 노닐 수 있게 혼유석(魂遊石)이라도 하나 놓아드리면 얼마나 좋을까 하는 상념에 젖어 서성이다 외로이 홀로 누워 계신 선생의 묘에서 발길을 돌리며 뒤돌아본다.

작별인사 드리며 조용히 읊조려본다.

"병연이 형! 나도 청산이 거꾸로 비친 물을 좋아한다오!"

一華 文世和

참고문헌

○ 『大東詩選』張志淵 編著, 1918, 新文館 刊行

○ 『海藏集』申錫愚, 1925, 한국고전연구원 刊行

○ 『大東奇聞』姜斅錫 編著, 1926, 한양서원 刊行

○ 『金笠詩集 初版』李應洙 編著, 1939, 학예사 刊行

○ 『金笠詩集 增補版』李應洙 編著, 1941, 한성도서주식회사 刊行

○ 『金笠詩集』朴午陽 編著, 1948, 문원사 刊行

○ 『海東詩選 增補』申泰三 編著, 1976, 世昌書館 發行

○ 『김삿갓연구』정대구 지음, 1990, 문학아카데미 發行

○ 『詩人』李文烈, 1991, 도서출판 둥지

○ 『길 위의 詩』양동식 編譯, 2007, 동학사 刊行

○ 『黃綠此集』黃五 編著, 李淑姬 譯著, 2007, 충남대학교출판부

○ 『竹杖에 삿갓쓰고』右庵 윤신행 譯, 2009, 서예문인화 刊行

○ 『미친 나비 날아가다(狂蝶忽飛)』이은식 著, 2010, 타오름 刊行

○ 『金笠詩選』허경진 옮김, 1997, 평민사 發行

○ 『방랑시인 김삿갓 시집』이명우 엮음, 개정증보판, 2017, 집문당 出版

○ 『김삿갓 시집 – 불후의 시인과 불후의 대작』김선, 배용파 편저, 2014, 온북스 出版

○ 『조선왕조실록』순조 12년 실록 중 謀叛罪人益淳伏誅에 관한 기록, 국사편찬위원회

○ 『조선의 변방과 반란, 1812년 홍경래 난』김선주 지음, 김범 옮김, 푸른역사, 2020

○ 『열하일기』박지원 著, 고미숙, 길진숙, 김풍기 編譯, 2020, 북드라망 發行

○ 『땅의 역사』박종인 著, 2021, 상상출판사 發行

○ 『金笠詩集 원전연구』양동식, 2004, 순천대학교 국어국문학과

○ 『김삿갓 한시에 대한 비판적 검토』심경호, 2018, 漢文學論集

○ 「일본내(日本內)의 김삿갓 문학에 대한 평가양상」 박상도, 2010, 동양학 제47집, 단국대 동양학연구소

○ 「아름다운 자연의 모습, '명승(名勝)'과 여행기: 경관론 관점에서 徐霞客遊記 읽기」 신성희, 2020, 역사문화학회 발행

○ 「김삿갓문학관, 김삿갓시연구」 정대구, 1989, 숭실대학교 대학원 국어국문학과 박사학위 논문